TEMPÊTE SUR LA CORNE D'OR

GERHARD HERM

TEMPÊTE SUR LA CORNE D'OR

ROMAN

Traduit de l'allemand par
FRANÇOIS PONTHIER

Albin Michel

Édition originale allemande
STURM AM GOLDENEN HORN

Édition française

22, rue Huyghens, 75014 Paris

ISBN 2-226-02050-0

Première partie

GEORGIOS SPHRANTZÈS

26 et 27 novembre 1452

I

Ce fut le bruit le plus épouvantable que le monde eût jamais entendu. Cela descendit du nord comme une tempête et cela gronda au-dessus de toute la ville.

Dans les tavernes du port les buveurs affolés s'enfuirent dans toutes les directions. L'eunuque de service au palais laissa échapper de ses mains le plateau qu'il apportait à l'Empereur. Les femmes assises à leur table de maquillage crurent que leur miroir allait leur sauter à la figure et les moines qui chantaient dans le chœur du cloître eurent l'impression qu'on leur arrachait l'air de la bouche.

Le fracas éveilla tous les chiens errants endormis dans les rues de Constantinople, fit tinter les fenêtres et dispersa un troupeau de chevaux que l'on conduisait au grand marché aux chevaux de la porte Saint-Romain. Les seuls qui n'entendirent pas le vacarme furent les puisatiers dans les citernes et les condamnés dans leurs oubliettes. Hormis ceux-ci, toutes les femmes, les hommes, les vieillards et les enfants l'entendirent. On raconte même que des gens complètement sourds auraient été effrayés et auraient levé la tête en écoutant.

Quant à moi, le bruit me surprit tandis qu'avec Ohannes, mon secrétaire, je me tenais en haut de la porte fortifiée qui, telle la proue d'un gigantesque navire s'avançant dans la mer, signale notre ville et porte le nom de Saint-Eugène. Nous aussi, nous fûmes bouleversés et nous nous regardâmes avec des yeux exorbités comme ceux des buveurs. Si nous ne fûmes pas aussi violemment effrayés qu'eux, ce fut tout simplement parce que nous reconnûmes immédiatement ce que signifiait ce bruit horrible.

Au-dessus de ma table de travail, au palais, était accrochée l'esquisse d'un canon gigantesque auquel les Turcs travaillaient depuis des semaines. Cela devait être le plus gros canon du monde et il venait de tirer pour la première fois.

Cela ressemblait d'abord à un coup de fouet cinglant qui devenait une sorte de souffle furieux et augmentait jusqu'à un tonnerre à vous glacer la moelle. Lorsque j'y pense aujourd'hui, j'ai un éclair devant les yeux qui, jaillissant au-dessus de la rive de Bogha, parut se changer en une fusée sifflante et se rua sur nous comme une énorme boule de feu.

Ohannes m'assura par la suite qu'il avait eu la même impression bien que, naturellement, il n'y ait eu là ni fusée ni boule de feu.

— Pour un peu, je me serais jeté à terre, dit-il.

— Et pourquoi ne l'as-tu pas fait ?

— Parce que je savais aussi bien que vous que même le plus gros canon du Sultan ne peut pas nous bombarder d'une distance de trois milles.

En fait, le Turc ne le pouvait pas encore. Cependant il était clair que cette détonation annonçait la rapide approche de notre fin. On l'entendit le 26 novembre 6960, c'est-à-dire si l'on ne compte pas à partir d'Adam, mais de la naissance du Christ, le 26 novembre 1452. C'était une des plus belles journées que j'aie jamais vécues en hiver.

Pourtant, ce n'est pas à cause du temps resplendissant, ni même en raison du puissant coup de canon qu'elle restera éternellement dans mes souvenirs, mais bien parce que, ce jour-là, je reçus plus de coups sur la tête que pendant tout un mois.

Elle avait commencé par des brumes légères qui, de l'autre côté de l'estacade, flottaient devant ma maison, sur les eaux de la Corne d'Or. A peine rasé, j'avais couru sur la terrasse et, sans prendre le temps de réfléchir, je m'étais précipité dans l'eau froide. Lorsque le canot qui devait me mener à mes occupations était arrivé sous le pont de Justinien, j'étais déjà parvenu à l'autre rive. Les deux rameurs, une fois de plus, ne surent pas s'ils devaient discrètement tourner leurs regards d'un autre côté ou me contempler avec leurs gueules grandes ouvertes. Il est certain, toutefois, qu'ils me prenaient pour un fou et ils n'étaient pas les seuls de cet avis à Constantinople.

Ce que l'on raconte dans mon dos se résume à peu près ainsi : Georgios Sphrantzès n'est pas seulement un fieffé butor, mais aussi un original. Il ne porte pas la barbe, se promène dans des vêtements qui feraient honte à un bouvier et sort de ses gonds à la moindre occasion. Qu'il ait pu devenir Grand Logothète et principal conseiller de la Cour n'est vraisemblablement dû qu'aux lubies d'un Empereur qui ne sort pas moins des règles de la bonne société que son fonctionnaire. Mais que ne peut-on attendre encore de notre époque? L'étiquette se perd et les bonnes mœurs aussi.

C'est tout juste si quelqu'un m'accorde, qu'avec Laonikos Chalkokondylès, j'écris probablement la meilleure prose de cette ville. Mais cela est dû, aussi, au fait que je ne sais pas la présenter avec suffisamment d'élégance et que, surtout, j'évite les cénacles où l'on discute littérature ou philosophie.

Je suis un individualiste, d'accord, et je nage tous les matins.

Lorsque, ce 26 novembre, je revins de la rive nord de la Corne, les bras dans les flots et la tête dans la brume, je souhaitai durant un instant pouvoir passer le reste de la journée dehors car on sentait déjà, dès ces premières heures de la matinée, qu'il allait faire extraordinairement beau.

La ville semblait voguer sur les eaux plates comme une gigantesque galère de pierre. Les premières lueurs du jour caressaient tout juste les coupoles des églises. Les tours de défense se dressaient dans le ciel comme pour le soutenir. Les mâts des navires perçaient les nappes brumeuses. Au milieu de la Corne, quelques barques de pêche rentraient leurs filets.

Personne, à la vue d'un tel tableau, n'aurait pu penser que tout cela n'était plus qu'une coque vide devenue molle, une ruine à demi effondrée, un réceptacle de souvenirs lointains, faits d'une puissance et d'une splendeur effacées. A demi cachée par la brume, teintée de couleurs pastel pâlies par le soleil levant, Constantinople avait toujours l'aspect de l'ancienne Byzance dorée, maîtresse des mers, capitale d'un empire dont la frontière orientale se perdait autrefois dans les sables d'Arabie et dont les limites ouest étaient tombées avec les Colonnes d'Hercule. Même moi, qui savais la vérité sur notre situation, je fus un moment tenté de m'abandonner à l'illusion que nous avions été ramenés dans notre glorieux passé et soustraits au menaçant avenir.

Mais de telles impressions ne sont pas longtemps permises à un logothète. Lorsque je sortis de l'eau et me fis envelopper dans un de ces rêches draps de bain que les Turcs fabriquent à la perfection, j'étais déjà redevenu celui qu'il me fallait être : un fonctionnaire de l'Etat, impénétrable et autoritaire. Ou, du moins, je l'étais extérieurement.

En réalité, tandis que Mauros me séchait, je ne pouvais arracher mon regard de la fenêtre derrière laquelle Anna dormait.

Il était rare que je la visse le matin car, la plupart du temps, elle se levait longtemps avant moi et travaillait dans ses appartements à la préparation ou à l'accomplissement d'une de ses nombreuses entreprises dont, généralement, j'ignorais tout. Pourtant, ce jour-là, ou plutôt après la nuit qui l'avait précédé, je m'étais attendu qu'elle me fît au moins un signe avant que mon canot n'appareillât.

Ç'avait été une nuit qui nous avait ramenés à l'époque où j'étais pour le moins obsédé par l'idée de ce que nous fûmes alors.

Et ce n'était pas seulement sa peau qui m'avait excité, ni son souffle haletant ou les caresses savantes qu'elle devait avoir apprises dans Dieu sait quels lits, mais seulement le sentiment de posséder quelque chose et de pénétrer dans quelque chose dont j'étais secrètement persuadé que cela m'avait appartenu depuis le début.

Chuchotements, gémissements, lèvres caressantes dans le cou et les oreilles, cuisses enveloppantes et giron brûlant, tout cela en faisait partie et certainement pas seulement en surface.

Cependant, ce qui comptait beaucoup plus était ma conviction d'avoir enfin abattu la mince cloison qui nous avait toujours séparés et d'avoir enfin pénétré jusqu'à elle.

Anna est certainement, de toutes les femmes que je connais — et si surprenant que cela paraisse, elles sont nombreuses —, la plus sensuelle et la plus excitante. Mais, jamais auparavant, elle ne s'était donnée sans réserve comme cette nuit-là, non seulement avec son corps, mais avec des mots, des déclarations balbutiées et des cris d'amour.

M'avait-elle vraiment appartenu ? Anna pouvait-elle vraiment appartenir à quelqu'un ? Son abandon n'était-il pas mêlé d'une pointe de désespoir et avait-elle vraiment pensé à moi lorsqu'elle chuchotait mon nom ?

Lorsqu'elle s'était enfin endormie, étroitement soudée à moi, je pouvais encore croire que j'étais bien celui qu'elle avait appelé. Mais, quelques heures plus tard, tournée sur le côté, les genoux remontés et les mains jointes autour, elle semblait déjà revenue à cette époque de sa vie que je ne connaissais pas. Et maintenant, ce matin, elle ne se montrait même pas à la fenêtre, elle était couchée et dormait, mais où ? Chez moi, en vérité ? Ou bien était-elle toujours plongée dans des souvenirs qui n'appartenaient qu'à elle seule ? Ce devaient être les souvenirs d'autres hommes que moi, Georgios Sphrantzès.

Peut-être, et cette idée me vient au moment même où je l'écris, peut-être Anna savait-elle déjà, cette nuit-là, ce qui allait arriver le lendemain. Peut-être était-elle la seule dans tout Constantinople à savoir que le gros canon de Mehmet était maintenant achevé et qu'au cours des prochaines heures il allait tirer un premier coup d'essai.

Peut-être ? Non, il est plus que vraisemblable qu'il en était ainsi. Ses gémissements, ses chuchotements, son abandon... ; expressions de l'amour ou expressions de l'angoisse ? De l'amour et de l'angoisse ? De l'amour, de l'angoisse et du désespoir ? De la désolation pour une ville inéluctablement condamnée à mort et pour tous ceux qui y vivent ? Et, du même coup, aussi pour moi ?

Je ne comprendrai jamais Anna et même, en tant que fonctionnaire de l'Etat comme en tant qu'homme, je ne dois même pas essayer de le faire. Parmi les affaires qu'elle mène, quelques-unes frisent la haute trahison et beaucoup de ce qu'elle me cache soumettrait mon amour pour elle à une épreuve à laquelle je ne veux pas l'exposer. Il vaut donc mieux que je n'essaie pas de la comprendre. Il faut que je me contente d'avoir Anna près de moi.

J'enroulai ma ceinture de toile autour de mes reins et passai le caftan gris dans lequel on me voit le plus souvent. Je refusai la dague qui m'avait été apportée comme d'habitude avec mon vêtement. Quiconque est accompagné d'un homme tel que Mauros n'a pas besoin de telles armes. Le géant noir peut jeter à terre ou tuer n'importe quel homme d'un seul coup de sa main. Il me précéda et me soutint tandis que je descendais sur le pontage avant du canot.

Nous partîmes aussitôt, les avirons fouettant l'eau, vers le pont de Justinien derrière lequel se profilait la silhouette toujours étincelante de la ville.

Le travail auquel je me livrais alors était ennuyeux, monotone et déprimant. Depuis des semaines, j'inspectais jour après jour de nouveaux secteurs des gigantesques fortifications de la ville. Je rédigeais des rapports détaillés sur les défauts que j'y découvrais et je les envoyais immédiatement à Lukas Notaras, notre commandant en chef. Je n'avais guère l'impression d'obtenir de résultats, mais je ne voulais pas que l'on me fît reproche, plus tard, de ne pas avoir fait tout ce que je pouvais pour remettre Constantinople en état de défense. Jusqu'à présent, Notaras n'avait réagi à mes lettres que par quelques politesses empoisonnées. Il se plaisait à répéter que seul un expert pouvait juger si les fortifications étaient ou non dans un état acceptable, mais qu'il appréciait mon zèle et qu'il lisait avec plaisir ce que je lui adressais, ne fût-ce que pour la qualité de mon style. Ni par les moyens les plus raffinés, ni par les plus grossiers, je ne suis parvenu à briser l'aversion qu'il me porte. Notaras est un arriviste pour lequel les besoins de la forme et le formalisme sont devenus une affaire de cœur. Dès qu'il me voit revenir d'une de mes tournées d'inspection, couvert de sueur et de poussière, son estomac se révulse.

Ce 26 novembre, je dis aux rameurs de me déposer à la tour de Platéa et d'aller ensuite m'attendre à la tour Barbara. La première marque le début et la seconde la fin du parcours que je voulais accomplir. Il court parallèlement au rivage de la Corne d'Or et il est dominé par la porte fortifiée de Saint-Eugène. Notaras tenait ce secteur pour particulièrement dénué d'importance car, disait-il, aucun ennemi ne nous attaquerait jamais par la mer. Qu'il ait vraiment ignoré que les Vénitiens et les Croisés occidentaux aient justement agi de la sorte, lorsqu'ils nous conquirent en avril 1203, échappe à ma connaissance.

Ohannes se tenait sur le quai de Platéa lorsque j'y arrivai. Correctement vêtu comme toujours, il avait sous le bras une pile de tablettes pour prendre des notes. Le parfum de bois de santal, qu'il préfère à tout autre, montait de son épaisse barbe soyeuse. Je l'estimais parce qu'il était silencieux et malin, et qu'il considérait le monde avec une lucidité prosaïque qui me fait apparaître, par comparaison, comme un esprit véritablement chimérique.

Ohannes est originaire d'Arménie. Outre sa langue maternelle, il parle grec, latin et turc, il a une agréable écriture arrondie et, le cas échéant, il est capable de nouer n'importe quelle intrigue. Lorsque je fis sa connaissance, il était en prison pour dettes à la suite de l'échec d'une spéculation hasardeuse. Je rachetai sa liberté et, depuis lors, il est avec Mauros la deuxième ombre qui m'accompagne partout où je vais, à moins que je ne l'aie chargé d'une de ces discrètes missions qui sont éventuellement inévitables.

— Belle matinée, Excellence, dit-il poliment.

— Malheureusement, nous n'en profiterons guère, répliquai-je.

Lorsque, quatre heures plus tard, nous atteignîmes la tour Saint-Eugène, la journée était encore plus resplendissante que la matinée ne l'avait promis, mais nous n'en étions pas moins dans un état de morose abattement.

Au cours de notre tournée, nous n'avions trouvé aucun bastion intact, vu aucun parapet exempt de fissures ou de crevasses, pas un escalier d'accès ou de retraite que l'on pût utiliser sans danger.

Partout des murailles friables, des lits de mousse glissante sur lesquels on risquait de tomber, des nids d'oiseaux dans tous les coins, des chauves-souris dans toutes les tours — sans parler des rats qui sifflaient, des chouettes effarouchées et d'autres animaux plus petits. Le mortier entre les pierres était réduit en poudre par l'air marin, les quelques pitoyables canons étaient recouverts de vert-de-gris, les hourdis de bois poussiéreux et vermoulus.

Quasiment aucune sentinelle n'était à son poste et les rares que j'y trouvais étaient dans un état qui bafouait tout règlement. Leurs uniformes étaient crasseux, leurs cuirasses et leurs casques rouillés et leur haleine puait l'aigreur du mauvais vin. J'avais cependant renoncé à les réprimander car il était de notoriété publique que la plupart d'entre eux ne comprenaient plus, et depuis longtemps, pourquoi ils devaient rester plantés en haut des remparts, tandis que leurs officiers, encore plus ivres qu'eux, traînaient dans les tavernes de la ville ou gaspillaient au jeu leur solde, pourtant maigre.

Cependant, ce n'étaient pas seulement des impressions de ce genre qui pesaient sur mon humeur. J'étais fatigué. J'avais des toiles d'araignée dans les cheveux, de la poussière sur mes vêtements, des écorchures aux mains et aux pieds. Toute trace de la fraîcheur qui m'avait enveloppé quelques heures auparavant semblait s'être envolée et mes tournées d'inspection me semblaient encore plus dénuées de sens que jamais.

La seule chose qui me consola un peu dans ma désolation fut la vue qui s'offrait à nous du haut de la tour Saint-Eugène. Elle donnait vraiment l'illusion que nous vivions dans la paix la plus profonde.

Le ciel formait une voûte lisse et immaculée au-dessus de l'Europe et de l'Asie. Le Bosphore étincelait comme s'il eût été fait d'argent martelé. Les couleurs automnales paraient les îles princières qui flottaient sur la soie de la mer de Marmara. En dessous de nous, un petit brick embouquait l'entrée de la Corne d'Or et, au-dessus de Galata, un vol de cigognes planait dans les airs.

Devant nous, s'étendait la ville, toujours la plus grande du monde, implantée dans le plus beau paysage de la terre et entourée d'eau sur trois de ses côtés, gravissant les collines, entaillée par des vallées, et surmontée d'une voûte de prières. Qui aurait pu imaginer qu'un jour le croissant des Turcs puisse étinceler au sommet de ses églises et le vert étendard du faux prophète Mahomet flotter en haut de ses tours ? Ne se dressait-elle pas directement sous le trône de Dieu ? N'était-elle pas, comme Jérusalem, un des tabourets de ses pieds ? Et même si elle avait enfreint des millions de fois les ordres du Seigneur, ces dix commandements qui peuvent détourner la punition du Ciel n'en avaient pas moins, à tout instant, régné dans ses murs. Je suis même certain qu'ils existent encore maintenant parmi nous, bien qu'on doive les chercher à la lueur des torches, même en plein jour.

— Envoie-nous un signe, ô Seigneur, priai-je, fais-nous comprendre que nous avons toujours une part de ton amour ! Ne permets pas que nous sombrions dans une apathie pleine d'indifférence, que nous n'aspirions à notre fin que parce que nous ne pouvons plus supporter l'incertitude. Oui, donne-nous un signe qui nous manifeste Ta grâce.

A cet instant, Mauros leva la main et nous montra les cigognes.

— Elles sont inquiètes, dit-il.

— Peut-être cherchent-elles des endroits pour nicher, dit Ohannes. Quelqu'un m'a dit qu'il y avait des signes qu'elles ne voleraient pas plus loin cette année, mais qu'elles resteront chez nous, et cela devrait présager un hiver doux.

Un hiver doux, pensai-je, nous en aurions bien besoin. Nous devons être reconnaissants pour chaque jour où l'on peut travailler dehors sans être gêné par le froid et la pluie, voire la neige et la glace, si nous voulons remettre en état nos fortifications.

Puis, je pensai encore : serait-ce le signe que j'ai demandé au Seigneur, ces cigognes qui prédisent un temps favorable ?

Quelques secondes plus tard, mes espoirs s'effondraient. Je sais peu de choses sur les cigognes, mais j'en sais au moins une : elles ont toujours quelques difficultés pour redescendre sur terre. Elles gouvernent vers le sol avec les ailes qui battent anxieusement et les pattes obstinément tendues en avant, mais jamais elles ne plongent presque à la verticale d'une grande hauteur.

Ce fut pourtant exactement ce que firent les cigognes au-dessus de Galata. D'un instant à l'autre, nous ne les vîmes plus. Mauros fut le premier à comprendre ce que cela signifiait. Il se coucha par terre et se cacha la tête entre ses bras. Ohannes sursauta et moi, je restai pétrifié.

Les cigognes avaient tout simplement entendu avant nous la détonation du gros canon. Et, après qu'il eut résonné, s'abattit sur nous un silence qui nous parut encore plus effrayant que le claquement, le grondement et le coup de tonnerre eux-mêmes. Nous nous sentîmes comme des gens auxquels on aurait arraché d'un seul coup les vêtements du corps et la chair des os et, cela, bien que nous ayons pensé que le coup de canon allait éclater n'importe quand ces jours-ci. Il nous avait été annoncé, bien que sans date exacte, de même que tout ce que le Sultan Mehmet entreprenait contre cette ville.

En avril de l'année précédente, des espions nous avaient appris qu'à l'endroit le plus étroit du Bosphore — sur sa rive ouest, en face de la gigantesque forteresse turque qui dominait depuis deux générations la rive orientale —, il allait construire une autre place forte qui devrait être achevée en août de l'année suivante. Nous avions considéré cela comme pure vantardise ou comme une information mal fondée et nous ne nous en étions plus inquiétés, jusqu'à ce que, quelques mois plus tard, les murailles de l'ouvrage projeté prissent une forme clairement reconnaissable.

Bientôt, la forteresse menaça d'être plus puissante que les remparts de notre ville.

La volonté qu'elle incarnait semblait inébranlable, elle bravait la chaleur de l'été et les brumes de l'automne, les pluies diluviennes de l'hiver et les premières gelées, l'humidité du printemps et les tempêtes venues de la mer Noire qui balaient toute la contrée. C'était une volonté dont je n'ai jamais compris de quoi elle se nourrissait, car Mehmet lui-même donne à tous ceux qui le connaissent l'impression d'un homme plutôt secret, méditatif et replié sur lui-même. Mais ici, on croyait voir à l'ouvrage un véritable Titan, un homme qui ignorait le doute et ne reculait devant aucun obstacle.

Lorsqu'en décembre 1541, il fallut admettre que la nouvelle de l'achèvement de la construction pour l'été devait être prise au sérieux, j'avais recommandé à l'Empereur de faire attaquer le fort pendant que les maçons étaient encore sur les échafaudages.

Cependant, Notaras et ses experts n'entreprirent rien de la sorte. Ils découvraient sans cesse de nouveaux risques, prétextant tantôt le mauvais temps, tantôt la faiblesse de nos forces. Finalement, ils furent presque soulagés lorsque les derniers rapports, en mai ou en juin, indiquèrent que les murailles étaient désormais beaucoup trop fortes pour pouvoir être attaquées avec succès.

C'est à cette époque que nous apprîmes également que Mehmet avait donné à sa forteresse le nom de Bogha-Kese, ce qui veut dire, comme Ohannes le découvrit sans peine, le « barrage du Bosphore » et nous apprit du même coup le rôle que le Sultan lui destinait. Elle devait nous interdire l'accès de la mer Noire et trancher l'un des derniers liens vitaux qui nous unissaient encore à l'Occident.

Cette nouvelle eut un effet encore plus terrifiant que l'annonce de la construction et, cependant, elle incita quelques-uns de nos citoyens à des actions nocturnes contre les Turcs au travail.

Ils attaquèrent leurs convois de ravitaillement, tentèrent de les attirer à l'écart et ensuite de les poignarder. Ils leur envoyèrent même des cruches de vin empoisonné ou bien, grâce à des filles légèrement vêtues, ils les attirèrent loin de leurs postes. Mais, finalement, nos dirigeants s'effrayèrent du courage de leurs concitoyens. Ils envoyèrent une ambassade au Grand Vizir pour s'excuser de leurs entreprises et promirent même une indemnité sous forme de fourniture de vivres.

Je dois aujourd'hui confesser que je ne me suis pas opposé à cette résolution d'envoyer une délégation au Sultan. J'étais alors dans une période de si profond découragement que je trouvais également mauvais, ou également bon, tout ce que nous aurions pu faire. Aussi, je pris pour argent comptant les arguments de Notaras selon lesquels nous ne devions pas trop exciter les Turcs, mais plutôt les faire languir aussi longtemps que possible et utiliser ce délai pour nous préparer à leur dernière grande attaque.

Ah ! Se préparer et s'armer, gagner du temps, combien de fois n'ai-je pas entendu ces discours ! Personne ne voit donc que c'est cette constante temporisation qui nous mène à l'abîme, cette interminable et torturante attente de l'assaut final, cette déprimante interrogation sur les projets réels des Turcs, ce mouvement pendulaire entre l'angoisse et l'espoir? Si cela continue encore longtemps, un jour, nous n'aurons même plus la force d'en finir avec l'incertitude dans laquelle nous vivons et, dans un dernier accès de désespoir, de nous jeter sur nos épées ou de nous soumettre à la grâce et à la pitié du Sultan. Mais surtout, je suis certain que Mehmet a très bien pu inscrire cette possibilité dans ses plans. Le temps et la peur font aussi partie des armes qu'il utilise contre nous.

Que nous sachions presque tout ce qui se prépare dans le camp turc n'est aucunement dû au seul mérite de nos espions. Les rumeurs qu'ils nous transmettent sont plutôt répandues conformément à un plan. Les nouvelles, que l'on expédie avec des flèches tirées aux pieds de nos sentinelles, peuvent certainement être rédigées par des coreligionnaires dont le cœur est de notre côté. Cependant, je tiens pour totalement exclu que le Sultan ne sache rien de leur activité. Les renseignements de ce genre, venus du ciel ou transmis par d'autres moyens mystérieux, sont trop nombreux et quelques-unes de ces prédictions trop précises pour pouvoir émaner de travailleurs chrétiens.

Non, Mehmet veut manifestement que nous sachions comment il pense nous égorger. Ses communications ne sont pas des informations mais des menaces. Elles doivent saper notre assurance et user nos nerfs. Il utilise la tactique du serpent qui décourage le lapin par son regard.

C'est comme son intention de construire le plus grand canon du monde. Nous en avons été informés à une époque où ne peuvent en avoir existé, au mieux, que les premières esquisses fugitives. Nous savions la longueur de son tube, l'épaisseur de ses parois, la taille des boulets qu'il pourrait tirer. Ainsi, nous avons eu assez de temps pour nous représenter sans cesse les effroyables dégâts qu'infligeraient ces projectiles, lors de leur impact, à nos murailles.

Chacun de ceux qui étaient au courant de ces plans avait, depuis des semaines, constamment entendu en imagination le grondement de ce canon. Même Ohannes, qui est pourtant plus froid qu'un poisson, avait été plusieurs fois réveillé en sursaut avec son coup de tonnerre dans les oreilles et il était ensuite resté plusieurs minutes assis sur son lit, tremblant et couvert de sueur. Je puis en dire autant de moi-même — mais peut-être est-ce la raison pour laquelle nous avons pu rester si étonnamment calmes lorsque l'engin a tiré son premier coup.

Un claquement cinglant, un grondement, un roulement de tonnerre. Ensuite, un double écho, l'un qui roula au-dessus des collines avant de s'éteindre, l'autre qui résonna à l'intérieur de nous-mêmes et resta présent longtemps, beaucoup trop longtemps. Il me parut finalement qu'il avait été comme le son d'une trompe gigantesque. Mais l'ange qui soufflait dedans avait l'étroit visage de Mehmet, son long nez recourbé et ses yeux dans lesquels j'ai cru voir un jour — il y a bien longtemps — un soupçon de tristesse. L'étrange, c'est que je ne le hais pas comme un ennemi, mais comme quelqu'un qui ne me permet pas de le comprendre.

Lorsque le roulement se fut enfin tu et que l'on n'entendit plus que le piaillement des mouettes, il me parut surprenant que rien n'ait subi le moindre changement autour de moi. Aucun arc de porte ne s'était effondré, aucun vantail n'était sorti de ses gonds, aucune pierre n'était tombée. Le brick, en dessous de nous, se déhalait toujours vers l'entrée de la Corne d'Or, la mer reflétait le bleu du ciel et les îles flottaient sur l'eau comme des souvenirs d'heureux jours d'été.

— Au palais ? demanda Ohannes.

— Le plus vite possible.

Nous nous levâmes et nous venions d'atteindre l'extrémité du court escalier qui mène de la porte Saint-Eugène à la porte Sainte-Barbara, lorsque le canon de Mehmet tonna pour la deuxième fois. Le coup de canon ne résonna pas autrement que le premier, mais nous le perçûmes presque comme un bruit familier.

L'eunuque du palais, qui, lors de la première détonation, avait lâché son plateau, venait de se préparer à retourner dans les appartements impériaux lorsque le deuxième coup éclata, lequel lui arracha derechef le plateau des mains. Il lui fallut faire porter l'objet à la chapelle de la Cour pour que les prêtres le débarrassent de son impureté car un instrument du mobilier impérial qui a une fois touché la terre passe pour être profané et ne peut plus être présenté à l'Empereur. En d'autres temps, l'eunuque eût été décapité pour son crime, mais aujourd'hui ils sont si peu nombreux que l'on ne peut plus se permettre des mesures aussi draconiennes.

Au moment où cela se passait, Ohannes, Mauros et moi, nous étions déjà dans notre canot et nous gouvernions vers le nord-ouest, là où dans la partie supérieure de la Corne d'Or se dresse le palais Blachern.

L'eau bruissait le long de la quille. Les deux rameurs, debout sur le pontage arrière, souquaient en cadence leurs avirons de plus de six pieds, fixés par des courroies à des tolets extérieurs. Ils haletaient et commençaient à transpirer. Le canot était de plus en plus rapide. Sa proue se soulevait au-dessus des flots. A la fin, il semblait voler. J'ai vu des embarcations analogues à Venise, on les appelle des gondoles, mais pour ce qui est de l'élégance et de la vitesse, on ne saurait les comparer aux nôtres.

A bâbord, les établissements des Génois, des Pisans, des Amalfiens et des Vénitiens défilaient devant nous. Presque tous étaient vides de navires et comme privés de vie. Sur l'autre rive, surgirent les clochers latins de Galata auxquels nos yeux ne s'habituaient toujours pas. Je me surpris à guetter les cigognes qui avaient disparu si soudainement un moment auparavant, mais je n'en aperçus aucune. Avais-je espéré que le Seigneur les inciterait à s'envoler pour nous donner un signe favorable ? Qui peut savoir, après un tel moment, tout ce qui vous passe par la tête ?

Sur notre gauche, après les ports des Italiens, s'étendaient nos propres bassins. Il n'y avait plus maintenant que quelques galères et galéasses dont l'aspect extérieur permettait de juger sans peine des conditions qui régnaient sous leurs ponts : l'eau des sentines jusqu'aux bancs de nage, des bordés pourris, des cordages hors d'usage. Au-dessus de leurs mâts, s'élevait la haute muraille du front de mer, un décor immuablement imposant, mais dont je connaissais le véritable état.

Je prenais conscience de façon plus angoissante que jamais que Constantinople n'était plus qu'un îlot minuscule au milieu d'une mer d'ennemis. Le Turc n'est plus seulement sur la rive asiatique du Bosphore et de la mer de Marmara, il nous barre aussi la route terrestre vers l'Europe. Sa capitale, Andrinople, n'est qu'à quatre-vingts milles à l'est de nous. La majeure partie de la Grèce est entre ses mains. L'étendard au croissant flotte sur le Danube inférieur ainsi que sur la côte albanaise de l'Adriatique. Il peut même sans difficulté bloquer, dès aujourd'hui, la route vers la mer Noire et vers l'empire chrétien de Trébizonde, dans l'angle entre l'Anti-Taurus et le Caucase.

Nous ne pouvons plus que passer par les Dardanelles pour gagner la mer Egée et, de là, parvenir en Italie. Cependant, ces croisières deviennent de jour en jour plus dangereuses car le dédale de l'archipel des Cyclades est depuis longtemps un repaire de pirates musulmans.

Le territoire que nous dominons s'étend de Galata à une heure et demie de marche, vers le nord, jusqu'aux remparts de Bogha-Kese et, sur une distance du double environ, vers la Thrace, en partant de nos remparts de l'ouest. Heureusement, cela suffit à nourrir la ville ainsi que les villages alentour.

Lorsque, à main gauche, les puissantes façades du palais Blachern furent en vue, j'eus l'impression d'avoir dans la tête un moulin qui crachait sans trêve les mêmes questions : combien de temps encore ? Est-ce pour bientôt ? Quand ? Cette année ? Ou l'année prochaine ?

Je me rappelai à l'ordre, chassai les pensées torturantes et tentai de redevenir celui que l'on connaît, Georgios Sphrantzès, le buffle sans barbe qui aspire le feu et souffle la fumée par les naseaux.

Je me chargeai de colère et de fureur.

Le palais offrait son aspect habituel, qui était tout sauf réjouissant. Même en cette journée radieuse, ses façades semblaient mornes et ternes. On voyait de longues suites de fenêtres derrière lesquelles aucune vie ne battait plus depuis longtemps.

Les bassins des fontaines étaient remplis de feuilles mortes. Les allées pavées étaient recouvertes d'une tenace couche de saleté. Les statues de bronze levaient vers le ciel des bras brisés dans un geste d'imploration. Les colonnes des arcades faites du plus noble porphyre avaient pris la couleur de la brique le meilleur marché.

Sur tout ce gigantesque complexe de bâtiments qui forme une ville dans la ville s'étendait un silence fantomatique et paralysant.

L'homme de garde, devant l'aile du palais qui abrite les bureaux administratifs de la Cour, me gratifia de l'habituel salut négligent. Je me ruai vers les larges degrés usés qui mènent au premier étage. Gennadios, le supérieur du couvent Pantokrator était debout, en haut de l'escalier. Il se dressait dans sa pose de prophète et réussissait même à ce qu'un courant d'air gonflât son ample robe.

— Georgios Sphrantzès, me dit-il d'une voix de tonnerre, il semble impossible que l'on apprenne la vérité dans cette maison. Notre père, le Patriarche, est plongé dans une profonde inquiétude à cause de ce bruit infernal qu'il vient d'entendre, mais tout le monde ici me raconte que c'est la parfaitement normale manifestation d'un parfaitement normal engin de guerre — ce que nous ne saurions croire. Dis-moi donc quel démon les infidèles ont bien pu conjurer pour éprouver la solidité de notre foi !

Par la force des choses, je regardai de très bas le clerc barbu, mais je lui répondis avec la plus grande courtoisie dont j'use à son égard :

— Très respectable prieur, les Turcs n'ont plus besoin du démon depuis longtemps. Ils ont la possibilité d'obtenir des effets démoniaques par des moyens naturels.

— Voudrais-tu donc me faire admettre, hurla-t-il, que ce que nous avons entendu ne concerne que les militaires et pas nous ?

— Que serions-nous, répliquai-je, sans l'Eglise et les prières de ses honorables prêtres ? Mais ce que vous-même et le Patriarche avez entendu n'était en fait rien d'autre que deux coups de canon.

— Des canons ? demanda-t-il, je peux me rappeler qu'à l'occasion on tire le canon chez nous, pour accompagner la procession impériale avec une sorte de roulement de tonnerre solennel. Je sais aussi qu'ils produisent une fumée terriblement irritante. Mais jamais aucun canon n'a produit un bruit comparable à ce que nous venons d'entendre.

— La fumée dont vous parlez, répondis-je, est capable de propulser dans l'air, très loin et à une grande vitesse, de gros boulets de pierre et de provoquer ainsi d'effroyables destructions. Même nos canons servent à cela, malheureusement nous n'en avons que très peu et, en tout cas, aucun d'aussi gros que celui du Turc. Cela explique également pourquoi le tonnerre de ce midi vous a tant effrayé. Vos oreilles étaient habituées au bruit comparativement innocent de nos canons de campagne et de nos pièces de marine, mais pas au grondement d'une arme gigantesque d'un genre tout nouveau.

La robe de Gennadios cessa de flotter et je reçus en plein nez tout à coup, ce relent de sueur étouffant qui semble d'étrange façon s'exhaler des vêtements de tous nos prêtres.

— Ce tonnerre, demanda-t-il, serait donc le moyen de transport d'un projectile ?

— Cela pourrait se définir ainsi, honorable prieur.

— Mais autrefois, les pierres lancées par nos grandes

catapultes ne volaient-elles pas à travers les airs sans produire ce bruit effrayant ?

— Elles le font encore aujourd'hui, de même que les gros traits de nos arbalètes de rempart.

— Alors, au fond, le tonnerre est superflu. Non ?

Ecrasé par tant d'ignorance, je ne pus répondre immédiatement. C'est pourquoi je fus d'autant plus surpris lorsque Gennadios fit suivre cette première remarque d'une deuxième dans laquelle, me semble-t-il, luisait une étincelle de logique inattendue.

— Eh bien, dit-il, peut-être le tonnerre n'est-il cependant pas superflu. On pourrait par exemple le considérer comme un moyen d'effrayer l'ennemi.

— D'effrayer l'ennemi, mon père ?

— Mais oui, Georgios Sphrantzès. N'avons-nous pas perçu cet effet nous-mêmes, dans notre corps ?

Il descendit une marche à ma rencontre, de sorte que la puanteur de sa robe me pénétra encore plus fort dans les narines. Puis il vrilla le regard de ses yeux jaunes dans les miens et dit, d'une voix normale, plus réfléchie qu'auparavant :

— Je ne vois pas ce qui contredirait les pensées que je viens d'exprimer. Si elles sont exactes, elles peuvent mener à une autre conséquence.

— Je vous écoute, mon père.

— C'est une idée toute simple, Georgios Sphrantzès : quiconque tente de se servir de la peur comme d'une arme doit d'abord croire lui-même à cette peur !

— Cela me semble irréfutable.

— Mais quiconque croit à une peur qui peut être produite par un bruit très fort l'éprouve lui-même. Ce qui veut dire en outre...

— Quoi donc, mon père ?

Il releva triomphalement la tête.

— Cela veut dire qu'il connaît l'angoisse, cela veut peut-être dire aussi qu'il a même de l'angoisse et cela pourrait en troisième lieu vouloir dire qu'il a besoin de ce bruit générateur de terreur pour se donner du courage.

J'eus soudain conscience que je le regardais bouche bée. Ce qui m'était exposé là était une réflexion qui n'aurait pu être plus caractéristique de notre façon de raisonner. C'était une argumentation hautement raffinée qui, de ce fait — ne suis-je pas moi-même un Byzantin —, avait un effet lumineusement rassurant.

Je mis quelque peu péniblement de l'ordre dans mes idées, hochai la tête et :

— C'est certainement, dis-je, une indication précieuse, mon père, mais le fardeau qui pèse sur nos épaules n'en est que bien faiblement allégé.

Avec une esquisse de sourire — et je dis bien esquisse car nos prêtres ne sourient pour ainsi dire jamais vraiment — il répliqua :

— Pas du tout, Georgios Sphrantzès, nous pouvons augmenter considérablement le poids de ces petites réflexions si nous y ajoutons du courage et la confiance en Dieu.

Il va bientôt se lancer dans un sermon, pensai-je et je lui dis pour l'en dissuader :

— Dans le tonnerre dont nous parlons, honorable prieur, qu'il soit un moyen de terreur ou une façon de se donner du courage, voire les deux à la fois, ce n'est pas seulement le Turc qui s'avance, mais une ère entièrement nouvelle à laquelle nous n'appartenons déjà plus. Tandis que cette ville et ses gouvernants se complaisent dans le lustre d'une ancienne splendeur, l'Occident a développé des sciences et des techniques qu'avec notre façon de penser nous ne pouvons absolument plus comprendre. Le Turc, lui, les a visiblement fort bien assimilées et il en fait maintenant usage. Nous croyions être parvenus au sommet d'une évolution qui ne pouvait plus être surpassée, et nous devons tout à coup constater que nous ne sommes rien d'autre que les habitants d'une province arriérée auprès de laquelle le progrès est passé sans laisser de traces. Nos meilleurs esprits se sont échauffés durant des décennies dans d'interminables débats pour savoir si le Saint-Esprit procède du Père ou du Fils ou des deux à la fois. Pendant ce temps, en Occident, on a découvert qu'au moyen d'une poudre faite de charbon, de soufre et de salpêtre, on peut, avec de longs tubes, lancer des boulets avec une force inimaginable. Mais cela, honorable prieur, est pour moi l'information la plus importante que l'on puisse lire dans le tonnerre de ce midi. Toutes les autres réflexions qui s'y rapportent peuvent, certes, être utiles. Elles ne pourront cependant pas chasser du monde ni désarmer celle qui précède. Il vient de nous être démontré, il y a une heure, que le Sultan possède vraisemblablement le plus gros canon du monde et cela signifie, qu'on le veuille ou non, que nous sommes plus proches de notre fin que jamais auparavant.

J'avais un peu élevé le ton vers la fin de ce discours. Alors que nos prêtres réagissent habituellement à des irrespects de ce genre par des froncements de sourcils et des regards menaçants, cette expression qui ressemblait presque à un sourire apparut une fois de plus autour des lèvres de Gennadios. Et sa voix se fit relativement douce pour me répondre.

— Erreur ! dit-il, erreur, Georgios Sphrantzès ! Ce que tu me racontes manque de logique et tu te contredis toi-même. Tu as peut-être raison lorsque tu dis que nos pensées ne suivent pas les mêmes voies que celles des Occidentaux, mais tu as tort dans tous les cas lorsque tu voudrais faire croire qu'il serait meilleur de penser à leur façon. Je te le dis : il ne nous reste rien d'autre à faire que d'affronter le danger avec les moyens qui nous sont propres. Tu m'as, dans une certaine mesure, clairement expliqué ce qu'est un canon. Cependant, visiblement, nous ne pouvons affronter le canon des infidèles avec aucune arme qui lui soit égale ou même supérieure. En conséquence, nous sommes contraints de nous demander où se trouve la force d'un tel engin de guerre et où — car rien n'est jamais parfait — se trouve sa faiblesse ou celle de ses possesseurs. A cela je ne trouve, pour le moment, que cette seule réponse : celui qui a besoin d'un tel tonnerre crée une puissance et une force qu'en fin de compte il ne possède pas. Il se persuade qu'il est ce qu'il n'est pas vraiment. Il a peur lui aussi, Georgios Sphrantzès, peur, même de nous. Et cela aussi me semble être une faiblesse que l'on peut utiliser. J'ai bien remarqué comment tu as sursauté lorsque j'ai parlé tout à l'heure de la confiance en Dieu.

Une expression presque rusée flottait sur son visage.

— C'est que, reprit-il, on peut également employer la confiance en Dieu avec constance et de façon efficace. Imagine par exemple que, dans les jours qui viennent, nos soldats répondent aux grondements de ce canon par des chœurs enflammés et représente-toi combien ces accents familiers augmenteront leur courage alors qu'ils ébranleront celui de l'ennemi ! Aussi, ne me dis pas, Georgios Sphrantzès, que notre mode de raisonnement est tellement inférieur à celui des Occidentaux ou des Turcs qui singent l'Occident. Ce qui s'est avéré durant mille ans ne perdra pas toute valeur en quelques décennies.

Sur ces paroles, il effaça de son visage l'esquisse de sourire, leva une main bénissante et, passant devant moi qui m'étais agenouillé, il descendit l'escalier.

Je dois confesser qu'il me laissa dans une certaine mesure un peu troublé. Cependant, c'étaient moins ses paroles qui m'avaient fait perdre mon sang-froid que le fait que, dans sa façon d'aborder les problèmes, qui ne m'était que trop connue, on pouvait déboucher sur des réflexions qui effectivement se défendaient. La pensée que Mehmet n'était peut-être pas aussi sûr de lui qu'il voulait le faire croire m'était déjà souvent venue depuis que j'avais fait sa connaissance. Et pourtant, je l'avais toujours écartée. Maintenant qu'elle réapparaissait, mis à part qu'elle était formulée par un représentant de notre école philosophique la plus conservatrice, elle ne me parut soudain plus du tout absurde.

Je me tournai et suivis Gennadios du regard tandis que, plein de dignité dans sa robe flottante, il descendait les marches. Il parut sentir mon regard, s'arrêta et sa voix grondante retentit de nouveau dans la cage d'escalier.

— Honte à ta pusillanimité, Georgios Sphrantzès ! Moi, prieur du Pantokrator, je te le dis : si c'est une ère toute nouvelle qui marche vers nous dans le tonnerre des canons, c'est une ère de la peur et tu ne devrais pas souhaiter y prendre part. C'est une ère de la folie des grandeurs qui croit pouvoir ravir à Dieu les insignes de sa puissance, mais elle ira à sa perte de façon effroyable.

Dans un geste qui, désormais, ne me sembla plus du tout théâtral, il leva sa main droite vers moi comme s'il m'accusait, puis il la laissa retomber et ajouta d'une voix un peu changée :

— Les religieux et les moines de cette ville vont dorénavant s'exercer au chant nuit et jour. Ils apprendront à couvrir le bruit infernal du canon turc.

Lorsqu'il se fut définitivement éloigné, sa voix sembla résonner en moi pendant plusieurs minutes. Si je l'avais écoutée un peu plus longtemps, j'aurais peut-être échappé à l'envoûtement de ce que j'avais vécu sur la tour Saint-Eugène.

Avant que cela ne se produisît, un léger rire moqueur venu du palier supérieur vint frapper mes oreilles. Lukas Notaras se pencha sur la balustrade et dit :

— Brillant exposé, n'est-ce pas, ami Sphrantzès ?

Derrière lui se tenaient ses amis Laskaris, Batatzès et Kekaumenès qui devaient s'être approchés sans que je les remarque. Leurs visages exprimaient aussi un léger amusement.

— En aucun cas, déclara Kekaumenès, nous ne voudrions manquer la deuxième représentation de Gennadios.

— Et nous ne devons surtout pas négliger d'aller l'admirer dimanche, une dernière fois, à l'église Pantokrator. D'ici là, il aura réglé assez de problèmes et il sera en grande forme, ajouta Batatzès.

Levant les yeux vers eux, je me sentis comme un chien errant qui a reçu un seau d'eau.

Peut-être ne comprendra-t-on pas à première vue que je raconte ces petits faits, c'est pourquoi je dois ajouter quelques explications.

Ce que j'écris ici ne doit en aucune façon être une sorte de rapport justificatif d'où l'on déduirait que je serais le seul fonctionnaire impérial de la Cour qui, en les temps difficiles que nous vivons, faisait ou voulait au moins faire ce qui convenait. Moi aussi, j'ai commis beaucoup d'erreurs, j'ai été parfois négligent, à l'occasion trop pusillanime et souvent trop optimiste. Mais, ce qui est pire, je me suis plus souvent qu'à mon tour comporté comme un véritable lourdaud — ce qui tient assurément au fait que ma nature possède quelques traits de balourdise.

Par exemple, je me suis tout simplement laissé empaumer par le prieur du couvent Pantokrator. Sans que je l'aie remarqué, il m'a fait jouer la réplique dans la répétition générale d'un rôle qu'il se préparait à jouer. Il m'avait manipulé grâce au plus simple des artifices dialectiques. Comme Socrate autrefois, il s'était fait passer pour un imbécile et m'avait contraint à poser quelques questions ridicules ainsi qu'à, finalement, lui extirper un discours tonitruant bien préparé à l'avance. Ensuite, il m'avait pour ainsi dire collé le dos au mur. Après la dernière remarque de Batatzès, je levai le bras, tandis que mon index pointé vers lui, comme l'avait fait Gennadios, je lui dis sèchement :

— Qu'y a-t-il donc d'étrange dans les réflexions du prieur ? C'est une vieille tactique byzantine que de placer des moines derrière les soldats auxquels, par leurs cantiques, ils donnent du courage. Nous pourrions très bientôt nous trouver dans une situation où il sera fort utile de l'employer à nouveau.

— Ami Sphrantzès, répliqua Notaras, personne ne le

contesteste. Ce qui nous amuse, c'est seulement que je viens d'assister pour la deuxième fois à la grande scène de Gennadios et Batatzès en est même à la troisième représentation. Le bonhomme se prépare depuis des jours aux coups de canon que nous venons d'entendre. Il peaufine un sermon grâce auquel il espère réveiller le courage de la population et il utilise tous ceux qu'il trouve sur son chemin pour en éprouver l'effet. Hier, il a lancé ses questions d'introduction à Batatzès. Forcément, elles étaient encore un peu hypothétiques et assez entortillées. Chez moi, il y a un moment, elles comportaient encore quelque chose d'artificiel et d'inachevé. Mais lorsqu'il est tombé sur toi, les mots lui sortaient déjà de la bouche aussi facilement que le *Kyrie.* Du reste, il faut que tu nous pardonnes d'avoir pris un certain plaisir à voir le processus se dérouler jusqu'à son apogée provisoire, car nous n'avons plus guère de raisons de rire. Cela n'a absolument rien à voir avec le fait que tu t'y trouvais mêlé. Cependant, tu seras sûrement d'accord avec moi lorsque je dis qu'il ne faut pas que nous manquions sa représentation à l'église Pantokrator à laquelle il a travaillé si consciencieusement.

Notre commandant en chef dit tout cela du ton courtois qu'il considère comme adéquat, même dans les sessions les plus dramatiques. Il me souriait de ses yeux d'un bleu étonnant et il était, du fond du cœur, le « brave marin » sous les traits duquel il avait commencé entre-temps à devenir un « brave homme d'amiral ». Ses courtes jambes étaient enfoncées dans de hautes bottes de maroquin. Sa barbe poivre et sel à deux pointes lui tombait presque jusqu'au milieu de la poitrine et encadrait un médaillon d'or, grand comme une soucoupe, sur lequel était ciselé le double aigle de Byzance. Il portait une tunique de velours vert qui lui descendait jusqu'aux genoux et, à la chaîne aux fins maillons qui entourait ses puissantes hanches pendait un précieux poignard arabe à lame courbe.

Vis-à-vis de Notaras, j'ai souvent considéré comme un avantage de pouvoir le regarder d'en haut. Même maintenant, alors que j'étais une marche de l'escalier plus bas que lui, cela me facilita la difficile tâche de recouvrer un peu de ma dignité.

— J'allais justement chez toi, dis-je, as-tu déjà des nouvelles de notre poste d'observation au Bogha-Keze ?

— Malheureusement non, ami Sphrantzès, à moins que l'estafette à cheval ne soit arrivée tandis que nous assistions à la représentation de Gennadios.

— Alors, entrons dans ton cabinet !

Il eut un geste d'une élégance exagérée.

— Après toi, Grand Logothète.

Je fis un demi-tour et parcourus le corridor décoré de mosaïques murales, tel que j'étais, crasseux et suant. Derrière moi, s'avançaient quatre hommes qui sentaient tous les essences du bain, avec des barbes soignées et des chevelures soigneusement lissées. Ils avaient presque tous appris à donner à leur visage l'expression d'orgueil méprisant qui passe chez nous pour être la marque du véritable aristocrate. Avec mes cinquante ans, j'étais le benjamin de ce quintette, mais néanmoins le plus élevé en grade.

Bien que Notaras soit un échelon en dessous de moi dans la hiérarchie de la Cour, ses bureaux sont de loin plus luxueux que les miens — il le doit à sa grande ancienneté et à sa plus grande expérience dans les relations avec les fonctionnaires de l'administration du palais. Pour parvenir jusqu'aux quartiers dans lesquels il travaille, il faut traverser toute une série d'antichambres. On arrive alors dans une élégante bibliothèque agrémentée de statues et qui abrite principalement des cartes marines. De là, on pénètre dans une vaste salle d'angle dont les fenêtres laissent pénétrer la lumière du soleil réfléchie par les eaux de la Corne d'Or. Derrière les autres fenêtres scintillent les flancs aux multiples couleurs automnales des collines de la Thrace.

Sur le sol de marbre poli, se dresse une gigantesque table surchargée de papiers. Le long des murs, courent des banquettes. Il n'y a ni chaises ni fauteuils, on ne saurait imaginer Notaras assis la plume à la main. Il exerce ses activités en allant et venant et en parlant avec ses conseillers. Des secrétaires affairés extraient de ses propos ce qu'il souhaite faire publier, le rédigent dans la forme prescrite et lui font signer les papiers.

Lorsque la porte de ce luxueux endroit s'ouvrit devant nous, nous vîmes tout d'abord un homme dans l'uniforme râpé de notre cavalerie. Il rectifia aussitôt la position. Derrière lui, à ma grande surprise, était assis Laonikos Chalkokondylès, le jeune et silencieux Athénien que je reconnais, dans cette ville, comme mon seul égal en matière de style et de prose. Je le compte au nombre de mes amis, c'est pourquoi je me demandai ce qu'il pouvait bien faire chez Notaras.

Mais avant que je ne lui eusse adressé un regard de

réprobation, il s'était déjà levé et s'était incliné devant moi avec un visage si fermé que je crus comprendre pourquoi il se trouvait là. Il avait dû être envoyé par l'Empereur et le souverain, visiblement, ne tenait pas à ce que nous prissions contact dans ce bureau officiel. Chacun d'entre nous devait s'y présenter à sa façon et indépendamment de l'autre. Je baissai les yeux pour lui signaler que j'avais compris et il répondit de la même façon à mon message muet.

Notaras fit signe au cavalier de s'approcher de lui.

— Tu viens du Bogha-Kese ?

— Oui, Votre Excellence.

— Pourquoi si tard ? Nous t'attendons depuis un quart d'heure.

— J'ai été retenu en traversant Galata. Toutes les rues étaient pleines de monde. Ils voulaient savoir ce qui s'était passé.

— Le leur as-tu dit ?

— J'ai fait comme si je ne comprenais pas le mauvais grec de ces Italiens. Mais ça m'a quand même pris du temps.

— Bon. Que s'était-il donc passé ?

Le soldat prit le ton impersonnel du rapport :

— Ce fut ainsi, dit-il. Presque exactement à midi, une caraque vénitienne descendait le Bosphore. En raison du peu de vent, elle n'avait pas hissé de voiles et elle se laissait dériver avec le courant. Lorsqu'elle fut à la hauteur du fort turc, un pavillon fut hissé et on lui cria quelque chose. Nous supposons que c'était l'ordre de virer de bord. La caraque répondit, mais elle continua sa route. C'est alors que, des trois grandes tours du Bogha-Kese qui font face à la mer, partit le premier de ces deux effrayants coups de canon. Le boulet tomba assez près de la proue de la caraque vénitienne. Il devait être monstrueusement gros, car il souleva une gigantesque gerbe d'eau, bien au-dessus de l'antenne de foc qui, sur une caraque, est placée très haut. Le navire continua pourtant d'avancer. Il avait presque paré le fort et il était déjà hors de portée d'un canon normal, lorsqu'un deuxième coup tonna sur la tour et alors...

Le soldat s'arrêta brusquement comme s'il était retenu par ses propres souvenirs. Notaras frappa du pied et dit, de son ton de commandement le plus sec :

— Qui t'a donné l'ordre de reprendre haleine ?

— Pardonnez-moi, Excellence, bégaya l'homme. C'était...

c'était effrayant. Personne d'entre nous n'a jamais rien vu de pareil.

— Qu'est-ce qui était effrayant ? demandai-je.

Il se tourna vers moi.

— Le navire a tout simplement volé en éclats. Il s'est complètement désintégré. Nous venions juste de le voir et, dans l'instant suivant... à peine quelques poutres et planches qui volaient en l'air.

— Le deuxième coup était donc un coup au but ?

— Oui, Excellence, il a dû frapper en plein milieu du navire.

— Et il ne serait pas possible que quelque chose à bord ait pris feu, une soute à poudre, peut-être ?

— Non, Excellence, sûrement pas. Les caraques sont des vaisseaux marchands qui la plupart du temps ne sont pas armés. De plus, en cas d'explosion, on aurait dû voir des flammes et de la fumée. Mais nous n'avons rien vu de semblable.

— Seulement cet impact et les débris lancés en l'air ?

— Oui.

Je regardai les autres qui s'étaient rassemblés en demi-cercle autour du cavalier. Sur tous les visages, s'exprimait une stupéfaction incrédule.

L'Athénien avait une expression pétrifiée et l'ancien marin, une mine qu'il devait arborer habituellement, autrefois, quand un danger surgissait devant lui. Il ne semblait pas voir le navire mis en pièces, mais celui qui l'avait détruit.

— Quelle est la taille d'une caraque, demandai-je.

— Les plus grandes peuvent transporter jusqu'à cinq cents hommes. Celle-ci, dirais-je, en contenait peut-être trois cents.

Je regardai Notaras. Il hocha la tête.

— Cela doit être exact. Les grandes caraques sont rarement envoyées sur les routes de la mer Noire.

— Et que serait-il arrivé, insistai-je, si un boulet ordinaire avait touché le navire ? Disons un de ceux que tirent les plus gros canons que nous possédons ?

— Difficile à dire, répondit le cavalier. Un coup juste en dessous de la ligne de flottaison aurait peut-être pu le faire couler.

— Mais il ne l'aurait pas mis en pièces ?

— En aucun cas.

— Merci, dis-je, et je me tournai vers les autres.

— Quelqu'un a-t-il encore des questions à poser à cet homme ?

— Oui, dit Chalkokondylès, une seule. Combien de temps environ s'est-il écoulé entre le premier et le second coup ?

Le cavalier réfléchit.

— Dix minutes, peut-être un peu plus.

— C'est à peu près exact, dis-je ; les autres hochèrent la tête.

— Cela veut dire, fit lentement l'Athénien, ou bien que les Turcs ont rechargé la pièce dans un temps inimaginablement court ou bien...

— Ou bien quoi ?

— Qu'ils n'ont pas seulement un, mais deux de ces canons géants.

Cette fois, il nous fallut plusieurs secondes pour digérer la phrase. Ensuite, quelque chose qui ressemblait à de l'horreur commença de se dessiner sur le visage de Notaras.

— Deux ? murmura Batatzès, à part, d'une voix incrédule.

— Je crois qu'il n'y a pas d'autre explication. On ne peut déjà pas recharger un canon de campagne ordinaire en moins de sept à huit minutes. Et ce serait possible en un quart d'heure pour un pareil monstre ? Songez donc, un boulet d'un poids de plus de cinq cents livres lui est bourré dans la gueule. Cela ne peut se faire à la seule force des bras, il faut employer des moufles. Ensuite, l'artificier doit doser très exactement et très prudemment une énorme quantité de poudre, car les Turcs ont fort peu l'expérience du maniement de leur canon. Tout cela prend beaucoup de temps. Je dirais en tout cas, plus de quinze minutes. Qu'en penses-tu, Excellence Notaras ?

Ce dernier se contenta de hocher la tête. Sa mine s'était assombrie. Silencieux, nous étions plantés sur l'éblouissant sol de marbre qui reflétait la lumière d'une merveilleuse journée de novembre et personne d'entre nous n'osait regarder les autres. Finalement, ce fut Notaras qui prit à nouveau la parole.

— Tu peux disposer, dit-il au cavalier.

Mais le soldat rectifia la position.

— Pardonnez-moi, Excellence, je n'ai pas rendu compte de tout.

— Alors, finissons-en !

— A vos ordres. Il reprit le ton impersonnel du rapport. Quelques-uns des Vénitiens, cinq ou six, en ont réchappé. Ils ont dû sauter par-dessus bord tandis que le boulet sifflait en approchant. En tout cas, après, nous avons aperçu plusieurs têtes qui surnageaient.

— Que leur est-il arrivé ?

— Je n'en sais rien. J'ai juste pu voir que, des deux rives du Bosphore, de la forteresse turque de l'est et de celle de l'ouest, deux canots se hâtaient vers les survivants. Ensuite, notre chef de poste m'a envoyé vers vous. Il vous fait dire qu'il enverra une deuxième estafette dès qu'il en saura plus.

— Merci, dis-je, tu es un soldat très consciencieux. Quel est ton nom ?

— Achille Lefkidès, Excellence.

Je souris involontairement.

— Achille ! Voilà au moins un bon présage, aujourd'hui.

— Assurément, dit Chalkokondylès, incapable comme moi de résister à une allusion littéraire. S'il s'était appelé Hector, nous nous sentirions encore plus des Troyens assiégés.

Comment les minutes suivantes, se déroulèrent dans le cabinet de Notaras, je ne saurais le dire avec exactitude. Mon cerveau, comme souvent dans des situations analogues, menait une vie propre et indépendante. Il faisait surgir des impressions, des pensées et des souvenirs qui se bousculaient en images des plus étranges.

Anna passa rapidement ; elle portait un pantalon bouffant et un voile de harem. Mehmet apparut sous les traits d'un homme tranquille et à l'aise ; assis en tailleur sur le sol, il m'offrait un visage curieux et attentif. Aussitôt après, il se transforma et devint l'autre Mehmet, que je connaissais également, gesticulateur et beau parleur. Le Mehmet cruel qui, au milieu d'un entretien, laissait parfois jaillir l'éclair de ses véritables pensées comme on dégaine une dague, je ne le vis pas, ce qui me parut étrange, mais je revis une nouvelle fois Anna. Son regard allait de Mehmet à moi, comme si elle avait voulu voir si nous nous plaisions ou non, si nous nous comprenions et si l'amitié entre nous était possible. Mon cerveau semblait vouloir me montrer qu'il y avait des rapports entre nous trois, mais aussi qu'il y en avait un entre Anna, Mehmet, moi-même et les événements de cette journée.

Les événements de cette journée ?

Une chose est certaine — et cela me paraît clair au moment où je l'écris — parmi les nombreuses motivations de mes faits et gestes du moment, il y a un complexe de culpabilité légèrement cuisant. Ce n'est pas seulement mon sens du devoir qui me fait monter chaque jour que Dieu fait sur nos remparts pour les inspecter. Je le fais aussi parce qu'au plus profond de moi-même, il y a la conviction que je porte une part de responsabilité dans la situation désespérée où en est venue Constantinople et où elle se trouve toujours. Et cela encore une fois, à cause d'Anna.

Il y a longtemps qu'Anna m'avait fait ses confidences. Mais je ne l'avais pas empêchée de rompre avec sa vie passée et de se lancer dans des intrigues dont, jusqu'à présent, elle n'est pas complètement libérée. Grâce à ma mollesse d'autrefois, elle vit dans deux camps opposés. Je savais depuis longtemps que Mehmet éprouve à son égard des sentiments qui oscillent entre ceux d'un fils pour sa mère et ceux d'un homme pour une femme désirée. Dans quelle mesure, ou plutôt de quelle façon Anna répond à cette inclination, c'est moins clair pour moi. Cependant, mon complexe de culpabilité a ses racines surtout dans la conviction, à peine fondée mais néanmoins certaine, qu'il existe un rapport entre la résolution de Mehmet de s'emparer de Constantinople et ses sentiments pour Anna. L'avertissement que me donnait finalement mon cerveau, c'est que Mehmet n'est pas le seul instigateur des canons qui ont coulé aujourd'hui la caraque vénitienne, Anna l'est presque autant que lui. Et comme j'ai permis que la destinée d'Anna se croise avec celle de Mehmet, je porte une part de la responsabilité de cet événement.

Pensées folles ? Peut-être ! Cependant, je ne les note pas parce qu'elles me semblèrent vraiment plausibles, mais parce qu'elles font partie de l'humeur dans laquelle je me trouvais l'après-midi de ce 26 novembre. Elles s'effacèrent lorsque je me repris, mais je n'ai jamais pu les chasser complètement de ma tête. Même pas grâce à l'argument que je n'ai jamais été l'homme capable d'empêcher Anna de faire ce qu'elle voulait, même autrefois lorsqu'elle était encore une fillette et que j'étais son ami et son protecteur. On ne peut pas mettre Anna en cage. Je l'ai toujours su et c'est, non pas malgré, mais à cause de cela, que je l'ai aimée. Etait-ce donc mon amour qui m'avait impliqué dans la liaison d'Anna avec Mehmet ?

Les images recommencèrent à tourner en rond. Je les chassai et me rappelai à l'ordre. Dans ce lieu et à cette heure, je ne devais être que le grand logothète de l'empereur de Byzance. Lorsque je m'écartai du mur auquel je m'étais appuyé et m'avançai jusqu'au centre de la pièce, cinq paires d'yeux scrutèrent mon visage. Et chacun des présents sembla être heureux que je l'eusse arraché à des réflexions qui devaient être tout aussi sombres que les miennes.

— Peut-être, proposai-je, chacun de nous devrait-il résumer en quelques mots ce qui lui est passé par la tête au cours de ces dernières minutes. Si tu veux bien commencer, Lukas Notaras...

L'ancien loup de mer esquissa une courbette et croisa ensuite les mains sur son ventre en forme de tonneau.

— Bien volontiers, honorable Grand Logothète. Je vais essayer de tirer de l'événement qui vient de nous être rapporté son aspect le plus positif. Ce faisant, toutefois, je ne puis m'appuyer que sur un seul point qui est le suivant : le navire coulé était vénitien. Aucun vaisseau byzantin ni trébizondain, n'a été bombardé, non, une caraque qui arborait le pavillon de Saint-Marc. Le Turc est depuis un an en guerre déclarée avec nous, pas avec Venise. Cependant, Mehmet provoque ouvertement la plus grande puissance maritime de la Méditerranée. Cela peut avoir deux résultats différents : Venise accepte cet acte de piraterie sans se plaindre — ce que je tiens toutefois pour exclu — ou bien elle déclare la guerre au Sultan — et c'est fort possible. Mais si elle agit de la sorte, ce serait comme si les coups de canon avaient été tirés contre les Turcs eux-mêmes, car nous aurions gagné de façon tout à fait inattendue un très puissant allié et Mehmet un très puissant adversaire.

Nous réfléchîmes tous quelques secondes sur ces paroles, sans toutefois montrer la moindre surprise. Ce que nous venions d'entendre n'était au fond qu'une vieille théorie de Notaras. Il aimait à répéter que notre unique chance de survie était d'attirer dans notre camp une ou plusieurs nations occidentales. Il avait même défendu le point de vue que les Européens de l'Ouest devraient, tôt ou tard, accourir à notre aide parce qu'ils ne pourraient pas tolérer que le plus puissant rempart chrétien en Orient fût pris par les Turcs.

Il n'y avait pas que ses conceptions stratégiques qui se basaient sur cette supposition, c'était aussi notre ultime et très secret espoir. Personne, à Constantinople, ne pouvait imaginer que l'Occident restât inactif tandis que nous sombrerions dans l'océan de nos ennemis car, une fois nos remparts démolis, combien de temps ceux de Rome resteraient-ils debout ? Le Turc était en marche vers l'ouest. Nous étions une épine dans son pied. Dès qu'il l'aurait extirpée, il pourrait pousser vers l'Italie ou bien remonter le Danube et canonner la résidence des Habsbourg. Les murailles que j'inspectais jour après jour ne protégeaient pas que nous de l'assaut asiatique, mais toute l'Europe. Ils étaient la dernière digue qui contenait le flot des infidèles.

La question se posait naturellement de savoir si les nombreux souverains occidentaux jugeaient de leur situation de la même façon que nous et, même, s'ils avaient au moins une idée de la puissance de l'ennemi auquel nous nous opposions depuis des décennies. La fumée de ses feux de camp nous entrait dans les narines mais, pour eux, elle n'était tout au plus qu'une lueur de flammes sur un horizon lointain.

Ce devait être le jeune Chalkokondylès qui m'épargna de résumer moi-même en paroles ces dernières réflexions.

— Ce n'est pas à moi, Excellence Notaras, de rectifier tes propos, dit-il. Permets-moi cependant de te demander quand tu es allé pour la dernière fois en Europe de l'Ouest? A ma connaissance, plus de vingt années se sont écoulées depuis ton dernier grand voyage. Au cours de ce temps, beaucoup de choses ont fondamentalement changé là-bas. En Italie, parmi les nombreux petits Etats qui existaient de ton temps, beaucoup ont disparu; quelques-uns comme Florence ou Milan, par exemple, ont grandi à tel point qu'ils doivent consacrer toutes leurs forces au maintien de leur nouvelle position et qu'ils peuvent à peine avoir l'énergie de s'intéresser à des événements qui, à leurs yeux, se déroulent loin dans l'Est. Même Nicolas V, l'actuel Pape, se voit forcé de fixer ses regards sur l'Etat qu'il régit, de sorte que la situation dans sa propre Eglise lui échappe presque totalement — sans parler de la nôtre. On peut en dire autant de Frédéric III, l'empereur de Vienne. Il se concentre totalement à assurer à la famille de Habsbourg autant de possessions que possible afin de pouvoir s'affirmer dans les combats qui opposent les différents princes allemands. A cela s'ajoute que d'importantes parties de l'Europe sont déchirées par des luttes religieuses dans lesquelles s'affrontent les sectes et les partis les plus divers. Beaucoup veulent la communion sous les deux espèces, d'autres, une nouvelle organisation de l'Eglise. Les seuls sur lesquels nous pourrions compter, dans une certaine mesure, sont les Vénitiens, mais ils commencent à considérer comme une charge leurs points d'appui en Méditerranée orientale, voire même tout leur réseau commercial grâce auquel nous sommes reliés à eux. Ils s'attachent beaucoup plus à augmenter leurs territoires en Italie. Ce qui me semble être le pire, c'est que l'idée de la chrétienté n'exprime presque plus rien pour les Occidentaux. L'Occident est pour eux un monde qui s'étend de l'Atlantique jusqu'à Vienne, et non pas jusqu'au Bosphore. Tout cela, je le sais, Excellence Notaras, parce que je ne suis revenu d'Occident avec mon père que depuis peu de mois. Nous avons été à Gênes, Florence et Venise : nulle part nous n'avons rencontré un état d'esprit qui puisse justifier tes espoirs. En tout cas, je ne crois pas du tout que les Vénitiens se laissent éveiller de leurs rêves par l'événement dont nous discutons. Pour les inquiéter, il faudrait que le Sultan envoyât au moins la moitié de leur flotte par le fond. Et dans ce cas, ils lui adresseraient d'abord des diplomates chargés de cadeaux pour négocier un traité, mais pas des vaisseaux de guerre.

Chalkokondylès marqua, en s'inclinant, que son discours était terminé et il s'éloigna de quelques pas jusqu'aux fenêtres. Le visage de Notaras ne trahit aucun énervement, je crus néanmoins savoir ce qui se passait derrière son front. L'Athénien, cela ne faisait aucun doute, était allé trop loin. Un jeune homme de vingt-trois ans, sans fonction officielle, ne saurait se permettre de contredire un dignitaire chevronné de façon aussi directe qu'il l'avait fait. Le seul qui, dans la pièce, y eût été autorisé, c'était moi. Ma position ne m'en aurait pas, à elle seule, donné le droit, mais bien ma réputation solidement établie de bœuf imprévisible qui, à l'occasion, fonce tête première dans les murs. Désormais, j'étais forcé d'appuyer moralement l'ancien loup de mer au large poitrail car je ne pouvais pas le laisser le dos au mur.

Je m'approchai de lui et passai mon bras sous le sien, puis, sur le ton de la conversation la plus négligente dont je sois capable, je lui dis :

— Deux points de vue, mes amis, exposés avec force et de façon pressante, tous deux comme il me semble, fondés sur des réflexions approfondies. Cependant, j'aimerais poser une question à Chalkokondylès : si le Pape nous a réellement perdus de vue, comme tu le dis, pourquoi s'efforce-t-il toujours de continuer les conversations entreprises il y a douze ans pour la réunion de notre Eglise à la sienne ? Et pourquoi avons-nous appris récemment que, sous peu, un haut dignitaire ecclésiastique envoyé par Rome va débarquer chez nous pour savoir si notre intérêt — le nôtre, Chalkokondylès — pour cette réunion des Eglises, d'ailleurs déjà ratifiée — est toujours aussi grand ? Ces activités laissent-elles supposer que l'Occident nous a oubliés ? Justifient-elles le reproche que les Occidentaux ne pourraient plus faire grand-chose du concept respectable de la chrétienté et que, du haut de leurs clochers, ils ne regarderaient plus les coupoles de nos cathédrales ? J'y vois plutôt le contraire, et même, je les considère comme une manifestation d'amour pour un ancien membre de la grande et unique Eglise qui, il y a peu de siècles, unissait sous son toit tous les peuples entre l'océan de l'Ouest et les montagnes de Judée. D'accord, les hommes de l'Ouest peuvent ne pas toujours observer l'évolution de notre destinée avec toute l'intensité souhaitée, mais comme il y a des signes que leur intérêt pour Constantinople n'est aucunement éteint, on peut très bien imaginer qu'un coup, comme celui que Mehmet vient de porter aux Vénitiens, peut les inciter à se souvenir de nous, leurs frères oubliés de l'Orient. A cela s'ajoute, Chalkokondylès, que la perte d'une caraque ne saurait affaiblir la République de saint Marc, mais peut-elle accepter la gifle que le Turc vient de lui donner par ce brutal acte de piraterie ? Les Vénitiens sont des marchands, ils vivent entre autres de ce que l'on croit à leur force et à leur sérieux. Cette crédibilité ou, comme on dit dans leur nouveau langage commercial, ce *credito,* ils le perdront vite s'ils permettent que Mehmet les traite comme une puissance de quatrième ou de cinquième rang. Le capitaine du navire coulé semble d'ailleurs en avoir été parfaitement conscient. Comme Achille Lefkidès me l'a rapporté, il a traité avec un souverain mépris l'ordre de virer de bord, ce qui, sans aucun doute, était contenu dans ses instructions. Il ne pouvait imaginer que, ce faisant, il provoquerait le deuxième coup de canon. On peut donc conclure de son attitude que Venise n'est pas disposée à passer sous les fourches caudines du Turc. Et, une fois de plus, cela va dans le sens de l'argumentation de Lukas Notaras.

Ayant ainsi parlé, je restai quelques secondes debout auprès de l'ex-loup de mer et regardai les uns après les autres tous les assistants dans les yeux. Ce que je pus y lire confirma ce que j'attendais. Les yeux de Kekaumenès, Laskaris et Batatzès reflétèrent un discret triomphe : leur homme avait été défendu par un outsider contre un autre outsider. Chalkokondylès, au contraire, accueillit mes déclarations avec une de ses brèves courbettes qui, cette fois, ne me parut pas seulement courtoise mais aussi légèrement ironique.

Je m'écartai de quelques pas et dis :

— Ami Lukas, tu désires certainement ajouter quelque chose à ce que j'ai dit.

— Merci bien, répliqua-t-il, je le ferai volontiers, sans approfondir plus avant tes déclarations, Georgios Sphrantzès

Il me jeta un regard en dessous qui signifiait clairement qu'il n'attachait pas à mes propos l'importance que j'avais essayé de leur donner et il continua sur un ton nettement plus sec.

— Que l'éventualité que j'ai mentionnée tout à l'heure avant d'être contredit par notre jeune ami soit très réduite, je le sais aussi bien que n'importe qui. Je ne l'ai mentionnée que parce que, autrement, j'aurais dû juger notre situation encore pire que Chalkokondylès ne l'a fait. Il dit que nous ferions mieux de ne pas compter sur une aide de l'Occident. Je réponds : si nous ne le faisons pas, que nous reste-t-il ? Nos fortifications dont l'état inspire les plaintes de l'ami Sphrantzès ? Ou notre petite armée qui ne correspond guère à l'image que l'on se fait d'une force combattante ? Ou nos quelques navires de guerre ? Nos quelques douzaines de canons ? Je peux vous dire que, si quelqu'un sait ce que cela vaut, c'est bien moi. Et je vous expliquerai aussi sur quoi s'appuie l'impression que je ne fais rien pour remettre en état ce piètre instrument de combat. C'est tout simplement que mes moyens et mes forces sont insuffisants. Ils permettent à peine de boucher les trous. Presque chaque semaine nous perdons trois ou quatre soldats par désertion. Ils vont chez les Turcs ou essaient de monter à bord de n'importe quel navire en route pour l'Europe occidentale, ce que je ne peux pas leur reprocher. Leur solde est plus que maigre, leurs officiers sont mauvais et leurs perspectives de gagner une bataille, égales à zéro. Je ne peux pas recruter sur notre territoire car, si je prends aux paysans leurs derniers ouvriers agricoles, je mettrai en danger notre approvisionnement en vivres. En ce qui concerne la flotte, il y a des dizaines d'années qu'elle dépend de marins étrangers car les Byzantins qui étaient jadis les maîtres des mers sont depuis longtemps devenus des rats des champs. Les Italiens, les Espagnols, les Allemands, les Trébizondains, les Bulgares, les Serbes, même les Russes, préfèrent servir n'importe où plutôt que sur nos vaisseaux et ce, pour les mêmes raisons qui font déserter nos soldats. Et, pour évoquer finalement nos remparts, avez-vous calculé leur longueur et le nombre de soldats qu'il faudrait pour les garnir de façon suffisante ? Je peux vous le dire : il faut plus de deux jours pour en faire le tour et il faudrait une armée de vingt mille hommes pour les équiper à peu près et nous n'en avons même pas dix mille ! C'est pourquoi je vous dis en conclusion : notre seule chance, si faible soit-elle, c'est que quelque chose arrive qui réveille cette ville de sa léthargie, soit un fait positif, comme l'apparition inattendue d'un allié, soit un fait négatif, comme une attaque décisive des Turcs. Seuls la terreur, l'espoir ou un miracle, peuvent nous faire revivre. Avant que quelque chose de ce genre arrive, je tiens tout effort militaire ou autre pour un gaspillage insensé de nos faibles forces. Continuons donc à somnoler jusqu'à ce que l'éclair sauveur ou vengeur tombe du ciel car, de cette façon, au moins, nous ne nous torturerons pas nous-mêmes. Et, ajouta-t-il, un peu plus doucement : essayez de prier. Constantinople a déjà souvent été sauvée par un miracle, alors pourquoi pas cette fois encore ?

Les paroles de Notaras furent suivies d'une longue pause silencieuse et pensive. Je regardai autour de moi et ne vis que des têtes baissées. Je dois avouer que la gravité avec laquelle il avait parlé était impressionnante, même pour moi. Pourtant, toute mon intelligence et tous mes sentiments se hérissaient contre ce qu'il avait dit. Mais avant que j'eusse le temps de traduire ce malaise en paroles, la porte s'ouvrit brusquement et, malgré les protestations des gardes, deux hommes se ruèrent dans la pièce.

Je connaissais l'un d'eux, c'était Girolamo Minotto, le bailli des Vénitiens et le porte-parole de tous les Italiens qui vivaient à Galata. L'autre, était un cavalier dans le même uniforme râpé que la première estafette de l'avant-poste du Bogha-Kese. Minotto poussait le soldat devant lui. Tous deux haletaient, le Vénitien tremblait de tous ses membres.

— Ces démons, hurlait-il, ces répugnants damnés cochons d'infidèles ! Comment peuvent-ils oser faire prisonnier un citoyen de la sublime République et l'empaler comme un pirate ? Comment peuvent-ils piétiner les armes de saint Marc et traîner son pavillon dans l'ordure ? Qui croit donc être ce Mehmet, ce rejeton de l'enfer ? Est-il devenu fou ? La folie s'est-elle emparée de lui, croit-il ?...

La voix lui manqua. Il essuya de sa manche l'écume aux coins de sa bouche puis il frappa le soldat dans le dos et le fit trébucher d'un pas en avant. Lorsqu'il eut enfin repris haleine, il cria :

— Rends compte ! Raconte à ces messieurs ce qui s'est passé ! Allons ! Raconte-leur !

Je posai ma main sur l'épaule du soldat affolé.

— Fais ce que te dit le bailli.

— A vos ordres, murmura-t-il en reprenant son sang-froid. Voilà, Excellence. Parmi les matelots du navire coulé, cinq hommes ont pu se sauver. Ils ont été repêchés par les Turcs et amenés au Bogha-Kese. Environ un quart d'heure plus tard, on nous a tiré une flèche avec un message. Il disait que les cinq hommes avaient été condamnés à mort et que leur exécution était déjà préparée.

— Leur exécution ? cria Minotto, leur exécution ? Tu veux dire leur assassinat ! Le papier disait aussi qu'on allait les empaler ! Empaler, mon Dieu !

Il se cacha le visage dans ses mains.

— Que disait encore le message, demandai-je au soldat.

— Il contenait aussi le nom des cinq marins. L'un d'eux semble être le capitaine de la caraque.

— Sont-ce des noms que nous connaissons ?

— Oh oui, dit le Vénitien sur le ton dont il m'eût accusé des pires forfaits. Oh oui, maître Georgios, un de ces noms au moins, vous le connaissez fort bien.

— Alors, dites-le, maître Girolamo !

Il me jeta un regard presque haineux et cracha six syllabes à mes pieds qui me touchèrent plus durement encore qu'à midi le coup du gros canon.

— Antonio Erizzo, dit-il. Il n'ajouta rien, mais cela suffisait.

Chalkokondylès me raconta plus tard que je restai d'abord planté là comme si je n'avais rien entendu, ensuite toute couleur s'effaça de mon visage ; finalement, le regard fixe et sans rien voir, je marchai avec des mouvements d'automate vers la porte et sortis de la pièce.

— J'avais l'impression, me dit-il que tu allais piétiner quiconque se trouverait sur ton chemin.

Eh bien, je suis Georgios Sphrantzès, le buffle sans barbe, mais même les hommes comme moi ont des amis.

II

Que dois-je inscrire sur ta tombe, Antonio ? Comment te louer de façon que la postérité garde ton souvenir ? Dois-je faire ressortir que tu fus un homme qui, d'un seul mot, d'un seul rire, pouvait chasser les nuages du ciel ? Que tu savais faire de chaque jour une fête ? Que tu n'as jamais blessé personne, ni le plus grossier de tes matelots, ni la plus mal attifée des filles de port ? Que toi, fils d'un pêcheur de la lagune, tu étais le gentilhomme le plus accompli que j'aie jamais vu ? Le plus agréable causeur, le plus loyal des amis, le cynique le plus pieux, l'idéaliste le plus intelligent de la vie, le critique de l'Eglise le plus croyant ? Je ne me permettrai pas de juger de tes qualités de marin, Antonio, mais je ne me suis jamais senti plus en sécurité qu'à bord d'un vaisseau commandé par toi. Tu as été aussi le seul qui m'ait battu à la nage — malgré ta barbe qui, comme tu le disais, augmentait considérablement la résistance de l'eau.

Mais pourquoi dis-je « tu as été » ? Tu vis encore, bien sûr, tu es encore suspendu au pal que les Turcs ont su passer artistement dans ton corps pour ne pas atteindre d'organe vital. Sa pointe se dresse au-dessous de ton omoplate droite où elle perce la peau gonflée. Tu peux encore tout juste toucher le sol de tes orteils. Ils t'ont depuis longtemps réveillé de l'évanouissement où tu es tombé et, maintenant, tu vis en toute conscience toute la cruauté de ta propre mort. Et ce ne sont pas tellement les douleurs infernales qui te déchirent, c'est surtout la soif qui te torture. Lorsqu'ils t'ont enfoncé par le bas la perche de bois pointue dans le corps avec tout le soin qu'un écorcheur expérimenté doit y déployer, tu t'es littéralement vidé. Tout ce qui était liquide dans ton corps t'a quitté, à l'exception d'un peu de sang dont tu vis encore. Le pal sur lequel tu es planté est souillé d'excréments et tu as la sensation que tu te dessèches.

Ta bouche te semble recouverte d'argile séchée. Chaque

respiration est une souffrance. Pour l'instant tu as complètement oublié que tu vas mourir, car tout en toi crie vers une seule chose, de l'air. Mais, pour que tu aies de l'air, il faudrait que ta langue enflée et ton palais soient humectés.

Ne résiste donc pas, Antonio ! Laisse-toi insensibiliser par ton martyre car, très bientôt, ils te tendront une éponge imprégnée d'eau vinaigrée et tu auras, pendant quelques secondes, le sentiment atrocement délicieux de revivre. Pour aussitôt après sentir le piquet de bois qui te transperce. Ils continueront ainsi pendant des heures, ils te pousseront d'un abîme de souffrance dans le suivant.

J'ai vu des hommes empalés qui, après un jour et une nuit, donnaient encore des signes de vie. J'ai observé aussi qu'ils fondaient dans la mort, que le feu de leur corps les changeait lentement de sorte qu'à la fin de la torture, ils ressemblaient à des créatures qui n'étaient déjà plus des pécheurs mais pas encore des anges.

Je ne t'adresse pas ces pensées, Antonio, pour embellir ce qui t'arrive, je pense plutôt à toi pour me consoler. Je résisterai dans la souffrance et le désespoir auprès de toi, aussi longtemps que mes forces le permettront, je m'agenouillerai ici, sous la coupole de l'église Chora, les yeux fixés sur le sévère Christ-Roi, tandis que toi et tes quatre compagnons, vous serez suspendus sur le rempart du Bogha-Kese.

Ce que je ne puis me permettre, c'est de haïr ceux qui te torturent atrocement, car tes compatriotes et les miens traitent leurs ennemis à peine moins cruellement que les bourreaux de Mehmet. Tous, nous avons si peu d'estime pour la mort que, pour nous, ce n'est plus que la façon de mourir qui semble un châtiment et non la simple perte de la vie. Nous croyons ne pouvoir montrer notre puissance terrestre qu'en rendant à ses victimes le passage dans l'autre monde aussi pénible que possible.

Dois-je tenter de te secourir par mes prières tandis que tu disparais lentement ? Dois-je en esprit te précéder vers la splendeur qui t'attend ? Ah, Antonio, tu sais aussi bien que moi qu'évoquer la pyramide dorée des saints, des anges et des archanges, et diriger mes pensées vers le paradis, ne sera jamais mon affaire aussi longtemps que je tiendrai à la terre, ne fût-ce que par un seul fil. Ce ne fut pas la tienne, non plus. Voilà pourquoi j'essaie, dans l'humble attitude qui sied à un chrétien, de ne penser qu'à toi et de me souvenir de toi, tel que tu fus, lorsque tu avais encore le pont d'un navire sous les pieds, le pavé de ta ville natale, les galets de ce lac de montagne du Caucase dont tu prétendais qu'il recelait de l'or, le parquet de cette auberge de Trébizonde... Quand nous sommes-nous rencontrés pour la première fois, Antonio ?

Je suis certain que tu le sais aussi, que tu y penserais même, si ton crâne, en ce moment, ne ressemblait pas à un battant qui oscille d'un côté à l'autre dans une énorme cloche et qui ne peut plus distinguer si la souffrance où il est plongé est comme un grondement, ou une mer de feu, ou une vague de vent glacial et coupant.

Ne bande pas tes forces, mon ami, bientôt la prochaine syncope te soulagera pour un instant.

C'est à Venise que nous nous sommes connus.

Un regard de deux yeux sombres et amicaux pour moi, une prise violente pour le poignet du garçon d'auberge.

— Le signor reçoit encore de la monnaie.

Un sifflement sauvage, un cri. L'homme était étendu sur le sol. Antonio prit tranquillement la bourse de sa ceinture, en tira quelques piécettes et me les fourra dans la main.

— Quand on est un étranger, on ne devrait jamais aller dans ce genre de bouge, maître Sphrantzès.

— Vous me connaissez ?

— Je vous ai suivi depuis la Ca'd'Oro. Vous aviez l'air si perdu, ou si vous me pardonnez l'expression, si abandonné lorsque, des marches du palais vous êtes monté dans la gondole et quand vous êtes descendu de la gondole sur le rivage, que même un aveugle vous aurait reconnu pour un Byzantin.

— Cela ne m'explique toujours pas comment vous connaissez mon nom !

Le visage basané et juvénile à mes côtés exprima une gêne à demi sincère.

— Eh bien, maître Sphrantzès, pour parler franc, je vous connais depuis hier. Je suis le pilote qui a gouverné la galère impériale dans la lagune. Vous étiez debout, près de moi, à la barre et vous avez suivi mon travail avec une telle fascination que même mon peu d'importance vous a échappé.

Tandis qu'il parlait, un souvenir surgit en moi : un jeune homme nerveux était monté pieds nus à bord et avait pris le navire en main avec autorité, comme s'il lui avait appartenu.

— C'était donc vous, dis-je, oui, c'est vrai, votre art de la navigation m'a complètement captivé. Et aujourd'hui, vous m'avez retrouvé par hasard ?

— Hasard ? Il eut un mouvement de tout le corps qui sembla exprimer aussi bien le doute que la moquerie et ajouta : existe-t-il seulement ?

— Alors, intentionnellement ?

— Sur ordre, répliqua-t-il.

— De qui ?

— De qui ? maître Sphrantzès ?

D'un mouvement d'épaule, il indiqua la porte et la direction du palais des Doges.

— Chacun d'entre vous a une deuxième ombre pendant tout le temps qu'il passe dans notre ville. Vous, le Patriarche, le frère de l'Empereur et l'Empereur lui-même. Chez l'un, c'est peut-être un jeune garçon qui l'évente, chez l'autre, un respectable père bénédictin qui déborde de sages conseils. Pour vous, c'est moi.

— Et pourquoi justement un pilote pour moi ?

— On sait que vous avez un faible pour l'eau, que vous aimez les canots rapides et aussi que vous êtes mordu pour la pêche. J'ai pour ainsi dire grandi dans l'eau. Ma patrie est la lagune. On a dû penser que cela fournirait des sujets de conversation.

— Et votre nom ?

— Antonio Erizzo.

— Reste encore une question, Antonio. Pourquoi laissez-vous tomber le masque ?

Il me regarda pour la première fois en face.

— Pour trois raisons, maître Sphrantzès. J'ai horreur de ce genre de mission et je vous trouve sympathique.

— Ce ne sont, pour l'instant, que deux raisons.

— La troisième est la suivante. Comme je ne suis pas spécialement doué pour la dissimulation et que je ne savais quel prétexte invoquer pour rester dans votre voisinage, j'ai considéré que le plus simple était de vous dire d'entrée de jeu qui je suis et en quoi consiste ma mission. Cela m'a paru faciliter considérablement la chose.

Son visage exprima une fois de plus cette gêne à demi simulée, mais elle se transforma rapidement en un sourire complice. J'allais rire, moi aussi, mais d'une violente poussée, il me jeta à bas du banc. J'entendis un cliquetis et vis un homme près de moi s'abattre sur le sol. Lorsque je fus de nouveau sur mes pieds, Antonio brandissait une dague. Devant lui, se dressaient trois massifs gaillards vêtus en garçons d'auberge.

— Prenez celui de droite, me souffla-t-il en grec, je me charge des deux autres.

Je dus quand même l'aider à venir à bout du second de ses adversaires, ce qui, grâce à l'enseignement de Mauros, ne me fut pas particulièrement difficile.

Un peu plus tard, nous nous retrouvâmes essoufflés à l'ombre d'une arcade, non loin de l'église San Zaccaria. Nos vêtements étaient en lambeaux et nos visages couverts d'écorchures. Nous avions dû, malgré tout, quitter la taverne à une allure de fuite.

— Vous êtes un rude combattant, dit Antonio quand il eut repris son souffle.

— Et vous, vous parlez étonnamment bien le grec.

— C'est une des raisons pour lesquelles on m'a placé près de vous.

— Où avez-vous appris notre langue ?

— A Venise, on peut apprendre beaucoup de choses. Il semble que j'aie une très bonne oreille pour les idiomes étrangers.

Une bonne oreille pour les langues ! Combien de temps m'a-t-il fallu pour m'habituer à ta façon de te sous-estimer, Antonio ? Tu ne te contentes pas de parler le grec, tu peux même l'écrire. Le frère précepteur qui t'a chassé à douze ans de l'école du couvent mériterait d'être fouetté plusieurs fois par jour car tu aurais pu facilement devenir un ornement du monde intellectuel. A franchement parler, la profession de marin te paraissait meilleure. Un capitaine ne doit pas mentir autant qu'un théologien ou un philosophe.

Je me souviens encore parfaitement du dernier entretien que nous eûmes ce soir-là. Il eut lieu sur l'embarcadère des gondoles devant la Ca'd'Oro. Tu m'as dit :

— Vous avez encore un coup de poing gratuit à mon adresse.

— Pourquoi donc ? ai-je demandé.

— Parce que je vous ai jeté à bas du banc dans la taverne.

— Il y avait sûrement une bonne raison à cela.

— Certainement. Autrement, vous auriez peut-être reçu une cruche à vin sur la tête. Mais qui suis-je pour me permettre de décider de ce que vous auriez préféré, un coup sur le crâne ou une chute sur le sol ?

— Dans un tel cas, dis-je, tu peux intervenir à n'importe quel moment dans mes prérogatives personnelles.

— C'est réciproque, m'as-tu répliqué.

Dès ces minutes commença notre amitié.

Le jour qui suivit mon arrivée à Venise — c'était le 9 février 1437 — devait avoir lieu la cérémonie officielle de notre accueil par le Doge. Nous dûmes quitter la Ca'd'Oro, palais gothique resplendissant d'or dans lequel on nous avait logés pour retourner à bord de notre navire et faire comme si nous pénétrions pour la première fois dans la lagune. Le mouillage qu'on nous avait prescrit était près de l'église San Nicolò, sur l'île Lido di Malamocco que le langage populaire appelle simplement Lido.

La matinée était d'une clarté rayonnante. Sur les eaux soyeuses luisait le reflet rouge du soleil qui venait de se lever. Il était brisé par de douces vagues arrondies et par de tendres reflets mêlés de blanc et de vert. Les coupoles des églises et les campaniles pointus semblaient s'y mirer. Tout Venise était un nuage flottant sur les eaux ou une broderie de nuées colorées : un rêve que seul un Byzantin peut avoir, une réplique plus petite, plus fine de Constantinople, une indiscutable copie, non point exécutée par des gens du bâtiment mais, du moins à ce qu'il me semblait, par des joailliers. C'était surtout une splendide toile de fond pour le plus luxueux spectacle que j'eusse vu.

Francesco Foscari, le maître de Venise, ne vint pas à nous sur un canot ordinaire, ni même sur une barque d'apparat comme nous en connaissons chez nous. Il arriva avec toute une flotte. Douze galères élancées à quatre rangs d'avirons qui, avec leurs rangs de rames largement saillants, volaient vers nous comme de puissants oiseaux de mer volant bas sur les eaux. Elles accompagnaient en formation de parade le plus beau vaisseau du monde. Il était surmonté d'un énorme lion doré, pavoisé de pavillons et paré de tentures pourpres qui traînaient négligemment dans l'eau. On l'appelait le *Bucentaure.* Il était suivi dans l'éclat des trompettes et le roulement des tambours par une autre galère à quatre rangs d'avirons qui arborait non seulement les couleurs de Saint-Marc, mais aussi des bannières dorées portant notre aigle bicéphale.

Après que le *Bucentaure* fut venu à couple avec la galère impériale, un escalier tendu de velours rouge s'abaissa jusqu'à notre pont qui était plus bas. Sur chaque marche, deux pages prirent position. Leurs livrées portaient, entrelacés, les symboles de Venise et de Constantinople, le lion ailé et l'aigle bicéphale. C'était là aussi un geste inhabituel de courtoisie, bien que vide de véritable signification.

Francesco Foscari était l'homme qui portait la responsabilité du retrait progressif de ses compatriotes de la Méditerranée orientale et de leur tentative d'édification d'une puissance continentale en Italie. Il descendit d'un pas raide sur la luxueuse passerelle abaissée entre les deux navires.

A cette époque, il avait soixante-cinq ans, une tête massive et ronde de César avec des yeux bleus glacés. Il portait comme signe de sa dignité un bonnet de brocart richement brodé, une ample robe qui fit presque ressembler l'Empereur, qui avait lui aussi revêtu ses vêtements officiels, à un paysan. Néanmoins, le Doge salua Sa Majesté avec des marques de respect qui auraient eu un sens plusieurs siècles auparavant, lorsque les doges de Venise étaient nommés par les maîtres de Byzance. Jean VIII et son frère, Démétrios, qui portait le titre de Despote, reçurent le vieil homme avec des visages hautains et pétrifiés. L'Empereur lui tendit son anneau à baiser et n'eut même pas la courtoisie de l'aider à se relever de sa génuflexion. Je n'ai jamais tout à fait compris ce qui se passait en lui. Aujourd'hui, avec le recul du temps, je le tiens tout simplement pour le représentant sclérosé d'une vieille et glorieuse dynastie qui régnait depuis deux siècles sur Constantinople. Il semblait croire que les mérites acquis par ses ancêtres suffisaient amplement à justifier tout ce qu'il faisait ou négligeait de faire.

Il se berçait peut-être aussi de l'illusion que sa famille avait encore le renom dont elle avait joui pour peu de temps après que Michel VIII, le fondateur de la maison Paléologue eut chassé de Constantinople les Croisés de l'Europe occidentale qui avaient occupé notre ville pendant longtemps. Je ne pouvais non plus négliger le fait que Démétrios, frère de l'Empereur, n'était rien d'autre qu'un imbécile arrogant.

Ce fut Démétrios qui conduisit le Doge à son siège, à droite du trône installé sur le pont avant. Lui-même se rendit sur le côté droit où avait été préparé à son intention un tabouret de la même hauteur. Jean VIII gravit les marches menant à son fauteuil d'apparat tapissé de pourpre. Il leva les mains dans un geste de bénédiction. Les fanfares sonnèrent et le rideau qui descendit du baldaquin se ferma devant un groupe de trois personnes, soigneusement arrangé pour éveiller l'impression trompeuse que rien n'avait changé dans le monde depuis plusieurs siècles, que l'empereur de Byzance dominait de haut son vassal, le représentant de la République de Saint-Marc.

Pourtant, déjà en cette année 1437, le Doge aurait pu, sans coup férir, acheter tout notre Etat ratatiné, pour peu qu'il eût pensé que cela en valait la peine.

Et cela, Antonio, tu le savais.

Mais tu étais bien trop fin pour me le dire ouvertement.

Ce fut vers les derniers jours de février que nous quittâmes Venise. Toute une série d'expériences, les unes agréables, les autres déprimantes, étaient désormais derrière nous, derrière toi et moi. Tu m'avais emmené dans ton île natale et tu m'avais fait visiter les ateliers dans lesquels des artisans byzantins pratiquaient une des nombreuses techniques secrètes qui avaient autrefois fait notre renommée de première ville industrielle du monde. Avec du verre qui contenait de minuscules parcelles d'or, ils fabriquaient de lumineuses coupes rubis. Ils faisaient aussi d'autres vases colorés qui brillaient comme des émeraudes ou des saphirs et tout semblait aller extraordinairement bien pour eux.

Lorsque, avec Antonio, je pénétrai dans une de ces manufactures, une inquiétude visible s'y répandit aussitôt. Son propriétaire, un homme barbu d'une quarantaine d'années dont on devinait l'origine à cent pas, ne savait pas s'il devait prendre la fuite ou essayer de nous faire sortir. Comme nous ne donnions ni l'un ni l'autre l'impression que l'on pouvait nous traiter comme des intrus gênants et qu'il était déjà trop tard pour battre en retraite, il vint vers nous avec une expression mi-insolente, mi-coupable.

— Ces messieurs désirent? fit-il dans un assez mauvais italien.

Je ne me donnai même pas la peine de lui répondre dans la même langue et j'attaquai directement en grec.

— Tu sais que ton Empereur est à Venise?

— Certainement.

— Et aussi son préfet de police?

C'était un mensonge, mais il recula, si effrayé que je pus continuer à frapper :

— Qui t'a donné l'autorisation d'exercer ta profession ici?

— Qui...

— Tu t'es fait inscrire comme verrier dans le registre des artisans à Constantinople !

— Oui...

— Quel est ton nom ?

— Spiridion Gordates...

— Tu sais de quel crime tu es coupable ?

— Je...

— Et tu sais ce que cela mérite ?

Son visage devint couleur de cendre.

— Le nez coupé, dis-je avec une cruauté voulue, le ventre ouvert, cousu dans un sac de cuir avec des pierres et jeté à l'eau. Ce n'était que la pure vérité. Quiconque, membre d'une de nos corporations en trahit les secrets professionnels à un étranger, est puni de mort. Et la fabrication du verre coloré avait, jusqu'alors, été l'une de nos techniques les mieux protégées.

L'homme tomba à genoux devant moi. Ses deux ouvriers nous regardaient, terrorisés.

— Seigneur, grogna-t-il.

Je lui envoyai un coup de pied qui le renversa.

— Quand es-tu arrivé ici ?

— Il y a un an.

— Qui t'y a amené ?

— Maître Bartolomeo Dolfin, de Galata.

— Tu travailles pour lui ?

— Il est mon associé...

— As-tu déjà la citoyenneté vénitienne ?

— Je...

— Oui ou non ?

— Seigneur...

— Donc, non. Ainsi, nous pouvons à tout moment exiger que tu nous sois livré.

Cette affirmation lui porta le dernier coup. Il baissa la tête jusqu'à toucher le sol comme s'il attendait déjà la hache du bourreau.

— Tu es un cochon, Gordates, un traître répugnant qui, non seulement laisse en plan sa ville natale dans une situation désespérée mais qui, de plus, la pille. On a fait de toi à grand-peine un verrier, on t'a admis dans une de nos corporations les plus honorables et on en a partagé avec toi tous les secrets, en toute confiance. Comment nous remercies-tu de toute cette peine ? Tu pars et tu attaques tes concitoyens par-derrière, tu mets en danger leur existence en donnant à des étrangers l'habileté qu'ils ont acquise au cours de dizaines d'années de travail. Et pour quoi tout cela ? Pour un peu de sécurité et de bien-être, pour une poignée de pièces d'argent. Même la mort par noyade serait trop douce pour toi. Tu devrais finir à cause de ta mauvaise conscience comme celui qui trahit Notre-Seigneur.

Je lui décochai un dernier coup de pied dans les côtes, balayai d'un geste du bras tous les verres posés sur le comptoir — cela devait représenter une fortune — et je me dirigeai brusquement vers la sortie.

Tandis que nous traversions la cour devant son atelier, Gordates apparut à la porte. Il nous cria quelque chose qui ressemblait à « famille... femme et enfants... ».

Ah oui, ils disaient tous ça. Et ce Gordates n'était qu'un exemple parmi des douzaines d'autres qui fuyaient chaque année pour vendre à l'étranger ce que nous possédions de plus précieux : notre antique savoir pour traiter les matériaux coûteux comme l'or, le verre, les pierres précieuses, les étoffes de soie et de brocart. Leur lâcheté nous saignait à blanc et leur avidité nous appauvrissait.

— Ne pense pas trop de mal de lui, dit Antonio, c'est un homme et il veut vivre. En outre, sa présence ici est déjà une punition suffisante.

— Punition suffisante ?

— Comme tous les Byzantins qui vivent chez nous, il souffre d'un atroce mal du pays.

Lors du départ de Venise, nous étions installés sur le toit de la puissante barge que le Doge avait mise à la disposition de l'Empereur. Nous discutions de sujets futiles, comme de savoir où nous avions bu le meilleur vin au cours des banquets, si les filles de Venise étaient plus belles que les Grecques, ou de savoir s'il était contraire à la bienséance que j'eusse lancé ouvertement une bourse pleine d'argent à l'une d'elles, qui semblait être chez elle à la Ca'd'Oro et se comportait en noble dame.

— En tout cas, dis-je, elle l'a acceptée et elle savait pourquoi !

Tandis que nous bavardions à bâbord, la silhouette de Venise s'enfonçait dans les eaux ; devant nous s'étendait la lagune, calme et peu profonde. Le navire qui nous portait était une gigantesque demeure flottante, haute de quatre étages sur une coque à fond plat. Elle avait des balcons avec des colonnes tournées peintes en faux marbre et, à l'intérieur, un salon d'apparat, grand comme une église. Le toit plat était bordé de bacs à fleurs et recouvert de tendelets contre le soleil. Toute cette construction grouillait de serviteurs. Il suffisait de claquer des doigts et l'on avait tout ce que l'on désirait, des fruits, un jambon épicé venu de Parme ou des moules fumées comme on en sert aussi chez nous avec le vin.

Nous nous arrêtâmes à l'embouchure du Pô. Le superbe *Burchio d'Oro* devait jeter l'ancre dans le port de Francolino et nous avions l'intention de nous mettre en route pour Ferrare.

— Jusqu'à demain matin, dis-je à Antonio, tu peux garder ton camouflage. Ici, à bord, tu te confonds avec n'importe quel marin. Mais pour qui vas-tu te faire passer lorsque nous serons à terre et que nous voyagerons à cheval ? Pour un pilote cavalier ?

— Je ne quitterai pas le bord, Georgios.

— Alors, nous nous séparons à Francolino ?

— Pas du tout. Toi non plus, tu ne quitteras pas le navire. Nous repartons ensemble.

— Je n'en sais rien encore.

— Tu vas l'apprendre très bientôt. Ta nouvelle mission consiste à regagner Constantinople, prétendument pour y faire un premier compte rendu.

— Et en réalité ?

— On a raconté derrière ton dos à quelqu'un de la délégation pontificale que tu aurais exprimé des critiques sur l'union projetée entre votre Eglise et la nôtre que l'on doit préparer à Ferrare.

— C'est un fait, et je l'ai même critiquée plusieurs fois.

— Par écrit également ?

— Dans un rapport, j'explique qu'il pourrait y avoir plusieurs chemins qui mènent à la vraie foi, par exemple le vôtre, le romain et le nôtre, le grec, ou comme nous disons, la foi orthodoxe. J'ai dit que je les trouvais également beaux et que je ne comprenais pas pourquoi nous devrions prendre le même sentier que vous.

— N'était-ce pas là, disons, une comparaison par trop simple pour l'appliquer à une affaire aussi compliquée que la réunion de l'Eglise occidentale et de l'Eglise orientale ?

— C'était une comparaison qui est très populaire à Constantinople et on m'avait questionné, non seulement sur mon opinion, mais encore sur celle qui règne dans le peuple. C'est elle que j'ai donnée.

— Pourtant, tu ne sembles guère t'être fait d'amis en agissant ainsi !

— Je n'en avais pas l'intention et je ne m'y attendais pas. J'avais à faire un rapport et j'ai dit la vérité. Aucun homme ni aucune femme dans tout Constantinople ne souhaite l'union des Eglises.

Antonio me jeta un regard en biais.

— Aucun homme ni aucune femme ? Vraiment ?

— Tu penses, dis-je, que nous devrions comprendre que c'est au prix de notre retour dans l'Eglise qui nous a envoyé sa lettre de rupture depuis presque quatre siècles, que nous serions reconnus pour des frères par l'Occident catholique et soutenus fraternellement contre les Turcs ? Nous le comprenons bien, Antonio, mais ce marché que l'on nous propose semble à la plupart d'entre nous par trop indigne. Ce que l'Occident propose se résume à une formule très simple : Mettez-vous à plat ventre devant nous ! Convenez que depuis le grand schisme de 1054, vous avez erré sur le mauvais chemin, tandis que nous suivions le bon ! Si vous agissez ainsi, nous vous viendrons — peut-être — en aide.

— C'est à peu près ainsi que je vois les choses, dit-il. Mais, que donnez-vous et que recevez-vous en échange ? Vous renoncez à quelques finesses théologiques, que d'ailleurs aucun homme du commun ne comprend, en échange, vous achetez le secours de l'Europe contre les Turcs.

— Acheter, dis-je avec un peu trop de feu, c'est le mot juste, Antonio. On ne veut pas nous aider pour nous-mêmes, non parce que nous sommes dans une détresse totale et en grand danger et que nous pouvons être submergés à chaque instant... Non, pour ce secours, nous devons payer d'avance et, ce, avec la seule chose qui nous reste, avec notre foi. Tu pourrais même dire, avec notre âme. Si nous ne sommes pas disposés à nous humilier, alors on laissera, de sang-froid, mourir Constantinople. Je tiens cela pour insupportable.

— Cela veut-il dire que toi et la plupart de tes compatriotes, préféreriez mourir que de vous soumettre au Pape ?

— Un dicton populaire à Constantinople dit : plutôt le turban que la mitre, plutôt devenir turc que catholique romain.

— Cependant, votre Empereur, votre Despote et votre

Patriarche vont à Ferrare pour négocier avec le Pape les conditions de votre retour dans le sein de la seule Eglise qui procure le salut.

Je haussai les épaules.

— Ces trois-là sont avant tout des politiciens. Ils ont le devoir d'étudier toute possibilité qui pourrait encore changer notre destin. Cela n'a rien à voir avec l'opinion populaire.

— Tu veux dire qu'ils tiennent plus à leurs palais, à leur dignité qu'à leurs traditions religieuses ?

— Ils seront en tout cas les vrais perdants si le Turc nous écrase. L'homme de la rue, lui, n'aura qu'à s'habituer à de nouveaux collecteurs d'impôts.

— Et prier Allah au lieu du Christ !

— Pas obligatoirement, dis-je, d'après tout ce que nous savons, les Turcs ne forcent personne à se convertir à leur croyance. Dans les villes d'Asie Mineure qu'ils occupent depuis des générations, il existe d'importantes communautés chrétiennes. En outre, cher Antonio, nous sommes beaucoup plus proches de l'islam que vous. Avec la Trinité, par exemple, nous ne sommes pas particulièrement d'accord. Pour nous, Dieu est la plus importante entité du Ciel ; son fils n'est qu'un intermédiaire entre lui et les hommes. Quant au Saint-Esprit, il est quelque chose comme une invention poétique. Un petit artisan ou un simple paysan ne se pose guère de questions sur ce qu'il y a d'inhabituel ou de faux dans la formule musulmane, « Allah est Allah ». Mais, ajoutai-je aussitôt, car une étincelle de dégoût venait de briller dans ses yeux, au fond, ce n'est pas de choses de ce genre qu'il s'agit. Nous autres, Byzantins, nous savons tout simplement que l'Occident ne nous a jamais apporté rien de bon. Il y a à peine un quart de siècle, une armée de Croisés sous commandement vénitien a pris d'assaut et pillé impitoyablement Constantinople. Au cours des siècles précédents, nous avons été chassés par vous de toutes nos provinces de l'Europe occidentale et, par la suite — ne m'en veux pas, Antonio —, nous avons subi partout la concurrence d'habiles négociants, principalement vénitiens. Aujourd'hui, les gens les plus riches de ma ville natale ne sont plus des Grecs comme moi, mais des Italiens comme toi. Ils vivent à Galata dans leur propre quartier, administrés par les chefs de leurs communautés, selon leurs propres lois. Ils nous considèrent à peine plus qu'une race d'indigènes attardés. Et, pourtant, nous construisions déjà des cathédrales alors que...

— ... Vous en étiez encore à enfoncer les premiers pieux de chêne pour votre ville dans le marécage. Oui ! dit Antonio en riant, je connais le dicton. Un Byzantin sur deux qui débarque ici l'a à la bouche.

Je ris moi aussi, mais je n'en répliquai pas moins :

— N'est-ce pas vrai ? Toute votre culture vénitienne n'a-t-elle pas poussé sur le sol de la nôtre ?

— Et la cathédrale Saint-Marc, une insolente copie de nouveau riche de l'église des apôtres de Constantinople ? continua-t-il en souriant. Je connais cette phrase, Georgios, elle est naturellement tout à fait justifiée. Nous vous avons d'abord imités ; plus tard, nous avons rivalisé avec vous et, finalement, nous avons de loin dépassé la Byzance dorée. Tout cela est exact, mais qu'est-ce que cela prouve ?

— Rien, au fond, dis-je. Je pense seulement que nous aurions mérité un peu de reconnaissance de votre part... et un peu d'aide.

Le visage d'Antonio devint grave.

— Tu nous méconnais, dit-il, si tu supposes que nous ne savons pas tout cela. Nous autres, Vénitiens, nous nous sentons beaucoup plus d'obligations envers vous qu'envers le Pape à Rome. On pourrait même dire que nous nous considérons du fond du cœur comme les petits frères des Byzantins. Qu'en retirez-vous ? Venise, non plus, n'est pas ce qu'elle fut jadis. Nous aussi, nous avons perdu du fait des Turcs d'importantes possessions à l'étranger. Et, ce qui pèse le plus lourd dans la balance, c'est que, malgré tout, nous sommes encore trop riches pour vouloir jouer cette richesse à quitte ou double. Les temps sont loin où nous nous bâtissions par ruse et par dureté un empire maritime qui s'étendait sur la moitié de la Méditerranée. Maintenant, nous avons depuis longtemps atteint le stade où l'on ne risque plus, mais où l'on consolide et l'on conserve. Et c'est seulement en raison de cette « déclaration de revenus » que l'on est d'avis, au palais des Doges, que vous devriez vous engager avec le Pape en acceptant l'union des Eglises.

Il me saisit soudain le bras.

— Crois-moi, Georgios, presque tout le monde, chez nous, a depuis longtemps reconnu que ce fut une folie de vous ruiner systématiquement au cours des années et que le doge Enrico Dandolo a, en son temps, commis une gigantesque bêtise en livrant Constantinople aux chevaliers croisés de l'Europe occidentale. Au fond, nous ne le savons que depuis que vous êtes complètement encerclés par les Turcs. C'est leur poussée vers le Bosphore et plus loin encore, qui nous a fait comprendre que Byzance est le garant le plus important de notre sécurité et que rien ne pourrait nous être plus utile qu'un état chrétien puissant à la frontière orientale de l'Europe.

Mais, malheureusement, ajouta-t-il, en écartant ses mains dans un geste de résignation, cette idée, comme toutes les bonnes idées, nous est venue bien trop tard. Maintenant, nous pouvons seulement espérer que nous parviendrons peut-être à réparer quelques erreurs de jadis. Seuls, toutefois, nous ne sommes plus en état de le faire. Si nous l'étions, je crois même que Francesco Foscari, dans sa soif de sécurité, vous dirait : Oubliez le Pape et ses propositions ! le lion ailé de Saint-Marc et l'aigle bicéphale de Byzance peuvent régler seuls leurs problèmes communs. Nous n'avons pas besoin d'un tiers pour cela.

— Et cela, dis-je en songeant à ses paroles, est-ce vraiment l'opinion de la plupart des Vénitiens ?

— En tout cas, c'est la mienne. Je n'ai encore jamais vu ta ville et, cependant, je nourris en moi le sentiment d'être au moins autant chez moi là-bas qu'ici. Florence, Milan, Gênes sont de façon curieuse des étoiles lointaines pour moi. Constantinople, au contraire, est une patrie inconnue.

Nous nous tûmes un instant et nous fîmes tourner le vin dans nos coupes.

— Ta proposition est donc la suivante : Allez à Florence et jetez-vous aux pieds du Pape ?

Il baissa les yeux vers le sol recouvert de tapis du jardin flottant.

— Mon cœur saignerait si vous le faisiez. Mais je serais désespéré si Constantinople disparaissait.

Je posai ma coupe sur le sol et je le serrai dans mes bras.

Ce soir-là, Antonio, nous n'avons plus guère parlé. Lorsque le ciel commença de se teinter de rouge, la petite ville de Francolino surgit de la côte plate. Les ancres furent mouillées et lorsqu'elles crochèrent, un léger tremblement parcourut la puissante superstructure de la barge. Le navire cassa son erre. A terre, une troupe de cavaliers, forte de presque deux cents hommes nous attendait. Au-dessus de leurs têtes flottaient des drapeaux de toutes les tailles et de toutes les couleurs. Mais je ne pus découvrir la bannière dorée avec l'aigle bicéphale que les Vénitiens avaient arborée.

Pour le reste, Antonio, ta prédiction était juste. Lorsque je voulus m'engager sur la passerelle qui menait au quai, un fonctionnaire de la Cour me barra le passage.

— Ordre de Sa Majesté, dit-il laconiquement. Georgios Sphrantzès retourne à Constantinople et rend compte à l'Impératrice mère du déroulement du voyage.

Il me fourra dans la main un papier cacheté.

— Voici tes instructions.

Il me tourna le dos d'un mouvement brusque et me laissa planté là. J'étais effectivement en pleine disgrâce à cause d'un travail remis des mois auparavant. Mais je n'en étais ni attristé ni soucieux.

Durant le voyage de retour de Francolino à Venise, nous n'avons pratiquement pas cessé d'imaginer tout ce que nous allions entreprendre ensemble si, toi, Antonio, tu parvenais à te rendre à Constantinople.

A Constantinople...

Oh, mon Dieu, qui aurait pu prévoir ce qu'il t'arriverait dans ta patrie secrète ?

L'église dans laquelle je me suis réfugié, ô mon ami mourant, se dresse non loin du palais Blachern. Elle n'est pas la plus vénérable des innombrables églises de notre ville. Mais j'ai pour elle une attirance particulière parce que l'un de mes prédécesseurs, le grand logothète et trésorier Théodoros Metochites la fit rénover lorsque le premier empereur Paléologue vous eut chassés de Constantinople, vous, les Vénitiens et vos alliés de l'Europe occidentale. Metochites doit avoir mis dans cette tâche tout son amour pour l'Empire byzantin mourant, car les tableaux qui ornent Sainte-Sophie ne sont pas plus beaux que les mosaïques de l'église du Rédempteur au couvent Chora.

Il y a longtemps que je gis sur le sol devant l'iconostase scintillant de dorures qui sépare le chœur de l'église. En tout cas, je sais aujourd'hui une chose : le pal qui te transperce est également planté dans mon cœur et ta mort, que j'appelle de tous mes vœux, n'est que la première de toutes celles qu'il me faudra mourir avant que le Croissant turc ne flotte définitivement au sommet des coupoles de nos églises.

Ici, couché devant les images des saints qui n'ont jamais eu pour moi autant d'importance que pour la plupart des citoyens de cette ville, je me dis même qu'il serait plus simple d'être accroché aux remparts de Bogha-Kese et d'endurer les tortures que tu endures, comme tu les endures, plutôt que d'aller au-devant d'une souffrance sans fin.

Je sais en même temps que c'est là une pensée presque sacrilège. Mais comment mettre de l'ordre dans le bouleversement de mes sentiments ! Il faut que j'imagine tes souffrances, que je les aie sous les yeux. Il faut que je me contraigne à les supporter avec toi. Il faut que j'essaie d'être avec toi par la pensée.

Je ne le peux pas.

Tu m'as toujours paru plus vivant que cent autres que je connaissais, Antonio. Et c'est comme un vivant que tu resteras dans mon souvenir.

J'ai dit : « Bienvenue au Péloponnèse ! » après que l'on m'eut averti qu'un capitaine vénitien désirait me parler.

Tu m'as dit : « J'apporte un message de Constantinople. »

Cela s'est passé onze années après que nous nous étions vus pour la première fois, en novembre 1448. J'étais alors à Sparte. Dans mon souvenir, Sparte est un été particulièrement long. Lorsque, le matin, je m'approchais de la fenêtre de mon salon et voyais devant moi le flanc abrupt de la colline contre laquelle se pressaient les églises, les villas et les maisons bourgeoises, je me sentais comme un aigle qui n'a qu'à ouvrir ses ailes pour voler au-dessus de la plaine. Les premières lueurs de l'aube jouaient sur les feuilles argentées des oliviers. Le vent qui soufflait de la mer était déjà chaud et apportait le parfum d'innombrables plantes aromatiques. Un peu plus tard, l'air devenait plus clair au sol et l'on voyait les maisons blanches de ce village qui s'appelle Sparte. La localité montagnarde dans laquelle nous habitions se nommait Mistra. C'était, à ce que l'on disait, un mot franc apporté en Grèce par les chevaliers croisés qui avaient conquis Constantinople. Nous, les Byzantins, sous les premiers empereurs Paléologues, nous en avions chassé les Européens de l'Ouest et nous avions repris possession du Péloponnèse méridional. Désormais, cette parcelle de terre que nous appelons la Morée était un despotat de l'Empire, petit, contrôlé après des combats sanglants contre les Turcs et dominé du côté de la mer par les Vénitiens, mais cependant aussi paisible que le paradis.

Mon travail à Mistra était agréable et ma vie ici un cadeau

immérité. La cour de Constantinople m'avait vomi parce que je m'entendais de moins en moins avec Démétrios, le frère de l'Empereur. Cependant, mon départ n'avait rien eu d'une fuite, plutôt une prudente émigration. Même Mauros ne pouvait veiller sans relâche à ce que personne ne m'approchât, qui aurait eu envie de me passer une dague entre les côtes.

Je m'entendais parfaitement avec Constantin Paléologue, nommé Dragases, l'autre frère de l'Empereur qui régnait à Mistra. Cela tenait surtout à ce qu'il me ressemblait en bien des traits de caractère, et pas forcément les meilleurs. Il avait l'air taillé à coups de serpe et son comportement, à l'occasion, faisait songer que ma propre incivilité pouvait presque passer pour de l'élégance. Je lui servais de logothète pour les affaires extérieures. C'est-à-dire que, dans la province, j'avais si peu à faire qu'il me semblait par moments que j'étais un propriétaire vivant agréablement sur ses terres.

Lorsque les cigales, qui allaient remplir le reste de la journée de leur assourdissante stridulation, commençaient à se manifester, je quittais habituellement la maison et je montais par des sentiers abrupts jusqu'au palais. Là, j'apprenais souvent, dès le franchissement du portail, qu'il n'y avait rien d'important mais que le Despote serait heureux de jouer une partie d'échecs avec moi ou que je lui tinsse compagnie autour d'une coupe de vin ou d'une discussion avec Gemistos Pléthon, recteur et principal ornement de notre académie philosophique.

A l'heure de ces invitations, le soleil était généralement déjà si haut qu'il était indiqué de choisir une pièce fraîche ou un endroit ombragé. Le Despote, Pléthon et l'un ou l'autre des nombreux Byzantins qui avaient choisi de demeurer en Morée, s'installaient donc le plus souvent sous un grand platane dans le jardin du palais. Nous portions de légers vêtements campagnards, nous dirigions nos regards vers la vallée de l'Eurotus et nous comptions les heures d'après la courbe que traçaient les ombres minces des cyprès. Les jours moins chauds, je descendais parfois à cheval jusqu'à la côte. Un insulaire grec qui avait travaillé autrefois comme pêcheur d'éponges, m'apprenait à plonger. Je passais la nuit dans sa rustique maison de pierre et je rentrais chez moi le lendemain.

J'appréciais cette vie et je mentirais si je disais que je pensais très souvent à toi, Antonio. Toutefois, lorsque des messagers de Constantinople nous rapportaient les dernières nouvelles des querelles qui y régnaient, le souvenir de nos conversations à

Venise s'éveillait en moi. L'empereur Jean VIII et son frère Démétrios avaient déchaîné un véritable soulèvement lorsque, à leur retour de Ferrare et de Florence, ils avaient annoncé que l'Eglise grecque allait désormais être soumise au Pape.

J'ai vécu le début de ces troubles. Lorsqu'ils éclatèrent, je me trouvais même au centre des événements.

Le soulèvement commença un dimanche de mars 1446. Comme à l'accoutumée, toute la Cour se leva aux premières lueurs du jour pour se rendre en procession solennelle du palais Blachern à Sainte-Sophie.

Le chef des eunuques, un Syrien aux joues creuses nommé Enno, avait recommandé à l'Empereur, pour cette fois, de renoncer à l'itinéraire habituel qui traverse toute la ville et d'aller en bateau, par la Corne d'Or jusqu'à la porte Saint-Eugène puis, de là, de gagner la grande cathédrale par un chemin de terre, pentu, certes, mais court. L'Empereur avait rejeté cette proposition bien que, comme nous tous, il fût au courant de la tension qui régnait depuis des jours.

La résolution d'union des Eglises avait été officiellement annoncée depuis exactement une semaine. Depuis lors, les gens du peuple, plus partisans des moines que du clergé séculier, en discutaient avec une excitation croissante. Pratiquement aucun d'entre eux ne comprenait que le traité ne scellait au fond qu'une manœuvre politique grâce à laquelle l'Occident serait engagé vis-à-vis de nous. Pour les quelques-uns qui en convenaient, l'alliance avec Rome semblait être d'un prix trop élevé, même pour leur propre sécurité. On pourrait dire également que, tout simplement, cela blessait leur orgueil. Mais à Constantinople plus que n'importe où ailleurs, l'orgueil blessé tourne facilement à la colère et, de là, au soulèvement.

Lorsque nous quittâmes le palais Blachern, nous nous doutions qu'une aventure peu réjouissante nous attendait. Nous fîmes donc tous en sorte de réprimer nos pressentiments.

Chevauchant un âne blanc, l'Empereur s'avançait en tête du long cortège. Il semblait aussi peu protégé que le Christ à son entrée dans Jérusalem. Il ne portait pas les vêtements de son état, mais une simple robe de pèlerin.

Une garde à cheval le suivait à plusieurs longueurs. Derrière elle venaient d'abord les dignitaires de la Cour, puis les représentants de la famille impériale et enfin les membres du gouvernement, dont j'étais, et en arrière-garde, un deuxième peloton de cavaliers en armes. Sur la Palea Petra qui mène du quartier du palais à la Mese, rue principale de Constantinople, tout semblait encore comme d'habitude. Le pavage avait été arrosé d'eau. Des façades décorées, les voix intemporelles des castrats répondaient à celles des dignitaires de la Cour qui chantaient des psaumes. Un silence paisible paraissait régner sur la ville.

Cependant, lorsque nous nous engageâmes dans la Mese, chacun de nous comprit tout à coup que le calme dominical n'était qu'une illusion. Les toits des colonnades qui bordent notre grand boulevard auraient dû être bondés de monde, d'hommes qui auraient plié le genou devant le cavalier solitaire sur son âne, de femmes qui auraient soulevé leurs enfants pour qu'ils le voient. Au lieu de cela, le vide béant.

Un ivrogne qui dormait à l'ombre des colonnes, un mendiant aveugle qui tendait une main obstinée, quelques chiens errants, ce fut à peu près tout ce que nous vîmes. Les chants des eunuques parurent soudain étrangement perdus et le bruit des sabots des chevaux nous fit prendre conscience du silence dans lequel nous avancions.

Depuis le grand viaduc qui relie deux des sept collines de Constantinople, nous vîmes ensuite les avant-postes de la foule en rébellion. Ils étaient debout au milieu de la chaussée et firent demi-tour à notre vue, puis s'éloignèrent sans hâte. Leur nonchalance négligente fut plus inquiétante que toute autre attitude.

Kekaumenès qui chevauchait près de moi me jeta un coup d'œil et dit :

— Nous aurions dû mettre des cottes de mailles sous nos robes.

— Elles sont si lourdes, répondis-je avec plus d'insouciance que je n'en éprouvais et j'ajoutai : Où crois-tu que l'on nous attend ?

— Au forum Tauri, naturellement.

La suite montra qu'il avait raison.

Le forum Tauri était l'endroit le mieux adapté pour une manifestation : un véritable piège, toutes les voies les plus importantes de notre ville y convergent et s'y réunissent en une seule rue. Quiconque atteint cette gigantesque place entourée de colonnes ne peut plus en sortir par la droite ou la gauche. Il est forcé d'aller de l'avant — ou de reculer.

Nous comprîmes de loin que ce serait vraisemblablement la seule possibilité qui nous resterait.

Tous les habitants que nous n'avions pas vus sur notre chemin semblaient s'être rassemblés sur le marché aux taureaux. Il y avait là presque toute la population de Constantinople. Ils étaient debout, épaule contre épaule. Ils se pressaient sur les degrés qui mènent aux colonnades, pendus en grappes entre leurs fûts de marbre et ils s'agglutinaient jusque sur les toits. Mais le plus effrayant, c'était le silence dans lequel ils nous attendaient. Lorsque nous les avions aperçus de loin il y avait encore dans l'air le bourdonnement suspendu au-dessus de tout rassemblement de masse, mais plus nous approchions, plus le bruit diminuait et, lorsque nous pûmes finalement distinguer les visages des uns et des autres, il régnait un silence hostile, mortel.

Terrorisés, les eunuques cessèrent de chanter, mais l'Empereur parut ne rien remarquer. Impavide, il conduisit notre cortège vers le forum bondé. Il n'arrêta son âne que lorsqu'il fut à toucher la rangée d'hommes la plus avancée.

Après que nous eûmes nous aussi arrêté nos chevaux, le silence devint total. Aucun chien n'aboyait, aucun oiseau ne chantait, toute la ville semblait retenir son souffle.

Avec une aisance apparente, Jean VIII leva la main. Enno, l'eunuque, sauta à bas de sa selle et courut vers lui. Un instant plus tard, sa voix féminine au timbre de fausset vrilla l'air.

— L'Empereur écoute !

C'était l'antique coutume qui datait de l'époque où les souverains byzantins rassemblaient leur peuple dans l'hippodrome pour écouter ses plaintes. Si les manifestants la respectaient, il y aurait un dialogue qui devrait également être conduit dans les formes traditionnelles.

Effectivement, un homme âgé se détacha de la foule et dit, après une brève génuflexion, qu'il était le porte-parole des communautés urbaines rassemblées ici.

Enno lui demanda pourquoi lui-même et ses compagnons barraient à Sa Majesté le chemin de l'église.

Ce fut, pour l'homme, le mot d'ordre qu'il attendait.

— L'église ! cria-t-il, que cherche l'Empereur dans notre église ? Il est devenu un Latin et il doit aller prier dans une église latine.

— Il est aussi peu latin que toi, répliqua Enno.

— N'a-t-il pas reconnu le Pape pour son maître ?

— Il a conclu une alliance avec les chrétiens de l'Ouest pour notre bien à tous.

— Il a trahi la foi de ses pères.
— Il lui a donné un abri nouveau et plus sûr.
— Il veut nous priver de nos icônes miraculeuses.
— Il honore les icônes comme vous le faites !
— Il veut abattre le saint mur des images et profaner l'autel.
— Il est le défenseur de l'autel, appelé par Dieu.
— Il nie la toute-puissance du Père.
— Il n'honore pas moins le Père que le Fils.

Les mots volaient comme des balles entre les deux orateurs. Le baryton du représentant du peuple contrastait avec le fausset de l'eunuque. Tout ce qu'imaginait de l'union des Eglises l'homme de la rue se transformait en répliques cinglantes. L'adversaire d'Enno défendait ce qui lui était cher, notre façon de célébrer la messe, nos chants sacrés, nos saints, jusqu'à l'habit de nos prêtres. Il combattait pour tout ce qui lui permettait, ainsi qu'à ses semblables, de se reconnaître pour un Grec orthodoxe, il confessait sa foi dans le sévère Seigneur du monde, Christos Pantokrator, dans la formule que le Saint-Esprit est issu du Père et de lui seul et non du Fils, il appelait Marie avec obstination « la génitrice de Dieu », mais non la « mère de Dieu », comme le faisaient à la façon occidentale les clercs qui souhaitaient l'union. Et comme ses arguments témoignaient d'une étonnante connaissance des détails, Enno avait du mal à se défendre.

L'eunuque regardait de plus en plus souvent, comme pour l'appeler à l'aide, l'Empereur qui, assis sur son âne, restait immobile et muet. Par moments, il restait court et une fois même la voix lui manqua. La foule sur la place suivait tout le duel verbal avec une tension croissante et presque perceptible au toucher.

Au début, lors d'échanges particulièrement violents, quelque chose qui ressemblait à un soupir s'était échappé de milliers de bouches puis ce fut bientôt un murmure léger et permanent qui s'étendit au-dessus des têtes. Toute cette masse humaine commença de bourdonner comme auparavant. Le bourdonnement s'enfla en un grondement menaçant. Je vis quelques hommes de la garde du palais faire jouer discrètement leurs épées dans les fourreaux. On pouvait presque voir à l'œil nu un nuage explosif de colère et de fureur se gonfler au-dessus du forum Tauri.

L'Empereur le vit ou le sentit également. Il leva une nouvelle fois la main et coupa la parole au représentant des manifestants. Ce qu'il voulait provoquer par ce geste, je n'en sais rien. Et je ne l'ai jamais su car, à cet instant, il se passa quelque chose de tout à fait quotidien, quelque chose à quoi chacun d'entre nous aurait pu s'attendre.

Dans le silence, retentit un son qui, ce jour-là et à cette heure, résonna comme la plus moqueuse de toutes les provocations imaginables.

Ce fut d'abord un unique tintement argentin que des vents favorables — ou plutôt défavorables — apportèrent de Galata, au-dessus de la Corne d'Or. Puis, tous les carillons des églises italiennes se mirent de la partie avec une telle puissance que l'on aurait pu croire que les campaniles étaient dans nos murs.

La foule, mais pas seulement elle, nous aussi, l'eunuque, son contradicteur et l'Empereur lui-même furent comme pétrifiés pendant quelques secondes. Aussitôt après, s'éleva du forum vers le ciel un unique cri de rage animale.

Les cloches que l'on ne sonne chez nous que pour les très grandes fêtes, mais que les Latins sonnent tous les jours, étaient, pour tous les habitants de la ville, le symbole le plus marquant de l'Eglise occidentale. Elles étaient la voix du Pape. Nos concitoyens s'étaient depuis longtemps accoutumés à les entendre matin et soir mais aujourd'hui, en cet instant, ce son leur fut insupportable. Le hurlement de fureur rompit la digue de leur maîtrise de soi. La mer des têtes bouillonna comme sous un vent de tempête. Un flot de corps déferla vers nous, tandis que des pierres volaient dans l'air. L'Empereur leva les bras pour se protéger le visage. J'eus encore le temps de voir un garde du corps résolu saisir l'âne par la bride et l'entraîner avec lui. Ensuite, le nez dans la crinière de mon cheval, je dévalai la Mese vers la porte Charisios qui s'ouvre dans le rempart sur la campagne.

Je savais devant quoi je fuyais et tous ceux qui galopaient près de moi le savaient aussi. Lorsque le peuple se soulève à Constantinople, le pavé se teinte de sang et le reflet des maisons en flammes rougit le ciel. Ni les portes des églises, ni celles des palais, ni les gardes du corps, encore moins les dons d'argent ne peuvent, dans notre ville, vous protéger des masses en rébellion. Des torrents humains s'écoulent dans les rues, aucune force au monde ne saurait s'y opposer. Là, tous les désespoirs apparaissent et tous les appétits de mort font rage. Là on pille, on martyrise, on viole, on tue. Le frère n'épargne pas son frère et le fils n'épargne pas son père. Nos révolutions sont des orgies de haine et de cruauté. Elles ressemblent au déchaînement furieux d'un gigantesque animal trop étroitement entravé, elles éclatent comme des ouragans et sont plus destructrices que n'importe quel cyclone. Elles peuvent durer des jours ou des semaines. Cependant, elles se terminent généralement en quelques heures. A minuit, on entend encore les cris des gens qui s'étripent, le matin suivant, c'est de nouveau le bruit des marteaux dans les chantiers maritimes et les chants des pêcheurs qui relèvent leurs filets. Sur les marches, traînent des silhouettes dépenaillées et lasses qui semblent se souvenir obscurément d'un mauvais rêve. Et les enfants regardent les flaques de sang séché que l'on recouvre de sable.

Le soulèvement de 1446 fut un des plus courts que j'aie connus. Il ne dura que trois fois vingt-quatre heures. Le mercredi déjà, les patrouilles de police purent faire leurs rondes sans qu'on leur jetât des pierres. Le même jour, le grand parc de l'hippodrome ouvrit ses portes à tous ceux qui voulaient passer une première soirée tranquille de printemps en plein air à boire du vin et à manger du boudin.

Quant à moi, je passai cette soirée au palais Blachern où, au cours d'une réunion de tous les dignitaires et fonctionnaires importants, la victoire du peuple fut rendue officielle.

Malgré les réclamations de Démétrios, le frère de l'Empereur, le Conseil résolut de déclarer seul coupable de la convention sur la fusion de l'Eglise orientale et de l'Eglise occidentale de Florence qu'il avait contresignée, le patriarche Metophanes et de le relever de ses fonctions.

Jean VIII et Démétrios, au contraire, dont les sceaux avaient été apposés sur le papier en question, furent relaxés par un artifice de langage souvent éprouvé. Tous deux devaient à l'égard du Pape, donner l'impression que le traité continuait d'exister et qu'il était accepté par Constantinople. Mais, pour l'intérieur, ils devaient faire tout simplement comme s'il n'existait pas.

Le prieur du couvent Saint-Jean, particulièrement aimé du peuple, reçut l'ordre de faire comprendre dans son prochain sermon dominical, que rien ne serait changé dans l'Eglise byzantine, mais on l'exhorta à choisir ses mots de façon qu'aucun Latin, qui se trouverait là par hasard, ne puisse y entendre un affront à l'égard de Rome.

Lorsque la réunion fut terminée, tous ses participants furent d'accord qu'ils avaient pris une décision extraordinairement sage et justifiée. Seul, Démétrios grognait et je retournai, accablé, dans la propriété de ma famille à la campagne où je m'étais réfugié pendant le soulèvement. Ma mauvaise humeur ne cessa pas dans les jours et les semaines qui suivirent. Je commençai à perdre toute envie de travailler, je devins irritable, coléreux et j'étais en conflit avec presque tout le monde. Comme, dans cet état d'esprit, j'avais des discussions même avec le frère de l'Empereur, les rares personnes qui m'aimaient encore me dirent qu'il vaudrait mieux m'éloigner quelque temps de Constantinople.

Le vieux Chalkokondylès s'occupa de me faire appeler à Mistra.

— Le despote Constantin est le même genre d'olibrius que toi. Tu pourras te frotter à lui sans dommage, me dit-il.

Il s'était trompé sur ce point. Le frère aîné de l'Empereur et moi, nous nous entendîmes parfaitement dès le début. Les étés en Morée se succédèrent sans qu'un seul nuage en troublât le ciel.

Le ciel semblait aussi bleu, ce jour de novembre, quand toi, Antonio, tu te fis annoncer chez moi. Tu ne pouvais naturellement pas supposer que c'était justement le message apporté par toi qui allait, tout à coup, mettre fin à mes vacances dans le Péloponnèse.

Lorsque le serviteur nous annonça qu'un capitaine vénitien du nom d'Erizzo désirait me parler, nous étions assis pour une de nos habituelles conversations devant la cheminée de la salle en terrasse du palais. Je me rappelle qu'outre le Despote, il n'y avait qu'un membre de l'immense famille Laskaris, un homme sans façons qui avait adopté depuis longtemps les mœurs paysannes qui régnaient dans cette Cour. Il se mouchait sans se gêner, comme nous tous, dans le feu, se grattait des endroits du corps dont un Byzantin élégant ignore jusqu'au nom populaire et crachait les noyaux d'olive sur le sol de pierre fraîchement lavé.

Comme toujours, Constantin était à demi couché dans son fauteuil, les jambes allongées sur un tabouret rembourré, sa robe relevée jusqu'au-dessus des genoux. Tout comme moi, il n'aime pas les culottes.

Le reflet du feu jouait sur son large visage aux traits simples qui, bien qu'il fût plus âgé que moi, conservait encore beaucoup de place libre pour les plis et les rides qui l'entailleraient plus tard. Nous nous entretenions de toutes sortes de misères corporelles et, plus particulièrement, de problèmes de digestion et autres souffrances qui en résultent.

— Contre les hémorroïdes, dit le Despote, il y a une cure très simple. Tu trempes chaque matin ton derrière dans un ruisseau bien froid jusqu'à ce que tu aies l'impression qu'il est complètement gelé. Ça aide, que tu le croies ou non.

Le cousin Laskaris vanta une recette contre la constipation.

— Un peu d'aloès, de la racine de zédoaire, de l'anis, de la racine de rhubarbe et de la réglisse dans de l'alcool, expliqua-t-il, deux fois par jour et l'ail te quitte si vite qu'à la sortie il sent exactement comme à l'entrée.

— Je peux avoir la diarrhée plus facilement, dit le Despote avec mépris.

Nous étions sur le point d'approfondir la question lorsque le serviteur entra pour t'annoncer.

— Erizzo ? m'écriai-je, Antonio Erizzo ?

— Oui, Excellence.

— Qui est-ce ? demanda le Despote. Quelqu'un de Monemvasia ?

— Lorsque je l'ai vu pour la dernière fois, il vivait à Venise.

— Ami ou ennemi ?

— Un des meilleurs amis que nous ayons. Il parle aussi le grec.

— Alors, fais-le monter. Mais préviens-le que nous sommes des mangeurs d'ail.

— Il est habitué à beaucoup de choses.

— Je parie que je peux le pousser hors de la salle d'un seul souffle de mon haleine ! dit le cousin Laskaris.

Constantin faillit tomber de son fauteuil tant il riait. Parmi nos habitudes de cette époque, il y avait celle de manger des mets fortement épicés et de les faire descendre à grand renfort de vin.

Antonio était dans la salle des gardes lorsque j'arrivai en bas. Il bavardait avec l'officier de service et ses manières étaient aisées et pleines d'amabilité. Il n'avait pas beaucoup changé au cours des onze années écoulées. Ses cheveux tombaient toujours en bandeaux lisses jusqu'à ses épaules. Sa barbe qui lui montait jusqu'aux oreilles était, comme toujours, soigneusement taillée. Autour de ses yeux jouait seulement le fin réseau de rides que l'on observe chez tous les gens de mer et qui provient probablement de ce qu'ils doivent souvent cligner des yeux devant le soleil.

— Bienvenue au Péloponnèse, lui criai-je.

Je voulus courir à lui, mais il fit un pas en arrière, s'inclina protocolairement et me dit d'un ton interrogateur :

— Le logothète Sphrantzès ?

— Et qui d'autre ? fis-je avec impatience.

Il s'inclina une deuxième fois.

— Antonio Erizzo, actuellement capitaine de la galère vénitienne *San Georgio,* sollicite instamment une audience de son Altesse Impériale, le despote Constantin.

Je compris soudain qu'il devait avoir de bonnes raisons pour se comporter si étrangement, c'est pourquoi je répondis du même ton rogue :

— Sur l'ordre de qui, capitaine ?

— Sur l'ordre du grand logothète de Byzance.

— Pouvez-vous prouver votre identité ?

Il me montra une lettre qui portait notre grand sceau officiel, aux armes de Byzance.

— Suivez-moi ! dis-je et j'ajoutai pour l'officier de service : Quatre hommes d'escorte !

Notre petit cortège se rendit de la salle des gardes en traversant la grande cour jusqu'au portail principal du palais et, de là, par l'escalier, jusqu'au premier étage. Devant l'entrée de la salle en terrasse, je fis signe aux cinq hommes qui me suivaient d'attendre et je franchis la porte.

— Votre Altesse Impériale, un envoyé du grand logothète. Sa mission semble être importante.

Ma façon inhabituelle de m'adresser à Constantin ne le surprit qu'un instant. Puis, une expression que je ne lui avais jamais vue apparut si brusquement sur son visage que je me demandai s'il savait déjà, ou du moins pressentait, ce qu'il allait apprendre. En fait, le cousin Laskaris et moi-même, nous venions pour ainsi dire de voir pour la dernière fois l'homme que nous connaissions et que nous aimions.

Le gouverneur de province, avec son visage ouvert de paysan et ses manières impossibles, se transforma en quelques minutes et devint un tout autre homme. Un instant auparavant, encore prolixe, rude et terrestre et, tout de suite après, n'appartenant presque plus à ce monde. Ses joues pleines et lisses étaient déjà devenues une surface où une griffe invisible allait creuser ses marques. Il se leva et me fit un signe de tête. J'ouvris les deux battants de la porte de la salle. Antonio entra, plia le genou, avança de trois pas, fit une deuxième génuflexion et se jeta ensuite sur le sol.

Déjà, nous savions tout. Il avait fait à Constantin le salut réservé à l'Empereur désigné, mais pas encore sacré.

Que ce fût justement lui qui apportât ce message décisif était un pur hasard. Antonio était arrivé à Constantinople trois semaines auparavant, le jour même que Jean VIII avait quitté ce bas monde.

— J'étais arrivé de Crète, m'expliqua-t-il plus tard, avec mon bateau et je devais le remettre à un de nos capitaines plus ancien — on m'emploie actuellement comme convoyeur de navires, de sorte que je suis constamment en route entre nos divers postes extérieurs. En fait, j'aurais dû prendre en charge une autre galéasse et repartir immédiatement pour Venise, mais le bailli de Galata me retint. Il voulait avoir à sa disposition un homme qui puisse informer aussitôt la Seigneurie de ce qui se passait à Constantinople. Comme tout le monde, le bailli semblait croire que Démétrios allait succéder à Jean VIII. Il était le seul disponible sur place qui fût, comme vous dites, né dans la pourpre. Mais tout se passa différemment. Je me trouvais là lorsque Démétrios parcourut la ville à cheval et se comporta ouvertement comme s'il était déjà le nouvel Empereur. Il caracolait avec une brillante cavalcade sur la grande route du Sud qui mène à votre plus grand port de la Marmara et il avait déjà atteint le forum Arcadius lorsqu'il reçut quelque chose sur la tête. Son cheval se cabra. Il poussa un cri. Aussitôt, toute la place devint une marmite de sorcières. Des milliers de gens qui avaient dû le guetter se ruèrent sur lui de toutes parts. Les pierres tombaient comme grêle. J'eus du mal à éviter d'être entraîné dans ce tourbillon. Mais lorsque je me fus enfin libéré, mis en sécurité, tout était déjà terminé. La garde du corps de Démétrios s'était dispersée dans toutes les directions et lui-même avait dû réussir à se frayer un chemin à travers la multitude. Durant tout le reste de la journée, on vit encore des cortèges de manifestants et des groupes d'hommes qui hurlaient et scandaient sans arrêt : « A bas l'union des Eglises » et « Constantin sur le trône ».

Le matin suivant, des hérauts parcoururent la ville en annonçant que le nouvel Empereur était le despote de Morée. Mais, avant que je ne parte annoncer la nouvelle à Venise, le bailli me dit que le Grand Logothète lui avait demandé de lui fournir un navire rapide qui puisse annoncer à Constantin sa surprenante nomination. J'étais le seul disponible et, comme le conseil des dignitaires n'avait pas pu se mettre rapidement d'accord sur la composition d'une délégation officielle, on m'expliqua comment je devrais me comporter à la cour de Mistra et on m'envoya enfin comme messager officieux.

Nous étions chez moi quand il me fit ce récit.

— Tu ne t'étais pas représenté Constantinople ainsi, non? dis-je. Un endroit où les masses populaires braillardes décident qui sera l'Empereur?

— Je savais que ça n'était pas inhabituel chez vous, répliqua-t-il, mais c'était quand même assez déconcertant.

Nous regardions la nuit qui tendait sa voûte brillante d'étoiles au-dessus de la vallée à nos pieds.

— Et, que va-t-il se passer maintenant? demanda-t-il.

— A quel point de vue?

— Eh bien, ton despote a donc été appelé à devenir le futur Empereur, visiblement parce qu'il est considéré comme un adversaire de la réunion des Eglises.

— Il en est effectivement un des adversaires, mais de cœur seulement.

— Et d'esprit?

— D'esprit, il ne peut l'être s'il veut sauver la ville. As-tu remarqué ce qui s'est passé sur son visage lorsqu'il a lu le message que tu lui as apporté?

— Pas seulement sur son visage. L'homme paraissait se modifier du tout au tout. Il avait vieilli de plusieurs années.

— Constantin a compris que, dorénavant, sa vie ne serait plus qu'un chemin de douleur. Il doit faire quelque chose qui lui répugne profondément et, cela, sans le moindre espoir de succès. Mais, au fond, c'est ainsi que les Byzantins veulent leurs empereurs. Ils doivent souffrir comme le Christ en croix. Ils sont d'ailleurs ses représentants sur la terre.

Le lendemain matin, je compris encore plus clairement à quel point et combien vite Constantin était devenu un autre homme. Il me reçut dans la salle d'audience qu'il n'avait pratiquement jamais utilisée auparavant.

Ses yeux étaient profondément enfoncés dans leurs orbites, sa peau était blafarde. Il portait encore l'une des simples robes de laine que je lui connaissais, mais si elles avaient autrefois souligné sa rude jovialité, celle qu'il portait maintenant avait l'air de la cotte stricte d'un anachorète. Derrière lui se tenaient deux hommes de la garde du palais. Je compris que je ne serais plus jamais seul avec lui dans une pièce. Et je vis dans ses yeux qu'il pensait de même. C'était un regard triste.

— Georgios Sphrantzès, dit-il, tu es encore logothète pour les affaires extérieures. Qui doit être informé le premier de ma nomination ?

— Le Sultan, Majesté.

— C'est également mon avis. Tu vas partir immédiatement pour Andrinople et lui en apporter personnellement la nouvelle. Tu sais d'ailleurs ce dont nous souhaitons l'informer en dehors de cela.

— Certainement.

— Envoie donc une unité de cavalerie pour annoncer ton arrivée aux garde-frontières turques. Toi-même, tu prendras le navire de ton ami italien. Prenez la route directe à travers la mer Egée, de Monemvasia jusqu'au port de Dione.

— Je ne sais pas si le capitaine Erizzo est habilité à mettre sa galéasse à ma disposition, Majesté.

— Il sera assez intelligent pour prendre cette initiative.

Je marchai à reculons vers la porte. Lorsque je l'eus atteinte, sa voix m'appela encore une fois.

— Georgios !

— Majesté ?

— Nous étions amis, n'est-ce pas ?

— J'ai toujours osé l'espérer.

— Restons-le...

Ce que je vis de lui en dernier, ce jour-là, ce furent ses yeux tristes, perdus dans un visage qui me paraissait encore familier, mais qui, un peu comme chez un mourant, commençait déjà à me devenir étranger.

En ce qui concernait Antonio, Constantin avait vu juste.

— N'aie aucun souci, dit-il, mon *San Georgio* te conduira à Dione et te ramènera directement à Constantinople, car tu ne reviendras certainement plus ici.

Les étés, en Morée, les conversations sous le grand platane, l'assourdissante stridulation des cigales et les minces ombres tournantes des cyprès, appartenaient déjà au passé.

Il me revient à l'esprit, Antonio, que quatre années ont passé depuis le jour où nous quittâmes la Morée. Et je constate aussi que tu as vécu deux événements décisifs de ma vie et que tu les as même en partie provoqués.

L'un fut la scène de la salle de la terrasse au palais de Mistra, lorsque Constantin apprit qu'il était devenu empereur. C'est là que commença mon ascension dans la hiérarchie politique de Constantinople.

L'autre, fut notre commune visite au Sultan car, à sa Cour, j'ai fait la connaissance de Mehmet qui vient d'envoyer ton navire par le fond et de te condamner à une mort effroyable. En outre, c'est là que j'ai retrouvé Anna.

De Mistra, nous allâmes à cheval ensemble jusqu'à Monemvasia ou Malvasia, comme vous l'appelez, cette gigantesque forteresse du cap le plus méridional du Péloponnèse sur laquelle flotte le drapeau à l'aigle bicéphale byzantin, à côté de celui qui porte le lion ailé de Saint-Marc. Il te fallut beaucoup de temps pour convaincre le représentant local de la république de Venise que ta galéasse ne pouvait pas revenir directement à Venise, mais qu'elle devait d'abord conduire une délégation impériale auprès du souverain turc. J'utilisai ce délai pour améliorer ma garde-robe et équiper mes cinq compagnons de façon qu'ils n'eussent plus l'air de paysans grecs, mais au moins approximativement, de représentants d'une tête couronnée. Lorsque tu revins enfin à la capitainerie du port, j'appris qu'il serait stupide de gagner Andrinople en passant par Dione, car le sultan Murad s'était rendu à Brousse, sur la mer de Marmara, pour y prendre les eaux et soigner ses membres goutteux.

Ainsi, nous repartîmes de Monemvasia par la même route que tu avais prise pour venir. Nous laissâmes à tribord les grandes Cyclades, Psara surgit devant nous, puis Lesbos et enfin, l'entrée de l'Hellespont. Nous n'eûmes guère de chance avec le temps. Les tempêtes hivernales du nord-est fouettaient la mer et projetaient des tonnes d'eau par-dessus les plats-bords. Tu ne pus que rarement utiliser les voiles et presque toute la traversée fut faite à l'aviron. Cependant, le mauvais temps avait un avantage : nous ne fûmes jamais ennuyés par les pirates.

Nous fîmes quatre escales au cours de cette croisière, la dernière à Gallipoli où le commandant turc avait déjà été prévenu de notre venue par des estafettes à cheval. Puis nous allâmes jusqu'au petit village de pêcheurs le plus proche de Brousse, sur la mer de Marmara. Là, nous étions déjà attendus. Le sultan Murad avait eu l'amabilité de dépêcher Chalil Pacha, un homme que mon père avait souvent reçu chez lui.

Lorsque la cérémonie des salutations fut terminée, nous nous assîmes, Chalil et moi, dans un palanquin, l'un à côté de l'autre.

— Tu te souviens certainement encore d'Anna? me demanda Chalil.

Je tournai brusquement la têre vers lui.

— Elle vit toujours au harem, dit-il encore, et elle voudrait te voir...

Il t'avait été généreusement permis, Antonio, de nous accompagner jusqu'à Brousse que les Turcs nomment Bursa. C'était ta première visite dans le camp des infidèles et je me souviens encore très bien qu'elle t'occupa durant des semaines.

Oh non, mon ami, ils ne sont vraiment pas les barbares pour lesquels nous les tenons. Et tu conviendras qu'ils ont amélioré Brousse, qui avait toujours été un petit paradis, plutôt qu'ils ne l'ont ruinée ou dévastée.

Murad II me reçut dans une haute pièce fraîche dont les murs étaient habillés jusqu'au plafond de faïences multicolores. Devant l'estrade basse sur laquelle il trônait, bruissait une petite fontaine de marbre. Le sol était recouvert de tapis de toutes les couleurs de l'arc-en-ciel. Et la luminosité qui s'en dégageait aurait dominé même les plus belles mosaïques de nos églises et de nos palais. Cependant, dans ce décor, jusqu'au plus petit détail, rien ne donnait l'impression d'être ostentatoire ou somptueux, tout y témoignait d'une élégance raffinée, mais sobre. Le Sultan était assis sur le divan, les jambes croisées.

Il était vêtu d'un manteau de brocart blanc doublé de fourrure. Son gros turban n'était orné d'aucun bijou ou plumet. Ces derniers semblaient réservés aux seuls dignitaires qui l'entouraient. La règle était donc que, moins le rang était élevé, plus luxueuse était la vêture avec des diamants, des rubis, des émeraudes et des armes de luxe.

Je ne connaissais que deux hommes parmi l'assistance : Chalil Pacha, le Grand Vizir et Ischak Pacha, le médecin personnel juif de Murad qui venait, à l'occasion, à Constantinople pour acheter des simples chez nos herboristes. Un troisième attira plus mon regard que les autres, bien que je ne susse pas qui il était. Il était le plus proche du souverain et, pour cette raison, portait les vêtements les plus simples. Il me regarda avec intensité, comme s'il avait voulu lire son destin sur les traits de mon visage.

Je ne pouvais naturellement pas le dévisager de la même façon, mais son visage et son apparence générale m'impressionnèrent si fortement qu'aujourd'hui encore, je le reconnaîtrais même dans la nuit la plus sombre. Il était plutôt élégant et paraissait avoir dix-huit ans. Ses sourcils se recourbaient au-dessus de son nez, étonnamment long et mince. Ses yeux étaient d'un bleu profond, presque noir et comme voilés. Son front était à demi caché par le turban, une barbe courte et épaisse recouvrait son menton et sa bouche. Cependant, ce qui le distinguait des autres personnes debout alentour, c'était une froide résolution et une réserve que son regard voilé, presque triste, adoucissait un peu. Aucun doute, cet homme devait être Mehmet, le fils unique et l'héritier de Murad. Son père avait renoncé à me le présenter car il supposait probablement que je connaissais tous les dignitaires, ce qui aurait été le cas si je n'avais pas séjourné quatre années dans la lointaine Morée.

Le Sultan écouta mon message sans ciller. Lorsque j'en eus terminé la lecture et roulé le parchemin, il fit signe à un serviteur de me le prendre. Ce dernier le passa au Pacha le plus proche, qui le transmit à son voisin. Il passa ainsi d'une main à l'autre jusqu'à Chalil qui s'agenouilla et remit le document entre les mains de son maître. Murad le porta d'un geste léger à son front, puis il le posa sur le sol, devant lui.

J'avais exprimé, dans les formes ampoulées habituelles, notre désir de paix et de future bonne collaboration avec notre voisin turc. Murad me fit répondre par la bouche de Chalil que tel était également son souhait et qu'il espérait voir d'agréables rapports durer de longues années encore entre nos deux Etats, car il était un homme malade qui désirait jouir en paix de ses derniers jours et ne plus jamais entendre le fracas de la guerre. Je pris cette réponse pour ce qu'elle était, une loyale déclaration de ses intentions et un léger avertissement caché, donné presque avec un haussement d'épaules.

Murad était le deuxième sultan turc qui avait, seize ans auparavant, attaqué et longtemps assiégé Constantinople. Nous avions réussi à battre son armée. Mais, entre-temps, l'envie de lancer un nouvel assaut contre les remparts de notre ville semblait lui avoir passé.

Toutefois — et c'était l'avertissement — il ne garantissait aucunement que son fils nous laisserait en paix.

Ce n'est que plus tard, en rendant compte à l'Empereur de cette audience de Brousse, que je me dis que l'avertissement de son père avait été en quelque sorte confirmé par Mehmet. Il était le seul qui n'avait pas touché le rouleau de parchemin passant de main en main. Ce que cela signifiait était clair comme de l'eau de roche.

Après les derniers mots de Chalil, Murad appela le Grand Vizir pour lui souffler quelques mots à l'oreille. Chalil se releva et dit :

— Mon maître serait intéressé de savoir si ton père vit encore, Georgios Sphrantzès.

Je répondis affirmativement.

— Le Sultan et Padichah te prie de lui dire qu'il sera toujours le bienvenu ici, comme invité aux bains chauds et dans le sérail.

C'était plus que je n'aurais pu espérer. Mon père avait autrefois mené les pourparlers de paix avec Murad et Chalil et, visiblement, ces derniers savaient que, tout comme le Sultan, il souffrait de la goutte. Je battis le rappel de mes tournures emphatiques pour remercier de cette invitation. Peu après, l'audience fut levée, mais mon séjour à Brousse n'en était pas terminé pour autant.

Il ne commença en fait que lorsque, de même que je voulais savoir ce qui se passait dans le camp turc, Chalil et quelques autres souhaitèrent m'entendre parler de la situation à Constantinople. Antonio, mes compagnons et moi, nous restâmes presque une semaine dans la ville entourée de forêts et bruissante de sources au pied de l'Olympe de Bithynie couronné de neige. Ce fut ma première grande expérience de la pratique diplomatique et Chalil se révéla en l'occurrence le meilleur professeur que j'eusse pu avoir.

Il m'invita dans le köschke en forme de pavillon — c'est ainsi que les Turcs nomment un petit palais — qu'il habitait. Nous nous assîmes les jambes croisées devant un brasero. Deux serviteurs, auxquels on avait coupé la langue pour qu'ils ne puissent pas rapporter les propos qui venaient à leurs oreilles, nous dispensaient du moka et des sorbets. Celui qui était chargé du café montrait une adresse presque artistique. D'un petit mouvement du poignet, il versait d'une hauteur de plusieurs coudées le liquide brun dans les tasses minuscules, sans les manquer de l'épaisseur d'un cheveu ou répandre une goutte à côté.

Chalil, qui possède admirablement notre langue, n'était pas à proprement parler un causeur brillant, mais nous nous connaissions depuis assez longtemps pour mener une conversation sur un ton presque amical.

— Tu vas donc désormais servir Constantin comme je sers moi-même le Sultan ? me dit-il.

— Je ne sais pas encore les projets de l'Empereur à mon sujet.

— Vous vous ressemblez tellement tous les deux et vous avez fait du si bon travail en Morée qu'à l'avenir, il ne voudra pas renoncer à tes conseils et à ta société.

— En admettant qu'il en soit ainsi, vers quelle attitude vis-à-vis de vous devrais-je, à ton avis, l'orienter ?

— A mon avis, Georgios ? Je ne suis que le Grand Vizir pas le Sultan !

— Ni l'héritier du trône.

Il leva les sourcils avec un léger amusement.

— Ah oui, j'oubliais, tu as vu Mehmet aujourd'hui pour la première fois.

— C'est exact.

— Alors, dis-moi quelle impression il t'a faite.

— Jeune, ambitieux et renfermé.

— Description pertinente, admit-il, mais tu n'as vu qu'un aspect de sa personnalité.

— Et l'autre ?

— C'est aussi un rêveur.

— Un rêveur ? Cela pourrait le rendre encore plus dangereux — pour nous.

Chalil inclina la tête en signe d'assentiment.

— Ce sont toujours les rêveurs qui ont changé le monde, dit-il.

— Parfois même lorsqu'ils disposaient aussi des conseils d'hommes expérimentés.

— Les hommes âgés ne rêvent plus de changer le monde.

— Mais ils se chauffent volontiers au feu de la jeunesse.

— Volontiers, Georgios ? Il se pourrait qu'il ne leur restât rien d'autre — s'ils veulent survivre un peu.

— Le grand vizir du Sultan n'a donc aucun bon conseil pour un éventuel logothète de l'Empereur ?

— L'Empereur a moins besoin de conseils que d'aide.

— Et cela, très bientôt, j'imagine.

— Tu as vu Murad !

— Il m'a semblé avoir très bonne mine.

— On murmure qu'Ischak Pacha est passé depuis longtemps de l'art des médicaments à celui du maquillage.

— Je suis navré de l'apprendre.

— Vous ne serez pas les seuls à le regretter ; c'est un bon souverain.

Je pensai que j'en avais assez appris pour l'instant et j'essayai de changer de sujet.

— T'ai-je déjà dit, Chalil Pacha, que je trouve les maisons dans lesquelles vous vivez pleines de goût et très agréables.

— Nos maisons ? répliqua-t-il. Ce ne sont pas des maisons, mon cher Georgios. Ce sont des huttes de bois de construction légère qui peuvent être abattues aussi vite qu'elles ont été édifiées. Nous autres, Turcs, nous ne nous bâtissons pas de solides demeures, seulement, à l'occasion, des tentes un peu plus stables. Nous sommes un peuple en migration.

— En migration vers quelle destination ?

— Qui le sait ? De l'est à l'ouest et, peut-être aussi, dans l'autre sens. Notre compas est notre étendard. Quand résonne le signal du départ, nous ramassons nos tapis, nous empoignons nos armes et nous ne posons pas de questions.

— Et où est votre patrie ?

— Là où nous déroulons nos tapis.

— En sera-t-il ainsi pour l'éternité ?

— Aussi longtemps que nous aurons la force de mener cette vie et que nous croirons que nous devons la mener.

— Constantinople ne serait donc qu'un endroit par lequel vous passeriez à cheval ?

Le visage de Chalil se fit grave.

— Je n'en sais rien, dit-il. Souvent je pense que votre ville pourrait être le seul endroit qui nous retiendrait si nous nous en emparions.

— Il semble que cette idée te soit désagréable.

— Elle m'est désagréable. Nous ne sommes pas faits pour vivre dans de grandes villes. Nos anciens sultans le savaient bien. Pour Murad encore, même Andrinople est un endroit trop solide et trop étroit pour qu'il s'y sente à l'aise. C'est pourquoi il vient si souvent à Brousse où l'on a au moins le sentiment de vivre à l'air libre.

— Mehmet aussi ?

— Georgios, dit-il, sans tenir compte de ma question, il se fait tard. J'espère que je te verrai encore ces jours prochains. Peut-être puis-je te montrer à Brousse diverses choses qui t'intéresseront. Et emmène tranquillement ton ami italien avec toi. A Venise aussi, on s'intéresse à tous les renseignements qu'on peut avoir sur nous.

Il m'adressa un sourire fugitif. Je me levai, portai la main à mon front et m'inclinai. Le surlendemain, on me communiqua la deuxième partie du message que je devais emporter à Constantinople.

Mais auparavant, je rencontrai à nouveau Anna.

C'est étrange, je suis couché sur le sol de l'église Chora, dans l'haleine humide de vieilles murailles et j'essaie de penser à toi, Antonio, qui agonises devant le Bosphore. Mais, au lieu de ta silhouette martyrisée, je ne vois passer devant mes yeux que les temps révolus. Je vois les jours que j'ai partagés avec toi, mais aussi les heures dont je t'ai exclu. Tu t'es promené avec moi à travers Brousse, sous les nuages de vapeur issus des sources chaudes. Le soir, dans le köschke qui m'avait été assigné comme résidence, tu t'es assis avec moi devant un brasero et tu m'as aidé à réfléchir sur mes entretiens avec Chalil et l'audience du Sultan. Tes pensées suivaient alors les mêmes voies que les miennes. Nous parvenions à des conclusions si semblables que je me demandais si ta ville natale avait bien fait de t'employer comme capitaine plutôt que comme diplomate. Mais peut-être avais-tu, plus que moi qui suis un produit de la culture byzantine, la faculté de penser simplement et clairement, comme doit le faire un homme dont la vie dépend souvent de son aptitude à prendre, dans le plus bref délai, la décision la plus juste. Là où je me torturais avec des parallèles historiques, des déductions et des comparaisons, tu voyais l'immédiat et ainsi, la plupart du temps, l'essentiel. Tu m'as beaucoup appris, Antonio. Je te considérais alors, avec Constantin proclamé empereur, comme mon confident le plus proche. Pourtant, je ne t'ai pas révélé tout ce qui m'est arrivé à Brousse.

Par exemple, je t'ai caché ma rencontre avec Anna.

J'étais alors dans ma quarante-sixième année et nous étions en 1448. Anna était de sept ans plus jeune que moi. Elle allait donc vers son trente-neuvième anniversaire. Lorsque je l'avais vue pour la dernière fois, elle venait d'avoir trente ans.

— Neuf ans, songeai-je, y a-t-il donc si longtemps ?

L'image d'Anna était devant mes yeux, comme si je l'avais

vue la veille. Il en aurait probablement été de même pour quiconque l'aurait assez bien connue. Anna était une étoile autour de laquelle tous ceux qui l'approchaient tournaient inévitablement, tôt ou tard. Elle était intelligente, orgueilleuse et dominatrice avec douceur, mais également rêveuse et, en tout cas, imprévisible. Je me souvenais encore de cette nuit d'été où, debout sur les caillebotis de mon canot, elle s'était sans gêne dépouillée de ses vêtements pour sauter à l'eau sous nos yeux. Mon ami, Silvio Piccolomini qui se trouvait à bord a, plus tard, écrit une poésie sur cette scène.

Mon autre camarade d'études, Georgios Amirutzès au contraire, après une brève hésitation, l'avait poursuivie à la nage. Dans le köschke au pied de l'Olympe de Bithynie, je sentais encore les aiguillons de la jalousie qui m'avait torturé alors.

Du reste, Amirutzès était la cause de ce que je ne pouvais penser à Anna sans souffrir. Grand, mince, avec des yeux bleus, léger et audacieux et, en outre, possédé par un indomptable besoin d'éprouver la vie et de connaître le monde, il aurait découragé par son apparence et sa sûreté de soi quiconque aurait eu l'idée de serrer Anna de près en sa présence. Pour lui, le petit Piccolomini un peu rondouillard n'était pas plus un rival que le rude et ennuyeux Georgios Sphrantzès avec son front bossué, ses yeux caves et son menton trop large et comme fendu en deux.

Amirutzès traitait Anna comme un homme lorsqu'elle se conduisait en homme et comme une femme adulte lorsque, comme cette nuit-là, elle essayait de nous provoquer d'une façon encore à moitié enfantine. En fin de compte, ce fut encore lui qui entraîna Anna à quitter Constantinople et à l'accompagner à Trébizonde. Elle voulait, dit-elle en nous quittant, vivre quelque temps à la cour du souverain de Trébizonde avec lequel elle était apparentée. Mais, en réalité, elle avait probablement des aventures du genre de celles qu'Amirutzès avait vécues par douzaines, à cette époque-là. Elle s'embarqua pour le Nord à bord du navire qui l'avait amenée de Gênes. Je n'avais jamais revu Anna depuis lors.

Elle dut rester à Trébizonde pendant six ans. Quelque temps plus tard, un marchand arménien nous raconta qu'on l'aurait vue à Amasya, une des résidences du Sultan. Plus tard, nous apprîmes par Chalil Pacha qu'elle faisait partie de la maison privée de Murad à Andrinople, de son harem, comme disent les

Turcs. Ce n'était pas une carrière particulièrement inhabituelle pour une jeune fille byzantine. Dans les gynécées des successeurs d'Osman, vivaient d'innombrables filles des meilleures familles de Constantinople, de Trébizonde ou de Mistra. Néanmoins, je me demandais comment précisément Anna en était arrivée là.

Il semblait impensable qu'on l'ait enlevée et vendue, sa famille avait trop de poids dans le monde diplomatique. Elle devait donc avoir sauté le pas volontairement pour des raisons qui, chez elle, étaient difficiles à découvrir.

Le besoin de se comporter de façon aussi inhabituelle que son ancêtre, l'historienne, fille d'empereur, Anna Comnène, pouvait avoir joué un rôle aussi important en l'occurrence que son appétit d'aventures. Mais il était possible également, qu'un homme se cachât tout simplement derrière tout cela. Ce ne pouvait pas avoir été Murad lui-même. Je sentais, d'une façon ou d'une autre, que Georgios Amirutzès devait être mêlé à l'affaire. Il était apparenté à un vizir turc et, en raison de ses nombreux voyages, il connaissait autant de gens importants que n'importe lequel de ses collègues, tant dans le camp des chrétiens que chez les musulmans.

Assis sur le divan dans mon logis, je me demandais laquelle de ces possibilités était la plus plausible et s'il était convenable de ma part d'éprouver une certaine satisfaction à la pensée qu'Amirutzès n'avait pas été capable de garder Anna et qu'il l'avait perdue au profit des Turcs. C'est étrange, il semble moins douloureux de se représenter la femme que l'on désire dans les bras d'un étranger plutôt que dans ceux d'un ami cher.

Tout en me versant une tasse de moka, je regardais le jardin devant mon logis. Directement sous la fenêtre devant laquelle j'étais assis, jaillissait une petite source d'eau chaude d'une fontaine de marbre au milieu d'un parterre de fleurs soigneusement disposées. De l'autre côté du mur qui entourait le terrain, se dressaient les premiers des nombreux köschke dont l'ensemble formait le sérail du Sultan. Au début de la soirée, alors que j'étais encore assis avec Antonio, des bribes de musique et des rires de femmes étaient venus juqu'à nos oreilles. Maintenant, on n'entendait plus que les mots d'ordre des gardiens en patrouille qui retentissaient toutes les demi-heures, des appels chantants, à demi plaintifs qui, lancés d'une sentinelle à l'autre, arrivaient de la profondeur de la nuit et se dissipaient ensuite. Quelque part derrière ce mur, Anna devait, elle aussi, dormir.

J'étais plus près d'elle que je ne l'avais été depuis neuf ans. C'est pourquoi je restais près de la fenêtre et je luttais contre ma lassitude avec l'amer et brûlant breuvage que, cafetière après cafetière, m'apportait un serviteur dès que je frappais dans mes mains.

Je pouvais sans peine évoquer le visage d'Anna. C'était moins une image qu'une marque au fer rouge qui s'était imprimée dans ma mémoire : ce front rond, enfantin mais volontaire, ces douces lignes qui descendaient des pommettes jusqu'au menton. Tout le reste était simplement présent, avait toujours été présent comme une partie de mon corps ou de ma personnalité. En cela, il n'y avait aucune importance à ce que ses yeux fussent bruns ou plutôt brun-vert, c'étaient les yeux d'Anna et je les connaissais. Je connaissais aussi sa bouche et son nez, ses sourcils et ses cheveux ; tout cela était impossible à confondre parce que cela lui appartenait. J'étais sûr qu'aujourd'hui je l'aurais reconnue au premier coup d'œil entre mille autres, même si son visage et sa silhouette s'étaient considérablement modifiés au cours des années.

L'idée que j'allais peut-être la rencontrer par hasard au cours des prochains jours commença soudain à m'exciter terriblement. Je me voyais, allant vers elle et je m'entendais lui dire :

« Anna, est-ce toi ? »

Pourtant, je me dis que, comme toutes les femmes turques, elle porterait un voile. Elle en portait effectivement un lorsqu'elle m'apparut. Je la reconnus quand même. Je n'avais pas oublié sa façon de se mouvoir.

Anna descendit les marches qui menaient de l'un des plus grands köschke du sérail au pavillon où le messager de Chalil m'avait amené. Le köschke faisait partie du haremlik, le pavillon, au contraire, appartenait déjà au selamlik, la partie du palais accessible au public. Les pas d'Anna se prolongeaient dans tout son corps. C'était un mouvement qui, par les hanches, montait jusqu'aux épaules et qui semblait équilibré par le balancement simultané de ses bras. Les vêtements qu'elle portait l'exprimaient encore plus nettement que les longues robes dans lesquelles je l'avais vue autrefois. Elle avait des pantalons bouffants, une courte petite veste ouverte et, autour de la tête, un foulard qui lui cachait le visage jusqu'aux yeux. Je ne connais aucun costume qui flatte autant les femmes que ces cloches de tissu léger qui enveloppent les jambes et, au-dessus, le petit gilet coquet sans manches, brodé de fil d'or.

J'avais aussi oublié la voix d'Anna. Je ne sais pas comment la décrire. C'était tout simplement une voix qui me touchait au cœur.

Elle me dit « Georgios », sans plus. Puis elle me conduisit à l'intérieur du pavillon et retira son voile. Ensuite, elle me regarda longtemps en face, tapota du doigt la fente de mon menton et dit encore une fois :

« Georgios, vieux Georgios, c'est bien toi ! »

Je n'avais encore, à ce moment-là, prononcé le moindre mot. Il me fallut me convaincre, non sans peine, que tout cela était vrai et non pas une illusion. Neuf années s'étaient effacées d'un seul coup. Elles semblaient n'avoir jamais existé. Nous étions de nouveau assis côte à côte comme au temps où nous partagions encore certains endroits favoris, tels des secrets. Je ne pris conscience qu'au cours de notre entretien que c'était tout de même différent d'autrefois.

J'avais toujours eu plus ou moins le souvenir d'une Anna qui était « la petite fille d'à côté », qui avait grandi avec moi. Cependant, ce souvenir me quitta en l'espace de quelques minutes. L'être qui était assis près de moi était, certes, une partie de ma vie, mais c'était surtout une femme adulte, très mûre et très belle. Tout homme qui la rencontrait devait le ressentir jusqu'à l'extrémité de ses nerfs.

Lorsque je fus enfin capable de le lui faire remarquer, elle éclata de rire.

— Maintenant, dit-elle, tu sais pourquoi les Turcs enferment leurs femmes dans un harem.

— Tu penses qu'ils ne veulent pas mettre leurs possessions en danger ?

— Oui.

— Et à qui appartiens-tu ?

— Je vis dans le harem du Sultan, cela ne te suffit pas ?

— Je suppose que cela doit me suffire.

Anna baissa la tête pendant un moment, puis elle la releva et dit :

— M'as-tu jamais aimée, Georgios ?

— Tu le sais bien, répliquai-je.

— Et maintenant ?

— Mes sentiments n'ont pas changé.

— Alors, ne me pose plus de questions.

Elle avait parlé très bas, mais très fermement. Cependant, fait étrange, je n'en ressentis ni amertume ni déception.

— Tout ce que tu voudras bien me dire me conviendra, dis-je, et tout ce que tu tairas aussi.

— Je n'ai rien à cacher, répliqua-t-elle.

— Tu es là, tu es vivante, tu es belle, cela me suffit.

— Merci, Georgios, dit-elle.

L'homme qui m'avait amené était encore assis devant le grand köschke. Il s'était présenté chez moi le matin, porteur d'une lettre de Chalil où il n'y avait rien d'autre que : « Anna t'attend. Le messager te conduira vers elle. »

— Pourquoi as-tu voulu me rencontrer, demandai-je.

— Je voulais que tu comprennes quelque chose, Georgios.

— Personne ne te comprendra jamais, Anna.

— Si, peut-être, dit-elle avec un sourire en allant jusqu'à la porte du pavillon.

Je vis une ombre bouger derrière un des arbres du jardin. Une silhouette se dressa, ajusta sa robe et vint à nous. A ma grande surprise, je reconnus Mehmet. Je regardai Anna.

— Est-ce lui qu'il me faut comprendre ?

— C'est à cause de lui que je suis restée chez les Turcs.

Mehmet pénétra dans la pièce assombrie où nous nous trouvions. Il porta la main à son turban et s'inclina courtoisement devant moi. Puis il prit la main d'Anna et la pressa d'abord sur ses lèvres et sur son front. C'était un geste d'étrange soumission. Une lueur s'alluma sur le visage d'Anna, qui faisait presque penser à de l'orgueil maternel.

— Vous vous connaissez ? demanda-t-elle.

— Nous nous sommes déjà vus, répliqua Mehmet.

Il avait une voix grave, agréable et il parlait le grec sans le moindre accent.

. Non, Antonio, je ne t'ai pas parlé non plus de ma rencontre avec Mehmet, bien que ce que j'en ai appris eût été intéressant pour Venise et pour toi. Mais je me suis tu sur ce sujet, même à l'égard de mon impérial ami Constantin. Je ne voulais parler à personne des faits auxquels Anna était mêlée. Et, aujourd'hui encore, je considère notre rencontre dans le pavillon du selamlik de Brousse comme une aventure effrayante mais de caractère presque intime.

Le fils de Murad et moi, nous allâmes l'un vers l'autre comme deux étrangers. Cependant, il me sembla tout de suite que nous nous connaissions depuis des années, ce qui, encore une fois, venait d'Anna. Elle devait lui avoir tant parlé de moi qu'il était même au courant de mes singularités. Mais moi, en fait, je le voyais par les yeux d'Anna et j'éprouvais, pour cette raison, presque la même inclination qu'elle pour ce jeune homme grave. Jusqu'à ce que j'aie cru découvrir ce qu'il était vraiment. A partir de ce moment-là, il m'inspira de la terreur.

Mehmet ne possédait pas une ou deux personnalités, mais toute une série, toutes complètement différentes. Au cours de notre conversation, elles apparurent les unes après les autres, souvent de la façon la plus surprenante, comme les acteurs qui, du fond de la scène, s'avancent jusqu'à la rampe et saluent. Ensuite, elles reculaient pour observer chaque fois un autre « moi » du prince. Toutefois, on ne voyait pas clairement s'il menait ce jeu changeant consciemment ou s'il n'était pas complètement inconscient de son déchirement intérieur. Jusqu'à présent, je n'en sais toujours rien.

Le jeune homme apparemment timide, qui avait baisé la main d'Anna presque avec dévotion, était pour ainsi dire le premier des nombreux Mehmet avec lesquels je m'entretins. Il était assis devant moi sur un épais tapis multicolore et me questionnait avec une curiosité respectueuse sur mes expériences à Venise et en Morée. Les réponses que je lui donnais le faisaient réfléchir avec le sérieux d'un élève studieux. De temps à autre, il montrait un étonnement presque naïf, comme par exemple, lorsque je lui décrivis le gigantesque *Burchio d'Oro,* le navire doré du Doge.

Anna ne dit presque rien durant cette conversation. Elle se contenta de nous observer. Son regard allait de Mehmet à moi comme si elle avait voulu éprouver l'effet de l'un de nous sur l'autre et si nous répondions tous les deux à l'idée qu'elle se faisait de nous. Je crus lire à plusieurs reprises sur son visage le souhait, presque suppliant, que nous nous entendissions bien, ce qui sembla d'ailleurs être le cas durant la première demi-heure de notre entretien. L'intérêt de Mehmet pour ce que je lui racontais me flattait et je parvins même à le faire sourire en lui relatant quelques anecdotes sur la vie de la cour de Mistra.

Mais, dès que nous changeâmes de sujet de conversation, le prince commença de se modifier sans que, naturellement, je m'en fusse aperçu aussitôt. Nous parlions maintenant de Constantinople et, pour ma part, j'essayais de découvrir ce qu'il savait de notre cité. Lorsque je posai ma première question, son visage exprima presque la défensive. C'était comme s'il n'avait pas voulu montrer combien il en savait sur le sujet. Pourtant, ou du moins c'est ce qu'il me sembla, il fut envahi par une sorte de besoin de parler et même de briller. Il accapara la conversation et bavarda sur la Cour impériale comme s'il s'y était trouvé depuis sa prime jeunesse. Il savait tout avec la plus grande exactitude sur nos rites, nos mœurs et nos usages. Il pouvait dire quel était l'ordre des préséances à table dans les banquets officiels, quelles parties du palais Blachern étaient réservées aux membres de la famille régnante et à l'aristocratie de l'administration. Il avait même en tête les arbres généalogiques des différentes dynasties byzantines, depuis celle des Comnènes qui passe encore aujourd'hui pour être la plus aristocratique — la famille d'Anna lui est apparentée — jusqu'aux lignées moins honorables des Paléologues et des Cantacuzènes qui occupent le trône de Constantinople depuis le retrait des Croisés occidentaux.

Ce qui me frappa le plus fut le ton méprisant, presque arrogant qu'il prenait par moments. C'était comme s'il avait partagé tous les préjugés des Comnènes contre les Cantacuzènes, à tel point que je crus entendre, non pas un prince ottoman, mais l'un de nos jeunes courtisans aux têtes vides qui peuvent passer des soirées entières à discuter de questions généalogiques.

Cependant, cette impression ne dura pas. Peu de temps après, Mehmet parut plutôt ressembler à un drogué qui a commencé à parler de son vice et qui ne peut plus arrêter de s'épancher. Une trace de rougeur était montée à son visage pâle. Un éclat avide animait son regard. Il avait sorti les mains des manches de son caftan et soulignait à l'occasion de gestes vifs telle ou telle de ses remarques. Mais, soudain, comme s'il avait pris conscience qu'il se livrait trop tôt, le prince revint à sa première attitude et il fut à nouveau celui qu'il avait été au début de l'entretien : un jeune homme timide, un peu renfermé et soucieux de sa dignité.

Ce changement, qui fut le plus brusque de tous, me frappa comme un coup parce que je n'y étais pas préparé, en même temps qu'il provoqua chez moi une certaine crainte. Ce ne fut que plus tard que je compris que j'avais, pendant un bref instant, vu ce que Mehmet avait dans le crâne et j'avais en partie découvert ce qui le faisait agir. Je ne savais pas, alors, ce qu'Anna allait encore me dire à ce sujet. Si je l'avais su, je n'aurais pas été victime de la troisième de ses personnalités, qu'il révéla peu après.

— Pourquoi, demandai-je alors qu'il était encore grave et réticent, pourquoi avez-vous désiré me connaître, Mehmet Tschelebi ?

Il me regarda avec une légère méfiance, puis il sourit et répliqua :

— Vous êtes un ami d'Anna, Excellence, et Anna est le meilleur ami que je possède.

— En somme, nous voilà pour ainsi dire liés par elle l'un à l'autre !

— Pourrait-il y avoir un lien plus agréable ?

— Malheureusement, vous en avez plus dans la main que moi.

— Oh, dit-il, personne n'a Anna dans la main. Elle est comme le vent. Aujourd'hui, elle souffle dans le jardin de mon père, mais demain... qui sait où ?

Touché par la douceur qui s'exprimait par ces mots, je souris également et nous regardâmes ensemble Anna dont le visage prit un air légèrement amusé.

— Tu n'as pas changé, semble-t-il, dis-je.

— Aurais-je dû le faire ?

— Elle change chaque jour, dit Mehmet et elle reste pourtant la même. En réalité, elle est en cristal. On voit la lumière qui passe à travers elle, mais on ne la voit pas elle-même.

Ce fut le moment où je crus que Mehmet et moi pourrions devenir des amis. Mais cela ne dura que le temps d'un souffle. Comme s'il avait voulu se protéger contre des sentiments étrangers, le fils de Murad dépouilla le charmeur sous les traits duquel il venait de se montrer pour s'incarner dans une quatrième et dernière silhouette.

— Si Anna n'était pas Anna, dit-il, je la tuerais !

— Tschelebi ?

— Elle en sait plus sur moi que moi-même.

— Et cela pourrait être un danger pour vous ?

— Personne ne devrait pouvoir lire les pensées d'un souverain.

— Votre père vit encore.

— Anna vit encore, répliqua-t-il. Et cette phrase à double sens me fit passer un frisson dans le dos. D'un seul coup, un air glacé souffla dans la pièce. La silhouette assise en face de moi, le buste droit dans son caftan brun et avec son turban sans ornements, était devenue sans se modifier une archaïque image d'idole. Anna non plus ne bougea pas. Notre silence parut interminable.

Je dis enfin avec quelque effort :

— Anna est pourtant dans votre camp, Mehmet Tschelebi.

— C'est à l'heure décisive que l'on saura où est qui. Lorsque cette heure viendra, toutes les choses auront une signification nouvelle et beaucoup de mots auront perdu leur sens primitif. Jusque-là, nous pouvons encore bavarder, Excellence.

— Quand cette heure sera venue, dis-je assez sèchement, vous me trouverez à la place où mon Empereur m'aura mis.

Toujours assis, il s'inclina.

— Ce sera une place dangereuse. Mais, pour l'instant, nous bavardons encore. Il se tourna vers Anna :

— Tu as entendu, étoile du sérail, nous bavardons encore.

Cette fois, il y avait une trace de cruauté voulue dans sa voix. Je me dis que, jusqu'alors, il n'avait fait que jouer avec nous et maintenant, il nous faisait comprendre, pour un moment, qui il était en réalité. Cependant, à la fin de notre entretien, je n'en étais pas si sûr. Il changeait de masque trop vite, et avec une telle habitude, pour que l'on pût se baser sur l'un d'eux, à supposer que ce fussent vraiment des masques avec lesquels il nous manipulait.

Nous en vînmes à parler de la situation politique qu'il jugeait avec sagesse et objectivité sans trop me faire sentir nos faiblesses. Il se révéla extraordinairement bien informé. Il était même renseigné sur beaucoup de problèmes de la réunion des Eglises, décidée mais constamment reportée et, à ma grande surprise, il parut s'intéresser aux questions commerciales et économiques. Nous nous trouvâmes un intérêt commun lorsque la conversation se porta sur les navires et la construction navale. Là, il redevint le jeune homme attentif et zélé comme un écolier. Je lui parlai de choses que j'avais apprises à Venise et à Monemvasia, ou par mes conversations avec Antonio.

Il m'interrompit de temps à autre par des questions sur des détails techniques ou de navigation où il apparut clairement qu'il avait de très bonnes connaissances en mathématiques et en astronomie. Tout ce que l'on pouvait faire avec le sens pratique et l'art des calculs semblait le fasciner.

Vers la fin de notre entretien, alors qu'il s'était déjà levé, je me risquai à évoquer, avec toutes les circonlocutions d'usage, les relations actuellement orientées vers la détente entre l'Empire byzantin et l'Empire ottoman. Mais, sur ce sujet, il me répondit laconiquement.

— Constantinople est une capitale sans empire. Nous sommes un empire sans capitale à notre mesure. Il en résulte, Constantinople étant entourée de toutes parts par nos territoires, une situation trop anormale pour qu'elle puisse durer longtemps.

— Nous avons intérêt à ce qu'elle dure le plus longtemps possible.

— Cela me semble un intérêt mal compris, Excellence. Votre ville va pourrir si elle continue à vivre dans son isolement. Les Byzantins ne peuvent tout de même pas le souhaiter.

— Connaissez-vous un remède contre notre maladie, Tschelebi ?

Je revis soudain dans ses yeux l'expression que j'avais prise pour une sorte de tristesse au cours de l'audience dans la résidence de Murad. Je comprenais maintenant que c'était à la rigueur une manifestation de ce sentiment qui peut parfois gagner les hommes qui pensent que leur mission est de verser le sang et qui en acquièrent une sorte de tragique conscience de soi. Ils ne pleurent cependant pas sur leurs victimes. C'est sur eux-mêmes qu'ils versent des larmes.

— Un remède contre votre maladie, Excellence ? Oui, nous sommes ce remède.

— Votre religion ou votre épée ?

— Notre force.

Aucune réponse n'aurait pu être plus claire. Aussi, je me contentai de m'incliner en silence.

L'un des nombreux Mehmet répondit à ma révérence, baisa la main d'Anna et quitta le pavillon pour se confondre, modestement habillé de brun, avec l'ombre frêle des arbres dans le parc du sérail. Je le regardai longuement, puis je me baissai vers Anna. L'assurance dont elle avait fait preuve auparavant avait complètement disparu. Elle donnait l'impression de sortir d'un rêve et de devoir accepter, non sans peine, la réalité.

Plus tard dans l'après-midi, je lui demandai :

— Est-il toujours ainsi ?

— Que veux-tu dire ?

— Comme une dague à demi tirée du fourreau puis remise dedans et qui te frappe néanmoins quand tu ne t'y attends plus.

— Il a été élevé en enfer, dit-elle.

— En enfer ?

— Dans le harem. C'est une fosse à serpents. Des douzaines de femmes qui ont des fils nés du Sultan se battent pour amener leur progéniture au pouvoir. Elles travaillent par tous les moyens, les calomnies, les assassins à gages, le poison. Aucun enfant qui grandit parmi elles n'est jamais sûr de vivre. A un âge où les autres jouent encore avec des hochets, il apprend à se défendre, à dissimuler, à dresser les uns contre les autres ou même à rayer du monde des vivants d'éventuels rivaux. Seuls survivent les plus durs et les plus raffinés d'entre eux.

— Il a survécu.

— Dans des conditions inhumaines. Sa mère lui a enfoncé à coups de marteau dans le crâne, jour après jour, qu'il serait non seulement le prochain sultan, mais le plus grand de tous les souverains ottomans. Elle lui racontait les histoires les plus folles sur ses origines. Bien qu'elle ne fût qu'une esclave, elle se prétendait apparentée avec presque toutes les familles régnantes du monde. Mehmet a cru, à cette époque, qu'il était successivement une réincarnation du calife Osmar, du roi David, d'Alexandre le Grand ou même de César. Il n'a jamais pu savoir qui il est, qui étaient les ancêtres de sa mère. C'est pourquoi il lui a fallu se créer très tôt sa propre image. Mais, comme la puissance de son imagination — qu'il tient de sa mère Huma Chatun — est pour ainsi dire congénitale, il ne s'est jamais comparé à des hommes véritables tels que son père ou son grand-père, mais toujours à des figures de l'Histoire ou de la légende. Il se voyait toujours baigner dans le sang, entasser des montagnes de cadavres et marcher à travers des villes en flammes. Il voulait être un monstre comme Gengis Khan ou Tamerlan parce que le monde où il vivait était tel qu'il ne croyait pouvoir y subsister que par des moyens monstrueux.

— Ou bien parce qu'il trouvait du plaisir à ces orgies sanguinaires.

— N'as-tu jamais, dans tes rêves d'enfant, dépecé, décapité, empalé ou brûlé vifs des ennemis imaginaires ou véritables ?

— Tu le défends comme s'il était ton fils, Anna.

— C'est qu'il l'est un peu. Lorsque je l'ai connu, il avait neuf ans.

— Et maintenant, il caresse l'idée de te mettre à mort parce que tu le connais trop bien !

Elle baissa la tête sans répondre.

— En a-t-il souvent parlé ?

— Oui, dit-elle à voix basse, mais ça n'avait pas l'air d'être sérieux. Et, par moments, c'était même presque tendrement.

— Il paraît d'ailleurs t'aimer vraiment.

— Je crois que je suis le seul être qu'il aime réellement. Mais il considère que c'est une de ses faiblesses.

— A sa curieuse manière, il aime Constantinople. Il en a parlé comme si, dans ses rêves, il habitait le palais Blachern.

— C'est aussi ce qu'il fait, dit Anna d'une voix subitement changée et elle ajouta : C'est d'ailleurs pour cette raison que je te l'ai fait rencontrer, afin que tu le saches.

— Cela te paraît-il si important ?

— Georgios, dit-elle presque sèchement, sers-toi de ton bon sens !

— Que veux-tu dire ?

— Sur quoi s'est-il le plus largement étendu lorsque vous avez parlé de Constantinople ?

— Sur les rapports entre les Comnènes, les Paléologues et les Cantacuzènes.

— Et avec lesquels s'identifie-t-il le plus ?

Je réfléchis un instant.

— Avec les Comnènes, du moins c'est ce qu'il m'a semblé.

— C'était bien cela, Georgios.

Au souvenir de la façon dont Mehmet avait parlé des dynasties byzantines, je fus soudain envahi par un pressentiment oppressant. Je pris Anna par les épaules.

— Est-ce que cela a un rapport avec le fait que tu es une parente éloignée des Comnènes ?

Elle se dégagea avec impatience.

— A la rigueur, oui. En réalité, c'est beaucoup plus grave.

Je la regardai sans la comprendre. Elle me lança un regard presque furieux.

— Mehmet croit savoir depuis quelques années qu'il n'est ni une réincarnation d'Alexandre ou du prophète Mahomet, mais, par sa mère, un descendant des empereurs Comnènes.

— Un... ?

— Oui, Georgios, et je crains de ne pas être tout à fait innocente de cela.

Pendant quelques secondes ma tête ressembla à une ruche pleine de pensées tourbillonnantes dont je ne pouvais saisir aucune correctement. Je repris péniblement haleine.

— Voici, en fait, une mauvaise nouvelle.

Anna approuva de la tête.

— Il rêvait déjà de conquérir Constantinople à l'âge de douze ans. Maintenant, il a même réussi à se persuader que la ville est son héritage.

— Il ne pourra pourtant jamais défendre une telle prétention en public !

— Naturellement pas. Mais il suffit bien qu'il s'aiguillonne avec cette idée et que, s'il fait répandre prudemment la rumeur, il enthousiasme ses soldats, car tous les guerriers turcs ne sont pas des combattants convaincus de la foi.

Il me fallut encore un moment pour assimiler les paroles d'Anna.

— Est-ce une chimère ou une méthode, demandai-je enfin.

Elle redevint l'étudiante en philosophie d'autrefois.

— C'est la chimère considérée comme une méthode. L'esprit de tous les hommes soi-disant importants travaille vraisemblablement de cette façon ou d'une façon analogue. C'est à l'aide de leurs angoisses et de leurs appétits qu'ils se forgent à la fois des droits, des prétentions et des armes.

— Pas seulement à cause de leurs angoisses et de leurs appétits. Dans ce raisonnement, il me semble même percevoir un soupçon d'amour. En passant pour un Comnène, il devient ton parent éloigné et il partage tes rêves de fillette. La célèbre Anne Comnène n'était-elle pas ton grand modèle ?

Un sourire fugitif éclaira son visage.

— Tu te souviens encore de ça ?

— Je me souviens même de la couleur de ta robe de première communion.

— Ah ! Georgios !

Elle tapota légèrement mon menton de sa main puis redevint aussitôt grave.

— Tu as naturellement raison. J'ai partagé avec lui mes rêves d'adolescente. C'est par moi que les Comnènes sont devenus pour lui un concept. Je les ai ensuite incarnés à ses yeux et il voulait toujours être proche de moi. Lorsque, ensuite, il est enfin parvenu à se faire passer lui-même pour un

Comnène — ce devait être vers sa quinzième année —, j'ai été la première à laquelle il l'a raconté. Mais, en fait, c'était presque une déclaration d'amour. Je l'ai prise pour telle et je n'y ai pas réfléchi plus avant, car j'étais habituée à ses tentatives pour se découvrir un rôle qu'il pourrait jouer. Plus tard seulement, alors qu'il avait depuis longtemps cessé de se prendre pour César ou Gengis Khan, et qu'il ne se cramponnait plus qu'à sa conviction de descendre d'un de nos souverains, je me suis rendu compte que ce n'était plus un jeu, mais quelque chose comme un programme de vie. J'ai compris alors quelles conséquences il pourrait en tirer avec sa façon de raisonner, imaginative, mais toujours objective. A ce moment-là, il était naturellement beaucoup trop tard pour lui arracher cette identité qu'il s'était créée lui-même. Les gens comme lui balancent au-dessus de l'abîme entre l'imaginaire et le réel, on ne peut pas facilement les tirer de leur transe. C'est beaucoup trop dangereux.

— Mon intelligente Anna, dis-je, mon intelligente et intuitive Anna...

— Souvent, répliqua-t-elle avec abattement, je souhaiterais être moins intelligente et moins intuitive.

Après un nouveau silence, je demandai :

— De quel côté seras-tu à l'heure décisive dont parlait Mehmet ?

— Je le saurai aussitôt qu'elle sera venue.

— Préviens-moi quand tu en seras là.

— Tu le sauras.

En face, les premières lumières s'allumaient dans le grand köschke. Le précoce soir de novembre commençait. Anna était assise en face de moi de telle façon que je voyais la ligne de ses cuisses monter vers son giron. Sa posture aurait dû, pour un homme de mon origine, paraître monstrueusement obscène, mais je la trouvais seulement gracieuse et ma camarade de jeunesse me parut plus désirable que jamais.

Elle rompit à nouveau le silence.

— Mehmet est comme une flèche qui vole dans les airs. Comme, en réalité, il ne sait pas d'où il vient, il ne peut pas retourner en arrière. Il lui faut avancer pour devenir ce qu'il croit être.

— Avancer vers Constantinople...

— Oui, dit Anna.

Cela résonna comme si elle avait fait une constatation irréfutable.

Et, peu avant que nous nous séparions, elle me dit encore :

— Quand tu étais en Morée, j'ai une fois été fortement tentée de t'y rejoindre.

— Pourquoi ne l'as-tu pas fait ?

— Je voudrais être venue...

Le dernier souvenir qui me resta de cette soirée fut le joli mouvement souple par lequel Anna se leva, une expression dans son regard qui était un mélange de douleur, d'angoisse, de tristesse et de peur, et ses lèvres qui d'abord ne voulurent que m'effleurer, puis se pressèrent presque désespérément sur les miennes, sa voix qui murmura, oppressée, à mon oreille « Georgios, vieux Georgios ». Et, finalement, le sentiment qu'elle se libérait de moi et, en dernier, la vue d'une silhouette qui s'éloignait avec la démarche particulière d'Anna dans l'obscurité qui l'engloutissait.

Non, Antonio, je ne t'ai rien raconté au sujet d'Anna.

Le jour qui suivit cette rencontre, nous parcourûmes à cheval la forêt peu dense en direction de l'Olympe bithynien que les Turcs, peu imaginatifs, appellent Vlu Dag, la Grande Montagne. Nous venions de traverser l'un des nombreux torrents montagnards qui entaillent la campagne dans cette région, lorsqu'un bref commandement retentit non loin de nous. Toute une compagnie de soldats s'avança de trois ou quatre pas hors d'un bouquet d'arbres, leva au rythme de sa marche de lourds arcs presque de la taille d'un homme et tira une volée de flèches si haut qu'elles semblèrent se perdre dans les airs. Je ne pus voir où elles retombèrent, mais cela devait bien être à plusieurs centaines de pas.

Antonio qui galopait derrière moi laissa échapper une exclamation d'étonnement.

— Une unité spéciale, dit Chalil comme par parenthèse, elle s'exerce à atteindre un ennemi que l'œil peut à peine apercevoir.

Puis il fit signe au chef de la troupe de venir à lui.

L'homme s'avança d'un pas rapide et cadencé. Il salua du sabre et se pétrifia dans l'attitude attentive qui est de mise également chez nos soldats lorsqu'ils sont appelés au rapport. A mon grand étonnement, sa grande barbe était d'un blond roux et ses yeux étaient bleus. Il était coiffé d'un bonnet de feutre très haut en forme de quille que le tissu du turban entourait. Ce turban portait sur le devant un insigne d'argent qui rappelait deux cuillers à soupe croisées.

Sa tunique était d'un tissu gris très simple, ses pantalons bouffants étaient enfoncés dans des bottes de cuir éblouissantes qui montaient jusqu'aux genoux.

— Tu es l'atchi-bachi de cette unité? demanda Chalil en grec.

— A vos ordres, Pacha, je le suis, répondit l'officier dans la même langue.

Le vizir nous désigna du geste.

— Ces pachas ont quelques questions à te poser, réponds franchement et loyalement.

— A vos ordres.

Il fit un quart de tour et me regarda. Une expression de froide hostilité anima son regard.

— Que signifie atchi-bachi? demandai-je.

— Commandant d'une compagnie.

— D'après ma faible connaissance du turc, bachi veut dire boulanger.

— On peut aussi traduire atchi-bachi par chef-cuisinier.

— Reste poli, homme! dit Chalil. Explique au pacha ce que signifient ces dénominations.

L'officier reprit le garde-à-vous.

— A vos ordres. Dans notre troupe, il est d'usage d'appeler les chefs d'unité cuisinier ou boulanger. Sous mes ordres, il y a un bim bachi et, au-dessus de moi, un tschorbatschi bachi ou chef-cuisinier de soupe.

— Quelle est la raison de cette surprenante nomenclature?

— Une ordonnance du Sultan.

— Sois poli, cria Chalil.

— C'est-à-dire?

— Nous ne touchons pas de solde, seulement l'uniforme et la nourriture. C'est pourquoi nos insignes de grade sont des cuillers croisées et l'emblème qui est porté devant nous, une marmite à soupe.

— Alors, tu es un janissaire, dis-je.

— Officier des yeni-tcheri, oui.

Yeni-tcheri, je le savais, voulait simplement dire « nouvelle troupe ». Nous en avions beaucoup entendu parler au cours des dernières années, mais toujours de façon contradictoire. C'est pourquoi je continuai de le questionner.

— Tu n'es donc pas turc!

L'atchi-bachi jeta un coup d'œil inquiet vers Chalil. Mais le Grand Vizir fit celui qui ne le remarquait pas.

— Non, dit-il enfin, je suis macédonien de naissance.

— Et tes soldats ?

— Grecs, serbes, valaques, bulgares, bosniaques.

— Chrétiens ?

Ma question eut l'effet d'une gifle. Il rejeta la tête en arrière et sa voix fut encore plus agressive.

— Nous vivons et nous mourons pour la vraie foi. Nous sommes les combattants élus de l'islam, cria-t-il.

C'était donc exact. Avec un mélange d'étonnement, d'incrédulité et de saisissement, je regardai l'homme en face. Mais mon attente involontaire d'y découvrir quelque trait qui me l'eût fait reconnaître pour un frère ou un ami ne se vérifia pas le moins du monde. Ses yeux bleus me regardaient avec plus d'hostilité que jamais, ses traits étaient figés en un masque qui ne cachait qu'imparfaitement sa haine et son dégoût.

— Je te remercie, dis-je.

Je fis signe à Chalil qu'il pouvait le rappeler. Lorsque l'homme s'éloigna, je tournai mes regards vers ses hommes qui avaient visiblement suivi la conversation, raides et immobiles à l'ombre du petit groupe d'arbres. Dans leurs uniformes tous semblables et dépouillés de tout ornement, avec leurs grosses moustaches toutes de la même forme, ils semblaient d'étranges marionnettes ou les pièces d'une machine effrayante qui, une fois mise en marche, piétinerait tout ce qui se dresserait sur son chemin. Une sombre résolution s'exhalait d'eux. Les regards qu'ils me lançaient sous leurs turbans étaient tous, sans exception, aussi froids que ceux de leur atchi-bachi. Personne, depuis que je me trouvais à Brousse, ne m'avait jamais regardé avec plus de haine. Pourtant, chacun de ces soldats était le fils de parents chrétiens, la plupart d'entre eux avaient été baptisés.

Antonio me dit plus tard qu'il n'avait pas été moins troublé que moi par cette expérience apparemment insignifiante, mais soigneusement mise en scène, sur les contreforts de l'Olympe de Bithynie.

Plus loin, en haut de la montagne, nous trouvâmes un camp de bachi-bouzouks, une bande d'hommes sauvages, aux armes et aux vêtements disparates qui ne se gênèrent pas, malgré l'intervention de Chalil, pour nous apostropher dans toutes les langues d'appels grossiers, moqueurs ou simplement joyeux. Je perçus des vocables turcs, bulgares et grecs. Antonio crut avoir entendu également de l'allemand et de l'italien. Ces hommes n'exprimaient pas la froide hostilité qu'avaient manifestée les janissaires. Tous, d'ailleurs, ne portaient pas de turbans ou de pantalons bouffants. Quelques-uns avaient au contraire de grands chapeaux mous, ce qui indiquait qu'ils n'étaient pas mahométans car, seule une coiffure sans bords permet de toucher le sol du front lors de la prière à Allah.

Le vizir n'engagea la conversation avec aucun d'eux. Il cria tout juste quelques mots au chef de la bande et continua de pousser son cheval de sorte que nous dûmes le suivre. Les bachi-bouzouks ne semblaient guère lui plaire, et ils nous impressionnèrent beaucoup moins que les janissaires. On voyait bien qu'ils étaient des « irréguliers » auxquels, au combat, on ne pouvait confier aucune mission sérieuse ou importante. Lorsque nous eûmes atteint l'alpage qui était le but de notre excursion, tout cela me fut confirmé par Chalil.

— La lie de tous les grands pays, dit-il, soldats en rupture de ban, maraudeurs, aventuriers. Ils marchent en arrière ou en avant de notre armée. Nous les utilisons comme bon nous semble. Leur avantage réside surtout dans le fait qu'ils se contentent du butin et qu'ils ne réclament que peu ou pas du tout de solde.

Le vizir avait fait dresser une tente auprès d'une source qui jaillissait du sol en répandant de la vapeur. Là, quelques serviteurs nous attendaient, parmi lesquels le muet, si habile à verser le moka dans les tasses. Un feu brûlait à l'écart. De longues brochettes d'oiseaux de toutes les tailles, du merle au perdreau, y rôtissaient. Des écuelles remplies de purées de légumes brillantes d'huile, des coupes pleines de fruits et des corbeilles de pains ronds, étaient disposées près de l'entrée de la tente.

Nous nous assîmes sur les tapis, prêts à continuer les entretiens que j'étais venu mener à Brousse.

La journée était claire et fraîche. De la hauteur, on apercevait la mer de Marmara et l'on croyait découvrir au loin les coupoles des églises de Constantinople. La vapeur de la source chaude donnait l'illusion de la chaleur estivale. Au-dessous de nous, s'étendait la ville que le sultan Murad aimait tant et, qu'avant lui, le grand Hannibal de Carthage avait aussi aimée.

Mais il y avait aussi des accents de dureté dans ce tableau : les lances étincelantes d'unités de cavalerie qui passaient au galop. Nous en voyions tellement que, par moments, nous avions l'impression, non pas de nous trouver dans une station thermale, mais dans un camp militaire soigneusement caché aux regards des gens de l'extérieur, ce qui pouvait naturellement aussi avoir été arrangé à notre intention. Chalil ne nous avait certainement pas conduits sur l'alpage pour nous offrir, à Antonio et à moi, une heure de salutaire détente. Il voulait nous intimider et il utilisait à cet effet la vieille méthode byzantine qui consistait à nous montrer un spectacle présenté comme par hasard, mais en réalité soigneusement mis en scène.

J'en étais encore à chercher les mots qui me permettraient de commenter de façon appropriée le spectacle qui nous était offert, lorsque Antonio lança la conversation.

— On raconte chez nous, dit-il, que les cavaliers turcs, lorsqu'ils ont mis pied à terre, se saluent en claquant des talons, ce que tout le monde considère comme un usage assez curieux. Cependant, je sais que les soldats, comme les gens de mer, ont tendance à transformer en rites certains comportements tout à fait anodins. C'est pourquoi, Chalil Pacha, je me demande si cette façon de saluer dans la cavalerie n'est pas plus qu'un simple cérémonial, si elle n'a pas, en outre, une signification pratique.

Il souriait au vizir de sa façon confiante en disant cela et Chalil, dont les traits sont habituellement graves et dignes, lui rendit son sourire.

— Mais certainement, répliqua-t-il, ce salut a pour ainsi dire un sens pratique. L'homme qui claque les talons rend compte par le tintement de ses éperons qu'il les a bien bouclés. L'officier s'évite ainsi la peine de tourner autour de son subordonné pour s'assurer *de visu* qu'il est équipé conformément au règlement.

— Je n'aurais pas trouvé cela tout seul, dit Antonio et votre explication m'éclaire d'autant plus qu'au cours de ces dernières heures, je n'ai pas cessé d'avoir l'impression que l'armée turque est un appareil dont tous les détails ont été étudiés à fond.

Grâce à ce petit bavardage, il m'avait offert la possibilité d'amener la conversation sur les sujets qui flottaient dans l'air.

— Effectivement, dis-je, elle est un admirable instrument. L'homme qui a créé la troupe des janissaires devait être un génie militaire. Enlever les fils des sujets chrétiens, les éduquer pour en faire des musulmans convaincus et former avec eux une unité de combattants fanatiques : je ne me souviens pas qu'une idée semblable ait jamais été réalisée au cours de l'histoire.

Chalil qui avait naturellement compris ce que je pensais en réalité, à savoir que c'était là une idée satanique, ne broncha pas. Il inclina simplement la tête et répondit comme s'il avait haussé les épaules :

— Les peuples qui se sentent assez forts pour conquérir le monde ont toujours su créer les unités de troupes qui pouvaient le mieux servir leurs desseins. Nous autres, Turcs, qui ne sommes pas aussi stupides que vous le croyez, nous avons créé les yeni-tcheri. La horde de cavaliers que nous étions à l'origine, n'aurait jamais poussé au-delà du Bosphore, elle ne serait peut-être même pas parvenue jusqu'à ses rives. Ce n'est qu'après avoir refondu notre armée en adjoignant d'abord à nos combattants à cheval une bonne infanterie, puis en créant le corps des janissaires et en réunissant tout ce que nous ne pouvions pas employer dans ces unités régulières, en bandes de bachi-bouzouks, que nous sommes devenus la puissance qui a pu attaquer l'Europe.

— Tu as oublié une chose, Pacha, dis-je.

— Laquelle ?

— Vous incluez sciemment la religion dans vos plans stratégiques.

Un mince sourire se joua dans la barbe de Chalil.

— L'homme qui a créé le corps des janissaires utilisait sa foi comme un couteau de chirurgien en circoncisant des enfants chrétiens pour en faire des musulmans et en les conduisant au combat contre les chrétiens. Ne coupez-vous pas aussi des hommes de façon qu'ils perdent toute une série de besoins terrestres et qu'ainsi, à votre point de vue, ils ressemblent à des anges.

— Tu veux dire nos eunuques ?

— C'est exactement ce que je veux dire.

— Qu'est-ce que les eunuques ont de commun avec les janissaires ?

— Les deux sont les instruments de l'idée, les uns sont des corps châtrés, les autres, des âmes châtrées. On a enlevé aux eunuques les organes de virilité pour qu'ils conservent leur voix de fausset enfantine, qu'ils ne puissent engendrer de fils et qu'ainsi ils soient aptes à servir l'Empereur en toute confiance. Aux janissaires, on a enlevé leur patrie, leurs origines, leurs parents, leur croyance, et on les a mis entre les mains de nos pieux derviches bektachis. Ils ont formé avec ce matériau sans âme des hommes entièrement nouveaux. Des hommes qui ne possèdent plus que la conviction qui leur a été donnée dans les écoles des couvents. Mais, comme désormais ces convictions ne sont plus que la seule chose qu'ils possèdent, ils y tiennent beaucoup plus fanatiquement qu'un musulman de naissance.

— Ce sont donc des espèces d'eunuques combattants.

— De moines combattants. Le mariage leur est interdit. Tout ce qui coule dans leur corps de sucs pressants doit se décharger dans l'acte de tuer.

— Ou dans les bras d'autres hommes, dit Antonio.

Chalil eut le geste qui, chez les Turcs, signifie : « à quoi bon en parler ».

Dans la tente de l'alpage, après la discussion sur les janissaires, nous ne parlâmes plus beaucoup. Chalil fit servir des sorbets, un délicieux mélange de jus de fruits et de neige de l'Olympe de Bithynie. Ensuite vinrent les oiseaux rôtis et les purées froides de légumes fortement épicées et, pour finir, du moka, boisson à laquelle j'ai pris goût depuis ces jours, bien que l'on ne puisse se la procurer chez nous que par des moyens inavouables. Nous vîmes encore deux ou trois fois des unités militaires surgir et disparaître, mais aucune ne nous impressionna autant que les précédentes. Nous avions parfaitement compris le message du Grand Vizir ; il nous disait : « Vous êtes en présence d'une puissante armée à laquelle aucune autre au monde ne saurait se comparer. Ni celle de l'empereur de Vienne, ni celle que le Pape pourrait mettre en campagne, ni aucune autre en Europe, sans parler de la vôtre, Byzantins, n'est mieux équipée, plus disciplinée et articulée plus efficacement que l'armée turque. Quand nous attaquerons, nous vous lancerons d'abord les bachi-bouzouks comme du sable au visage, ensuite nous ferons sauter votre front avec la force concentrée de l'infanterie anatolienne et, finalement, nous déchaînerons la fureur brûlante des janissaires et nous vous ferons balayer par la vague cliquetante de nos régiments de cavalerie. » Si l'on ajoutait à cela ce que Chalil m'avait dit dans son köschke, cela signifiait également : cet incomparable instrument est prêt pour celui qui osera s'en servir contre Constantinople et celui-ci, à savoir Mehmet, est déjà prêt à entrer en scène.

Plus tard dans la journée, j'appris toutefois que l'armée de Murad n'avait pas seulement besoin d'un nouveau chef, mais aussi d'une arme qui fût supérieure à notre plus important moyen de défense, la grande muraille de Constantinople.

Nous n'avions vu, à Brousse, aucune unité d'artillerie. Autrefois, lorsque le vieux Sultan nous avait attaqués, il avait échoué surtout parce que les boulets de ses canons n'avaient pu ébrécher nos remparts. Je me demandais si Mehmet s'apercevrait de cette faiblesse ? Et, plus important encore, pourrait-il la corriger ?

Naturellement, je ne pouvais pas savoir en ce temps-là ce que je sais aujourd'hui. Mais je reste persuadé que le fils de Murad rêvait déjà, il y a quatre ans, lorsque j'ai fait sa connaissance, des gros canons qu'il vient d'inaugurer aujourd'hui, au prix de ta vie, Antonio.

Pardonne-moi, mon ami, de n'avoir pas eu la force de résister avec toi en esprit. Mes pensées ont erré et je me suis laissé entraîner par elles pour échapper à l'idée de ce qui t'arrive. Tes souffrances doivent être augmentées par le sentiment d'une atroce humiliation. A-t-on vécu comme un homme et s'est-on compté au nombre des hommes pour se dessécher lentement, accroché à un pieu dans l'obscurité comme un insecte piqué sur une épingle, abandonné et privé de toute dignité, volé de son propre corps encore palpitant ? Je ne sais où ton âme s'égare à l'heure où tu meurs, mais elle ne devrait trouver aucun refuge, même dans la coupole étoilée du ciel nocturne. Personne ne t'atteindra plus, ni par un mot ni par un geste ou un regard. Tu t'éloignes dans l'infini glacé et je n'ose même pas espérer que mes pensées parviendront jusqu'à toi. Même ma mémoire me fait défaut. Où nous sommes-nous revus, après Brousse et notre séparation à Constantinople ? Etait-ce à Trébizonde ou dans cet endroit au nom imprononçable au pied du Caucase, chez ces montagnards que nous nommons les Ibères ou les Géorgiens ? Je sais seulement que les deux rencontres coïncidèrent presque. Lors de la première — ce devait être à Trébizonde — tu pus me montrer ta dernière bien-aimée enfin conquise, une caraque de haut bord avec un gréement mixte de voiles carrées et latines qui, tu me l'expliquas, pouvait utiliser presque tous les vents et résister à n'importe quelle tempête. C'était la *Santa Eulalia*.

Je n'avais rien de bien important à faire à Trébizonde. Ma mission était de demander la main de l'aînée des filles du prince Jean Comnène qui régnait sur Trébizonde, pour l'empereur

Constantin. Je ne menais cette négociation qu'à contrecœur et Jean Comnène faisait tout pour m'en enlever la moindre envie. C'était un homme à la fois faible, peureux et arrogant qui, tantôt se hérissait à l'idée de donner son enfant à un Paléologue, tantôt souhaitait trouver dans le contrat de mariage une possibilité de revendiquer le trône de Byzance pour sa famille.

Mon ami et rival, Georgios Amirutzès, qui passait depuis longtemps pour le véritable maître de Trébizonde, était, comme si souvent, absent du pays. On disait qu'il se trouvait à Raguse ou à la cour du roi de Serbie, ce qui pouvait être exact ou ne pas l'être.

En effet, Amirutzès menait une politique absolument impénétrable, aux ramifications lointaines, qui semblait en premier lieu servir ses propres intérêts. Il ne pouvait donc pas m'aider. J'étais là à tourner en rond et je m'ennuyais tandis que les courtisans au palais peaufinaient le message qu'ils allaient me confier. Cela m'amena à fréquenter les tavernes du port. C'est là que je te rencontrai, Antonio. Tu me déclaras généreusement que tu remettrais ton départ jusqu'à ce que je puisse quitter Trébizonde et que tu me ramènerais chez moi à bord de l'*Eulalia.*

Je revins effectivement avec toi. Au moment de prendre congé de lui, Jean Comnène me dit que le sultan Murad était mort en mars. On était en 1451. Il était assis à table, en train de boire — ce qui est inhabituel pour un musulman — lorsque la mort l'avait surpris. Je fus encore plus étonné d'apprendre qu'il n'avait que quarante-sept ans. Lors de notre rencontre à Brousse, je l'avais cru plus âgé que moi. Nous sûmes aussitôt, moi et toi, Antonio, ce que sa disparition signifiait pour nous. Désormais, Mehmet serait ceint de l'épée du souverain et, Mehmet, c'était la guerre. Un jour de mai, nous parâmes le fort turc de la rive est du Bosphore. Il semblait vide et comme mort. La forteresse de la rive occidentale, sur les remparts de laquelle tu es empalé, n'existait pas encore en ce temps-là. Ce temps-là, c'était il y a un peu plus d'une année, Antonio.

Je ne suis pas seul dans l'église ! Déjà, tandis que mes souvenirs m'entraînaient dans le pavillon du sérail de Brousse, j'avais l'impression qu'il y avait quelqu'un avec moi dans la haute nef vide. Maintenant, je crois à nouveau entendre quelque chose. C'est une respiration pénible, mais je ne puis rien voir et Mauros est assis dehors, devant la porte.

Mes nerfs sont tendus à l'extrême, mes membres douloureux de fatigue et mes yeux me brûlent.

Non, Antonio, je n'ai pas pleuré. Ma douleur à ton sujet n'est pas de celles que l'on apaise avec des larmes. Elle contient plus de désespoir que de souffrance.

Lorsque nous nous revîmes après le voyage dans l'empire de Trébizonde, j'étais déjà grand logothète et je venais tout juste d'échapper à la mort. J'aurais dû conduire une délégation chargée de féliciter Mehmet pour son intronisation et de l'assurer, une fois de plus, de nos intentions pacifiques. Un hasard m'empêcha de remplir cette mission, ce qui me sauva la vie. Pour toute réponse, le nouveau Sultan nous renvoya les têtes coupées de nos envoyés. Depuis lors, nous étions en état de guerre avec lui.

La respiration derrière moi, devient de plus en plus pénible. Elle résonne presque comme le râle d'un mourant. Maintenant, j'entends une voix. Elle est rauque et enrouée, elle prononce mon nom. C'est une voix que je connais.

Léger murmure, bruissement lointain, cependant le rêve qui me retient prisonnier subsiste.

Mauros dit :

— Il ne voulait pas rentrer dans la maison. Il voulait passer le reste de la nuit ici, dehors.

— Théodora doit apporter un autre oreiller et encore une couverture, répond Anna.

Je prends conscience que ma tête repose sur la cuisse de Mauros et le reste de mon corps sur l'appontement, devant la maison. J'entends les vagues clapoter sur les pilotis. Un parfum d'eau de mer et d'algues flotte dans l'air. Mais le rêve est encore là. Ce doit sûrement être un rêve ! Aucun empereur sacré et sanctifié ne prend un de ses sujets dans ses bras, ni ne l'appelle frère Georgios. Aucun souverain de Byzance n'a jamais baisé les paupières d'un de ses serviteurs, ni ne l'a bercé dans ses bras comme un enfant. Aucun dignitaire de la cour de Constantinople, si élevé que soit son rang, ne se permet de pleurer dans la robe du représentant du Christ sur la terre parce qu'un de ses amis se meurt.

Pourtant, je vois distinctement devant moi le visage qui, à Mistra, avait encore tant de surfaces lisses et qui est maintenant creusé de rides comme la poitrine d'un vétéran chevronné l'est de cicatrices. Je le vois dans la lumière blême qui tombe des fenêtres de l'église, pâle comme un fantôme et à demi fondu dans l'obscurité.

Je le vois s'approcher et se pencher sur moi. Je vois ses yeux las et pleins de bonté. J'entends à travers sa voix qui est maintenant enrouée et usée, l'ancien Constantin qui, autrefois, s'amusait de la plus innocente plaisanterie de paysan. Je sens même le parfum qui s'exhale de ses vêtements et de sa barbe. C'est lui, surtout, qui me rappelle le passé, un soupçon d'ail dans l'haleine ne saurait m'échapper.

Mais, dans nos rêves, le connu et l'inconnu, le vraisemblable et l'invraisemblable, se mêlent. En rêve, nous sommes même plus subtils qu'à l'état de veille. Le relent d'ail ! Je veux visiblement me convaincre par tous les moyens que l'empereur Constantin XII est vraiment venu dans l'église Chora pour me consoler. Je veux chasser de mon esprit ce qui s'est réellement passé.

Antonio est mort.

III

Comme si la nature avait voulu se moquer de nous, le 27 novembre 1451 fut encore plus beau que le jour où le canon de Mehmet avait tiré pour la première fois. Un vent doux, léger et presque chaud remontait de la Corne d'Or depuis la mer de Marmara. Le soleil faisait resplendir toutes les couleurs qui subsistaient dans les champs et sur les collines de la Thrace. Le ciel rayonnait d'un bleu profond et, sur l'autre rive, il y avait même des cigognes dans l'air.

Sur la terrasse, devant notre maison, Anna avait installé ce que Ohannes appelait habituellement, non sans quelque irrespect, « son ménage à la turque ». Quelques tapis étaient étendus sur le sol. Des coussins et des matelas y étaient dispersés et, tout autour, se dressaient les tabourets qui lui plaisaient plus que nos tables. Visiblement, elle avait trouvé bon de faire servir un petit déjeuner particulièrement copieux. Elle est, si surprenant que cela puisse paraître, une femme pratique.

Ce que je regrettais un peu c'était, naturellement, qu'elle ne portât plus jamais de pantalons bouffants, mais seulement les robes beaucoup plus chastes et fermées jusqu'au cou des Byzantines de bonne famille. Cela mis à part, quels que fussent ses vêtements, ils m'auraient toujours rappelé les nuits comme celle qui avait précédé le jour qu'Antonio était mort. Et ce souvenir, je l'avoue, commençait à effacer celui des heures torturantes de l'église Chora. Il se leva comme une brume scintillante. Il ressemblait à une vague de chaleur qui sortait de son corps. Il me caressa la peau au point que j'en frissonnai presque.

Je sus tout à coup, plus sûrement que jamais, qu'au cours de cette nuit elle était déjà au courant de l'achèvement des deux gros canons. Je le savais — et j'écartai cette certitude. Je me penchai pour l'embrasser, tout en cherchant à lire dans ses yeux. Mais je n'y déchiffrai rien d'autre qu'une bonté soucieuse. C'est de la même façon qu'elle avait regardé Mehmet lorsqu'il avait attiré sa main jusqu'à ses lèvres dans le köschke du sérail à Brousse.

Je ne comprendrai jamais vraiment Anna. Pourtant, cela n'a rien à voir avec le fait que nous sommes mariés depuis un an seulement. Nous nous sommes épousés quelques semaines après mon retour de Trébizonde.

Selon son habitude, Anna posa un doigt sur la fossette de mon menton.

— Cela a dû être pénible, dit-elle.

— Oui, répondis-je en reprenant mon sang-froid. Tout à coup, j'ai su qu'il était mort.

Elle hocha la tête.

— Le jeune Chalkokondylès est déjà venu ce matin. Il a dit que nos sentinelles avancées auraient rendu compte que les cinq Vénitiens seraient morts entre minuit et l'aube.

— Mais ils sont toujours pendus là-bas.

— Ils le seront encore longtemps.

Un mouvement douloureux dut passer sur mon visage, car Anna me prit la main.

— Veux-tu l'avoir ?

— Qui ? Antonio ?

— Son cadavre.

Maintenant, ses yeux me disaient ce qu'ils disent toujours dans de telles circonstances.

— Ne pose pas de questions !

Comme la sécurité de notre mariage est fondée sur cette phrase, je hochai la tête sans montrer d'étonnement.

— Si c'est possible.

— Je ne peux rien promettre, mais cela va peut-être marcher.

Parmi les nombreux réseaux de renseignements qui sont à Constantinople animés par les gens les plus divers, celui d'Anna pourrait bien être, et je l'ai déjà signalé, le plus efficace. Il semble avoir des antennes dans les appartements des femmes au palais Blachern et jusque dans le harem d'Andrinople. Grâce à Anna, j'en savais souvent plus long sur ce qui se passait dans les coulisses de notre cour et dans le camp turc que Lukas Notaras, pourtant lui-même bien renseigné.

Sa façon de travailler et les noms de ses informateurs m'étaient inconnus, de même que les renseignements qu'elle donnait en paiement des informations qu'on lui faisait parvenir de l'extérieur. Je tenais pour certain qu'après la dissolution du harem de Murad, Mehmet ne l'avait laissée partir que contre la promesse qu'elle resterait en liaison avec lui. Mais tout cela, pour moi, était scellé d'un cachet sur lequel il y avait cette phrase : ne pose pas de questions.

Même sur sa vie au sérail et ses relations avec le défunt Sultan, je ne savais pour ainsi dire rien. Elle était apparue un jour d'octobre de l'année précédente dans la propriété de campagne de mon père et elle avait dit simplement :

— Je suis revenue, maintenant.

Et déjà, à cette époque, j'avais compris que je ne pouvais la prendre que telle qu'elle était, avec tous ses mystères. Mais cela m'avait suffi, de même qu'il me suffisait maintenant qu'elle me proposât de me remettre le corps d'Antonio. Je savais qu'elle y parviendrait.

— Merci, Anna, dis-je et je l'embrassai de nouveau.

Elle frappa dans ses mains pour appeler les domestiques qui devaient nous servir. Anna me regarda manger. De temps à autre, une feuille du platane qui ombrageait la terrasse se détachait et planait jusqu'au sol.

Plus tard dans la journée, je pris deux décisions. La première avec l'aide d'Anna, la seconde sous l'impression de ce qui se passa au cours de l'audience que l'Empereur m'accordait chaque soir.

Anna m'avait toujours proposé de noter tout ce qui nous arriverait au cours de ces jours et de ces semaines, de façon que si ce récit ne disparaissait pas, le monde apprenne un jour comment nous étions morts ici. Elle disait que je devrais dicter mes notes à mes heures perdues à Ohannes. Elle les mettrait en ordre ensuite.

Je commencerai ce travail dès aujourd'hui et je le poursuivrai aussi longtemps que je le pourrai. Mais je ne dois pas oublier que la dernière phrase ne sera plus écrite de ma main.

Avec la deuxième résolution, prise sous les yeux de mon maître, je n'acceptais pas un sort inéluctable, j'optais pour la vie.

Constantin me reçut dans une des petites salles du palais. Il était assis, enveloppé de pourpre, sur un trône bas. Deux eunuques me guidèrent jusqu'à la place où je devais me jeter pour la première fois à terre. Je pus atteindre la deuxième sans leur aide, de même que la troisième. Ils m'indiquèrent d'un geste que j'étais admis au baisement du pied. Lorsque mes lèvres touchèrent la chaussure de velours rouge, une légère bouffée alliacée monta distinctement et parfaitement reconnaissable jusqu'à mon nez.

Je regardai vers le haut et vis, dans le visage toujours simple mais déjà labouré, un vague sourire presque douloureux et je sus, pendant une seconde, que ce que j'avais vécu dans l'église Chora n'avait pas été un rêve, que je m'étais réellement appuyé sur la poitrine du représentant du Christ sur la terre. Je me sentis comme emporté par une vague de bonheur et d'incroyable étonnement et chassai le souvenir de cette nuit de ma mémoire.

Le chef des eunuques de la Cour qui était debout près du trône m'invita silencieusement à parler.

J'aurais dû, comme c'était mon devoir, lui faire un rapport sur ce que nous savions des deux coups de canon. Mais, au lieu de cela, je dis :

— Majesté, le temps de la temporisation est révolu. Maintenant, nous devons nous battre !

Constantin me regarda avec le visage de pierre que doit montrer un souverain byzantin. Tout à coup, un mouvement parcourut tout son corps. C'était comme s'il avait redressé les épaules et qu'il eût voulu redevenir l'homme qu'il avait été trois ans auparavant. Puis il se produisit quelque chose d'absolument inouï.

Il repoussa la tête de l'eunuque qui s'était incliné pour recevoir la réponse qu'il aurait dû lui chuchoter à l'oreille et dit, de sa propre voix râpeuse :

— Loué soit le Seigneur. Nous ne sommes pas encore perdus !

Dans l'assistance, les visages reflétèrent le plus complet désarroi. L'Empereur leva la croix au-dessus de nous. Nous tombâmes à terre, mais j'aperçus comme dans une vision la voie que nous devions prendre. Je reconnus clairement les conceptions politiques et stratégiques qui allaient régner désormais à Constantinople et j'étais décidé à les appliquer. Je me sentis à nouveau emporté, mais cette fois, par une vague d'espoir.

Deuxième partie

ANNA

Décembre 1452 — Janvier 1453

I

Anna se tenait sur la galerie de la salle des fêtes du palais Cantacuzène et regardait, en bas, le parquet qui se peuplait lentement. « D'ici, pensa-t-elle, on dirait un jeu d'échecs et on pourrait croire que j'ai choisi cet endroit pour des raisons de décor. »

Le sol de la haute salle, entourée de deux rangées de colonnes, était pavé de larges plaques de marbre blanc et noir. Les personnages qui s'y déplaçaient la veille au soir du jour de la Sainte-Anastasie portaient des vêtements sombres sans le moindre bijou. Notaras lui-même avait renoncé à mettre la médaille d'or qui marquait habituellement le milieu des deux pointes de sa barbe. Il se tenait exactement aux pieds d'Anna et il était entouré de Batatzès, Kekaumenès et Laskaris.

Georgios Sphrantzès était debout, à l'autre extrémité de la salle. Parmi ses interlocuteurs, il y avait le vieux Thomas Cantacuzène et Laonikos Chalkokondylès. Le centre de la pièce était par contre presque vide. Mais cette constellation convenait à l'image qu'Anna s'en était faite. Deux partis se tenaient l'un en face de l'autre, comme sur un échiquier ou un champ de bataille.

Anna sentit l'agréable frisson qui lui courait toujours sur la peau lorsqu'elle était sur le point de transformer en action un plan longuement ourdi et soigneusement mis au point. En dehors de l'amour, elle ne connaissait rien de plus excitant que le sentiment d'exercer le pouvoir.

Les préparatifs de cette soirée avaient exigé d'Anna beaucoup d'efforts, de travail et encore plus d'argent. Elle avait extorqué, corrompu et même soudoyé un voleur qui devait cambrioler la maison de Notaras. Cependant, toutes ces dépenses étaient payantes car elle possédait maintenant le moyen de faire perdre contenance au commandant en chef au point qu'il n'aurait plus, et pour longtemps, le courage de s'opposer ouvertement à la politique de Georgios Sphrantzès, comme il l'avait fait jusqu'à présent.

« Tu quitteras cette salle en vaincu, mon cher Lukas, pensait-elle, et il te faudra chercher longtemps avant de trouver qui t'a poussé à bas de ton siège. Quand tu en seras là, j'aurai déjà en main de nouvelles armes contre toi. Car, tu n'étais encore que le petit capitaine d'un petit bateau de guerre insignifiant que je savais déjà comment on peut faire jouer les hommes les uns contre les autres. Dans le harem d'Andrinople, on apprend comment ligoter un tigre avec des fils de soie et enfermer un aigle dans un poulailler. Mais, tu n'es ni l'un ni l'autre et tu gigotes dans le nœud coulant que tu as posé toi-même. »

Lorsque Anna remarqua le jeune Chalkokondylès qui la regardait d'en bas, elle leva la main pour lui recommander le silence. Il n'y avait pas encore assez de monde dans la salle. La conversation que le jeune Athénien allait entamer au cours de la soirée avec Notaras devait avoir lieu devant un public nombreux. Elle voulait que, plus tard, le plus de gens possible puissent témoigner que l'ancien loup de mer à la double barbe avait blêmi de saisissement après quelques mots lancés négligemment. On devrait dire un jour : « Oui, depuis ce 24 décembre, notre bon Lukas n'est plus tout à fait ce qu'il a été », et se demander plus tard ce qui avait bien pu se passer chez Thomas Cantacuzène. Sans cette énigme à retardement, toute son entreprise n'aurait eu qu'un demi-succès. Elle l'avait expliqué à Chalkokondylès, mais ce dernier n'avait absolument pas saisi le sens de cette délicate cruauté qui faisait partie de son jeu. C'était quelque chose qu'il fallait célébrer avec délices, car cela ne pouvait véritablement réussir qu'après.

En tout cas, son partenaire lui fit signe qu'il l'avait comprise et se tourna de nouveau vers Sphrantzès et Cantacuzène. Anna s'éloigna de la balustrade de la galerie. Ils avaient beaucoup de temps devant eux. La fête ne commencerait vraiment que vers minuit, elle durerait jusqu'à la première messe et se terminerait par une procession dans l'église Sainte-Irène. Il y avait au moins un des participants du cortège qui serait à peine en mesure d'écouter les litanies des prêtres et les cantiques des eunuques. Il s'avancerait, plongé dans ses réflexions et il aurait le sentiment d'avoir reçu un coup de poignard dans le dos.

Anna se sentit soudain fatiguée. Elle pouvait à peine tenir sur ses jambes. Durant la nuit précédente, elle n'avait pas fermé l'œil et toute la journée s'était passée en discussions éprouvantes avec Chalkokondylès et Ohannes, le secrétaire de son mari. Maintenant, ses muscles las et ses nerfs mis à rude épreuve se manifestaient. Pour se calmer, elle s'assit sur le sol, les jambes croisées. Elle tira de sa ceinture le chapelet que Murad lui avait offert et se mit à murmurer les mots simples des prières arabes grâce auxquels les derviches du couvent Bektachi parviennent à un état de totale paix intérieure et de détente.

Elle commença par *Allah akbar,* assura que Mahomet était le vrai Prophète et ajouta que Dieu n'avait pas été créé et qu'il n'avait pas de fils. Entre-temps, elle pensa de nouveau à Notaras et se souvint d'une poésie qu'elle avait récitée, enfant, pour la Sainte-Anastasie. Elle recommença depuis le début avec « Dieu est grand », fit glisser les boules d'ambre pure et sans taches dans ses doigts, dit la *Illah illah' lla' ;* elle entendit la voix de Murad citant un vers de Firduzi, réchercha désespérément dans sa mémoire le poème et finit par le retrouver. Mais, par la pensée, elle était déjà dans le seul endroit où elle pouvait prendre un vrai repos. Elle était couchée à côté de Georgios Sphrantzès.

Le vers disait : « L'araignée tisse sa toile dans le palais des Césars et, du haut des tours, la chouette jette son cri. » Anna savait qu'il concernait le palais en ruine du roi de Perse Khosrô. Mais il semblait aussi qualifier l'ambiance qui régnait dans la maison de son mari, en tout cas au cours d'une nuit comme celle qui venait de s'écouler.

Un large rayon de lune jetait des ombres diffuses sur le visage de Georgios à travers la fenêtre de la chambre à coucher.

Les yeux ouverts, étendue sur l'épais tapis turc qui lui servait de lit, Anna n'entendait pas seulement la lourde respiration du dormeur, mais aussi le léger gargouillement de l'eau de la Corne d'Or qui léchait les pilotis de l'appontement.

Elle entendait des bestioles nocturnes qui bruissaient dans le feuillage desséché des arbres et, par instants, une poutre qui craquait. Elle avait dans les narines les nombreux parfums qui flottaient dans la maison de Sphrantzès. C'était un mélange de moisissure, de senteur de cidre et de vin, de puanteur des étables et d'exhalaisons des animaux qui s'y trouvaient. Cependant, Anna percevait ces odeurs avec un certain plaisir, car elles lui rappelaient le vieux Georgios Sphrantzès qui était mort récemment et son père, deux hommes qui avaient fait partie de sa jeunesse, tout comme leur descendant, Georgios le Jeune.

Nikolaos, le fondateur de la dynastie Sphrantzès, était un paysan dont la ruse était proverbiale. Il avait réussi à se hisser de petit fermier thrace à la position du plus grand propriétaire foncier des alentours de Constantinople et, peu avant la fin de sa vie, il avait édifié cette maison sur les rives de la Corne d'Or.

Contrairement aux propriétaires des villas des environs, il n'avait pas utilisé le marbre coloré des îles de la mer de Marmara, non plus que les minces plaques de cette pierre pour recouvrir les murs de briques brutes, mais seulement les matériaux dont se servent les paysans à la campagne : le bois, les clayonnages et l'argile pressée. Les murs édifiés de cette façon étaient épais de la longueur d'un bras, ils devaient chaque année être enduits d'un mortier de chaux, ce qui les faisait encore épaissir.

Les toits largement débordants de la maison étaient soutenus par des piliers de bois, les entrées des trois cours intérieures étaient fermées par de grandes portes à deux vantaux. La propriété, largement étalée avec ses écuries et ses remises, s'abritait à l'ombre de puissants platanes. Au milieu d'un environnement luxueux, elle avait l'air d'un cheval de roulier parmi d'élégants pur-sang, mais elle offrait en été une agréable fraîcheur et en hiver, un séjour bien abrité du vent. En même temps, elle reflétait la personnalité de son propriétaire.

Georgios le Vieux, le fils de Nikolaos, avec son argent et les relations qu'il lui avait procurées, avait prêté à la petite semaine, vendu de la résine aux chantiers navals, du bois pour construire des bateaux aux pêcheurs, des cochons aux grands négociants en viande. On disait qu'il était l'homme le plus riche de Constantinople après les Paléologues et les Laskaris, ce qui l'avait occasionnellement amené à accomplir des missions politiques comme, par exemple, à négocier à sa manière rusée de paysan avec Chalil Pacha, très estimé par la Cour et, plus tard, avec Murad lui-même. Cependant, Anna s'en souvenait, lorsque son père l'envoyait chercher chez lui des fruits frais, il venait souvent lui-même, la corbeille pleine sur l'épaule, brossant soigneusement ses sandales avant de franchir la porte de service pour aller à la cuisine. Il exigeait la plupart du temps d'être payé en espèces mais, à l'occasion, il acceptait en gage un bijou ou un précieux vase de porcelaine.

A cette époque-là, la famille d'Anna passait les mois d'été

dans une villa dont le jardin jouxtait le terrain des Sphrantzès. La maison comportait de grandes et hautes pièces avec des portes coulissantes qui glissaient sur des rails de bronze et des fenêtres avec des vitres et des voilages. Elle était animée par des domestiques placés sous les ordres d'un majordome à la peau noire. Dans la bibliothèque du père d'Anna, les manuscrits s'entassaient aux murs jusqu'au plafond. Le sol du boudoir de sa mère était recouvert de peaux soyeuses de chèvres d'Anatolie cousues ensemble. La salle de bains était décorée de mosaïques provenant d'anciens palais romains, que son père avait découvertes sous les gravats et qu'il avait fait transporter pierre par pierre dans sa résidence.

Sergios Bagration, comme de nombreux Byzantins, avait succombé à la passion des reliques du passé. Il collectionnait aussi les statues et les vases grecs. Une grande partie de sa fortune avait été engloutie dans ce genre d'achats. D'ailleurs, il ne parlait presque jamais d'argent. Quiconque, comme lui, descendait d'une des plus célèbres familles princières d'Arménie et était, de plus, marié à une descendante des empereurs Comnènes, partait du principe qu'il vivrait toujours comme il lui convenait, avec des fruits frais sur sa table, des vins de Monemvasia, une nombreuse domesticité, une écurie pleine de chevaux de selle arabes, un canot de plaisance à douze avirons et une maison de ville dans le quartier Blachern.

Mais, d'un autre côté, un tel homme ne voyait pas que les plaques de marbre aux murs de sa salle à manger avaient des fissures et des ventres, que les corridors devenaient de plus en plus crasseux et que les vingt-quatre invités qui prenaient place autour de sa plus grande table buvaient ses vins dans des verres dépareillés. Les invités passaient sur ce détail. Ils venaient des milieux universitaires, du monde artistique, du corps des officiers. Ils discutaient avec Sergios de la datation d'un bras de bronze extrait du sol égyptien ou d'un buste d'empereur repêché dans le fond de la mer de Marmara. Ils papillonnaient autour de sa femme, la belle Eudoxie Comnène, et tournaient aussi autour de la jeune Anna qui tenait de son père les cheveux noirs, les yeux un peu obliques et qui avait hérité de sa mère l'ovale absolument régulier de son visage.

La maison des Bagration était constamment remplie d'invités. Il arrivait parfois à Sergios de trouver, le matin, sur sa terrasse un jeune homme qui prenait ses aises au soleil et dont il apprenait, après s'être courtoisement présenté, qu'il était un invité qui vivait depuis des semaines sous son toit. Il avait l'habitude de lui dire alors :

— J'espère qu'il ne vous manque rien. Si vous avez besoin de quoi que ce soit, s'il vous plaît, faites-le-moi savoir et sentez-vous bien chez moi.

Une demi-heure plus tard, il avait oublié l'invité, de sorte qu'il lui arrivait de se retrouver plusieurs fois, échangeant les mêmes propos avec le même homme.

Un des étrangers dont il fit la connaissance de cette façon fut Silvio Piccolomini, un autre Georgios Amirutzès. Au contraire, Georgios Sphrantzès faisait pour ainsi dire partie du mobilier.

C'était le garçon de la maison voisine qui, comme son père, entrait dans la maison par la porte de la cuisine, apportait de temps à autre des fruits ou du fromage, sans toutefois réclamer aussitôt son argent et auquel on demandait à l'occasion de s'occuper de la petite Anna.

C'était Georgios qui avait appris à Anna comment maîtriser un poney, puis, plus tard, aussi de plus grands chevaux. Il lui avait appris à nager et lui faisait cadeau des petits chats en surnombre que le maître valet de son père destinait à la noyade. Il l'emmenait dans la propriété des Sphrantzès pour lui faire voir comment les hirondelles gavaient leurs petits dans les innombrables nids accrochés sous les toits des écuries paternelles. Ou bien il volait pour elle dans une ruche un rayon de miel qu'elle avait ensuite le droit de sucer.

Pour Anna, le fils des voisins, en ce temps-là, était une espèce de grand frère ou bien de gros chien fidèle qui veillait à ce que rien de lui arrivât. Plus tard, lorsqu'elle fut autorisée à participer aux banquets et aux soirées littéraires de Sergios et d'Eudoxie, elle le perdit de vue. Georgios n'était vraiment pas aussi présentable et amusant que les jeunes gens des grandes familles de la ville. Il n'y avait que dans l'eau qu'il savait se mouvoir avec élégance et souplesse. Il sentait toujours un peu la sueur, la terre et l'écurie et, pour le reste, il ressemblait comme deux gouttes d'eau à son paysan de père.

Anna ne remarqua effectivement Georgios qu'au cours de l'été où elle forma avec Amirutzès et Piccolomini un trio presque inséparable.

Cette « redécouverte » eut lieu lors d'un symposium que le grand Gemistos Pléthon, la bête noire de l'Eglise, donna dans la maison de son plus chaud partisan, Jean Bessarion. Tous les esprits libres de la ville s'étaient réunis à cette occasion, tous les partisans des philosophes de l'Antiquité, qui exigeaient le retour au paganisme, à l'Antiquité, à Platon et aux Stoïciens, mais aussi tous les révolutionnaires locaux qui voulaient recréer l'Etat byzantin sur une base grecque et, bien entendu, les fils et les filles des meilleures familles.

Les circonstances de la réunion étaient déjà fort excitantes. On devait se faire reconnaître par un mot de passe qui avait été longtemps discuté à l'avance dans tous les cercles huppés. On pénétrait dans la maison par le jardin en franchissant une porte de derrière. Pour cette occasion on ne devait porter, naturellement, ni pourpoint, ni culotte, ni robe fermée jusqu'en haut, mais le costume de l'ancienne Grèce. Les hommes préféraient la tunique à manches courtes, couvrant à peine les cuisses, ceinturée à la taille et, par-dessus, un manteau fait d'un carré de tissu drapé et attaché au-dessus de l'épaule droite.

Les femmes s'étaient en majorité décidées pour le peplos qui laisse libres les épaules, les bras et les pieds, mais qui, selon la façon dont on le drape, peut aussi découvrir les hanches et les jambes. Dans la demi-obscurité d'une grande salle, tous les participants s'installèrent à leur gré sur le sol, appuyés côte à côte ou la tête posée sur la cuisse du partenaire. On servit du vin dans de simples bols en terre cuite, de petites lampes à huile clignotaient, un parfum de résine brûlée flottait dans l'air. Deux musiciens qui s'accompagnaient à la cithare chantèrent de vieilles mélodies grecques.

Pléthon et Bessarion pénétrèrent enfin dans la pièce. Leurs épaules osseuses sortaient des plis de leurs himations, semblables à des toges. Leurs pieds étaient chaussés de simples sandales de cuir. Tout cela était d'un style authentique et raffiné. L'homme de Mistra — qui avait environ soixante-cinq ans à l'époque — accueillit les applaudissements qui éclatèrent avec la dignité d'un mime célèbre. Peu de temps après, il se lança dans un de ses discours rhapsodiques.

Eclairé par une lumière clignotante, les mains offertes et le regard fixé sur le lointain, le sage de Mistra était debout devant ses auditeurs. Sa voix pleine et étudiée de rhéteur emplissait la pièce jusque dans ses moindres recoins. Personne n'aurait pu se dérober à ses paroles, personne non plus n'aurait refusé d'applaudir lorsqu'il proclama, à la fin de son discours :

— L'ordre sous lequel nous sommes contraints de vivre est fondé sur les superstitions les plus obscures, la société est malade d'incertitude et d'angoisse. Abattons les colonnes de ces deux plaies et construisons sur leurs ruines le monde plus libre, plus humain, plus clair et plus beau, que les grands penseurs de notre pays nous annoncent depuis des siècles.

Repoussant avec modestie les applaudissements de ses partisans, il se fit servir une coupe de vin, en versa quelques gouttes à terre en guise de libations et la vida d'un seul trait.

Au cours de la discussion qui commença ensuite, un des compagnons d'Anna, le petit Silvio Piccolomini prit la parole. Il se présenta comme un homme de Sienne qui, saisi par la grandeur de l'Antiquité, était venu à Constantinople pour étancher aux sources grecques sa soif de vérité. Et, continua-t-il, que lui avait-on proposé jusqu'à présent à la très célèbre université de la ville impériale ?

Qu'y enseignait-on pour l'essentiel ? Que, dans une phrase, un mot de la précédente ne doit en aucun cas être répété et donc, si par exemple il est question de mariage dans la première phrase, on doit écrire dans la seconde « il était lié à elle par un rapport conjugal » ou bien « elle s'était attachée à lui comme compagne conjugale ». Ce que l'on pensait et la façon de penser correspondait également à ce formalisme. La recherche de la connaissance était écrasée par le besoin anxieux de coller au mot écrit, la logique faisait place au plus grotesque coupage de cheveux en quatre.

« Chez nous, en Occident, disait Piccolomini dans son discours interrompu par des rires et des mots d'approbation, le bruit court que les lettrés byzantins se déchirent autour du problème de savoir combien d'anges pourraient trouver place sur la pointe d'une aiguille. J'avais toujours tenu cela pour un mot piquant permettant d'éclairer une certaine attitude de l'esprit. Mais ensuite, j'arrive ici et que se passe-t-il ? Dès la première conférence à laquelle j'assiste, les auditeurs sont invités à discuter de ce problème. Honorable Gemistos Pléthon, chers amis, j'ai cru que le sol s'effondrait sous mes pieds quand j'ai entendu cela. Je tombais dans un puits rempli des rires de tous les êtres pensants du monde. J'entendais les anges eux-mêmes qui riaient et je sus dans un éclair qu'ils étaient une infinité — non pas seulement ceux qui trouvent place sur une pointe d'aiguille, mais ceux qui se gaussent de façon céleste du problème en question. »

Les applaudissements éclatèrent. Piccolomini étendit le bras en avant, salua à la romaine tous les assistants en pivotant sur lui-même. Il se laissa ensuite attirer sur le sol par Amirutzès et embrasser par Anna. Pléthon leva sa coupe de vin à sa santé. L'ambiance échauffée par son discours avait atteint son apogée. Tout en riant ou en prenant le rire pour prétexte, des hommes attiraient à eux des femmes, des femmes des hommes et d'autres hommes et femmes, leurs semblables. Des serviteurs apportèrent de nouveau du vin. Mais une voix s'éleva soudain au milieu du bruit.

Un orateur s'était dressé dans le coin le plus éloigné de la pièce. Il ne portait pas le costume de la Grèce antique, mais un caftan gris très ordinaire. Son visage semblait taillé à coups de serpe dans un morceau de bois. Sa voix était forte et rauque. Les mots ne lui venaient pas facilement, mais difficilement et par à-coups à la bouche. A la surprise d'Anna, il défendait avec véhémence tout ce que Piccolomini venait de tourner en ridicule.

Ce n'était pas, disait-il, un jeu dénué de sens que de construire une situation aussi abstruse que celle des anges et de la pointe d'aiguille, mais un exercice destiné à aiguiser de façon tout à fait extraordinaire la capacité de penser et de débattre. On examinait ainsi la question de savoir si, entre infiniment beaucoup et infiniment peu, infiniment grand et infiniment petit, il existe une différence très importante ou peut-être pas de différence du tout. Si la toute-puissance de Dieu n'apparaissait que dans les espaces les plus étendus ou si elle pouvait se concentrer aussi bien à une dimension inimaginablement petite sans perdre, de ce fait, de sa grandeur et de sa sublimité.

L'image hautement poétique des anges sur la pointe de l'aiguille avait un effet analogue, car elle était à la fois accessible et inaccessible, elle était un symbole qui s'imposait à l'esprit, lui donnait des ailes et l'excitait, mais elle était aussi un casse-tête torturant. Quiconque s'y était attaqué une fois ne s'en débarrassait pas si facilement, passait des nuits à le cerner avec de nouvelles questions et à faire naître d'autres pensées qui ne lui seraient probablement jamais venues s'il s'en était tenu aux seules voies traditionnelles de la déduction.

L'orateur en caftan gris semblait accrocher une phrase à l'autre au cours de son exposé. Il s'arrêtait parfois, cherchait souvent ses mots, se prenait le front lorsque les idées paraissaient le fuir. Malgré tout, son discours avançait sans interruption. Les auditeurs n'étaient pas captivés par la puissance des mots, mais par la logique de ses déductions et par sa façon imagée de s'exprimer.

Les chuchotements, les murmures et les ricanements étouffés, qui avaient empli la pièce au début, commencèrent à se taire progressivement. Des regards intéressés commencèrent à le jauger. Lorsque, vers la fin, sa voix monta d'un ton et prit un accent coléreux, il avait déjà cause gagnée chez une partie de l'auditoire.

Il dit, sans regarder Piccolomini :

« Comme citoyen de la seule nation qui puisse se flatter, non seulement d'honorer l'art grec, mais aussi de le faire survivre, fût-ce à sa manière, comme citoyen de la ville de Constantinople qui est entre autres le vase d'élection où le souvenir d'Homère, de Platon, d'Aristote et des stoïciens a été conservé jusqu'à nos jours, comme descendant des hommes qui prirent Troie, construisirent Alexandrie et firent présent au monde de presque toutes les pensées dont il se nourrit encore aujourd'hui, en un mot, comme Byzantin, je me demande si quelqu'un qui est l'hôte de notre cité ne manque pas à toutes les règles de la courtoisie en masquant par des mots moqueurs et blessants son incapacité à nous comprendre du premier coup. Il croit pouvoir balayer d'un haussement d'épaules nos efforts millénaires en faveur de l'héritage hellénique et de la foi chrétienne. Il est venu, il a vu et il a su. Je crains qu'il ne parte aveugle et qu'il fasse ainsi partie de ceux qui, là-bas, en Occident, se font de nous une image qui, dans l'espace représenté par une pointe d'aiguille, réunit plus de contre-vérités qu'il n'y a d'anges dans le ciel. »

Le porteur de caftan conclut son discours par une brusque inclination du buste à l'adresse de Pléthon et disparut dans le grouillement des corps assis ou couchés. Il s'écoula cette fois un long moment avant que les applaudissements n'arrivent, mais ils furent à la fin plus chaleureux et plus forts que ceux que Piccolomini avait obtenus avec ses paroles.

Amirutzès donna une bourrade au petit Italien.

— Je crains, Picco, que tu ne te sois mis le doigt dans l'œil avec ton discours.

Puis il demanda à Anna qui était le garçon qui venait de parler.

— C'est, lui dit-elle, mon ami d'enfance, Georgios Sphrantzès.

— Le fils de ce riche cul-terreux qui habite à côté de chez vous ?

— Lui-même.

— J'aimerais le connaître.

— Rien de plus facile, dit Anna.

Elle se leva et tenta de se frayer un chemin jusqu'au coin où était Georgios, mais elle fut retenue deux fois par des amis. Elle dut en saluer d'autres, fut attirée sur le sol. On lui mit une coupe de vin dans la main, elle but, écouta entre-temps ce que Bessarion d'abord et Pléthon ensuite avaient à dire concernant les anges sur une pointe d'aiguille. Il en ressortait une critique modérée du discours de Sphrantzès, autant que de celui de Piccolomini. Lorsqu'elle atteignit enfin son but, celui qu'elle cherchait n'était plus là. Tel qu'elle le connaissait, il avait tout simplement perdu patience et s'en était allé.

Ce ne fut que deux jours plus tard qu'eut lieu la rencontre entre Amirutzès, Piccolomini et Georgios Sphrantzès.

Couchée sur son tapis sans pouvoir dormir, Anna se rappelait cette rencontre et tout ce qui en était résulté. Les trois garçons s'étaient compris, appréciés presque du premier coup. Ils se connaissaient à peine depuis trois heures que Piccolomini s'excusait déjà de sa critique du mode de pensée byzantin et que Sphrantzès retirait, non sans quelque résistance, ce qu'il avait reproché à l'Italien.

Cependant, il lui aurait été difficile de trouver trois hommes aussi profondément différents que son ami d'enfance et les deux étrangers.

— Vraisemblablement, songeait Anna, je suis seulement ce qui les unissait. Je les aimais bien tous les trois, mais chacun d'une façon différente. Et, pour moi, chacun d'eux était dangereux à sa manière — ce qui, étrangement, n'avait rien à voir avec le fait qu'Amirutzès fût le seul que je laissai pénétrer la nuit dans ma chambre. Il avait d'ailleurs saisi une occasion dont ils auraient tous pu profiter, sauf Piccolomini peut-être, qui ne nageait pas aussi bien que les autres. Georgios, au contraire, aurait très bien pu me rattraper lorsque, ce jour-là, j'ai sauté dans l'eau et j'ai nagé jusqu'à l'île de Prokonesos. Reste à savoir si Georgios aurait eu la hardiesse, comme le fit Amirutzès, de me soulever lorsque je fus sortie de l'eau et de me porter à l'ombre lunaire des arbres. Pour lui, j'étais encore un peu la petite fille à laquelle il racontait des histoires et apprenait à chevaucher un poney. Il ne pouvait pas encore voir la femme en moi et il ne pouvait donc imaginer que, s'il m'avait saisie, j'aurais eu les jambes aussi molles que lorsque Amirutzès le fit.

Anna crut ressentir encore le frisson qui avait couru sur sa peau lorsque le Trébizondain l'avait laissée glisser sur le sol et l'avait recouverte de son corps. Cela s'était passé presque à portée de vue du canot où Georgios et Piccolomini étaient restés. Seule l'ombre de quelques maigres buissons les avaient cachés. Elle espérait encore aujourd'hui que les deux occupants du canot n'avaient pas vu leurs deux corps enlacés. Cependant, même s'ils les avaient observés, ce n'en avait pas moins été un événement inéluctable, l'apogée d'un été passé ensemble par deux garçons et une fille. Finalement, l'un ou l'autre aurait pu se trouver à la place d'Amirutzès.

« Vraiment, l'un ou l'autre, se demanda-t-elle. Même le petit Piccolomini avec ses mains tendres et féminines, sa silhouette élégante mais qui tendait manifestement à la rondeur et sa sensualité visible mais peu convaincante ? »

Lorsqu'un jour particulièrement chaud elle avait décolleté un peu trop largement sa robe sur ses épaules, il lui avait demandé de dévoiler complètement ses seins et il les avait couverts de deux pétales de rose. Le même jour, il avait écrit un poème où apparaissait le trait suivant : « ainsi le pétale cache le bouton ». Ç'avait été le contact le plus intime qu'elle ait jamais eu avec lui, mais il lui semblait inimaginable qu'ils en fussent venus à de plus étroits. Contrairement à Amirutzès, Piccolomini n'était pas le genre d'homme que l'on puisse prendre tout à fait au sérieux.

Dans le milieu dont elle était issue, on reconnaissait Amirutzès comme un membre à part entière de la société. Dans ses veines coulait le sang des Angeloi de Thessalie qui avaient, pour un bref moment, occupé le trône de Constantinople avant l'irruption des Croisés et qui jouaient maintenant un rôle important à la cour de Serbie sous le nom d'Angelovic. Il était l'un des jeunes hommes les mieux tournés que l'on pût voir dans les villas de la Corne d'Or. Il avait lancé la mode de se vêtir entièrement de noir et, au lieu d'une épée de cavalier, de porter un sabre turc courbe.

Pour le reste, il était un amant vigoureux et expérimenté, le meilleur qu'ait jamais connu Anna.

« Si je ne l'ai pas aimé, songea-t-elle, c'est qu'au fond il était trop semblable à moi et à tous mes semblables, trop intelligent, trop parfait pour être totalement crédible. Mais, en fait, à cette époque-là, nous ne faisions que jouer dans un théâtre, sur une scène, dont les lumières commençaient à s'éteindre lentement. »

Lorsque le père d'Anna mourut après la disparition de sa femme, il avait dit à sa fille :

— Je suis heureux que cela m'arrive maintenant et de ne plus voir comme le temps nous rattrape.

Sergios Bagration, lui non plus, n'avait pas été tout à fait crédible.

Mais Georgios Sphrantzès, au contraire, l'était. Il appartenait à ce monde, il y avait la vie dure, il souffrait de ses propres insuffisances ou de celles des autres, qu'Amirutzès aurait méprisées et Piccolomini simplement niées. Dans leur milieu, il semblait ne pas être à sa place et être fait d'argile. La terre sur laquelle Anna et ses amis s'avançaient d'un pied léger semblait rester collée à ses semelles. Sphrantzès parvenait rarement à mener une discussion avec une froide impassibilité. Lorsque quelqu'un combattait ses arguments, il s'énervait, gesticulait et, à l'occasion, hurlait de sorte qu'il lui arrivait de s'étrangler. Aucun d'entre eux ne pouvait cependant en rire. Son sérieux les retenait d'interrompre par simple manque d'enthousiasme les entreprises commencées.

Pour Anna elle-même, Georgios Sphrantzès avait été une ancre qui la retenait sur la terre. Il faisait en sorte que ces aventures d'été ne fussent pas de simples bulles multicolores qui montaient dans l'air et y éclataient. Grâce à lui, elles acquéraient de la substance, elles devenaient rondes et accessibles et s'imprimaient dans la mémoire.

Elle n'en avait naturellement pris conscience qu'après avoir longtemps séjourné à Trébizonde avec Amirutzès. Tout ce qui s'y passait avait eu de nouveau l'irréalité d'un rêve. Cela chatouillait la peau et les sens et, le lendemain matin, tout s'était envolé. Les constructions de marbre de la ville des Comnènes se dressaient devant le bleu irréel d'un ciel irréel. Les montagnes s'y élevaient en couleurs tendres, les vagues de la mer Noire étaient de mouvantes collines de cristal vert et la nuit, des vents chargés de senteurs entraient par les fenêtres. Anna brûlait sous les mains habiles et les lèvres d'Amirutzès mais, même cela semblait être un jeu dans lequel on se regardait soi-même.

C'est ainsi que, finalement, elle vit dans Murad un de ces hommes qui pouvaient donner à tout, même au plaisir, durée et substance. Murad était exactement comme Sphrantzès, il était tout d'une pièce, simple et terre à terre. Il ressemblait à l'ami d'enfance resté à Constantinople comme un paysan ressemble à un autre paysan. Il se comportait avec simplicité, il sentait toujours un peu l'écurie, il disait « oui » quand il pensait « oui » et « non » quand il avait décidé que ce serait « non ».

Peut-être Amirutzès avait-il été vraiment blessé par une femme pour la première fois de sa vie lorsque Anna, pour l'amour du Turc, l'avait non seulement laissé, mais à la lettre, planté là. Entre-temps, cependant, il lui semblait qu'à l'époque elle s'était trouvée à un carrefour de sa vie. La voie des Amirutzès, Piccolomini et des Bagration coupait celle des Murad mais c'était aussi celle des Sphrantzès. Tous deux incarnaient à ses yeux ce qui lui manquait le plus ainsi qu'à ses semblables : un poids qui vous fixe au sol et qui rend l'existence vivable. Aussi, elle choisit Murad.

Tout en regardant l'homme allongé à côté d'elle, Anna songeait : « Il ne sait rien de tout cela mais, en fait, c'était pourtant une route toute droite qui, des sérails d'Amasya, de Brousse et d'Andrinople, conduisait à cette maison pleine de toiles d'araignée et d'exhalaisons terrestres. En dehors de Murad et de lui, il n'y a jamais eu de véritables hommes dans ma vie. »

Elle se pencha sur Sphrantzès qui semblait dormir avec la même énergie qu'il apportait à toutes choses. Il était couché sur le côté, son poing fermé ramené devant son visage et il respirait par à-coups. Il était parfaitement clair que des rêves inquiétants le visitaient, mais cela arrivait presque toutes les nuits depuis des semaines : depuis le jour qu'il s'était décidé à opposer sa politique à celle de Notaras. Il s'occupait de mille choses à la fois. Il consacrait toutes ses forces à rendre Constantinople défendable, luttait contre la résistance du clergé, du peuple et de la camarilla du palais, pour la réunion des Eglises et il lui fallait en même temps se défendre contre les filets qu'on lui tendait de toutes parts pour faire capoter ses projets.

Il avait maigri, ces derniers temps, mais il était également devenu plus calme et détendu qu'auparavant. Il savait, tout comme Anna, qu'il menait un combat sans espoir. Cependant, Sphrantzès ignorait que sa femme protégeait ses arrières et qu'elle avait réussi à tenir ses ennemis en échec jusqu'à présent. Livré à lui-même, il n'aurait pas eu la plus petite chance parmi les Notaras, les Kekaumenès, Batatzès et Laskaris, car il n'avait aucun flair pour des gens de cette sorte et leur façon de penser. Anna, au contraire, en avait car ils étaient de la même race qu'elle.

Une cloche de Galata sonna cinq heures. Elle sut qu'elle ne pourrait pas se rendormir. Elle remonta jusqu'au menton de Georgios la couverture qui avait glissé de ses épaules, résista à la tentation de l'embrasser et sortit de la chambre à coucher.

Elle avait fixé à une heure avant le lever du soleil la première conversation qu'elle aurait à mener ce jour-là. Elle attendait Ohannes Assaiyan, le secrétaire de son mari. Sous le prétexte de mettre en ordre les notes en forme de journal de Sphrantzès, elle pouvait, sans attirer l'attention, collaborer avec l'Arménien rasé et parfumé au bois de santal.

Pour Ohannes, Anna n'était pas avant tout la femme de son maître ou la belle et noble dame descendante des Comnènes, mais d'abord la fille de son père, c'est-à-dire la descendante du roi Aschot I Bagration qui avait libéré l'Arménie de la domination arabe, cinq cents ans auparavant. Il supposait chez elle une compréhension pour ses opinions, qu'il avait éprouvée par des remarques apparemment sans importance comme ont l'habitude de le faire entre eux tous les hommes des peuples longtemps poursuivis qui vivent à l'étranger. Après qu'Anna eut réussi à rester une Arménienne à ses yeux, il la traita moitié comme une de ses semblables, moitié comme une princesse respectée et lui accorda une confiance sans réserve. Elle avait naturellement exigé de lui, à sa façon et d'avance, cette confiance. Ohannes avait été trop intelligent pour la refuser. Anna lui avait demandé quelles mesures de sécurité il avait prises pour le cas où les Turcs s'empareraient de Constantinople.

— Mesures de sécurité ? avait-il répondu. Vous semblez penser, princesse Bagration, que chacun dans cette ville se garde ouverte une petite porte secrète.

— Pas chacun, Ohannes, seulement ceux qui voient loin...

— Et vous me comptez au nombre de ces gens-là ?

— Je te prends pour un Arménien réaliste qui voit que Constantinople ressemble à un gros vieux fromage et que des milliers de souris sont en train de grignoter morceau après morceau pour le mettre en sûreté.

— C'est une image très exacte, princesse. Vous voulez donc savoir où est mon trou de souris, avait répondu Ohannes en souriant.

— Oui, je veux le savoir, Ohannes, et cesse de m'appeler princesse !

— Bon, fit-il en étendant les bras, je me remets entre vos mains, princesse. Mon trou de souris est la banque San Giorgio à Gênes.

— Qui vire les fonds pour ton compte, là-bas ?

— Son Eminence le cardinal Bessarion.

— Voyez-vous ça ! dit Anna avec un léger étonnement, notre vieil ami Jean, le champion d'un Etat byzantin rénové sur des bases platoniciennes, le disciple de l'ennemi juré de l'Eglise, Gemistos Pléthon, devenu cardinal. Depuis quand es-tu en relation avec lui ?

— Depuis le concile de Ferrare. Il faisait partie de la délégation impériale. J'étais son scribe.

— Et pourquoi n'es-tu pas resté auprès de lui à ce moment-là, quand il s'est décidé à passer à l'Eglise romaine ?

— Sa position, alors, n'était pas assez forte pour qu'il puisse entretenir un grand nombre de « clients ». Il fallait d'abord qu'il voie où il en était et, en conséquence, il n'a gardé près de lui que ses plus proches collaborateurs. Je n'en faisais pas partie.

— Pas encore à cette époque-là ?

Ohannes hocha la tête sans montrer la moindre gêne.

— En fait, mon espoir, princesse Bagration, est de trouver une place auprès de Son Eminence après que certains événements se seront produits ici.

— Et de trouver aussi un peu d'argent à la banque.

— Une poire pour la soif.

— Bon, bon, Ohannes, je pensais bien que tu étais un homme prudent et prévoyant. Mais en quoi consiste ton travail pour Bessarion ?

— Je l'ai d'abord aidé à expédier sa bibliothèque à Ravenne et à transférer sa fortune à Gênes. Et, en attendant, je suis quelque chose comme son œil et son oreille à Constantinople.

— Et par quel moyen livres-tu tes renseignements ?

— Par la Banco di San Giorgio.

— Donc, via Galata, Gênes, Ravenne.

— C'est ainsi que se passe la liaison principale. Mais il y a en outre de nombreux canaux secondaires. La banque a partout des représentants entre le Caucase et l'Italie, et personne ne sait comment ils maintiennent le contact entre eux.

Je livre mes rapports surtout à Galata, mais je les ai déjà remis à des navires qui vont directement d'ici en Italie.

— Deux dernières questions, Ohannes : comment penses-tu sortir d'ici après que, comme tu le dis si élégamment, « certains événements » se seront produits. Et comment peux-tu concilier ce que tu fais pour Bessarion avec ton activité pour mon mari ?

Ohannes hocha de nouveau la tête.

— Son Excellence Sphrantzès a, jusqu'à présent, toujours profité sans le savoir de tout ce que j'apprends comme agent du cardinal. Et il continuera d'en être ainsi. Je lui dois toute ma reconnaissance car il m'a tiré de la prison pour dettes. En ce qui concerne la deuxième question, princesse Bagration, je puis vous dire qu'au cours des jours dont nous parlons, il y aura beaucoup de Byzantins, parmi lesquels quelques-uns portent de grands noms, qui s'enfuiront d'ici sous les déguisements les plus aventureux et par les chemins les plus étranges. Je serai l'un d'eux et je devrai me fier, tout comme eux, à ma chance, ma prévoyance et mon flair. J'ai naturellement en tête de nombreuses routes d'évasion, mais cela n'aurait aucun sens de les énumérer. Il n'y en a aucune à laquelle vous ne penseriez vous-même si vous étiez à ma place. En outre, je vous assure que je suis décidé à ne quitter Constantinople qu'à la toute dernière minute. Ce n'est que lorsque la victoire du Croissant ne fera plus aucun doute que je sauterai dans l'eau, abandonnant le navire en perdition.

— Je te remercie de ta franchise, dit Anna qui l'avait écouté attentivement.

Elle lui proposa ensuite de collaborer avec elle et lui dit le prix qu'elle pourrait lui payer des services bien déterminés.

Ohannes essaya bien de marchander mais, lorsqu'elle lui eut fait comprendre qu'il ne lui restait plus grand-chose de la fortune de son père, et ajouta qu'elle pouvait lui être utile grâce à des informations qui ne sauraient normalement lui parvenir, l'accord fut conclu. Anna disposait depuis lors d'un allié très utile, d'un homme qui pouvait lui fournir des papiers des services gouvernementaux qu'elle n'aurait pu obtenir que par Sphrantzès. Cet associé était également un subtil connaisseur — que les scrupules n'étouffaient pas — des aspects les plus sombres de la vie à Constantinople.

Le matériel qu'elle voulait utiliser contre Notaras lui avait été fourni par Ohannes, quelques importantes réflexions concernant la tactique qu'elle pensait mettre en œuvre ce soir même lui avaient été inspirées par lui. Elle aurait préféré savoir l'Arménien à la place de Chalkokondylès, en bas, dans la salle, car ses nerfs étaient plus solides que ceux de l'Athénien, son sens du moment favorable était également beaucoup plus aigu. Mais un Cantacuzène n'aurait pas invité un Assaiyan chez lui. Un Assaiyan n'aurait pu, à plus forte raison, s'approcher de Notaras, lui frapper sur l'épaule et lui dire :

« Sais-tu déjà, Excellence, que l'Empereur a saisi au bond ton excellente idée et qu'il a pris les contacts proposés par toi avec Alphonse de Naples et Jean Hunyadi de Hongrie ? »

Néanmoins, Anna essaya un moment d'imaginer avec quelle innocence Ohannes aurait dit cela et avec quel visage impénétrable il aurait constaté l'horreur qui se serait répandue sur la face du commandant en chef. Chalkokondylès, au contraire, ne serait peut-être pas capable de cacher une certaine satisfaction.

Elle jeta un coup d'œil sur l'horloge à eau à l'ancienne mode qui laissait couler ses gouttes dans une niche murale. Le flotteur sur le réservoir de mesure indiquait qu'une heure à peine s'était écoulée depuis minuit. La salle, à ses pieds, s'était presque remplie. Les plus âgés des invités de Cantacuzène ne sortiraient guère avant une heure de leurs lits et n'arriveraient que vers deux heures.

En guettant à travers la grille qui se trouvait devant la balustrade, elle vit la tête de son mari entouré de quelques autres personnes. Il leur parlait avec sa façon saccadée. On voyait qu'il se sentait mal à l'aise dans la robe noire fermée jusqu'au cou qu'il avait revêtue.

Georgios Sphrantzès ne savait rien de ce qui allait arriver ce soir-là. Anna lui avait caché les papiers dans lesquels les idées personnelles de Notaras sur la prise de contact avec Naples et la Hongrie étaient consignées. Il savait seulement, et cela lui suffisait, que l'idée, bonne en soi d'offrir des territoires byzantins aux deux souverains en échange d'une aide militaire, émanait du commandant en chef. Anna s'était donné pour règle de ne jamais impliquer Sphrantzès dans ses intrigues.

Elle aurait préféré descendre, poser un doigt dans la fossette de son menton et murmurer : « Georgios, vieux Georgios. »

— Je sais que vous aimez votre mari, dit Chalkokondylès un peu abattu, cependant j'essaierai d'être près de vous le plus souvent possible.

— Je ne peux pas vous l'interdire, répliqua Anna, mais peut-être devrais-je vous en dissuader.

— Pourquoi m'en dissuader, Anna ?

— Parce que cela vous fait perdre un temps qui serait mieux employé auprès de femmes plus jeunes.

— Je ne connais aucune femme plus jeune qui puisse vous être comparée.

— C'est joliment dit, Laonikos, je vous remercie. Vous devriez tout de même peut-être songer que les femmes plus jeunes sont, disons, plus disponibles que je ne le suis. Et vous n'êtes pas si homme de lettres que vous puissiez à la longue vous contenter de ne goûter que des sentiments douloureux.

— Vos façons directes, répliqua l'Athénien, font partie des traits de caractère que j'aime particulièrement chez vous.

Anna était heureuse de ce que son visage fût dans l'obscurité et que Chalkokondylès ne pût voir qu'elle souriait. Elle savait parfaitement qu'elle attirait les hommes, justement parce qu'elle ne montrait aucune pruderie. Cependant, cette attitude correspondait à ce que l'on attendait d'elle. Une femme qui revenait du harem ne pouvait — et cela était de règle — ni faire connaître que, dorénavant, elle vivrait dans la chasteté la plus complète, ni ne pas le faire.

Dans le premier cas on lui pardonnerait de s'être donnée à un infidèle et on supposerait qu'elle souffrirait de pénibles troubles de conscience si elle dormait malgré tout de nouveau avec un chrétien. Dans l'autre cas, elle devrait se laisser considérer comme un gibier sur lequel on avait tous les droits et apprendre à se défendre contre des avances que l'on n'aurait jamais faites à une dame de la bonne société. Anna n'en était protégée que par son nom et la position de son mari, même si, comme cela se voyait constamment, cette protection n'était pas parfaite.

Chalkokondylès n'aurait certes jamais osé l'attaquer de trop près, cependant le parfum de scandale qui l'entourait lui troublait parfois les sens. Une femme de sa lignée, de plus encore belle, cultivée et intelligente, ancienne compagne de lit du Sultan, cela devait séduire le jeune Athénien calme et maître de lui. Il s'était amouraché d'elle, cela ne faisait pas de doute, mais il était plus intelligent, à son avis, de ne pas regarder ses sentiments à la loupe. Il suffisait de nourrir et de conserver en soi le feu qu'il disait ressentir. Anna, en tout cas, ne niait pas que ce jeu lui faisait du bien.

— Je suppose, dit-elle, que vous m'avez conduite ici pour me faire des aveux intimes, dit-elle.

— A vrai dire, non, répliqua Chalkokondylès, mais vous conviendrez que l'endroit s'y prête admirablement. Chaque mot que nous prononçons devient incompréhensible à trois pas de distance. Ecoutez un peu : il frappa dans ses mains et l'écho en renvoya le son dans toutes les directions, hacha ce bruit en une cascade de sonorités qui se bousculaient en désordre.

— Nous pourrions nous crier ici les choses les plus interdites, un espion placé au bord du bassin ne percevrait que des sons incompréhensibles.

— Très pratique, dit Anna, je ne savais absolument pas que cette vieille citerne était encore utilisée.

La barque dans laquelle ils étaient assis glissait sous les voûtes de la basilique souterraine que l'empereur Justinien avait fait construire autrefois pour servir de réservoir d'eau à son palais. Dans la lueur des torches qu'ils avaient apportées, les colonnes de pierre surgissaient les unes après les autres de l'obscurité et y disparaissaient à nouveau. Anna avait perdu depuis longtemps le sens de l'orientation. Elle espérait seulement que son compagnon s'y retrouverait plus ou moins dans ce labyrinthe, mais elle ne perdait pas son temps à imaginer que ce ne fût pas le cas. Chalkokondylès lui avait si souvent parlé de cet ouvrage d'art, qu'elle ne connaissait que par des descriptions, qu'Anna avait enfin décidé d'aller le voir avec lui et de découvrir, à cette occasion, s'il était prêt à jouer le rôle décisif dans le jeu préparé contre Notaras. Entre-temps elle pensait bien être certaine qu'il accepterait. Non seulement il était amoureux d'elle, mais il haïssait le commandant en chef aussi vigoureusement qu'elle.

Lorsque leur barque se fût glissée dans la quatrième ou la cinquième des douze travées voûtées, elle commença prudemment à poser ses premiers jalons. Elle ne lui dit cependant pas qu'Ohannes, trois jours auparavant, avait fait cambrioler la résidence privée de Notaras parce qu'il était persuadé que quelques documents y étaient cachés, que le prudent ancien loup de mer n'osait pas laisser dans les armoires secrètes de ses bureaux. Elle ne pouvait pas non plus lui révéler que l'homme de main d'Ohannes avait effectivement fait des trouvailles. Il avait découvert les lettres échangées par Notaras avec les souverains de Naples et de Hongrie et, de plus, quelques papiers qui révélaient que leur auteur était également en relation avec Chalil Pacha.

Anna cacha à son compagnon l'existence de ces derniers documents et elle prétendit que les autres lui avaient été remis en cachette. L'intérêt de Chalkokondylès avait été éveillé dès ses premières paroles. Il comprit aussitôt l'objectif du plan qu'elle avait conçu, mais il fut tout aussi stupéfait qu'Anna l'avait été elle-même lorsque le butin d'Ohannès lui avait été remis.

— Redites-moi tout ça encore une fois, cria-t-il.

L'écho lui renvoya ses paroles depuis l'obscurité « Re-moi-ça-corune-oie ».

— Il offre, certifia-t-elle, l'Ile de Lemnos à Alphonse de Naples...

— ... laquelle ne nous appartient plus depuis longtemps...

— ... mais sur laquelle nous avons encore certains droits. Et il céderait à Jean Hunyadi la ville de Mesembria sur la mer Noire, bien qu'elle soit contrôlée depuis des années par les Génois !

Le Hongrois, dit-il, pourrait présenter ses titres de possession à Gênes et exiger qu'ils soient honorés. En cas de besoin, c'est aussi dans la lettre, il serait en situation de soutenir cette prétention.

— Bon, bon, dit Chalkokondylès, jusqu'à présent tout cela a l'air de manquer de réalisme, mais c'est pourtant tout à fait raisonnable. Alphonse et Jean doivent s'intéresser à nous, ils doivent obtenir quelques compensations qui devraient si possible les inciter à marcher avec leurs armées contre les Turcs et à nous soulager. Car, une chose est certaine, c'est que si Mehmet s'installe à Constantinople, ces titres de propriété douteux ne vaudront même plus le parchemin sur lequel ils sont écrits. Mais, tant que ce ne sera pas le cas, ils représenteront jusqu'à nouvel ordre une certaine valeur.

— Je l'ai déjà dit, déclara Anna. En principe, l'idée de Notaras n'est pas si mauvaise. En ayant l'air de faire des cadeaux, il attire l'attention de deux puissants souverains européens sur notre situation. Mais il ne le fait pas dans la position d'un suppliant à genoux, au contraire, il prend l'attitude d'un homme d'Etat capable de rémunérer les services qu'il demande. Il veut, contre la cession de Lemnos et de Mesembria, une quantité précise d'armes et un nombre également déterminé de troupes ainsi que la promesse que ces soldats combattront sous leur propre étendard, ce qui équivaut à une déclaration de guerre hungaro-napolitaine aux Ottomans.

— Oui, dit Chalkokondylès, oui, et sa voix redevint si forte qu'elle explosa dans toute la cathédrale souterraine, puis il ajouta :

— Mais, si j'ai bien compris, ce ne sont pas les seules conditions qu'il pose.

— Non, il en ajoute une autre et c'est là que je vais le prendre au piège. Il réclame pour ses peines et soins personnels, en vue de la réalisation de cet accord, une somme de deux mille solidi en or à chacun des deux souverains...

— ... à payer, compléta l'Athénien, à la Banco di San Giorgio à Gênes.

Il leva les deux avirons et les laissa retomber si violemment dans l'eau que les deux torches se mirent à vaciller dans le courant d'air. Puis il dit :

— Pardonnez-moi, Anna, mais je ne crois pas, au cours de ma vie, avoir jamais été confronté à une histoire analogue. Et je me demande ce que je dois en penser. Notaras est-il tout simplement un de ces supertacticiens pleins de ruse qui veulent à chaque instant tuer deux mouches d'un seul coup ? Son intelligence est-elle trop aiguë pour cette entreprise qui vise dans au moins trois coins différents ? Ou bien, ces papiers que l'on vous a glissés ne sont-ils que l'expression de la pourriture morale que l'on renifle dans un sur deux des meilleurs salons de Constantinople ? Voilà un de nos plus hauts dignitaires qui combine une très habile opération, prouve un considérable raffinement diplomatique et montre en même temps sa mentalité de marchand de bazar syrien. Je ne sais trop si je dois me mettre en colère ou tout simplement en rire.

— Choisissez la seconde solution, lui conseilla Anna, car toute l'histoire offre un autre détail piquant.

— Un détail piquant ?

Anna songea à l'éclat de rire qui avait secoué Ohannes quand, dans sa lecture, elle était tombée sur le passage où il était question de demande d'argent.

— Mais oui, reprit-elle, Notaras veut prendre Mesembria aux Génois, mais en même temps il se sert d'eux comme de curateurs financiers. La Banco di San Giorgio et Gênes sont bonnet blanc et blanc bonnet. La banque appartient à Gênes et Gênes appartient à la banque.

Chalkokondylès eut besoin de quelques secondes pour comprendre ce qu'elle voulait dire, puis il éclata de rire avec une telle force que, de nouveau, les voûtes résonnèrent tout autour d'eux. Lorsqu'il se fut calmé, Anna lui expliqua comment elle pensait passer la corde autour du cou de Notaras et le rôle qu'elle avait réservé à l'Athénien.

Elle lui dit que d'ici la veille de la fête de Sainte-Anastasie, elle aurait probablement réussi à convaincre Georgios Sphrantzès d'offrir, de son propre chef, Lemnos au Napolitain et Mesembria au Hongrois et que l'on profiterait de la fête traditionnelle que donnait habituellement Thomas Cantacuzène ce jour-là, pour en informer le commandant en chef. On le ferait avec désinvolture, sur un ton négligent et sans évoquer ses échanges de correspondance avec les deux souverains.

Il aurait certainement découvert, d'ici là, que quelques documents lui avaient été dérobés et il comprendrait que l'on était également au courant de sa demande d'argent. Toutefois, il ne pourrait pas savoir qui se cachait derrière toute cette histoire.

— Il aura le sentiment que le sol s'effondre sous ses pieds, dit Chalkokondylès avec satisfaction.

— Vous marchez donc avec nous ?

— Comment pouvez-vous en douter ?

Anna reprit haleine et s'appuya en arrière. Chalkokondylès plongea les avirons dans l'eau. La nacelle glissa sur le noir miroir du lac souterrain. Chaque colonne qui surgissait de l'obscurité semblait un reproche de pierre adressé par les morts aux vivants, avant de disparaître dans l'ombre.

Ils remontèrent à la surface de la terre non loin de l'hippodrome et de Sainte-Sophie. Au-dessus de la ville, le ciel, d'un bleu immaculé lorsqu'ils étaient descendus, s'était entretemps caché derrière de menaçantes tours de nuages.

Le quartier est de Constantinople où ils revenaient à la lumière du jour était le plus ancien de la ville. Depuis plus de cent ans il était presque en ruine. Anna et Chalkokondylès s'avançaient entre des maisons effondrées qui avaient, autrefois, caché des trésors et abrité des fêtes. Ils franchirent les vestiges de bazars, de musées, de bibliothèques et d'archives, de villas et de palais, d'anciens temples païens sur la façade desquels on avait sculpté la croix, d'anciens bâtiments administratifs qui avaient été les centres d'un empire qui s'étendait sur toute la Méditerranée.

Des buissons poussaient maintenant dans les interstices des pierres disjointes, des colonnes brisées se dressaient au-dessus de tas de décombres, de larges escaliers de marbre conduisaient au vide, les murs autrefois crépis de blanc étaient tachés de moisissures noires et de fientes d'oiseaux. Seule, la coupole haute comme une montagne de Sainte-Sophie planait, encore intacte, semblable à un nuage, au-dessus des arbres.

Parvenu à l'un des endroits d'où l'on pouvait voir l'ensemble de la ville, Chalkokondylès fit une halte et conduisit sa compagne sous l'auvent d'une gargote où l'on vendait du vin ordinaire et des tripailles rôties. Il négligea les regards mi-stupides, mi-hostiles avec lesquels les clients, assis, l'air las, les jaugèrent. Il ordonna au tenancier de nettoyer un des bancs et l'offrit à Anna. Puis il commanda du vin rouge de Thrace dans une cruche cachetée.

De cet observatoire, la plus grande partie de la ville n'offrait pas un spectacle particulièrement attrayant. Elle ressemblait à la peau d'un animal atteint de la gale. Certes, la mer de maisons qui couvrait collines et vallées était encore très importante. Du forum Tauri, les rues rayonnaient dans toutes les directions, les aqueducs et les viaducs semblaient avoir été édifiés par des géants et, loin dans l'ouest, les coupoles des églises et des palais étincelaient dans le quartier Blachern, alors qu'au sud, les puissantes tours des remparts se dressaient vers le ciel.

Mais ce paysage de pierres était, lui aussi, parsemé de surfaces où s'alignaient les maisons effondrées, de larges champs de ruines, de vignes épuisées et de jardins nus comme en hiver. Ce que l'on pouvait encore ignorer dans la partie ouest de Constantinople apparaissait ici au grand jour : c'était une ville croulante, en train de mourir. On pouvait presque trouver miraculeux qu'elle fût encore habitée par des hommes.

Anna qui avait regardé, muette, durant un long moment le tableau à ses pieds, se tourna vers Chalkokondylès et parut avoir surpris son compagnon, plongé dans une réflexion analogue à la sienne.

— Je ne puis imaginer, dit-il, que le Croissant flotte un jour au-dessus de cette communauté, que ces églises deviennent des mosquées et que tout ce qui a existé ici depuis des siècles cesse d'exister en une nuit. Je ne le peux pas.

— Pourtant, dit prudemment Anna, nous devrions peut-être nous habituer à cette idée. C'est arrivé à Jérusalem, à Nicée, à

Thessalonique, dans cent autres villes qui passaient pour des forteresses de la chrétienté. Cela arrivera aussi ici.

Chalkokondylès lui jeta un regard en biais.

— Puisque vous en êtes si convaincue...

— ... pourquoi ne suis-je pas restée chez les Turcs ?

— Vous auriez pu, un jour, entrer ici en vainqueur.

— Croyez-vous, Laonikos, que ce soit mon genre de pensée ?

— Non, dit-il, naturellement non. Excusez-moi.

Anna posa la main sur son bras.

— Espérez-vous vraiment que cette ville puisse encore échapper à son destin ?

L'Athénien baissa la tête avec accablement.

— Pourquoi n'êtes-vous pas resté en Occident lors d'un de vos derniers voyages ? Vous avez des amis à Venise, à Florence, à Vienne, à Cologne. D'après tout ce que je sais, là-bas, les intellectuels byzantins sont hautement appréciés et honorés.

— Ah ! Anna, répliqua-t-il, ne me posez pas cette question. J'ai effectivement été souvent tenté de le faire.

— Mais ?

— Mais je suis toujours monté à bord du navire qui revenait à l'est.

— Et, pourtant, vous n'êtes absolument pas un Byzantin.

— Malgré cela, il n'y a qu'ici que je me sente chez moi. En fin de compte, l'Occident m'a toujours dégoûté avec son activité bouillonnante et sa stupide bonne santé.

Il venait à peine d'achever sa phrase qu'un éclair fendit le ciel. Aussitôt après la pluie commença de tomber.

— Un orage d'hiver ? demanda Anna surprise.

— Et un beau ! fit Chalkokondylès, car un deuxième éclair suivit immédiatement le premier. Les coups de tonnerre résonnèrent comme si une chaîne de montagnes s'écrasait et la lumière prit la teinte grise du crépuscule. En quelques secondes, ils furent séparés du paysage à leurs pieds comme par un rideau soudainement abaissé. En regardant à l'extérieur de l'auvent de la gargote, ils ne virent plus que les trombes d'eau qui s'abattaient du ciel et faisaient jaillir de la poussière du sol des fontaines de saleté telle une réaction furieuse de la terre contre une attaque venue d'en haut. Dès le troisième ou le quatrième éclair, il leur eût été impossible de quitter leur refuge sans enfoncer dans la boue jusqu'aux chevilles.

— Il faudra tenir ici jusqu'à ce que ce soit passé, dit Chalkokondylès.

— En espérant que cette bicoque en planches ne soit pas emportée.

Anna remarqua que les têtes des clients à la table voisine s'étaient rapprochées et qu'ils chuchotaient avec excitation. Le roulement de la pluie ne permettait pas d'entendre ce qu'ils disaient. Ils semblaient cependant mener des débats assez vifs. Ils s'apostrophaient avec des gestes violents et tournaient sans cesse la tête vers le puissant complexe de l'ancien palais qui se dressait comme un mur de pierre derrière Sainte-Sophie. C'était une ruine croulante comme presque tous les bâtiments de cet endroit, mais la plus importante de toutes.

Finalement, un vieil homme se leva et alla jusqu'à l'étroit fossé creusé dans la terre par l'eau qui tombait du toit. Il étendit la main à l'extérieur, sous la pluie, comme s'il lui fallait vérifier ce que ses yeux voyaient.

— Qu'ont-ils donc, demanda Anna en indiquant d'un mouvement de tête les hommes qui discutaient.

Chalkokondylès se retourna, regarda dans la direction indiquée et, soudain, se leva.

— Anna, dit-il, est-ce que ça vous ennuierait d'être trempée jusqu'aux os ?

— Naturellement, ça m'ennuierait. Pourquoi cette question ?

— Exceptionnellement, ça pourrait être payant !

— Qu'est-ce qui serait payant ?

Une trace d'excitation apparut dans la voix de l'Athénien.

— Ces gens se posent la même question que celle que je viens de vous poser. Je n'y avais pas pensé tout de suite, mais un jour comme celui-ci : Siméon le Stylite devrait parler à ses disciples. Il prêche habituellement quand il y a de l'orage. Visiblement ces gens le savent et se demandent s'ils doivent risquer une congestion pulmonaire pour l'entendre.

— Siméon le Stylite, demanda Anna, le saint sur la colonne ? A ma connaissance, il est mort depuis mille ans.

— Naturellement qu'il l'est, répliqua Chalkokondylès avec une légère impatience, mais il a trouvé un successeur ou bien — comme le prétendent ses disciples — il a ressuscité. Depuis trois ans, il vit là-bas, dans le palais au sommet d'un obélisque brisé. Je l'ai déjà vu deux fois, mais je ne l'ai encore jamais entendu parler.

Les hommes et les femmes qui discutaient avaient pris une décision entre-temps. Le plus âgé, qui s'était déjà levé, retourna sous l'auvent et tendit une main à l'extérieur pour la deuxième fois. Puis il fit un geste à l'intention de ses interlocuteurs, comme pour leur dire « ce n'est pas si terrible », et partit en courant. Ceux qui restaient se regardèrent encore avec indécision, puis les épaules remontées, le suivirent sous la pluie.

— Voyez, dit Chalkokondylès, eux aussi veulent l'entendre.

Anna croyait encore qu'elle n'avait pas bien compris. Un saint stylite ? Elle ne savait ce que c'était qu'à travers les livres. Siméon le Stylite avait vécu plus de trente ans sur un échafaudage branlant au-dessus du sol et était ainsi entré en odeur de sainteté. On en avait effectivement canonisé d'autres semblables à lui. Mais tout cela appartenait à un lointain passé !

Il y avait comme une sorte de nostalgie sur le visage de l'Athénien.

— Songez-donc, Anna, un saint stylite, un véritable et authentique saint stylite. Et il va prêcher aujourd'hui !

Sans très bien savoir ce qu'elle faisait, Anna se leva, jeta sur sa tête le châle qu'elle avait sur les épaules.

— Eh bien, Laonikos, allons l'écouter !

Aussitôt après, elle souhaita ne l'avoir pas dit. La pluie la frappa au visage comme un coup de poing. Elle eut l'impression, non pas d'avoir quitté l'abri de l'auvent, mais d'avoir sauté tout habillée dans l'eau. Elle ne savait plus où étaient le haut et le bas, l'avant et l'arrière. Elle sentit que Chalkokondylès la prenait par la main et l'entraînait dans la demi-obscurité. Elle ne put y voir à nouveau que lorsqu'ils furent tous les deux sous la gigantesque coupole de la Chalke, la porte qui menait à l'intérieur de l'ancien palais.

De là, on ne voyait qu'une cour qui était emplie de l'écume de la pluie et qu'il fallait traverser. Sur le sol, se dressaient de véritables montagnes de gravats. De petits torrents écumants passaient par-dessus. De maigres buissons d'épineux se courbaient sous le poids de la pluie jusqu'au sol. Elle voulut dire à Laonikos « Allez-y tout seul, moi, je reste ici », mais elle ne le dit pas et gravit la première de ces collines, glissa sur l'autre versant, faillit tomber, fut soutenue par Chalkokondylès, courut plus loin, tandis que les épineux déchiraient sa robe, atteignit en haletant le bâtiment suivant et en franchit la porte.

Ils étaient maintenant dans un hall qui devait s'élever à plus de trois étages. Des galeries couraient le long des murs, elles étaient en partie reliées par des escaliers. Depuis ces balcons aériens, des portes et des corridors menaient plus profondément à l'intérieur du bâtiment. Anna sentit une odeur piquante et vit des feux rougeoyer sur le sol du hall à divers endroits. Elle songea, troublée : « Ce ne peut-être que du bois de cèdre qui brûle ici », mais elle sut aussitôt pourquoi elle y avait pensé. Ils étaient dans le quartier que l'on appelait Daphné et (c'était mentionné dans toutes les descriptions de l'ancienne résidence impériale abandonnée depuis plus de cent ans) Alexis Ier, l'un de ses ancêtres, avait fait lambrisser de cèdre la cage d'escalier.

Elle découvrit que la Daphné devait être habitée. Des marmites étaient posées sur les feux et du linge séchait aux balustrades de quelques galeries. Les bruits de pas et de voix venaient des couloirs qui conduisaient à l'intérieur. Elle vit des hommes et des femmes vêtus de loques et qui, comme eux, se dirigeaient vers un portail qui menait à la cour suivante.

Laonikos la tenait toujours par la main et la tirait avec une impatience enfantine. Il semblait connaître quelques-uns de ces étranges personnages. A un homme blond et herculéen dont le visage était déformé par une marque au fer rouge, il dit : « Comment va, Démétrios ? »

A la porte, ils rencontrèrent un deuxième habitant du palais qui avait apparemment une blessure à la jambe car il se déplaçait péniblement en s'aidant d'une canne. L'Athénien s'adressa à lui en lui disant : « Père Anastasios », et il fut reconnu par un rapide mais aimable signe de tête.

— Parle-t-il déjà ? demanda quelqu'un qui marchait derrière eux.

— Pas encore, répondit une voix, mais il a déjà essayé deux fois.

— Il a été muet pendant trois mois, dit Anastasios, aussi ne va-t-il pas retrouver sa voix tout de suite.

Ils se retrouvèrent dehors avec lui, le blond et deux femmes qui dégouttaient d'humidité. Ce qui se trouvait devant eux n'était plus une cour entourée de murs, mais un terrain qui descendait en pente douce jusqu'à la mer et qui, malgré la pluie battante, avait un aspect presque idyllique. De larges surfaces gazonnées s'étendaient entre les bâtiments effondrés. Des cyprès sévères et des platanes dépouillés de leur feuillage renforçaient l'impression que l'on se trouvait dans un grand parc. Quelques restes d'arcades, arcs ogivaux reposant sur des colonnes de marbre, disséminés çà et là dans le paysage, auraient pu être le décor de pierre que les propriétaires romantiques des villas faisaient planter dans leurs jardins pour nourrir leur mélancolie de ces témoignages de ruines illusoires.

Les habitants du palais au milieu desquels Anna et Chalkokondylès avançaient étaient de plus en plus nombreux. Ils rampaient, boîtaient, accourus de tous les côtés et formaient un long cortège ondulant. Leur but semblait être les vestiges d'une église qui se dressaient sur un surplomb au-dessus de la mer.

Anna ne sentait plus la pluie, elle s'était habituée au contact humide de sa robe qui lui collait à la peau et elle y voyait mieux. Un puissant relent animal s'exhalait des gens qui l'entouraient. Cela puait les corps mal lavés, la crotte et l'urine. Si la pluie n'avait pas transformé tous ces personnages en créatures uniformément dégouttantes d'eau, leur aspect eût été écœurant. Elle voyait des hommes dont le nez avait été coupé par le bourreau, ou un œil énucléé. Elle voyait des femmes aux visages rougis par les maladies, avec des lupus, des abcès, des marques de petite vérole sur les joues et le cou, des manchots, des unijambistes mais aussi, parmi eux, des garçons et des filles grands et vigoureux auxquels on ne pouvait dénier ni beauté ni attrait.

Anastasios, qui boitillait à côté d'eux et qui s'entretenait avec Chalkokondylès, était du nombre de ceux dont la vue était supportable. Il avait un visage étroit aux traits aigus, entouré d'une masse de cheveux fous et bouclés que la pluie avait collés sur son crâne. Il pouvait avoir soixante-dix ans environ, parlait un grec châtié, avec une pointe d'accent étranger. Anna trouvait même que, mieux habillé, il aurait fait bonne figure dans n'importe quel salon. Lorsque leur groupe ne fut plus qu'à quelques pas de l'église en ruine, elle lui demanda qui étaient les hommes qui les entouraient.

Il sembla s'apercevoir pour la première fois qu'elle ne faisait pas partie des habitants du palais. Une expression de léger amusement et de moquerie brilla dans ses yeux.

— Des hommes ? dit-il, chère madame, il y a longtemps que ce ne sont plus des hommes. Ce sont les ombres projetées des calamités en marche.

— Et vous-même ?

— J'en fais partie.

— Depuis toujours ?

— Les ombres aiment oublier le passé.

— C'est ce que disent les poètes, dit Anna, mais ici, c'est la réalité.

— Il faut quand même des mots pour la comprendre et les poètes nous y aident.

Les réponses d'Anastasios fortifièrent chez Anna le soupçon que cet homme avait dû fréquenter un tout autre milieu que celui-ci. Elle allait lui poser d'autres questions lorsqu'un nouveau coup de tonnerre roula dans le ciel. Aussitôt après, ils entendirent une voix humaine qui résonnait comme si elle avait voulu dominer ce puissant fracas. Du cortège, s'élevèrent des cris : « Il parle, il prêche, il a commencé. » Les gens se hâtèrent en se bousculant, ils descendirent dans une dépression de terrain au pied des ruines de l'église. Le sol avait dû être autrefois pavé ainsi que l'ensemble entouré de colonnes dont les tronçons se dressaient de tous côtés dans l'élément fait d'un mélange d'air et d'eau où la foule se mouvait. L'endroit était maintenant bondé d'hommes et de femmes, masse compacte qui, sembla-t-il à Anna, était formée de quelque matériau gris gonflé d'eau. Seules s'y distinguaient les taches un peu plus claires des visages levés. Anna suivit ces regards et vit alors ce que tous voyaient : Siméon le Stylite.

Elle sut qu'elle n'oublierait plus jamais l'image qui s'offrait à elle et qui se dressait maintenant devant ses yeux, dans toute sa netteté.

La salle des fêtes du palais Cantacuzène était déjà presque pleine. Sur l'échiquier de marbre du sol se tenait tout ce qui à Constantinople avait un rang et un nom. Parmi les personnes qu'elle regardait d'en haut, il n'y en avait aucune qu'elle ne connût pas et très peu dont elle ignorât les circonstances de leur vie, les coucheries passées, les opinions politiques, ce qu'elles pensaient publiquement ou secrètement de la réunion des Eglises, les parentés directes ou par alliance, les cliques dont elles faisaient partie. Il y avait, entre la plupart d'entre elles, des liens de cousinage qui, au cours des siècles, étaient devenus des embrouillaminis inextricables.

Elle-même aurait pu citer, outre Thomas Cantacuzène qui était son oncle, au moins cinquante personnes qui, au cours des générations, s'étaient alliées à la famille de son père et de sa mère. Elle croyait, parce qu'il en était ainsi, pouvoir lire dans toutes les cervelles qui se trouvaient là, en bas. Elle croyait savoir ce qu'elles pensaient, comment elles intriguaient, ce qu'il en était de leur courage, de leur résistance, leurs espoirs, leurs angoisses, leurs faiblesses et comment elles se préparaient en conséquence à la destinée qui les attendait toutes.

Elle savait que Thomas Cantacuzène n'avait pas ouvert un compte à Gênes, ni jamais essayé de faire sortir de la ville une partie de ses biens, ni pris de contacts avec quiconque, chez les Turcs, dans l'Eglise romaine, à Venise, Raguse, Milan ou Vienne. Il vivait comme il avait toujours vécu, allait le matin avec sa femme à l'église Sainte-Marie, en face du palais et discutait à midi avec son majordome des vins qui seraient servis le soir. Il rangeait et complétait sa célèbre collection de gemmes et partageait avec l'empereur Constantin presque tous les secrets du palais sans jamais en ébruiter un. Quand le Turc viendrait, il se battrait pour essayer de mourir au combat, il laisserait à sa femme une poudre qui lui permettrait de le suivre sans souffrances. Tout cela faisait de lui un corbeau blanc dans la cohorte de ses invités.

Parmi les autres, il y en avait beaucoup qui s'étaient enfermés dans un fatalisme stoïque et qui regardaient venir ce qui allait leur arriver, presque sans émotion. Mais cette attitude n'avait que rarement pour cause la pieuse résignation qui était le trait distinctif de Cantacuzène. Elle était plutôt l'effet de leur incapacité à affronter d'une autre façon la catastrophe imminente. La plupart de ceux qui s'abandonnaient à leur destin étaient tout simplement trop paresseux pour abandonner le rythme confortable de leur vie habituelle ou manquaient de l'esprit d'entreprise dont ils auraient eu besoin pour se frayer un chemin d'évasion vers un avenir nouveau.

Anna chercha quelques visages connus dans la foule. Elle vit des hommes dont le maintien et l'expression ne semblaient être marqués par rien d'autre que les titres qu'ils portaient. Elle reconnut à leur côté des femmes qui n'incarnaient que le reflet des dignités de leurs maris. Ces derniers se paraient d'insignes officiels qui n'étaient plus que la revendication périmée d'un pouvoir depuis longtemps perdu. On ne savait plus exactement ce que certaines de ces fonctions, incarnées avec tant de hauteur, avaient signifié autrefois. Anna vit un grand amiral debout auprès d'un protonotaire et d'une protonotairesse. Elle vit des gouverneurs civils et militaires s'entretenir de leurs provinces qui étaient depuis des générations aux mains des Arabes, des Turcs ou des Turcmènes. Elle reconnut des générales dont les maris n'avaient jamais été à la tête d'aucune troupe, ne fût-ce qu'une compagnie.

Ces gens, qui marchaient entre les deux rangées de colonnes de la salle des fêtes, se saluaient protocolairement, regardaient avec gravité, tendaient gracieusement une joue à baiser et rendaient avec hauteur leur verre vide par-dessus leur épaule, ressemblaient aux acteurs d'une pièce de théâtre qui seraient restés ensemble sur la scène, après que le rideau eut été baissé depuis longtemps, pour continuer de jouer encore un moment leurs rôles. Ce qu'il y avait là d'effrayant, c'est que la plupart d'entre eux savaient parfaitement dans quelle situation ils se trouvaient, mais qu'ils se persuadaient malgré tout qu'il ne pourrait rien leur arriver, aussi longtemps qu'ils continueraient à vivre ensemble selon leurs vieilles traditions.

Des militaires obèses rentraient le ventre quand on les appelait des stratèges. Un exarque dont le prédécesseur devait avoir administré autrefois la Libye ou la Macédoine traversait la ligne de séparation entre un carreau noir et un blanc avec autant de prudence que s'il eût conduit une armée en pays ennemi et sa femme relevait légèrement le bas de sa robe afin qu'elle ne fût pas éclaboussée par l'eau d'un imaginaire fleuve frontière.

Toutes les phrases élégamment tournées, les formules protocolaires et les remarques artistement stylisées qui sortaient sans relâche de leurs bouches s'épaississaient au-dessus de leurs têtes en un bourdonnement monotone, un gazouillis rassurant, un ronron presque soporifique, dans lequel Anna croyait toutefois distinguer une sorte d'incantation. Le destin devait être conjuré par des mots et des gestes.

Les seules taches de couleur dans le grouillement gris et noir à ses pieds étaient les livrées rouge et or des domestiques affairés. La faible lumière des bougies se reflétait dans des miroirs qu'un architecte adroit avait cachés entre les colonnes des deux murs longitudinaux de la salle.

Dans ce reflet, le tableau qui décorait le plafond s'éveillait à la vie chatoyante qui est le propre des mosaïques exécutées suivant les règles de l'art. De minuscules reflets d'or et la calme lumière bleue ou verte des cubes brillants donnaient l'illusion qu'au-dessus de l'assistance s'ouvrait un paradis, où des tigres jouaient avec des agneaux sur les rives de ruisseaux ombragés par des arbres et où des oiseaux aux éblouissantes couleurs aspiraient le nectar de fleurs fantastiques.

Anna eut soudain l'impression qu'elle ne pourrait pas supporter plus longtemps la vue de cette réunion. Le bourdonnement de la salle choquait ses oreilles. La suffisance affectée montrée par les dignitaires blessait son sens des réalités. Elle chercha des yeux Sphrantzès, le seul qui aurait pu, à ce moment-là, lui offrir ce regard auquel elle eût pu se cramponner, mais comme elle ne le trouva pas, elle évoqua l'image de Siméon le Stylite.

Ce fut comme si elle avait réduit la salle des fêtes du palais Cantacuzène à la taille d'un radeau chargé d'hommes, sévèrement mais solennellement vêtus, dérivant sur un océan et sur lequel, dans une obscurité uniquement éclairée par des éclairs, s'abattaient des trombes d'eau.

Le Stylite se dressait haut dans le ciel et sa voix égalait le tonnerre.

Lorsqu'elle l'avait vu, ce soir d'orage, elle s'était involontairement rapprochée de Chalkokondylès.

Siméon, ou quel que fût son nom, n'avait apparemment rien de commun avec une créature humaine. Il s'était enveloppé jusqu'aux hanches, car on ne voyait pas plus bas, dans ses propres cheveux et sa barbe. De ce tissu collé à son corps par la pluie, il ne sortait qu'un nez. Les yeux étaient deux trous noirs et les sourcils semblaient avoir poussé en même temps que les mèches qui pendaient de sa tête. On ne voyait pas non plus sa bouche. Sa voix sortait de cette espèce de végétation feutrée. C'était une voix enrouée, cassée, mais qui portait cependant très loin. On ne la percevait pas seulement entre deux coups de tonnerre, mais aussi pendant le roulement lui-même. Et il criait sans jamais reprendre sa respiration, du moins à ce qu'il semblait.

Anna s'était accroupie avec Chalkokondylès au pied d'une des colonnes brisées qui bordaient la place devant les ruines de l'église. Elle eut d'abord de la peine à accorder le spectacle qui s'offrait à elle avec toutes sortes d'impressions diverses. Elle ne vit, en premier lieu, que la créature enveloppée de ses cheveux comme d'un cocon, au-dessus des têtes de la multitude, puis l'espèce de nid de cigogne dans lequel elle était accroupie et enfin, le corps de l'obélisque brisé en haut duquel ce nid était posé. Il s'élevait très haut au centre de la petite place. Les gens qui étaient assis le plus près de lui devaient se tordre le cou pour voir ce qui se passait au sommet. En fait, il ne s'y passait rien. Siméon était assis là et il criait. Il ne gesticulait pas et ne faisait absolument aucun mouvement. Anna eut seulement l'impression que son buste se balançait régulièrement d'avant en arrière, mais cela pouvait n'être qu'une illusion car on ne le voyait vraiment que dans la lueur des éclairs.

Cela n'empêchait pas les gens de regarder inlassablement en l'air. Leurs visages semblaient tous pétrifiés dans une expression de fervente attention. Anna la perçut aussi bien chez le vieil Anastasios que chez l'Hercule blond que Chalkokondylès avait appelé Démétrios. Et c'était justement cette expression qui lui donna le sentiment qu'elle vivait un cauchemar.

La voix de Siméon montait et redescendait, elle psalmodiait, s'élevait jusqu'à devenir des accusations, des imprécations ou des prophéties. Elle attaquait différents thèmes successifs, les traitait, les abandonnait et montrait ainsi que le discours qu'il tenait était soigneusement construit. Mais le sujet de son discours restait une énigme pour Anna.

Elle avait cru d'abord que le Stylite se servait d'une langue qu'elle n'avait pas apprise et elle avait cherché à savoir de laquelle il s'agissait ; du russe, du turcmène, du géorgien ou du persan, puis elle avait dû se défendre contre l'impression qu'il n'articulait aucun mot compréhensible, mais seulement une série de sons divers, les uns après les autres, puis — mais c'était ce qui était si cauchemardesque — qu'il balbutiait, bredouillait et criait. Pourtant, tout le monde, sauf elle, semblait comprendre parfaitement ce qu'il prêchait. Ce que montraient Anastasios, Démétrios ou même la femme au visage primitif et stupide assise à sa droite n'était pas seulement du saisissement, mais la compréhension de connaisseurs auxquels on présentait et on déclamait pour la énième fois un texte depuis longtemps connu.

A certains passages de la prédication, beaucoup d'entre eux approuvaient de la tête, à d'autres, ils exprimaient leur réprobation. Quelques-uns se levaient à demi et approuvaient le Stylite par des cris perçants dans les langues les plus diverses. Ils criaient « ai, ai », ou « oui, c'est ainsi », ou encore « malheur à nous ! », « *kyrie eleison* », et l'on entendait même les interminables vocalises avec lesquelles les femmes orientales se lamentent sur une mort ou quelque autre malheur.

Au cours du discours inarticulé, ces manifestations vocales devenaient de plus en plus fortes. La foule commença de se balancer au même rythme que le corps de Siméon. Les cris couraient comme des vagues sur la mer des têtes. Anna entendit des gémissements, mais aussi des rires perçants, hystériques qui, à peine lancés, étaient aussitôt étouffés. Vers la fin du prêche, on pouvait presque avoir l'impression d'assister à une messe.

L'homme sur la colonne criait ses appels dans la pluie et le tonnerre les scandait. Les auditeurs répondaient. Et une excitation grandissante, presque physiquement perceptible, émanait de tous ces gens. Anna se surprit à balancer son buste comme celui d'Anastasios. Il y avait longtemps déjà qu'elle ne sentait plus l'eau qui glissait sur son dos, les ruisselets qui perlaient sur son visage, le poids de sa robe trempée et glacée. Elle ne voyait plus les éclairs, n'entendait plus le tonnerre et, soudain, elle crut elle aussi comprendre le Stylite. Ce n'était rien d'autre que l'antique lamentation sur le monde tel qu'il va, l'évocation de la misère terrestre et l'assurance que le châtiment proche est fondé sur le seul jugement de Dieu. Ils étaient tous des pécheurs et ils avaient mérité la mort.

Lorsqu'il cessa, subitement et sans raison apparente, de prêcher, Anna fut envahie par la sensation qu'elle émergeait d'une sorte de transe. Pendant un instant, elle ne sut plus où elle était. Elle se retrouva accroupie sur le sol trempé, parmi des gens qu'elle ne connaissait pas. Le brusque silence la surprit et elle comprit alors que l'orage s'était éloigné et que la pluie avait cessé.

Les nuages couraient au-dessus de la mer de Marmara comme chassés par un invisible balai. A l'ouest, un pâle soleil hivernal brillait à nouveau. Sa clarté tombait sur le paysage de ruines de l'ancien palais. Siméon n'était plus qu'une fantomatique silhouette au-dessus de leurs têtes. Il semblait s'être réduit à sa taille normale car on ne voyait plus que sa tête sans visage dans une broussaille de cheveux et la pensée ne serait venue à personne qu'il était un être vivant.

Mais Anna remarqua sur les visages qui l'entouraient une expression qui reflétait son propre état d'esprit. Lentement, les gens revenaient à eux, se réveillaient comme s'ils sortaient d'un rêve, levaient la tête et cherchaient à découvrir où ils se trouvaient. Presque simultanément, ils commencèrent à grelotter, s'entourèrent de leurs bras. Finalement, les premiers se levèrent et regagnèrent, muets et tête baissée, les trous hors desquels ils avaient rampé. Quelques minutes suffirent à vider la place devant les ruines de l'église et Anna eut soudain envie de vomir.

Un léger coup de vent qui venait de la mer l'avait enveloppée d'un nuage de puanteur pestilentielle. Elle leva involontairement la tête, regarda le Stylite et vit que l'obélisque brisé surmonté de son nid était presque, du haut jusqu'en bas, souillé d'excréments humains.

Un peu plus tard, alors qu'ils s'étaient assis dans la haute salle du palais qui avait été jadis baptisée Daphné à cause d'une statue, Anastasios dit :

— Mais oui, madame, il vit réellement là-haut, jour et nuit, hiver comme été. Il ne descend jamais. Les gens lui mettent dans un panier ce qu'il lui faut pour subsister et il le hisse là-haut. Ses vêtements ont depuis longtemps pourri sur son corps, ses genoux sont si ankylosés qu'il ne peut plus les déplier ni se lever. Jusqu'à présent, il n'avait encore jamais pu parler. Il était né sourd et muet. Il semble bien qu'il ne comprenne pas lui-même ce qu'il dit.

— Mais vous, vous le comprenez ? demanda Chalkokondylès.

Le vieux le regarda calmement.

— Est-ce que par hasard, vous ne l'auriez pas compris ? Il y a des vérités que l'on n'a pas besoin d'habiller de mots.

Puis, l'expression légèrement amusée réapparut sur son visage.

— Qui sait, dit-il, si Dieu se sert de ce que nous appelons des mots ! De toute façon, les anges le comprennent.

« De toute façon, les anges le comprennent », songeait Anna. Comprenaient-ils le tissu de mots qui s'étendait au-dessus des têtes, en bas, dans la salle ? Anna n'était pas ce que l'on aurait pu appeler une femme pieuse, elle l'était aussi peu que n'importe quelle autre Byzantine de sa naissance et de sa génération. Versées dans la théologie, certes, voilà ce que l'on aurait pu dire d'elles. Elles savaient tout. Quels problèmes de croyance avaient été réglés et lors de quels conciles. Elles pouvaient aussi donner les raisons qui avaient motivé les décisions des évêques. Elles assistaient régulièrement à toutes les cérémonies du culte et tombaient à genoux, pleines de recueillement lorsque les prêtres franchissaient la porte Royale. Mais cependant, il ne serait venu à l'esprit d'aucune d'entre elles, dans une situation difficile, de s'adresser à Dieu ou à l'un de ses saints. Dans ce genre de situation, elles se fiaient de préférence à leurs propres forces, à leurs talents, aux nombreux tours et aux ruses qu'elles avaient appris pour assumer à leur façon leur vie à Constantinople. Le ciel, c'étaient les fresques des coupoles des églises, le Christ au regard sévère, et les visages bienveillants et barbus des saints. Mais avec la vérité, elles avaient aussi peu de choses en commun que le jour et la nuit.

C'est justement parce qu'il en avait toujours été ainsi que le prêche du Stylite avait tellement excité et ému Anna. Elle, qui se murmurait des formules de prières musulmanes lorsqu'elle voulait se rassurer, venait de constater pour la première fois de sa vie, qu'il existait aussi des hommes qui tenaient Dieu pour quelqu'un avec qui l'on pouvait parler directement et avec qui on pouvait entrer en relation sans intermédiaires. Des hommes, surtout, qui tenaient ce contact avec l'au-delà pour plus réel que la réalité terrestre et qui tiraient de cette conviction force et courage.

Le soir qu'elle s'était assise devant le feu mourant dans le bâtiment des escaliers du palais Daphné, elle avait eu l'impression que des gens comme Anastasios et Démétrios étaient beaucoup plus vivants que la plupart des hôtes du palais Cantacuzène.

Elle savait maintenant que le grand blond au visage marqué au fer rouge était un Serbe que les Turcs avaient enlevé dans sa jeunesse et forcé d'entrer dans les janissaires. Il avait eu soudain une vision par laquelle il lui était ordonné d'échapper à l'emprise des derviches bektachis et de passer dans le camp des chrétiens. C'est ce qu'il avait fait. Il s'était présenté à un officier subalterne de la milice de Constantinople et lui avait offert ses services. Mais parce qu'il était circoncis, il avait été jeté en prison et marqué au fer rouge comme esclave. Il s'était échappé une deuxième fois d'un camp de travaux forcés et vivait depuis lors avec des centaines de ses semblables dans les ruines du vieux palais où aucun policier n'osait mettre les pieds.

D'Anastasios, au contraire, Anna et Chalkokondylès savaient seulement qu'il connaissait les villes et les prisons de nombreux pays pour y avoir séjourné. Il avait été à Damas, à Alexandrie et à Jérusalem, parlait une demi-douzaine de langues et disposait d'une instruction comparable à la leur. Il semblait supporter sa vie actuelle avec une placidité de cynique et il n'avait visiblement aucune intention d'en changer.

Nous vivons ici, disait-il, dans un avenir qui ne fait que de se préparer pour vous. La mort que vous allez connaître, nous l'avons déjà subie. Aussitôt que le Turc arrivera, nous disparaîtrons dans et sous ces ruines et nous ne reviendrons à la surface que longtemps après sa victoire. Ensuite, les gens comme nous, dans cette ville, n'attirant pas spécialement l'attention, la plupart de mes amis pourront replanter leurs racines dans quelques recoins louches, tant qu'ils ne seront pas plus au-dessus de ce genre de besoins qu'ils ne le sont déjà. Quiconque mène notre genre d'existence n'observe plus la vie des vivants que comme un étrange spectacle un peu désordonné. Ce n'est pas un état désagréable, croyez-moi et l'on peut s'y habituer étonnamment vite.

Mais, bien entendu, Anastasios était une exception parmi les habitants de l'ancien palais. La plupart des autres n'y restaient que pour échapper à la police, se dérober au service militaire ou plus simplement parce qu'ils n'auraient pas su où aller. Il y avait des prostituées trop vieilles pour gagner leur pain, des paysannes anatoliennes et thraces dont les parents gisaient sous les ruines calcinées de fermes incendiées, il y avait naturellement — du moins Anna le supposait — des personnages troubles qui savaient emprunter de sombres sentiers entre le camp ottoman et celui des chrétiens, espions, indicateurs, contrebandiers et tueurs à gages. Il y avait cependant aussi, à côté de Siméon le Stylite, un autre personnage honoré de tous, une belle Juive de Thessalonique, qui se prétendait choisie par Dieu pour partager la couche de Mehmet aussitôt qu'il aurait pénétré dans Constantinople pour, telle une nouvelle Judith, lui couper la tête. Et finalement, Anastasios le racontait avec une certaine vanité, des enfants qui vivaient depuis longtemps dans cette société de loqueteux. Ils étaient venus au monde dans la Chalke, la Daphné ou n'importe quelle autre aile de l'ancienne résidence impériale.

— Ils sont bien nés, pour ainsi dire, fit le vieux. Reçus dans les chambres des princesses, nés dans la salle du trône, élevés dans des jardins où aucun simple mortel ne pouvait pénétrer jadis.

Tandis qu'ils s'entretenaient, encrassés par la fumée, avec leurs vêtements trempés sur le corps et de la poussière plein les cheveux, une lumière d'or rouge pénétra à travers les hautes fenêtres sur le côté ouest de la salle et fit briller durant quelques minutes les balustrades de marbre des galeries comme elles avaient dû le faire jadis, dans l'éclat de milliers de torches ou de bougies. Le dernier rayon de soleil lança de très haut, jusqu'à eux, un pont couleur d'ambre. C'était comme si le ciel avait voulu, dans un instant de rêve, rappeler les lieux où il avait été jadis représenté par de saints souverains.

Anna se souvint à nouveau du vers que Murad avait si souvent cité devant elle : « L'araignée tisse sa toile dans le palais des Césars et la chouette jette son cri du haut des tours. » Dans ces ruines, la vision de Firduzi était déjà devenue réalité et le palais Cantacuzène semblait irréel en comparaison. Les gens qui s'y mouvaient avaient l'air plus fantomatiques qu'Anastasios, Démétrios ou même le Stylite balbutiant et la Juive de Thessalonique. Seuls, ceux-là vivaient dans le présent, tous les autres, au contraire, étaient déjà dans un passé défunt. « Moi aussi ? se demanda Anna, Georgios aussi ? »

Elle aperçut son mari qui émergeait à nouveau dans la foule. Il parlait moins qu'auparavant, mais il buvait plus vite et ne cessait d'essuyer la sueur de son visage.

Vraisemblablement, il avait dû parler avec tous — hormis Notaras et ses amis, naturellement — des choses qui lui tenaient à cœur. Il avait défendu sa décision de brûler toutes les fermes autour de la ville et d'abriter leurs habitants avec leurs réserves de vivres à l'intérieur des murs de défense. Il avait rendu compte du développement de ses efforts pour créer une milice bourgeoise et des prix usuraires qu'exigeaient les marchands pour la livraison de canons, de poudre et d'arbalètes. Maintenant, il commençait à être fatigué et maussade et il était probablement agacé aussi de l'absence d'Anna. Assurément, il aurait préféré rentrer à la maison, mais c'était évidemment impossible. La soirée approchait de son point culminant. Dans quelques minutes, les serviteurs ouvriraient les portes coulissantes qui séparaient la salle des fêtes de celle du banquet, le plus haut dignitaire de l'église Sainte-Marie allait s'avancer pour déclarer par une prière l'ouverture de la journée de Sainte-Anastasie, les plateaux fumants de hors-d'œuvre seraient apportés. La cuisine des Cantacuzènes passait pour une des plus raffinées de Constantinople.

« Non, décida Anna, Georgios n'appartient pas aux fantômes vivants qui promènent ici leurs titres vidés de sens, ni à ceux qui ont déjà fui le présent. Il est tout simplement là et il combat. Il fait ce qu'il doit faire. Sans le savoir, il est un paysan qui n'abandonne pas avant que la grêle ait saccagé sa dernière récolte. C'est pourquoi je vais faire en sorte que personne ne marche dans ses sillons avant qu'il ne les ait tous tracés. Et je ne gaspillerai pas la moindre pensée sur le sens ou les perspectives de succès de son travail. »

Elle s'approcha du grand miroir métallique placé sur le mur du fond de la galerie, vérifia sa coiffure, ajusta sa robe, fourra le chapelet turc dans sa ceinture de façon que tout le monde pût le voir et alla jusqu'à la balustrade pour attirer l'attention de Chalkokondylès. Lorsqu'il l'aperçut enfin, Anna lui fit un signe de tête. L'Athénien s'écarta aussitôt du groupe où il se trouvait et traversa la salle en direction de Notaras. L'opération qu'elle avait mise au point venait de commencer.

Du haut de son poste d'observation, Anna suivait tous les mouvements du jeune homme. Elle le vit distribuer des salutations à droite et à gauche, s'approcher lentement de sa victime, atteindre enfin le cercle des dignitaires qui entourait le commandant en chef. Ils le saluèrent avec une courtoisie glacée. A partir de cet instant, il se comporta exactement comme elle l'avait décidé.

A ses gestes, Anna put comprendre qu'il venait d'amener la conversation sur la politique étrangère. Il se plaignait des atermoiements avec lesquels les Occidentaux mettaient en œuvre l'union des Eglises pourtant résolue *de facto.* Il glissa à ce sujet, parmi ses remarques, quelques nouvelles qu'il devait à ses sources personnelles et commença, ce faisant, à parler si fort que, dans les groupes alentour, l'attention se porta sur lui. D'abord, quelques têtes se tournèrent dans sa direction, puis trois ou quatre hommes se séparèrent de leurs interlocuteurs. Ils s'approchèrent pour mieux comprendre ce qu'il disait. De proche en proche, d'autres suivirent, toujours plus nombreux. Finalement, il y en eut une bonne douzaine qui regardaient Chalkokondylès du haut de leur grandeur. On commençait à les remarquer dans d'autres parties de la salle.

L'Athénien jeta un bref coup d'œil vers la galerie. Anna lui confirma qu'il pouvait passer à la phase suivante. Il fit alors en sorte qu'un demi-cercle ouvert se formât autour de lui et de Notaras, parla encore plus fort et orienta la conversation sur les souverains occidentaux qui promettaient une aide militaire aux Byzantins, mais ne tenaient pas leurs promesses. Finalement il atteignit le moment où, au risque de perdre son public, il ne pouvait que développer ce qui avait déjà été dit — ou bien informer Notaras de la dernière nouvelle qui devait frapper ce dernier.

Heureusement, le commandant en chef était placé de telle

façon qu'Anna l'avait sous les yeux et pouvait vérifier ses réactions. Elle avait déjà noté que l'expression froide de son visage avait disparu pour faire place à un intérêt véritable. Mais elle constata soudain qu'il devenait méfiant. Chalkokondylès avait trop souvent mentionné la Hongrie et Naples, il était trop clair qu'il s'efforçait de rassembler un grand nombre de personnes autour de lui. Les regards de Notaras commencèrent à errer dans la salle, comme s'il avait cherché quelqu'un qui dirigeait de loin l'action de son interlocuteur. Il flairait déjà le piège, mais il n'avait encore aucune idée de la façon dont celui-ci allait se refermer.

Chalkokondylès lança un regard à Anna qui hocha de nouveau la tête. L'Athénien s'avança vers le gros loup de mer, lui posa familièrement la main sur l'épaule et dit ce qu'il avait à dire. Il dit que l'Empereur était d'accord avec sa proposition d'abandonner Lemnos aux Napolitains et Mesembria aux Hongrois — proposition dont Notaras devait penser que tout le monde l'ignorait — pour la réalisation de laquelle il avait demandé de l'argent.

L'observatrice sur le balcon ne pouvait naturellement rien entendre de ce qui se disait, mais elle vit d'autant mieux ce qui arriva. Notaras sursauta de façon parfaitement visible pour quiconque attendait cette réaction. Il ouvrit la bouche mais ne dit rien et regarda, comme il l'avait fait précédemment, avec irritation autour de lui.

« Touché », songea Anna, et Chalkokondylès, incapable de retenir un sourire, pensait visiblement de même. Pour l'assistance au contraire, ce qu'elle venait d'apprendre n'était qu'une nouvelle intéressante. Anna décida que le moment était venu de faire son entrée.

Elle s'engagea dans l'escalier qui menait de la galerie à la salle des fêtes. La robe qu'elle portait était aussi sombre que celle des autres invités, mais elle était faite d'un tissu fabriqué à Damas. Même les Byzantines les plus gâtées n'en avaient jamais vu de semblable. Les endroits mats ressortaient sur des fonds plus brillants, parcourus de fils d'or à peine visibles à l'œil nu et qui n'apparaissaient que sous l'effet de la lumière. Enveloppée d'un éclat métallique, toute de noir vêtue mais étincelant de milliers de reflets, elle descendit les marches la tête haute en faisant bien attention qu'à chacun de ses pas ses cuisses galbées se dessinent sous la robe. Aucune femme dans la salle n'eût osé marcher de la sorte. Anna offrait l'image d'un ange de la mort rayonnant de sensualité.

Son visage était comme figé par un masque d'arrogance. Son front haut, un peu bombé, formait une tache d'un blanc lumineux sous la raie de ses cheveux noirs, mais personne ne pouvait deviner qu'elle était tendue comme une panthère prête à bondir.

Parmi les papiers remis par Ohannes, il y avait trois documents qui devaient provenir de la chancellerie de Chalil Pacha. Ils étaient rédigés dans la langue ottomane administrative, faite d'expressions arabes, persanes, grecques et turques que seuls les connaisseurs pouvaient lire. Ils contenaient des confirmations énigmatiquement formulées d'entretiens passés ainsi que des invitations à des négociations ultérieures entre le grand vizir du Sultan et le commandant en chef de Constantinople. Ohannes n'avait pas du tout saisi leur importance. Anna projetait de faire savoir à Notaras, en deux phrases, qu'elle était en possession de ces papiers. Elle s'avança, en saluant négligemment à travers la foule des invités, vers Chalkokondylès et ses interlocuteurs. Elle gratifia l'Athénien d'une brève inclination de la tête et dit : « Oh, Excellence Notaras. » Elle était déjà en train de le dépasser lorsqu'elle se retourna vers lui.

A mi-voix, de façon qu'il fût le seul à comprendre ses paroles, Anna murmura :

— A propos, Notaras, je vais très bientôt voir Chalil. Dois-je arranger avec lui un nouveau rendez-vous pour toi ?

Ce fut une exécution en place publique. L'homme, déjà malmené, s'effondra cette fois aussi brutalement que s'il avait reçu un coup. Il fit une tentative pour saisir Anna par le bras mais elle l'avait déjà dépassé et entrait par la porte coulissante qui s'ouvrait dans l'antichambre de la salle du banquet.

Le brusque silence qui envahit la pièce au pavement noir et blanc montra clairement que presque tout le monde avait observé sa brève rencontre avec le commandant en chef et que tous se demandaient ce qui s'était passé. Toutefois, personne ne s'aperçut qu'Anna avait les genoux tremblants.

La fête de Sainte-Anastasie était un des rares jours où l'on sonnait les cloches dans les églises orthodoxes de Constantinople. Peu avant le lever du soleil, leurs voix hésitantes commencèrent à s'élever. Des sons aigus et asthmatiques vinrent des petites églises du voisinage, d'autres, plus étouffés, des plus grandes situées dans le quartier Blachern. Ces sonnailles désordonnées ne pouvaient cependant se réunir en un canon comparable, par ses sonorités, à celui qui jour après jour résonnait depuis Galata, pourtant beaucoup plus petite. Les Byzantins manquaient d'entraînement pour appeler Dieu avec d'autres voix que celles des humains.

Devant le palais Cantacuzène, les serviteurs s'activaient déjà à dérouler les étendards et les bannières qui allaient précéder la procession jusqu'à l'église Sainte-Irène. Dans la salle du banquet, le festin touchait à sa fin. L'ambiance autour de la longue table était un étrange mélange de gaieté exagérée et de malaise. Anna, qui était assise auprès de Thomas, dut faire appel à toute sa force de caractère pour opposer un visage froid et indéchiffrable aux nombreux regards interrogateurs, irrités ou réprobateurs qui lui étaient lancés de toutes parts. Ce fut à l'égard de Sphranzès que cela lui fut le plus difficile. Chaque fois qu'il la regardait, une expression douloureuse, presque blessée, lui emplissait les yeux. Il ne lui fut guère facile de jouer l'incompréhension vis-à-vis de Chalkokondylès, son associé, qui se sentait dupé parce qu'elle ne l'avait pas informé à l'avance de son action personnelle. Mais elle souffrait surtout de ce que Cantacuzène lui faisait comprendre. Anna lisait sur son visage un mépris glacé. Il n'avait pas échappé au vieux courtisan qu'elle venait, sous les yeux de tous les autres, de planter un poignard dans le dos d'un de ses invités. Il ne savait pas ce qui s'était passé entre elle et Notaras et il ne le lui demanda pas, mais il avait bien trop d'expérience dans ce genre d'affaires pour ne pas pouvoir interpréter ce qu'il avait vu comme tout le monde. Quant à lui, il avait l'habitude de combattre à visage découvert.

La seule chose qui réconforta un peu Anna fut la vue de Notaras. Il était assis, le visage pétrifié, devant son couvert, portait mécaniquement la cuiller, le verre ou la fourchette à deux pointes à ses lèvres, répondait laconiquement aux questions qu'on lui posait et ne la regarda pas une seule fois. Elle s'étonna un peu qu'il ne pût mieux dominer sa défaite, mais elle commença, de ce fait, à douter du sens de son action. L'avait-elle frappé trop fort ou bien l'avait-elle seulement surestimé ? Elle avait eu l'intention de l'éliminer pour certain temps, mais pas de l'anéantir complètement. Et c'était visiblement ce qu'elle venait de faire.

Elle se demandait à présent pourquoi elle était descendue dans la salle pour porter ce dernier coup. Celui que Chalkokondylès avait assené n'avait-il pas pleinement produit l'effet prévu ? Etait-ce donc la haine à l'état pur qui l'avait poussée à détruire complètement la victime déjà marquée ? Ou bien la vanité de ses propres capacités ? Ou bien même le désir d'être cruelle ?

Elle savait qu'il était stupide de s'abandonner à ses sentiments lors de manœuvres politiques et encore plus stupide de se montrer franc vis-à-vis d'un adversaire. Mais c'était justement ce qu'elle venait de faire, peut-être sans nécessité et aussi sans préméditation. L'idée de jouer la dernière carte qu'elle avait en main contre lui ce soir même ne lui était venue que lorsque Chalkokondylès était déjà en train d'aller de son cercle d'auditeurs vers celui où se tenait Notaras.

Une faute ? Une démarche trop hâtive ? Un faux pas ?

Les plans d'Anna s'étendaient si loin que, souvent, elle ne savait plus comment nouer ensemble les fils qu'elle avait tissés. Et voilà que, dans la tension qui signifiait qu'elle devrait supporter le mépris de Cantacuzène, le chagrin de Georgios et le reproche muet de Chalkokondylès, elle éprouvait de plus en plus de difficulté à démêler si elle avait bien ou mal agi et, surtout, les conséquences qui résulteraient de sa trop grande hâte à agir. Que savait-elle en fin de compte sur les relations entre Chalil et Notaras ? Elle les connaissait tous les deux, elle flairait que l'un de ces deux dignitaires était sur le point de trahir, mais cela pouvait être aussi bien le Turc que le Byzantin.

« Mon damné instinct, songea-t-elle avec lassitude et résignation, tous en font l'éloge, Amirutzès, Murad, Mehmet. Peut-être l'ont-ils tous surestimé et moi la première. »

Lorsque Cantacuzène se leva de table et se rendit à nouveau dans la salle des fêtes pour y attendre la prochaine sonnerie de cloches et rassembler ensuite ses hôtes dans la cour, Anna se rendit aussi discrètement que possible jusqu'à l'escalier et monta rapidement jusqu'aux pièces de l'étage supérieur. Elle y avait joué enfant et connaissait chaque recoin du gigantesque bâtiment et elle avait besoin de trouver une chambre où elle pourrait être seule un court moment. Cependant, lorsqu'elle eut pénétré dans la pièce où elle voulait mettre de l'ordre dans ses idées, elle constata qu'elle ne pouvait supporter le silence qui y régnait. Indécise et troublée, elle marcha de long en large entre la porte et la fenêtre, se jeta dans un fauteuil, tripota nerveusement le chapelet donné par Murad, fut terrifiée lorsque la porte s'ouvrit doucement et respira en reconnaissant Sphrantzès.

— Anna, dit-il, j'ai toujours respecté nos conventions. Maintenant, ça ne va plus. Ce qui s'est passé aujourd'hui me concerne aussi. Il faut que je sache.

Durant un instant elle fut surprise par la dureté de sa voix, puis tout son calme lui revint et elle sut qu'elle avait bien fait de murmurer à Notaras les deux phrases qui l'avaient abattu de son piédestal. Elle savait maintenant pourquoi il avait été nécessaire de le faire. Et aussi pourquoi son mari devait n'en rien apprendre.

Elle alla vers lui, entoura son cou de ses bras et commença de couvrir de baisers le visage en sueur de Georgios. Il fit une tentative à demi agacée pour se libérer d'elle, puis céda, répondit à la pression de son corps et à ses caresses.

— Viens, dit Anna.

Elle se laissa glisser sur le sol et, l'instant d'après, sentit que sa main cherchait son sexe sous sa robe.

Lorsqu'en bas, dans la cour, les ordonnateurs appelèrent à la procession, le Grand Logothète descendit l'escalier, le visage un peu fermé, pour prendre sa place dans le cortège. A son bras, il conduisait une femme détendue, presque sereine, vêtue d'une robe noire ruisselante d'étincelles et qui répondait sans gêne à tous les regards qui se portaient sur elle.

Trois jours plus tard, Anna déclara à son mari qu'elle devait le quitter pour quelque temps. Elle lui dit qu'elle irait à Andrinople et qu'elle l'aimait plus que tout au monde.

II

Deviner la profession de Hundi Chatun n'était pas difficile. C'était une lourde personne aux hanches larges et dont tout l'être rayonnait d'un débordement de maternité professionnelle. Elle ne pouvait être que deux choses : génitrice paysanne de nombreux enfants ou bien nourrice. Effectivement, Hundi n'avait jamais élevé un fils ou une fille nés d'elle mais, en revanche, deux princes ottomans ; d'abord Ali le deuxième, puis Mehmet, le troisième et dernier fils du sultan Murad.

La maison de Hundi, un bâtiment étendu avec deux cours intérieures, se dressait sur la rive de la Tundscha, à portée de vue du sérail. Elle était emplie du clapotis d'une fontaine jaillissante joliment sculptée et du pépiement d'innombrables poulets nains. Hundi aimait par-dessus tout les poules naines. Et il était bien possible qu'elle aimât Anna.

La femme du grand logothète de Constantinople était rompue de fatigue, complètement transie et encore abattue par le souvenir de son dernier entretien avec Sphrantzès, lorsqu'elle arriva chez la nourrice du Sultan. Georgios n'avait pas tenté de l'empêcher de se rendre à Andrinople. Conformément à leurs conventions, il n'avait même pas demandé la raison de ce voyage. Cependant, Anna savait qu'elle ne pourrait pas le satisfaire trop souvent avec ce « ne pose pas de questions » inexprimé et mener derrière son dos des affaires dont, en qualité de proche conseiller de l'Empereur, il n'aurait pu prendre la responsabilité et qu'il n'aurait pas eu le droit d'autoriser. Il faudrait bien qu'un jour Anna décide de ce qui lui était le plus important : ses plans ou son mariage.

— Ma petite colombe, roucoulait la nourrice, lumière de mes yeux, quelle joie de te voir. Tu n'as pas oublié la vieille Hundi. Tu ne laisseras pas en plan notre « fiston ». Devant Anna, Hundi parlait toujours de Mehmet comme de « notre fiston ». Tu es de nouveau là.

— Oui, répliqua Anna, je suis de nouveau là.

Elle écarta ainsi toutes les questions travesties en cris de bienvenue.

— Ça, demanda la nourrice en montrant de la tête le compagnon d'Anna, c'est ton... ?

— Il s'appelle Démétrios, fit Anna, il a pris soin qu'il ne m'arrive rien, il parle turc.

Le grand blond avec la marque au fer rouge sur le visage était debout, un peu troublé, sur le seuil de la somptueuse maison. Il n'avait visiblement pas compté sur un tel accueil lorsque Anna lui avait demandé, dans l'ancien palais, s'il aurait le courage de l'accompagner dans le camp ennemi. Il lui avait aussi fallu plus tard beaucoup de temps pour dissimuler son étonnement lorsque tous les postes militaires les laissèrent passer aussitôt qu'Anna leur montrait une lettre portant un sceau. Pourtant, il ne l'avait pas assaillie de questions, ce qui correspondait parfaitement à l'idée qu'Anna se faisait de lui. Démétrios était un compagnon de voyage silencieux, presque sans volonté, encore un peu traumatisé par ses aventures passées, mais doué de l'instinct d'un homme durement étrillé par la vie. Anna éprouvait pour lui une sympathie presque maternelle. Elle n'en convenait pas moins qu'elle ne l'aurait pas choisi, en dépit de la cicatrice qui le défigurait, s'il n'avait pas été un bel homme. Et Hundi, elle aussi, s'y connaissait en hommes.

Elle bourra du coude la hanche d'Anna.

— Eh, eh, dit-elle, il te va bien. Pour la peine, il a bien gagné un lit auprès du tien.

— Dans cette maison, répliqua Anna, je n'ai pas besoin de garde du corps, fais-le donc dormir avec les domestiques, mais veille à ce qu'il ne sorte pas seul.

La nourrice pouffa et frappa dans ses mains. Elle donna l'ordre de faire chauffer le bain, de préparer les lits, d'allumer du feu et de faire du café. En quelques minutes, toute la maisonnée fut en mouvement. Le bain fit du bien à Anna. Elle s'étendit trois fois sur les dalles de pierre chaudes, se fit savonner, rincer et frotter avec des serviettes rugueuses jusqu'à ce que la peau lui brûlât. Elle se fit masser une première fois par la fille de bain alors que son corps était encore trempé de sueur et une deuxième fois lorsque, séchée, elle était étendue sur les capitons de la salle de repos. Rien n'égalait un bain turc de quatre heures lorsqu'on était fatiguée, gelée et, de plus, déprimée. En quittant le hammam, on avait la sensation de planer à deux pieds de la terre, on avait faim et soif et on se sentait bien.

Anna se retrouva comme chez elle à Andrinople après en avoir passé par là, et Hundi fit tout pour renforcer cette impression.

Tard dans la nuit, les deux femmes étaient assises, face à face, dans la plus grande pièce de la maison. Trois marches plus bas, la fontaine bruissait sous une petite coupole. Un plat de pilaf aux champignons était posé entre elles. A l'arrière-plan, une servante tenait le café au chaud. Elle était assez loin pour ne pas comprendre ce qu'elles disaient.

— Quand veux-tu le voir ? demanda Hundi après qu'Anna lui eut raconté ce qu'elle crut digne d'être rapporté sur Constantinople.

— Mehmet ?

— Qui d'autre ? C'est à cause de lui que tu es ici.

— Sait-il déjà que je suis là ?

— Voyons, ma petite colombe ! Il l'a su aussitôt que tu as franchi le poste de garde. Lorsqu'on présente une lettre comme la tienne, l'officier de service envoie immédiatement un coureur ou bien...

D'un geste, la nourrice mima ce qui arriverait à l'homme qui ne le ferait pas.

Anna inclina la tête.

— Ne crois-tu pas que je doive attendre qu'il me fasse appeler ?

— Il ne te fera pas appeler, mon petit cœur.

— Pourquoi pas, mère du mystère ?

Un léger sourire éclaira le visage carré de la femme.

— Il y a longtemps qu'on ne m'avait plus appelée mère du mystère, dit-elle, et elle ajouta : Il ne te fera pas appeler parce qu'il ne t'a pas tout à fait pardonné.

— Pas pardonné d'être partie autrefois ? Il m'a pourtant laissée partir.

— Il t'a laissée partir parce qu'il ne se décidait pas à te tuer.

— Oui, dit Anna pensive, en fait, il aurait dû me tuer.

— Pas seulement toi, lumière de mes yeux, moi aussi.

Elles se regardèrent. Durant quelques secondes, régna de nouveau la complicité qui les avait unies autrefois.

— Oui, reprit Hundi, il aurait dû me faire mourir. Mais,

quand tu regardes autour de toi, tu sais ce qu'il pense vraiment de nous.

Elle fit un geste qui engloba toute la pièce.

— Je peux avoir tout ce que je veux. Il m'a fait cadeau de cette maison, il m'a donné une petite propriété près de Brousse et il m'a même donné de l'argent pour que je puisse fonder une mosquée.

Anna chassa une poule naine qui cherchait à se percher au bord du plat de pilaf.

« Hundi a raison, pensait-elle, cette maison révèle tout sur Mehmet. Il m'aurait vraisemblablement offert un palais si j'étais restée et les gens l'auraient baptisé " le palais mystère " pour la même raison qu'on appelle sa nourrice " la mère mystère " à l'occasion. »

— Que faisons-nous ? demanda Hundi, veux-tu que j'avertisse notre fiston de ton arrivée ou bien lui demandes-tu toi-même un entretien ?...

— Me recevra-t-il seulement ?

— Où as-tu la tête, étoile du sérail ! Il te recevra à n'importe quelle heure du jour ou de la nuit.

— Mais il vaut mieux que je le lui demande ?

— Ça lui plaira que tu lui demandes quelque chose, pourtant, tu ne dois pas le faire attendre trop longtemps.

— Bien, dit Anna, sois gentille et envoie un de tes gens demain au sérail. Fais dire à Mehmet que la veuve de Murad...

— Pas la veuve de Murad, coupa la nourrice, Anna.

— Tu le connais mieux que moi. Fais-lui dire : Anna demande l'autorisation de paraître devant ses yeux quand il lui plaira.

Hundi plongea la main dans le plat et prit une poignée de pilaf.

— Demande l'autorisation de paraître devant ses yeux, dit-elle la bouche pleine. Oui, c'est bien, ça lui plaira.

Un peu plus tard, elle déclara :

— En tout cas, il faut que je te prépare à lui, ma petite colombe. Il est devenu différent depuis que tu nous as quittés. Oh oui, il a beaucoup changé.

Pour Anna ce n'était cependant pas une nouveauté. Elle avait vu Mehmet dès son arrivée à Andrinople, sans toutefois être reconnue par lui.

Aux images dont elle gardait le souvenir s'attachait quelque chose d'étrangement irréel.

Une lumière trouble vient de l'entrée principale du bazar couvert d'Andrinople. Des gens emmitouflés comme en hiver entrent et sortent.

Anna a installé son cheval et celui de Démétrios dans un caravansérail et elle traverse le marché couvert parce qu'il coupe tout un carrefour. Tout d'abord, elle ne voit rien à quoi elle ne se fût attendue.

Il y a plus de soldats et d'officiers que d'habitude pour animer le bâtiment, haut comme une cathédrale. Des dignitaires arrogants en manteau bordé de zibeline précèdent des femmes qui, malgré leur voile ont le regard encore plus insolent que leur seigneur et maître. Anna voit des Juifs en caftan, des Turcmènes dans de raides manteaux de bergers en feutre, des Géorgiens en bonnet de fourrure, des lettrés enturbannés, des Grecs qui sont restés chrétiens et des Arméniens convertis à l'islam. Elle voit des eunuques noirs et maigres, d'autres blancs et gras, elle voit étonnamment peu de Turcs et non moins étonnamment beaucoup de Serbes, de Croates, de Valaques, mais aussi des Italiens, des Allemands, des Français.

Sans cesser de regarder autour d'elle et vers Démétrios, elle se fraie un chemin vers la sortie nord du bazar et se maudit d'avoir cru sans réfléchir que le trajet serait plus court à travers ce grouillement d'êtres humains qu'en faisant le tour du bâtiment.

Anna ne s'aperçoit qu'il se passe soudain quelque chose dans la foule que lorsque Démétrios, derrière elle, pousse un cri de colère. Il a été bousculé assez violemment par un janissaire-bachi et comme la vue de cet uniforme déchaîne toujours chez lui colère et fureur, il fait un geste incontrôlé. Anna a juste le temps de le prendre par le bras et de saisir, dans le sac pendu à sa ceinture, la lettre signée de la main de Mehmet.

Elle constate cependant que l'officier, bien qu'il ait vu la tentative d'agression de son compagnon, ne songe pas à réagir, ce qui est pour le moins inhabituel. En règle générale, les janissaires n'ont pas l'habitude de se laisser offenser. Celui-ci ne consacre rien de plus à Démétrios qu'un regard méprisant et se tourne aussitôt vers l'événement qui captive tous les autres visiteurs du bazar : il se joue au milieu du large passage entre les étals des marchands de tapis et ceux des marchands de bijoux.

Bien qu'elle ne soit pas de petite taille, Anna doit se dresser sur la pointe des pieds pour voir par-dessus les têtes des badauds. Elle monte sur l'escalier qui mène à l'une des boutiques de bijoutier — et elle croit être frappée par la foudre.

Mehmet arrive, remontant la grande nef sur toute sa longueur, mais il est seul. Aucun agha en manteau rouge de la cavalerie ne marche devant lui pour dégager la voie devant son seigneur. Aucun garde du corps ne protège ses côtés et son dos. Il lui manque tout ce dont un souverain ottoman a l'habitude de s'entourer lorsqu'il apparaît en public. Mehmet ne porte aucun signe distinctif de sa dignité. Il est enveloppé dans un large manteau de tissu brun dont il a tiré le capuchon jusqu'au milieu de son front. Il veut, c'est clair, se promener incognito parmi les visiteurs du bazar.

Néanmoins, tout le monde le reconnaît. Les gens s'écartent respectueusement devant lui. Ceux qui sont le plus près du Sultan détournent timidement la tête, seuls les plus éloignés se risquent à diriger leur regard vers lui. Une zone de profond silence s'est formée autour de lui. Et personne ne lui crie le salut auquel les sultans ont droit. C'est une image qui se vrille dans la conscience d'Anna avec des clous portés au rouge.

— Mon Dieu, pense-t-elle horrifiée, à quoi joue-t-il ? Croit-il être Haroun al-Rachid qui se mêlait incognito à ses sujets ? Les gens savent pourtant qui il est. Ils doivent supposer qu'il est fou d'agir comme s'il était invisible. Se moquent-ils de cette dernière marotte ou bien ont-ils pitié de lui ?

Elle est encore en train de lutter contre son trouble lorsqu'elle aperçoit, sur l'autre côté de la rue du bazar, un homme qui examine un tapis. Il paraît soudain prendre conscience du mouvement de la foule, se retourne, voit ce que tous voient et, instinctivement, pousse le cri qui accueille les sultans partout où ils se montrent officiellement au public. « *Padichahim tschok yascha !* » « Vive le Padichah ! »

Son salut a tranché comme un couteau le silence qui entoure Mehmet. Il résonne dans un silence qui semble tomber du plafond. Les gens proches de lui s'écartent comme s'ils fuyaient. L'homme se voit subitement debout, seul, devant le Sultan, dans un espace vide.

Il comprend alors qu'il a commis une faute. Il s'angoisse et veut reculer. Mais le sabre de Mehmet est déjà planté dans sa poitrine.

Le mouvement par lequel le Sultan a dégainé et frappé a duré l'espace d'un éclair. Mais chacun fait comme s'il n'avait rien vu. La bouche ouverte dans un cri muet, l'homme s'effondre. Et Mehmet, sans prendre la peine d'arracher le sabre du cadavre, s'éloigne avec indifférence. Le nuage de silence l'a tout de suite emporté.

Anna sent ses genoux trembler. Il lui faut s'appuyer sur Démétrios. Dans les yeux bleus écarquillés de ce dernier, il y a la même horreur que celle que doivent refléter les siens.

Elle ne raconta d'abord rien de cette aventure à la nourrice. Ce ne fut que lorsque Hundi lui eut dit : « Il a changé depuis que tu es partie », qu'Anna commença de la raconter en balbutiant. Son interlocutrice l'écouta sans mot dire avec une expression indéfinissable sur son visage.

— Il est connu, dit-elle, qu'il agit de cette façon. Il a commencé depuis quelques mois à se mêler à la foule pour écouter ce que l'on dit de lui. Au début, il se déguisait de façon que personne ne puisse le reconnaître. Mais si, malgré tout, quelqu'un le reconnaissait, il se mettait dans une telle fureur qu'il le tuait tout simplement. Cela s'est dit à la ronde et, depuis lors, les gens font comme s'ils ne perçaient pas à jour son déguisement. Mais lui, ne se donne même pas la peine de cacher son visage.

— Il a l'air de prendre plaisir à ce que personne n'ose le reconnaître, dit Anna, et il avait l'air vraiment détendu après avoir tué ce pauvre diable.

— Il a toujours été ainsi, répliqua la nourrice.

— Je le connais sous un autre aspect, Hundi Chatun.

— Tu ne le connais pas comme moi je le connais, ma petite colombe. Par moments, il a été inquiétant, même aux yeux de Murad. Ne t'en a-t-il jamais parlé ?

— Si, mais j'ai toujours cru qu'il se trompait sur ce point.

— Il ne s'est pas trompé.

— En quoi, demanda Anna, Mehmet a-t-il encore changé depuis mon départ ?

— Il est devenu plus méfiant et plus infatigable. Souvent, la lumière brûle toute la nuit dans son cabinet de travail. Il dort ensuite la moitié du jour ou bien il part pour la chasse durant des semaines, sans se soucier des affaires. Il fait goûter à l'avance ses aliments, mais pas toujours. Les gens qui ont servi sous Murad ne le voient presque jamais.

— Comment est-il vis-à-vis de Chalil Pacha ?

— Hoho ! Chalil ! cria la nourrice en se tapant sur les

cuisses, ce brave Chalil ! Ça va mal pour lui et même très mal ! Il a maigri, notre Grand Vizir ! Lorsque le Sultan l'invite à sa table, il prétend qu'il est malade de l'estomac pour ne pas être obligé de manger. Au Conseil, il ose à peine ouvrir la bouche, mais avec ses amis, il discute pendant des heures de toutes les erreurs que commet Mehmet. Ça ne va vraiment pas bien pour le brave Chalil, ça ne va pas bien du tout.

Elle pouffa de nouveau.

— Une nuit, à ce que l'on raconte, le Sultan le fait inopinément tirer de son lit et mener jusqu'à lui. Chalil est si effrayé qu'il rassemble tout l'argent qu'il peut trouver dans la maison et l'emporte avec lui au sérail. Lorsqu'il entre dans la chambre de Mehmet, il pose la bourse sur le seuil.

— Qu'est-ce que ça veut dire, Lâla ? demande notre fiston.

— C'est l'habitude des Grands, réplique Chalil, de ne pas se présenter les mains vides devant leur seigneur lorsqu'il les convoque à une heure inhabituelle.

— Mais Lâla, répond Mehmet, je ne veux pas de ton argent, je ne veux même pas ta tête !

— Que veut donc mon maître de moi ?

— Je ne pouvais pas dormir, dit Mehmet, aussi j'ai pensé que cela me calmerait de regarder dans les yeux un fidèle serviteur. Et vraiment, Lâla, à peine t'ai-je vu que je vais déjà mieux. Ton amour pour moi est inscrit sur tout ton visage. Prends donc ton argent, rentre chez toi et consacre le reste de la nuit au sommeil dont un homme âgé comme toi a besoin.

Le brave Chalil, conclut la nourrice, doit être sorti du sérail les jambes flageolantes. Dès le lendemain, il est parti pour longtemps sur ses terres afin de se remettre.

Le léger rire de Hundi fit l'effet d'un frisson glacé à Anna. Elle vit nettement la scène, vit le vieux Turc digne, qui avait servi Murad avec un dévouement total, terrorisé à mort devant son maître, et elle ressentit l'humiliation qui lui avait été infligée. En outre, cette petite histoire éclairait d'une lueur nouvelle ce qu'elle savait des relations entre le Grand Vizir et Lukas Notaras. Il était bien possible que Mehmet en ait eu vent, lui aussi.

Pour empêcher Hundi de deviner ses pensées, elle fit semblant d'être égayée et dit :

— D'après les bruits qui sont parvenus à nos oreilles, Mehmet aurait également adopté les vices de son père.

— Tu veux dire qu'il boit ? demanda la nourrice et elle

répondit aussitôt : bien sûr qu'il boit, mais ça ne l'amuse pas. Il mange aussi du haschich, mais ça ne l'abrutit pas.

— Et que pense de lui le harem ?

Pour la deuxième fois depuis qu'elles parlaient de Mehmet, une ombre parut passer sur le visage de la grosse femme.

— Au harem, on ne sait pour ainsi dire rien de notre fiston.

— Tu veux dire qu'il ne le visite que rarement ?

— Pas si rarement que cela. Il vient, fait son devoir et repart. Mais il est comme un étalon qui monte des juments. Sih Chatun, sa première épouse, n'est pour ainsi dire jamais appelée dans son lit. La plupart du temps, il se contente de n'importe quelle esclave, mais cela aussi en passant. Il la voit, il la prend, il la laisse, couchée ou debout.

— Alors, il n'y a donc rien qui l'apaise vraiment.

— Oh si, dit Hundi encore plus sombre, il y a deux choses qui l'apaisent : ses plans de guerre et...

— Et quoi ?

— Les petits garçons !

— Les petits garçons ?

La nourrice haussa les épaules.

— On dit qu'il aurait commencé ça pour se faire bien voir des janissaires qui ne l'aimaient pas tellement au début. Ensuite, il y aurait pris goût.

— Ce n'est pas ton opinion, ou bien ?

— Non, dit Hundi.

— Alors, pourquoi crois-tu qu'il le fait ?

Le regard de son interlocutrice se vrilla dans celui d'Anna.

— Il semble haïr les femmes, dit-elle.

— Mais, pourtant pas toi ?

— A ses yeux, je ne suis pas une femme.

« Et moi ? » faillit demander Anna, mais elle y renonça à la dernière seconde. Hundi parut cependant avoir entendu les deux mots. Elle prit la main d'Anna, la caressa et dit :

— Ah, si tu étais restée près de lui, ma petite colombe, si tu étais restée près de lui !

Ensuite, comme pour apaiser son chagrin, elle plongea rapidement la main dans le pilaf, et s'en fourra une poignée dans la bouche.

Plus tard, lorsqu'elle fut seule, Anna essaya de mettre de l'ordre dans ses idées. Elle pensa d'abord « Mehmet », puis « Mehmet et Chalil », ensuite, « Mehmet, Murad et Chalil » et soudain, elle sut de nouveau ce qu'elle avait tenté de se rappeler tandis que Hundi lui racontait comment le Sultan avait tiré le vieux Grand Vizir du lit au milieu de la nuit pour l'humilier.

— Si tu avais un fils, disait Murad en lui caressant le ventre de ses grandes mains rugueuses, je pourrais envoyer à Maghnisia ce petit démon de Mehmet et le faire emprisonner.

Il était couché sur le lit dévasté, une moitié de son corps sur celui d'Anna. La petite chambre était emplie de l'air vicié d'une nuit d'amour.

— Pour cela, avait répondu Anna encore pantelante et sans la moindre envie de discuter, il est déjà trop tard. Tu as abdiqué et tu l'as assis sur le divan. Un jeune homme de quatorze ans est sultan de l'Empire ottoman et son père, à quarante-cinq ans, mène la vie futile d'un noble de province.

— Tu sais pourquoi je l'ai fait.

— Le sais-je, seigneur de mon corps ?

— Mais oui, dit Murad en se redressant, naturellement tu le sais. Ou bien me connais-tu si peu ?

Anna dut réprimer un sourire. Il n'y avait que deux mois qu'elle était chez elle dans le lit de Murad et ce grand homme solide croyait déjà qu'elle pouvait lire dans ses pensées. Elle posa une main sur son épaule et se hissa jusqu'à lui.

— Explique-le-moi quand même, demanda-t-elle, personne ne devrait se vanter de connaître parfaitement un sultan, même détrôné.

— Tu n'es pas « personne », répliqua-t-il, tu es la femme la plus intelligente que j'aie jamais rencontrée.

— Explique-le-moi quand même.

Murad la repoussa, se leva, alla jusqu'à la fenêtre. La lumière de l'aube jeta un reflet rose sur son corps puissant. Il dévoila la cicatrice du coup d'épée qui passait en travers de son épaule gauche, le trou dentelé, mal guéri, d'une flèche dans sa hanche. Le fait qu'il se déplaçât avec une certaine gêne ne venait cependant pas de ses nombreuses blessures, mais de la goutte dont il commençait à souffrir.

Les oiseaux qui avaient chanté une heure auparavant s'étaient tus depuis longtemps. Le calme était presque fantomatique dans le grand sérail d'Amasya. On n'entendait que le bruissement de la rivière Jeschil Irmak, au loin.

— Le connais-tu bien ? demanda Murad après une pause au cours de laquelle Anna avait failli s'endormir.

— Mehmet ?

— Oui.

Elle réfléchit un instant.

— Jusqu'à présent, je ne l'ai vu qu'une seule fois.

— Et quelle impression t'a-t-il fait ?

— Un joli garçon. Assez renfermé. Très poli.

— Mais pas le fils de son père ?

— Il est différent de toi, dit Anna ; cependant il a tes yeux.

— C'est bien peu, ne trouves-tu pas ?

— Que veux-tu dire par là ?

— Ahmed et Ali me ressemblaient comme deux jeunes frères. Avec eux, je pouvais m'entendre.

— Pas avec Mehmet ?

Murad fit entendre quelque chose qui ressemblait à un soupir étouffé.

— Naturellement, nous parlons ensemble, dit-il, il comprend ce que je dis et je comprends ce qu'il dit. Mais je ne sais jamais ce qu'il a en tête.

— Pourtant, tu lui as laissé ton empire.

— Pas à lui, Anna. En réalité, c'est Chalil qui gouverne.

— Aurais-tu laissé Chalil gouverner à ta place ?

La réponse vint, presque brutalement.

— Personne ne conduit mon cheval par la bride aussi longtemps que je suis en selle.

— Tu préfères mettre pied à terre.

Murad se retourna et Anna fut effrayée quand elle découvrit son visage. Il était déformé par un mélange de colère et de douleur. Il se maîtrisa aussitôt.

— Pardonne-moi, dit-elle.

Il secoua seulement la tête. Anna se leva et alla vers lui. Elle enlaça ses hanches.

— Pardonne-moi, souffla-t-elle à nouveau.

L'homme nu la souleva et la porta sur le lit. Un peu plus tard, il commença de parler, sans toutefois regarder sa partenaire. Comme il n'était pas très doué pour le maniement des mots, ce fut d'abord un monologue désordonné. Puis le récit prit son cours et les phrases commencèrent à se succéder logiquement.

Ce fut vers ce moment qu'elle vit le pavillon monter au sommet de la tour du vieux château fort au-dessus du sérail. Anna ne savait pas ce qu'il signifiait. Plus tard, elle apprit que le signal avait annoncé l'arrivée d'un important messager.

Mais, lorsqu'on le lui dit, le messager était déjà depuis longtemps dans le palais et Murad, un manteau jeté sur sa nudité, était assis en face de lui. Le soleil chassait les dernières ombres de l'étroite vallée où se trouve Amasya.

— Aussi loin que je me souvienne, dit Murad, j'ai toujours combattu. J'ai marché couvert de sang à travers des champs jonchés de cadavres. J'ai fait décapiter, empaler, pendre, égorger, couper les langues et crever les yeux. Je lançais des armées de jeunes hommes vigoureux sur le champ de bataille et je les voyais se faire moissonner. Des chrétiens et des musulmans, des Grecs, des Serbes, des Hongrois et des Turcmènes sont morts sous les coups de mon épée. Lorsque j'avais onze ans, j'ai aidé mon père à mater une révolte déchaînée par des derviches et des prêtres chrétiens. Ils voulaient réconcilier la Croix avec le Croissant et édifier un Etat où tous les hommes seraient égaux. Il nous a fallu cinq ans pour en venir à bout. J'étais présent lorsque leurs meneurs ont d'abord été cloués sur la croix puis mis en pièces à coups de sabre. Peu de temps après, j'ai chevauché à travers les ruines fumantes de Thessalonique, j'ai combattu sur le champ de bataille de Varna, j'ai attaqué ta ville natale et j'ai été battu. Je m'étais habitué à ne considérer chaque femme que l'on m'amenait que sous un seul point de vue : me donnerait-elle des fils qui pourraient prendre en charge, conserver et augmenter l'héritage de la maison d'Osman. Mes reins étaient un outil comme tout le reste de mon corps. Je m'en servais pour augmenter notre puissance et pour la rendre sûre. Finalement, j'ai eu trois fils et j'ai perdu les deux qui m'étaient les plus chers. Mais un jour j'ai compris que je ne voulais rien faire de ce que je faisais. Et, presque simultanément, j'ai découvert qu'il y avait dans ma maison quelqu'un à qui je pouvais laisser tout ce sanglant travail, parce que, contrairement à moi, il paraissait vraiment fait pour lui. Mais ce n'était encore qu'un enfant. A partir de cet instant, je me languis du jour qu'il serait assez âgé pour me débarrasser de mon fardeau.

— Mehmet ? demanda Anna.

— Mehmet, confirma Murad. Il est différent de moi, il est aussi différent que mon père et ses deux frères l'étaient. Il est un surgeon étranger sur notre arbre généalogique. Mais peut-être fallait-il qu'un étranger vînt pour continuer à conduire les Turcs sur la voie où ils se sont engagés il y a deux ou trois siècles. Je ne sais pas si je dois le leur souhaiter. Il est trop tard, cependant, pour faire demi-tour.

— Ferais-tu demi-tour si tu le pouvais encore ?

— J'essaierais d'assurer ce que nous avons. Mais, même ça, me paraît impossible. A cent milles à l'est d'Amasya commencent les empires turcomans et kurdes. C'est là que sont la horde du Mouton noir et celle du Mouton blanc, les Atabègues et les Elbistans. A nos frontières occidentales, les Hongrois, les Serbes et d'autres peuples chrétiens guettent l'instant où nous nous affaiblirons. A cela s'ajoutent les puissances maritimes, Venise, Gênes, les chevaliers de Rhodes. Si nous leur laissons le temps de se réunir, de nouer des alliances, d'un côté et de l'autre, les Turcmènes et l'Empereur à Vienne, Trébizonde et Raguse, la Géorgie et la Pologne, alors, nous sommes perdus. Nous devons aller de l'avant par pur instinct de conservation. Mais ça non plus ne nous sauvera pas.

— Même ça ne vous sauvera pas ?

Murad eut un rire amer.

— Regarde autour de toi, belle Anna. Combien de Turcs trouves-tu à la cour d'Andrinople ? Parmi les anciens vizirs, Chalil est le seul qui ait grandi dans notre foi et notre langue. Tous les autres ont été baptisés encore enfants et ne sont passés qu'adultes dans le camp turc. Ce sont des Juifs, des Grecs ou des Serbes. Ou bien, prends mon armée. Les janissaires : d'anciens chrétiens de toutes les nations souveraines. Les bachi-bouzouks : de la paille emportée par le vent. Même quelques-uns des régiments de cavalerie sipahis sont commandés par des régénats. Il n'y a guère qu'avec les fantassins d'Anatolie que tu puisses t'entretenir en turc. Mais, comme ils forment l'épine dorsale de l'armée et font le travail le plus meurtrier, leurs rangs s'éclaircissent vite. Et, déjà, dans les états-majors, le corps des ingénieurs, la marine, ce sont encore les étrangers qui dominent. Nous sommes dévorés par le monde dans lequel nous pénétrons. Chaque nouvelle ville que nous prenons est un foyer de maladie qui injecte le poison étranger dans nos veines. Si nous possédons un jour Constantinople, nous oublierons très vite d'où nous venons et qui nous sommes. Alors, nous aurons gaspillé l'héritage de nos pères.

— Est-ce la raison pour laquelle tu t'es tenu à l'écart de cette ville durant ces dernières années ? demanda Anna.

— C'est cela et rien d'autre, fit Murad. Lorsque j'étais plus jeune, je croyais moi aussi qu'il fallait détruire ce dernier rempart chrétien dans notre dos. C'était une réflexion purement stratégique. Plus tard, je me rappelai mon père qui avait dit un jour que nous ne pourrions pas digérer cette petite bouchée. J'ai reconnu qu'il avait été plus sage que moi.

— Et toi, à ton tour, tu es plus sage que Mehmet.

— Il veut avoir la ville, c'est normal.

— Je comprends d'autant moins que tu lui aies laissé le pouvoir.

— Oh, Anna, dit Murad, quelle différence cela fait-il qu'il l'ait maintenant ou plus tard ? Au mieux, je n'aurais pu, au cours des années qui me restent, que l'empêcher de faire ce qu'il projette. Mais Chalil en est aussi capable que moi. Devais-je continuer à porter jusqu'à ma mort un fardeau qui me pèse pour en arriver au fait que Mehmet fera quand même ce qu'il veut aussitôt que j'aurai abdiqué. Quel stupide gaspillage de force cela aurait été !

— Tu ne crois donc pas que, lui aussi, pourrait encore acquérir la sagesse de son grand-père ?

— Non, répliqua sèchement Murad. Je l'ai déjà dit, il est différent de mon père et de moi. Il appartient déjà aux temps nouveaux. Avec lui commence un chapitre complètement différent de notre histoire. Et on n'y peut rien changer. Ahmed et Ali auraient peut-être laissé Constantinople à elle-même durant encore une génération. Mehmet ne le fera pas. C'est la seule chose de lui que je sache vraiment.

— Alors tu as, dans une certaine mesure, capitulé devant le destin ?

— On pourrait le dire, oui, si j'étais un poète, je plaindrais mon peuple d'avoir abandonné la liberté des grands espaces pour les villes où il ira à sa perte. J'aime mon peuple, belle Anna, je l'aime même plus que toi.

Peu après que Murad eut prononcé ces paroles, ils remarquèrent pour la première fois qu'il commençait à y avoir de l'agitation dans le sérail. D'une lointaine partie du palais, leur parvinrent le galop de chevaux et des voix. Cela sembla cependant de peu d'importance, car personne ne surgit dans le jardin du haremlik qui eût l'air de vouloir troubler le repos du maître de la maison et de sa nouvelle compagne de lit. Leur petit köschke semblait une île dans la mer jaune, rouge et blanche des tulipes et des narcisses.

Loin en dessous d'eux, la Jeschil Irmak bruissait. Sur son autre rive, se dressaient les minarets de la vieille cité d'Amasya dont personne ne pouvait plus dire quand elle avait été fondée et à combien de nations elle avait servi de capitale.

Murad sortit un bras du lit et saisit un des petits tapis étendus sur le sol.

— Regarde ça, dit-il, et dis-moi ce que je tiens dans mes mains.

Anna le caressa du bout des doigts.

— Il est joli.

— Il est joli, fit Murad en la singeant. Naturellement qu'il est joli. Est-ce tout ce qu'il t'inspire ?

— Que devrait-il donc m'inspirer ? Je vois un tapis. Les tapis sont étendus sur le sol. Ils embellissent la chambre et protègent du froid.

Murad dit, mi-amusé, mi-agacé.

— Nous avons là une description très exacte, dit-il, mais nous n'avons rien appris.

Il se redressa et étendit la pièce de tapisserie sur ses cuisses.

— Un tapis, c'est ça, oh oui, bien sûr. On l'utilise comme d'autres objets. On peut se coucher dessus, marcher, rester debout, s'asseoir dessus. Il a été fait pour ça. Mais qui l'a donc fait, belle Anna ? Je ne le sais pas, toi non plus et l'intendant de la maison qui l'a acheté n'en sait rien non plus. Cependant, ce petit travail raconte toute une histoire. Celle d'une femme qui, quelque part dans le voisinage de Malatya, s'assied devant sa maison pour assembler, à partir d'innombrables fils de laine, un objet qui lui sera utile ainsi qu'à sa famille. Elle en a soigneusement choisi la matière. Elle provient d'un mouton à queue grasse, ce qui garantit une longue solidité. Elle l'a soigneusement colorée avec des teintures préparées par elle-même et elle s'efforce maintenant de placer les nœuds si près les uns des autres que le tapis réponde par la suite à tout ce que l'on attend de lui. Mais elle ne se contente pas de cela. Le modèle qu'elle veut exécuter doit, plus tard, permettre de reconnaître l'origine de son œuvre. C'est pourquoi elle place un octogone au centre et, dans cet octogone, une étoile à huit branches. A l'intérieur de cette étoile, un carré posé sur la pointe et, autour de ce carré, six autres étoiles octogonales plus petites. Toutes les femmes de Malatya et alentour respectent cette disposition lorsqu'elles nouent des tapis. C'est pourquoi on pourrait supposer que tous les tapis de cette région sont identiques ou analogues. En réalité, pourtant, aucun ne ressemble aux autres.

La femme dont nous parlons inscrit ses rêves, ses angoisses et sa conception du monde dans son tapis. Elle donne à chacune des petites étoiles un visage particulier, trace dans celle-ci des lignes qui se croisent, place au centre de cette autre un petit carré rouge, choisit pour la grande un rose argenté et entoure l'octogone de champs d'un vert également argenté. Elle le fait en partie consciemment, mais aussi inconsciemment. Lorsqu'elle est gaie le lundi, le dessin qu'elle achève ce jour-là a l'air heureux et détendu. Mais si le mercredi ça va mal, cela se voit dans ce carré-là, qui est de travers.

Pourtant, l'histoire qu'elle veut vraiment nous raconter n'est pas influencée par ses états d'âme. C'est l'histoire de son peuple, je pourrais aussi bien dire le rêve de son peuple. Elle le représente avec une seule couleur, ce vert un peu voilé. Il symbolise la nostalgie des ancêtres nomades pour les grasses prairies et les bosquets arrosés de sources. Le rouge est, pour nous, la couleur de la vie, mais le vert est celle du paradis. Et c'est, belle Anna, un paradis très modeste que nous nous souhaitons : des prés, des fleurs, des arbres et de l'eau — rien de plus. Toutes les fontaines de nos palais nous le racontent et tous les jardins que nous plantons dès qu'un peu de repos nous est accordé. Car, le repos, eh oui, nous en avons aussi la nostalgie. Quelque part en nous vit encore un reste de paresse d'origine lointaine, un besoin de nous asseoir au soleil et de laisser la vie passer bruyamment devant nous jusqu'à ce que le grand fleuve nous emporte. Je sens aussi cette paresse en moi, mais je n'en ai plus honte comme autrefois parce que j'ai appris que c'est en elle que la sagesse innée de mon peuple trouve ses racines. Le nomade sait d'instinct qu'il est stupide de construire des villes et des maisons solides pour le bref moment que nous vivons sur la terre. D'autre part, c'est elle qui nourrit en nous la conviction que, dans la guerre, on ne risque guère plus que cette vie fugitive. Nous existons entre ces deux pôles et cela aussi, la femme de Malatya nous le raconte.

Elle fait s'entrecroiser les étoiles, les gaies et les mélancoliques, elle fait rayonner un soleil rose et un lointain paradis nous fait signe. Son travail n'est pas, de loin, aussi parfait que celui des lissiers persans, mais en revanche, il est plus vivant que leurs ornements mesurés au compas. Ce qu'elle nous a donné est un morceau d'existence pris sur le vif, un journal intime, un récit de notre histoire qu'aucun historiographe ne pourrait écrire avec des mots. Les lointaines descendantes de cette Turque inconnue feront certes un travail plus parfait que le sien; elles ne seront plus assises devant une hutte bâtie provisoirement, mais dans des bâtiments solides, ainsi leurs travaux ne seront plus que des messages envoyés d'une prison. Si un ange m'offrait aujourd'hui la vie éternelle, je la refuserais car je ne pourrais supporter de voir mon peuple devenir un peuple de citadins, coupé de ses rêves et de ses vraies aspirations, empêtré dans le passé de ceux qui ont fondé ces villes, étranger à lui-même avec, sous ses pieds, des pavés de pierre morte. Je voudrais que mes gens restent comme l'est ce tapis, vivants, forts et simples.

Mais, naturellement, je sais aussi que cela n'a pas de sens, ne fût-ce que d'en rêver.

Murad caressa une dernière fois le dessin chatoyant dont il s'était couvert et le reposa presque prudemment sur le sol. Anna eut l'étrange sentiment d'avoir entendu une des plus belles déclarations d'amour qui lui eût jamais été faite. Elle souligna du doigt une des cicatrices de la poitrine de l'ex-Sultan et dit, sous le coup de l'émotion :

— Je te remercie, seigneur de mon corps.

— Pourquoi ? dit Murad surpris.

— D'exister !

Ils ne virent ni l'un ni l'autre l'eunuque noir du harem qui arrivait en toute hâte à travers les plates-bandes de tulipes. Aussi furent-ils arrachés, par son grattement à la porte, à une étreinte qui devait être leur dernière pour de longues années.

Le messager annoncé depuis plusieurs heures par les signaux de la tour de guet se révéla être un officier de la Garde du Palais et l'homme de confiance personnel de Chalil Pacha. Anna put entendre ce qu'il avait à dire à Murad, cachée derrière la grille d'une petite loge dans laquelle se tenait normalement le secrétaire secret, rédacteur des protocoles.

Son rapport était alarmant. Il raconta que, dans la capitale, des janissaires, des officiers d'autres unités et la plupart des membres du Conseil de la Couronne, s'étaient alliés contre Mehmet. La raison en était qu'ils n'étaient pas d'accord pour qu'il concentrât toutes les forces de l'Empire sur une seule entreprise, la conquête de Constantinople. Les militaires n'avaient aucune envie de se laisser envoyer dans un bain de sang qu'ils tenaient pour insensé. Les politiciens craignaient qu'une attaque de la ville impériale ne mobilisât l'Occident et ne favorisât une alliance que l'empereur de Trébizonde essayait justement de mettre sur pied. On savait de source sûre qu'il négociait avec Ibrahim Beg, le sultan des Karamans, qui résidait à Konya et avec Usun Hasan, le seigneur du Mouton blanc. Usun, en outre, gendre du Trébizondain, était en liaison avec des potentats du Caucase, les princes de Géorgie et de Mingrelie. On courait donc le danger d'être pris dans la tenaille d'une coalition chrétienne et musulmane aussitôt que les frontières de l'Empire seraient dégarnies de troupes. Il ne fallait pas écarter non plus le soupçon que des liens fussent sur le point d'être établis entre Rome, Vienne et Presbourg d'une part ainsi qu'entre Trébizonde et Djarbeck, la capitale d'Usun, d'autre part. Mais, conclut l'officier, Mehmet ne se laissait pas influencer le moins du monde par toutes ces objections. Il persistait avec une obstination enfantine dans l'exécution de son projet. Chalil Pacha avait épuisé tous ses arguments, il ne voyait plus, désormais, que deux possibilités pour freiner le jeune Sultan : ou bien Mehmet serait déposé par le cheikh Ul-Islam, ce qui signifierait la fin de la maison d'Osman, ou bien Murad revenait à Andrinople et reprenait les rênes du pouvoir.

Ce message, exposé sur un ton laconique et militaire, ne ressemblait pas à l'appel d'un subordonné à son maître, mais plutôt à un ultimatum. L'officier couvert de poussière était debout, au garde-à-vous, devant Murad hâtivement vêtu. Ni son ton, ni la tournure de ses phrases n'étaient irrespectueux. Cependant, il ne cachait pas qu'il était parfaitement d'accord avec ce qu'il exposait. C'était un homme entre deux âges. Chalil devait l'avoir choisi parce qu'il était capable de défendre sa propre opinion avec une fermeté respectueuse.

Murad l'avait écouté sans un mot. Son visage était resté parfaitement impassible. Pourtant, Anna eut l'impression qu'il se figeait dans un mélange de résignation et de colère. Lorsque le messager indiqua par une brève courbette qu'il en avait terminé, il lui sembla que l'homme qui, peu auparavant lui avait montré le tapis de Malatya, n'existait déjà plus. A sa place, sur le divan, était assis le sultan qui avait chevauché à travers Thessalonique en flammes et gagné, deux ans auparavant, à Varna, l'une des plus sanglantes batailles du siècle.

Vers midi, les chevaux furent sellés devant le selamlik. Lorsque Murad vint au harem pour prendre congé d'Anna, elle alla vers lui, vêtue d'un costume d'équitation.

— Tu veux venir avec moi ? demanda-t-il avec surprise.

— Si tu le permets.

Un sourire fugitif éclaira son visage.

— Il y a des siècles que, de mémoire d'homme, on n'a plus vu de femmes turques accompagner leurs maris à cheval !

— Alors, fais que ce soit une Byzantine qui rafraîchisse cette coutume.

Elle fut soulagée lorsqu'il inclina la tête en signe d'approbation. Il appela l'eunuque de service et ordonna au Noir de faire préparer deux autres chevaux de selle et deux autres chevaux de bât.

— Ces chevaux n'arriveront peut-être pas vivants à Andrinople, dit-il à Anna. Nous galoperons nuit et jour. Il faudra que tu dormes en selle.

Et effectivement il le fallut.

Leur voyage dura quatre jours et cinq nuits. Le matin du 10 mai 1446, ils établirent un camp provisoire à l'extérieur d'Andrinople. Durant son voyage vers l'ouest, Murad avait prélevé quelques centaines d'hommes dans chaque garnison où ils passaient, de sorte qu'ils étaient maintenant entourés d'une armée de quatre mille hommes. Les paysans de la vallée du Tundscha purent croire que c'était une armée ennemie qui se dirigeait silencieusement vers la capitale et, dans une certaine mesure, cette impression n'était pas fausse. Les sipahis repoussaient tous ceux qui observaient leur cortège avec une curiosité par trop évidente. Anna pensait que Murad s'attendait à livrer combat à d'éventuels partisans de Mehmet. Mais il s'avéra que Chalil Pacha avait été assez prévoyant pour conjurer ce danger.

Il se présenta à son ancien maître, maigre et raide, sur une prairie noyée de rosée, avec au cou le sceau du Grand Vizir. Il porta la main à son turban, enleva le collier et le tendit à Murad. Ce dernier sembla un instant prêt à le prendre mais, finalement, il lui tendit sa main à baiser.

Un soupir de soulagement distinctement audible s'échappa de la poitrine des spectateurs de cette courte scène. Ils ne purent, pas plus qu'Anna, comprendre ce que les deux hommes dirent. On apprit seulement plus tard, que le Grand Vizir avait envoyé Mehmet à la chasse lorsque Murad avait surgi devant Andrinople.

Peu de temps après, ils entrèrent dans la ville encore endormie. Toutes les portes et les carrefours importants étaient occupés par des janissaires. Le reste de la garnison était rassemblé sur l'île du palais au milieu de la Tundscha. C'était un gigantesque carré surmonté d'étendards et de queues de cheval. Lorsqu'ils approchèrent, les flûtes se mirent à résonner et les tambours à battre. Puis, lancé par des centaines de gorges, jaillit le salut au Sultan, trois fois : « *Padichahim tschok yascha.* »

Murad était revenu sur le divan et Mehmet était déposé. L'homme qui l'avait abattu s'appelait Tschandarlyoglu Chalil.

« Chalil », songea Anna.

Quel âge avait-elle à cette époque-là ? Douze ou déjà treize ans ? Cela avait pu se passer au cours de l'année du deuxième siège des Turcs. Le jeune sultan Murad II, comme un quart de siècle auparavant, Bajazet Ier, avait attaqué Constantinople et, de même que son grand-père, il avait été battu. Maintenant, on discutait d'un traité de paix.

Le mois d'août 1422 approchait de sa fin.

Sergios Bagration était sur la terrasse de sa villa et regardait le jardinier qui coupait les roses fanées et les jetait dans un sac. Anna remarqua que son père, tout en parlant avec Georgios, paraissait ne s'intéresser qu'à ce travail. Il n'avait jamais fait grand cas du jeune homme de la maison voisine.

— Elles ont passé beaucoup plus vite que l'année dernière, disait-il. Janni prétend que ce seraient les fumées de la poudre qui les auraient gâtées. Est-ce que tu as eu peur, Georgios, quand ça a tiré ?

Georgios secoua la tête.

— On aurait presque pu croire qu'ils nous avaient visés. Là-bas, un boulet aurait touché le parc des Laskaris.

— Non, dit le jeune Sphrantzès, les canons des Turcs ne portent pas si loin. Le plus proche trou d'impact que j'ai trouvé est près du Cosmidion, là où les chevaux de la cavalerie vont paître au printemps.

— Donc, à une bonne lieue de nous.

— Plus d'une lieue, Excellence.

— Es-tu tombé sur ce trou par hasard ?

— Mon père m'a demandé de constater le plus de dommages possibles résultant du siège. Il pense que cela pourrait lui être utile dans ses discussions avec Chalil Pacha.

Sergios Bagration se détourna définitivement des roses, pour regarder son interlocuteur de vingt ans.

— Tiens, tiens, dit-il, tu aides ton père ?

Anna se rappela qu'à table on ne parlait presque de rien d'autre que de la délégation turque qui avait été logée, d'abord dans le palais Blachern et, depuis quelques jours, dans la maison de Georgios Sphrantzès le Vieux.

— Les paysans avec les paysans, avait dit Bagration. Vraisemblablement ils s'entretiennent de la meilleure façon de mettre le fumier de vache dans les champs.

Bagration, c'était clair, s'agaçait de voir que l'Empereur avait chargé son voisin de mener les négociations avec Chalil. Mais il en était de même pour presque tous ses invités. Chacun d'eux se considérait comme un meilleur diplomate que Sphrantzès, fût-ce à cause de sa position, de son éducation ou de ses origines.

— Comment est-il, ce Chalil ? demanda Bagration.

— Il parle très bien le grec.

— Mais il mange probablement avec ses doigts !

— Mon père le fait aussi.

— Eh bien, voilà déjà au moins un terrain d'entente sous ce rapport.

Anna vit le rouge monter au front de son ami. Il parut sur le point de répondre avec vivacité, mais dit seulement :

— Je crois qu'Anna a trouvé Chalil très gentil.

Sergios leva ses minces sourcils avec étonnement.

— Anna ? Tiens ! Elle le connaît donc ?

— Il l'a aidée à descendre de son poney comme nous rentrions de la promenade à cheval et il lui a donné un sorbet.

— Un sorbet, dit Bagration. Mon Dieu, je n'en sais même plus le goût. Depuis que les Turcs sont à Brousse, on ne reçoit plus une pincée de neige.

— Chalil en reçoit tous les jours une pleine caisse.

Bagration se tourna vers sa fille.

— Tu nages dans les félicités les plus choisies, alors que nous, là-haut...

Il s'interrompit et attira Anna vers lui.

— Raconte à ton vieux père ce qu'il se passe dans le camp ennemi. As-tu vraiment trouvé ce Turc gentil ?

— Oui, dit Anna butée, je l'ai trouvé gentil et le sorbet était bon.

C'était vrai dans les deux cas.

Chalil était sorti avec le vieux Sphrantzès de l'une des écuries au moment où Anna et Georgios entraient à cheval dans la cour.

— Je ne savais pas que vous aviez une fille, Georgios Tschelebi, avait-il dit à son hôte.

Sphrantzès lui avait expliqué qui était Anna, sur quoi le Turc l'avait enlevée de sa selle. Son visage étroit s'était trouvé tout près du sien. De sa barbe s'exhalait un léger parfum d'huile de rose. Ses yeux avaient un regard grave et attentif.

— Une demi-Commène et une demi-Bagration, dit-il, cela crée beaucoup d'obligations, mais surtout celle d'être belle. Eh bien, jolie, tu l'es déjà. J'ai deux filles de ton âge, mais je crains fort qu'aucune ne puisse se comparer à toi, bien qu'une de leurs mères soit une Tcherkesse.

— Comment ça, des mères ? demanda Anna. Moi et mon frère, nous n'avons qu'une seule mère.

Chalil éclata de rire.

— Contrairement à ton père, moi j'ai beaucoup de femmes.

— Combien ?

— Oh, fit-il, en feignant de compter mentalement, si l'on compte tout ce qu'il y a dans mon harem, environ une douzaine.

— Qu'est-ce qu'un harem ?

Ce fut le tour de Sphrantzès de rire et le Turc barbu répliqua :

— Un harem, c'est toi multipliée par douze. Trop de questions pour qu'un seul homme puisse répondre à toutes.

Il se tourna vers son hôte et ajouta :

— Nous devrons clouer le bec à cette jeune dame.

Il la porta jusqu'à la terrasse qui dominait la Corne et s'assit sur un tapis tout en la gardant dans ses bras. Un domestique apporta le jus de fruit rafraîchi par la neige. Anna se sentait bien sur les genoux de l'étranger parfumé à la rose. Elle lui raconta sa promenade à cheval avec Georgios, les impacts des boulets qu'ils avaient trouvés et qu'elle avait déjà traversé la Corne à la nage d'une rive à l'autre à l'endroit où elle est plus étroite.

Chalil écoutait son bavardage avec une politesse sérieuse. Elle le trouvait tout à fait différent des adultes de la maison de son père. Il n'y avait rien de protecteur dans son comportement, il la traitait non pas comme une enfant, mais plutôt comme une femme.

Après qu'Anna eut bu le sorbet, Chalil la remit sur ses jambes.

— Il faut malheureusement que je prenne congé de toi, Anna Chatun, dit-il. Mon ami Georgios et moi nous avons encore à discuter de nombreuses choses importantes. Mais si nous parvenons à ce que nous espérons tous les deux, tu pourras me rendre visite un jour à Andrinople. En as-tu envie ?

— Oui, répondit-elle, je te rendrai volontiers visite, mais pas seulement à cause du sorbet.

Chalil se leva, porta la main à sa poitrine et s'inclina.

— Ce compliment est trop beau, Anna Chatun, pour que je puisse lui répondre avec mes pauvres mots. A bientôt, donc, dans mon harem.

— A bientôt, dit Anna.

Le vieux Sphrantzès pria un des officiers byzantins qui se trouvaient là, de la raccompagner.

Anna ne raconta à son père que la moitié à peine de tout cela. Avec une cruauté enfantine, elle décrivit par contre avec toutes sortes de détails combien le jus de fruits glacé lui avait paru délectable. Elle se mettait en colère chaque fois que Sergios traitait son ami Georgios de façon aussi méprisante.

Lorsqu'elle eut fini, il murmura in petto en secouant la tête.

— Imagine-t-on ça, elle s'assied là, en bas, et elle boit...

Anna apprit longtemps après que l'officier qui l'avait accompagnée depuis la terrasse était un commandant de navire nommé Lukas Notaras. Ce fut lui-même qui le lui dit. Elle ne rencontra de nouveau Chalil Pacha que beaucoup plus tard. Il ne lui parut plus alors être l'homme qui l'avait tenue sur ses genoux dans la maison des Sphrantzès.

Ce qui, en ce temps-là, avait été chez lui de la maigreur était devenu de la dureté. Sa nature aimable se cachait derrière une raideur de cour. Anna ne le vit que par hasard car, membre du harem du palais, elle avait à peine la possibilité de rencontrer d'autres hommes que le Sultan et ses plus proches parents. Elle surprit ses paroles sans le vouloir, alors qu'il attendait Murad dans le jardin du selamlik. Elle ne connaissait pas l'homme avec lequel il parlait et ne put saisir que des bribes de leur conversation mais l'une d'elles devait rester gravée dans sa mémoire. C'était une remarque presque crachée de la bouche du Grand Vizir :

— Ce fils de Juive...

Elle sut aussitôt de qui il s'agissait. Le bruit courait que la mère de Mehmet s'appelait en fait Esther, comme la deuxième femme du roi biblique Assuérus.

Dans la maison de Hundi, Anna songea « Mehmet et Chalil », puis elle pensa « Mehmet ».

Le jour qu'elle avait épié Chalil était un de ceux de l'année où elle était venue d'Amasya avec Murad. Depuis lors, elle avait à peine vu le Sultan. Après son retour, il semblait s'être plongé dans mille activités simultanées. Il réorganisait l'armée, négociait avec Venise, Gênes, recevait des envoyés de tous les Etats souverains et mettait sur les dents les scribes de ses chancelleries, la grecque, la slave et l'ottomane, presque jour et nuit. Il semblait par moments à Anna qu'il voulait, par toutes ces activités, se justifier devant un tribunal qu'elle ne connaissait pas ou faire taire la douleur de s'être laissé ramener sur le divan. Ces derniers mois, il était devenu sombre et beaucoup plus renfermé qu'auparavant. Elle pouvait à peine parler avec lui comme elle l'avait fait à Amasya. Il ressemblait à un homme qui se sent coupable pour on ne sait quelles raisons, mais il n'en parlait jamais. Et il s'était retiré de la vie.

Depuis le début d'août, elle le savait, le testament de Murad était déposé aux Archives de l'Etat. Ses dispositions spécifiaient seulement qu'il voulait être enterré de la façon la plus simple, qu'il ne souhaitait aucun mausolée sur le lieu de son dernier repos et qu'aucun de ses enfants ne devrait être inhumé à côté de lui. Les dernières phrases de cet acte étaient : « Au cas où je ne mourrais pas à Brousse, que ma dépouille y soit transférée. Elle devra y arriver le jeudi et être mise en terre le vendredi. »

Murad lui avait montré le papier avant de le faire contresigner par trois de ses vizirs et un cadi, mais il n'avait fait aucun commentaire. Ce qui inquiétait le plus Anna était la formule « aucun de mes enfants, aucun parent, ne doit reposer près de moi ». C'était donc valable pour Mehmet.

Elle n'avait pas osé lui demander la raison de cette ordonnance, mais elle lui faisait mal. Anna aimait Murad et, elle aimait aussi son fils.

Le visage de la forte femme simplement vêtue était pétrifié dans une hostilité ouverte. Elle se dressait comme une sentinelle dans l'embrasure de la porte du petit köschke du harem situé à l'écart et dont le mur extérieur baignait dans les eaux de la Tundscha.

— Tu dois être Hundi Chatun, dit Anna, j'ai beaucoup entendu parler de toi.

— Mehmet Tschelebi ne veut voir personne, répliqua la nourrice.

Anna éleva un peu la voix.

— Depuis quand un prince ottoman se fait-il garder par des femmes ?

— Depuis que lui sont interdits des sipahis auxquels il a droit, lança Hundi. Sa réponse était cependant venue trop tard. Dans le fond de la pièce, surgit une silhouette dont Anna n'aurait su dire, plus tard, si elle lui avait paru enfantine ou adulte d'une façon presque touchante.

Mehmet portait un manteau de brocart qui le faisait paraître plus étoffé qu'il ne l'était et un turban qui le grandissait. Sous la coiffe de feutre entourée de tissu, le visage d'un garçon de quatorze ans formait une tâche blême avec une paire d'yeux brûlant d'un feu sombre. Les yeux semblaient vieux, mais la bouche les démentait. Elle avait l'air de pouvoir trembler, soit de fureur, soit de douleur, mais aussi d'entêtement enfantin. La voix du prince était cependant celle d'un adulte.

— Qui veut me voir ? demanda-t-il sèchement.

— Vous me connaissez, dit Anna, nous nous sommes rencontrés à Amasya.

— Ah oui, je sais. Quel est votre nom ?

— Anna Chatun.

— Est-ce mon père qui vous envoie ?

— Non, Mehmet Tschelebi.

Une main fine sortit de la manche du manteau et fit un geste d'invitation.

— Alors, vous êtes la bienvenue, Anna Chatun.

Anna saisit la main et la porta d'abord à ses lèvres puis à son front. C'était le geste qui exprime l'humilité devant les anciens et les supérieurs. Elle n'avait pas prévu de saluer le prince de cette manière, c'était arrivé de façon impulsive mais, lorsqu'elle releva la tête, il y avait des larmes dans les yeux de Hundi.

Plus tard, elle devait dire à Anna :

— Autrefois, après sa déposition, on a traité notre fiston comme un chien errant. Même les domestiques se comportaient vis-à-vis de lui comme s'il avait été un lépreux ou un criminel condamné. Je devais nettoyer moi-même son köschke et lui préparer son lit. Tu fus la première, après des semaines, à lui montrer de l'attention et du respect. Cela, il ne l'a jamais oublié !

Effectivement, à dater de ce jour, Mehmet commença de s'attacher à Anna. Il la faisait appeler auprès de lui sous le moindre prétexte ou bien il lui rendait visite dans ses appartements privés. Ils se faisaient promener sur la Tundscha dans des caïques plats, à l'aviron et, lorsqu'ils faisaient des excursions, le prince et elle chevauchaient à côté de l'araba à rideaux fermés, tirée par des bœufs, où était assise Hundi. Anna ne savait pas ce que l'adolescent cherchait en elle, une amie, une confidente ou une mère.

Lorsque, au cours de l'hiver 1446, Murad entra en campagne contre Constantin de Morée, il envoya Mehmet à Maghnisia pour la durée de son absence, soi-disant pour qu'il acquière une expérience comme gouverneur de la province de Méditerranée, mais en réalité pour empêcher un éventuel putsch. Anna demanda l'autorisation d'accompagner le prince.

— Que trouves-tu donc à ce petit monstre ? demanda Murad indigné.

— Il est ton fils, tu ne peux pas le chasser dans le désert comme un fonctionnaire infidèle.

— Il a presque détruit cet Etat et notre maison.

— Il est comme il est et comme tu l'as fait devenir. On ne doit pas juger un enfant d'après les mêmes critères qu'un adulte.

— Chalil est d'un autre avis que toi. Il a trouvé difficile de venir à bout de cet enfant.

Anna faillit répondre : « Chalil hait Mehmet », mais elle pensa à un meilleur argument.

— Chalil ne comprend pas Mehmet, dit-elle.

— Mais toi, tu le comprends ?

— J'essaie..., c'est aussi pour ton bien.

Murad qui était en train d'étudier une liste de régiments laissa tomber son papier. Il leva les yeux vers Anna.

— Oui, dit-il, tu as raison. Peut-être ne devrais-je pas laisser mes liens avec lui se rompre complètement. Et qui mieux que toi pourrait les rétablir ?

— J'ai donc l'autorisation d'aller à Maghnisia avec lui ?

— Je te mets en congé — jusqu'au jour de mon retour de Grèce. J'irai directement à Brousse. Quand j'entrerai dans le sérail, je veux te trouver dans mon lit.

— J'y serai, dit Anna.

Le Sultan était déjà replongé dans sa liste.

Au cours des deux années suivantes, toute la vie future d'Anna s'était décidée. Murad, qui semblait avoir oublié les mots qu'il avait prononcés à Amasya, menait guerre sur guerre. Il conquit la moitié de la Grèce, il battit dans la plaine d'Amsel où, cent cinquante-neuf ans auparavant Bajazet Ier avait vaincu les Serbes, le Hongrois Jean Hunyadi et poussa finalement vers l'Albanie.

Durant tout ce temps, elle ne le vit que pendant les rares semaines qu'il passa à Brousse entre deux campagnes. Pendant son absence, elle fut presque tout le temps avec Mehmet et, lorsque ce dernier reçut enfin un commandement militaire, avec Hundi Chatun. Grâce à elle, Anna apprit comment on restait en vie au harem et comment, depuis le harem, on pouvait faire de la politique.

Anna n'occupait pas une position particulière dans la hiérarchie de la maison du Sultan. Parmi les « kadines », les quatre femmes les plus proches de Murad, elle était de loin la préférée, mais ne pouvait en aucun cas se comparer avec la « walideh » du Sultan, la première épouse officielle du souverain. Celle-ci, une chrétienne serbe, logeait dans une partie reculée du palais et passait ses journées, à ce que l'on murmurait, à expier le péché de s'être donnée à un incroyant. Murad n'allait jamais la voir et elle restait invisible pour le reste du harem. Les rivales directes d'Anna étaient, en conséquence, les trois kadines également sans enfant, qui craignaient constamment de perdre leur rang, et toutes les femmes plus jeunes qui espéraient conquérir à sa place le rang de femme légitime. Elles passaient leurs jours à attendre l'heure où le Sultan leur ferait peut-être signe et leur ordonnerait de partager son lit. Elles avaient ainsi tout le temps nécessaire pour tisser les filets dans lesquels se prendraient leurs concurrentes. Elles opéraient surtout par des ragots et, dans les cas extrêmes, le poison. Mais le plus grand triomphe consistait à calomnier une rivale avec suffisamment d'adresse pour que le Sultan n'eût plus d'autre solution que de la faire coudre dans un sac et noyer dans la Tundscha ou dans la mer de Marmara.

Quelques-unes des plus ambitieuses parmi ces femmes s'entendaient également à établir des contacts, qui s'étendaient largement au-delà du harem, jusqu'aux plus hautes instances du gouvernement. A cet effet, elles avaient toutefois besoin des eunuques avec lesquels fort peu d'entre elles parvenaient à s'entendre. Pour les Turcmènes, les Tcherkesses, les Géorgiennes et les Serbes du palais — il n'y avait pour ainsi dire pas de Turques — les eunuques étaient une race répugnante. Ils avaient le pouvoir de pénétrer dans les domaines les plus intimes de leur vie, de les châtier et de les exciter par leur apparence virile, sans avoir la possibilité d'apaiser cette excitation. Seules, quelques-unes des rares Byzantines du harem savaient comment s'y prendre avec les castrats car ils leur étaient familiers depuis leur jeune âge. Anna avait appris, jeune fille, qu'un eunuque était aussi un homme. Cette connaissance, ainsi qu'Hundi, l'aidèrent à faire face à la vie qu'elle devait mener.

Omar, le chef des eunuques blancs, un Byzantin, avait fait partie du butin de Murad après l'échec du siège de 1422. Il devint le confident le plus proche d'Anna. Elle l'avait gagné à sa cause en se comportant comme une femme à son égard, et en prenant ses compliments avec autant de sérieux que s'il y avait eu entre eux plus que le souvenir étouffé d'un instinct qui avait pu dominer autrefois cet homme noyé dans une graisse molle. Simultanément, elle faisait appel aux goûts d'Omar pour les mystères, les intrigues et toutes les autres méthodes subtiles d'exercer le pouvoir, goûts qui semblent se développer tout particulièrement chez de nombreux eunuques après la castration.

Omar savait presque tout ce qui se passait dans la ville, au bazar, dans les chancelleries de la Cour, dans l'armée et, naturellement, au harem. Avec ce qu'il savait, on aurait pu remplir toutes les archives d'une police.

— Ischak Pacha, dit-il, un bon médecin, un fidèle vizir, un homme sans reproche. Je le congédierais néanmoins si j'étais le Sultan.

— Pourquoi ? demanda Anna surprise.

— Un chrétien peut, en cas de nécessité, devenir un bon musulman : un juif jamais. Il n'oubliera jamais qu'il a trahi le plus ancien Dieu du monde. Cela finit par le tuer ou bien cela le ronge au point qu'il devient dangereux pour lui-même et pour les autres.

— Et Chalil ?

— Encore pire, Anna Chatun. Extérieurement, il est aussi parfait qu'Ischak mais, à l'intérieur de lui, se combattent deux sentiments contradictoires. Il descend d'une famille qui fournit les Grands Vizirs depuis trois générations et, de ce fait, il se considère presque comme un souverain héréditaire de l'Empire. Il est turc de vieille souche, mais il est trop sensé pour ne pas savoir que, justement pour des gens comme lui, la façon de vivre et la culture byzantines peuvent devenir dangereuses, car il en a fait l'expérience. En outre, il a la passion de l'argent et, comme tous les vrais avares, c'est par peur. Son cauchemar est de se trouver un jour, sans un souk à la rue, bien qu'il fasse partie des gens les plus riches du pays. Il doit constamment combattre ces tendances pour survivre. Il s'oppose à la conquête de Constantinople parce qu'il est clair pour lui qu'il serait la première victime de la ville. Et il vit aussi modestement qu'un derviche pour pouvoir se persuader qu'il ne tient pas à l'argent.

— Mais pourquoi hait-il Mehmet ?

— Mehmet est l'ère nouvelle dans laquelle il ne veut pas pénétrer.

— Cela pourrait-il l'amener à trahir ?

— Trahir Mehmet, oui. Trahir Murad, non.

— Pour toi, tous les hommes semblent être des créatures très compliquées, dit Anna en souriant.

— Pas tous. Seulement ceux qui sont parvenus à de hautes dignités comme Ischak et Chalil. Un homme normal veut vivre. Ceux-là ont besoin du pouvoir pour se supporter.

— Mehmet aussi ?

— Anna Chatun, répondit Omar, n'essayez pas d'attirer hors du droit chemin un humble serviteur du Sultan. Vous connaissez le prince mieux que moi.

— S'il te plaît ? dit-elle.

— Eh bien (l'eunuque réfléchit quelques secondes et se décida pour une réponse qui excita étrangement Anna). Jusqu'à présent, il est encore un livre scellé. Mais quiconque brisera le sceau, sera intervenu dans l'histoire du monde... et souhaitera peut-être un jour ne pas l'avoir fait.

Cette phrase résonna aux oreilles d'Anna comme le résultat d'une longue suite de réflexions qu'elle s'était faites depuis des années. Elle semblait contenir tout ce qui lui avait paru digne d'être souhaité : ouvrir un sceau et influencer ainsi le cours de l'histoire. Seule une femme pouvait le faire.

Elle entendit la voix d'Amirutzès, lointaine comme un écho.

— Regarde Trébizonde ! C'est un vestige pétrifié de bien des rêves, mais ces rêves ont tous été nourris par des femmes. Les rois du Pont y régnèrent et tentèrent de conquérir le monde parce que leurs mères leur avaient soufflé au berceau : « Toi, mon grand héros, mon conquérant du monde. » Tamerlan le Mongol est passé par là parce qu'on lui avait chanté : « Toi, mon aigle d'or, vole jusqu'au bout du monde ! » Les Goths ont incendié Trébizonde parce que leurs oreilles résonnaient de :

« Frappe mon épée étincelante, brûle, ma torche ! » Des tours de Constantinople, tu aurais pu voir Alexandre passer à cheval, comme César, Antoine, Constantin le Grand. Et presque tous essayaient de faire triompher un rêve de femme. Beaucoup en étaient conscients, d'autres non. Mais chacun d'eux était un produit et une victime de quelque mère ou bien-aimée — des marionnettes dont les fils étaient tirés d'une chambre à coucher. Toi, mon amie à l'œil de chouette, tu fais partie de celles qui auraient été capables de tels effets, car il y a en toi tant du caractère d'un homme que la femme que tu es devenue ne peut se venger du destin qu'en envoyant d'autres hommes sur les champs de bataille. Mais Dieu a eu pitié de mon sexe. Lorsqu'il t'a créée, il t'a interdit la fécondité.

« Oui, songea Anna à haute voix, Dieu m'a interdit la fécondité, mais il m'a donné Mehmet. »

— Qu'avez-vous dit ? demanda l'eunuque.

— Je viens de mener à leur conclusion les pensées que tu as exprimées.

L'eunuque la regarda avec des yeux ronds.

Un instant plus tard, ce fut encore une fois la voix d'Amirutzès qui parvint à Anna. Mais cette fois-ci, elle ne venait pas de sa mémoire. Elle était suspendue dans la pièce, jouait avec l'omicron et l'oméga, avec l'êta et l'epsilon, faisait ruisseler toute une cascade d'u à travers les airs, les entourait d'étranges sifflements. Elle ne parlait donc pas grec, mais la langue de cour ottomane. Amirutzès savait-il donc si bien cet idiome turc ? Dans son demi-sommeil, Anna n'avait aucune envie de s'embarrasser de questions, mais la voix ne cédait pas. Elle semblait monter de la grande salle de séjour. L'organe sonore de Hundi tentait de la dominer. C'était peine perdue. Le ténor continuait, sans âpreté, mais plutôt d'un ton amusé. La nourrice finit par rire. Une troisième voix rit également ; elle était haute et émise par un souffle court. Anna connaissait aussi ce soprano.

De mauvais gré, elle se leva, passa un manteau et alla sur la galerie qui desservait les chambres à coucher et les chambres d'amis. L'homme qui discutait avec Hundi, en bas, près de la fontaine, n'était pas du tout Amirutzès. Il portait un haut turban à la mode et un manteau brodé. Son sabre était une vraie collection de joailleries. Derrière lui se dressait, massive comme un nuage de pluie, la silhouette qui émettait les sons les plus aigus.

— Omar ! s'écria Anna avec surprise.

Les mots s'arrêtèrent, comme coupés.

Trois paires d'yeux se dirigèrent vers elle.

Hundi s'excusa.

— J'ai fait ce que je pouvais, ma petite colombe, mais ces deux-là ne se laissent pas chasser.

— Elle a combattu comme une lionne, assura le ténor. Tout est de ma faute et ma seule justification est l'impatience que j'ai de vous voir, Anna Chatun.

— De plus, ajouta l'eunuque, il est presque midi. Aucun de nous n'a reçu tant de jours en partage qu'il puisse en gaspiller un seul à dormir.

Anna qui s'était tout à coup complètement réveillée se mit à rire.

— Merci, dit-elle, de m'en avoir sauvé la moitié d'un, Omar. Voudrais-tu avoir l'amabilité de me présenter ton compagnon ?

Le ténor porta la main à son front.

— Je vous prie de m'excuser, Anna Chatun. Mon nom est Mahmud, actuellement troisième vizir à la cour d'Andrinople.

— Est-ce le Sultan qui vous envoie, Mahmud Pacha ?

— Non, Anna Chatun, je viens pour une autre raison.

— Laquelle, si vous me permettez de poser la question ?

Le vizir tira de sa manche une feuille de papier et lut à haute voix :

— « Deux dehors dans le canot et deux dans l'ombre. Eros était là, mais Amour manquait. » Il leva les yeux et ajouta : Je ne sais malheureusement pas ce que cela signifie, mais l'auteur de ces lignes prétend qu'elles devraient prouver que je suis bien envoyé par lui. Est-ce exact, Anna Chatun ?

— Oui, c'est exact, répliqua Anna.

Le court poème était typiquement d'Amirutzès, mais elle n'aurait sûrement pas mis la main au feu que Mahmud ignorait à quoi son auteur faisait allusion.

— Je suppose que vous êtes Milan Angelovic.

— L'ancien Milan Angelovic, maintenant croyant orthodoxe et disciple du Prophète.

— Arrêtez de parler grec chez moi, cria Hundi.

— Excuse-moi, petite mère, dit Milan Mahmud en revenant au turc qu'il avait abandonné en lisant la poésie.

— Vous attraperez un nœud à la langue à force de vous excuser, gronda la nourrice.

Elle ne détestait rien tant que d'être tenue à l'écart d'un secret.

Milan Mahmud était le cousin d'Amirutzès, mais il lui ressemblait comme un frère.

Ce qu'Anna savait de Mahmud était peu de chose. Amirutzès l'avait certes nommé, en passant, assez fréquemment et, à l'époque où elle vivait aux côtés de Murad, il semblait l'avoir placé à un rang assez modeste dans la hiérarchie de la Cour, car elle ne se souvenait pas d'avoir entendu parler de lui ou de l'avoir vu. D'ailleurs, on ne pouvait pas savoir grand-chose de gens comme lui, ils étaient presque tous de la même espèce et il y en avait des douzaines.

Milan Mahmud était de ces aventuriers qui, à un moment quelconque et pour des motifs par trop évidents, avaient décidé de passer du camp chrétien au camp musulman. Cela pouvait se faire en se présentant à un poste frontière turc et en déclarant vouloir se convertir à la vraie foi. Mais cela pouvait aussi se réaliser d'une façon considérablement plus élégante. Un Angelovic, par exemple, n'aurait eu besoin, en aucun cas, de se faire interroger par un agha de sipahis plus ou moins bien luné ou par un bachi de janissaires et de s'exposer au danger de n'être pas cru et envoyé casser du caillou. Il se serait plutôt présenté à la cour d'Andrinople comme un envoyé officiel de son seigneur — dans le cas de Milan, le roi de Serbie — et il se serait mis en relation avec un haut dignitaire qu'il aurait déjà connu pour se faire présenter par lui aux instances suprêmes.

Il aurait ensuite déclaré devant un mollah qu'il adoptait l'islam, en prononçant la formule, la plus simple du monde : « Dieu est Dieu et Mahomet est son prophète » ; il se serait éventuellement soumis à la circoncision et il serait ainsi devenu un authentique musulman. Le parrain qu'il se serait choisi — en règle générale un vieil ami ou un parent, mais dans tous les cas quelqu'un qui aurait accompli avant lui la même démarche — l'introduirait ensuite dans son propre cercle de relations et s'efforcerait de pousser son protégé aussi discrètement que possible. Ce qui n'aurait d'ailleurs rien à voir avec de la bienveillance ou de l'altruisme. Chaque renégat avait besoin d'autres renégats pour renforcer et améliorer sa position. Il lui fallait des gens qui pensent comme lui et avec lesquels il puisse se comprendre plus aisément qu'avec les Vieux Turcs.

Ces transfuges chrétiens ne pouvaient se sentir pleinement en sécurité à la Cour ottomane que s'ils étaient nombreux et s'ils étaient capables de faire bloc pour affronter leurs concitoyens de la même condition sociale, mais nés dans la foi islamique. C'était un but qu'ils avaient atteint depuis longtemps, depuis l'époque de Murad. Les Vieux-Turcs étaient déjà en minorité au sérail. Lorsqu'ils étaient entre eux, les vizirs parlaient principalement le grec et Milan Mahmud était l'un d'eux.

Anna n'eut aucune peine à l'apprécier. Comme Amirutzès, il semblait n'être que charme, esprit et bonne humeur. C'était un causeur ironique qui donnait à toutes les femmes le sentiment qu'une entente secrète existait entre elles et lui. Ses yeux étaient gris, son visage évoquait un oiseau de proie. Il portait la barbe à l'italienne, ses vêtements ne cachaient pas ce qu'il y avait en lui de dandy. Cependant, Anna savait que, sous cette enveloppe de brocart, se cachait un acier véritable.

Milan Mahmud montra comme deuxième preuve de sa crédibilité Omar, l'ancien eunuque du palais.

— Je l'ai reçu, dit-il, en cadeau du Sultan, lorsque la maison de Murad a été dissoute. Cela me sembla alors un don bien modeste, mais je m'étais trompé.

— En fait, dit Anna, parmi les trésors que recelait l'ancien harem, on n'aurait rien pu trouver qui ait plus de valeur qu'Omar. Il vaut son pesant d'or.

— Quiconque voudrait essayer de m'acheter, dit l'eunuque, devrait être bien riche. Comme vous le voyez, je n'ai pas maigri depuis la dernière fois que nous nous sommes vus, Anna Chatun.

— J'ai amené Omar, dit Milan Mahmud, surtout pour que vous disposiez d'une escorte digne de votre rang, Anna Chatun. Peut-être l'aviez-vous oublié, mais à Andrinople, une femme convenable ne se montre pas seule dans la rue.

— Escorte pour aller où ? demanda Anna.

— Le Sultan ne vous recevra que tard dans la soirée.

— A-t-il dit cela ?

— Non, mais il ne reçoit plus guère ses visiteurs qu'après la chute du jour, ce qui m'a amené à penser que, si vous le désirez, je pourrais vous aider à passer le temps d'ici là.

— Où donc, Mahmud Pacha ?

— L'île du palais est de loin l'endroit le plus agréable à Andrinople en cette saison.

— Il a quelque chose contre mes poules, grogna Hundi.

— Trois palanquins attendent dehors, un pour vous, Anna

Chatun, un pour Omar et, si vous voulez bien me faire l'honneur, un pour vous, petite mère.

— Ne m'appelez pas petite mère, répliqua la nourrice, et elle ordonna à la servante de lui apporter un manteau.

Comme Anna était certaine que Hundi et l'eunuque ne quitteraient pas leur palanquin au même endroit qu'elle, elle appela Démétrios et le pria de rester constamment auprès de sa chaise à porteurs. Elle n'avait aucune envie de se laisser enfermer aussi facilement.

Un quart d'heure plus tard, Anna crut être arrivée en enfer.

La halle où ils se trouvaient était emplie d'une fumée âcre. Une pluie d'étincelles crépitantes jaillissait de fours de pierre qui ressemblaient à de gigantesques ruches. A travers d'étroites rigoles, du métal en fusion coulait en sifflant. Des hommes demi-nus, ruisselants de sueur, étaient pendus aux bras d'énormes soufflets. D'autres approvisionnaient les bouches des fours, d'autres encore couraient avec de longues barres et des cuillers à pot dans toutes les directions. Les rigoles de métal menaient à un creux dans le sol. Anna ne vit ce qui s'y passait que lorsque Milan Mahmud l'eût conduite au bord. Toute explication était inutile.

Anna avait déjà vu comment on coule le bronze, elle savait également à quoi ressemble un canon. Mais, ce qu'elle n'avait jamais vu, c'était un moule de la taille de celui qui se trouvait à ses pieds. La construction en maçonnerie de briques réfractaires était plus haute qu'un homme et sa longueur était à peu près celle d'un canot à vingt rameurs. On ne voyait à quoi elle servait que grâce aux six trous vers lesquels le métal en fusion était dirigé sans relâche dans le moule. Des hommes en tablier de cuir, avec des masques sur le visage, s'activaient à faire en sorte que le flot brûlant s'écoulât avec régularité. Ils essayaient de se faire comprendre à travers la fumée par des gestes et des signaux et appelaient sans cesse un homme qui semblait avoir la responsabilité de tout ce qui se passait là. Il était de si petite taille que, parmi les puissantes silhouettes qui l'entouraient, il avait presque l'air d'un nain. Cependant, on ne devait pas dire à Anna qui était cet homme.

Il était facile de tirer les conclusions de ce qu'elle voyait. On coulait un canon, cela se passait dans l'enceinte du palais qu'habitait Mehmet. Ce canon, lorsqu'il serait achevé, dépasserait par sa taille tous les autres jamais coulés. En additionnant tous ces facteurs, le total ne pouvait être qu'un nom.

— *Tamam !* cria le petit homme.

Il s'écarta si vivement du premier orifice de coulée qu'il parut sauter en l'air. Au même instant, tout le travail s'arrêta. Les hommes des rigoles y glissèrent des barrages pour interrompre le flot de métal en fusion. Les portes des fours s'abattirent bruyamment. Les soufflets s'arrêtèrent.

Tamam était le premier mot que l'on apprenait lorsqu'on essayait de parler le turc. Il signifiait à peu près tout, depuis « bien » jusqu'à « en ordre » ou « assez ». Dans le cas présent, il semblait avoir signifié « pas en ordre ». Les visages des ouvriers exprimaient la déception. Mais celui du petit homme restait impénétrable.

Il regarda vers le haut en s'essuyant la figure, vit Milan Mahmud :

— Encore rien, dit-il, trop d'air entré à l'intérieur, donne des bulles.

— A combien d'essais en êtes-vous ? cria Mahmud.

— Faut vérifier, répliqua le petit homme, à quatorze ou quinze. La dernière fois, nous en avons eu trente.

— La dernière fois ? demanda Anna. C'était lorsqu'il a coulé les canons du Bogha-Kese ?

Milan Mahmud acquiesça.

— Alors, c'est vraiment le célèbre Urban ?

— Qui d'autre que lui serait assez fou pour s'attaquer à une bouche à feu qui doit envoyer à une lieue des boulets de douze cents livres.

— Douze cents...

Le son du mot était à lui seul effrayant. Anna savait qu'Urban, un Allemand, avait travaillé plusieurs années pour l'empereur Jean de Byzance puis qu'il était passé aux Turcs. C'était le plus célèbre fondeur de canons du monde et il ne vivait que pour un seul but : créer le plus gros canon de l'univers. Anna s'était toujours imaginé qu'Urban était grand et bien fait mais, lorsqu'il s'approcha, elle découvrit qu'il était petit, mignard, et aussi un peu contrefait.

Son visage imberbe faisait penser à celui d'un aimable vieux sorcier.

— Que va-t-il arriver maintenant ? demanda Milan Mahmud.

Urban haussa les épaules.

— Nous abattons construction, fondons métal et construisons nouveau moule.
— Et combien de temps cela prendra-t-il ?
— Trois semaines, quatre semaines, qui sait ?
— Le canon ne doit-il pas être terminé à une date fixée ?
Le fondeur sourit.
— Date de la guerre est date quand canon est terminé. Pas de canon, pas de guerre.
— Est-ce ton opinion ou bien celle du Sultan ?
— Opinion du Sultan.
— Espérons que tu n'abuseras pas trop de sa patience.
— Sultan attendra, dit Urban avec assurance.
Il se tourna vers ses ouvriers et cria de nouveau *Tamam !* ce qui signifiait, cette fois « fini pour aujourd'hui », car l'immense halle de poutres et de planches grossièrement assemblées commença de se vider rapidement. Il ne resta que quelques surveillants auprès des fours. C'était une entreprise bien organisée.

— Eh bien, demanda Milan Mahmud lorsqu'ils furent de nouveau dehors, est-ce que cela valait la peine de venir jusqu'ici ?
— Qu'ai-je appris ? rétorqua Anna, que Mehmet marchera sur Constantinople dès que le canon d'Urban sera achevé. A part ça, je ne sais pas grand-chose.
Ils se trouvaient à la pointe nord-est de l'île de la Tundscha, à peu près à l'endroit où se dressait le köschke où Anna avait rendu visite au jeune Mehmet après qu'il eut été déposé. Maintenant, c'était l'atelier d'Urban qui s'y trouvait.
Comme Anna l'avait prévu, les palanquins de Hundi et d'Omar avaient soudain disparu dans le labyrinthe des jardins du palais, et Démétrios avait été si adroitement distrait qu'il n'avait pas remarqué que les porteurs avaient tourné et pénétré dans une cour dont la porte s'était aussitôt refermée derrière eux. Milan Mahmud l'avait froidement et sciemment jouée.
— Vous pensez vraiment n'avoir rien appris d'important ? demanda-t-il.
— Je sais maintenant, répliqua Anna en haussant les épaules, que la guerre commencera aussitôt que le canon d'Urban sera prêt à faire feu. Cela peut être dans six semaines, mais tout aussi bien dans dix mois. Une information aussi peu précise, l'espion le meilleur marché n'oserait pas la proposer !
— C'est l'inverse qui est vrai : seul un espion bon marché ne

proposerait pas une telle information. Un bon, au contraire, essaierait de l'exploiter.

— Qu'est-ce que ça veut dire, de l'exploiter ?

— Réfléchissez, Anna Chatun ! Mehmet réunit une des plus puissantes armées que ce siècle ait jamais vue. Andrinople est déjà un camp de guerre. Toutes les autres villes qui entourent Constantinople regorgent de soldats. On abat les dernières têtes de bétail des paysans, leurs champs sont piétinés par la cavalerie, le chambellan du trésor donne, semaine après semaine, des sommes fabuleuses pour la solde des troupes. En même temps, nos frontières sont largement dégarnies. Tout chef de guerre raisonnable devrait s'efforcer de mettre fin à cette situation aussi vite que possible parce qu'elle lui coûte de l'argent et parce qu'elle est dangereuse. Il fixerait une date à laquelle tous les préparatifs devraient être terminés et ensuite il frapperait. Mais que fait Mehmet ? Il reste assis là, laisse le pays se faire saigner à blanc et attend que cet unique canon soit terminé.

— Constantinople, dit Anna, a les plus puissants remparts qui aient jamais été construits. Mehmet croit probablement que, pour les abattre, il lui faut le plus gros canon qui ait jamais été fondu.

— Ça, dit le vizir, c'est tout au plus ce dont il est persuadé. Tous ses conseillers essaient de le convaincre que l'on peut s'emparer de Constantinople sans cette arme miraculeuse et même sans cette armée géante qu'il a réunie. La ville est pour ainsi dire complètement isolée du reste du monde. A l'intérieur — et qui le saurait mieux que l'épouse du Grand Logothète impérial — elle s'effondre de plus en plus. Il nous suffirait de serrer l'anneau qui entoure Constantinople de plus en plus étroitement et nous pourrions calculer quand elle capitulera.

— Et si l'Occident envoie une armée pour la dégager ?

— Il n'y a pas le moindre indice qui nous dise qu'il le fera.

Anna se tut.

— Du reste, ajouta Mahmud, les canons d'Urban valent à peine l'argent qu'ils coûtent. Les deux canons de Bogha-Kese ne peuvent tirer que deux ou trois fois par jour, sinon ils éclateraient au nez de leurs servants. Il pourrait fort bien en être de même du nouveau lanceur de boulets. Nos experts italiens prétendent même qu'il ne pourrait, au mieux, tirer qu'un coup tous les trois ou quatre jours. Avec un arrêt de feu aussi long, de bons ouvriers pourraient colmater n'importe quelle brèche des remparts.

— Cela voudrait donc dire, fit Anna qui commençait à devenir songeuse, beaucoup de bruit pour rien.

Le vizir sourit.

— C'est le cas, Anna Chatun. Et c'est justement cette information que je voulais vous transmettre.

— Merci beaucoup, Mahmud Pacha. Mais croyez-vous que je puisse en faire quelque chose ?

Le sourire sur le visage étroit au nez aquilin du cousin d'Amirutzès s'accentua.

— Anna Chatun, dit-il, vous êtes probablement la seule personne au monde qui puisse en faire quelque chose. Et, faites-moi donc la grâce de m'appeler simplement Mahmud ou, si vous préférez, et seulement quand nous serons entre nous, Milan Angelovic. Le grand-père de votre mère était marié à une Angeloi. Nous sommes pratiquement parents par le sang.

Anna comprit que le piège où elle avait été attirée commençait à se refermer. Ils étaient seuls dans un pré bruni par l'hiver. De l'autre côté de quelques buissons du rivage, la Tundscha scintillait. Il n'y avait pas âme qui vive aux alentours.

Cela avait commencé comme un jeu, songea-t-elle et cela était resté un jeu pendant longtemps. On utilisait des mots, on racontait des histoires et l'on observait le jeune homme qui les dévorait. Il ne se lassait pas d'entendre parler des empereurs qui s'avançaient dans leurs palais étincelants et envoyaient des flottes au-delà des mers, des Héraclides, de la dynastie macédonienne, des Comnènes, des Paléologues. Ils résidaient dans cette ville surchargée d'or qui était le centre du monde et ils étaient honorés comme des dieux par leurs sujets. Dans les occasions solennelles, ils descendaient des hauteurs, portés sur des trônes incrustés de pierreries, tandis que les fanfares sonnaient et que des griffons d'or battaient des ailes. Personne n'avait le droit de les regarder en face ni de leur adresser la parole. Leurs pieds étaient chaussés de souliers pourpres et les chemins sur lesquels ils marchaient étaient pavés de porphyre rouge.

Les récits dont Anna nourrissait le prince prirent racine en lui et portèrent d'étranges fleurs. Il les étendait et vivait en elles. Les plus grands souverains byzantins devinrent ses interlocuteurs. Il s'entretenait avec Justinien et Héraclius, avec Michel le Soldat et Isaac le Comnène. Il jugeait les kadines de Murad d'après ce qu'il savait de leurs épouses avec, pour résultat, qu'il n'en existait qu'une à ses yeux : Anna. Mais elle incarnait en outre tout ce qui venait de la cité du Bosphore. De plus, elle remplaçait l'ombre de la mère de Mehmet. Elle lui donnait vie et se confondait avec elle. Les fiévreuses allusions de Huma Chatun au sang royal et impérial qui coulait dans ses veines et dans les siennes, prenaient corps grâce à Anna. Il crut soudain comprendre ce que sa mère lui avait chuchoté à l'oreille ; il combla les lacunes de ses récits avec ce que lui racontait Anna. Il imaginait que Huma ne pouvait avoir parlé que du palais sur la Corne d'Or quand elle lui décrivait les lieux de son enfance. Finalement, il sut qu'il était un demi-Comnène et comprit pourquoi il était si différent de son père et de ses deux frères.

Il le dit un jour. Anna comprit alors que ce n'était plus un jeu et que personne ne devrait jamais savoir comment Mehmet avait pu en venir à ce changement d'identité. Mais qui donc aurait pu l'apprendre ? Seule Hundi Chatun, à part elle, savait ce qui se passait dans la tête du prince. Mais on l'appelait déjà la mère du mystère parce qu'elle était la seule à connaître la véritable origine de Huma Chatun et qu'elle se taisait. Le mystère de Mehmet était une propriété commune aux deux femmes, elles ne la partageaient qu'avec lui. Anna n'avait rompu cette convention tacite qu'une seule fois, mais elle s'était aperçue, en le faisant, de la difficulté de faire comprendre à un tiers l'importance de ce qu'elle savait.

Georgios Sphrantzès avait été effrayé lorsqu'elle lui avait expliqué, à Brousse, que le fils de Murad se prenait pour un descendant des Comnènes. Elle lut dans son journal qu'il l'avait pris pour un avertissement. En réalité, elle avait pourtant voulu lui dire : « Ce jeune homme est le futur souverain byzantin. Il croit devoir conquérir Constantinople parce que c'est sa patrie et il est également conquis lui-même, depuis longtemps, par elle. Si, de ce fait, un jour, dans les années à venir, un Turc monte sur le trône de Blachern, cela ne signifiera que la continuation de notre histoire et aucunement sa fin. L'ancienne forme se remplira d'un nouveau contenu et d'une nouvelle force. Cela s'est déjà produit autrefois. »

Mais si un Sphrantzès n'avait pas été capable de la suivre dans de telles réflexions, comment un tiers aurait-il pu jamais imaginer ce qui s'était joué entre elle et le jeune Mehmet ? Et comment aurait-il pu apprendre qu'elle avait finalement conforté sciemment le prince dans la conviction qu'il était originaire de Constantinople et qu'il avait, de ce fait, le droit d'y régner ?

Maintenant ce tiers était devant elle. Anna avait oublié qu'il n'y avait pas que des hommes comme Murad et Georgios Sphrantzès, mais aussi d'autres qui, contrairement à ces deux-là, pouvaient penser comme une femme. Amirutzès était l'un d'eux et son cousin aussi de toute évidence

Milan Mahmud était assis sur l'appui de fenêtre du petit pavillon construit à moitié au-dessus de l'eau qu'ils avaient atteint comme par hasard et qui, comme par hasard, était agréablement chauffé par deux braseros transportables. Il avait posé son sabre surchargé de joyaux et légèrement ouvert le col de son caftan de brocart. Il se comportait donc tout à fait comme quelqu'un qui est chez lui et désire se livrer à une conversation sans contraintes.

Anna était résolue, pour commencer, à seulement l'écouter et à se faire expliquer pourquoi il voyait en elle la seule personne qui pût entreprendre quelque chose avec le renseignement sur l'inutile canon géant. La crainte qui l'avait parcourue lorsque Milan Mahmud avait prononcé cette phrase s'était presque dissipée. Pour l'instant, elle appréciait tout simplement la chaleur. Mais bientôt, tout ce que le vizir lui exposait confirma son soupçon qu'elle avait été percée à jour. Son discours donnait l'impression d'avoir été préparé de longue date.

— Ces canons géants, disait-il, incarnent plus que la seule volonté de conquérir une ville. Souvent, j'ai l'impression qu'ils existaient dans l'imagination de Mehmet longtemps avant qu'Urban ne lui en présentât les premières ébauches. Il en a besoin pour prouver quelque chose au monde et à lui-même, et il est terriblement important pour lui que cette démonstration réussisse. Lorsqu'il parle de ses nouveaux canons, une expression d'excitation fiévreuse apparaît sur son visage. Même dans des conversations sans rapport avec la guerre, il y revient constamment. On a souvent l'impression qu'il est prêt à expliquer pourquoi il leur attache tant d'importance, mais lorsqu'il commence, une sorte de trouble l'envahit, il s'arrête, semble se replier sur lui-même et change brusquement de sujet. C'est pour lui à la fois un plaisir et une souffrance de parler du canon. Sa langue ne se délie même pas quand il est ivre. Cependant lorsqu'il l'est, des allusions lui échappent souvent, qu'aucun de nous ne comprend vraiment, mais que nous essayons graduellement de relier aux canons d'Urban.

Il y a peu de temps, par exemple, il nous a lu une lettre d'un Grec de Trébizonde qui vit maintenant en Italie et qui appartient à l'Eglise romaine.

Il y prétend que celui qui possède Constantinople est le seul et véritable maître de l'Univers. La lettre n'était qu'une tentative grossière pour le flatter et une tentative encore plus éhontée pour lui soutirer de l'argent. Cependant Mehmet a paru touché au plus profond de lui-même. La phrase « Le siège du maître du monde est Constantinople », l'a préoccupé durant plusieurs jours. Il n'a pas cessé de la citer et ce, sur le même ton qu'il emploie habituellement pour parler du gros canon. Je me vois conforté dans mon soupçon qu'il existe entre la ville et lui un lien qui va bien au-delà de ce qui unit habituellement la victime et son bourreau. En outre, j'ai commencé à comprendre que le canon n'est si important à ses yeux qu'en raison de cette liaison. Et, par voie de conséquence, je me suis posé la question de la nature de cette liaison. La réponse était déjà à portée de la main.

Le vizir s'arrêta brusquement. Son regard, sous les sourcils levés dans l'attente, se dirigea vers Anna.

— Je vous écoute avec le plus grand intérêt, Milan Angelovic, dit-elle, mais je ne vous suis pas très bien.

— Vraiment, belle cousine ?

— Peut-être surestimez-vous un peu mon intelligence.

Il eut un petit rire.

— Ce serait bien la dernière faute que je commettrais, dit-il.

Puis il continua son discours.

— La réponse est aussi étrange que l'état de fait d'où j'étais parti, mais elle peut se formuler simplement ainsi : Mehmet ne hait pas son adversaire comme un ennemi, il l'aimerait plutôt. Ou, pour m'exprimer plus justement, il désire Constantinople comme un homme désire une femme. Les canons sont un moyen de la persuader. Grâce à leur tonnerre, il se présente comme celui que la femme doit tout simplement accepter. Cela veut dire d'autre part : il n'ose pas apparaître devant l'objet de son désir autrement que dans la fumée de sa gigantesque bouche à feu car, en secret, il ne se sent pas à sa hauteur.

Il rit à nouveau et ajouta :

— N'avez-vous jamais remarqué à quel point un canon ressemble à l'organe sexuel viril ?

Anna inclina la tête. Il était presque trop évident que Milan Mahmud flairait la vérité, elle ne parvenait pas, néanmoins, à le considérer comme un adversaire. Comme Amirutzès, il lui ressemblait. Elle décida d'abréger l'entretien.

— Et pourquoi, Milan Angelovic, serais-je justement la seule personne au monde qui puisse comprendre du premier coup cet étrange état de fait ?

— Parce que vous en êtes en partie responsable.

— Tiens, tiens !

Il leva ses deux mains dans une attitude presque implorante.

— Jouons-nous à la balle ou sommes-nous en train d'approfondir un problème qui est aussi important pour vous que pour moi ?

— Ce que vous venez de dire avait plutôt l'air d'une accusation. Je suis d'ailleurs pratiquement votre prisonnière.

— Un ordre de vous et votre palanquin sera devant la porte.

— Bon, alors, Milan Angelovic, sur quoi fondez-vous ce que vous croyez savoir de moi ?

— Surtout sur deux faits que vous avez visiblement oubliés. Je suis le cousin de Georgios Amirutzès et j'ai pris Omar à mon service.

Anna tressaillit. Elle s'était attendue que le vizir parlât d'Amirutzès, mais pas à ce qu'il mentionnât Omar. Un peu plus sèchement qu'elle ne l'aurait désiré, elle répliqua :

— Vous tenez apparemment Amirutzès pour quelqu'un qui m'a complètement percée à jour ?

— Vous admettrez qu'il a eu le temps et l'occasion de vous connaître à fond.

— Et Omar ?

— Dois-je le citer ?

— Je vous en prie.

— Dieu m'a interdit la fécondité, mais il m'a donné Mehmet. Cette phrase est de vous.

De fait, Anna n'y avait plus pensé. Milan Mahmud s'appuya en arrière comme s'il était soulagé de voir sa réaction.

— Vous voyez, dit-il, nous sommes déjà très près de la solution de l'énigme. L'étrange comportement de Mehmet s'explique, à mon avis, parce que, enfant, il a été formé par deux femmes à la volonté très forte, par Huma Chatun et par vous. Huma lui a raconté qu'il était d'origine plus aristocratique que ses deux frères. Vous l'avez conforté dans cette idée et vous avez nourri sa secrète conviction que la couronne byzantine lui revenait de par ses origines. Depuis lors, Constantinople est pour lui la ville qu'il doit conquérir pour pouvoir être celui qu'il croît être. S'il n'y parvient pas, il devra vivre à l'avenir comme un étranger parmi des étrangers, en fugitif, en exil, en homme privé de son héritage, en Grec parmi les Barbares. Cette idée lui fait presque perdre la tête. Il la combat par tous les moyens et le canon d'Urban lui semble plus important — pour les motifs que je viens de vous exposer.

Anna dut convenir que les paroles de Milan Mahmud l'avaient impressionnée. Elle réfléchit longtemps avant de répondre.

— Raisonnement très subtil, dit-elle enfin. Mais qu'en résulte-t-il ? Sans aucun doute, Huma Chatun a fourré dans l'esprit de son enfant le désir de conquérir Constantinople. C'était bien naturel de sa part, elle voulait voir Mehmet grand et puissant. Mais moi, Byzantine, pourquoi aurais-je nourri son désir et renforcé la conviction du prince ? Voulais-je trahir ma ville natale ? Suis-je une traîtresse ?

Le vizir leva les mains.

— Quel mot, cousine Anna ! Comment devrais-je me nommer moi-même si je vous traitais de la sorte ? Non, à mon avis — qui rejoint celui d'Amirutzès —, vous n'êtes rien d'autre qu'une femme qui a du sang de rois dans les veines et qui voudrait régner, fût-ce à travers ce jeune prince osmanique.

— Mais à quel prix effroyable !

— Vos ancêtres, les Bagration comme les Comnènes, ont marché sur des cadavres lorsqu'ils ont essayé de modeler le monde à leurs idées.

— Ils avaient au moins des idées.

— Vous pas ?

— Quelles pourraient-elles bien être ?

— Les mêmes que nous avons tous, mes confrères de l'administration — sauf Chalil — et moi. Nous voulons une Byzance revigorée qui ne s'appellera toutefois plus Byzance, mais l'Empire ottoman.

— Sur lequel flottera l'étendard vert du Prophète !

— Des étendards de toutes sortes de couleurs ont déjà flotté au-dessus de Constantinople. Cette ville a été, déjà, d'innombrables fois sur sa fin et puis elle a été ressuscitée par des étrangers, des conquérants, des usurpateurs, des généraux barbares putschistes. Elle a besoin, à l'occasion, de sang nouveau et de forces fraîches pour continuer à exister. Aujourd'hui, ce sont les Turcs qui peuvent les lui offrir. Ils arriveront en ennemis, mais en peu de générations, ils seront transformés en bons bourgeois byzantins qui ne différeront de leurs prédécesseurs que par des vêtements différents, une autre langue et aussi, par une autre croyance. Mais comme on y a appelé Dieu sous de nombreux noms différents, cela ne fera pas une grande différence si on le fait avec un nom arabe.

— Et vous me soumettez toutes ces réflexions ? dit Anna étonnée.

— Pas toutes, répliqua le vizir. C'était plutôt une tentative pour vous justifier vis-à-vis de vous-même.

— Me justifier ? Pour quelle raison le feriez-vous ?

Milan se leva d'un mouvement brusque.

— Je veux deux choses de vous : votre confiance et les lettres que Chalil a envoyées à Notaras.

Cette fois, le piège s'était refermé. Anna savait qu'il lui faudrait du temps pour comprendre ce qui était arrivé. Mais ce qui se passa autour d'elle ensuite prit de plus en plus l'aspect d'un cauchemar auprès duquel ce qu'elle avait vécu au cours de l'orage d'hiver dans l'ancien palais de Constantinople semblait une promenade dans un parc de jeux.

Dans une des cours du palais, debout près de la fontaine du bourreau, Mahmud dit :

— Voyez cette rigole de pierre, cousine Anna. Après votre départ d'Andrinople, le sang de nombreuses femmes que vous avez dû connaître y a coulé. La plupart d'entre elles ont prétendu jusqu'au bout qu'elles étaient innocentes.

— Innocentes de quoi ? demanda Anna avec horreur.

— De la mort de Murad.

— Murad a succombé à une attaque.

— Il est mort, en train de boire. Il aurait pu y avoir du poison dans sa coupe.

— Du poison ? Pourquoi quelqu'un lui aurait-il donné du poison ?

— Pourquoi pas ? Le bruit selon lequel il aurait été victime d'une intrigue du harem persiste encore aujourd'hui et on mentionne votre nom.

— Mon n... ?

— Tout le monde connaissait vos relations avec l'héritier du trône et personne ne doutait que Mehmet eût déjà fait assassiner ses deux frères parce qu'ils lui barraient l'accès au divan. A cette époque-là, des femmes ont dû l'aider — questionnez Hundi ! Pourquoi pas aussi plus tard, lorsqu'il s'est agi du dernier obstacle !

Le vizir lui sourit, les paupières plissées.

— Imaginez un instant qu'une de ces personnes qui croient à votre culpabilité apprenne que vous êtes dans le palais. Croyez-vous que vous en sortiriez vivante ? Et qu'avez-vous contre Chalil, le plus fidèle serviteur de Murad ? Pourquoi voulez-vous lui planter un poignard dans le dos comme vous l'avez fait pour Notaras ? Ces deux-là font, ensemble, la seule politique qui puisse vraiment être utile à Constantinople. Ils ont mis au point un plan grâce auquel la ville passera pas à pas et sans guerre aux mains des Ottomans. Le Sultan entreprendra d'abord de la protéger militairement, puis il prendra les pouvoirs de police, ensuite les Byzantins lui rendront hommage et enfin, ils reconnaîtront sa domination et, de cette façon, sans avoir abandonné leur foi, ni perdu un soldat sur le champ de bataille, ils seront devenus des citoyens turcs. Ce plan est sage, sain et humain. Il remonte à des conversations que Chalil a eues avec le père de votre mari. Sa réalisation demanderait environ sept ans et donnerait ainsi le temps à vos compatriotes de s'habituer à leur nouvelle condition. Comparé à ce projet, ce que s'efforce de faire Sphrantzès le jeune est pure folie.

— Notaras, répliqua Anna, ne négocie pas seulement avec Chalil, mais simultanément avec Naples et la Hongrie.

— Pourquoi s'en priverait-il, belle cousine ? Un politicien ne peut jamais se fier à un seul plan. Il doit se ménager plusieurs issues.

— Doit-il aussi réclamer de l'argent pour offrir à Alphonse de Naples et à Jean de Hongrie des territoires byzantins ?

— C'est un homme comme les autres. Il pense aussi à lui. Chalil n'est pas moins avide que lui, c'est pourquoi ils se comprennent si bien.

Il sourit à nouveau et reprit :

— Je suppose même que Sphrantzès le Vieux et notre Grand Vizir s'entendaient si bien pour les mêmes raisons.

— C'est...

— Bon, bon, bon, dit Milan Mahmud avec une contrition exagérée, je retire cette dernière remarque. Je ne veux pas dire de mal de feu votre beau-père. Mais demandez-vous donc un peu pourquoi vous combattez ce bon Lukas Notaras avec tant de véhémence. Seulement parce qu'il est un adversaire politique de votre mari ? N'est-ce pas en réalité parce que, vous, les Comnènes, les Bagration, voyez en lui un arriviste qui s'est élevé pour vous chasser, vous et vos semblables, des leviers du pouvoir ?

Il écarta ses mains et ajouta :

— Sans vouloir vous choquer, ne serait-ce pas là un des motifs de votre action spectaculaire au palais Cantacuzène ? Je vous le demande seulement. Vous ne paraissez pas exagérément surprise que je sois si bien renseigné. Ou bien l'êtes-vous quand même ?

— Non, répondit Anna résignée, naturellement non.

Elle ne s'était jamais abandonnée à l'illusion que ce qui s'était passé le jour de la Sainte-Anastasie à Constantinople ait pu rester ignoré à Andrinople.

Milan Mahmud reprit la parole :

— Revenons-en à Chalil, dit-il, c'est un vieil homme, sclérosé, mais honorable. Quand il devient sentimental, et cela lui arrive de plus en plus souvent, il raconte qu'il vous a tenue sur ses genoux chez Sphrantzès le Vieux et comment vous avez accompagné Murad à cheval quand il est revenu d'Amasya lorsque Mehmet a été déposé. « Comme nos arrière-grands-mères qui ne se laissaient pas enfermer dans le harem, mais allaient sur les champs de bataille avec leurs maris », dit-il chaque fois. Il tient à vous Anna, le savez-vous ? Il est un des rares qui vous défende quand on parle de la mort de Murad. Mais que faites-vous, belle cousine ? Vous arrivez au galop de Constantinople avec, dans vos bagages, un papier qui peut coûter sa tête à Chalil s'il tombe en bonnes mains ou, c'est selon, dans les mauvaises. Sa position à la Cour n'est pas des plus sûres. Mehmet le hait et il le lui rend bien. Vous en connaissez les causes. Vous n'avez donc pas la moindre raison de souhaiter du mal à Chalil, au contraire. Cependant, et c'est pour cela que vous êtes venue, vous voulez le pendre à la même corde que celle que vous avez mise au cou de Notaras. Pourquoi faites-vous cela ?

— Et pourquoi, gronda Anna qui avait le sentiment de s'enfoncer irrésistiblement dans un marais sans fond, pourquoi vous précipitez-vous à la rescousse de Chalil Pacha ? Sa politique serait-elle la vôtre ? Faites-vous partie de ceux qui voudraient dissuader Mehmet de cette attaque au canon et qui prônent la conquête pas à pas de Constantinople? Si mes renseignements sont bons, ce n'est pas le cas. D'après tout ce que je sais, vous seriez plutôt de ceux qui essaient de saper la position de Chalil parce que vous voulez mettre la main vous-même sur le sceau du Grand Vizir.

Milan Mahmud rejeta la tête en arrière et éclata de rire.

— Qu'attendiez-vous donc de moi, cousine Anna? Que je prenne ouvertement parti pour Chalil et que je me fasse un ennemi du Sultan? Chalil défend, à la Cour, la cause de la mesure, mais il a aussi un parti derrière lui, celui des Vieux-Turcs. Moi, au contraire, comme tous les autres convertis, je dépends entièrement du bon vouloir de Mehmet. Je dois me conformer à ses volontés, prendre ses lubies au sérieux et parler son langage si je veux rester en vie. D'autre part, je ne dois pas, à cause de cela, enfermer ma cervelle dans une cassette et en jeter la clef. Il est parfaitement possible que Chalil et ses partisans se maintiennent encore. Mehmet pourrait, lui aussi, s'effondrer devant une coupe de vin — et qu'arriverait-il alors à Milan Angelovic? Non, non, ma chère, n'essayez pas de nous juger d'après des critères dont vous savez trop bien qu'ils ne sont pas plus valables ici qu'à Constantinople. Ici, tout comme au Blachern, on pèse le juste et le faisable et on complète la pesée avec l'intérêt personnel. Que Chalil ne soit guère en faveur auprès de son maître ne veut pas dire, et de loin, que quelqu'un comme moi puisse lui mettre des bâtons dans les roues; cela ne serait même pas possible avec le soutien de Mehmet. Le Grand Vizir a des partisans dans l'armée et dans l'administration. Il est l'ombre vivante de feu Murad. Ses forces diminuent, mais un vieux tigre comme lui ne désapprendra jamais complètement le combat. Si on le met le dos au mur, il peut être dangereux. C'est pourquoi je ne puis ni le provoquer, ni encore moins permettre qu'il soit mis en danger par quiconque : vous, par exemple. Ce qui pourrait arriver, si Chalil croyait qu'il lui faudrait défendre sa peau, n'est pas imprévisible. Il pourrait laisser libre cours à sa haine et faire faire tout ce que l'on peut imaginer, depuis l'assassinat du Sultan jusqu'au putsch. Il pourrait nous précipiter dans le chaos.

La voix de Milan Mahmud était devenue grave. Il se tenait si près d'Anna qu'elle se sentait pressée contre la margelle de la fontaine du bourreau. Son souffle lui caressait le visage. Elle avait peine à garder un semblant d'ordre dans ses pensées.

Cependant, elle voulait l'entendre jusqu'au bout. Lorsqu'il s'arrêta brusquement, elle lui dit :

— Un chaos à la cour d'Andrinople ? Que pourrait-il nous arriver de plus utile ?

— Nous, belle cousine ? Que voulez-vous dire par « nous » ? Qui parle maintenant ? La femme qui veut attirer Mehmet à Constantinople, ou celle du grand logothète Sphrantzès qui essaie d'armer Constantinople contre l'attaque de Mehmet ?

Anna ne sut que répondre et Milan Mahmud reprit :

— Oh oui, je sais, c'est difficile de danser sur plusieurs cordes à la fois, même pour une femme comme vous. Et encore plus difficile lorsque l'une de ces cordes est tendue entre le rêve et la réalité. Mais supposons que j'aie entendu la voix de l'épouse du Grand Logothète. Elle disait qu'un chaos à Andrinople serait bon pour Constantinople. Ce n'est certes pas un mauvais argument mais, malheureusement, ce n'en est pas un bon non plus. Si les choses, ici, suivent leur cours actuel, Constantinople peut vivre avec la certitude absolue qu'à n'importe quel moment des prochains mois, le gros canon sera achevé et que Mehnet se mettra en marche. Si les choses ne suivent pas leur cours parce que le Grand Vizir se sera rebellé contre Mehmet et qu'il aura déchaîné une lutte pour le pouvoir, alors vos compatriotes auront en effet gagné une plus longue trêve pour reprendre haleine — toutefois, ils la paieront très cher.

— Très cher ?

— Dans cette lutte pour le pouvoir, dit Milan Mahmud de plus en plus grave, ni Mehmet ni Chalil ne peuvent être seuls vainqueurs. Chacun d'eux devra se chercher un allié et ce ne pourrait être que le même pour chacun d'eux : le clergé islamique, les mollahs et les derviches, les dévots et les fanatiques. Ce que cela signifierait, belle cousine, vous pouvez facilement l'imaginer.

Anna fut incapable de répondre ; mais, cette fois, non parce qu'elle n'aurait pas trouvé d'arguments, mais bien parce qu'elle resta sans voix. Ancienne confidente de Murad, elle était suffisamment renseignée sur le clergé musulman pour être terrorisée à sa seule évocation par le vizir. Les mollahs et les derviches étaient des gens sans lesquels aucun sultan ne pouvait régner et qu'en conséquence, tous les sultans redoutaient. Certes, leur parole n'était pas la loi, mais, dans les cas extrêmes, elle pouvait anéantir toute loi. Leur esprit n'était pas orienté vers ce qui était accessible, mais uniquement vers la lutte religieuse. Lorsqu'ils n'avaient plus confiance dans un souverain temporel, ils pouvaient le balayer et, au fond, ils ne faisaient confiance à aucun des occupants du divan. Ils avaient compté chaque gorgée de vin dans la bouche de Murad et lui avaient tenu rigueur de toutes les guerres dont il était revenu avec des armées intactes. De leur point de vue, une guerre contre les infidèles ne pouvait se terminer que lorsque toutes les forces étaient épuisées. Les considérations stratégiques ou politiques n'avaient pas le moindre poids à leurs yeux. Et le peuple les suivait. Le peuple et les janissaires.

Le vizir résuma finalement le tout en un mot : *Djihad,* dit-il et rien d'autre puis, après un moment :

— Oui, Anna, cela signifierait *Djihad,* la Guerre sainte. D'abord le chaos à Andrinople, ensuite la prise du pouvoir par les fanatiques et, finalement, la fureur déchaînée des croyants qui nous balaiera tous. Les guerriers du Mouton noir et du Mouton blanc ne pourraient vraisemblablement pas se dérober à un appel à la *Djihad.* Elle déchaînerait une vague de feu qui ne laisserait sur son passage que des cendres et rien d'autre que des cadavres dans les rues de Constantinople. Comparé à ce que veulent les mollahs, même le plan qui se dessine dans la tête de Mehmet est un projet raisonnable, dans une certaine mesure. Il veut conquérir la ville pour la posséder. Les autres, au contraire, veulent anéantir un ennemi de leur foi. Quiconque ne prêtera pas serment à Allah sur la pointe de l'épée nue, homme, femme ou enfant, sera victime de leur haine. Ils raseront vos églises jusqu'aux fondations et ils réduiront en gravats vos maisons, simplement parce qu'on y aura prié un autre dieu que le leur. Si Mehmet vient, tout cela aura également lieu, mais seulement durant les trois jours qui suivent la victoire, au cours desquels les soldats ont le droit de piller et les derviches de brailler. Ensuite, presque d'une heure à l'autre, l'ordre sera rétabli et la vie pourra continuer, une autre vie que celle dont vous avez l'habitude, mais tout de même la vie.

Il se tut et la regarda. Sa tête de rapace, dans l'obscurité qui était tombée depuis longtemps, n'était plus éclairée que par la lueur vacillante d'une torche qui brûlait quelque part. Il semblait tendu et dangereux. Anna se sentit prise au piège. Elle avait l'impression d'être au bord d'un précipice. Elle avait maintenant perdu tout contrôle de ses pensées. Les paroles du vizir lui semblaient bourdonner autour d'elle comme un essaim d'abeilles : *Djihad,* vague de feu, Mouton blanc, Mouton noir, jurer sur la pointe de l'épée nue, assassiner, anéantir, détruire. Elle songea : « Comment tout cela a-t-il donc commencé ? Eros était là, mais Amour manquait : Mehmet lui aurait-il bâti un palais si elle était restée ? Ou bien l'aurait-il supprimée ? Oui, les canons ressemblaient vraiment à un membre viril. Mais le poison dans la coupe de Murad ? De sa main ? De la main de Hundi ? Dans les plans qu'elle élaborait, Murad n'avait finalement plus sa place, mais uniquement le prince qui croyait être un Comnène. Etait-ce d'ailleurs un véritable plan ou plutôt seulement un produit de ces interminables heures de solitude passées dans le harem ? Et pourquoi était-elle venue à Andrinople ? A cause de Chalil ? Pour voir Mehmet ? Lukas Notaras, que venait faire Lukas dans tout cela ?

— Les lettres, demanda Milan Mahmud, où sont-elles ? Les papiers que vous vouliez utiliser contre Chalil ? Sont-ils chez Hundi ?

— Les papiers ? Non, ils sont... je les ai sur moi.

Le vizir tendit la main. Anna tira de sa manche la lettre pliée et la lui passa. Il fit quelques pas de côté et, dans la lumière de la torche, y jeta un rapide coup d'œil en hochant la tête. Puis il ramassa un caillou, l'enveloppa dans les trois feuillets et laissa tomber le paquet dans le puits du bourreau.

— Voilà, dit-il avec une grimace, ils sont bien là. C'est d'ailleurs leur place. Considérez ce petit sacrifice comme le scellé de notre alliance, belle cousine.

— Notre alliance, Milan Angelovic ?

— Vous êtes désormais mon alliée. Vous n'avez pas d'autre choix.

Anna inclina la tête. Elle était dans un tel état qu'elle aurait dit oui à tout ce qui aurait pu y mettre fin.

Mais le cauchemar continuait.

Dans la première cour du palais qui s'ouvre devant eux — ils ont quitté le pavillon sur la rive de la Tundscha depuis plus d'une heure — Anna aperçoit un petit groupe d'hommes en uniforme. Au milieu d'eux, comme s'ils étaient prisonniers, il y a Hundi, Omar et Démétrios. La nourrice parle avec excitation à l'un des soldats. Il semble ne pas la comprendre et donne l'impression d'être nerveux et en colère. Le vizir se dirige d'un pas rapide vers eux.

— Vous voilà enfin, crie Hundi en le reconnaissant.

Elle arrive déjà en se dandinant.

— Ma petite colombe, dit-elle essoufflée, lumière de mes yeux, notre fiston veut te voir, il a déjà fait fouiller tout le palais pour te trouver.

Au même instant, les hommes en uniforme s'approchent. Leur chef n'est pas seulement agacé, il est rouge de fureur. Anna se sent prisonnière. Flanquée d'hommes armés, elle s'avance vers un bâtiment surmonté d'une puissante tour qui a servi, autrefois, de résidence officielle à Murad et que son fils habite désormais. Ses compagnons portent des torches qui ne donnent que peu de lumière. Ils marchent comme à l'exercice. La tête haute et le regard fixe, l'officier, un agha de sipahis, va devant. Anna avait cru que Mehmet la recevrait en privé. Sa terreur est d'autant plus grande lorsqu'elle se retrouve soudain dans la salle d'audience officielle et pas du tout seule avec le Sultan.

Derrière le divan sur lequel Mehmet est assis, tous ses vizirs sont debout, en rangs. Elle reconnaît Saghanos et Chalil Pacha ; tous les autres lui sont étrangers. Sous les turbans ornés d'agrafes, les regards dirigés vers elle sont indifférents ou hostiles. Ce pourrait être une cour martiale qui l'attend ici. Les soldats restent sur place.

Ce qui se passe maintenant est quelque chose dont Anna ne se souviendra que très longtemps après.

Le visage de Mehmet semble étroit, tiré, malade. Il paraît, plus qu'auparavant, dominé par ce puissant nez busqué. Sa voix est faible et sèche. Toutefois il parle directement avec elle et ne fait pas transmettre ses paroles par un dignitaire. D'un autre côté, il la traite pourtant comme une ambassadrice.

Il s'adresse à elle en l'appelant Anna Chatun et demande ce qu'elle a à lui dire. Elle se présente instinctivement comme « la veuve de Murad » et lui rappelle son invitation à lui rendre visite à tout moment, invitation qu'il lui a faite lorsqu'elle a quitté Andrinople. Depuis lors, dit-il, il s'est écoulé un long délai qu'elle a mis à profit pour mettre un terme à son veuvage.

Elle réplique que son destin est de vivre dans deux mondes différents mais que chacun d'eux lui est également cher. Cela lui brise le cœur qu'ils soient en guerre.

D'un geste de la main, Mehmet écarte ces fleurs de rhétorique. Un homme, dit-il, qui change de camp serait déclaré traître. Croit-elle qu'une femme ait des droits spéciaux ?

A quoi elle réplique qu'elle ne demande qu'à s'instruire sur ce sujet. Elle n'a fait que ce qui lui était permis — par le Sultan.

— Le Sultan, dit Mehmet, peut aussi interdire ce qu'il a autorisé.

— Le Sultan le fera-t-il ?

— Le Sultan veut seulement savoir où se trouve Anna Chatun.

— Pour l'instant, dans un endroit sur lequel toutes les armes du Sultan sont pointées. Je serais plus en sécurité dans le harem d'Andrinople.

C'est le moment où Mehmet se transforme pour la première fois. Il n'est plus, soudain, qu'un homme amusé et lance pardessus son épaule :

— Elle sait se défendre, n'est-ce pas, Lâla ? Mais c'est justement ce qui nous a toujours plu chez elle. Non seulement elle est belle, mais de plus, elle est adroite et rusée.

Anna, qui ne sait pas où elle va chercher les réponses qu'elle fait au Sultan, regarde le Grand Vizir mais il ne lui offre qu'un visage impénétrable. Il ne répond pas à la remarque de Mehmet.

— Oui, dit ce dernier qui est de nouveau comme avant, adroite et rusée. Trop adroite et trop rusée ? Peut-être même trop belle. En la voyant, on comprend quelle bonne institution est le harem. Il émousse l'arme de la beauté. Nous devrions vraiment renvoyer Anna Chatun là où elle a déjà été.

Puis il se lève soudain et va vers elle. Il reste si près d'elle qu'ils se touchent presque. Anna remarque l'éclat peu naturel de ses yeux et ses pupilles dilatées.

— Ne te fais pas de souci, Anna Chatun, je ne te mettrai pas dans le harem ni en prison. Je veux seulement savoir : à quel camp appartiens-tu vraiment ? Où est Anna Chatun, maintenant, à l'heure décisive ?

— Le Sultan le sait bien.

C'est une réponse qui exige d'elle toute sa force et qui la remplit de dégoût pour elle-même. Mais, sous le regard pénétrant de ces yeux fiévreux, elle n'aurait rien pu dire d'autre.

— Le sais-je vraiment ?

— Oui, Mehmet Tschelebi.

Question et réponse sont si discrètes que, hormis eux, il est probable que personne, dans la pièce, n'a pu les entendre.

Mehmet reste debout sans la quitter du regard. Puis il recule brusquement et crie presque :

— Une impératrice byzantine a dit un jour que le trône de Constantinople était le plus beau tombeau qui se puisse imaginer. En ce temps-là elle était sous la menace des armes. Moi qui pointe mes canons contre toi, je te demande aujourd'hui : le trône de Constantinople ne serait-il pas aussi le plus beau lit d'amour que l'on puisse imaginer ? Je te le demande, Anna Chatun.

— Oui, dit Anna.

Et c'est tout ce qu'elle est capable de dire. Mehmet se tourne alors vers ses vizirs et dit, en élevant la voix :

— Vous avez entendu ?

A partir de cet instant, elle ne conserve plus qu'un souvenir : derrière elle, un homme s'approche. Elle sent le métal froid d'un couteau sur son cou. La lame glisse le long de son dos, du haut en bas. Elle entend le bruit de l'étoffe qui se déchire. Ses vêtements tombent sur le sol. Elle est debout, nue, dans la pièce et les regards de Mehmet caressent son corps. Anna croit les sentir sur ses seins, sur son ventre et ses cuisses. Elle ne sait pas combien de temps elle est restée là, debout ; elle se rappelle seulement que l'un des vizirs est venu à elle, qu'en passant il a arraché le manteau rouge d'un officier de sipahis et qu'il l'en a enveloppée.

Ce même homme passe son bras autour de ses hanches et l'entraîne à l'extérieur. Il exhale encore et toujours ce parfum d'huile de rose.

Troisième partie

GEORGIOS SPHRANTZÈS

2 avril — 28 avril 1453

I

Les nuages à travers lesquels je plonge sont rouge, noir et jaune. Ils passent en amas toujours renouvelés devant mes yeux, de sorte que je n'aperçois souvent que la petite tache de bleu à laquelle je m'efforce de parvenir. Le bleu est parfois au-dessus de moi, puis il semble être loin au-dessous de mes pieds. J'ai compris depuis longtemps que cela n'a aucun sens de se comporter comme un nageur. Il s'agit seulement de me pousser de toutes mes forces vers le bleu. Mais est-ce que je veux vraiment continuer à vivre ? Mon dernier souvenir est une oraison jaculatoire par laquelle j'ai remercié Dieu de me rappeler à lui.

J'étais tombé, tombé et encore tombé, tombé de beaucoup plus haut que ne l'étaient nos remparts. C'était un abîme sans fond. Et j'ai songé : « Merci à Toi, que ce soit fini, Souverain des Cieux ! » J'avais été heureux, à ce moment-là, pénétré d'une nouvelle conviction exaltante et aussi de fierté car une chose était sûre désormais : Georgios Sphrantzès qui n'avait jamais blessé un homme autrement qu'avec ses poings, pour lequel toutes les dagues et les épées étaient une abomination, ce Georgios Sphrantzès n'est peut-être pas un homme habile et rusé mais — qui l'eût imaginé ? — c'est un combattant courageux. Il peut réconforter des hommes découragés et les ramener au combat. Il peut réfléchir vite et avec perspicacité dans des situations critiques. Il sait presque toujours ce qu'il faut faire, garde la tête froide, n'a peur de rien et il peut aussi tuer. Oh oui ! il peut aussi tuer.

Je m'étais fait donner, le jour que le siège commença, un équipement correspondant à mon rang : une cuirasse avec tassettes, cuissots, jambières, heaume, épée et bouclier, mais j'avais rapidement jeté tout cela et conservé seulement les jambières. La cuirasse me gênait, le heaume diminuait ma vision, mais les jambières, au contraire, empêchaient au moins les jambes de se cogner sur les arêtes des murailles et des marches d'escalier.

L'épée semblait une arme bien adaptée à mes capacités. Elle était très vieille et très large. On pouvait la tenir à deux mains. A la fin du premier jour de combat, elle n'avait encore aucune ébréchure, bien que j'eusse fracassé plusieurs douzaines de têtes avec leur casque. Comme mes talents d'escrimeur sont modestes, je frappais presque toujours de taille. Je frappais mon adversaire d'en haut, sans me soucier de ses parades. Je m'en remettais uniquement à la force de mes bras et à ma fureur. Je devais offrir un bien curieux tableau. Celui d'un géant vêtu d'un caftan flottant qui poussait des cris dénués de sens, transperçant tous les torses qui apparaissaient au-dessus des créneaux, tranchant toutes les mains qui s'accrochaient à l'arête supérieure de notre rempart et cognant dans tous les corps que lançaient contre nous les échelles d'assaut.

Après la première ou la seconde attaque, on me dit que j'avais réexpédié à coups de pied dans le fossé deux janissaires qui s'étaient infiltrés sur notre chemin de ronde et que j'en avais précipité un troisième sur les piques de nos troupes de réserve qui attendaient de notre côté. Je ne sais pas si c'est vrai. Au moment où commence le combat, je ne suis plus qu'un forcené hurlant qui frappe et transperce. Je ne vois que l'ennemi le plus proche de moi, j'aperçois le deuxième du coin de l'œil. Je découvre le troisième derrière son prédécesseur en train de s'effondrer et je dois répandre une telle terreur que le quatrième recule horrifié et que les autres ne peuvent m'opposer que leur bouclier ou m'offrir leur dos. C'est naturellement ce qui entraîne et aiguillonne nos gens. Là où je fonce, ils foncent à ma suite. D'abord Mauros, puis tous les autres, dont je n'ai fait la connaissance que ces derniers jours et parmi lesquels il n'y a qu'un seul soldat qualifié.

Lorsque au soir du premier jour de l'attaque, Giustiniani-Longo, le nouveau commandant en chef vint voir notre position, il me dit de sa voix étonnamment grinçante pour un Italien :

— Vous me facilitez les choses, Excellence. Je dois prélever quelques hommes de votre secteur car, demain, le Turc va attaquer sur un autre point du front. Mais, après ce que vous avez accompli aujourd'hui, je puis le faire sans crainte. Si tous les Byzantins se battaient comme vous, le Sultan n'aurait aucune chance de prendre la ville.

Il me nomma commandant de la partie du rempart qui protège le quartier nord-ouest de la ville. Elle s'étend de la porte Kerko à la Corne d'Or et domine tout le quartier Blachern. J'installai mon quartier général dans la plus méridionale des treize tours qui forment sa principale ligne de défense et je ne l'ai pas quittée une seule fois dans les jours qui suivirent.

Apercevoir depuis cet endroit les ruines de ma maison était bien fait pour me conforter dans cette résolution. Le toit qui m'avait abrité toute une vie, n'existait plus. Aussi, le modeste logis qui me servait désormais de refuge représentait-il un substitut, beaucoup mieux adapté à la situation que la pièce luxueuse que Thomas Cantacuzène m'avait offerte dans son palais en ville. Là, au moins, je vivais dans le présent. Là-bas, les rêves de temps meilleurs m'auraient troublé l'esprit et m'auraient affaibli. Les hommes qui étaient sous mes ordres baptisèrent aussitôt mon logis « la tour Sphrantzès ». Ce fut une dénomination qui se répandit très rapidement sur tout le front. On donnait cette adresse à toutes les estafettes que l'on m'envoyait et aucune d'entre elles ne s'égara. Le jour que je tombai du haut de la « tour Sphrantzès » fut le 19 avril. Après le dernier assaut contre notre secteur — il avait eu lieu le 15 avril —, nous avions eu deux ou trois jours de tranquillité, mais nous étions certains que nous allions très bientôt nous retrouver au feu. La partie des remparts que je devais défendre passait pour la plus vulnérable de la plus puissante enceinte fortifiée du monde.

Le rempart terrestre de Constantinople auquel l'empereur Théodose II a donné sa forme définitive, il n'y a pas tout à fait mille ans, s'étend de la mer de Marmara jusqu'à la Corne d'Or. C'est un système de défense des plus élaborés qui a, jusqu'à présent, résisté à toutes les attaques. Quiconque veut le rompre doit d'abord franchir un fossé large de plus de vingt longueurs d'homme, rempli d'eau et défendu par des pieux pointus. Il se heurte ensuite à une construction surmontée d'un parapet et hérissée de casemates. Elle domine les assaillants de la hauteur d'une tour et peut les accueillir par une double position de tir. Si l'ennemi réussit à abattre ou à franchir une partie de ce mur, il n'y gagne pas grand-chose, car il est maintenant devant le rempart proprement dit qui est encore plus haut et plus puissant que la première défense et, en outre, assez large pour qu'à l'intérieur, des unités de cavalerie puissent le parcourir en formation serrée. Cette partie de l'enceinte est dominée par quatre-vingt-treize tours hautes de deux à trois étages et sept portes bien défendues s'y ouvrent. Tels sont au total les avantages que nous avons sur les Turcs.

Mais notre enceinte a, pour le moins, deux points faibles. Le premier se trouve au nord de la porte Saint-Romain, là où elle doit s'adapter au Lygos. Ce fleuve, qui prend sa source dans les collines de Thrace et traverse presque toute notre cité, forme une petite vallée qui est si profonde que le rempart ne peut pas la franchir sans solution de continuité. Aussi descend-il un peu jusqu'au cours d'eau et remonte-t-il sur l'autre rive. Il a donc une cassure à cet endroit : là, tout assaillant peut nous attaquer. Giustiniani-Longo avait donc concentré la plus grande partie de ses forces sur ce point et, en face, notre adversaire le Sultan en avait fait autant.

Le deuxième point faible de notre ligne de défense se trouvait plus au nord, là où j'avais mon quartier général. Là, en effet, le triple mur de Théodose rejoint un mur unique que l'empereur Comnène Manuel II avait fait construire au XIIe siècle pour protéger son palais dans le Blachern. Manuel était ce souverain qui quitta l'ancienne résidence près de Sainte-Sophie et émigra avec toute sa Cour à l'autre extrémité de la ville. Il se révéla que c'était là une imprudence car, sur ce terrain rocheux, on ne put creuser un fossé qui correspondît à l'ancien rempart. Quiconque se bat à cet endroit se trouve plus directement en contact avec son adversaire que les défenseurs de la partie sud de l'enceinte. Si l'on est bousculé par la première vague, on ne dispose plus d'aucune ligne fortifiée derrière laquelle on puisse se replier.

Giustiniani-Longo, auquel cela n'avait naturellement pas échappé, avait disposé sur le rempart de Manuel son deuxième puissant contingent de troupes et avait ainsi prouvé ses qualités de stratège car c'est justement sur ce secteur qu'eut lieu la première attaque directe de Mehmet.

Lorsque l'on vit que nous avions pu tenir notre position sans l'aide des mercenaires italiens, Longo retira la plus grande partie de ses réserves et les regroupa autour de la cassure de la vallée du Lygos. De ce fait, mes hommes et moi, nous nous trouvâmes dans une situation exposée et réduits à nos seules forces. Mais, bien que nous en fussions pleinement conscients, cela ne nous effraya pas. Nous avions repoussé le Turc une première fois, pourquoi n'y parviendrions-nous pas une deuxième ?

Lorsque Longo me félicita de ma bravoure, il savait depuis longtemps par quel moyen Mehmet allait nous attaquer la prochaine fois et il m'indiqua les techniques défensives appropriées. Malheureusement, je ne savais que par les livres ce qu'étaient les tours de siège mobiles et je ne pouvais me faire qu'une idée assez vague de tels monstres.

Le jour que les Turcs devaient attaquer pour la deuxième fois dans mon secteur commença pour moi longtemps avant l'aube. Mauros, dont le sommeil est celui d'un oiseau et les oreilles celles d'un lynx, entra si silencieusement dans mon ascétique chambre de la tour, que je ne l'entendis pas. Il me réveilla en me secouant doucement. Je clignai des yeux vers le visage d'ébène penché sur moi et qui, dans l'obscurité, semblait réduit aux globes oculaires blancs et aux dents étincelantes. Le géant noir posa un doigt sur mes lèvres. Je devais écouter.

D'abord, je ne perçus pas le moindre bruit, puis l'obscurité commença de s'animer. En dessous de moi, sur le chemin de ronde, une sentinelle traînait les pieds, une pièce de son armure cliquetait à intervalles irréguliers contre les pierres du rempart. Des cris montaient par instant de la ville. Ils pouvaient venir d'un hôpital ou d'une beuverie quelconque — beaucoup de gens faisaient la fête toute la nuit jusqu'au petit matin. A mesure que mon ouïe s'aiguisait, j'entendis les mots d'ordre qu'une sentinelle de la porte Kerko, la seule de mon commandement, criait à une autre. J'enregistrai dans le lointain le bruit des marteaux d'ouvriers au travail, probablement en train de réparer un des arsenaux bombardés, derrière la porte des Romains. Mais Mauros ne semblait pas penser à ceux-là. Il m'indiquait obstinément l'ouest, en direction du camp ennemi.

Je me fis passer un manteau et je gravis les marches étroites et glissantes qui menaient à la plate-forme de la tour. Au sommet, la fraîcheur humide d'un petit matin d'avril me saisit. Phosphoros, que les Latins appellent Vénus, était la dernière étoile dans le ciel. Cela me parut être un mauvais présage car, nous autres Grecs, nous identifions Phosphoros avec Lucifer.

Ensuite, j'entendis le bruit dont Mauros avait parlé : il résonnait comme un léger gémissement ou comme le bruit de deux bordages de navires frottant l'un contre l'autre. De temps à autre, s'y mêlait un grincement aigu, mais pas très fort.

Cependant, tous ces sons se succédaient de si près que l'on avait l'impression qu'un travail ininterrompu et d'une grande intensité se faisait de l'autre côté des basses collines qui nous cachaient le camp ennemi.

Mauros me lança un regard interrogateur. Je tendis l'oreille encore un moment.

— Ça pourrait bien être ça, mon vieux, dis-je.

D'après les rapports qui nous étaient lancés par-dessus les remparts dès que l'occasion s'en présentait, Giustiniani-Longo avait supposé que les Turcs achèveraient la tour de siège, à laquelle ils travaillaient depuis des jours, au plus tôt vers le 20 avril et qu'ils l'amèneraient contre nos murs le lendemain. Il semblait bien qu'il les eût sous-estimés. Nous n'étions que le 19 avril et le monstre paraissait être déjà sur des roues. D'après les bruits que j'entendais, on pouvait conclure presque avec certitude que l'on avait fini de le construire et qu'il avait déjà été mis en mouvement. La chaussée sur laquelle il devait rouler était déjà marquée et préparée. Jusqu'à l'après-midi du 18, les sapeurs du génie turc avaient abattu des bosquets, rempli des trous et planté des poteaux de halage dans le sol, hors de portée de nos arbalètes.

— Dois-je sonner l'alarme ? demanda Mauros.

Je secouai la tête.

— Ça devrait leur prendre des heures pour arriver jusqu'ici. Laissons dormir nos gens aussi longtemps que possible. Aujourd'hui, il leur faudra donner tout ce qu'ils ont de réserves d'énergie.

— Et vous ?

— Je reste encore un moment ici. Mais tu peux me préparer une coupe de vin chaud et me l'apporter.

Il disparut docilement par la trappe qui menait à mon cantonnement. Je m'enveloppai plus étroitement dans mon manteau et je regardai fixement les collines au-delà desquelles notre destin se préparait. Cela semblait une attitude qui m'était plus familière que toute autre. Combien de fois m'étais-je déjà appuyé au parapet d'une tour pour guetter au loin, vers la Corne d'Or, la mer de Marmara ou le terrain qui s'étendait aujourd'hui sous mes yeux. J'avais ainsi passé des heures sur la tour Eugène, la tour Platéa, la tour Sigma et maintenant c'était sur un poste d'observation qui, depuis peu de jours, portait mon nom. Mais comment l'appellerait-on dans un an ? Tour du Calife ? Tour Ali ? Tour des kodjas ou des janissaires ?

Quelle importance ?

A l'autre bout de la ville, loin à l'extérieur, au-dessus de la mer, le ciel commença de rougir. Un frais et caressant rayon de lumière s'allongea sur les toits à mes pieds et atteignit lentement l'obscurité de l'autre côté du rempart.

L'ennemi asiatique nous attaquait depuis l'Europe. Pour les Turcs, Constantinople, jadis capitale du monde occidental, était depuis longtemps à l'est. Je me rappelle encore l'étonnement qui s'empara de Don Francisco de Tolède lorsqu'il découvrit cette étrange situation.

— Quel monde à l'envers, avait-il dit, nous venons de l'Occident pour le défendre contre l'Orient et nous devons combattre vers l'ouest.

Don Francisco trouvait souvent difficile de s'adapter à son nouvel environnement. Il avait l'habitude de déclarer :

— Ces Arabes ne sont pas des soldats. Ils peuvent dresser des embuscades et mener des attaques surprises, mais ils ne peuvent jamais résister à une armée régulière.

Il en resta persuadé, même quand on lui eut dit plusieurs fois que ce n'étaient ni des Arabes, ni des Maures qui s'opposaient à nous, mais des Turcs et que ce peuple s'entendait très bien à gagner des batailles.

Ce ne fut que lorsqu'il eut vu pour la première fois l'armée du Sultan qu'il revint un peu sur son opinion. Il était debout derrière moi lorsque cela se produisit. C'était un homme de grande taille dans une étincelante armure noire, l'Achille de l'Espagne, comme on l'appelait, et un parent éloigné de l'empereur Constantin. Constantin lui-même, était lui aussi, debout derrière moi, comme Giustiniani-Longo, comme les Italiens de Galata, les Gritti et les Loredano, les Dolfin, Mocenigo, Trevisano et bien d'autres, des Trébizondains et des Catalans, un légat pontifical et un Allemand nommé Johannes Grant. Nous étions tous réunis sur la plus haute plate-forme de la porte des Romains.

Les Italiens portaient des armures qui auraient excité l'admiration dans n'importe quel tournoi, l'Empereur, au contraire, n'avait qu'une cotte de mailles un peu rouillée et moi, mon habituelle robe discrète. C'était pourtant à moi qu'incombait la mission d'instruire tous ces seigneurs plus ou moins étincelants de l'événement qui se déroulait sous nos yeux.

C'était le 2 avril 1453.

L'armada des Turcs se formait de l'autre côté du glacis théodosien, assez près pour que l'on puisse apercevoir tous les détails, trop loin pour que des balles ou des flèches puissent l'atteindre.

Indiscutablement, Mehmet nous offrait un brillant spectacle.

Accompagné d'un porte-étendard, il caracolait en avant de son armée qui, tel un gigantesque dragon, découvrait les unes après les autres ses écailles colorées. Les robes des derviches étaient d'un blanc immaculé. Ils arrivaient à pied et souvent ils se mettaient à danser en tournoyant, les bras étendus, les paumes en l'air. Les manteaux de la cavalerie sipahi qui les suivait étaient d'un rouge chatoyant. Les interminables colonnes des janissaires étaient grises mais pourtant éclatantes. Entre elles, marchaient les musiques militaires qui portaient des costumes bariolés de couleurs criardes. Enfin, s'avançait un cortège d'au moins cinquante paires de bœufs qui tiraient avec une infinie lenteur le canon d'Urban. Son aspect était si terrifiant que, durant quelques secondes, il coupa la parole aux seigneurs groupés derrière moi. En raison de la distance qui nous séparait d'elle, la bouche à feu avait l'air d'un animal antédiluvien entouré d'un grouillement de fourmis. Des centaines d'hommes y étaient attelés comme un complément d'animaux de trait, d'autres s'arc-boutaient de l'épaule avec des barres d'anspect contre l'affût pour l'empêcher de basculer de côté, d'autres encore couraient autour d'eux pour donner des ordres, distribuer des coups de cravache ou coordonner ce travail extrêmement difficile.

A partir de l'instant où le canon apparut à nos yeux, nous pûmes suivre pendant plus d'une heure sa pénible progression jusqu'à la position fixée par Mehmet et, là, sa mise en batterie qui prit autant de temps. Cette opération nous fascina au point que nous remarquâmes à peine que, pendant ce temps, les unités militaires surgissaient l'une après l'autre des collines et se dirigeaient en toute tranquillité vers le lieu de bivouac qui leur était destiné.

L'infanterie anatolienne marchait en rangs serrés suivie de nouvelles unités de cavalerie, de la horde déferlante des bachibouzouks, de troupeaux entiers de chameaux et de mulets surchargés, et de voitures de vivres cahotantes. Derrière, venaient des troupes du génie dont les sapeurs portaient pelles, haches et pioches sur l'épaule. Ce serpent d'hommes et d'animaux défila pendant six heures, parallèlement au rempart. Alors qu'en face de la porte des Romains toute une ville de tentes était déjà sortie du sol, des traînards continuaient d'apparaître à l'ouest. Ils se renseignaient, jetaient leur fourniment, allumaient des feux de bivouac et se comportaient exactement comme si nous n'avions pas existé alors que nous n'étions pas moins visibles pour eux qu'eux pour nous.

Après que le dernier Turc sembla être enfin arrivé sur le champ de bataille, Ohannes, auquel j'avais donné l'ordre d'estimer le nombre de nos ennemis, s'approcha de moi et me tendit une tablette de notes. Je me retournai et fis part aux seigneurs debout derrière moi du résultat de ses efforts : il était de quarante à cinquante-cinq mille hommes.

Don Francisco fut le seul qui mit ce chiffre en doute.

— Impossibile est, cria-t-il dans son latin râpeux. Il doit y en avoir au moins le double. Ce que nous avons devant nous est la plus grande armée que le monde ait jamais vue.

Je regardai Ohannes sans rien dire. L'Arménien fit un pas en avant et répliqua calmement :

— Excellence, j'ai compté huit étendards à deux queues de cheval, cela me fait conclure à autant de régiments de trois mille hommes. De plus, j'ai vu cinq étendards à une queue de cheval ce qui indique cinq unités de cavalerie de deux mille hommes chacune. Je n'ai pu qu'estimer les bachi-bouzouks et la crapule désordonnée qui venait après. Mais cela ne devrait faire ni moins de huit mille, ni plus de dix mille hommes. Cependant, ce qui parle en faveur de votre hypothèse, Excellence, c'est d'abord le fait que, pour mes calculs, je me suis basé sur l'effectif du temps de paix d'un régiment turc, l'effectif sur pied de guerre pourrait être plus fort et ensuite, que dans mes chiffres, les non-armés ne sont pas compris : les derviches, les fourrageurs et diverses autres troupes. Si on les ajoute, le total est sûrement plus élevé.

C'était une réponse que seul Ohannes aurait pu formuler : correcte sur le fond, diplomatique dans sa forme. Un petit secrétaire ne contredisait jamais un Grand d'Espagne, du moins pas directement. Don Francisco remercia avec une brève inclination de tête et se drapa à nouveau dans la sombre gloriole d'un homme qui a pour mission d'accomplir des actions que personne n'a jamais réalisées. Moi, au contraire, et comme il apparut plus tard, Giustiniani-Longo, nous étions en parfait accord avec la première estimation d'Ohannes. Elle était déjà bien assez effrayante car nous ne disposions au total que d'à peine douze mille hommes capables de porter les armes.

Sur le plateau de la chaîne de collines, le spectacle commencé depuis des heures continuait de se dérouler. Des tentes poussaient maintenant là où campaient les troupes arrivées les dernières. Nous vîmes les aghas qui faisaient planter leurs enseignes dans le sol et, à un autre endroit, toute une forêt de drapeaux surgir de terre tandis qu'on déchargeait des voitures et que l'on mettait en position avancée des canons plus petits. Le gros canon, toujours entouré d'un grouillement innombrable d'hommes, semblait maintenant presque prêt à tirer. Il était en batterie sur un monticule plat devant la plus luxueuse des villes de toile qui venait d'être édifiée et il braquait sa gueule monstrueuse directement sur nous.

Je m'étais un peu déplacé sur le côté de sorte que je pouvais laisser errer mon regard sur les hommes qui étaient derrière moi. Mais il était difficile de lire sur leurs visages. Giovanni Giustiniani-Longo n'était que tension attentive. Dans ses yeux clairs régnait une expression pensive, presque méditative, mais rien, chez lui, ne trahissait un malaise ou même un simple abattement. Tout en lui répondait parfaitement à la renommée qui le précédait. Longo passait pour le meilleur chef militaire de toute l'Italie. Il était arrivé quelques semaines auparavant chez nous avec sept cents hommes de ses troupes personnelles, il avait discuté avec moi, froidement, en homme d'affaires, de sa solde et de celle de ses hommes, et réclamé le commandement suprême de toute la ville. J'avais accédé à toutes ses demandes et recommandé à l'Empereur de lui confier le rang de Protostator. Ça sonnait bien, n'en disait pas trop, mais ça faisait de lui le supérieur de Lukas Notaras.

Constantin lui-même, qui se tenait tout près de Longo, avait l'air, à côté du mince Italien, d'un rude paysan barbare issu d'un temps lointain. Sa cotte de mailles à l'ancienne mode semblait faite pour un homme de petite taille. Elle se tendait sur sa poitrine et son ventre, ne couvrait que la moitié de ses cuisses et laissait voir qu'il portait en dessous la vieille robe grise qu'il avait toujours revêtue à Mistra. Le visage de mon impérial ami était lisse de toute expression. Ses yeux à demi fermés me faisaient penser qu'il se retrouvait au temps où il combattait contre Murad dans le Péloponnèse. Il connaissait les questions militaires plus qu'il n'en laissait voir, mais j'aurais parié qu'il ne contredirait pas Giustiniani-Longo si celui-ci prenait une mesure inopportune, à son avis. L'autorité du condottiere était notre plus sûr soutien, elle ne devait être sapée en aucun cas.

Je ne me serais pas risqué à supposer que ses autres concitoyens étaient de cet avis. Déjà, quelques-uns des Génois et des Vénitiens de Galata semblaient douter que leur décision de se ranger dans notre camp eût été la bonne et se demandaient s'ils n'auraient pas été mieux inspirés de fuir vers la Crète à bord des derniers navires ou de négocier une paix séparée avec le Sultan. Les plus âgés d'entre eux s'étaient attendus à une armée comparable à celle que Murad avait conduite sous nos murs en 1422. Ils se sentaient déjà dans la peau de quelqu'un qui s'est fourré volontairement dans un sale piège. Je remarquai que Minotto, le bailli de Galata, échangeait des regards soucieux avec son associé Dolfin et je crus voir le vieux Maurizio Cattaneo, le Génois, rédiger en esprit la lettre dans laquelle il énumérerait à l'intention de notre empereur les mille et une raisons qui plaidaient pour que ses concitoyens et lui ne prissent aucune part active au combat défensif contre les Turcs. Je savais à quel point la lutte avait été vive à Galata avant que ses bourgeois se fussent décidés à combattre à nos côtés — et pour leurs propres biens. L'écho de ces discussions semblait se refléter sur le visage de Cattaneo.

Mais celui de Lukas Notaras n'exprimait plutôt qu'une sorte de satisfaction silencieuse — ce qui se comprenait. Il était le seul d'entre nous qui avait, dans une certaine mesure, eu raison avec ses prédictions.

— Cette ville, n'avait-il cessé de répéter, est absolument indéfendable. Ce que Mehmet nous montre de ses forces est si gigantesque qu'il serait trop stupide de compter sur la moindre chance de succès. Nous sommes perdus si nous ne négocions pas. Notre seul et bien faible espoir réside dans une puissante armée de croisés, venue de l'Ouest, qui prendrait le Sultan à revers. Mais vous verrez que l'Occident nous laissera en plan.

Maintenant, nous le reconnaissions tous : l'armée turque était monstrueusement puissante et, au lieu d'une armée de croisés, l'Occident ne nous avait envoyé que deux cents hommes de troupes pontificales, les sept cents mercenaires d'un entrepreneur de guerre privé et quelques centaines de Génois, Vénitiens et Crétois ainsi que ce pathétique Espagnol : en tout et pour tout à peine trois mille combattants. Je n'en voulus pas à Notaras de sa petite satisfaction. Je pouvais d'autant moins lui en vouloir que ma femme, en lui portant le jour de la Sainte-Anastasie un coup visiblement bien préparé — coup dont je ne comprenais du reste pas le sens —, l'avait plongé dans un désespoir silencieux qui s'était transformé plus tard en une indifférence obstinée à l'égard de presque toutes les affaires de l'Etat. Lorsque je lui avais annoncé qu'il serait à l'avenir sous les ordres de Giovanni Giustiniani-Longo, il s'était incliné sans autre manifestation qu'un stoïque signe de tête.

Celui qui se tenait en avant de la petite assemblée sur la tour Saint-Romain était un homme blond, bien bâti, dont le seul défaut apparent semblait être sa propension à jurer à tout propos. Il s'appelait Johannes Grant et faisait partie de ceux qui s'étaient vendus à nous avec un parfait sang-froid. Il semblait offrir une bonne contre-valeur de l'argent que nous lui donnions. Sous sa surveillance, tous nos canons avaient été mis en état et même quelques nouvelles pièces utilisables avaient été confectionnées avec des pièces provenant de vieilles armes.

C'était lui, un Allemand, qui nous avait rappelé une des inventions militaires des plus utiles qui avait été faite jadis à Byzance : le feu grégeois, et il en avait fait fabriquer de pleins tonneaux. Cette substance se compose, si mes renseignements sont exacts, de soufre, d'huile, d'étoupe, de copeaux de sapin et de chaux cuite, et a la propriété de brûler partout, même sur l'eau. L'ennemi sur lequel elle est lancée est la victime des flammes sans espoir de salut.

Grant était debout contre le parapet de la tour. Il semblait ne s'intéresser qu'à un seul événement dans le camp turc : la mise en batterie du gros canon. Il ne cessait de grommeler pour lui seul :

— Baissez le tube, baissez-le, idiots, ou bien voulez-vous seulement tirer un salut ? Cet Urban ! un bousilleur comme je n'en ai jamais vu ! Pourquoi ne bâtit-il pas de rails de recul ? Il faudra repointer après chaque coup ! Mon Dieu ! fit-il en s'arrachant les cheveux, c'est avec ce moufle miteux qu'ils veulent charger ce bestiau ! Il leur faudra cent hommes pour lever le boulet !

L'expert en artillerie me sembla être le plus insouciant d'entre nous ; il ne portait ni casque ni cuirasse, les entonnoirs de ses bottes tombaient presque jusqu'à ses chevilles, son collet de cuir et sa chemise étaient ouverts jusqu'à la ceinture. De temps à autre, il sirotait sans se gêner à une gourde accrochée à sa hanche et j'étais certain qu'elle ne contenait pas de l'eau.

Lorsque le canon d'Urban fut enfin convenablement pointé, Grant — presque rempli d'espoir — fit quelques pas en arrière.

— Bon fit-il, maintenant, fais-nous entendre comment joue ta flûte !

Mais ce furent les musiques militaires qui retentirent. Pour nos oreilles, une sauvage cacophonie de sonorités métalliques fracassantes, de flûtes criardes et aiguës avec le roulement rythmique des timbales. Elle dura quelques minutes. Ensuite, un petit groupe de cavaliers se dégagea de l'ombre des tentes les plus avancées et se dirigea lentement vers nous. Leur chef portait une robe blanche et un turban vert. Un porte-étendard chevauchait derrière lui et des sipahis en manteau rouge le suivaient.

Les cavaliers s'arrêtèrent après quelques centaines de pas. L'enturbanné et son cornette s'approchèrent à portée de voix de la porte Saint-Romain. Il ouvrit les bras dans une attitude proche de celle d'une bénédiction. Ses premiers mots furent le salut arabe, un *salaam aleikom* interminable. « La paix soit avec vous. » La suite ne fut pas plus menaçante :

— Au nom d'Allah le Miséricordieux, psalmodia-t-il, au nom de Mahomet son Prophète, au nom de tous les Prophètes qui le précédèrent, ouvrez votre porte et sortez. Le Padichah n'est pas venu pour vous apporter la guerre, mais la vraie foi. Avancez donc dehors, vous, détenteurs de l'Ecriture et ne dites de Dieu rien d'autre que la vérité. Oui, le Messie Jésus est celui qui fut conçu par Marie et il est l'Esprit de l'Esprit de Dieu. Aussi, croyez en Dieu et en ses envoyés, mais ne dites pas qu'ils sont trois dans le Ciel. Dieu est un seul Dieu, qu'il ne soit pas dit qu'il ait un fils. Tout ce qui est dans le Ciel et sur la terre est sien. Ceux-là sont des menteurs qui disent que Dieu est le troisième d'une trinité. Il n'y a pas d'autre Dieu que Dieu. A celui que Dieu veut guider, il ouvre le cœur de l'islam. Sortez donc, déposez vos armes et recevez la vérité de la main du protecteur des croyants, Mehmet. Sortez, faisons la paix et soyons unis afin que vous n'encouriez pas le châtiment réservé aux païens.

L'homme en robe blanche laissa retomber ses bras lorsqu'il eut fini de parler. Il joignit les mains et les porta à son front. Puis il sembla plonger dans une attente patiente. Chez nous, sur la tour, nos regards étonnés volaient de l'un à l'autre comme des hirondelles.

— Qu'a-t-il dit ? demanda Don Francisco à la ronde.

— C'était un geste protocolaire, répondis-je, tout musulman a le devoir d'exhorter son adversaire à accepter l'islam avant de l'attaquer.

Je regardai mon secrétaire.

— Tu l'as vraisemblablement mieux compris que moi, Ohannes. Peux-tu traduire ses mots à ces messieurs.

Ohannes hocha la tête.

— C'étaient, dit-il, des citations de quelques sourates du Coran.

Il traduisit assez fidèlement les offres du cavalier. Le visage de Don Francisco se crispait de plus en plus à chaque phrase.

Lorsque l'Arménien eut finit de parler, il bondit au parapet et envoya au Turc un flot de phrases en espagnol qui résonnèrent comme une série de malédictions. Puis il tira son épée, la brandit et hurla par trois fois, d'une voix à renverser des murailles : « Santiago. » C'était, je ne l'appris que plus tard, le cri de guerre des croisés espagnols. Nos soldats et nos religieux le prirent pour un signal.

Nous avions posté tout ce que nous pouvions aligner d'hommes armés et de moines sur le rempart, à droite et à gauche de la porte Saint-Romain. Nous leur avions prescrit de rester cachés derrière la crénelure du rempart jusqu'à nouvel ordre. Mais voilà qu'ils se dressèrent comme un seul homme, brandissant leurs fanions et leurs étendards, et se mirent à tirer de tout ce qu'ils avaient entre les mains : arcs, arbalètes, arquebuses. Ce fut, je dois l'avouer, un spectacle impressionnant car, pressée sur un espace aussi étroit, notre petite armée semblait beaucoup plus menaçante qu'elle ne l'était en réalité. Plus impressionnants encore, naturellement, furent les moines qui, sous la direction de Gennadios, s'exerçaient nuit et jour au chant choral depuis notre conversation dans l'escalier du palais. Leurs voix réunies s'abattirent comme une tempête du haut du rempart.

— Saint, Saint, Saint, est le seigneur des armées.

C'était le *Trisagion,* un hymne qu'au cours des siècles d'innombrables guerriers byzantins avaient entendu avant de partir au combat. Et cela aussi, je dois l'avouer, m'emplit d'une certitude qui balaya tous mes doutes et toutes mes angoisses.

Semblable à sa propre statue, Don Francisco se dressait au parapet de la tour brandissant son épée. Sur la plate-forme, les Byzantins étaient tombés à genoux lorsque les moines avaient commencé de chanter. Les Italiens les imitèrent. Seul Grant ne remarqua rien de tout cela, son regard était braqué, comme fasciné, sur le canon et il marmottait pour lui-même des phrases décousues.

Par un créneau, je pus apercevoir le cavalier au turban qui faisait cabrer son cheval effrayé et qui filait à bride abattue vers l'arrière. Il avait à peine atteint le camp turc que l'Allemand vit son désir exaucé.

Avec une détonation qui couvrit jusqu'au chant des moines, le gros canon d'Urban se déchargea et un boulet qui ressemblait à une lune noire monta très haut dans le ciel blanc. Il arriva si lentement qu'on aurait presque pu le voir à chaque point de sa trajectoire.

Il produisait un bruit bourdonnant qui s'intensifia jusqu'à devenir un profond grondement, puis se fit plus aigu et s'interrompit soudain sur sa note la plus haute. L'écho du coup de départ était encore dans l'air — il semblait voyager par vagues dans toutes les directions — lorsque le boulet émit dans cet écho un « plopp » étrangement faible. Il venait de tomber dans la terre à dix pas de notre fossé.

Pendant une seconde, un silence presque irréel sembla régner. Puis Johannes Grant éclata d'un rire tonitruant.

— Qu'est-ce que je t'ai dit, espèce de berger transylvanien, criait-il entre deux accès de rire. Qu'est-ce que je t'ai dit ? Avec cet angle tu peux toucher la lune, mais pas notre rempart.

Il secoua ses bras en l'air et se mit à danser d'un pied sur l'autre.

Par la suite, j'ai souvent parlé avec Grant. Cet homme doit à sa profession d'avoir connu le monde situé entre les Colonnes d'Hercule et le Caucase. Ses idées sont souvent vraiment étonnantes.

Quelques jours auparavant il était descendu par une corde du haut du rempart de mon secteur et il avait tracé quelques marques sur le sol. Il avait ensuite dit aux servants de nos trois couleuvrines :

— Vous devrez pointer là-dessus quand les Turcs viendront. Les boulets arriveront avec un angle aigu sur la roche et ricocheront dans les jambes des gars. De plus, pour ce genre de tir, vous n'avez besoin que d'une demi-charge et vous savez que nous devons économiser la poudre.

Donc, le 2 avril, les Turcs eux aussi avaient économisé la poudre mais, pour eux, cela semblait bien avoir été une erreur.

Nous étions encore en train de nous demander si nous devions éprouver du soulagement à cause de ce coup raté ou enregistrer l'effroyable détonation et l'approche du boulet géant comme une expérience terrifiante lorsque le camp ennemi recommença de s'agiter. Nous vîmes un cavalier bondir dans le tas des servants, nous vîmes un cheval blanc se cabrer, en colère, nous vîmes l'homme qui le montait faire des gestes furibonds dans toutes les directions. Nous vîmes d'autres officiers qui fouaillaient les hommes et nous pûmes observer que le canon avait reculé de quelques douzaines de pas à la suite du tir et qu'on le remettait en position. Simultanément, j'entendis la voix de Grant.

— Ce fou, il ne va tout de même pas..., il ne peut pas..., c'est vraiment...

Mais les Turcs paraissaient faire ce que l'Allemand tenait pour impossible.

Le canon avança pas à pas jusqu'à son ancienne place. L'échafaudage, analogue à un châssis de tente auquel le moufle était accroché, fut dressé devant la bouche. Des bœufs tirèrent un traîneau de bois chargé du prochain boulet. D'autres hommes s'activaient à nettoyer la lumière et à entasser des sacs de poudre.

La voix râpeuse de Giustiniani-Longo remplit le silence.

— Que quelqu'un mesure le temps. Il faut que je sache combien de temps il leur faut pour recharger ce canon.

— C'est ce que je fais déjà, dit Grant.

Il comptait à voix basse et gravait toutes les cinq minutes un trait dans la pierre. Toutes les dix minutes, il annonçait la marque atteinte. Sa voix était maintenant calme et sans timbre comme celle d'un automate. Ses appels tombaient comme des gouttes dans un mutisme qui devenait de plus en plus épais.

Sur le rempart, les soldats et les moines s'efforçaient, autant que nous, de retenir leur souffle. Ils se pressaient aux créneaux avec leurs bannières et leurs armes à la main. Derrière eux, toute la ville semblait également tendre l'oreille. Personne d'entre nous ne remarquait que le soleil se rapprochait des collines de la Thrace, personne ne sentait la brise du soir qui, comme chaque jour, commençait à souffler de la mer de Marmara et nous caressait le dos.

— Vingt minutes..., chantait Johannes Grant... Trente minutes...

On entendait grincer les dents de Don Francisco.

Finalement, Grant cria aussi les tranches de cinq minutes.

— Trente-cinq minutes... quarante minutes... quarante et une..., quarante et...

Il eut l'air de vouloir reprendre haleine, puis il se tourna vers l'Italien :

— Fini, Ser, ils ont fini.

— C'est incroyable, murmura Giustiniani-Longo.

Je suis certain de n'avoir pas été le seul qui sentît un frisson glacé parcourir son dos en sueur, mais il n'avait rien à voir avec la fraîcheur de la brise de mer.

Depuis que le cheval blanc s'était cabré, il ne s'était pas écoulé trois quarts d'heure. Dans ce temps incroyablement court, les Turcs avaient réussi à recharger le plus gros canon du monde. Sa gueule gigantesque était apparemment exactement pointée sur nous.

— Cette fois-ci, dit Grant, ils pourraient bien toucher, et il ajouta à l'adresse du Protostator : Mais vont-ils effectivement tirer ?

Giustiniani-Longo ne répondit pas.

Le calme cessa. Nous vîmes les servants s'écarter du canon. Peu après, sur la colline, à gauche, près du monstre, apparut un groupe de cavaliers au-dessus duquel flottaient des queues de cheval. L'homme au cheval blanc prit position devant cette unité. Tout le monde put reconnaître Mehmet. Il resta plusieurs minutes immobile, puis il tira son sabre du fourreau avec une infinie lenteur. Au même moment, les musiques recommencèrent à résonner et les unités de l'armée turque s'avancèrent les unes après les autres dans notre champ de vision jusqu'à ce que, finalement, nous ayons devant nous toute l'armée sur une seule ligne qui était presque aussi longue que le rempart théodosien.

C'était à la fois un tableau aussi brillant et coloré que propre à exciter la terreur. Quarante-cinq mille hommes ou plus regardaient dans les yeux notre petite troupe. Les timbales grondaient, les cors sonnaient. Puis leur vacarme se mêla pour la deuxième fois au chant de nos gens. Ensuite, le sabre de Mehmet s'abaissa et alors...

Non, ce ne fut pas le rugissement d'un deuxième tir qui couvrit cette fois le *Trisagion* et le fracas des musiques militaires. Ce ne fut pas le tonnerre, le bourdonnement et le feulement, mais un bruit d'une force encore plus inimaginable. La coupole du ciel avait-elle sauté ? Le soleil du soir avait-il été projeté hors de sa trajectoire ? La terre s'ouvrait-elle pour engloutir tout Constantinople ?

Lorsque l'écho de l'explosion se fut tu, rien n'avait changé sur la tour des Romains. Nous étions toujours debout, la tête un peu rentrée dans les épaules, les yeux fixés sur l'ennemi. Notre souffle s'était arrêté dans notre poitrine, nos oreilles étaient sourdes. Nous commençâmes lentement à sortir de cette torpeur et à comprendre ce qui était arrivé.

Là où le canon géant s'était dressé, roulait en gros nuages une âcre fumée. Des corps humains sans vie ou se tordant de douleur jonchaient la terre ; des chevaux blessés s'efforçaient douloureusement de se dresser sur leurs antérieurs, des étendards et des lambeaux de tente étaient éparpillés sur le sol. Lorsque nos oreilles se débouchèrent, nous entendîmes des cris, des hennissements et aussi de nouvelles explosions, bien qu'elles fussent plus faibles. La puissante armée s'agitait en désordre comme un vol d'oiseaux attaqué par un épervier.

Grant fut le premier qui résuma en quelques mots ce que nous avions vu. Il le fit d'abord de la même voix sans timbre avec laquelle il avait compté, puis plus fort et se mit finalement à hurler, à crier et à rire et termina en recommençant à danser d'un pied sur l'autre.

— Il a explosé, dit-il avec un étonnement incrédule. Ça lui a pété aux oreilles, brailla-t-il. Puis il cria :

— Urban, espèce de fou, avec ta folie des grandeurs, ta pétoire géante t'a explosé sous le trou du cul !

Et il continua en sautillant :

— Ne te l'avais-je pas dit, ne te l'avais-je dit et répété sans cesse, ça ne marche pas, ça ne marchera pas, ça ne peut pas marcher, c'est impossible. Deux coups en moins de deux heures, le meilleur bronze n'y résiste pas, c'est de la faiblesse d'esprit, de l'idiotie, de la stupidité, de l'arrogance, de la suffisance. Urban, tu aurais dû rester là d'où tu es venu et j'espère bien que tu es maintenant là où tu mérites d'être...

Le poing de Giustiniani-Longo se posa sur l'épaule de l'Allemand.

— Signor Grant, votre joie est compréhensible, votre comportement impossible.

Grant faillit repousser cette main, il se retourna et fut immédiatement calmé lorsque son regard plongea dans les yeux clairs de l'Italien.

— Excusez-moi, Ser, dit-il avec une voix complètement

changée, mais vraiment, Urban aurait pu avoir de la chance et alors, nous ne serions plus ici.

Je compris alors que l'homme avait été soumis à une énorme tension. Il se replia sur lui-même et se dirigea en titubant vers l'escalier à l'intérieur de la tour.

Mais Giustiniani-Longo grogna :

— Il serait beaucoup plus important de savoir si Mehmet a survécu à l'explosion.

Peu après le coucher du soleil, nous apprîmes, par une flèche portant un message, que le Sultan n'avait pas eu la moindre égratignure et que le maître canonnier Urban s'en était tiré avec une blessure insignifiante.

Néanmoins, pendant la nuit, des actions de grâces furent chantées dans toutes les églises. Dans tous les palais, les casernes et les maisons, on fit la fête.

Je m'installai avec Mauros dans mon cabinet de travail au palais et j'essayai de me saouler, car je ne pouvais plus aller chez moi.

Dix-sept jours s'étaient écoulés, des milliers d'hommes avaient perdu la vie, naturellement, plus de Turcs que de Byzantins.

J'étais debout au sommet de la tour qui portait désormais mon nom, je buvais du vin chaud et je fixais mon regard dans les premières lueurs de l'aube. Entre-temps, le jour s'était suffisamment éclairci pour que je pusse distinguer les marques tracées sur le sol rocheux par Grant. Le bruit qui venait du camp des Turcs était devenu plus fort sans que, toutefois, on ait pu voir tout ou partie de la tour qui approchait.

Parmi les nombreux désavantages de notre position, il y avait le fait qu'une colline aplatie et boisée nous barrait jusqu'au dernier moment la vue de l'ennemi en marche. Et, malheureusement, cette éminence n'était pas placée de façon que la tour d'assaut eût été obligée de la contourner. Il suffisait aux Turcs de se déplacer aussi longtemps que possible en s'abritant derrière le pli de terrain. Le point où ils devraient le quitter se trouvait si près de notre ligne que, de là, ils pourraient tirer sur nous avec les grands arcs des janissaires. Nous en avions déjà fait l'expérience et maudit la négligence de l'empereur Manuel — et moi, en tout cas, la mienne.

Le Comnène avait pu avoir, à son époque, de bonnes raisons de penser que personne n'oserait attaquer la capitale de son empire. Le grand logothète de Byzance mourante aurait au moins pu avoir l'idée de faire abattre à temps les arbres de cette colline qui bouchait la vue pour rendre la vie aussi dure que possible aux assaillants. Cette idée venait trop tard, cependant les raisons de l'empereur Manuel n'étaient plus valables. Constantinople n'était plus qu'une capitale sans empire et complètement encerclée par ses ennemis.

Mehmet nous avait attaqués presque tous les jours depuis l'explosion du gros canon. Il avait lancé toute son armée contre notre rempart du côté de la terre et il avait enfoncé en plusieurs endroits les défenses extérieures, mais sans jamais parvenir à franchir notre fortification principale.

Il avait tenté, avec les navires de son immense flotte de pénétrer dans la Corne d'Or ou d'ouvrir à coups de canon des brèches dans le rempart maritime, du côté de la mer de Marmara qui était de loin plus faible que le rempart de la terre, mais ç'avait été sans succès. L'entrée de la Corne était barrée par une chaîne suspendue à des bouées et qui était fixée au rempart de Galata et à la tour de la porte Saint-Eugène. Nos navires, commandés par Notaras, s'étaient groupés derrière elle et avaient repoussé toutes les attaques par des salves bien ajustées. Les brûlots que le Sultan envoyait contre le rempart de la mer avaient pu également être coulés avant d'être parvenus assez près de la côte pour ébranler nos fortifications en explosant. Le reste avait été fait grâce à la froide stratégie défensive de Giustiniani-Longo, à l'armement supérieur de ses mercenaires et à la furieuse bravoure de tous les autres soldats.

Don Francisco de Tolède, qui combattait la plupart du temps dans les ouvrages avancés les plus menacés, était une armée à lui tout seul. Couvert par deux de ses compagnons qui assuraient ses flancs et suivi par un valet d'armes chargé de lui passer de nouvelles épées à intervalles réguliers, il se ruait dans les corps-à-corps les plus denses. Lorsqu'il en resurgissait, son armure ruisselait de sang, son casque était bosselé et sa dernière épée ébréchée de toutes parts. Mais son cri perçant, « Santiii-ago », confirmait chaque fois qu'il était resté le dernier sur le terrain. Pour le reste, il avait l'habitude de jeter tout simplement ses armes devenues inutilisables, ce dont nos gens profitaient. On pouvait voir de simples soldats armés de coûteuses lames de Tolède qu'ils avaient récupérées sur le champ de bataille et qu'ils avaient remises en tranchant à leur usage. L'Espagnol devait être arrivé chez nous avec toute une cargaison d'épées.

Cependant ce n'était pas lui, mais le condottiere italien qui était la clef de voûte de notre défense. Giustiniani s'exposait beaucoup plus rarement que Don Francisco au combat rapproché mais, en revanche, il avait toujours l'œil et l'esprit à ce qui se passait où que ce fût. Il semblait également toujours pressentir ce que Mehmet allait entreprendre. Quand le Turc attaquait le rempart de la terre, la plupart de nos canons, et même ceux des navires, étaient en position. Le Sultan essayait-il de faire jouer sa flotte, alors il n'y avait plus qu'une couleuvrine en haut d'une tour sur deux du rempart thrace et tout le reste était au rempart de la mer.

L'organisation la plus importante de Giustiniani était un système de liaisons en long et en large à travers la ville, grâce auquel on pouvait transférer les canons à la vitesse de l'éclair d'un front à l'autre. A cela s'ajoutait la présence de Grant à ses côtés. L'Allemand était constamment au courant de la situation de notre artillerie et il pouvait à tout instant dire où se trouvait tel ou tel canon. Grant avait également fait remettre en état de vieilles balistes qui prenaient la poussière dans nos arsenaux, de sorte que l'on pouvait, grâce à elles, lancer du feu grégeois par tonneaux entiers sur l'ennemi.

Lorsque — parfois à l'approche de l'obscurité — ces projectiles incendiaires sifflaient en l'air, le front, sur les deux camps, paraissait s'engloutir dans un silence oppressant. D'autant plus effrayants étaient les cris de ceux qui étaient touchés, le hurlement d'hommes soudain transformés en torches vivantes et qui croyaient, au cours de leurs derniers moments, pouvoir échapper, en courant, à la mort qui les tenait déjà dans ses griffes. De tels spectacles étaient parmi les plus effroyables que j'eusse vécus depuis le début du siège. Ils me poursuivaient jusque dans mon sommeil.

Mais, par contre, je supportais presque sans les ressentir toutes les autres horreurs. Les bachi-bouzouks qui jetaient dans les fossés les fascines et les paniers de sable qu'ils avaient apportés et qui y tombaient eux-mêmes par rangs entiers sans que leurs camarades se souciassent des cadavres embrochés sur les pieux pointus, les Anatoliens qui les suivaient en rangs serrés, les janissaires qui, enflammés par les derviches, semblaient s'approcher de nous par bonds sauvages, les sipahis qui, sous un déluge de flèches, arrivaient au galop, mettaient pied à terre et continuaient d'avancer comme des fantassins, les boulets de pierre qui martelaient nos murailles, les échelles d'assaut que l'on dressait enfin — tout cela semblait n'être que des images accumulées en moi, que je connaissais depuis longtemps et qui, de ce fait, ne pouvaient plus me surprendre. C'était à peu près ainsi que je m'étais représenté un siège et celui-ci n'était pas très différent de ce que j'avais imaginé. La lutte exaltante d'homme à homme sur la crénelure du rempart ne faisait que compléter le tableau. Il m'était désormais aussi familier que tous les détails de ce genre d'attaques. Souvent, il me semblait même qu'un de mes ancêtres avait abandonné l'épée que je portais maintenant et que je l'avais reçue de ses mains, depuis longtemps mortes et enterrées, pour continuer ce qu'il avait commencé. Et cet ancêtre devait avoir été un spadassin ou bien, comme moi, un homme empli d'une indifférence désespérée à l'égard de son propre destin.

Depuis qu'Anna était revenue d'Andrinople, je ne savais plus que faire de ma vie, mais peut-être est-ce là justement ce qui a fait de moi l'homme auquel Giustiniani-Longo a pu confier un secteur très important du rempart.

Aussi, tandis qu'en cette aube du 19 avril 1453 je m'appuyais à l'un des créneaux de la tour qui porte mon nom, il n'y avait en moi rien d'autre qu'un léger étonnement du fait que nous ayons tenu si longtemps et qu'il semblât même que nous puissions repousser l'attaque de Mehmet comme autrefois celle de son père Murad. Cependant cet espoir ne m'apportait pas le moindre apaisement. Nos prêtres annonçaient presque chaque jour que Dieu était avec nous, que la Très Sainte Mère étendait sa main protectrice au-dessus de Constantinople, que dès le premier jour du siège on avait enlevé à l'ennemi son arme la plus importante, que, depuis la perte du grand canon, ses attaques manquaient de sens et de conception, que maintenant il essayait les unes après les autres toutes les méthodes de conquête depuis longtemps périmées — tout cela, disaient les prêtres, était l'œuvre de la génitrice de Dieu.

Ces déclarations n'aidaient guère son serviteur Georgios Sphrantzès qui n'était pas exagérément dévot. Il montait la garde, combattait, trucidait et n'éprouvait ensuite rien d'autre que la légère surprise d'un homme qui ne s'était jamais cru capable de tout cela.

J'avais demandé à Giustiniani-Longo comment il pouvait presque toujours prévoir ce que Mehmet allait entreprendre et j'avais eu pour réponse, accompagnée d'un haussement d'épaules :

— La guerre est un métier que l'on peut apprendre comme tous les autres.

J'avais posé une question analogue à Grant et appris que :

— Il n'y a que peu de coups que le Turc puisse faire. Quand l'un d'eux a échoué, il essaie aussitôt le suivant, mais tous sont connus.

Ces deux réponses m'avaient paru évidentes et avaient renforcé la froide résignation dont j'étais empli. La jubilation ivre d'espérance des autres m'était étrangère et même presque désagréable. Je n'enviais à l'occasion que mon impérial ami Constantin pour l'heureuse satisfaction avec laquelle il revenait de chaque combat victorieux.

Le 15 avril, nous avions reçu pour la première fois le renseignement sûr que l'attaque de la tour d'assaut était imminente. C'était le jour où l'armée du Sultan fut renforcée jusqu'à près de quatre-vingt mille hommes par de nouveaux contingents. Cependant, Giustiniani-Longo crut pouvoir dire :

— Il était prévisible qu'ils attaqueraient avec une forteresse roulante, mais c'est un signe de faiblesse. Celui qui, malgré une telle supériorité en hommes, fait appel à des moyens aussi coûteux, avoue qu'il est près de la fin.

C'est peut-être à cause de ces mots que je n'ai pas besoin de beaucoup d'imagination pour me représenter l'aspect d'une hélépole — c'est ainsi que l'on appelle une tour d'assaut dans nos textes anciens — et que j'ai pu assister à son apparition avec relativement peu d'angoisse. Cependant, c'en fut fait de ce sang-froid lorsqu'elle émergea soudain devant moi.

Eh oui, elle émergea. Au-dessus des arbres qui bouchaient la vue devant mon secteur, se dressa d'un seul coup, dans un grincement atroce, une muraille noire percée de meurtrières. Elle était plus grande que la plus grande voile d'une galéasse vénitienne et plus noire que la nuit la plus noire. Elle n'avait pas vraiment l'air d'un échafaudage de madriers et de planches cloués ensemble — bien qu'elle dût en être un, naturellement — mais d'un rocher carré pressé hors de terre par des forces inimaginables. Je vis d'abord que la tour qui couronnait ce mur devait être, dans l'ensemble, considérablement plus haute que le rempart que nous avions à défendre. Son étage le plus élevé devait se trouver au même niveau que la plate-forme sur laquelle je me tenais. Et ce gigantesque ouvrage glissait sans relâche à l'abri de la colline. Il aurait, en moins d'une heure — cela se voyait clairement — atteint le point à partir duquel sa garnison pourrait nous prendre sous son feu.

Arraché à mes sinistres pensées, je contemplai cette apparition fantomatique durant plusieurs minutes sans pouvoir concevoir une seule idée claire. Presque aussitôt, je fus la proie de la terreur la plus folle que j'eusse jamais ressentie et j'entendis derrière moi le souffle vigoureux de Mauros.

Sans même me retourner, je savais que le Noir avait la même expression de stupéfaction incrédule. Ce fut sa terreur qui me tira de ma torpeur. Je fis demi-tour, je le saisis par l'épaule et criai :

— Donne l'alerte, Mauros ! Tous les gardes à leur poste ! Le reste des hommes se rassemble devant ma tour !

Il avait déjà disparu dans la trappe de la tour lorsque j'ajoutai :

— Une estafette à Giustiniani-Longo. Il nous faut du renfort.

Ensuite, je me contraignis à être l'homme que je croyais être, le combattant intrépide Georgios Sphrantzès. Mais, je ne cessais de murmurer intérieurement : « Dieu ait pitié de nous ! »

Lorsque je me retournai pour descendre, le soleil apparut à l'autre extrémité de la ville. Les grondements, grincements et gémissements qui venaient de la tour en marche étaient devenus si forts qu'ils dominaient tous les autres bruits.

— Une tour de siège, dit Johannes Grant d'un ton professoral, a surtout un but : c'est d'éviter à l'assaillant d'attaquer d'en bas. C'est pourquoi le sommet de sa tour s'élève assez haut pour que l'assaillant et le défenseur du rempart soient l'un en face de l'autre, les yeux dans les yeux. La machine dont nous devons venir à bout aujourd'hui n'est pas, et de loin, la plus grande qui ait jamais été construite. Mais elle a tout de même six étages. Des couleuvrines et des catapultes peuvent être installées sur les deux derniers. C'est d'eux que l'on essaiera d'abaisser plus tard des ponts sur le crénelage du rempart et d'attaquer, en les franchissant.

Il eut, à l'adresse des hommes assemblés en demi-cercle autour de lui, un sourire presque joyeux.

— Tout cela, reprit-il, paraît plus dangereux que cela ne l'est.

Le sourire disparut.

— Néanmoins, nous ne devons pas prendre à la légère ce qui s'approche de nous. Si je récapitule le nombre de fois que des tours de siège ont été engagées au cours des cinquante dernières années, j'arrive à environ dix cas. La plupart de ces attaques ont échoué, quelques-unes, cependant — deux ou trois — ont amené la chute de la ville assiégée.

Il s'aperçut que je m'étais avancé derrière lui et se tourna vers moi :

— Est-ce à peu près exact, Ser Sphrantzès ?

— A ma connaissance oui. Ce qui me paraît encore plus important, amis, c'est que notre ville a été plusieurs fois au cours de son histoire, attaquée par des tours roulantes — chaque fois sans succès. Espérons donc que Constantinople n'est pas destinée à être prise de cette façon.

— Espérons-le et, cependant, n'en restons pas là, compléta l'Allemand. Nous avons, pour nous opposer à la tour, les possibilités suivantes : dès qu'elle sera à portée de canon, nous lui enverrons quelques coups d'essai. Je dis coups d'essai parce que je n'en attends pas grand-chose. Le Turc aura sûrement été assez malin pour garnir le mur extérieur de la machine de rembourrages de cuir sur lesquels nos boulets de pierre rebondiront. C'est pourquoi, le deuxième moyen sera le feu grégeois. J'en escompte un effet plus satisfaisant mais, encore une fois, pas la destruction totale de la tour car sa paroi pourrait être recouverte, sous le rembourrage de cuir, de plaques de cuivre et on ne peut pas mettre le feu au cuivre. Ergo, il reste comme armes décisives l'arc et l'arbalète. Nous devons tenir toutes les meurtrières de la tour sous un tir ininterrompu et précis — sans toutefois pouvoir empêcher qu'elle parvienne à bonne distance pour lancer ses ponts. Et cela veut dire...

— ... Que, cette fois encore, le combat au corps à corps ne nous sera pas épargné, fis-je. En fin de compte, il ne nous reste que nos épées et notre courage. Quand les janisssaires s'avanceront sur les ponts d'assaut, nous serons là et nous les repousserons. Exact, Messer Grant ?

— Exact, confirma sèchement l'Allemand, c'est une tactique misérable que nous proposons là, mais, en fin de compte, toutes les attaques de tours d'assaut ont presque toujours été repoussées de cette façon. Quelqu'un a-t-il des questions ?

— Oui, dit un des hommes, comment cette tour se meut-elle ? Qu'est-ce qui la fait avancer ?

— Des bœufs et des hommes, répliqua Grant. Vous avez tous vu ces pieux que les sapeurs turcs ont plantés à droite et à gauche de la voie d'attaque. Ces pieux sont des troncs d'arbre gigantesques autour desquels on lance des câbles qui sont attachés à l'avant de la tour et dont l'autre extrémité se dirige vers le camp turc. A chacun de ces câbles sont attelés, d'après mon estimation, au moins cinquante paires de bœufs et près de huit cents hommes. Ils tirent vers l'arrière et l'engin se déplace vers l'avant. Tous les quelque cent pas il s'arrêtent, les câbles sont lancés autour des pieux les plus proches de la tour, les équipes de haleurs et les animaux de trait reculent et, ensuite, ils recommencent à tirer. Cela continuera jusqu'à ce que la machine soit à portée de notre tir. A partir de là, on la poussera seulement.

— En d'autres termes, dis-je, le Sultan met des milliers d'hommes en mouvement pour permettre à quelques douzaines d'attaquer le crénelage de nos remparts.

— Ce n'est pas tout à fait cela, rectifia Grant. Si ces douzaines d'hommes ou même seulement quelques-uns, prennent pied sur le rempart, quelques centaines d'autres les suivront aussitôt. L'intérieur de cette tour est un parfait système d'échelles par lesquelles, en quelques minutes, des compagnies entières peuvent grimper. Ser Sphrantzès a cependant raison dans la mesure où tout dépend de savoir si cette avant-garde relativement petite peut ouvrir la voie aux unités qui sont postées derrière la tour. Si elle réussit, nous sommes perdus, si elle ne réussit pas...

Il tendit la main et conclut :

— Il ne faut pas qu'elle réussisse.

— Elle ne réussira pas, gronda derrière moi la voix de Don Francisco.

Toute ma troupe répliqua d'une seule voix « Santiiiago » bien que, fort probablement, personne dans ses rangs ne sût qui était ce saint Iago.

Etincelant comme une apparition surnaturelle, l'Espagnol s'avança au milieu de nous. Il balaya d'un seul coup toute l'incertitude qui oppressait les hommes. Ils attendirent à peine l'ordre de rejoindre leurs postes.

Lorsqu'ils eurent disparu, Don Francisco se tourna vers moi :

— Je suis malheureusement le seul renfort que le Protostator puisse vous envoyer. Il s'attend à une attaque parallèle sur la porte des Romains et il a besoin de tout son monde là-bas.

— Il m'a envoyé plus de renforts que je n'osais en espérer, dis-je courtoisement.

— Le Protostator vous prie de vous rappeler la petite porte sur votre flanc gauche.

— La Kerkoporta.

— Oui, c'est son nom.

— Elle est murée depuis longtemps.

— Il vous prie seulement de ne pas l'oublier. Il pense que le mortier est encore trop frais pour résister à un bélier.

— J'y posterai un détachement, Don Francisco.

A ce moment, dans mon logis de la tour, les deux hommes dont je me servais pour me couvrir par-derrière, Mauros et un Serbe blond nommé Démétrios, m'attendaient déjà.

Démétrios, qu'une horrible marque au fer rouge défigurait, m'avait apporté au début de février la nouvelle qu'Anna était de nouveau à Constantinople, mais qu'elle ne souhaitait pas me voir. Elle habitait, m'avait-il dit, avec une Juive et un vieux médecin nommé Anastasios dans l'ancien palais et elle était très malade. Dans l'espoir d'établir grâce à lui une liaison avec ma femme, j'avais pris le blond à mon service personnel, mais jusqu'à présent, je n'avais rien appris de plus grâce à lui, sauf qu'Anna allait de plus en plus mal et qu'elle ne voulait aucun contact avec le monde extérieur, donc avec moi.

Démétrios était un soldat expérimenté dans toutes les techniques de combat des janissaires. Il se battait comme un lion et il aurait risqué sa vie pour protéger la mienne. Il le fit ce 19 avril.

Healo he polis. La ville est prise, ce fut le dernier cri qui emplit mes oreilles tandis que, pratiquement suspendu en l'air, j'étais sur le pont de madriers dévasté qui montait obliquement du crénelage de notre rempart jusqu'à l'étage le plus élevé de la tour d'assaut. Je venais de précipiter un janissaire long comme une perche dans le vide. Il me fallut me tourner à moitié sur le côté pour en repousser un deuxième qui arrivait à ma gauche. Je l'abattis, faillis perdre l'équilibre, je pus me redresser et, pourtant, je tombai.

Ce n'était pas l'attaque du Turc qui m'avait renversé, mais le cri. Il résonnait encore dans mes oreilles tandis que je tombais dans le vide.

Healo he polis, cela sonnait comme un écho. Je songeai : « Kerkoporta. Trop faible. Mortier humide. Merci, Seigneur, de m'avoir permis de mourir. »

Ensuite, je plongeai dans le nuage rouge et je cessai de penser.

L'attaque de l'hélépole s'était déroulée presque exactement comme Grant l'avait prédit et nous nous étions conformés avec exactitude à ses instructions.

Dès que la tour surgit à l'extrémité de la colline, nos meilleurs tireurs ouvrirent le feu sur ses meurtrières, ce qui n'empêcha toutefois pas les Turcs de tirer sur nous avec autant de précision. Lorsque la tour fut arrivée à une centaine de pas, l'Allemand fit tirer les trois couleuvrines dont nous disposions mais — comme il l'avait prévu — sans le moindre succès. Les boulets de pierre rebondirent sur le capiton de cuir comme des balles élastiques et tombèrent sans résultat sur le sol. J'ordonnai d'enlever les canons des créneaux et de les mettre aussitôt en position derrière la Kerkoporta. Si l'ennemi devait réellement enfoncer cette porte, il y serait d'une grande utilité.

La deuxième arme que Grant utilisa eut un effet relativement retardateur. Il avait fait charger deux des balistes — elles ressemblaient à de gigantesques cuillers de bois — avec des tonneaux remplis de feu grégeois et il essaya d'envoyer ces projectiles incendiaires sur la plate-forme la plus élevée de la tour. Il n'y parvint pas et la masse enflammée s'écoula seulement le long de la muraille extérieure de l'hélépole. Mais, comme elle continuait de brûler sur la terre, l'approche de la tour en fut considérablement ralentie. Ses roues, aussi hautes qu'un homme, étaient en bois et risquaient de prendre feu. Les Turcs devaient constamment attendre que l'un des foyers d'incendie fût éteint avant de pouvoir la faire avancer de quelques pas.

Mais ils y sont quand même arrivés. Gémissant et grinçant, le monstre glissait vers nous. Le grincement des roues était plus meurtrier pour les nerfs que tout autre bruit que j'eusse jamais entendu. Il se vrillait comme un couteau dans l'oreille et couvrait l'incessant *Allah il Allah il Allah* dont les braillements venaient jusqu'à nous et même le sifflement des balles turques.

Les assaillants réussirent à faire tirer leurs canons les uns après les autres sans que le recul renversât le gigantesque monstre. Leurs projectiles frappaient le rempart et précipitaient dans le vide tous ceux qui s'étaient abrités derrière lui.

Je vis tomber devant moi des hommes que je ne connaissais que depuis quelques semaines mais qui m'étaient devenus plus familiers que la plupart de mes anciens amis. J'entendis leurs hurlements d'horreur et parfois même le bruit sourd de leurs corps s'écrasant sur le sol. Je m'interdis de les regarder, comptant seulement après chaque impact les hommes qui me restaient. Je donnai enfin, trop tard, je le crains, l'ordre qu'un homme sur deux se réfugie dans la casemate en dessous du parapet et qu'ils ne remontent que lorsque la tour serait à portée de javelot. Je voulus y envoyer également Don Francisco, mais il ignora purement et simplement mon ordre. Les bras croisés sur la poitrine, il resta debout près de ma tour, se concentrant totalement pour découvrir l'endroit où le premier pont d'attaque allait s'abaisser.

Lorsque le soleil fut au zénith, sept heures après que la tour d'assaut avait surgi devant nous dans toute sa grandeur, il sembla bien que le moment fût enfin arrivé. La machine s'était approchée si près qu'un bon sauteur aurait pu se lancer jusqu'à elle. Les canons turcs cessèrent de tirer. Johannes Grant, sans armes comme toujours, surgit près de moi.

— J'ai fait ce que je pouvais, Ser Sphrantzès, dit-il, maintenant c'est à vous de faire le travail principal.

— Et vous ? lui demandai-je assez surpris.

L'Allemand sourit de son sourire séduisant :

— Mon affaire est la guerre, pas le combat. Dans notre profession, on ne se soucie pas de gloire, mais seulement de s'en sortir vivant. Je dois essayer de conserver le modeste capital dont je me nourris, fit-il en montrant son front.

— Vous nous laissez en plan ?

— Je vous laisserais en plan si je risquais cette tête. Elle a trop de valeur pour votre ville pour que je l'expose à un sabre turc.

Il me tendit la main et ajouta :

— Dieu soit avec vous, Ser Sphrantzès. Ma place est maintenant près des canons, derrière la Kerkoporta.

Comme je suis toujours sans défense contre un bon argument, même dans les situations extrêmes, je répondis à son salut et je le regardai se glisser adroitement dans la trappe de la tour et disparaître.

Peu après, le premier pont d'assaut s'abattit tout près de moi et, quelques instants plus tard, en bas, sur le rempart, le deuxième, tout près de Don Francisco. Du coin de l'œil j'eus le temps de voir l'Espagnol se transformer en un orage noir. Mais j'avais déjà l'épée à la main. Le combat qui commença alors eut plutôt lieu dans les airs que sur la terre ferme.

Nous fîmes la seule chose que nous pouvions faire. Nous nous ruâmes à l'assaut des turcs — Mauros à ma gauche, Démétrios à ma droite — et nous les rencontrâmes à mi-chemin. Nous avions la surprise pour nous. Comme les janissaires avaient eu l'imprudence de ne pas se munir de leurs lances, nous eûmes à notre actif le deuxième avantage de les attaquer au corps à corps. Leurs petits boucliers ronds en cuir ne leur servaient guère dans le combat rapproché. Notre seul désavantage était que, sur le pont oblique, nous nous trouvions plus bas qu'eux. Mais nous avons visiblement réussi à le compenser.

A dix hauteurs d'homme au-dessus du sol, sur un échafaudage de madriers branlant et gémissant, nous frappions sur l'ennemi et nous nous enfoncions, ce faisant, dans cette fureur forcenée qui est, à ce qu'il me semble, le seul état d'esprit dans lequel un être humain peut hacher, fendre, éventrer, d'autres êtres humains. Le bruit cruel d'un crâne fracassé, le sang qui vous jaillit au visage, l'horrible sensation qui court de la pointe de l'épée à travers le bras, lorsqu'elle a trouvé son chemin malgré la résistance des muscles dans l'intérieur du corps d'un autre, un homme ne peut supporter tout cela que s'il est hors de lui, s'il délire, s'il se retrouve tel qu'il était dans les forêts antédiluviennes où, demi-animal, il combattait d'autres animaux.

Dieu a fait l'homme à son image ? Alors, c'est qu'il y a en Dieu — pardonne-moi, Seigneur ! — quelque chose d'un fauve, d'un monstre assoiffé de sang, buveur de sang, avide de sang.

J'étais ce fauve. Je rugissais, je fonçais, je tuais. L'écume coulait de ma bouche et se mêlait à d'autres liquides qui ruisselaient sur mon visage, avec de la sueur et bien d'autres choses. A mes côtés, Mauros hurlait, Démétrios criait. Nous devions, à nous trois, offrir une image que même les janissaires ne pouvaient supporter. Nous les vîmes tomber dans le vide des deux côtés, nous vîmes les planches se briser lorsque quelques-uns qui reculaient se heurtèrent à d'autres qui se précipitaient du haut de la plate-forme. Nous les vîmes tomber à la verticale et leurs cris perçants nous emplirent les oreilles.

Ensuite, nous fûmes nous-mêmes devant le trou béant et

nous sautâmes avec la sûreté de panthères de l'autre côté. Nous nous heurtâmes à une masse serrée de corps brûlants. Nous les saisîmes avec nos mains et nous les poussâmes. Nous donnions des coups de pied dans des bas-ventres mous, nous nous servions de nos coudes, de nos genoux, de nos poings. Comme nous étions trop près pour pouvoir tirer l'épée, nous saisîmes nos dagues et la courte massue de fer que chaque soldat byzantin porte à la ceinture. Nous frappions d'une main et nous piquions de l'autre, avançant pas à pas, sans même savoir si nous étions blessés ou indemnes. La plate-forme de la tour s'approchait de plus en plus ; encore deux pas et nous l'aurions atteinte, un pas, un demi-pas. Nous savions déjà que nous avions vaincu, car, maintenant, le monstre avait pris feu et projetait vers nous une âcre fumée. Quelques-uns de ses occupants essayaient de se sauver, disparaissaient par des trappes ou se laissaient glisser le long du mur extérieur avec des cordes. Oui, nous avions vaincu. Mais c'est là qu'éclata dans notre dos, le cri : *Healo he polis !* La ville est prise ! Ce devait être la Kerkoporta qui avait cédé.

Où étaient les canons de Grant ?

Devant mes yeux, la tour bondit en l'air. Je tombai. « Merci, ô Seigneur, de m'avoir épargné de vivre la fin de ma ville natale. »

La tache bleue vers laquelle je glisse se rapproche et commence à grandir. Elle ne disparaît plus, mais reste fixée à la même place. Il me semble que je suis couché au fond d'un puits et que j'aperçois, au-dessus de moi, son orifice qui mène à l'extérieur. Le bleu est celui du ciel.

Suis-je tombé dans un puits ? M'a-t-on jeté avec d'autres morts et mourants dans une fosse commune lorsque la ville conquise a été nettoyée de ses cadavres ?

Il semble hors de doute que je sois vivant. Je sens mon corps. Je puis remuer ma main. Je suis en état d'ouvrir mes yeux et de les refermer. Qui va me regarder le premier ? Un janissaire ? Le Sultan ? Un de mes camarades de combat qui est maintenant prisonnier des Turcs ? Ma bouche est sèche, mon crâne bourdonne. Mais, par ailleurs, ce qui est fort surprenant, je ne ressens aucune douleur.

Je dois avoir dit ou murmuré quelque chose, car j'ai l'impression d'avoir été entendu. Un mouvement s'est produit près de moi.

Peut-être ai-je dit « de l'eau » ou bien « j'ai soif ». La tache bleue s'assombrit à nouveau, c'est un nuage noir qui passe sur elle.

Le nuage a de gros yeux écarquillés à l'éclat blanc. Le voici reparti, mais maintenant j'entends des voix. Ce sont des voix que je connais.

— Il est revenu à lui, dit l'une d'elles.

Puis d'autres interviennent, nombreuses. Il me semble que l'on parle grec, car je comprends sans peine.

Quelqu'un me donne à boire. Je ne saurais dire comment il s'y prend. Je ne sens que le bord du gobelet sur mes lèvres et un liquide aigre dans ma bouche.

Suis-je accroché à un pal comme Antonio ? Est-ce du vinaigre que l'on me donne à boire ? Après avoir avalé, j'ai dû m'endormir car, lorsque j'ai de nouveau ouvert les yeux, les nuages s'étaient dissipés ainsi que la tache bleue. Je voyais une lampe qui brûlait près de moi et, dans sa lueur vacillante, le visage noir et brillant de Mauros.

Peu de temps après, je me réveillai pour la deuxième fois. Il faisait grand jour. Ohannes s'appuyait à la fenêtre et me souriait.

— Bonjour, Excellence. Ce fut une rude chute que vous avez faite là, dit-il, mais vous êtes apparemment tombé mollement. A part des ecchymoses, le médecin n'a constaté aucun dommage.

J'essayai de me redresser, mais il me fit signe de rester allongé.

— Vos hommes ont fait une sortie pour vous ramener dans la ville.

— Une sortie ? fis-je d'une voix enrouée.

— Oui, ils se sont laissés descendre du rempart lorsque la tour d'assaut a été mise en pièces et que les Turcs commençaient à fuir.

— Et la Kerkoporta ?

L'étonnement apparut sur le visage de mon secrétaire.

— La Kerkoporta, Excellence ?

— A-t-elle tenu ?

— Elle n'a même pas été attaquée !

— Mais le cri *Healo he polis ?*

— *Healo he polis ?*

— Je l'ai entendu.

L'étonnement d'Ohannes persistait. Puis il me sourit à nouveau.

— Il n'y a pas eu de cri de ce genre, Excellence, sauf...
— Sauf?
— Peut-être dans votre tête.
— Dans ma... ? Tout à coup, je compris, moi aussi. Tu veux dire cette ancienne prophétie, d'après laquelle Constantinople devrait tomber parce qu'un garde négligent oublierait de barrer la Kerkoporta...
— De sorte que l'ennemi pourrait pénétrer par là sans être aperçu.
— Oui, dis-je, tu pourrais bien avoir raison. Dans la prophétie il est dit que le cri de *healo he polis* annoncera aux Constantinopolitains qu'ils sont perdus.
— Cela aurait pu vous passer par la tête pendant que vous tombiez.
Je réfléchis et décidai :
— Ça doit être ça.
La demande de Giustiniani-Longo de veiller à la Kerkoporta m'avait apparemment préoccupé au point que j'avais cru, effectivement, entendre le cri de la prophétie.
Je commençai à essayer de mouvoir mes membres.
— Nous avons donc repoussé l'attaque.
— Giustiniani-Longo dit que vous auriez infligé aux Turcs la plus dure défaite qu'ils aient subie depuis le début des hostilités. Dehors, votre nom est sur toutes les lèvres, surtout depuis ce matin.
— Pourquoi depuis ce matin?
— Vers neuf heures, un envoyé de Chalil Pacha est venu dans la ville pour négocier une suspension d'armes. L'Empereur vous fait demander de mener ces pourparlers. Dois-je vous envoyer Mauros pour qu'il vous rase?
— Non, envoie chercher Mauros et dis-lui qu'il m'apporte quelque chose à manger.
Depuis que je revivais, je mourais de faim.

II

Piccolomini, notre vieil ami qui semblait n'avoir rien d'autre en tête que les femmes et qui aimait se passionner pour des déesses nues dans les nuits remplies du parfum des roses sous la lune, mon ancien camarade d'études qui écrivait des poèmes polissons et des romans non moins coquins et qui s'était en fin de compte trouvé le pseudonyme d'Enée, ce bon vivant rondouillard, cet Italien toujours ravi par sa propre rhétorique — je peux à peine me faire à cette idée —, est devenu cardinal. Il est installé sur une montagne dans les environs de Sienne qui, selon ses plans, doit être couronnée un jour par la ville idéale.

Il fait partie des plus proches confidents de l'Empereur germanique. Sa voix traverse toute l'Europe, de Vienne à Rome, de Francfort à Paris. Il passe pour un littérateur de génie, un brillant diplomate, un viveur et un savant. La dernière fois que j'ai entendu parler de lui, il venait tout juste d'arriver d'un pays qui se trouve quelque part au bout du monde, qu'il appelait l'Ecosse, et il avait eu une fille. Il devait avoir fait son noviciat un peu plus tard et prononcé ses vœux définitifs quelques années après. Il avait été successivement ou simultanément, secrétaire d'un prince de l'Eglise, conseiller secret du chancelier de la cour des Habsbourg, ambassadeur impérial et poète couronné. Son roman, qu'il m'avait envoyé, est l'histoire d'un adultère auquel la femme qui trompe son mari ne survit pas. Je l'avais trouvé très spirituel, bien qu'assez banal. Il aurait, dit-on, traité une situation érotique analogue dans une comédie. Pourtant, il me parla d'une « Description du monde » à laquelle il travaillait et me promit de m'envoyer le premier volume, promesse jamais tenue d'ailleurs. Dans la dernière lettre de lui qui me parvint — ce devait être à son époque viennoise —, il me décrivit son attitude politique en ces termes : « Les grands seigneurs disent oui, je dis oui ; ils disent non, je dis non. » et le voilà dans la pourpre cardinalice.

Ce sont des nouvelles de ce genre qui m'expliquent toujours la situation dans laquelle je me trouve moi-même. Piccolomini semble appartenir à un monde qui m'est totalement étranger. Il doit avoir mené une vie pour laquelle je n'ai aucun élément de comparaison. L'Ecosse ou la montagne en Toscane sont-elles vraiment sur notre terre ? Diète impériale, conciles de l'Eglise, alliances princières, intrigues que chacun ourdit contre l'autre, combats que les uns mènent contre les autres pour des motifs dont j'ignore totalement le sens, tout cela se produit-il au moment même où nous guettons sur nos remparts et ne voyons rien d'autre que des étendards turcs ?

Comment se fait-il que, de trois amis de jeunesse, ce soit justement celui que les deux autres ne prenaient jamais très au sérieux qui se soit, par les voies les plus aventureuses, élevé jusqu'à une position qui lui permet désormais d'intervenir dans le destin de l'Occident, tandis que les deux autres ne jouent que des rôles de comparses dans une tragédie dont l'action est déjà fixée depuis des années ? Piccolomini brille comme une étoile au théâtre du monde européen, Amirutzès et moi sommes des figurants sur une scène qui n'attire plus l'attention que de ceux qui se trouvent dans son voisinage immédiat. Il construit une ville qui doit être animée par l'esprit de l'Utopie. Nous nous trouvons dans une communauté qui ne vit plus que des souvenirs de son passé et qui doit déjà redouter son avenir le plus proche.

C'est sans doute la jalousie qui me fait écrire ces mots ainsi que mon incroyable stupéfaction devant la façon dont le destin fait rouler les dés. Mais, d'un autre côté, pour être aujourd'hui à la place de Piccolomini, il aurait fallu, dès le début, que je fusse Piccolomini, porté comme lui par mes propres chimères, naviguant comme lui avec le vent de l'époque en poupe, courbé aujourd'hui, redressé demain, plante grimpant sur de nombreuses colonnes et coussin sous beaucoup de derrières. Cependant, le petit Silvio a dû connaître ses désespoirs et souffrir de ses défaites. Un personnage, gonflé d'appétits et ivre de son propre charme comme lui, ne se fait pas tonsurer s'il n'est pas assuré que cet acte de soumission le mènera encore plus haut. D'ailleurs, j'en sais trop peu sur le Piccolomini d'aujourd'hui pour pouvoir le condamner ou le comprendre. Le peu que j'en sais, je l'ai appris d'Amirutzès. C'était lui, l'envoyé de Chalil avec lequel je devais négocier.

Après ma chute du rempart, on m'avait d'abord transporté au couvent Chora qui n'est qu'à quelques pas de la Kerkoporta. Puis, quelques heures plus tard, à l'abbaye Saint-Jean. Elle se dresse non loin du rivage de la mer de Marmara et, de ce fait, elle est plus calme que l'institut près de Blachern. En outre, elle s'enorgueillit d'avoir les meilleurs médecins de la ville. A l'église du couvent Saint-Jean, le service divin ne finit jamais. Les moines qui y vivent prient, travaillent et dorment par équipes. Un tiers d'entre eux est constamment rassemblé devant l'autel, à un deuxième incombent les affaires profanes telles que les soins aux malades, le troisième se repose dans les cellules. Il en est ainsi depuis près de mille ans et jamais les chorales ou les prières plus silencieuses au Seigneur ne se sont tues.

Peu après mon retour du monde des morts, j'avais quitté Saint-Jean. Cela avait été une de ces banales expériences qui font comprendre pourquoi l'homme tient malgré tout à la vie. L'air pétillant d'avril me piquait les narines, la brise marine mettait mes cheveux en désordre. Les rayons du soleil jouaient sur ma peau sans la réchauffer. Un épais pansement entourait ma cage thoracique, mon visage était constellé d'emplâtres de résine, mon genou gauche enveloppé d'un solide bandage, cependant je ne ressentais pour ainsi dire aucune douleur.

D'après Mauros, j'étais tombé sur le toit de cuir d'une tente que la garnison de la tour d'assaut avait tendue entre la machine et le rempart comme protection contre d'éventuels jets de poix bouillante. De là, j'avais glissé pratiquement sans dommage jusque sur le sol. Désormais, tout cela n'était plus qu'un mauvais rêve. J'étais assis dans le haut carrosse surmonté d'un baldaquin que Thomas Cantacuzène avait mis à ma disposition et je découvrais Constantinople comme si je ne l'avais jamais vue.

Nous passâmes par les Colonnades troyennes et le forum Arcadius jusqu'à la place aux Bœufs. C'était un trajet que j'aimais particulièrement parce qu'il reflétait les restes de la splendeur dans laquelle la ville avait jadis baigné. Certes, une sur deux des colonnes de marbre blanc, à droite et à gauche, était abîmée, une sur cinq ou six abattue, mais toutes ensemble, elles donnaient une vue rythmiquement articulée sur le paysage de maisons qui se déployait derrière elles. Les images surgissaient et disparaissaient avant que l'œil n'ait pu enregistrer que ces colonnes cachaient aussi ruines, gravats et déchéance.

Depuis le début du siège, Constantinople semblait être devenue plus animée et plus bariolée qu'auparavant. Les rouliers des grandes charrettes qui transportaient des vivres ou du matériel de guerre poussaient leurs bêtes avec des cris pleins d'entrain. Une troupe de mercenaires génois chantait en marchant une chanson populaire italienne. Dans les niches des colonnades, des marchands avaient à nouveau dressé leurs étals. Dieu seul sait ce qu'ils pouvaient vendre. Il y avait également des flâneurs élégants des deux sexes qui traînaient aussi négligemment que si la paix la plus absolue avait régné. On me criait même des saluts, à moi qui trônais sous la capote rouge d'un véhicule de grande maison, alors que peu de temps auparavant, tous les membres de l'aristocratie se faisaient conspuer et lapider car on les soupçonnait de faire partie de ceux qui poussaient à l'union des Eglises pour sauver leur peau. La ville avait maintenant atteint le point où la formule « Plutôt le turban que le chapeau de cardinal » avait perdu son sens. La ville semblait vivre en accord avec elle-même, elle était résolue et même gaie.

La tour du haut de laquelle j'étais tombé m'apparut dans le lointain. Nous n'entendions ni un coup de canon ni aucun autre bruit de guerre. Tout semblait calme sur le front. Avions-nous vraiment convaincu Mehmet qu'il ne pouvait pas prendre la ville ? La proposition de négociations de Chalil était-elle le premier fruit d'une victoire dans un combat apparemment sans issue ?

Même au palais il semblait que les choses se fussent améliorées depuis le début du siège. Les gardes qui rendaient les honneurs étaient, certes, toujours recrutés parmi les hommes âgés et inaptes au combat, mais ils s'efforçaient au moins de donner, dans une certaine mesure, l'impression d'être des militaires. Ils firent le signe de croix et me suivirent des yeux lorsque je passai devant eux.

Mauros et Ohannes durent m'aider à descendre de voiture devant le bâtiment qui abritait mes bureaux, mais je pus déjà gravir l'escalier sans eux. C'était là que j'avais eu mon absurde discussion avec Gennadios, le jour que les deux premiers canons géants de Mehmet avaient tiré pour la première fois. Mon Dieu, ne s'était-il passé que quatre mois depuis lors ? Il me semblait que c'étaient quatre années. Et j'avais écrit alors, que le tonnerre de ces canons était le bruit le plus fort que le monde eût jamais entendu...

Amirutzès m'attendait dans une salle de conférences située du côté de la Corne. Mon bureau personnel était trop mesquin pour recevoir des visiteurs officiels. J'avais l'intention de parler seul à seul avec mon ami de jeunesse. Plus tard, Chalkokondylès devait se joindre à nous.

Lorsque, après une longue séparation, deux hommes qui en savent si long l'un sur l'autre et qui sont liés par tant de choses, deux hommes surtout qui ne furent pas seulement des amis mais aussi des rivaux se rencontrent, il leur est difficile de surmonter une certaine gêne. Ils vont l'un vers l'autre en souriant, les bras tendus, mais chacun d'eux étudie l'autre du regard et cherche d'un œil encore plus critique que celui d'une femme devant son miroir, s'il répond encore à l'image qu'il s'est faite de lui car chacun voit dans l'autre une part de lui-même. Amirutzès incarnait beaucoup de ce que j'aurais voulu être, mais, d'autre part, je savais qu'il m'enviait certains traits de ma personnalité.

— Toi, m'avait-il dit un jour, tu es comme une pierre qui tombe vers le sol, mais qui sait qu'elle va y arriver et en quel endroit. Moi, au contraire, je fonce dans les airs sans être sûr d'atteindre jamais un but.

A cette époque, la comparaison m'avait paru peu exacte car, lorsque Amirutzès volait, ce n'était pas comme une mouette emportée sans relâche par la tempête. Les vents pouvaient le porter à l'occasion, cependant il savait toujours où ils le menaient.

Ce que je pouvais deviner à mon propos grâce à son apparence, c'était surtout que les années nous avaient marqués tous les deux. Sa barbe et sa chevelure montraient des mèches argentées et son visage deux plis profonds qui prenaient naissance aux ailes de son nez. Son regard provocant et moqueur était voilé par une légère résignation.

Il portait toujours le costume noir qui, trente ans auparavant, lui donnait un certain air de dandy mais qui, de nos jours, était peu propre à exciter la curiosité. Il y avait longtemps qu'à Constantinople la mode ne jouait plus aucun rôle.

— Le héros de la Kerkoporta, fit-il lorsque nous cessâmes de nous étreindre.

— Le grand voyageur Georgios Amirutzès, répliquai-je.

Amirutzès était un peu gêné, lui aussi, mais il domina ce sentiment un peu plus vite que moi.

— Il manque Picco, le seul qui pourrait nous éclairer valablement sur la signification profonde de cette rencontre.

Nous éclatâmes de rire. La glace était rompue.

— Quand as-tu reçu pour la dernière fois des nouvelles de Picco ? demandai-je en conduisant Amirutzès vers le canapé.

— Il y a un mois, répondit-il, j'ai sa lettre sur moi. C'est la plus folle que tu aies jamais lue.

— A-t-il écrit un nouveau roman ?

— Non, il veut convertir Mehmet au christianisme.

Je crus qu'Amirutzès plaisantait, mais j'appris presque aussitôt qu'il parlait très sérieusement. Notre ami commun, actuellement cardinal et évêque de Sienne, avait trouvé le point d'appui d'Archimède où poser un levier pour soulever le monde politique hors de ses gonds. Pendant plus d'une heure, nous ne parlâmes que de lui. Amirutzès me raconta la vie désordonnée et aventureuse mais cependant riche de succès du petit Silvio.

— Un feu follet au-dessus de mille marécages. Il veut tout faire et tout avoir en même temps. Il veut jouir de la vie, être reconnu pour un poète, participer à des cabales politiques et cependant réaliser aussi quelques-unes de ses grandes idées.

— Picco a de grandes idées ?

— Tu le méconnais, dit Amirutzès, de nous trois c'est vraisemblablement lui qui se souvient le plus intensément des jours que nous avons passés ensemble. Il tient à cette ville. Il l'aime. Si cela ne dépendait que de lui, la puissante armée de croisés que vous avez tant espérée serait arrivée ici depuis longtemps. L'une de ses grandes idées est d'unir toute l'Europe contre les Turcs et de faire de Constantinople sa capitale. Mais, malheureusement, je l'ai déjà dit, il a voulu et veut toujours trop d'un seul coup. En ce moment, par exemple, il travaille aux plans de cette ville sur la montagne qui doit être plus belle et plus digne des hommes que toutes les cités existantes. Il a du mal à réunir les fonds pour sa construction mais, en même temps, il agit comme intermédiaire entre l'empereur de Vienne et les princes allemands, comme agent de la politique de l'Eglise et comme pasteur de son diocèse. Ce qui est bête chez lui, c'est que, non seulement il en fait trop, mais qu'il a trop de dons, et, malheureusement, il s'avère que c'est le plus faible qu'il persiste à tenir pour le plus fort, conclut Amirutzès en souriant.

— Lequel veux-tu dire ? demandai-je.

— Celui de plaire aux femmes.

— D'après tout ce que tu me racontes, il n'a pas eu beaucoup de succès dans ce domaine.

— Ses échecs en amour sont légion. Et ses tentatives pour en imposer au monde comme viveur ne lui ont rapporté jusqu'ici que les signes d'un commencement de goutte.

— Pauvre Picco, dis-je.

Une étrange gêne s'empara de nous, presque simultanément. Nous venions au même moment de penser à Anna.

Je changeai de ton et lui demandai :

— Qu'est-ce que cela a à voir avec cette autre affaire ?

— Laquelle ?

— Tu disais qu'il voulait convertir Mehmet au christianisme.

— Cela semble en fait la dernière de ses grandes idées.

— Est-il donc devenu fou ?

— Je ne crois pas. Telles que Picco les présente, ses réflexions paraissent tout à fait logiques. Elles doivent s'être développées à partir de tous les plans et les pensées qu'il traîne avec lui depuis des années. Notre ami a visiblement lu le livre d'un certain Nicolas Cusanus sur le Coran et il pense maintenant qu'entre la chrétienté et l'islam il y a toute une série de points communs : un seul Dieu, la Bible qui est reconnue comme l'Ecriture sainte par les deux parties, les prophètes de l'Ancien Testament auxquels Mahomet se réfère et, finalement, le Christ lui-même que les musulmans considèrent comme un précurseur du fondateur de leur religion.

— Cette constatation n'est pas particulièrement nouvelle.

— Assurément non, admit Amirutzès, elle ne devait d'ailleurs pas être complètement ignorée de Picco car, si je ne me trompe, nous avions déjà, de notre temps, discuté sur ce thème. Mais cela ne lui sert que de point de départ pour quelques autres réflexions. Dans sa lettre il m'écrit qu'il ne veut pas s'adresser au Sultan sous les traits d'un théologien mais d'un politicien.

— D'un politicien ?

— Oui, il veut faire comprendre à Mehmet que tout ce vers quoi il tend au prix de tant de dépenses militaires, il l'aurait sans efforts s'il se rangeait dans le cercle des princes chrétiens : la reconnaissance par ses collègues occidentaux, le respect qui lui serait dû comme à l'un des plus puissants souverains de son temps et surtout le droit de se considérer comme le successeur des empereurs byzantins à Constantinople. Les portes de cette ville, pense Picco, s'ouvriraient toutes seules pour un sultan qui arborerait la croix.

— Il est vraiment persuadé de cela ?

Amirutzès me jeta un regard en biais.

— Est-ce donc si faux ? demanda-t-il presque avec douceur.

Je compris alors qu'avec cette question nous venions d'entrer dans la négociation qu'Amirutzès devait mener avec nous sur l'ordre de Chalil Pacha.

A l'époque de notre conversation, mon ami de jeunesse était depuis déjà trois semaines dans le camp des Turcs. Il y avait été, me dit-il, envoyé comme observateur par l'empereur Jean de Trébizonde. Cependant, il était également l'invité de son cousin, le vizir Mahmud Pacha et, en outre, il représentait les intérêts de Usun Hasan, le seigneur du Mouton blanc.

Il était donc le représentant de deux partis, ce qui était caractéristique de sa part, mais il devait en premier lieu s'intéresser aux affaires d'un troisième, le sien propre. Toute sa vie, Amirutzès a jonglé avec plusieurs balles. Mais loin de moi l'idée de le lui reprocher. L'art de se comporter ainsi n'est pas moins inné chez lui que ne l'est chez moi l'incapacité à faire plus d'une chose à la fois. Quiconque, comme moi, au cours de cette conversation aurait vu, assis à côté de lui, un homme de belle apparence qui pouvait tout dire avec aisance et facilité et dont le rayonnement fascinait les autres hommes, aurait eu, tout comme moi, les plus grandes peines à ne pas se laisser séduire. Amirutzès était un charmeur et un joueur qui brouillait les cartes jusqu'au moment où il les rangeait dans l'ordre qui lui convenait.

En le regardant et en l'écoutant, je compris aussi jusqu'au plus profond de moi-même ce qui avait autrefois entraîné Anna à le suivre à Trébizonde. Toutefois, pensai-je avec un accès d'humour noir, nos comptes sont maintenant apurés, pour l'instant, nous ne possédons d'elle que la même chose : un souvenir.

Amirutzès me raconta tout ce qui s'était passé depuis le 2 avril, mais vu du côté des Turcs. Il ne s'était pas trouvé loin du gros canon lorsque la pièce avait tiré pour la première fois et il avait reçu un éclat dans la jambe lorsqu'elle avait explosé. Ce dernier événement, me dit-il, avait complètement démoralisé Mehmet. Il était tombé dans une sorte de désespoir pétrifié qui l'empêcha de s'occuper de la poursuite de l'attaque pendant plusieurs jours. Toutes les actions que nous avions dû repousser durant ce temps avaient été lancées et surveillées par les vizirs et surtout par Mahmud Pacha. Ce ne fut que trois ou quatre jours après la catastrophe que le Sultan reprit les rênes en main.

— Mais, dit Amirutzès, Mehmet n'est toujours pas redevenu celui qu'il était lorsque l'armée a avancé. Le canon d'Urban était un pilier de ses espoirs. Lorsqu'il a explosé, quelque chose s'est brisé en lui. Certes, on travaille à la fonte d'un nouveau canon, mais il ne s'y intéresse que fugitivement et Urban, le petit Allemand, a la stricte interdiction de s'approcher de lui. Entre-temps, Mehmet accepte avec une indifférence qui frise la satisfaction le fait que toutes ses autres entreprises aient échoué, même celle de la tour roulante. Il semble que chaque nouvelle défaite lui conirme que sa stratégie originelle, consistant à mettre en pièces vos remparts grâce au canon géant, était la seule valable et que tous les moyens dont il dispose encore se révéleront inefficaces. Après que l'hélépole eut été incendiée, il a simplement hoché la tête comme pour dire « je le savais ».

— Pourquoi n'abandonne-t-il pas et ne bat-il pas en retraite ?

— Hier matin, il était tout près de le faire.

— Et ensuite ?

— Eh bien, dit-il, c'est à cause de ce qui est arrivé ensuite que je suis ici.

Tout en bavardant, nous nous étions rapprochés du cœur du problème. Je me levai pour faire entrer Chalkokondylès qui attendait dans l'antichambre.

L'Athénien entra dans la salle de conférence avec la mine impénétrable qu'il avait l'habitude d'arborer dans les discussions sérieuses. Je les présentai l'un à l'autre, les invitai à s'asseoir autour de la grande table de marbre et j'ouvris officiellement la négociation. Amirutzès déclara d'emblée qu'il n'avait pas pleins pouvoirs pour prendre ou mettre en train des décisions. Sa mission était plutôt officieuse, on devait le considérer comme une antenne du Grand Vizir.

— Toutefois, ajouta-t-il en souriant, ma position hybride me permet de parler un peu plus ouvertement que ne pourrait le faire un chargé de mission du Sultan.

« Et ce rôle hybride, pensai-je, est justement inscrit sur ton front, Georgios Amirutzès. »

La façon même dont on nous l'avait annoncé s'accordait au tableau. Cela ne s'était pas fait par un parlementaire, mais par l'un des habituels messages attachés à une flèche.

— Comme vous le savez, dit Amirutzès après que je lui eus donné la parole, mon mandant, Chalil Pacha, a toujours été d'avis que la prise de Constantinople par l'armée turque était sans objet et inutile. Il tient l'action de Mehmet pour le produit d'étranges passions et pour un gaspillage insensé de temps, d'argent et de vies humaines. Il croit que Byzantins et Ottomans pourraient s'arranger entre eux et avec la réalité de façon pacifique. Mais il ne tient pas à exprimer cette opinion au Conseil des vizirs. Maintenant, et c'est pourquoi il m'a envoyé, il nourrit pour la première fois l'espoir de pouvoir convaincre le Sultan par ses arguments.

— Maintenant, lança Chalkokondylès, après que Mehmet aura dû convenir qu'il a échoué devant nos remparts.

— Ce dont le Sultan convient ou ne convient pas échappe à ma connaissance, répliqua Amirutzès. Il est certainement exact que, pour l'instant, il est battu, dans une certaine mesure. Cela peut changer en très peu de temps.

— Cela suppose qu'il obtienne un succès.

— Ou que quelqu'un qui pense autrement que Chalil obtienne sa confiance.

— Qui cela pourrait-il être ?

— Des gens de toutes sortes. Le camp turc grouille de faiseurs de projets venus de tous les pays. Chacun d'eux a le plan d'une nouvelle arme miracle ou le projet d'une stratégie infaillible dans la poche.

— Le Sultan sera assez intelligent pour ne voir en eux que les chasseurs de profit qu'ils sont.

— A côté de ceux-là, il y en a d'autres.

— Par exemple ?

— Saghanos Pacha.

— Un renégat monténégrin, dit Chalkokondylès avec mépris, un traître à sa foi chrétienne.

— Mehmet est presque exclusivement entouré de chrétiens ou d'anciens chrétiens, mais ils sont plus dangereux que les musulmans.

— Plus dangereux ?

— Ils doivent prouver qu'ils sont de bons musulmans et c'est pourquoi ils prêchent la prise de Constantinople.

— Quelle est, sur ce point, la position de ton cousin Mahmud Pacha ? demandai-je.

Amirutzès m'adressa un sourire amusé.

— Comment crois-tu que je me comporterais si j'étais à sa place ?

— Tu resterais à l'arrière-plan et tu attendrais de voir comment les choses tournent.

— Là, fit-il, tu as la réponse à ta question.

Chalkokondylès s'obstina.

— Saghanos Pacha et qui d'autre ?

— Ak-Schemseddin.

— Ak, quoi ?...

— Un derviche.

— Un homme donc, qui n'a plus à prouver la sincérité de sa foi.

— En fait, il n'en a pas besoin, dit Amirutzès avec une soudaine gravité. Mais Ak-Schemseddin est originaire de Tabriz en Perse.

— Oui, et alors ?

— Tabriz est la patrie des fanatiques musulmans les plus enragés. Les gens qui viennent des écoles coraniques de là-bas n'ont qu'une idée en tête : la Guerre sainte.

— La Guerre sainte ne nous a-t-elle pas été déclarée le 2 avril par ce cavalier au turban vert ?

— Oui et non. Bien entendu, toutes les guerres que fait le Sultan sont des combats pour la foi. Mais que Mehmet soit en *Djihad* contre vous n'existe pourtant, dans une certaine mesure, que sur le papier.

— D'après tout ce que nous savons, dis-je, Mehmet n'est pas un homme très pieux, à plus forte raison donc, pas un fanatique.

— Il pourrait en devenir un, par désespoir et par superstition.

— Par superstition ?

— Lorsque le gros canon a explosé, il a pensé que la chance l'avait abandonné. Ak-Schemseddin s'efforce de lui offrir un produit de remplacement.

— L'aide d'Allah ?

— L'aide d'Allah garantie. Le derviche travaille avec des paroles véritables ou supposées du Prophète qui, du moins il le prétend, se rapportent toutes à Constantinople. Il en prend quelques-unes dans le Coran et les autres, il les tire tout bonnement de sa manche.

— Constantinople n'est mentionnée nulle part dans le Coran, dit Chalkokondylès.

— Certes non, mais on y trouve un hadith, un récit traditionnel de la bouche de Mahomet dans lequel il prophétise la conquête d'une ville dont un côté se trouve sur la terre ferme et les deux autres sont limités par la mer. Cela peut sans peine se rapporter à Constantinople. Un autre hadith, que je n'ai toutefois pas pu découvrir dans le Coran, est supposé dire : Vous prendrez Constantiniye. Gloire au prince et à l'armée auxquels ceci est réservé. C'est le genre de citations qu'utilise Ak-Schemseddin.

— Avec succès ?

Amirutzès leva les deux mains et les laissa retomber.

— Je l'ai déjà dit, Mehmet est actuellement si peu sûr de lui qu'il pourrait fort bien en venir soudain à l'idée que Ak-Schemseddin lui indique vraiment la voie la plus sûre vers la victoire.

— Croit-il que les derviches hurlants et gesticulants peuvent faire plus que ses janissaires et ses artilleurs ?

— Eux-mêmes sûrement pas, mais la fureur qui peut déchaîner la fureur de ces derniers — et cela dans tout le pays. Pour chaque homme qui tomberait, ils lui en proposeraient dix en remplacement.

— A Mehmet ou à Ak-Schemseddin ?

— C'est là le point délicat, dit Amirutzès, car la vague de fond déchaînée par ce Persan pourrait balayer Mehmet lui-même.

— Qui est derrière Chalil ? demandai-je.

— Chalil, répliqua Amirutzès, est d'abord une personnalité en soi et pas une petite. Parmi ses partisans, il y a tous les dignitaires qui sentent leur position menacée par les renégats et qui soupçonnent qu'ils pourraient être encore plus relégués à l'arrière-plan au cas où Mehmet monterait tout à coup sur le trône de Constantinople. En outre, le Grand Vizir peut s'assurer la bienveillance des seigneurs du Mouton blanc et du Mouton noir. Usun Hasan craint la Guerre sainte autant que ses voisins. Ces gens-là sont encore moins réjouis à l'idée que le sultan ottoman puisse entrer dans l'Histoire sous les traits du conquérant de Constantinople. Ils ne pourraient pas accepter l'ombre d'une telle gloire.

— Grotesque situation, murmura Chalkokondylès. Les Vieux-Turcs, nous-mêmes et les successeurs des Khans mongols, nous formons une communauté d'intérêts secrète. Et nous avons en face de nous d'anciens chrétiens et des fanatiques musulmans.

— C'est ainsi, confirma Amirutzès. Et, de ces deux partis, celui qui réussira à entraîner Mehmet de son côté, sera victorieux.

Je me levai et allai jusqu'à la fenêtre. De l'autre côté du pont de Justinien dont seules les piles sortaient de l'eau car nous l'avions détruit, je vis le promontoire sur lequel ma maison s'était dressée. Elle avait été incendiée, comme toutes les constructions sur le glacis des remparts, non par les Turcs mais par nous-mêmes.

Lorsque nous avions lancé les torches incendiaires, nous étions si certains que personne de ceux qui avaient vécu sur le rivage de la Corne n'y reviendrait jamais, que nous avions coupé les ponts, tant avec notre passé qu'avec notre avenir. Mais maintenant ? Tout ne semblait-il pas un petit peu différent depuis qu'Amirutzès avait commencé à parler ? Derrière ses paroles, la lueur d'un vague espoir semblait s'allumer.

En regardant le promontoire d'où, jadis, mon appontement s'avançait dans l'eau, je ressentis soudain un désir incoercible de reconstruire tout ce qui s'était élevé là et de vivre ensuite entre ces murs, tout comme autrefois. Cette idée faillit me couper le souffle. Simultanément monta en moi le souvenir du sentiment de bonheur qui m'avait envahi quelques heures auparavant pendant le trajet sur le viaduc. Pourquoi cette merveilleuse ville de Constantinople aurait-elle été destinée à disparaître ? Elle avait bravé pendant deux mille ans toutes les tempêtes et voilà que, par pur pessimisme, nous lui signifiions son arrêt de mort ! Nous étions tous dans la main de Dieu et il ne nous avait pas encore — pas encore — laissé tomber.

N'étions-nous pas, de ce fait, obligés de croire que nous pourrions continuer à vivre ?

Je me retournai.

— Tu as dit tout à l'heure qu'hier matin Mehmet avait été très près de lever le siège, mais qu'il s'était ensuite produit quelque chose qui l'avait détourné de cette décision. Qu'était-ce ? Et pourquoi Chalil l'a-t-il pris pour une bonne raison de t'envoyer vers nous ?

Amirutzès regarda le plafond comme s'il devait se concentrer.

— Produit..., dit-il d'une voix traînante, il s'est produit beaucoup de choses d'un seul coup. D'abord, le Sultan a réuni un grand conseil de guerre. Je n'étais naturellement pas admis à cette réunion et je n'ai été mis au courant que très superficiellement par Chalil de l'objet de la discussion. Ce que je te rapporte est donc de seconde main.

— Et puis après ? dis-je un peu irrité de la façon qu'il avait de gagner du temps. Tel que je te connais, tu es sûrement capable de brosser un tableau assez exact avec les bribes d'informations que tu as glanées.

Amirutzès eut un sourire gêné à mon adresse.

— J'espère que tu ne me surestimes pas.

— Nous en prendrons le risque.

— Il y a donc eu un grand conseil de guerre. Qui y a pris part ? dit Chalkokondylès.

— Tous ceux dont il a été question jusqu'ici, Chalil Pacha, Saghanos Pacha, Mahmud Pacha et Ak-Schemseddin. Le Conseil a commencé au petit matin et il a duré plus de six heures. Pendant une pause, mon cousin est sorti et il m'a dit qu'au début tous les arguments pour et contre la poursuite du siège avaient été lancés avec vigueur. Puis Chalil avait pris en main la direction de la discussion et il avait fait traiter systématiquement tous les points de vue les uns après les autres. A ce moment-là, on avait eu l'impression que ceux qui étaient pour une continuation du combat avaient tiré toutes leurs flèches. Chalil a voulu alors porter au débat son ancien plan.

— Son ancien plan... ?

Amirutzès hocha la tête :

— Oui, il l'a préparé et mis au point depuis des années avec le père de Georgios.

— Unité progressive entre les Turcs et nous, dis-je. Constantinople se reconnaît d'abord dépendante d'eux et elle est prise ensuite en charge sans pour autant devenir musulmane. Ce projet avait eu, alors, de grandes chances d'être accepté par l'empereur Jean VIII et ses conseillers, mais ensuite Rome se présenta soudain et nous offrit l'union des Eglises et tout fut oublié.

Chalkokondylès qui n'avait visiblement rien su de tout cela écoutait chacune de mes paroles.

— Cela semble très raisonnable, constata-t-il, mais trop raisonnable, toutefois, pour être réalisable — du moins à cette époque-là.

— Et maintenant ? demanda aussitôt Amirutzès.

— Maintenant, d'après ce que tu nous as dit, Chalil voulait le remettre en discussion. Sous son ancienne forme ?

Mon ami de jeunesse essuya sans broncher la rebuffade.

— Presque sous son ancienne forme, dit-il ; pour le rendre plus appétissant aux yeux de Mehmet, il l'a complété par une demande d'argent. Constantinople devra payer au Sultan soixante-dix mille pièces d'or chaque année, comme tribut et comme manifestation de soumission.

— C'est exorbitant pour une ville comme la nôtre.

— C'est le prix de la survie.

— Réclamé par un adversaire pratiquement battu !

— Mehmet peut mettre Constantinople à terre sans engager de moyens militaires.

— A supposer que son attaque actuelle n'ait pas réveillé l'Occident.

— Oui, dit Amirutzès, à supposer...

Pour mettre fin à cet échange de paroles sans intérêt, j'intervins :

— Chalil a-t-il effectivement mis ce plan en discussion ? Et si oui, comment a-t-il été accueilli ?

Les regards d'Amirutzès caressèrent à nouveau le plafond de la pièce, bien qu'il n'y eût rien d'autre à voir que des caissons de bois aux dorures passées.

— Il l'a mis en discussion et il a même paru être entendu.

— Paru seulement ?

— Ce que je sais, c'est ceci, Georgios : environ une heure après que j'eus parlé avec Milan — je veux dire Mahmud — le secrétaire de Chalil vint me dire de me préparer.

— De te préparer à nous rendre visite.

— Oui, il m'avait déjà demandé, la veille, si je voulais le faire. Les messages par flèches que nous avons tirés, à dix endroits différents de vos remparts, étaient déjà rédigés à ce moment-là.

— Que s'est-il passé ensuite ? demandai-je.

— Le secrétaire de Chalil est revenu. Il m'a dit que le

moment était venu, mais il avait l'air moins sûr de lui qu'auparavant.

Je finis par éclater.

— Bon Dieu, Georgios, qu'est-ce que cette attitude ? D'abord tu arrives ici comme un envoyé du ciel qui nous apporte le message sauveur et ensuite, tu te refermes comme une huître.

Une étrange expression envahit les yeux de mon ami de jeunesse.

— Je pensais encore à ce que je viens de te raconter. Je te disais que, lorsque le secrétaire de Chalil était venu me voir pour la première fois, il rayonnait d'assurance. Mais la fois suivante, il n'y en avait pratiquement plus trace.

— Exact, fit Chalkokondylès.

— Alors, continua Amirutzès, il me vient à l'esprit que le refroidissement de son enthousiasme pouvait être mis au compte de ce qu'entre sa première et sa seconde apparition, un de ces Italiens concocteurs de projets avait été convoqué au Conseil.

L'Athénien et moi, nous le regardâmes, un peu troublés.

— Vous avez dit vous-même qu'il n'y avait pas grand-chose à attendre de ces gens-là.

— Certes, honorable Laonikos Chalkokondylès, mais ce n'est pas le cas pour tous.

— Et qui était celui dont vous parlez ?

La réponse d'Amirutzès vint aussi lentement que toutes les précédentes, mais il semblait maintenant vouloir donner un poids particulier à chacune de ses syllabes.

— Celui dont je parle, dit-il, défend le point de vue que Constantinople ne pourrait être attaquée avec succès que du côté de la mer, donc depuis la Corne d'Or.

Ses paroles me frappèrent comme un coup de poing. Elles réveillèrent en moi le souvenir de mes conflits avec Notaras, depuis longtemps oubliés ! Une attaque du côté de la mer ? Pourquoi était-ce justement cette idée qui, dès le début, m'avait beaucoup plus angoissé que les renseignements sur le gros canon de Mehmet ?

Chalkokondylès éclata de rire.

— Qu'il essaie donc de rompre la chaîne qui barre l'entrée de la Corne !

— Il n'en a absolument pas l'intention.

— Alors comment ?

— Il veut la contourner.

— La contourner?... Par quel moyen?

— Avec des navires, si j'ai bien compris.

Après une pause qui lui avait visiblement été nécessaire pour dominer sa stupéfaction, Chalkokondylès dit :

— Comme vous le savez, la Corne est une baie. On ne peut y pénétrer que par la mer de Marmara. Jusqu'à présent, Notaras a repoussé sans peine toutes les tentatives dans ce but.

Amirutzès haussa les épaules.

— Je n'en sais pas plus. Je sais seulement que l'Italien défend son projet avec insistance, que Mehmet était enclin à l'écouter à l'occasion, qu'il a été appelé au Conseil après que j'eus parlé pour la première fois avec le secrétaire de Chalil et que ce dernier était remarquablement abattu lorsqu'il est revenu ensuite pour me dire d'aller vous voir.

Poussé par une lancinante inquiétude, je me levai et, m'approchant de la fenêtre, je regardai la Corne. Sur la rive d'en face, s'élevaient des collines abruptes. A droite de mon champ de vision, je découvris justement l'embouchure du Kison, un petit fleuve qui déboule du haut des collines et dont le cours est assez parallèle au Bosphore. Pour l'atteindre, il aurait fallu contourner Galata avec des navires ou des canots. Mais, derrière Galata, il n'y avait que la terre ferme. Néanmoins, je ne parvenais plus à dominer mon inquiétude.

J'allai à la porte et je dis à Ohannes qui attendait à l'extérieur qu'il envoie quelqu'un chez Notaras et qu'il fasse demander si on avait constaté des activités anormales chez les Turcs sur le rivage du Bosphore au nord de Galata.

Puis je revins à la table.

L'attitude temporisatrice d'Amirutzès m'avait laissé assez de temps pour réfléchir à la proposition qu'il allait bien finir par nous transmettre. Il me semblait que tout ce qu'il nous avait exposé, jusqu'à présent, n'avait été rien d'autre qu'un habile mélange de menaces et d'encouragements, préparé pour des hommes comme Chalkokondylès et moi qui ont le jeu des idées dans le sang. Il l'avait présenté avec une adresse de comédien. De quel côté était-il, le Trébizondain? Et de quel côté étais-je, moi, Georgios Sphrantzès, qui continuais à l'écouter avec un intérêt grandissant?

L'Empereur, mon ami Constantin, avait fait comme moi dès le début des combats. Il avait quitté son palais et pris ses quartiers dans un ouvrage du rempart de la terre.

De même que j'habitais la tour Sphrantzès, il vivait dans la casemate de la porte Saint-Romain. Lorsque son officier d'ordonnance, un très jeune homme de la famille Laskaris, m'ouvrit la porte de cette sombre salle voûtée, le relent familier de l'ail vint frapper mes narines et la voix amie gronda :

— Georgios, pourquoi ne m'as-tu jamais dit que tu étais un héros ?

— Parce que, en réalité, je n'en suis pas un, Majesté. Je frappe tout simplement autour de moi en gueulant. Les Turcs n'ont pas l'air d'aimer ça.

Sa main s'abattit sur mon épaule.

— Moi, souffla-t-il comme un conspirateur, j'ai un procédé plus facile, je les empeste tout simplement.

Le rire impérial résonna en écho, renvoyé par tous les murs de la pièce nue. L'aide de camp fit une tête un peu triste. Depuis le début du siège, Constantin avait dissous sa Cour et déclaré tout cérémonial périmé. Il m'entraîna vers un fauteuil et commanda du vin. Tout sembla brusquement être à nouveau comme au temps de Mistra. Il ne manquait que les cyprès et le grincement des cigales.

— Sais-tu, dit-il, que, pour la première fois depuis qu'on m'a enfilé les pantoufles pourpres, je me sens de nouveau vraiment bien.

Il les avait aux pieds, les pantoufles pourpres. Elles témoignaient qu'il était le représentant du Christ sur la terre. Et chaque fois que je les voyais, surgissait de ma mémoire l'expression d'écœurement du cardinal Isidore, évêque de Santa Sabina. Le Pape l'avait envoyé à Constantinople trois mois avant l'agression de Mehmet pour sceller définitivement l'union des Eglises par une messe à Sainte-Sophie suivant le rite romain. Pour un peu, ce prince de l'Eglise serait reparti lorsqu'il apprit la signification symbolique que nous attribuions à cette chaussure. Il avait exigé que Constantin s'en débarrassât sur l'heure, mais quelques heures plus tard, il était revenu sur cette exigence. Il avait alors, aux côtés de l'Empereur, traversé une foule hurlante pour se rendre à notre plus grande église et ce peuple avait ordonné : « Montre tes chaussures, Constantin, montre tes chaussures ! »

L'éminence, craignant pour sa vie, joignit sa voix chuchotante à ce chœur : « Maintenant, pour l'amour de Dieu, remettez-les, Majesté. » Je me souviens aussi du sombre triomphe peint sur le visage de Gennadios. Il fit signe aux manifestants qu'ils pouvaient revenir désormais à leurs anciens mots d'ordre : « A bas le Pape ! » et « A bas l'union des Eglises ! », car c'était lui, bien entendu, l'organisateur de cette émeute. Et il ne participa naturellement pas à la messe latine. Pendant que le cardinal et ses enfants de chœur essayaient d'emplir la nef presque vide de Sainte-Sophie, il dirigeait, à l'extérieur, une chorale de cent exécutants qui chantaient inlassablement le *Kyrie eleison* et le *Trisagion.* Constantinople dut paraître au cardinal une gigantesque maison de fous. Mais ce qui était dément, c'était notre situation, ce que nous eûmes l'intelligence de taire à l'éminence romaine.

Tout en regardant les souliers pourpres de Constantin, je songeai : « Il les porte comme ses savates à la maison ! » Puis je relevai les yeux et tentai d'imaginer la tête qu'il allait faire lorsqu'il serait confronté avec le message qu'Amirutzès m'avait transmis. Mais je n'eus pas le cœur de le lui faire voir.

Le vin était arrivé et mon impérial ami commença de bavarder.

— Sais-tu, dit-il, que cela a peut-être été une erreur de quitter Mistra et de ne pas avoir abandonné le trône à Démétrios. Il aurait si volontiers coiffé le diadème et il se serait beaucoup mieux débrouillé que moi avec toute cette engeance des eunuques.

Il pencha la tête de côté et me lança un regard interrogateur.

— Mais peut-être n'est-ce pas la fin de tout et que nous pourrons y retourner quand tout sera terminé ici. Au Péloponnèse, tout semble être resté calme.

Il pouffa soudain.

— Tu n'aurais sûrement pas cru, hein, Georgios, qu'au combat je puisse encore régler son compte à mon homme, pas vrai ? Mais, pour être franc, je dois dire que je me suis étonné moi-même. Il y a quelque temps que je n'ai pas joué les guerriers et ces dernières années n'étaient pas précisément faites pour me renforcer les muscles.

Il jeta un regard critique sur son corps.

— Mon ventre a presque entièrement disparu. Maintenant, cette vieille cotte de mailles me va presque de nouveau. Pour la première fois, je me trouve vraiment bien dans ces souliers.

Comme perdu dans un rêve, il ajouta :

— Mais des sandales feraient aussi bien l'affaire. Des sandales et une simple robe et, pour le déjeuner, un peu de pain et une poignée d'olives...

Il ne termina pas la dernière phrase. Je me dis qu'il avait parlé comme quelqu'un qui ne veut pas laisser son interlocuteur prendre la parole parce qu'il craint d'apprendre de lui de mauvaises nouvelles. Une des facultés de Constantin avait toujours été de pressentir ce que l'on voulait lui apprendre. Je me tus et j'attendis qu'il parle. Il me dit enfin, sur un ton différent :

— Te souviens-tu encore de ce recensement, Georgios ?

Et comment ! Nous avions, peu de semaines avant la déclaration de guerre de Mehmet, procédé à une enquête secrète afin de savoir combien d'hommes et surtout combien d'entre eux, capables de porter les armes, vivaient à Constantinople. Le résultat fut consternant. De quelque façon qu'Ohannes et moi retournions les chiffres, d'un sens ou de l'autre, de quelque façon que nous les comparions les uns aux autres ou les évaluions comparativement après avoir cherché les erreurs dans la méthode d'estimation, à la fin, il en ressortait toujours que la ville comptait quarante-deux mille habitants, mais quatre mille neuf cent soixante-dix seulement, et quelque deux mille étrangers, étaient capables d'un service militaire. Tout le reste n'était que femmes, enfants, vieillards, infirmes ou prêtres. J'avais demandé à Constantin comment je devrais commenter cette information devant mes collègues. Il avait répondu :

— Absolument pas, mon cher. Ils ne doivent jamais apprendre quoi que ce soit à ce sujet.

Peu de temps après, sept navires avec environ une centaine de Constantinopolitains à bord s'étaient échappés grâce au brouillard et à la nuit, des ports de la Corne d'Or et quelques autres familles riches, en l'apprenant, les avaient imités. Pour camoufler tout cela, nous avions revêtu presque tous les hommes capables de se tenir sur leurs jambes de vêtements à l'aspect militaire. Nous avions fait fondre tous les vases sacrés d'or et d'argent des églises, la vaisselle de luxe de la Cour et tous les bijoux que nous avions pu trouver et nous en avions fait frapper de la monnaie. En outre, nous avions réquisitionné immédiatement tous les navires qui entraient dans notre port et engagé de force leurs équipages. Mais nous n'avions osé respirer un peu plus librement que lorsque des volontaires comme Giustiniani-Longo ou Don Francisco de Tolède s'étaient joints à nous et lorsque les Italiens de Galata rejoignirent notre camp. Quelques-uns de ces derniers apportèrent avec eux des coffres-forts bien garnis dont le contenu nous permettait de payer les mercenaires étrangers.

— Naturellement, je pense souvent à ce recensement, Majesté.

Constantin hocha la tête.

— Quand on considère tout cela, il faut bien dire que nous nous sommes très bien comportés, non ?

— Oui, extraordinairement bien. En ce moment, on dirait même que les Turcs sont repoussés.

— En est-il réellement ainsi ?

La question était tombée sèchement et avec une rapidité inattendue.

— Votre Majesté connaît la situation aussi bien que moi.

— Mais quel genre d'homme est cet... Amirutzès ?

Il avait donc su, tout le temps, que j'étais venu lui faire part d'une proposition très précaire !

Je me levai et, avec une sensation bizarre dans l'estomac, je résumai aussi brièvement que possible le résultat de l'entretien avec le Trébizondain. Je mentionnai l'ancien plan de Chalil que l'Empereur connaissait naturellement. Je décrivis sommairement la situation qui régnait dans le camp turc, je soulignai d'une voix volontairement inexpressive la grande idée de Piccolomini. Mais je renonçai, en fin de compte, à énumérer encore une fois tous les points un par un comme il était d'usage ou à en tirer une conclusion. J'avais rendu compte, sans plus, mais rarement exposé m'avait paru plus difficile que ce sec rapport.

Le visage de Constantin s'était modifié à mesure que je parlais. Le masque de jovialité en était tombé pièce à pièce. Il regardait devant lui en clignant des yeux comme s'il avait voulu se remémorer chacune de mes paroles. Lorsqu'il releva la tête, il me sembla qu'un temps infiniment long s'était écoulé.

Et lorsque, finalement, il parla, sa voix ne grondait plus comme auparavant à travers la pièce nue. Elle était devenue sèche, presque cassante et un peu oppressée.

— Cet Amirutzès doit être un type diaboliquement habile, dit-il. Il a enveloppé son message de tant d'allusions voilées qu'en fait, nous ne pouvons que deviner ce qu'il veut nous dire en réalité. Giustiniani-Longo et moi, nous sommes complètement d'accord que tous les succès que nous avons obtenus ne sont, au mieux, que des succès tactiques. Nous avons réussi à repousser les Turcs un certain nombre de fois, mais ce sont eux qui tiennent le bout du manche et le Sultan le sait bien. Notre seul véritable espoir était, est et reste, que nous tenions jusqu'à ce que l'Europe fasse attention à nous et qu'elle entreprenne une action à la frontière occidentale de l'Empire ottoman. Si cela ne se produit pas, et jusqu'à présent rien n'indique que cela soit le cas, alors nous sommes perdus. La question se pose donc de savoir pourquoi en réalité Amirutzès est venu chez nous. Je me casse la tête, surtout sur deux de ses informations : celle concernant le derviche de Tabriz et celle sur l'étrange plan du cardinal... Piccolomini, m'as-tu dit ?

— Oui, Majesté, Piccolomini.

— Les deux ont un point commun, elles concernent les questions de croyance. Ce derviche veut visiblement prendre en main les soldats turcs qui, après tant d'attaques infructueuses sont vraisemblablement beaucoup plus découragés que le Sultan lui-même. Aucune des promesses, que Mehmet comme tout chef de guerre leur a faites, ne semble avoir été tenue. Ils pensaient conquérir et piller une ville riche et, au lieu de cela, il leur faut enterrer chaque jour des centaines de leurs camarades. Et la victoire, pour eux, n'est pas plus proche qu'au premier jour du siège. De tels états d'esprit peuvent se changer rapidement en mutinerie. C'est le véritable danger auquel Mehmet est confronté. S'il ne parvient pas à museler ses gens, il devra tôt ou tard faire appel à l'aide du Persan et quand ce dernier entrera en action, Mehmet pourrait bien ne plus être maître de la situation. Il ne serait plus le premier dans son armée, mais seulement le second et, de ce fait, notre ville, quand il l'aura prise, ne sera plus son butin, mais celui des derviches et de tous les combattants de la Foi excités par eux à la révolte. En fin de compte, Mehmet ne sera plus un souverain de son propre droit, mais un souverain par la grâce du clergé islamique. Cela, et là tu vois combien il est malin, ton ami Amirutzès y a seulement fait allusion. Mais il me semble que c'est le point décisif.

Il y eut soudain une expression moqueuse dans les yeux de Constantin. Il semblait vouloir dire : « Regarde un peu, mon rusé Grand Logothète, je ne suis tout de même pas aussi bête que tu l'as toujours pensé. » En fait, je ne l'avais jamais pris pour un imbécile et j'avais suivi ses explications passionnées avec intérêt et une certaine frayeur. Chalkokondylès et moi, nous avions interprété la démarche d'Amirutzès de façon analogue à la sienne. Mais Constantin n'avait pas encore pénétré jusqu'au cœur du message.

— Mutinerie ou recul à la deuxième place, dit-il, oui, c'est bien ce qui pourrait menacer Mehmet. Amirutzès ou les gens qui le manipulent, essaient de le libérer de cette situation. Mais comment ? A l'aide de l'ancien plan de Chalil ? Si Mehmet y revenait, il admettrait qu'il a perdu. De plus, il lui faudrait dire à ses soldats : « Vous avez combattu et affaibli l'ennemi, cependant le pillage promis n'aura pas lieu. Nous rentrons bien gentiment, et en bon ordre, dans nos garnisons. » Hohoho, Georgios (le vieux gueulard sembla soudain se réveiller en lui), représente-toi un peu le tableau ! Que crois-tu qu'il arriverait ?

Un peu gêné comme toujours lorsque l'on me questionne sur des problèmes militaires, je répondis :

— Il aurait vraisemblablement une mutinerie sur les bras.

— Et quelle mutinerie ! cria Constantin, quelle mutinerie !

— A moins qu'il ne partage entre ses hommes les soixante-dix mille ducats d'or que Chalil veut nous réclamer.

Un geste de la main balaya mon objection.

— Soixante-dix mille pièces d'or pour plus de quarante mille hommes, même si l'on enlève les janissaires qui ne reçoivent jamais d'argent, c'est une goutte d'eau sur une pierre brûlante. Non ?

Mon impérial interlocuteur redevint grave.

— Non, Georgios, ce n'est pas avec le plan de Chalil qu'Amirutzès a voulu nous allécher.

— Mais alors, avec quoi, Majesté ?

La sensation de fadeur dans mon estomac tourna presque à la nausée. Nous nous approchions du véritable cœur du message d'Amirutzès et je me considérai tout à coup comme un lâche. J'aurais dû dire clair et net à l'Empereur comment je voyais les choses et, au lieu de cela, je le laissais tourner en rond péniblement.

— Oui, Georgios, avec quoi ? Je crois que, pour l'apprendre, nous devons rompre le sceau qui porte le nom de Piccolomini. Il faut qu'il se fasse chrétien, le sultan des Turcs, l'ombre d'Allah sur cette terre, chrétien, pour que les princes de l'Europe puissent le saluer comme un des leurs et qu'ils ne se reprochent plus d'avoir laissé en plan une ville chrétienne. Oh oui, s'il devenait chrétien, ils auraient le droit de nous oublier ! Mais ne suffirait-il pas qu'il devînt tout simplement byzantin ?

J'eus le souffle coupé lorsque Constantin me dit cela. Je pensai : il va bientôt avoir compris où tout cela mène. Et je pensai ensuite : qu'a-t-il dit tout à l'heure ? Des sandales et une poignée d'olives feraient aussi bien l'affaire.

Je compris soudain, que, depuis longtemps déjà, il avait pressenti le genre d'offre que je devais lui transmettre et que depuis d'innombrables nuits sans sommeil, il se débattait dans les réflexions qui avaient été revêtues aujourd'hui par Amirutzès d'allusions aussi contradictoires. Elles étaient évidentes et l'avaient toujours été.

Mais maintenant, il faisait comme si, pour la première fois, il les envisageait sérieusement. Il jouait devant mes yeux une petite comédie amère pour que je ne sois pas obligé de lui dire :

— Majesté, les mandants d'Amirutzès attendent votre abdication en faveur de Mehmet. Vous devez abdiquer et l'introniser comme votre légitime successeur. Cela seul sauvera la ville de l'incendie et de la destruction.

Savait-il aussi que j'aurais été prêt, en cas de nécessité, à prononcer ces mots. Me reconnaissait-il comme le traître que j'étais effectivement devenu ? Homme d'honneur et de caractère, je n'aurais eu qu'une seule chose à faire : écouter poliment et le renvoyer bredouille. Puis dire à l'Empereur que ses propositions avaient été inacceptables. Mais au lieu de cela... Que s'était-il passé vraiment ? A quoi avais-je succombé ? A l'argumentation de mon camarade de jeunesse ? A mon désir soudain réveillé de continuer à vivre ? A l'angoisse de mourir une deuxième fois ?

Je me jetai à terre et criai :

— Majesté, pardonnez-moi !

Je criai :

— Majesté, vous dites non ?

Et je souhaitai que la terre s'ouvrît et m'engloutît.

Mais deux bras forts comme ceux d'un ours me relevèrent et, comme déjà une fois il y avait bien longtemps, ma tête reposa sur la poitrine de l'homme qui représentait le Christ sur la terre. Et cette fois encore, le relent d'ail et de sueur m'enveloppa. Il semblait signifier : refuge, amour, sécurité, pardon.

— Voyons, Georgios, mon bon vieux Georgios, dit l'Empereur, pourquoi ne ferais-je pas ce qu'Amirutzès attend de moi ? Si, grâce à cela Constantinople doit être préservée du pire, alors, évidemment, je me rendrai dans le camp des Turcs et j'offrirai ma couronne au Sultan. Nous avons montré que nous savons nous battre, nous sommes encore invaincus. Maintenant il nous faut penser aux gens dont la vie nous est confiée. Va donc tranquillement dire à l'envoyé de Chalil que si Mehmet donne l'assurance qu'il ne sera pas touché à un cheveu des habitants de cette ville, je suis prêt à le reconnaître pour mon successeur légitime, comme un rejeton des Paléologues et comme un frère en qui les tenants de Mahomet reconnaîtront, comme nous, leur maître.

« Un rejeton des Paléologues » ? pensai-je. Est-il, lui aussi, au courant des étranges illusions de Mehmet ?

Démétrios avait dégainé. La pointe de son épée était dirigée contre ma poitrine.

— Es-tu devenu fou ? hurlai-je. Ecarte-toi de mon chemin, je veux voir ma femme !

Le Serbe à la marque d'esclave, qui m'avait sauvé plusieurs fois de la mort au cours des jours précédents, ne rompit cependant pas d'un pas. Derrière lui s'étaient dressés quatre gaillards qui portaient également des armes. Leurs vêtements étaient en loques, leurs cheveux en broussailles, mais chacun d'eux montrait la même résolution que Démétrios à m'empêcher d'avancer.

Nous étions sur le plus haut palier d'escalier du gigantesque hall d'entrée du quartier du palais qui s'était autrefois appelé la Daphné. Au-dessus de nos têtes s'arrondissait la puissante coupole de Justinien. Deux étages plus bas, d'autres silhouettes loqueteuses s'étaient agglutinées et nous regardaient sans bouger. Le silence était si total que l'on pouvait entendre crépiter le bois d'un des feux qui fumaient un peu partout.

— La princesse Bagration, dit Démétrios d'une voix inexpressive, n'est là pour personne.

— La princesse Bagration, grognai-je, qu'est-ce que cette folie ? Elle est la femme du grand logothète Sphrantzès !

— Elle n'est là pour personne.

— Je t'ordonne...

Il n'y eut pas la moindre lueur d'émotion dans le regard de mon compagnon de combat. J'étais certain qu'il se servirait de son arme si je tentais de l'écarter et je me maudis d'être sorti sans Mauros, justement ce jour-là.

Après le retour d'Amirutzès dans le camp turc, je m'étais résolu à me rendre à l'ancien palais et à pénétrer jusqu'à Anna.

La nouvelle que notre ami commun avait reçu l'ordre d'informer officieusement Chalil Pacha que l'Empereur était prêt à engager des pourparlers de reddition, et même à renoncer à son trône, m'avait semblé un cadeau que je pouvais déposer à ses pieds. Peut-être même, avais-je pensé, pourrait-il rompre l'étrange ensorcellement où l'avaient plongée ses propres démons. Je croyais depuis longtemps pressentir que le mal dont elle souffrait n'était pas physique, mais qu'il était tout simplement son incapacité à supporter la situation où se trouvait notre ville.

Entre les sentiments qu'elle éprouvait pour Mehmet et ceux qu'elle nourrissait pour moi et Constantinople, il devait y avoir un abîme qu'elle ne pouvait se résoudre à franchir. Son cœur était dans les deux camps et je n'avais jamais succombé à l'illusion de pouvoir, par ma seule présence, remplir cet étrange univers où elle était chez elle. Désormais, cependant, le monde extérieur dans lequel nous vivions tous les deux semblait se mettre en ordre. Désormais, on avait une chance de voir Turcs et Byzantins vivre en paix et s'unir. Désormais la ville serait de nouveau un « chez soi » pour Anna.

Mais pour l'instant, ce Serbe blond était planté dans l'entrée d'un corridor caverneux qui, je l'avais découvert, menait aux profondeurs du palais où logeait Anna. Et il m'empêchait d'accéder jusqu'à elle.

— Sois raisonnable, Démétrios ! Va voir ma femme et dis-lui que le trône des Paléologues est prêt pour celui qui a toujours cru pouvoir y monter de plein droit. Je te donne ma parole que je partirai si elle n'est toujours pas décidée à me recevoir.

— Démétrios, dit quelqu'un derrière les cinq gardiens, rengaine ton couteau à fromage et fais place au Grand Logothète.

Le visage pétrifié de l'homme marqué au fer rouge parut se briser. D'un geste automatique il remit son épée au fourreau et s'écarta de mon chemin. L'homme qui avait parlé était petit, assez âgé et, comme tous les autres, enveloppé de loques. Appuyé sur une canne et traînant le pied gauche, il vint à moi. Je découvris un visage maigre et une paire d'yeux rusés et décolorés.

— Si vous permettez, Grand Logothète, mon nom est Anastasios.

— Vous êtes le médecin ? demandai-je.

— La seule médecine que je puisse dispenser est le fruit de

l'expérience d'une vie trop longue. Comme vous pouvez le penser, elle a le goût amer.

— En tout cas, je vous dois mes remerciements pour vous être occupé de ma femme.

— Vous devriez vous épargner cette peine jusqu'à ce que vous l'ayez vue.

— Puis-je la voir ?

— Certainement, Grand Logothète, si vous le désirez, mais...

— Mais quoi ?

— Vous devriez vous rappeler à cette occasion le vieux dicton : on ne reçoit que rarement ce que l'on souhaite.

Le corridor dans lequel Anastasios me conduisit était étroit et haut. Il semblait qu'il fût constitué de voûtes romanes mais on ne pouvait le voir nettement dans l'obscurité. Les morceaux ruinés tombés sur le sol étaient soigneusement rangés sur les côtés de sorte que l'on avançait comme sur un étroit sentier entre les tas de poussière et d'ordures. Nous franchîmes plusieurs portes qui étaient toutes fermées par des rideaux. A l'extrémité du couloir une pâle lumière brilla. Mais avant que nous n'ayons atteint sa source, Anastasios obliqua vers la gauche, descendit plusieurs marches, avança de quelques pas et écarta un rideau.

Nous étions dans une haute pièce qui ressemblait à une chapelle à laquelle on avait dû ajouter un balcon ouvert, car la première chose que je vis fut le bleu de la mer qui luisait en bas. Puis je découvris les deux femmes qui m'attendaient, assises sur le sol. L'une d'elles était Anna. Elle était, pour le moins, tout ce que je connaissais d'elle : c'étaient bien son front bombé d'enfant têtue, ses yeux légèrement obliques, sa bouche qui pouvait se crisper si orgueilleusement que l'on était tenu de considérer l'orgueil pour une aimable vertu, et son menton rond qui donnait l'illusion d'une douceur que, quiconque ayant été longtemps avec elle, lui aurait déniée, car la douceur ne faisait pas partie des qualités qui lui allaient bien.

Mon éducation m'oblige à décrire de façon aussi précise et imagée que possible tous mes sentiments importants. C'est pourquoi je puis seulement dire que je ne fus ni effrayé ni indigné lorsque je vis Anna. J'enregistrai simplement et j'éprouvai le sentiment que l'on me présentait une facture dont je savais depuis longtemps qu'un jour viendrait où on me la mettrait dans la main.

Anna était assise les jambes croisées sur un de ses tapis turcs. Le regard qu'elle eut pour me jauger aurait pu s'adresser à un étranger, tandis que la femme qui se tenait à ses côtés avait dans les yeux une telle impatience que j'eus l'impression qu'elle m'avait attendu depuis longtemps. Ce fut elle qui parla la première.

— Je m'appelle Judith, dit-elle et, dans la haute pièce, sa voix résonna comme le son d'une cloche.

Judith semblait être tout ce que Anna avait été. Son visage était noblement dessiné, sa peau d'une transparence presque chatoyante. Cependant, je ne voyais en réalité qu'un regard qui vous forçait à avouer : oui, tu es belle. Cette Judith voulait rayonner — et Anna ne le voulait plus. Ma femme s'était placée dans l'ombre de l'autre, comme si elle avait essayé d'y disparaître.

Anastasios nous observait depuis la porte sans qu'un trait de son visage ne bougeât. Lorsque Anna parla enfin, je constatai que sa voix était la seule chose en elle que je n'aurais pas reconnue. Elle semblait enrouée d'avoir longtemps crié et pleuré.

Il est très étrange que ce qu'elle me dit ne me surprit pas le moins du monde. En fait, j'étais venu pour lui rapporter la visite d'Amirutzès, mais il se révéla qu'Anna en était informée jusque dans les moindres détails.

— Ton ami, déclara-t-elle de façon abrupte, n'est pas venu de la part de Chalil, mais de celle de Mahmud. Maintenant, il est reparti pour transmettre votre offre à son cousin. Chalil avait seulement demandé que vous acceptiez son ancien plan. La proposition de faire abdiquer Constantin, au contraire, vient de Mahmud et c'est aussi Mahmud qui transmettra au Sultan le message de l'Empereur — s'il le juge bon.

— D'où sais-tu cela ? demandai-je.

— Amirutzès est venu ici.

— Quand ?

— Avant qu'il n'aille te voir.

— Comment Amirutzès savait-il que tu étais ici ?

Anna haussa les épaules.

— Mahmud le sait.

— Tu as encore des contacts avec les Turcs ?

— On peut envoyer des flèches et en recevoir.

— Et que va-t-il arriver maintenant ?

— Cela dépend de Mahmud. Il peut utiliser votre offre. Il peut aussi l'oublier.

— Mais dans les deux cas, cela dépend de Chalil, non?

Elle acquiesça de la tête.

— Si Chalil maintient sa proposition d'entamer des négociations, Mahmud déclarera qu'il a depuis longtemps déjà obtenu une offre plus favorable que celle qu'espère Chalil. Si Mehmet veut néanmoins continuer à combattre, Mahmud se taira.

Comme la veille, à la porte Saint-Romain, chez l'Empereur, je sentis grandir en moi comme une envie de vomir.

— Alors, tout ce qu'Amirutzès a exposé était un pur tour de passe-passe ?

— Passe-passe, dit Anna d'une voix indifférente, est le mot qui convient. Il ne vous a pas menti, mais vous avez seulement mis plus dans ses mots que ce qu'ils contenaient.

— L'Empereur a cru, lui aussi, qu'on nous montrait de loin la palme de la paix.

— Constantin voulait seulement croire à ce qu'il espère en secret.

— Cela ne change rien au fait qu'il a été odieusement trompé.

Encore une fois le haussement d'épaules.

— Nous sommes en guerre et dans cette guerre il n'y a pas seulement le seul front que tu connais.

— L'un des autres, je suppose, se situe entre Chalil et Mahmud.

— C'est ce que l'on pourrait dire.

— Pourquoi ne m'as-tu pas fait signe avant que je ne parle avec Amirutzès ?

— A quoi bon ? Il est encore possible que Mehmet ne veuille plus combattre et que Mahmud puisse sortir ce qu'il sait grâce à Amirutzès.

— Cela n'est guère probable, je suppose ?

Elle ne répondit pas. Mais je commençais à être saisi par la même indifférence qui émanait d'elle. Tous les sentiments et les espoirs qui m'avaient animés, tandis que j'essayais d'écarter Démétrios de mon chemin, semblaient n'avoir jamais existé. A mon indifférence se mêlait même un soupçon d'étrange satisfaction. La façon dont Anna et moi nous parlions m'apparaissait comme une punition pour avoir cru des choses qui, tout simplement, ne pouvaient pas être vraies et pour n'avoir pas été capable de percer à jour Amirutzès.

— Et toi ? dis-je.

Elle tendit la main vers Anastasios qui, aussitôt, s'approcha pour l'aider à se lever. Anna me lança sa réponse par-dessus son épaule :

— Je suis lasse.

Ce fut tout ce qu'elle dit.

Prudemment, comme s'il se fût agi d'une très vieille femme, le vieux boiteux la conduisit jusqu'à une porte que je n'avais pas encore remarquée. Il leva la toile qui la fermait et emmena ma femme à l'intérieur. C'est seulement à ce moment que je remarquai qu'Anna avait vraiment l'air d'une vieille. Elle avançait péniblement, à petits pas peu sûrs. Elle ne regarda pas en arrière.

Dans la fossette de mon menton, un doigt tendre et chaud se posa.

— Pauvre Georgios, dit Judith.

C'est seulement à ce moment-là que la souffrance me frappa avec la violence d'un coup de marteau.

Anastasios me fourra dans la main la coupe pleine de vin.

— Les plus vieilles médecines sont les meilleures. Celle-ci a été créée par les dieux, dit-il, puis il ajouta : pourquoi croyez-vous que votre femme vous a envoyé Démétrios ? Et il répondit lui-même : Anna sait que vous n'êtes pas un combattant entraîné.

Il reprit :

— Il y a beaucoup de maladies, mais nous ne pouvons en nommer que quelques-unes. Beaucoup sont simplement des dettes que le destin nous réclame.

Son habitude de ne parler presque que par maximes ne m'irritait plus depuis longtemps. Je bus le vin qu'il n'arrêtait pas de me verser. Nous étions assis dans une pièce semblable à celle où j'avais rencontré Anna et qui donnait sur le Bosphore. Judith qui était blottie contre moi ne buvait pas. Je sentais la chaleur de son corps. Démétrios était accroupi sous la porte, sur une marche d'escalier. Son visage était inexpressif comme toujours. Entre mes trois compagnons, les relations étaient visiblement bien déterminées. Anastasios donnait des ordres et le Serbe blond obéissait. Cependant, tout ce qu'ils disaient ou faisaient paraissait néanmoins contrôlé par Judith, bien qu'elle n'ouvrît presque jamais la bouche.

— Tout ce qui existe, dit le vieux, projette une ombre. Nous sommes l'ombre de cette ville et nous devenons plus forts, c'est pourquoi votre femme a résolu de venir à nous.

Puis il cita, apparemment sans rapport avec ce qu'il venait de dire, des vers que j'eus l'impression de connaître : « L'araignée tisse sa toile dans le palais des Césars et, du haut des tours, la chouette jette son cri. » Et, presque en pouffant, il ajouta :

— Ça aussi, Mehmet le connaîtra.

Je n'étais pas sûr de toujours comprendre ce qu'il voulait dire, mais presque toutes ses paroles avaient sur moi, de façon inexplicable, l'effet d'un calmant et d'une consolation. Elles semblaient repousser les événements extérieurs si loin qu'ils paraissaient petits et insignifiants. Par moments, je croyais même comprendre pourquoi Anna était ici et admettre qu'elle devait y être. Mais cela aussi n'était qu'une impression fugitive. Je bus et me laissai aller à imaginer ce qui pourrait bien arriver si je restais ici, moi aussi.

Je me donnai la réponse : rien n'arrivera.

Judith me prit la coupe des mains.

— Laisse-moi boire, dit-elle.

Un peu plus tard, sans que j'aie compris comment cela s'était fait, Anastasios et Démétrios avaient soudain disparu. Une douce brise du soir se glissait par la fenêtre de la pièce. Cependant, ce n'était pas cela qui me faisait du bien, mais la proximité de cette femme qui semblait enveloppée dans sa beauté comme dans un entrelacs de rayons. Je n'aurais toujours pas pu dire si ses yeux étaient noirs ou d'un incomparable bleu sombre, sa bouche voluptueuse, son nez courbé, ses cheveux bouclés. Il était inutile de la regarder car, même quand on avait la tête tournée, on la sentait aussi nettement que si on l'avait eue devant les yeux. Elle semblait emplir de sa présence toute pièce où elle se trouvait. Elle me prit la main, mais elle s'approcha, ce faisant, à peine plus de moi qu'elle ne l'avait fait auparavant et même depuis le début.

Ensemble nous allâmes à la fenêtre dépourvue de vitres et regardâmes en bas une place carrée entourée de tronçons de colonnes qui s'étendait jusqu'aux ruines d'une église. Au centre, un obélisque brisé se dressait, qui semblait couronné par une sorte de nid à l'intérieur duquel on ne pouvait reconnaître si la créature vivante qui y était accroupie était un animal ou un homme. Tout ce que je vis fut un écheveau de cheveux qui donnait l'impression de cacher un corps qui respirait.

— Est-ce le saint stylite dont on parle partout ? demandai-je.

— Oui, répondit Judith, nous l'appelons Siméon, mais c'est un nom trouvé par Anastasios. Personne ne sait comment il s'appelle vraiment.

— Prêche-t-il encore ?

— Il n'a plus parlé depuis des mois.

De l'autre côté de l'église en ruine, le Bosphore étendait son ruban noir. Il me parut plus animé que le matin, des galères turques et de plus petits navires y naviguaient. La plupart de ces unités se dirigeaient vers le nord, ce qui donnait l'impression que la flotte de Mehmet se retirait. J'étais cependant trop indifférent pour me faire du souci à ce sujet. De là-haut, tout cela avait l'air de ne pas me concerner. Judith me tenait toujours par la main. Nous avions entrelacé nos doigts comme des enfants.

— Tu es Judith, dis-je animé par de lointains souvenirs, et qui est Holopherne ?

— Mehmet, répliqua-t-elle.

J'inclinai la tête comme si ç'avait été la chose du monde la plus naturelle.

— Et Anna ? demandai-je après un temps.

Pour la deuxième fois son doigt se posa sur mon menton.

— Anna est aussi Judith, dit-elle.

Cela me parut également parfaitement évident.

— Viens, dit-elle, et elle me ramena dans la pièce.

Je ne me souviens plus si ce fut elle qui me prit dans ses bras ou moi qui le fis. Je sais seulement que cela aussi me parut être la chose du monde la plus naturelle.

Au cours de cette nuit-là, je tombai de nouveau de la tour Sphrantzès. J'entendis de nouveau le *Healo he polis,* je passai une fois de plus par les Colonnes troyennes et je sus que je n'étais qu'un animal qui se sent capturé et qui cherche désespérément à sortir du piège. Je frappais de mon épée sur des crânes humains parce qu'ils m'empêchaient d'échapper au monde dans lequel je vivais. J'étais assis avec Amirutzès, chacun à un bout d'une gigantesque balançoire à bascule et je lui faisais offre sur offre de capitulation. Je criais vers le haut quand il montait et je hurlais vers le bas quand il était en dessous de moi. Mais Amirutzès — ou bien était-ce Mehmet ? —

ne semblait pas m'écouter. Il regardait fixement le Bosphore qui s'étendait à nos pieds et paraissait compter les navires qui, les uns après les autres, dans un ordre majestueux, appareillaient en direction du nord. Je voyais aussi Piccolomini. Il était assis sur un trône coiffé de la tiare pontificale et l'enlevait pour mettre un turban à la place. L'Empereur ne m'apparut pas dans ce rêve et Anna ne s'approcha pas de moi. Cependant, lorsque je me réveillai durant un court moment, j'eus clairement l'impression qu'elle était étendue près de moi. Je tâtonnai dans l'obscurité, saisis une main qui se referma sur la mienne et je me rendormis.

Lorsque le *Healo he polis* retentit pour la deuxième fois, je n'éprouvai rien d'autre qu'un grand apaisement. Je vis que toute la ville brûlait, mais les flammes ne dévoraient apparemment que les vieilles murailles qui se dressaient entre les anciennes rangées de colonnes et de palais. Ces dernières se dressaient au-dessus de la mer de flammes, plus propres qu'elles l'étaient auparavant. Les coupoles des églises flamboyaient d'or pur. Mehmet arriva en caracolant sur son cheval blanc, il avait devant lui une femme voilée à cheval. Des trompettes sonnaient, des moines chantaient, puis les musiques musulmanes retentirent. Le bruit devint insupportable. Une main me secoua l'épaule. Je me réveillai pour la deuxième fois, mais dehors le soleil brillait déjà.

— On vous cherche, Grand Logothète, dit Anastasios.

Je faillis lui répondre : « Renvoyez-les ! » mais son expression ne me le permit pas.

Judith, qui était complètement nue, me tendit mes vêtements. Je vis Mauros, debout dans l'embrasure de la porte. Son visage était un masque de pierre impénétrable.

— Qu'y a-t-il ? dis-je au Noir d'un ton impérieux.

— Les Turcs, répliqua-t-il, leur flotte franchit la montagne.

Je me ruai à la fenêtre et je vis ce qu'aucun homme n'avait jamais vu : au nord de Galata, un navire, toutes voiles dehors et sous grand pavois, gravissait la colline abrupte et verdoyante.

III

Comme tous ceux qui ne sont pas exempts de vanité — et quel auteur ne le serait ? — Je me suis démandé à l'occasion si la trace de mes jours s'effacerait vite ou lentement dans la mémoire des générations futures. Pourrais-je espérer survivre en tant qu'auteur de ces notes et de quelques autres petits écrits ? Ou bien devrais-je me contenter de ce que l'on se souvienne un jour de moi d'après les documents que j'ai signés en qualité de Grand Logothète ? Aurais-je gagné, comme soldat, un droit à être cité dans les annales de notre ville ou ferais-je partie des innombrables combattants dont le vent emporte le nom ? A toutes ces questions se présente une réponse qui sonne si faux qu'elle me force presque à rire. Il ne serait pas impossible que Georgios Sphrantzès entre dans l'histoire parce qu'il est particulièrement bon nageur et parce qu'il est plutôt un dur à cuire.

Et quand cette pensée m'apparut pour la première fois, je me mis effectivement à rire et je faillis m'en étouffer. Je respirai une vague d'eau salée puante. J'éternuai, vomis, toussai, me retrouvai la tête sous l'eau. Je revins à la surface, oubliant presque le danger où je me trouvais. A quelques centaines de brasses en avant de moi, il y avait les coques massives des galères turques. De leurs nids de pie — je pouvais en être sûr — des sentinelles attentives scrutaient l'obscurité, prêtes au moindre bruit suspect, à réagir par des cris d'alarme ou en tirant des flèches. Mais rien ne se produisit.

Je me laissai dériver quelques minutes, enregistrant de tous mes sens tendus le moindre mouvement, le plus petit bruit que je pourrais percevoir. Il n'y eut rien d'autre que le clapotis des vagues qui, légèrement, comme pour découvrir quel étrange poisson s'agitait au milieu d'elles, passaient sur mon visage et poursuivaient leur route dans le Bosphore.

Il n'y avait pas la moindre étoile dans le ciel et, heureusement, la lune se cachait derrière d'épais nuages. Les conditions n'auraient pas pu être plus favorables pour ce que je projetais. Il n'y avait qu'elles pour fonder mon espoir d'être mentionné un jour par les historiens à venir.

Qu'écriraient-ils ? « Georgios Sphrantzès, un homme d'une grande intrépidité, se porta volontaire pour espionner la flotte du Sultan », ou bien « Georgios Sphrantzès, le meilleur nageur de Constantinople, reçut de l'Empereur l'ordre de s'approcher le plus près possible des navires turcs mouillés dans la Corne d'Or afin de découvrir si l'on pouvait les détruire au cours d'une attaque nocturne brusquée ». Ah, ils ne me trouveraient vraisemblablement même pas digne d'une aussi longue phrase. Dans le meilleur des cas, tout ce que je pouvais espérer se réduirait à une mention de mon nom dans une note en bas de page : « Le premier éclaireur que les Byzantins envoyèrent aurait été le grand logothète Sphrantzès. » Et cette brève citation ne me serait accordée que si l'entreprise que j'aidais à préparer se terminait par un succès.

Je sais que je vais me montrer sous un jour assez étonnant en avouant que je me suis livré à des réflexions aussi risibles tandis que, nu comme un nouveau-né, je barbotais dans l'eau glacée et me dirigeais vers les navires ennemis. Mais comment ne se comporterait-on pas de façon surprenante dans une situation aussi fantastique que celle où nous étions depuis vingt-quatre heures ?

Le matin que j'avais été réveillé en sursaut par Mauros dans le vieux palais, j'avais retrouvé tous les dirigeants de notre ville sur la plate-forme de la tour de la porte Théodose, en face de l'embouchure du Kison. Il y avait là, l'Empereur, Lukas Notaras, Johannes Grant et les chefs de la bourgeoisie de Galata. Ohannes était aussi parmi eux et il fut le seul à remarquer mon apparition. Les visages des autres ressemblaient à une frise de masques de pierre comme on en trouve parfois sur les bâtiments romains. Tous étaient figés dans la même expression et tous regardaient le même point. Je ne pris pas la peine de saluer ces seigneurs et je restai modestement à l'arrière-plan. Mais, très vite, je fus victime du même ensorcellement qu'eux.

Bien que j'eusse déjà observé de la fenêtre de Judith un navire gravissant toutes voiles dehors le rivage accore du Bosphore et qu'il ne se fût pas écoulé tout à fait un quart d'heure, en voyant ce navire sous un autre angle, il me fallut plusieurs minutes pour comprendre ce qui arrivait et encore d'autres pour me persuader que je ne rêvais pas.

Le bateau qui était auparavant au nord de Galata semblait maintenant suspendu comme un énorme papillon multicolore, juste au-dessus des tours du quartier latin. Il se dressait dans toute sa netteté devant un ciel de nuages blancs. Il offrait à notre vue ses mâts et ses vergues ; il était là, debout, comme s'il avait volé jusqu'à ce perchoir, ou comme si on l'avait peint sur le ciel. Ses voiles se gonflaient au vent, les ferrures de sa proue étincelaient dans le soleil. Nous vîmes que les avirons du navire — il ressemblait à une petite galéasse — remuaient en mesure, comme s'il s'était déplacé sur l'eau. Nous vîmes aussi des hommes qui bougeaient sur le pont et nous aperçûmes ensuite un nuage blanc qui s'élevait de sa poupe.

Nous n'entendîmes qu'un peu plus tard le coup de canon et, au même instant, un cri qui devait sortir de milliers de gorges. Il ressemblait au souffle d'un gigantesque animal et devait répondre à un immense effort. Le navire hésita un long moment dans la position qu'il avait atteinte. Il oscillait un peu, ce qui donnait à la scène une teinte de légère coquetterie. Un deuxième coup de canon partit de sa poupe, puis il bascula soudain vers l'avant et commença de glisser lentement vers le bas de la colline. Pendant ce temps, les têtes des mâts et les pavillons du prochain bateau apparaissaient déjà derrière Galata avant de laisser voir la prochaine embarcation qui suivait.

A partir de cet instant nous ne sûmes plus dans quelle direction tourner nos regards. La première petite galéasse avait atteint la vallée du Kison. Elle pivota sur son axe, dirigea sa proue vers nous et sembla — avec ses avirons qui souquaient et ses voiles battantes — fondre comme un aigle sur la Corne d'Or. Au même moment, le bateau suivant avait exécuté la courbette qui annonçait qu'il allait dépasser le sommet et glisser vers la vallée. Peu de temps après, le troisième atteignit la position du précédent, tandis que le premier s'approchait de plus en plus des eaux de la Corne.

Nous vîmes des hommes courir à côté de lui qui essayaient de le freiner avec des câbles. Malgré la distance, nous pûmes constater l'énorme effort que cela impliquait. Nous entendîmes ensuite — du moins nous le crûmes — une des remorques claquer, une autre se rompre en sautant en l'air. Nous sentîmes monter en nous l'espoir que le navire allait se renverser, se mettre en travers et former un obstacle dans lequel le suivant, qui glissait déjà dans le Kison, allait se précipiter. Nous croyions déjà pouvoir respirer, car ses mâts s'inclinaient de façon menaçante. Mais, peu après, cette menace se transforma en un mouvement presque gracieux. Avec une inclinaison élégante, le premier navire se redressa puis il resta tranquille sur les eaux de la Corne d'Or comme s'il y avait toujours flotté. Il était mouillé loin derrière la chaîne qui protégeait notre port contre le Bosphore et la mer de Marmara et loin derrière nos bateaux de guerre qui la gardaient. Ce qu'avait réussi cette première petite galéasse, tous les autres bateaux le réussirent. Ils surgirent de Galata, glissèrent dans le lit du Kison, descendirent son cours et, sans flotter tout à fait, mais aidés par ses eaux, atteignirent la baie devant notre rempart de la mer. Tout cela avait quelque chose d'un jeu, presque excitant.

Les hommes debout devant et autour de moi sur la tour Théodose semblaient victimes de la même impression que moi. L'horreur sur leur visage avait fait place depuis longtemps à un étonnement décontenancé. Sans aucun doute, ce qu'ils voyaient, non seulement les fascinait, mais de plus, les divertissait.

Le premier qui s'arracha à cette ambiance fut Giustiniani-Longo. Il alla à Notaras et sembla lui poser une question. Notre amiral se contenta de secouer la tête d'un air agacé. L'Italien répéta sa phrase. Notaras fit un deuxième geste de défense.

— Cela n'a aucun sens, l'entendis-je dire, la plus grande partie de la flotte turque croise toujours sur le Bosphore. Si nous retirons nos galères du barrage, Mehmet attaquera aussi par là.

Giustiniani avait visiblement proposé que l'on attaquât les bateaux qui descendaient le Kison avec des navires.

— Nous sommes pris au piège, dit Notaras.

— Au piège, pensai-je, déjà ?

Un cri attira mon attention vers l'autre rive de la Corne. Mon regard suivit le bras tendu qui s'était levé devant moi et je regardai vers les collines qui dominent Galata. Et cette fois, je fus vraiment terrorisé.

Les bateaux qui se trouvaient déjà dans notre baie — il y en avait peut-être quatre ou cinq —, étaient de ceux qu'un seul coup de canon met en pièces pourvu que le maître canonnier pointe juste. Ils portaient au plus des équipages de vingt à trente hommes. Mais maintenant, c'était un navire d'un tout autre calibre qui venait de surgir au-dessus des clochers latins de Galata. Ce n'était ni une petite galéasse, ni une felouque armée, mais une véritable galère armée en guerre. Quatre rangs d'avirons, quatre mâts, un haut fanal de poupe, une large batterie débordante, elle était déjà là-haut. Ses avirons se déplaçaient en mesure, ses voiles étaient larguées et se gonflaient de vent. Cela voulait dire que tout son équipage était à bord, au moins cent soixante rameurs et près de cent matelots. Si le premier navire sur la colline avait rappelé un papillon, celui-ci évoquait un effrayant dragon ailé. Il n'avait rien qui fît penser à un jeu, il était l'expression d'une volonté monstrueuse, d'un effort surhumain et d'une mortelle résolution de nous anéantir.

Je voulus tourner la tête pour jeter un coup d'œil sur les visages de mes voisins, mais je n'y parvins pas. Incapable de détacher mon regard de l'apparition d'une effrayante beauté surgie sur l'autre rive, je restai dans la position d'un lapin hypnotisé par la tête d'un serpent dardant sa langue au-dessus de lui. Mehmet, semblait-il, ne voulait pas seulement hisser quelques canots par-dessus la colline, mais également ses plus puissants navires, la force principale de la marine ottomane. Tout ce que nous venions de voir n'avait été qu'une répétition, l'action proprement dite commençait seulement. Nous pouvions imaginer exactement comment elle allait se dérouler. Mais allait-elle réussir ? Pourrait-il faire glisser les galères par-dessus la colline et les faire descendre jusqu'à la mer aussi facilement que les petites galéasses ?

Le Sultan le pouvait. Le premier gros navire se mit en route dans le lit du Kison avec aisance. Il y parvint en se balançant un peu, mais la tête haute. Nous le vîmes pivoter de mauvais gré sur son axe et il parut sentir soudain sous sa quille son élément familier, bien que ce ne fût qu'un filet d'eau. Puis il glissa avec une assurance grandissante et de façon de plus en plus confiante vers la Corne d'Or. Des fontaines d'eau et de boue jaillissaient devant sa proue, des mottes de terre étaient projetées en l'air le long de ses flancs, la quille glissait en grinçant sur des pierres et des rochers. Les mâts s'inclinèrent de façon menaçante à l'endroit le plus profond de ce toboggan, mais la grande galère ne chavira pas. Elle surmonta le bref moment d'insécurité, s'inclina presque avidement vers la mer et y plongea presque aussitôt. Un cygne plongea dans l'eau, un cygne nagea négligemment sur les flots miroitants. Durant quelques instants il parut indécis sur la direction à prendre, puis les avirons plongèrent dans l'eau et le navire s'éloigna le long du rivage pour dégager l'endroit de l'amerrissage.

La galère suivante descendait déjà le Kison sur la colline de Galata ; la troisième basculait et, derrière elle, apparaissaient les mâts d'une quatrième et d'une cinquième.

En fait, c'était un spectacle qui vous coupait le souffle et vous glaçait le sang, mais qui éveillait cependant une sorte de fierté. Fierté de la capacité des hommes à accomplir de tels miracles. Toute une flotte contournait Galata qui se trouvait sur le cap qui sépare le Bosphore de la Corne d'Or. Toute une flotille franchissait une montagne ! Quelle imagination aurait été capable de concevoir pareille chose ? Nous la regardions, les yeux exorbités, et Mehmet l'accomplissait.

La descente de la vallée par les deux premières galères avait provoqué la même excitation chez les Turcs que celle des deux petites galéasses et ils avaient tenté de diminuer leur vitesse avec des poutres et des câbles, mais pour la troisième galère et les suivantes, ils cessèrent ces efforts. Il les mettaient dans la direction de la descente, les poussaient jusqu'à ce qu'elles commencent à glisser et s'écartaient ensuite pour les regarder dévaler dans le lit du Kison en les acclamant.

Effectivement, les navires suivants n'eurent besoin d'aucune aide. Chacun d'eux se contentait de son poids et du peu de boue et autres matières glissantes qu'il avait sous la quille. Leur équilibre était de mieux en mieux assuré à mesure que le Kison se transformait en un fossé à la taille de leur coque. Ils y glissaient comme sur des rails et leurs mâts ne vacillaient plus. Ils fonçaient d'un seul élan jusque dans l'eau salée et, là seulement, la résistance de l'eau les freinait. La vitesse du processus ne cessait d'augmenter.

Les navires apparaissaient et descendaient la vallée comme s'ils avaient été attachés à un ruban. Leurs voiles se gonflaient comme des nuages au-dessus de Galata, leurs proues se tournaient agressivement vers le cours supérieur du Kison, puis tous pavillons flottants, ils se lançaient vers la Corne. Une force dont nous soupçonnions seulement l'existence les poussait dans notre champ de vision et tout le reste paraissait comme allant de soi. L'aspiration qui tirait les navires vers le bas devait être très exactement calculée, ainsi que les risques éventuels. L'organisation qui présidait à tout cela fonctionnait comme une machine.

Je me demandais maintenant si nous aurions pu éviter ce désastre lorsque les premiers bateaux glissaient et si le rapide engagement de deux ou trois galères n'aurait pas suffi à réduire à néant les projets de Mehmet. Il aurait été au moins possible de clouer au sol les premières petites galéasses ou simplement de les éperonner et ensuite de couvrir le Kison avec des salves d'artillerie.

Notaras avait dit que c'était là une entreprise dénuée de sens et Giustiniani-Longo s'était incliné devant son verdict. Mais notre amiral n'avait-il pas déjà été d'avis que le rempart de la mer ne pouvait être attaqué? Et voilà que c'était le cas maintenant! N'avait-il pas déjà, à cette époque, contesté le fait connu de tous mes compatriotes que les Vénitiens et les Croisés francs étaient justement partis de la Corne pour nous porter le coup mortel? Et voilà que les Turcs en faisaient autant! Depuis l'attaque victorieuse menée par le doge Enrico Dandolo, il s'était écoulé presque jour pour jour deux cent cinquante années. Ç'avait été le 9 avril et nous étions le 22. A l'époque, on comptait douze cent trois ans depuis la naissance du Christ et aujourd'hui quatorze cent cinquante-trois. Depuis que Constantinople existe, le mois d'avril est pour nous le mois du destin.

Notaras ne le savait-il vraiment pas? Ou était-ce justement à cela qu'il pensait?

Il a toujours été un fataliste. Mais où est la différence entre fatalisme et défaitisme, où est la mince frontière entre défaitisme et trahison?

Entre-temps, une petite flotte s'était déjà rassemblée dans la Corne d'Or. Les grands navires s'étaient groupés autour des petits, proue vers l'extérieur comme des taureaux autour d'un troupeau menacé par les loups. Leur puissance de feu devait déjà être égale à la nôtre, sinon supérieure. Toute attaque aurait désormais comporté des risques incalculables. Nous nous étions laissé acculer dans cette situation les yeux ouverts. Un magicien nous avait montré qu'il était capable d'abroger les lois de la pesanteur et de la vraisemblance, il nous avait démontré que sa volonté pouvait déplacer des montagnes et que sa résolution de conquérir Constantinople était plus invincible que jamais. N'était-il pas temps de se soumettre au destin?

La marche des navires turcs par-dessus la montagne avait commencé à sept heures du matin et s'était terminée à sept heures du soir. Durant tout ce temps, nous n'avions pas bougé de la tour Théodose. Aucun d'entre nous n'avait pris la moindre nourriture ou réclamé un siège pour soulager ses genoux ankylosés. Peu de mots avaient été prononcés. Nous ne nous étions pas comportés différemment vingt jours auparavant à la porte Saint-Romain mais, désormais, nous n'avions plus le moindre espoir. Johannes Grant en avait même oublié de boire à sa gourde d'eau-de-vie.

Lorsque le dernier navire flotta enfin sur la Corne d'Or, Ohannes me tendit sa tablette de notes sans que je l'eusse demandée. Elle était couverte d'une interminable série de traits avec, en dessous, le total : soixante-douze. Tel était le nombre de vaisseaux que Mehmet avait hissé sur la montagne. Telle était la puissance de la flotte qu'un jour plus tard, nageur espion, je devais examiner de près. D'ailleurs, c'était une entreprise née de l'espoir et de la détresse à laquelle je participais là.

Lors du conseil auquel l'Empereur nous avait convoqués le soir du 22 avril, je me distinguai d'abord par mon silence car, parmi les hommes rassemblés là, j'étais celui qui en savait le moins sur les événements des deux jours précédents. Il me fallut d'abord me mettre au courant de ce qu'il s'était passé pendant ce laps de temps, grâce à des bribes de conversations et aux informations de mon secrétaire.

Le tableau que je pus me faire était le suivant : alors que je me trouvais chez l'Empereur, on avait dû décider au conseil de guerre turc de mettre en pratique le plan d'un « faiseur de projets » italien. Plan consistant à faire passer la flotte par-dessus la montagne. De ce fait, la proposition de négociations transmise par Amirutzès avait d'ores et déjà perdu toute signification. Le soir du même jour, me dit Ohannes, on aurait déjà remarqué au nord de Galata une activité inhabituelle de la flotte. Mais personne n'y avait attaché une importance particulière. Cela ne changea que pendant la nuit suivante car, selon les paroles de Maurizio Cattaneo, cette nuit fut éclairée par la lueur des torches et emplie d'une activité de fourmilière autour de Galata. Le sens de cette activité ne resta pas longtemps caché car, très vite, arrivèrent les premières flèches porteuses de messages lancées par-dessus nos remparts. Des milliers de travailleurs turcs, disaient ces feuilles de papier roulées, étaient en train de construire un canal revêtu de rondins qui montait de la rive du Bosphore, directement en haut de la pente, se prolongeant en direction de la vallée du Kison. On avait, de bonne heure, aperçu le cours du canal du haut des tours de Galata et on avait vu que l'on travaillait également dans le lit même du Kison. Le canal de rondins, comme le révélèrent de nouveaux messages, fut enduit de suif, et des pieux comme ceux que les Turcs avaient utilisés pour faire avancer leur tour de siège furent plantés sur ses bords. Les travaux avaient continué toute la journée : dès midi, Giustiniani-Longo avait deviné les projets ennemis et il déclara aussitôt que leur entreprise pourrait bien être un succès. Johannes Grant me raconta que le Protostator s'était heurté à une incrédulité quasi générale « même de ma part », ajouta-t-il. Mais au bout de très peu de temps — à peu près à l'heure où je regardais le Bosphore avec Judith et où je voyais la flotte de Mehmet appareiller en direction du nord — personne n'avait plus douté, au poste de commandement du rempart de la mer, quartier général de Notaras, que la prophétie de Longo était juste. Le formidable effort déployé par les Turcs avait alors commencé à agir sur les esprits. Le matin du 22 avril fut, comme on pouvait s'y attendre, l'heure de gloire de Gennadios. Il n'avait, dit Ohannes, probablement jamais célébré la première messe devant une assistance aussi nombreuse.

Le supérieur de Pantokrator arriva alors en balançant son encensoir, de la porte royale de la chapelle Théodose dans laquelle nous nous étions retrouvés tous ensemble parce qu'elle est la plus proche de la porte Théodose. Sa voix puissante fut renvoyée par l'écho des murs peints à fresque. Il chanta : « O Puissance de la Croix, Victoire à tes Serviteurs. » Tout le monde tomba à genoux, même les Italiens et Grant. Seul, l'évêque Isidore de Santa Sabina resta obstinément debout. Gennadios nous maintint longtemps au sol et son ennemi intime dut conserver son attitude rigide. Pour finir, il leva en l'air une croix si énorme que l'on crut qu'il voulait avec elle écraser le légat du Pape sur le sol.

J'avais demandé à l'Empereur de confier à Giustiniani-Longo la conduite de la discussion. Comme il n'y avait pas de sièges, nous dûmes rester debout en cercle autour de lui. L'Italien chercha longtemps ses mots avant de prononcer la première phrase.

— Majesté, dit-il enfin, Votre Eminence, Excellences, ce qui s'est produit aujourd'hui, j'aurais dû le prévoir. Vous croyez probablement que vous avez assisté à un événement unique et sans précédent. Vous êtes convaincus que personne avant vous n'a vu une flotte se déplacer sur la terre ferme. Vous êtes dans l'erreur car, moi, Giovanni Giustiniani-Longo, je l'ai déjà vu et ce, il y a quinze ans, dans ma patrie, l'Italie. Là, les Vénitiens ont remorqué quatre douzaines de navires de la région de Vérone jusqu'au lac de Garde où ils les ont remis à flot. Cela, à travers des vallées et des collines dont beaucoup sont plus abruptes que les rives du Bosphore. L'homme qui dirigea cette entreprise comptait jusqu'à ces derniers temps au nombre de mes meilleurs amis. Nous nous sommes séparés fâchés lorsque j'ai résolu d'aller à Constantinople et qu'il m'a fait savoir sa volonté de se rendre dans le camp turc.

» Il est encore chez le Sultan et je l'ai su dès le commencement. J'ai su également que toute son ambition vise à renouveler, avec de plus grands moyens et de façon spectaculaire, son entreprise d'autrefois. Il s'en promet gloire, richesse et une place dans le grand livre de l'Histoire. Il obtiendra vraisemblablement tout cela, tandis que je serai cité comme celui qui s'est fait battre par inattention et aussi par irrésolution. Majesté, conclut le Protostator, je suis prêt à remettre mes fonctions entre vos mains ou celle des seigneurs ici présents. Si vous l'ordonnez, je rentrerai dans le rang et je continuerai à combattre comme simple soldat.

Ces mots parurent ne faire écho que très lentement dans le silence qui leur succéda. Je cherchai à le percevoir et j'en ressentis un malaise. L'homme qui venait de parler semblait ne plus être le Giustiniani-Longo que je connaissais. Mon regard croisa celui de Don Francisco. Il pensait visiblement la même chose que moi. Le visage de l'Empereur, au contraire, ne montrait aucune émotion.

— Ser Giustiniani, répondit-il d'une voix calme, vous avez été appelé par Ma Majesté aux fonctions de Protostator. Vous ne pouvez en être déchargé que par moi. J'ai toujours su que je n'avais pas engagé pour cette ville un dieu infaillible. Mais comme l'inattention dont vous vous accusez est la première qui vous soit arrivée, je ne songe aucunement à renoncer à vos services en tant que commandant en chef. Je vous confère tous les pleins pouvoirs en plus de ceux qui vous ont déjà été accordés et dont vous avez besoin pour affronter la flotte turque qui a pénétré dans la Corne d'Or. Vous pouvez disposer de toutes les armes, de tous les navires et de tous les hommes qui se trouvent dans cette ville. Vous avez même le droit d'employer Ma Majesté comme un officier ordinaire.

» Du reste, Ser Giustiniani, je suis d'avis que personne, même pas vous, ayant déjà vu de ses yeux un événement analogue, n'aurait eu la force d'imaginer ce que l'ennemi a accompli aujourd'hui. Nous sommes — le nier serait stupide — en face d'un homme qui échappe aux dimensions normales de l'humanité. Dieu nous a envoyé une épreuve, comme personne n'en a jamais subie. Faites donc tout pour que nous la surmontions au moins en bons chrétiens — vivants ou morts, cela n'a plus d'importance. Ser Giustiniani, vous avez la parole.

Le Protostator qui avait écouté ce discours la tête baissée leva les yeux. Son regard ne se dirigea ni vers l'Empereur, ni vers personne d'autre dans la pièce. Puis un tressaillement parcourut son visage et sembla couper par le milieu cette tête remarquable. Je regardai à nouveau Don Francisco, mais il n'y avait, dans ses yeux, que du mépris. Et alors, je sus que ce n'était plus l'ancien Giustiniani-Longo qui était debout devant nous, mais un homme qui avait peur.

— Majesté, je vous remercie de votre confiance, dit Giustiniani-Longo. Puis il se tourna vers nous :

— Quelqu'un a-t-il des propositions ?

A ma surprise, ce fut Lukas Notaras qui prit la parole le premier.

Il montra un homme à côté de lui, qui avait un peu l'air d'un rustre.

— Voici, dit-il, Jacopo Cocco, le capitaine du dernier vaisseau vénitien qui est entré dans notre port après le début du siège. Messer Cocco m'a demandé d'assister à ce conseil. Il voudrait vous faire connaître un plan qu'il a imaginé pour anéantir la flotte ennemie.

D'un mouvement de la main qui n'était guère encourageant, Giustiniani l'invita. Le Vénitien avança d'un pas. Il parlait un mélange de grec et d'italien et ne s'exprimait pas très bien. Après ses premières phrases d'introduction où il parla plus ou moins des navires qu'il avait commandés et des guerres auxquelles il avait pris part, il mit enfin de l'ordre dans son discours. Encore sous l'influence du malaise qui m'avait pris lorsque j'avais cru percer le masque du Protostator, je ne lui prêtai d'abord qu'une oreille distraite, jusqu'au moment où je m'aperçus que tous les autres commençaient à écouter les paroles de Cocco avec une excitation croissante.

Ce que le Vénitien proposait, n'était ni raffiné, ni génial, ni compliqué, mais simplement une idée très courante.

— *Di notte,* disait-il, de nuit, dans l'obscurité la plus complète possible, lorsqu'il n'y a aucune étoile au ciel et quand la lune n'éclaire pas, un petit groupe d'hommes courageux, dans des bateaux plats, avec des avirons enveloppés de chiffons, devrait sortir dans la Corne d'Or et essayer de s'approcher le plus près possible de la flotte ennemie. Ils devraient avoir avec eux des tonneaux de poudre et des mèches, des briquets ou des lanternes sourdes, ils devraient fixer les tonneaux de poudre sur les bordés des galères les plus avancées, allumer les mèches et revenir au plus vite. Ils devraient, dit-il, être beaucoup plus rapides au retour qu'à l'aller car, en très peu de temps « boum ! », les premières mines exploseraient et mettraient le vaisseau en pièces au point que ses débris voleraient à des centaines de pas. Mais, pendant que cela s'accomplirait et protégé par l'événement, un autre groupe, venu d'une autre direction, devrait déjà préparer le navire suivant puis s'enfuir pour donner à une troisième *truppa* l'occasion d'attaquer d'une troisième direction. Ces coups de main, coordonnés et minutés avec exactitude, provoqueraient chez les Turcs un tel désordre qu'il serait facile d'amener en position de tir nos propres navires déjà prêts à intervenir et de les faire tirer en même temps que tous les canons réunis autour de la porte Théodose.

Des entreprises de ce genre, dit Cocco, étaient *fruttuose, molto fruttuose.* Elles avaient déjà été employées et il avait même pris part, personnellement, à l'une d'elles. Il se déclara prêt à fabriquer les bombes nécessaires et à conduire lui-même le premier des groupes de choc. Il s'enflammait tout en parlant, se perdait dans ses souvenirs, se servait de plus en plus de sa langue maternelle, mais il parvint néanmoins à nous faire sentir toute l'effroyable efficacité d'une telle attaque de nuit.

Tandis que son discours approchait de sa fin, nous avions déjà sous les yeux le tableau qu'il s'efforçait de nous peindre. Nous voyions les éclairs blancs aveuglants qui allaient déchirer la nuit et nous voyions les galères qui avaient franchi la montagne voler en morceaux dans les airs. Nous entendions même les cris d'horreur qui monteraient de la masse sombre des navires serrés les uns contre les autres.

Lorsqu'il se tut enfin, nous étions tous en proie à une sorte d'ivresse croissante. C'était un état d'esprit qui était d'autant plus hystérique qu'il était né de notre désespoir.

Il nous montait à la tête sans atteindre le cerveau. Il nous faisait gesticuler, nous balancer sur nos pieds, éclater en tressaillements nerveux. Cocco avait allumé une minuscule étincelle d'espoir et comme, hormis celle-ci, rien ne luisait, nous commençâmes à souffler dessus, à la faire palpiter en une haute flamme et à en fixer la lueur au point que, finalement, nous fûmes convaincus que c'était un jour nouveau qui se levait pour nous. Soudain, nous retrouvâmes la parole, nous avions des propositions à faire et des idées à ajouter. Elles pétillaient en nous et montaient comme des bulles dans un verre d'eau gazeuse. Chacun s'efforçait d'exprimer ses pensées et de montrer au Vénitien que nous lui étions certes reconnaissants, mais que nous étions nous-mêmes parfaitement capables de perfectionner le plan qu'il avait conçu.

Johannes Grant, entre autres, repoussa l'idée d'employer des tonneaux de poudre et rappela que le feu grégeois brûlait même sur l'eau. Si l'on tenait compte du vent, dit-il, il ne serait pas nécessaire d'avoir trois groupes d'attaque, mais un seul car, l'incendie allumé en bonne place se propagerait à toute vitesse d'un navire à tous les autres. Il atteindrait leurs saintes barbes et déclencherait des explosions de loin plus puissantes que celles que l'on pourrait provoquer avec des tonneaux de poudre. Grâce à Dieu, dit-il, les vents soufflaient assez régulièrement à Constantinople : le jour de la terre, et de la mer à la tombée de la nuit. En outre, le transport du feu grégeois posait beaucoup moins de problèmes que celui de la poudre. En conclusion, il réclama que les groupes d'attaque fussent constitués par des volontaires et que chacun de ces derniers fussent de bons nageurs.

Ce qui m'incita à intervenir dans la discussion. Je demandai pourquoi on ne renoncerait pas aux canots en envoyant seulement des nageurs. On pourrait placer le feu grégeois sur de petits radeaux et les pousser devant soi. Quelques têtes à la surface de l'eau seraient plus difficiles à découvrir depuis les navires turcs que les plus plats de tous les canots.

Cocco ne voulut naturellement pas l'accepter car, on l'apprit plus tard, il ne savait pas nager et parce qu'il maintenait son droit à conduire lui-même l'opération proposée par lui. Il fit même de ce point une condition *sine qua non*.

Je ne me souviens plus de la durée de la discussion. Je sais seulement que, ni Giustiniani-Longo, ni Don Francisco, ni Lukas Notaras ne prirent part au débat. Ce fut, en fin de compte, l'Empereur qui récapitula méthodiquement toutes les propositions et en tira le bilan. On décida finalement que l'on enverrait deux groupes, l'un sur des canots, l'autre à la nage. Les deux se serviraient du feu grégeois et non de bombes à la poudre à canon. Ils viendraient de la même direction — celle que le vent permettrait — mais ils attaqueraient à des endroits différents. Auparavant, un éclaireur devrait aller à la nage constater s'il était facile ou difficile d'approcher la flotte turque sans être découvert.

A partir de cet instant, il était clair que je devrais accomplir cette dernière mission. Il n'y avait eu, là-dessus, aucune discussion, car tous les Byzantins présents dans la pièce, y compris Constantin, me connaissaient comme le type complètement fou qui se jetait à l'eau par presque tous les temps. En outre, je m'étais moi-même offert pour cette mission.

Giustiniani ne dit rien non plus à ce sujet. Il était debout, seul dans un coin et paraissait plongé dans ses réflexions. Don Francisco, au contraire, me dit que j'étais un homme intrépide et l'Empereur fit le signe de croix sur ma poitrine. Je me sentis soudain très seul dans le cercle des hommes échauffés par le débat, dans le rayonnement clignotant de la lueur des chandelles. Il semblait que je ne fusse déjà plus des leurs.

Quelques heures plus tard, ce sentiment de solitude devint presque tangible. Je ne me prenais plus pour un combattant solitaire voué à la mort, mais plutôt pour un étudiant essayant de gagner un pari stupide et casse-cou. J'étais dans l'eau glacée de la Corne d'Or qui, au-dessous du pont de Justinien, est en dépit de son nom ronflant l'égout collecteur de notre ville.

Les navires turcs étaient encore dans la formation qu'ils avaient adoptée dans l'après-midi. Au premier rang, proues et éperons tournés vers la ville, s'alignaient côte à côte les galères. Derrière elles, une rangée de gros navires se balançaient et je supposai que les moyens et petits bateaux étaient dans leur dos. L'ensemble formait une masse de bois grinçante dominée par une forêt de mâts et d'espars, foisonnante d'avirons prêts à souquer. Celui qui voudrait incendier ce rassemblement devrait avoir un assez fort vent dans le dos.

S'en approcher sans être remarqué paraissait cependant beaucoup plus facile, du moins en nageant. J'avais déjà atteint le premier navire sans exciter le moindre intérêt à bord. Il ne se passa rien non plus lorsque je saisis prudemment un aviron et l'attirai à moi. Les Turcs dormaient apparemment dans la plus totale insouciance. Ce ne fut qu'au troisième des navires que j'entendis des voix et les pas traînants d'une sentinelle. Le premier point était-il réglé de façon satisfaisante? Approche silencieuse possible? Je répondis par un oui à la question et décidai de pénétrer un peu plus avant dans ce labyrinthe de navires, bien qu'entre-temps, je me fusse mis à claquer des dents et que le sel brûlât mes chairs amollies par les contusions.

Mais ensuite, lorsque j'eus atteint la deuxième rangée de galères, comme je m'accrochais à un aviron pour me reposer, la nuit s'anima soudain. Des commandements résonnèrent non loin de moi, des amarres grincèrent et, presque aussitôt, un canot fut mis à l'eau avec un claquement bruyant. J'entendis d'autres ordres et des avirons plonger dans l'eau. Tout cela semblait se passer à très peu de distance. Je remplis mes poumons et plongeai. En descendant, j'eus le temps de voir qu'un canot glissait hors de l'ombre du navire auprès duquel je m'étais trouvé. Je tentai désespérément de descendre plus bas. Je ne vis qu'une chance, celle de me cacher sous la coque de la galère aussi longtemps que mes poumons tiendraient. Mais, heureusement pour moi, je m'étais longtemps exercé à ce genre de plongée à Mistra.

Comme l'eau semble conserver longtemps une partie de la lumière du jour, je pus apercevoir au-dessus de moi, non seulement la puissante coque du navire de guerre turc, mais aussi l'ombre du canot qui m'avait fait fuir dans les profondeurs. Il ne paraissait nullement me rechercher. Comme un insecte qui se déplace sur de longues pattes, il s'éloignait plutôt en direction de l'embouchure du Kison. Je remontai si vivement que je me cognai à un des avirons, mais à peine avais-je la tête hors de l'eau, que deux choses se passèrent. Un homme tomba durement à plat dans l'eau à côté de moi puis, pendant un court moment, le mur des petites galéasses qui bouchonnaient sur l'eau, serrées les unes contre les autres, s'ouvrit et, du coin de l'œil, je vis que derrière elles l'eau semblait flamber de rose comme si elle avait été éclairée par des centaines de torches. J'entendis des bruits, des coups de marteau, des grincements de scie et des voix humaines.

Au même instant, l'homme qui avait plongé du bord émergea. Il me regarda dans les yeux. Ses cheveux étaient collés à son crâne, sa forte moustache ressemblait à un U retourné. J'appuyai mes pieds sur le bordage du navire pour me jeter sur lui. Deux rangées de dents étincelèrent dans le U en un éclat de rire. Il me cria quelque chose en turc, puis il commença de nager à grandes brasses à la suite du canot. Il s'était déjà éloigné de quelques longueurs lorsqu'il s'arrêta brusquement, regarda en arrière et, de la main, me fit signe de le suivre.

Je n'avais pas le choix et je nageai à sa suite. Le Turc se dirigeait vers les deux navires qui venaient d'être écartés l'un de l'autre. Je me maintins le plus loin possible derrière lui en m'efforçant frénétiquement de trouver, entre les coques des canots, un coin où je puisse me fourrer pour plonger et m'éloigner sans qu'il me voie. Lorsque je crus avoir échappé à son attention, s'ouvrit devant moi un large espace entouré de proues et de poupes de navires, éclairé presque comme en plein jour par des torches. Le martèlement, les cris et le bruit des scies frappèrent de nouveau mon oreille. J'avais devant les yeux une sorte de gigantesque atelier de charpente dont le sol était l'eau de la Corne d'Or.

Je vis des fûts dériver sur l'eau, des canots plats ressemblant à des prames, des radeaux sur lesquels planches et madriers s'empilaient, ainsi qu'un grouillement d'hommes à demi nus qui s'occupaient de tout ce matériel. Quelques-uns attachaient les tonneaux ensemble, d'autres paraissaient lancer des ponts de bois d'un canot à l'autre, d'autres jetaient des madriers dans les flots où des nageurs les rassemblaient et les amenaient jusqu'aux tonneaux liés ensemble ou aux prames. Dans la lumière vacillante des flammes du goudron, toute cette activité avait l'air de se dérouler dans un enfer étrange. Des reflets tremblotants tressautaient sur les vagues et les dos trempés. Les commandements claquaient comme des coups de fouet dans le vacarme général. A bord des navires, des officiers en uniformes étincelants se conduisaient comme s'ils avaient dirigé une bataille. Tout d'abord, je ne trouvai aucun sens à ce que faisaient leurs subordonnés en nageant, en martelant, en sciant. Cela ressemblait au grouillement désordonné d'une fourmilière bouleversée. Mais je compris bientôt que ce n'était pas du tout ça.

Dans un coin éloigné de l'atelier amphibie, les pièces détachées se rassemblaient, elles étaient alors achevées puis assemblées pour devenir ce à quoi elles étaient destinées. C'était un tapis flottant de madriers de la taille d'un petit terrain d'exercice, une surface de bois qui présentait de légères ondulations mais qui donnait cependant l'impression que l'on pouvait s'y déplacer comme sur la terre ferme. Mehmet, ou quel que fût celui qui avait conçu ce projet, voulait réaliser une construction qui permît à ses soldats de marcher à pied sec sur la mer. Sur la mer ? Tout au moins sur la Corne d'Or.

Accroché à un aviron d'une galère, après avoir échappé au nageur qui me précédait, plus j'observais cette activité, plus je croyais voir ce qui allait arriver lorsque ce Champ de Mars serait terminé. Je l'avais littéralement sous les yeux.

Dans le grondement des canons, le mur des navires mouillés à l'aplomb de notre rempart de la mer s'ouvrirait, le tapis de madriers supporté par des tonneaux et des prames s'avancerait lentement, flanqué d'autres navires de guerre, vers Constantinople. Les couleuvrines qu'il transporterait feraient feu et lanceraient des boulets de pierre. Puis les archers placés derrière cette artillerie commenceraient à tirer tandis que les premières troupes d'assaut se formeraient. Ces dernières se précipiteraient à l'attaque dès que l'extrémité avant du radeau atteindrait notre rive.

Claquant des dents dans l'eau, je voyais nettement ce qui se préparait devant moi et, pourtant, je n'en croyais pas mes yeux.

Mehmet, qui avait mis sur roues le plus gros canon du monde et hissé toute une flotte par-dessus une montagne, voulait visiblement entrer dans l'histoire sous l'aspect du chef de guerre qui aurait réussi dans une seule campagne à accomplir trois miracles techniques. Il voulait aussi faire que l'on pût marcher sur l'eau. Par Dieu, cet homme se battait pour s'emparer de notre ville comme personne ne l'avait fait avant lui pour une autre cité. Je ne saurais dire exactement combien de temps je restai accroché à mon aviron de galère, raidi par le froid, à regarder l'activité qui régnait dans ce chantier flottant. Je sais seulement qu'une violente crampe dans la jambe gauche me rappela qu'il fallait songer au retour. A demi assourdi par mes impressions et cependant revigoré par ce que j'avais découvert, je m'éloignai lentement vers l'autre rive. Je ne me donnai même pas la peine de rester dans l'ombre des navires. Depuis que je savais que des matelots turcs se déplaçaient pour ainsi dire à pied dans l'eau, je me sentais en parfaite sécurité dans le camp turc. Un homme nu ne se distinguait pas des autres et personne ne s'étonnerait si je répondais en grec à un appel lancé en turc. Dans l'armée du Sultan servaient des soldats venus de toutes sortes de pays.

Lorsque je sortis du couvert de la ligne de vaisseaux la plus avancée, je commençai à me déplacer avec plus de prudence. Mais, à mesure que j'avançais, aucun appel ne me fut adressé et, ni balles ni flèches ne sifflèrent autour de moi. Les Turcs se sentaient en parfaite sécurité. La conscience d'avoir accompli un miracle et l'espoir d'en accomplir un autre leur donnait de la force.

J'atteignis la rive du côté de la ville presque à l'endroit d'où j'étais parti. Lorsque je sortis de l'eau puante, mes jambes plièrent sous moi. Mais déjà Mauros accourait. Il m'avait attendu. Des serviettes rêches s'enroulèrent autour de mon corps, des mains puissantes rétablirent la circulation de mon sang et le vin chaud me rappela à la vie.

Peu avant le lever du soleil, je me présentai à l'Empereur en présence de Giustiniani-Longo, Johannes Grant et Jacopo Cocco. Je racontai mon aventure et conclus en constatant que l'opération projetée était pour le moins possible et, peut-être même, prometteuse de succès. Le Vénitien me regarda comme si je lui avais fait une déclaration d'amour.

Mauros m'attendait devant la porte Théodose, le nouveau quartier général de l'Empereur.

— A la tour ? demanda-t-il en détournant les yeux.

— Non, au vieux palais.

Une lumière dorée pénétrait par la fenêtre de la chambre de Judith. Un soupçon de bleu et de vert argenté donnait à cette lumière de la fraîcheur et quelque chose qui ressemblait à de l'innocence. J'entendais des bribes de conversations, des rires, des cris d'enfant, j'entendais une femme qui chantait, une voix d'homme grossière, des bruits de casserole, les coups d'une hache, des pas pressés ou paresseux dans les escaliers et les couloirs. Des images nettement définies et apparemment depuis longtemps familières s'associaient à chacun de ces bruits. Les habitants sans visage des bas-fonds de notre ville, les coupe-jarrets, les épaves, les déserteurs, les réprouvés, les marqués au fer rouge, les mutilés vaquaient à leurs occupations quotidiennes, comme s'il n'y avait eu ni guerre ni mort et moi, le plus haut fonctionnaire de l'Empire, j'étais déjà presque l'un d'eux.

J'étais couché sur une natte qui m'avait déjà servi de lit chez moi et à la tour Sphrantzès, je regardais un plafond voûté dont les pierres avaient été assemblées par les meilleurs ouvriers d'un gigantesque empire, des Grecs, des Syriens, des Arméniens ou des Egyptiens. Et je m'accrochais à des souvenirs et à des réflexions qui, dans l'ensemble, n'étaient rien d'autre que le reflet de moi-même et de ma vie. Ce qui m'en apparaissait n'était ni le buffle chargé de colère de jadis, ni le patriote qui avait voulu mettre à tout prix Constantinople en état de défense, ni le tueur de Turcs couvert de sang qui défendait tout un secteur du rempart. C'était plutôt un homme qui était arrivé avec son Seigneur à la porte du jardin de Gethsémani et qui savait déjà à moitié qu'il allait s'arrêter là. Il n'avait, tout simplement, pas la force d'accompagner l'Empereur jusqu'au bout de son dernier chemin. Et il pouvait, justement à cause de cela, éprouver un désespoir sincère.

Parmi ces images sur la face interne de mes paupières, il y avait celle d'Anna et de Judith. J'étais par hasard — quand ? hier ? avant-hier ? — entré dans la pièce où ma femme habitait et je les avais vues toutes les deux, assises, tête contre tête, enlacées, groupe immobile et muet. Laquelle des deux soutenait l'autre et tenait bon, laquelle des deux consolait et laquelle flanchait, je n'aurais pu le dire. Elles semblaient perdues dans le même sentiment, captives du même souvenir. Plus tard, je crus comprendre qu'elles déploraient sans un mot un destin commun ou qu'elles contemplaient la tombe qui nous avait été creusée depuis longtemps.

Peut-être est-ce vraiment l'ombre de la mort qui s'étend, fossé si large, entre Anna et moi que, debout sur ses bords, nous n'osons plus bouger et nous ne pouvons plus nous reconnaître. Et il ne nous semble pas vrai que l'amour puisse la franchir.

Pensées morbides ? Elles me confortent dans une indifférence presque paisible. Jour après jour, je suis sur les remparts à la Kerkoporta ou bien je discute avec Grant et Jacopo Cocco les plans pour la mise au point de l'attaque nocturne. Le Vénitien croit plus fermement que jamais à son succès. Je suis moins sûr qu'il en soit de même pour l'Allemand. Grant est une lune qui gravite autour d'un Giustiniani-Longo — soleil dont les rayons commencent à perdre leur force. Autour de moi, il n'y a plus, depuis peu, que deux satellites, le noir Mauros et le blond Démétrios. Ohannes, par contre, a quitté la ville. Il ne s'est même pas caché pour le faire.

Trois jours après mon opération de reconnaissance de la flotte de Mehmet, il est apparu dans le vieux palais pour prendre congé dans les règles. Il m'a remis les clefs des armoires secrètes où sont conservés nos dossiers les plus importants. Il n'avait l'air ni plus énervé ni plus troublé que d'habitude. Il m'a adroitement proposé, soit de le faire arrêter, soit de le laisser partir. Et, comme toujours, il était beaucoup mieux renseigné que moi sur ce qui se passait dans la ville.

— Les bourgeois de Galata — m'a-t-il dit — négocient une paix séparée avec le Sultan et ils vont probablement l'obtenir. Quantité d'Italiens qui combattent activement à nos côtés pourraient bien en prendre prétexte pour se retirer. Ensuite, ils n'appartiendront plus bien entendu à l'un des partis en guerre. J'ai l'intention de les suivre, car c'est ma dernière chance dans une certaine mesure, de sortir sans dommage de Constantinople.

— Quand as-tu décidé de nous laisser en plan ?

— Le jour que le Sultan a déclaré la guerre.

— Alors, tu as vraiment risqué ta peau pendant longtemps !

— Je vous le devais bien, Excellence.

— Et maintenant, tu considères que la dette est éteinte.

— Chacun ne peut payer que selon sa fortune. Je ne possède plus rien d'autre que ma vie.

— Ça, admis-je, serait en fait payer trop cher ta libération de la prison pour dettes. Où vas-tu aller ?

— Probablement en Italie.

Je tentai de découvrir en moi quelque chose qui ressemblât à de la déception ou à un sentiment d'amertume. Mais à ma grande surprise, je ne trouvai rien de tel.

— Ainsi, dis-je pourtant, les uns après les autres nous abandonnent. D'abord, les souverains d'Europe, ensuite nos voisins de l'autre rive de la Corne et maintenant...

Ohannes haussa les épaules.

— La partie était perdue avant d'être commencée, Excellence. Jean Bessarion chez qui j'ai servi autrefois l'avait reconnu il y a déjà quinze ans.

— Et il en avait tiré les conséquences.

— Il était d'avis qu'il n'y avait que deux bonnes raisons pour un combat. Ou bien on pouvait espérer vaincre, ou bien la cause dont il s'agissait méritait un sacrifice inutile.

— Et il considérait que ces deux raisons n'existaient pas ?

— Non. Au concile de Ferrare, il avait compris que l'Occident ne s'intéressait pas assez à Constantinople pour vouloir aider sérieusement la ville et...

— Et quoi ?

— Il pensait que les Byzantins eux-mêmes ne croyaient pas,

au fond, appartenir à l'Occident, qu'ils étaient même incapables de l'admettre.

— Une opinion hardie...

Et j'essayai de me représenter Bessarion, mon vieux maître. Il s'était surtout efforcé de nous rendre proche le monde des anciens Grecs, car il pensait qu'ils étaient les seuls à garantir que nous aussi étions des Européens.

Mais la plupart d'entre nous n'avaient-ils pas tenu cela pour un joli jeu de l'esprit ? Pour une confirmation de notre haute noblesse ? L'héritage grec que l'on venait de redécouvrir en Occident, à qui devait-il appartenir, sinon à nous ? De quelles mains l'Europe pouvait-elle le recevoir, sinon de celles des Byzantins ? Les Italiens, les Français, les Allemands, si Achille, Ajax, Platon et Aristote les plongent dans un tel ravissement, devraient s'approcher de nous à genoux, de sorte que nous, leurs descendants, nous posions sur leurs têtes des mains bénissantes. Byzance n'était rien d'autre que la Grèce. Les trésors de la Grèce étaient dans nos coffres, ses pensées habitaient nos têtes, nous en avions les clefs. Mais ensuite... Oui, qu'était-il donc arrivé ?

Nous avions découvert tout à coup que, lorsqu'ils disaient la Grèce, ils ne pensaient pas du tout à nous. Byzance n'était pour eux, dans le meilleur des cas, qu'une croûte molle sur des statues de marbre antiques, il fallait la gratter. Que nous ayons, grâce à un travail séculaire, changé les pensées les plus importantes des philosophes anciens en principes chrétiens, que le Dieu que nous adorions fût un Zeus spiritualisé et son fils à nos yeux un frère d'Héraclès, cela échappait totalement aux gens de l'Occident. Ils se croyaient assez compétents comme chrétiens pour pouvoir faire fi de notre théologie, alors que celle-ci a dominé le paganisme de façon beaucoup plus brillante que la leur.

Ils sont béats devant l'antique hellénisme, son naturel et sa vitalité, tout ce qu'ils tiennent pour l'essence même de la Grèce, et ils veulent que personne n'y touche, tout au moins pas nous. C'est ainsi que, depuis le commencement, nous avons été encombrants pour eux, oui, ennuyeux comme le commentaire prolixe et érudit d'un texte original. Ça, naturellement, nous ne nous en sommes pas aperçus.

Nous avions été frappés de l'aveuglement des orgueilleux, d'un manque d'ouverture à l'égard de leurs idées, ce qui confinait à l'arrogance. Mais, d'un autre côté, qu'aurions-nous eu encore à défendre ou à perdre hormis cet orgueil ? Que nous serait-il resté de l'héritage chrétien plus que millénaire si, comme Bessarion l'avait rêvé, nous étions redevenus de jeunes héros homériques revêtus du chiton ? Une existence protégée dans un zoo amoureusement conservé par l'Occident ? Probablement même pas cela. Les Européens voulaient chausser eux-mêmes les cnémides d'Hector et pincer de leurs propres doigts les cordes de la harpe d'Orphée. Là encore, nous ne pouvions être que des gêneurs. Mais Bessarion semble avoir vu tout cela, longtemps avant nous et en avoir tiré ses conclusions.

Il avait sauté à terre en Italie et repoussé du pied le radeau byzantin qui faisait eau. A Ravenne où il habitait désormais, les fresques de Justinien pouvaient remplacer pour lui une partie de ce qu'il avait laissé à Constantinople et sa célèbre bibliothèque pouvait nourrir les chimères où il se complaisait. Il avait apporté à l'Occident ce par quoi l'Occident s'intéressait à nous : les témoignages de l'Antiquité, grâce à quoi il s'était acquis une certaine sécurité. Devait-on pour autant le taxer de trahison.

Je constatai que je n'avais plus, pour cela, ni la force ni la colère indispensables. Bessarion s'était tout simplement décidé de façon différente de moi. Il s'était tapi sous le manteau protecteur de l'Eglise romaine avec les idées de Platon. Moi, au contraire, je préférais rester Byzantin, même si cela impliquait que je devinsse turc ou que je mourusse. Dans la situation où nous nous trouvions, les deux décisions étaient également bonnes ou également mauvaises.

Je dis quelque chose de ce genre à mon ancien secrétaire Ohannes, mais en moins de mots. Il parut surpris du ton conciliant que j'avais adopté et sembla même ému, ce que je n'aurais jamais cru de lui.

— Excellence, me dit-il, vous me couvrez de honte.

— Tu peux t'offrir le luxe d'être couvert de honte, répliquai-je.

Il essaya tout à coup de retarder son départ. Comme s'il avait voulu se défendr il rappela tous les actes par lesquels nous avions transféré à des princes d'Europe occidentale des droits de propriété byzantins : à Jean Hunyadi, à Alphonse de Naples, à la Banco di San Giorgio. Aucun d'entre eux n'avait refusé ces cadeaux, mais aucun d'eux n'avait tenu sa promesse de nous envoyer des troupes ou de prendre les Turcs à revers. Nous avions été, dit Ohannes, tout simplement pillés et mille fois trahis. Aucune puissance occidentale n'avait parié sur nous, n'avait espéré avec nous, tremblé pour nous. Toutes étaient restées plantées comme des spectateurs autour de la scène sur laquelle nous combattions pour survivre.

Je l'interrompis en lui objectant que c'était justement chez ces gens-là qu'il désertait. S'il les trouvait réellement si dénués de caractère, pourquoi ne trouvait-il pas plus juste de se jeter avec moi dans les bras des Turcs qui, eux, ne nous avaient jamais rien promis. Il répliqua d'un ton négligent qu'il manquait du courage nécessaire. Je compris qu'il voulait en fait me dire autre chose, mais qu'il ne trouvait pas les mots pour le faire.

— As-tu encore quelque chose sur le cœur ? lui demandai-je.

— Une prière, Excellence.

— Sors-la !

Il fit mine de poser sa main sur mon bras, mais la retira.

— Excellence, dit-il, ne prenez pas part à l'opération projetée contre la flotte turque.

Ses paroles me firent dresser l'oreille.

— Pourquoi pas ? Sais-tu quelque chose ?

Il secoua la tête.

— Je crains seulement que, parmi les Italiens qui aujourd'hui ou demain vont regagner Galata, quelques-uns ne soient informés de ce plan.

— Et après ?

— Il se pourrait, poursuivit-il en hésitant, qu'ils fassent état de cette information dans les négociations avec les Turcs pour s'attirer leur bienveillance.

— Oui, dis-je pensivement, cela pourrait effectivement arriver. Tu as toujours considéré chez les hommes leur plus mauvais côté, mais...

— N'ai-je pas eu raison la plupart du temps ?

— Si, tu as eu raison plus souvent que moi.

Lorsque Ohannes s'en alla enfin, il commençait déjà à faire sombre. Sur le pas de la porte, je lui demandai encore s'il ne voulait pas prendre congé d'Anna. Sur quoi, il m'avoua qu'il l'avait déjà fait. Ma femme lui avait permis de choisir, dans la bibliothèque de son père qui avait été transportée au palais Cantacuzène, un livre comme cadeau d'adieu. Mais il avait demandé plutôt une statuette de terre cuite représentant le dieu Pan. Il dit qu'elle était plus facile à transporter qu'un rouleau ou un manuscrit relié. Je n'en crus rien, bien entendu. Ohannes, tout simplement, savait ce qui se vendait le mieux.

Lorsqu'il m'eut quitté, je me sentis très seul pendant un moment. Etat d'esprit que Judith dissipa. Un peu plus tard, Mauros m'appela à la tour Sphrantzès. Pour la première fois depuis le début du siège, il semblait que les Turcs voulussent tenter une attaque de nuit. Mais elle fut menée avec si peu d'entrain que nous pûmes les repousser sans trop de peine.

Alors, le soleil commença de nouveau de s'approcher de l'horizon. La lumière qui pénétrait par la fenêtre perdit de sa fraîcheur et se mua en tons d'un rouge éclatant. Le gigantesque bâtiment à demi effondré, qui, durant huit cents ans, avait été la résidence des souverains de Byzance, devint plus silencieux, mais cela signifiait seulement que ses habitants se préparaient pour une nuit d'autant plus bruyante. Beaucoup d'entre eux allaient chanter, bavarder et boire, assis autour de leurs feux jusqu'aux premières lueurs de l'aube et, dans les coins, on entendrait les soupirs et les gémissements des couples d'amoureux.

L'immense vaisseau de pierre Constantinople glissait toujours invaincu dans la nuit. Je pensai aux nombreux hommes qui allaient une fois de plus le quitter avant le lever du soleil pour se présenter comme déserteurs à quelque poste avancé des Turcs ou chercher refuge là-bas, à Galata. Je pensai à l'homme aux souliers rouges qui, solitaire, était condamné à tenir jusqu'à la fin la barre de ce navire. Et je souhaitai pouvoir veiller et prier avec lui.

Peu après minuit, Mauros et Démétrios firent irruption chez moi.

— L'attaque de la flotte, dit Mauros essoufflé, Cocco et Giustiniani ont décidé qu'elle aurait lieu aujourd'hui... Grant vous attend à la porte Théodose.

Je jetai un coup d'œil vers le ciel. Les étoiles étaient cachées derrière une couche de nuages. Je n'avais pas vu leur lever.

— J'espère que tu as dit à Grant que les Turcs pourraient être informés de l'entreprise.

— Oui, naturellement, dit Mauros, c'est pourquoi il est si excité. Il prétend que Cocco et Giustiniani ont mis l'Empereur au courant de l'avertissement de Ohannes.

Je me précipitai sans prendre le temps de lacer mes sandales, mais lorsque nous arrivâmes au pied du rempart de la mer, nous ne trouvâmes que Grant tout seul.

— Ils sont partis depuis un quart d'heure, me dit-il, désespéré.

— Que s'est-il passé avec le groupe que je devais commander ?

— Cocco l'a confié à un autre.

J'arrachai mon caftan pour me jeter à l'eau. Mauros et Démétrios me saisirent par les deux bras et me retinrent.

— Lâchez-moi ! hurlai-je.

Le Noir secoua la tête.

— Nous avons l'ordre de vous retenir, déclara Démétrios.

— Ordre de l'Empereur ?

Cette fois ce fut Démétrios qui secoua la tête.

« Donc, ordre d'Anna, pensai-je, ordre d'Anna. »

Quatrième partie

GEORGIOS AMIRUTZÈS

29 avril — 29 mai 1453

I

Lorsque les invités arrivèrent sur les lieux de l'exécution, des brumes mauves descendaient sur la Corne d'Or. Sur une hauteur qui se trouvait presque exactement en face de la porte Théodose, Mehmet avait rassemblé une partie de son armée et toute sa Cour. Un gigantesque baldaquin en forme de tente avait été dressé pour lui et pour ses vizirs. Des tapis de soie brillante recouvraient le gazon d'un vert printanier. Autour de l'énorme divan du Sultan, les dignitaires disposaient de sièges plus bas mais à peine moins ornementés. Devant eux, se dressaient des brûle-parfum et, derrière eux, des braseros. Deux gigantesques aghas de sipahis, sabre au clair, flanquaient cette installation. Leurs visages barbus et inexpressifs semblaient fixer un point au-delà de Constantinople, sur l'horizon, au sud.

Les eunuques, les petits fonctionnaires de la Cour et une partie de l'état-major avaient été groupés derrière le baldaquin. A droite et à gauche de ces personnages, des fauteuils disposés également sur des tapis étaient destinés aux étrangers qui s'étaient retrouvés dans le camp de Mehmet. Vers le nord, la vue était barrée par les blocs des soldats en ordre serré. Sur dix rangs de profondeur, les janissaires à côté des Anatoliens, les cuirassiers avec leurs casques à pointes à côté des Turcmènes coiffés de hauts bonnets de fourrure. Les officiers à cheval se tenaient à cinq pas en avant du front des troupes. Sur les deux flancs de la revue, deux musiques militaires étincelaient de tous leurs cuivres. L'une d'elles jouait constamment, ce qui énervait les chevaux mais, d'un autre côté, elle couvrait les cris des condamnés à mort.

Les bourreaux s'occupaient déjà d'eux sur une estrade de bois située un peu plus bas. Demi-nus, couverts de sueur et entourés d'un grouillement d'aides, ils préparaient leurs victimes pour l'atroce rituel du pal. Ils avaient un dur et difficile travail à accomplir. Trente-trois prisonniers allaient être exécutés d'un seul coup, cela aussi bien devant les yeux du Sultan que devant ceux des Byzantins qui, là-bas, se pressaient depuis des heures sur le rempart de la mer et qui pouvaient suivre, tout comme les Turcs, ce qui se déroulait sur l'autre rive.

Georgios Amirutzès, qui, ainsi que tous les étrangers était invité à l'exécution, savait qu'il devrait se trouver sur place une heure au moins avant l'apparition du Sultan. Il pensait que le sanglant spectacle n'aurait pas lieu avant la tombée du crépuscule et il n'avait quitté à cheval le camp en face du rempart de Théodose, qu'à la fin de l'après-midi. Il avait renoncé à l'escorte que Mahmud Pacha lui avait proposée, moins par modestie que par besoin de solitude. Il lui fallait toujours un certain temps pour se préparer à un événement comme celui-là, mais il ne l'admettait que de mauvais gré. Il voulait éviter qu'un étranger, ou peut-être une paire d'yeux perçants, pussent observer en cette occasion un Georgios Amirutzès tout différent de celui qu'il prétendait être. Il avait appris de bonne heure à porter des masques et à endosser des cuirasses qui le changeaient et le protégeaient à la fois.

Amirutzès dirigea son cheval, une élégante jument baie des haras de Usun Hasan, d'abord vers le nord en gravissant les collines qui parsemaient la partie la plus haute de la Corne d'Or. Il voulait, à la hauteur de la villa Bagration, franchir le poste turc et ensuite continuer parallèlement au rivage en direction de Galata. Il connaissait presque chaque pouce de terrain sur ce trajet. Il savait parfaitement que ce serait une promenade dans son passé, mais ç'aurait été aussi le cas s'il avait choisi l'autre direction : passer en canot devant le port de Constantinople sur la côte de la mer de Marmara puis, du point de départ du chemin de roulage des navires jusqu'en direction de la vallée du Kison. Remuer de vieux souvenirs et le supporter serait le premier exercice d'endurcissement auquel il devrait se soumettre avant d'arriver au lieu de l'exécution.

Georgios Amirutzès était presque totalement un produit de sa volonté et de son intelligence. Sans ces deux forces, il aurait à peine pu survivre à son enfance, sans parler de son adolescence. A part lui, seul Milan Angelovic, l'actuel troisième vizir du Sultan, en connaissait quelque chose. Dans le monde d'où ils venaient tous les deux, il n'y avait ni droit ni loi, ni conscience ni croyance, seulement l'ambition, la perfidie et la volonté indomptable de vivre comme on le jugeait bon ou simplement possible. Novo Brdo, leur commune ville natale, était située au cœur du massif des Balkans. A l'époque de leur adolescence elle était le lieu des ébats des plus sauvages aventuriers d'Europe. Des marchands de Raguse y avaient dressé leurs comptoirs à côté des palais des nobles serbes et des villas d'anciens aristocrates byzantins. Dans les ruelles de Novo Brdo, les épaules des mineurs saxons se frottaient aux vestes de peau de mouton des bergers des montagnes monténégrines, les robes de soie napolitaines caressaient les collets de cuir de mercenaires espagnols ou britanniques en quête de service. Dans les estaminets, résonnaient des chants qui parlaient de Stefan Nemanja, le roi de Serbie qui avait arraché son pays aux griffes de Constantinople. On chantait des ballades qui célébraient les héros qui avaient, en 1389, vaincu les Turcs le jour de la Saint-Guy. Dans les églises on priait saint Savin, le fondateur de l'Eglise orthodoxe serbe.

Sur les marchés, des Uskokes croates vendaient à des Vénitiens des marchandises qu'ils avaient volées à d'autres Vénitiens. Des mines environnantes, s'écoulait un flot apparemment intarissable d'or et d'argent dans les fabriques de monnaie et les caves blindées des commerçants étrangers.

Les enfants qui grandissaient à Novo Brdo, ou Nyenberge, comme la ville s'appelait chez les Allemands, apprenaient à se servir d'une dague avant de savoir lire et écrire. Ils apprenaient à parler serbe avec les domestiques, italien dans les ruelles commerçantes et lorsque, comme Milan et Georgios, ils étaient d'origine byzantine, le grec, mais seulement chez eux et toutes portes fermées. Ils acquéraient dans la rue suffisamment de mots de toutes sortes d'idiomes pour pouvoir se faire comprendre en cas de nécessité en croate, hongrois, allemand ou turc. Mais en tout premier lieu, un jeune homme de Novo Brdo apprenait à ne se fier à personne qui ne lui fût solidement recommandé, à ne s'ouvrir à personne de ce qu'il avait en tête et à voir dans l'associé d'aujourd'hui l'éventuel ennemi de demain. Les principes faisaient partie des marchandises bon marché, les convictions politiques n'étaient que camouflage et la valeur d'une vie étrangère était toujours plus faible que la sienne propre.

Les Amirutzès ne faisaient partie ni des plus riches, ni des plus respectables familles de Novo Brdo. Sans s'en rendre très bien compte, ils vivaient dans l'ombre de leurs parents influents, les Angeloi, qui maintenant s'appelaient les Angelovic. Contrairement à ces derniers, ils n'avaient jamais pu décider vraiment à quelle classe sociale ils appartenaient : à la classe dirigeante devenue serbe, ou à ces rares vieilles lignées qui se cramponnaient toujours à la conviction d'être byzantines et, de ce fait, d'une essence supérieure aux nobles d'origine slave venus de leurs montagnes et de leurs forêts s'agglutiner en ville. Certes, les Angelovic attachaient de l'importance au fait que des membres de leur famille avaient un jour occupé le trône de Constantinople, mais ils avaient l'habitude de n'en jouer que passagèrement et seulement aux moments opportuns. Ils considéraient leur tradition familiale comme un vieil héritage qui avait été précieux jadis, mais qui, depuis, avait perdu la majeure partie de sa valeur. Ils avaient ainsi réussi à s'entourer d'une odeur de décadence aristocratique qui montait comme un parfum aux narines des seigneurs du négoce de Raguse, mais aussi à celles de beaucoup de Bosniaques moustachus, au cuir tanné et puant l'ail. Les Angelovic entretenaient des relations avec Skoplje, la capitale de l'Empire serbe. Ils nouaient des liens entre les commerçants italiens et les propriétaires indigènes de mines, intervenaient comme intermédiaires entre les différents despotes qui dominaient le pays et ils avaient, du moins on le murmurait, des yeux et des oreilles jusqu'à la cour du Sultan. Mais ils disposaient cependant de filières vers la Morée, Constantinople et Trébizonde.

Lorsqu'il s'agissait de mettre en relation toutes ces forces différentes, on se servait d'un Angelovic. Lorsque, dans les nuages accumulés qui entouraient le pays de tous côtés, des éclairs surgissaient, on chargeait des hommes ou même des femmes portant leur nom d'explorer le terrain, de rapporter des informations confidentielles, de discuter avec les représentants du Pape, du roi de Hongrie ou même du Sultan. Il allait de soi que, lors de ces tractations, d'importantes sommes d'argent changeaient de mains, des cadeaux coûteux allaient aux parties intéressées et personne ne doutait que les Angelovic en prissent leur part. Ils devinrent riches et de plus en plus influents. Les Serbes Palailogoi, qui s'appelaient maintenant Palailogov et qui leur étaient apparentés, en profitèrent ainsi que, dans une moindre mesure, les Amirutzès.

Les Angelovic avaient besoin de prête-noms et de collaborateurs dignes de confiance dans leurs affaires. L'un d'eux était Prokopios, le père de Georgios.

Prokopios voyagea pour les Angelovic en Italie, en Hongrie, dans la capitale Presbourg et plusieurs fois à Vienne. Il gagna convenablement sa vie dans toutes ces activités, mais chaque fois qu'il voulut mettre en pratique son savoir et ses relations dans ses entreprises personnelles, il se cassa le nez et fut brutalement rappelé à l'ordre par Polykarp Angelovic, le père de Milan.

Prokopios était un bon vivant, un casse-cou très élégant, mais il manquait totalement d'aptitude à se servir intelligemment de ses capacités et à s'assurer une place indépendante à côté de ses puissants cousins. Pour cette raison, avec le temps, Georgios commença de le mépriser un peu. Il se jura d'être différent de son géniteur et il essaya d'acquérir, grâce à son amitié avec son cousin Milan, l'expérience indispensable. Ils étaient, de plus, à peu près du même âge.

Milan devint le meilleur ami de Georgios. Ils hantèrent ensemble les rues, les places et les arrière-cours de Novo Brdo. C'est avec lui qu'il pénétra dans la vallée de la Morava pour chasser et pêcher, avec lui il s'assit aux foyers des paysans monténégrins ou bosniaques et il y apprit le sombre folklore de leur pays.

Les deux jeunes gens connurent les tours que l'on pouvait utiliser dans les combats au couteau et, plus tard, à l'épée. Ils apprirent auprès des Albanais l'escrime au sabre et à la dague. Après leurs premiers essais malheureux d'équitation, ils s'encouragèrent mutuellement jusqu'à ce qu'ils fussent capables de maîtriser sans peine presque tous les chevaux. Leur secrète ambition était de ne jamais être les perdants dans un conflit, ce qui impliquait pour règle de ne jamais entamer à priori une affaire où l'on ne pouvait avoir le dessus. On devait toujours aller sur le terrain en vainqueur, ou tout au moins avec le comportement d'un vainqueur. On ne devait jamais perdre la face. Cela était aussi valable dans les rapports avec les filles et là, c'était justement un impératif absolu.

Le seul point où ils différaient était que Milan considérait toute connaissance théorique avec le plus souverain mépris, tandis que Georgios éprouvait pour les livres une attirance presque magique. En l'occurrence, le jeune Angelovic n'avait guère besoin de lire car tout lui réussissait comme allant de soi. Amirutzès, au contraire, n'était aucunement en position d'acquérir quoi que ce fût qu'il n'eût étudié de près et à quoi il n'eût réfléchi jusque dans les moindres conséquences. Mais comme Milan restait néanmoins une sorte de modèle pour lui, il essayait de cacher cette faiblesse à son ami et il ne s'opposait à lui dans les discussions que lorsqu'il se sentait capable de traiter un sujet avec autant de facilité, d'aisance, que s'il l'eût connu par sa propre expérience et non grâce à ses lectures.

Lorsque leurs chemins se séparèrent, Georgios venait d'avoir dix-sept ans et Milan dix-huit. Prokopios avait atteint, en 1421, le premier et le seul grand objectif qui devait s'offrir à lui de toute sa vie. Il avait été envoyé par Polykarp à Trébizonde et là, il avait été prié d'entrer comme chambellan au service de l'empereur Comnène.

Polykarp apprit la nouvelle que son parent et collaborateur ferait bon usage de cette offre avec un tel détachement que Georgios soupçonna qu'il l'avait lui-même provoquée. Il ne devait pas déplaire au chef du clan Angelovic d'avoir une antenne au lointain empire de la mer Noire, car il comptait bien pouvoir continuer à considérer Prokopios comme son homme. A partir de Trébizonde, on pouvait facilement nouer des relations avec les successeurs des khans mongols, les seigneurs du Mouton noir et du Mouton blanc. Les Angelovic étaient apparentés, également, aux Comnènes. Polykarp laissa de bonne grâce partir son satellite vers Trébizonde pour toutes ces raisons. Il le munit d'ordres, d'informations et d'instructions qu'il pourrait toujours utiliser et qui, surtout, devaient servir ses propres intérêts, tout en faisant clairement sentir au voyageur l'utilité de ne jamais laisser se rompre complètement la liaison avec Novo Brdo. Il lui avança l'argent du voyage et lui promit de s'occuper personnellement de la vente des modestes propriétés des Amirutzès — promesse qui fut fidèlement tenue.

Milan Angelovic prit congé de son ami Georgios au cours d'une fête qui correspondait à ce que tous deux s'imaginaient être le comble de l'élégance. Il avait envoyé de la vaisselle et des couverts dans une maison de campagne que possédait son père au bord du lac de Tulare. Trois moutons avaient été abattus. Du vin en abondance, des musiciens et des filles complétaient la fête. Son frère aîné, Michaël, était invité ainsi que le prince Lazare, de la maison des Brankovic, deux jeunes Ragusiens, un Croate doué d'une voix ravissante, dont on disait qu'il était un espion professionnel et un vieil individu hirsute nommé Stjepan, qui vivait tantôt en ermite et tantôt des plus sales travaux qu'il exécutait pour un baquet d'eau-de-vie.

La fête dégénéra naturellement en une sauvage orgie de boisson, mais avant qu'ils ne fussent tous saouls — au point de ne plus pouvoir toucher aux filles — ils conclurent une alliance et se partagèrent le monde.

Le jeune Brankovic devait, avec Michaël Angelovic, dominer toute la Serbie. Milan Angelovic devait s'emparer de Constantinople et Georgios Amirutzès, depuis Trébizonde, administrer tout l'Orient lointain. Ils nommèrent le barbu patriarche de leur Eglise impériale encore à créer, le Croate fut promu bourreau et les deux Ragusiens, propriétaires du monopole d'Etat du commerce. Ils prêtèrent solennellement serment sur ce plan avant de rouler les uns après les autres sous la table ou de sortir vomir devant la maison.

Amirutzès avait envie de sourire chaque fois qu'il pensait à cette nuit ou au lendemain où leurs serviteurs durent les ficeler sur leurs chevaux pour les ramener chez eux. Mais avant que ce sourire ne se dissipât, il se demanda : avons-nous rempli notre contrat ? Là-dessus, un étonnement mêlé d'une certaine frayeur l'envahissait. Ils avaient en effet presque tous largement rempli les engagements de leur serment.

Le jeune Lazare Brankovic était régent de Serbie et Michaël Angelovic son Grand Voïvode. Milan, devenu Mahmud, était aux côtés du Sultan, devant Constantinople. Tous deux allaient sous peu s'emparer de la ville et, après qu'il aurait définitivement évincé Chalil Pacha, Mahmud deviendrait probablement Grand Vizir. Certes, la voix cristalline du Croate avait été réduite au silence par l'épée d'un bourreau hongrois et leur futur patriarche d'empire avait disparu sans laisser de traces dans les forêts où il gîtait de temps à autre.

Mais, sur les deux Ragusiens, l'un siégeait déjà au Rectorat de sa ville natale — les Serbes l'appelaient Dubrovnik — tandis que les navires de l'autre lui rapportaient des profits qui excitaient l'envie des Génois et des Vénitiens eux-mêmes.

Lui-même, Georgios Amirutzès, servait comme Grand Chambellan un empereur trébizondain maladif et passait pour l'homme le plus influent de tout le gigantesque territoire situé entre le Caucase et la frontière orientale de l'Empire ottoman. Plus important encore, était le fait que les Angelovic, les deux Ragusiens et lui-même n'avaient jamais laissé se rompre les liens qui les unissaient. De Trébizonde à Smeredovo, capitale serbe depuis 1430, d'Andrinople à Dubrovnik, on se renvoyait la balle et on s'adressait des messages secrets dont, ni Lazare Brankovic, ni les sultans Murad et Mehmet n'avaient jamais eu connaissance.

« En fait, nous sommes, songea Georgios Amirutzès, tandis que surgissaient entre les oreilles de son cheval, les ruines de la villa Bagration et de la ferme Sphrantzès, les souverains d'un empire invisible qui s'étend sur les Etats existants comme un entrelacs de champignons. Et bientôt nous entrerons dans sa véritable capitale, Constantinople, Milan le fera coiffé d'un turban et moi, toujours de mon béret noir. Mais, d'ici que Michaël nous rejoigne à son tour, cela pourrait avoir déjà changé. Angelovic, encore serbe actuellement, devra probablement changer de chapeau pendant le voyage du Danube au Bosphore. »

Un janissaire sortit, sabre au clair, d'un bosquet proche de l'appontement depuis lequel Amirutzès voulait traverser la Corne d'Or et lui ordonna de s'arrêter. Le janissaire montrait la résolution farouche à laquelle on entraînait les moines combattants du Sultan dans les couvents des Bektachis. Son visage osseux, au nez en bec d'aigle, semblait encore plus étroit qu'il ne l'était en réalité, à cause de la longue moustache qui pendait à chaque coin de sa bouche.

Cédant à une impulsion inattendue, Amirutzès lui sourit et lui dit en serbe :

— Pourquoi es-tu si méchant, compère? Crois-tu qu'un espion chrétien se promènerait ouvertement à cheval comme je le fais dans cette région?

Stupéfait, le janissaire recula d'un pas.

— Tu sembles être bosniaque? dit Amirutzès en mettant pied à terre, d'où es-tu?

— De Mostar, Efendi.

— Tiens! voyez-vous ça! Je suis de Novo Brdo. Depuis quand sers-tu le Padichah?

— Depuis... L'homme se gratta la tête et essaya visiblement de calculer. Depuis que le Sultan Murad...

— ... a porté l'étendard du prophète jusqu'à la Morava!

— J'étais encore un enfant lorsque j'ai appris à connaître la vraie foi.

— Et comment t'appelles-tu?

— Ibrahim, Efendi.

— Tu ne sais sûrement plus comment tu t'appelais autrefois?

L'homme hésita un court instant, puis il dit fermement :

— Non, Efendi.

Pauvre diable, songea Amirutzès, les gens comme nous jettent tout simplement leur nom de baptême comme un vêtement gênant et se font appeler Mahmud ou Selim parce que ça leur garantit un brillant avenir. Mais toi, on t'a persuadé de renier le tien au nom d'une nouvelle croyance. Malgré tout, tu y tiens encore, ça se voit et tu ne l'as pas du tout oublié.

Il montra son passeport à Ibrahim et demanda à traverser la Corne avec le radeau du poste de garde stationné plus bas. Le janissaire qui ne savait sûrement pas lire ne jeta qu'un coup d'œil sur le sceau du vizir attaché au papier. Il salua, portant la main à son turban, prit le cheval d'Amirutzès par la bride et le conduisit vers le rivage par un étroit sentier. Tout en admirant la démarche sûre et aisée du jeune homme, Amirutzès s'abandonna quelques instants au plus secret des sentiments qu'il nourrissait : une haine farouche pour Mehmet, son futur maître.

Le même sang que le sien coulait dans les veines d'Ibrahim, mais le Sultan l'avait volé pour s'en repaître. Ces janissaires d'origine bosniaque ou macédonienne n'étaient pas de bons soldats parce qu'on les avait fait élever en combattants fanatisés par des moines fanatiques, mais bien parce que leurs pères et leurs ancêtres avaient été les meilleurs guerriers du monde. Et, maintenant, le Grand Turc édifiait son trône avec leurs os.

Amirutzès chercha la poche de sa ceinture et se sentit involontairement soulagé lorsqu'il la trouva. Elle cachait, du moins il l'espérait, le moyen d'apaiser un jour sa haine.

Lorsque Ibrahim eut mené le cheval sur le radeau et lui eut remis la bride dans la main, Amirutzès posa son bras sur l'épaule du janissaire. Il l'attira vers lui et l'embrassa sur les deux joues. A voix basse, de façon que les autres n'entendissent pas, il lui dit en serbe :

— Dieu soit avec toi, mon garçon.

Puis il donna l'ordre de détacher l'embarcation du rivage.

L'année 1445 que lui avait rappelée le janissaire Ibrahim, Georgios Amirutzès en avait passé une grande partie à Sagres, sur le cap le plus à l'ouest du continent européen. Il y était arrivé un jour d'avril muni de lettres de recommandation de ses deux amis de Raguse et s'était fait précéder d'une traduction de l'*Almageste* de Ptolémée qu'il avait envoyée et dédicacée à l'infant Henri de Portugal. L'*Almageste,* le plus important ouvrage d'astronomie du monde antique, valait une fortune, mais Amirutzès espérait bien l'échanger contre une fortune de connaissances. Et lorsqu'il aperçut le cap pour la première fois, il sut qu'il n'avait pas fait un si long voyage pour rien.

Dans un vacarme assourdissant, des vagues hautes comme des maisons ne cessaient de se ruer contre la falaise de Sagres. Quelques-unes d'entre elles se prenaient au piège dans les failles de la roche et jaillissaient en l'air comme des fusées. Elles se dressaient quelques secondes en gigantesques colonnes d'eau vers le ciel pour s'abattre sur le plateau. Amirutzès n'avait jamais vu, au cours de son voyage, de paysage plus impressionnant. Un terrain nu sur lequel ne poussaient que des plantes grasses rampantes s'étendait sous la coupole vide du ciel. Autour de ces lieux, il n'y avait rien d'autre que le large : sur trois côtés l'océan et, sur le quatrième, une contrée plate à l'infini.

Le jour de son arrivée, il avait été accueilli par l'intendant de la Maison, Manuel, et il avait été d'abord soumis à un interrogatoire mené avec courtoisie mais aussi méfiance. Avait-il des relations avec Gênes ou Venise ? Quelle était sa position vis-à-vis de l'Espagne ? Avait-il fait ce long voyage depuis Trébizonde uniquement pour apprendre quelles nouvelles connaissances de l'image du monde Son Altesse Royale et ses collaborateurs possédaient ? Certes, l'intérêt que l'on trouvait à son travail flattait l'Infant et cela d'autant plus que Dom Georgios s'était montré un homme particulièrement savant en envoyant l'*Almageste* commenté par ses soins.

Oui, l'Infant avait étudié ce travail avec grand intérêt et il y avait trouvé beaucoup de choses qui lui étaient inconnues. Il espérait en conséquence obtenir de Dom Georgios d'autres connaissances qui étaient peut-être enterrées dans les archives de l'Orient. Etait-ce vraiment possible ? Quel plaisir s'en promettait l'Infant ! Une telle offre faciliterait naturellement à l'Infant le sacrifice d'un peu de son savoir, de choses qui étaient probablement encore étrangères aux savants de l'Orient.

Le visage de Manuel se plissa d'un sourire rusé.

— Nous autres, Portugais, dit-il, nous pensons plutôt en économistes. Nous ne donnons guère volontiers si nous ne recevons pas de contrepartie. Votre demande de séjourner quelque temps chez nous et d'être autorisé à apprendre aurait déjà été repoussée si nous n'avions pas eu l'impression de pouvoir tirer quelque chose de vous.

Amirutzès s'inclina.

— Espérons, Dom Manuel, que vous ne me surestimez pas.

— Ne vous faites pas de souci, Dom Georgios ! quelqu'un capable de compléter Ptolémée en citant des textes grecs dont nous ne connaissions, pour certains, même pas le nom, ce quelqu'un nous a montré sur quels critères on peut le juger.

Ils sortirent du bâtiment où la conversation avait eu lieu et se trouvèrent sur une place garnie de gravier blanc. A la lisière de cette place, s'élevait l'Institut, étonnamment modeste dans ses constructions. C'était un long bâtiment d'un étage surmonté de deux rangées de cheminées passées à la chaux, flanqué de deux maisons analogues mais plus petites et d'une chapelle, un peu à l'écart, avec un clocher ouvert. Il n'y avait rien de plus.

Manuel conduisit son protégé dans un corridor frais, pavé de pierre, sur lequel, à droite et à gauche, les chambres des membres de l'Institut s'ouvraient. Chacune d'elles possédait une cheminée à feu ouvert et n'avait qu'une seule fenêtre, était meublée d'un lit étroit, d'un coffre, d'une table et d'une chaise. Dans chaque pièce, un crucifix noir était accroché à l'un des murs passés à la chaux.

Manuel s'assit sur le coffre et regarda Amirutzès défaire ses bagages.

— Vous êtes venu avec un navire ?

— De Raguse, par Amalfi, jusqu'à Malaga.

— Malaga ? L'intendant sauta en l'air... Vous avez donc été chez les Maures ?

— Oui, fit Amirutzès négligemment, j'avais une lettre de recommandation du troisième vizir du Sultan turc, adressée à Moulay Hasan à Grenade.

Une expression horrifiée se répandit sur le visage de Manuel.

— Comment un chrétien de Trébizonde peut-il obtenir une lettre de recommandation de la main d'un prince des Infidèles !

— Très simplement, dit Amirutzès en souriant, le troisième vizir est mon cousin.

— Votre...

L'intendant mit du temps à digérer l'information.

— Puis-je vous donner un conseil, Dom Georgios ? Gardez cela pour vous, de préférence. N'en racontez rien à quiconque vit sur ce rocher.

— Et pourquoi pas ?

Manuel fut sur le point de répondre longuement, puis il se ravisa :

— Vous le découvrirez vous-même très bientôt.

— Mais vis-à-vis de vous, puis-je être franc ?

A cette question, Manuel changea de visage une deuxième fois. Il sauta en bas du coffre et commença d'aller et venir sur ses jambes un peu courtes.

— Si vous pouvez être franc avec moi ? Quelle question, Dom Georgios ! Manuel entend tout, apprend tout et garde tout pour lui. Et savez-vous pourquoi il est si silencieux ? Tout simplement parce que personne ne lui demande rien sauf : Les réserves sont-elles suffisantes ? Y aura-t-il, ce soir, une fois de plus, des haricots blancs ? Ou bien : Pourquoi mes draps n'ont-ils pas encore été changés ? Manuel est une bonne à tout faire masculine que l'on ne connaît que lorsque le vin est devenu aigre ou quand il n'y a plus de clous dans le chantier naval, en bas. Mais personne ne l'invite jamais à une discussion importante. On le croit tout juste capable de faire les additions de son livre de comptes ; pour le reste, on croit qu'il ne sait ni lire, ni écrire, ni penser. Il est, dit-on, le marchand de résine de Silves qui est venu un jour vendre un chargement de sa marchandise et qui est resté accroché là. Qu'il puisse être ici pour d'autres raisons, que ce qui se passe ici lui gonfle le cœur et lui accélère le pouls, cela ne viendrait à l'esprit de personne. Oui, Dom Georgios, voilà ce qu'est Manuel.

Il regarda Amirutzès d'un œil inquiet.

— Vous pouvez donc tranquillement être franc avec lui. Aucun être humain ne se soucie de ce qu'il sait.

Amirutzès posa la main sur l'épaule du petit homme excité et sourit de nouveau.

— Dans ma jeunesse, j'ai souvent dû prêter la main à la récolte de la résine, dit-il. Nous entaillions les pins et nous faisions bouillir cette résine jusqu'à ce qu'elle devienne noire et coriace. Ensuite, nous vendions le produit aux charpentiers de navires.

Il n'y avait pas un mot de vrai dans cette histoire, mais Amirutzès savait qu'il aurait besoin d'amis s'il voulait rester longtemps à Sagres.

Il montra quelques-uns de ses livres à Manuel, le laissa jeter un coup d'œil sur ses notes de voyage et bavarda sur des aventures qu'il avait eues et des choses qu'il avait apprises.

Manuel comprenait presque toutes ses paroles. Son latin était assez mauvais, en revanche ses autres connaissances étaient étonnamment étendues.

Leur récente amitié ne fut couronnée cependant que trois jours plus tard, lorsque Amirutzès plongea sous une caravelle dans le port pour en réparer la quille. Cet exploit lui apporta, outre l'affection de l'intendant, son admiration.

— Où as-tu appris, Georgios ? dit-il.

— A plonger ? Dans la mer de Marmara. J'avais pour ami un fanatique de natation.

— C'est lui qui t'a appris ?

— Non, je voulais lui ravir une fille et, pour cette raison, j'ai pris des leçons chez un pêcheur.

— Avec succès ?

— Pour la plongée, je fus bientôt aussi fort que lui.

— Ce n'est pas ce que je voulais dire, fit Manuel.

— Je sais, répliqua Amirutzès.

Ils éclatèrent de rire.

— En ce qui me concerne, déclara l'intendant, je mourrais de peur s'il me fallait plonger. Rien que la vue d'une grande étendue d'eau me remplit de terreur.

— Tu rêves pourtant de partir avec une des prochaines expéditions que l'Infant enverra au loin !

— Pourquoi pas ? Parmi les capitaines que je connais, nombreux sont ceux qui craignent la mer plus que moi, mais qui vont quand même à Madère, aux Açores et même plus loin.

Cela aussi fut bientôt confirmé à Amirutzès par d'autres bouches.

Le constructeur naval Pedro Laurenço avec lequel il se lia d'amitié l'introduisit dans le cercle des hommes qui transformaient en calculs précis et en actes les plans de l'infant Henri de Portugal.

Six ans auparavant, lui expliqua Laurenço, l'un de leurs navires avait atteint ce promontoire de la côte africaine qu'ils appelèrent le cap Non, parce qu'au-delà, il semblait impossible de continuer. Les capitaines avaient prétendu que, de l'autre côté de ce cap, la teneur en sel de l'eau était si élevée qu'un navire s'y enlisait.

— Mais il se révéla par la suite, continua-t-il, que ce n'étaient que ragots de marins, car deux ans après, un autre navire pénétra dans le lac de sel et y avança sans difficulté.

— Jusqu'où arriverez-vous lors du prochain voyage ? demanda Amirutzès.

— Cela dépend toujours de la dernière aiguade que nos hommes trouvent. Les côtes que nous avons découvertes jusqu'à présent sont très désertiques. Mais cet automne, nous mettrons trois grosses unités en chantier, parmi lesquelles un trois-mâts qui aura un haut château, non seulement à la poupe, mais aussi à l'avant. Avec ça, nous avancerons peut-être d'une façon décisive.

— Cela veut dire que l'Infant a l'idée que l'on pourrait contourner toute l'Afrique et atteindre ainsi l'Asie par-derrière ?

— Nous avons tous cette idée, mais je doute que je vive assez longtemps pour la voir se réaliser.

Lors de cette conversation, ils étaient assis sur la plage de la baie presque circulaire qui s'étend derrière Sagres. Près de Laurenço, un capitaine nommé Antao Gonçalves et son pilote, le jeune Nuno Tristao, étaient accroupis. Les deux hommes avaient des visages étroits et tannés. Tous les deux parlaient lentement et de façon réfléchie. Le portugais d'Amirutzès ne lui suffisait pas, et de loin, pour comprendre tout ce qu'ils disaient, mais il en saisissait assez pour être fasciné par leurs récits.

Des vagues dix fois plus hautes que le mât d'un navire ? Des côtes devant lesquelles on pouvait naviguer pendant des semaines sans voir une seule maison ou une seule créature vivante ? Des poissons plus longs qu'une caravelle et qui bondissaient néanmoins hors de l'eau comme des dauphins ? Tout cela existait-il vraiment ? Il commençait à comprendre que le monde était tout différent et beaucoup plus grand qu'il ne se l'était représenté. Le pays d'où il venait lui-même se rapetissait de plus en plus. Il devenait de plus en plus petit, perdait son éclat et son importance ; il n'était plus, à la fin, qu'un petit coin lointain dans une région totalement dénuée d'importance. Par moments, il était pris d'une sorte de vertige. Il se voyait au sommet d'une tour d'une hauteur gigantesque en train de regarder d'en haut ce qu'il connaissait. Alors la Méditerranée elle-même n'était plus qu'un étang et la mer Noire, une flaque en train de disparaître.

Ces hommes que l'infant Henri avait rassemblés sur le Cap lui semblaient les envoyés d'une nouvelle religion. Ils ne se reconnaissaient aucun Dieu et, provoquant le Dieu existant, ils n'en étaient pas moins épargnés par son courroux.

Mais cette impression ne dura pas très longtemps. Après qu'il eut fait plus ample connaissance avec Gonçalves et Tristao, il comprit qu'ils n'étaient pas démesurément téméraires, mais qu'ils étaient surtout capables de contrôler leur angoisse et qu'ils n'y parvenaient que parce qu'ils ne réfléchissaient pas trop au sens de leur travail. L'Infant disait : « Voguez au loin ! » et ils naviguaient aussi loin qu'il le pouvaient. L'Infant leur désignait un but encore plus éloigné, ils gouvernaient avec discipline dans sa direction. Ce faisant, leur expérience augmentait au point qu'elle devenait l'escalier par lequel ils ne cessaient de monter pour ajouter une nouvelle marche à son sommet. Et si aucun obstacle insurmontable ne s'opposait à eux, ils parviendraient à la fin à contourner l'Afrique. Cependant, ce n'était pas leur succès, mais celui de l'Infant que l'on nommait « Henri le Navigateur », bien qu'il fût lui-même à peine capable de faire naviguer un vaisseau et qu'il n'eût jamais pris part à un grand voyage.

En avril 1445, Henri ne séjournait pas dans sa station de recherche, mais à Lisbonne. Amirutzès fit sa connaissance après qu'il eut vécu six semaines au Cap et qu'il se sentit déjà presque chez lui. Mais, à cette époque, il en avait appris assez sur le fils du roi pour que celui-ci lui apparût comme un vieil ami lorsqu'ils se trouvèrent enfin l'un en face de l'autre.

— C'est donc vous, dit Henri, dans un latin adouci de chuintantes, qui m'avez envoyé cette remarquable traduction de l'*Almageste.*

— Je n'ai naturellement pas supposé, Altesse Royale, que vous ne connaissiez pas ce travail, répliqua Amirutzès, mais il semble que ma version de l'ouvrage soit un peu plus complète que celles qui circulent ici, en Occident. Elle n'est apparue qu'il y a peu de temps à Trébizonde en traduction arabe.

— Avez-vous traduit vous-même le livre en latin, Dom Georgios ?

— Avec l'aide de quelques amis. Mon arabe n'aurait pas été tout à fait suffisant.

— Mais vous connaissez cette langue ?

— Dans nos pays on ne saurait s'en passer, surtout si l'on travaille dans les domaines qui m'intéressent.

— Dans votre lettre, vous vous êtes donné pour géographe. Est-ce là la profession que vous exercez ?

— Non, j'ai seulement voulu indiquer que la géographie est

la science qui me fascine le plus. Si je voulais mentionner ma véritable profession, je devrais dire que je suis un des conseillers de l'empereur Jean de Trébizonde.

— Du Grand Comnène ?

— C'est ainsi qu'on l'appelle parfois, mais c'est une définition italienne qui, à l'origine, s'appliquait aux Turcs. De même que l'on parle du Sultan comme du Grand Turc, on dit aussi depuis longtemps de mon maître qu'il est le Grand Comnène. Comme Votre Altesse voudra bien le reconnaître, nous sommes déjà à moitié considérés comme des Ottomans.

Il y eut un mouvement dans le groupe d'hommes qui entouraient l'Infant dont le regard se dirigea vers un coin de la pièce nue où, comme dans toutes les autres chambres de l'Institut, l'austère croix noire avec le corps du Christ, était accrochée.

— Savez-vous, demanda-t-il, à quoi sert le travail que nous faisons ici ?

— D'après tout ce que j'ai appris, Votre Altesse Royale s'efforce d'élargir l'image du monde que nous connaissons.

L'Infant qui, par habitude, se tenait un peu courbé en avant, se redressa.

— Non, Dom Georgios, ce n'est aucunement cela. Nous ne sommes pas guidés par la seule soif de connaissances, nous avons aussi en vue le salut du Monde et le nôtre. Nous préparons une croisade pour vous sauver.

— Une croisade, Altesse ?

— Nous sommes en train de découvrir une voie qui doit nous conduire, en contournant l'Afrique, dans le dos des Infidèles. Nous libérerons Jérusalem et nous briserons le cercle dont les Turcs ont entouré Constantinople. Nous nous efforçons aussi de construire des navires qui pourront transporter notre armée sur cette longue route.

Un silence presque menaçant suivit ces paroles. Mais elles provoquèrent chez Amirutzès un trouble qui se teinta presque aussitôt d'une trace de mépris. « Faire le tour de l'Afrique pour aller à Jérusalem ? songea-t-il. Pourquoi ces messieurs ne prennent-ils pas le plus court chemin en traversant la Méditerranée s'ils veulent réellement venir à notre secours ? » Qu'était devenue son idée des moines froidement résolus qui ne servaient pas Dieu mais la science ? Qu'était devenu le portrait plus grand que nature de l'homme qui les avait groupés autour de lui et qui les commandait ?

Il regarda le visage intelligent d'Henri, vit des yeux qui ressemblaient à ceux d'un médecin rêveur et fut confronté aux fantasmes nébuleux qui flottaient au-dessus de toute l'Europe. Il perçut, là aussi, cet insupportable radotage sur le combat contre les Infidèles et la délivrance de Jérusalem qui ne servait plus depuis longtemps qu'à masquer une mauvaise conscience ou à chatouiller des nerfs amollis. Devait-il, même dans ce milieu, manifester l'habituelle adhésion purement verbale à la grande chrétienté une et indivisible à laquelle il n'avait encore jamais cru ?

Amirutzès se contraignit à donner à son visage une expression grave.

— Que Votre Altesse me pardonne, dit-il, mais vraiment, aucune nouvelle concernant une croisade en préparation ici n'est encore parvenue jusqu'à nous. Je suis d'autant plus heureux d'apprendre qu'à l'extrémité occidentale de l'Europe, on n'a pas complètement oublié les chrétiens menacés à l'Est. Nous n'osions plus y croire.

L'Infant retomba dans son attitude renfermée.

— Vous êtes le bienvenu, dit-il laconiquement, restez autant qu'il vous plaira. Nous parlerons de l'*Almageste* après le repas.

Le lendemain de l'arrivée de l'Infant, Amirutzès était avec Manuel sur la falaise qui dominait le port. Ils regardèrent le navire dont Amirutzès avait réparé la quille quelques jours auparavant. Soudain, Manuel gloussa et lui donna une bourrade.

— Combien de chevaliers croisés, dit-il, crois-tu que l'on puisse embarquer à bord d'un petit bateau comme celui-ci ?

— Eh bien, répliqua Amirutzès avec un sérieux bien joué, en plus de l'équipage, des vivres et de l'eau, cette caravelle pourrait transporter quinze à vingt hommes d'armes.

— Un corps de bataille redoutable, pas vrai ?

— Mais oui, mon cher, si vous envoyez dix navires, vous avez déjà une armée de deux cents hommes sur l'eau. Et si vous les multipliez par dix, il vous faut seulement cent navires.

— Y compris cent capitaines, deux cents pilotes et environ quinze cents matelots, tous bien formés et capables de réussir le voyage autour de l'Afrique !

Manuel rit à nouveau.

— Combien de soldats le Grand Turc peut-il mettre sur pied de guerre ?

Amirutzès hocha la tête.

— Je lui en accorderais à peu près quarante fois plus.

— Alors, tu vois !

— Ne te fais pas de souci, mon ami, je n'ai jamais pris au sérieux cette histoire de croisade. Pourtant, je me demande pourquoi l'Infant me l'a sortie.

— Ce sont seulement les douleurs de l'enfantement d'une nouvelle ère, dit l'intendant d'un air étrangement avisé.

— Et qu'apportera cette ère nouvelle ?

— La découverte d'un nouveau monde.

— Un nouveau monde ? Veux-tu dire l'Afrique ou l'Asie ?

Manuel montra la mer infinie.

— Je veux dire tout ce qui se trouve de l'autre côté de l'horizon.

Le geste était plein d'ampleur et les mots « nouveau monde » résonnèrent en Amirutzès comme le son d'une cloche encore jamais entendue.

Le Trébizondain de Novo Brdo resta six mois sur le rocher du bout de l'Europe. Lorsque le temps fut venu de partir — Piccolomini l'attendait à Vienne —, les espérances qui étaient nées en lui à la vue du Cap semblaient s'être accomplies totalement. A Trébizonde, en examinant des cartes mal dessinées, en lisant des descriptions du monde et des récits de voyages, en étudiant les antiques ouvrages d'astronomie de la bibliothèque, il avait pressenti pour la première fois que le monde avait un tout autre aspect que celui que l'on imaginait communément. Il avait été si violemment saisi par cette idée qu'il voulait la voir confirmée à tout prix. En conséquence, à côté de ses études de philosophie, il avait entrepris dans le plus grand secret des études de géographie. Il les avait poursuivies sur la mer Noire et sur le Bosphore, à la fin de nuits de beuverie, après les interminables débats avec Jean Bessarion et ses disciples. Il l'avait même fait dans la bibliothèque de Sergios Bagration, lors des fraîches matinées de printemps, tandis qu'Anna, ivre de sommeil, cherchait encore sur l'oreiller la place où sa tête avait reposé. Et cette étude avait fait mûrir en lui la résolution de partir un jour pour l'endroit où, comme il le savait par ses amis de Raguse, un prince portugais se préparait à vérifier toutes les théories sur la forme sphérique de la terre et la possibilité de contourner l'Afrique par l'expérience.

Il se trouvait donc là et savait désormais que ses pressentiments ne l'avaient pas trompé. Le monde était d'une immensité gigantesque, et ni Jérusalem ni Constantinople n'en étaient le centre comme on le croyait en Orient. De même, la Méditerranée n'était pas au centre de la terre, pas plus que l'enfer n'était sur ses bords.

Il n'y avait absolument aucun endroit dont on aurait pu dire que tout y commençait et que tout y finissait. Tous les points du globe avaient la même valeur. L'horizon ne marquait aucunement la frontière de l'infini ; il formait seulement une ligne qui séparait le connu de l'inconnu. On pouvait la repousser de plus en plus loin jusqu'à ce qu'un jour elle cessât totalement d'exister.

Tout cela, Amirutzès le savait naturellement moins du fait que l'on en aurait possédé une connaissance définitive à Sagres, mais surtout parce qu'il était capable de poursuivre de façon conséquente et logique les réflexions que l'on y avait amorcées. Cependant, Manuel lui fournit occasionnellement quelques matières inattendues de réflexion comme, par exemple, l'idée du « nouveau monde ».

Lors d'un des derniers dimanches qui précédèrent son départ, Amirutzès demanda à l'intendant combien de temps encore il allait jouer son rôle étrange sur le Cap — moitié fou de cour des autres et, grâce à son habileté à faire fonctionner l'Institut, moitié dictateur secret. Ils étaient assis au bord du rocher. A l'autre extrémité du territoire de la station, du côté de la terre, un petit cortège solennel conduit par l'Infant se dirigeait vers la chapelle dont la cloche luttait difficilement contre l'éternel hurlement du vent.

— Combien de temps vais-je continuer à jouer ce jeu ? dit Manuel. Jusqu'à ce qu'il n'ait plus de charme. Ou bien, ils me feront comparaître devant un tribunal religieux, ce qui rendra superflus tous les autres soucis de mon existence, ou bien je me retirerai à temps et j'apporterai mon savoir à une solide compagnie de navigation de Lisbonne, ou bien...

— Quoi ?

— Je dominerai un jour ma peur de l'eau et je monterai à bord de la prochaine caravelle en partance pour l'Afrique.

— Donc, dit Amirutzès en s'efforçant de donner à ses paroles le ton d'un conseil, ça devrait tôt ou tard se continuer à Lisbonne où le marchand de résine se fera armateur.

— Non, répliqua Manuel un peu abattu, il est plus probable

que je me ressaisirai vraiment un jour et que je plongerai dans la mer.

Puis il se tourna d'un seul mouvement de tout son corps et ajouta :

— Pourquoi ne viens-tu pas tout simplement avec moi ?

La question frappa Amirutzès comme un coup de poing, surtout parce qu'il ne se l'était jamais posée. Mais comme elle flottait dans l'air, il lui sembla soudain qu'elle venait du plus profond de lui-même.

« Oui, songea-t-il, pourquoi ne le fais-je pas moi-même ? Pourquoi ne pas continuer la route qui m'a mené jusqu'ici, pourquoi ne pas aller plus loin de la façon la plus directe : dans l'inconnu le plus total ? Ne serait-ce pas la meilleure des possibilités de se libérer d'un passé trouble et d'échapper à un étrange avenir ? »

Comme s'il avait lu dans ses pensées, Manuel dit :

— Qu'espères-tu faire dans ton trou de Trébizonde ? Que peut donc t'offrir la vie dans une Cour en train de s'effondrer, d'autant plus que les Turcs vous auront bientôt conquis ? Tout l'Orient est vieux et pourri. Il va tomber de l'Europe comme un membre malade. Aucun homme qui comprend les signes de l'époque ne regarde derrière lui ce qui fut un jour à Babylone, à Jérusalem, à Memphis ou à Constantinople. Laisse couler la Grèce et s'anéantir Rome ! Que ceux qui veulent combattre pour cela s'entre-dévorent ! Qu'est-ce que ça peut nous faire, à nous, qui avons cet Océan sous les yeux ? Nous savons qu'on peut, à partir d'ici, faire voile vers l'ouest et que l'on atteindra vraisemblablement une terre. Une nouvelle terre, Georgios, inhabitée et libre de la pensée fumeuse des civilisations caduques. On y respirera de nouveau et on pourra peut-être y recommencer l'Histoire depuis son début.

Il s'approcha encore plus près d'Amirutzès et sa voix baissa jusqu'à n'être plus qu'un chuchotement mystérieux.

— Sais-tu que l'on prétend qu'il y a plusieurs siècles, des Européens auraient vogué vers l'ouest à bord de petits bateaux et qu'ils seraient arrivés sur un territoire qui ne serait ni l'Inde, ni l'Arabie, ni ces îles du Soleil Levant que Marco Polo aurait vues ?

Amirutzès regarda le visage soudain enflammé de son ami.

— Non, Manuel, c'est tout nouveau pour moi, dit-il.

— Je le pensais bien. Dans le nord de l'Espagne et plus haut, vers la Bretagne, on dit que l'on chante des chansons où il en serait question. Mais pourquoi ce que disent les poètes anciens ne serait-il pas vrai ? Tous les rapports de nos chefs d'expédition ne témoignent-ils pas que l'inimaginable est souvent plus vraisemblable que le pensable ?

Il resta un moment les yeux fermés. Il n'avait plus rien du fou bienveillant pour lequel il se faisait passer et Amirutzès comprit tout à coup pourquoi il lui avait plu dès le commencement.

Un profond abattement s'empara de lui car, à un moment quelconque du discours bouillant de Manuel, il avait compris qu'il ne partirait en aucun cas avec lui, mais qu'il retournerait en Orient. Certes, il était exact que ce monde était vieux, pourri, malade, mais il ne l'avait pas quitté pour n'y plus jamais revenir. Il était allé en Occident parce qu'il voulait mieux le comprendre. Il avait besoin d'emmagasiner encore plus d'amertume qu'il n'en avait déjà en lui. En outre, son scepticisme inné lui interdisait de croire à des mondes nouveaux et meilleurs. Et, pour conclure, il y avait des liens qui l'attachaient au pays de son origine, fussent-ils nés de la haine ou de l'amour — où était la différence ?

Ils restèrent encore longtemps ensemble au bord de la falaise et, plus tard, dans la chambre de Manuel. Ils oublièrent les vêpres et la messe du soir. Trois jours plus tard, l'intendant reçut un avertissement pour cette raison et fut condamné à une série de pénitences dont la plus pénible consistait à se flageller jusqu'au sang sous la surveillance du supérieur de l'Institut. Amirutzès fut épargné parce qu'il était un invité ou parce qu'il avait placé dans sa chambre une petite icône de voyage à quatre panneaux.

Ils se virent pour la dernière fois la veille au soir du départ de la caravelle réparée par Amirutzès ; elle appareillerait sous le commandement de Gonçalves. Manuel raconta toutes sortes d'histoires, en désordre, des gaies aussi bien que des tristes.

— Au fond, dit-il, c'est très bien que je ne sache pas nager.

— Qu'y a-t-il de bien à ça ? demanda Amirutzès.

— On ne se débat pas trop longtemps quand le navire coule.

— Ce sont des sornettes de marins.

— Non, Georgios mon bateau coulera, je le sais avec certitude.

Lorsque Manuel prit congé, il fit comme s'ils ne devaient plus jamais se revoir. Le matin suivant, il avait effectivement disparu. Il n'avait pas obtenu l'autorisation de prendre part à l'expédition de Gonçalves. On supposa qu'il était monté clandestinement à bord. Mais on soupçonna aussi son ami le Trébizondain de l'avoir aidé. Amirutzès se heurta désormais à un sentiment de méfiance qui nuisit également à ses relations avec l'Infant. Il le considéra comme une incitation bienvenue à avancer son départ, du reste déjà prévu.

En partant, à cheval, il sentit un papier qui craquait dans la doublure de son pourpoint. L'intendant disparu l'avait probablement glissé dans ses bagages avant de quitter le rocher. C'était la copie d'une lettre d'Henri au roi Alphonse V de Portugal.

Le souverain s'était apparemment plaint auprès de l'Infant des frais que l'Institut de Sagres entraînaient pour les caisses de l'Etat, car Henri dressait dans sa lettre un compte contradictoire estimatif. Il énumérait les marchandises que ses navires avaient déjà rapportées d'Afrique et il ajoutait que si les routes qu'il faisait explorer pouvaient un jour être parcourues en toute sécurité, on pourrait tirer encore toutes sortes de profits des territoires nouvellement découverts et s'assurer un monopole commercial en Europe, unique en son genre. Il disait également s'assurer d'autres points d'appui en plus de ceux de Madère et des Açores. Il terminait en assurant que l'expédition la plus récente — d'après la date de la lettre ce devait être celle à laquelle Manuel s'était joint — allait probablement couvrir ses frais. Il avait ordonné au capitaine de s'emparer de solides nègres et négresses qui se vendaient très bien comme esclaves. Comme Sa Majesté le savait, on payait partout le prix fort pour des serviteurs à la peau noire.

Une remarque de Manuel ajoutait que l'original de la lettre était muni du sceau aux armes du grand maître des Chevaliers du Christ. Lorsque Amirutzès lut pour la deuxième fois la copie après le passage de la frontière portugaise, une sorte de satisfaction féroce l'envahit. Il sourit par la pensée à l'ami qui lui avait adressé ce signal secret, mais le miroir de ses souvenirs ne lui renvoya qu'un rictus malheureux et crispé.

Georgios n'apprit jamais où le voyage de Manuel s'était terminé ni à quelle distance au-delà de l'horizon il l'avait mené.

Lorsque le radeau du poste de garde des janissaires toucha la rive nord de la Corne d'Or, loin en aval de son point de départ, les sons des musiques militaires qui jouaient inlassablement, portés par le vent, arrivaient du lointain.

Avec le sentiment d'être un peu plus maître de lui qu'il ne l'était auparavant des souvenirs auxquels il s'était abandonné, Amirutzès poussa son cheval vers le sommet de la colline. Ces retours dans le passé, auxquels il se contraignait parfois lui permettaient de prendre ses distances avec la réalité. Il n'en avait pas besoin parce qu'il aurait été horrifié de devoir contempler des hommes en train de passer de vie à trépas, mais parce que l'idée seule du luxe de cruauté dont Mehmet faisait étalage en ces occasions le dégoûtait. Il était endurci presque jusqu'à l'insensibilité contre la mort d'autrui ; cependant le genre d'exécutions en masse, comme celles que le Sultan ne cessait de mettre en scène, touchait un nerf qu'il ne contrôlait qu'avec peine et qu'il devait, de ce fait, cuirasser avec plus de soin que d'autres organes sensoriels.

Pour le protéger, il ne suffisait pas d'évoquer les orgies de tortures, d'empalements et de mutilations que célébrait en Valachie un voïvode chrétien nommé Vlad Dracul et de se dire que ces cruelles façons d'exécuter étaient simplement la manifestation d'une barbarie née de l'effondrement de toutes les notions de valeurs ou de l'insécurité d'un monde troublé au plus profond de lui-même. Lorsqu'il voulait maintenir ce nerf en repos, il devait plutôt se mettre dans un état où il enregistrait de très loin tout ce qui se passait autour de lui et filtrait cependant toutes les images et les impressions avant que le cerveau ne puisse les enregistrer. Il s'agissait, en fin de compte, de prêter à l'événement auquel on assistait un sens secret. Et la mort imminente de trente-trois prisonniers servait en réalité à atteindre un but que visait aussi Amirutzès : la prise de Constantinople. Il s'était depuis longtemps trop endurci contre ses propres contradictions pour le nier. Malgré, ou peut-être à cause de cela, s'armer pour l'événement lui coûtait des efforts.

Il songea aux journées de Saint-Jacques-de-Compostelle où, après son départ du Portugal, il était arrivé juste à la fin des fêtes de l'Année sainte. La ville grouillait de pèlerins venus de tous les coins de l'Europe. Ils chantaient des litanies, le visage ombragé par les ailes de leurs grands chapeaux ornés de coquillages et suivaient leurs guides d'une église à l'autre. Ils s'étaient lavés à des fontaines et avaient dressé des tentes dans les bois environnants ou bien s'étaient assis devant les innombrables tavernes, mangeant du pâté de poisson et grignotant des gâteaux aux amandes.

A côté des festivités où s'enchevêtraient des processions et des messes, des moines exposaient de gigantesques tableaux qui représentaient les atrocités des Turcs en Grèce, jeunes filles violées, vieillards décapités, enfants jetés au feu. Des fenêtres des églises qui s'effondraient jaillissaient des flammes d'un rouge vénéneux. Des soldats turcs faisaient boire leurs chevaux dans les fonts baptismaux et un sultan gras et bouffi, avec sur la tête les cornes du diable, était debout devant une montagne de vases sacrés en or. Les tableaux étaient brutaux et grossiers, les peintres n'avaient pas lésiné sur les seins et les cuisses nues. A la lueur des torches que l'on allumait devant eux le soir, ils prenaient une sorte de vie clignotante.

Lors de cette étape de son voyage, Amirutzès se joignit à une troupe de pèlerins qui rentraient chez eux. En arrivant dans la vallée de la Charente, il s'aperçut qu'il était plus économique de s'écarter du chemin des pèlerins et d'emprunter les routes secondaires. Contre l'argent qu'on lui demandait pour deux œufs, sur la route habituelle des armées, il obtenait dans les auberges qui voyaient rarement des étrangers un poulet rôti ou un pichet de vin.

Lorsque, à quelques lieues à l'est de Cognac, il eut dépensé tout son argent, il vola, tua et enterra le premier marchand voyageant seul qu'il rencontra. Il aurait tenu pour trop dangereux de le laisser en vie car il ne savait pas si, en France, on recherchait les voleurs avec acharnement.

Un peu plus tard encore, il découvrit qu'il y avait partout, dans ce pays, des monastères et des seigneuries aux portes desquels il n'avait qu'à se présenter comme Grec byzantin pour être aussitôt accueilli. Les plus cultivés des dignitaires religieux ou laïques s'intéressaient à tout ce qui se passait au lointain Orient. Il s'asseyait près de leur cheminée, buvant leur vin, et couchait parfois avec des dames nobles ou des bourgeoises sans que leurs maris en parussent particulièrement choqués. Il leur racontait un mélange soigneusement dosé de fables et de vérités.

Les femmes, il le voyait à leur attitude, essayaient souvent de l'imaginer sous les traits des statues grecques qu'elles connaissaient à travers des récits, elles le regardaient alors comme elles l'eussent fait d'un lanceur de javelot nu ou du discobole, et rougissaient lorsqu'il les surprenait. Mais, vers la fin de son voyage, ce jeu finit par lui déplaire.

Ils ne savaient rien, ces Occidentaux, absolument rien. C'est pourquoi, devant eux, il se cacha de plus en plus dans l'ombre qui garantissait son existence véritable.

Dans le costume noir à la mode au Portugal, il parcourut enfin les ruelles obscures et les places ombragées par les cathédrales des villes allemandes. Il était un corbeau parmi les bourgeois et bourgeoises endimanchés, une apparition impressionnante avec ses cuisses puissantes dans le maillot étroit, avec un pourpoint ajusté, une fraise tuyautée et un manteau demi-long qui laissait voir l'épée mais cachait la dague qu'il portait en plus.

Il avait aussi rapidement appris qu'un étranger insolite trouvait très vite l'accès d'arrière-salles cachées où des hommes riches et influents se réunissaient. Ils s'asseyaient autour de tables qui pliaient sous le poids des victuailles et des cruches de vin. Ils étaient loquaces, sociables, souvent vantards et ils essayaient d'abord de faire rouler sous la table tous les nouveaux venus. Celui qui surmontait cette épreuve était accepté et il se retrouvait bientôt dans d'autres endroits, des maisons privées ou publiques.

Ces dernières étaient principalement des établissements de bains, lesquels prétendaient servir à nettoyer les corps, mais, en réalité, surtout à faire connaissance avec des femmes. On s'asseyait dans des baquets à côté de ravissantes créatures roses.

Au besoin, une sorte de toiture en toile était descendue sur la baignoire. Aux moments les plus forts de ces opérations, les cris de volupté et les hurlements des ivrognes se mêlaient aux appels au calme des filles de service, dans les pièces chaudes et basses de plafond.

Amirutzès vit plus d'une fois la femme avec laquelle il avait passé la soirée le croiser le lendemain dans la rue, jamais coiffée du bonnet rouge des putains, mais dans la robe brodée des bourgeoises honnêtes. La plupart d'entre elles ne baissaient même pas les yeux, elles lui souriaient ouvertement ou même le saluaient. Quant à lui, il considérait ce que l'on appelait bonnes mœurs et décence plus ou moins comme une forme d'hypocrisie, en s'étonnant souvent de la licence qui régnait dans ces villes allemandes. Après ses expériences d'Espagne et du Portugal, il la trouvait extrêmement rafraîchissante.

A Vienne, il rencontra non seulement Piccolomini, mais aussi une femme qui ne ressemblait pas le moins du monde à Anna et qui, cependant, la lui rappela. Surtout, d'ailleurs, parce qu'elle s'appelait, elle aussi, Anna. Son nom de famille était italien et elle était mariée à un dignitaire de la Cour. Amirutzès comprit cependant plus tard que toute femme avec laquelle il aurait pu s'entretenir comme autrefois avec elle, c'est-à-dire comme avec un homme, lui aurait rappelé Anna.

Il la connaissait depuis trois jours lorsqu'elle lui dit :

— En me déshabillant, commencez par le haut. Votre ami a écrit une poésie sur ma poitrine.

Amirutzès qui, sous la robe retroussée avait posé les mains sur ses hanches, leva la tête et lui demanda :

— Une poésie où il est question d'un pétale de rose ?

— Comment le savez-vous ?

— Je connais toutes les œuvres de Silvio, répliqua-t-il en commençant à délacer son corselet.

Ils étaient sur un balcon dans la cour intérieure de l'auberge du Bœuf d'Or. Au-dessus de la forêt des toits crénelés et pointus couverts de tuiles, le soleil commençait à s'éteindre. Des cages suspendues à presque toutes les fenêtres les trilles de douzaines d'oiseaux prisonniers montaient vers le ciel.

Anna, appuyée contre un pilier dit, avec une nuance de reproche :

— Toujours cette hâte. Presque comme en guerre.

« La guerre paraît te plaire », songea Amirutzès.

Au-dessous de leur retraite, brillait la fenêtre du restaurant où Piccolomini avait organisé un colloque. De temps à autre, quand les oiseaux faisaient moins de bruit, sa voix montait jusqu'à eux.

Parmi les quelques amis d'Amirutzès, Georgios Sphrantzès et Milan Angelovic inclus, c'était Silvio Piccolomini qui lui était le plus cher. Picco paraissait un enfant innocent au fond, qui s'efforçait d'imiter toutes les perfidies, les ruses et les artifices des adultes et de les porter à une telle perfection que, finalement, il fallait le considérer comme un maître de l'intrigue et du double jeu. Picco forgeait des complots, posait des pièges où même des hommes puissants se prenaient et il ne reculait pas devant les plus sombres calomnies. Mais quiconque y regardait de plus près remarquait bientôt qu'en exerçant tous ces talents il voulait seulement prouver qu'il était capable de ce genre de choses. Il semblait rarement poursuivre un but véritable et il devait agir par pur plaisir.

Son malheur, songeait Amirutzès, vient de ce qu'un génie créateur maladroit a mis trop de dons dans un corps imparfait.

Il y a en Picco un escrimeur, un danseur, un meneur d'hommes, un rhéteur, un philosophe, un poète et un grand amant, mais les nerfs, les muscles et le caractère dont il dispose suffisent seulement à incarner quelques-unes à peine de ces qualités. Ainsi, il écrit ses vers pendant la nuit ou bien il dicte dix pages à la file de brillante prose latine, alors que pendant le jour tous les autres personnages qui se cachent en lui le tourmentent. Peut-être trouvera-t-il un jour l'énergie nécessaire pour se débarrasser de ses oripeaux et nous montrer qui il est en réalité.

Amirutzès ne considérait pas comme impossible que ce Piccolomini-là ne puisse plus tard se montrer sous les traits d'un saint.

— On va nous rechercher, dit l'Anna de Vienne, si nous ne rentrons pas bientôt.

— Et que se passera-t-il si on nous trouve ?

— On n'en viendra pas jusqu'au duel, en tout cas.

— Pourquoi pas ?

— Parce que je devrai en dissuader mon mari. C'est un brave homme et un mauvais bretteur.

Il leva les sourcils et regarda la femme en face comme pour la jauger. Amirutzès comprit ce qu'elle n'avait pas exprimé : son cadavre, dans le pire des cas, descendrait le Danube avec un coup de couteau dans le dos.

Entre les usages de Novo Brdo et ceux qui régnaient à Vienne, il semblait n'y avoir que peu de différence.

— Parle-moi d'elle, demanda-t-elle après qu'il eut vérifié soigneusement l'ordonnance de sa robe en tournant autour d'elle.

— De qui ?

— Eh bien, de celle qui est allée chez les Turcs.

— Que sais-tu d'elle ?

— Ce que ton ami le poète en raconte.

— Alors, tu ne sais rien.

— Naturellement non, répliqua-t-elle avec une gravité inattendue, c'est pourquoi je te le demande.

Amirutzès fut sur le point de lui répondre négativement, mais il céda à un brusque sentiment qui mêlait étrangement tristesse et mal du pays.

— D'accord, dit-il, quand ?

Elle fixa une date et lui indiqua le chemin menant à un rendez-vous de chasse dans les collines qui dominaient la ville.

— Trébizonde, dit Anna, cela résonne comme si quelqu'un avait inventé ce nom.

— Trébizonde, répliqua Amirutzès, tu ne peux probablement pas l'imaginer.

Il alla jusqu'à la fenêtre d'où l'on pouvait contempler tout Vienne et lui fit signe de le rejoindre.

— Cette ville, dit-il, qui s'étend là, au milieu de vertes prairies et qui enserre les maisons de ses remparts au point qu'elles doivent se dresser, hautes et pointues vers le ciel, qui laisse entre elle et le grand fleuve, là-bas, un si grand espace que l'on a l'impression qu'il lui fait peur, cette ville est toute différente de celles que nous bâtissons. Les nôtres se pressent au bord de l'eau et s'avancent même parfois jusque dans la mer. Elles s'étalent largement dans le paysage, sont elles-mêmes des paysages de pierre et élargissent constamment leurs ceintures de murailles. Prends par exemple Trébizonde. Elle a l'air d'un amphithéâtre. Elle gravit la montagne jusqu'au château impérial qui a été construit sur une plate-forme artificielle. Elle est traversée de défilés où bruissent des ruisseaux torrentueux. Sur les toits de la ville basse, il pousse des fleurs. Sur toutes les places jaillissent des fontaines. Une large avenue borde la mer. Derrière, il y a les bazars et les quartiers des artisans, puis viennent les maisons des marchands et des hauts fonctionnaires, enfin les monastères et le palais d'or des Comnènes.

— D'or ? dit Anna un peu incrédule.

— L'expression n'est pas tout à fait fausse. Quand le soleil descend sur la mer, il flamboie comme un château de conte de fées. Et quand il éclaire les terrasses à la verticale, il faut fermer les yeux tant le reflet des sols de marbre vous éblouit.

— Et où habites-tu ?

— J'ai une maison en bas du grand escalier qui mène au palais.

— Et tu y as vécu avec... elle ?

— Non, dit Amirutzès. L'Empereur, dont elle est une parente, lui avait fait installer une suite de chambres dans le palais.

Il s'éloigna de la fenêtre en entraînant la femme avec lui.

La maison où ils se trouvaient prétendait être un rendez-vous de chasse. En réalité, c'était un nid d'amour qui appartenait, lui avait dit Anna, à son mari. Elle ne l'utilisait que lorsqu'il se trouvait à Innsbruck ou à Graz avec le roi Frédéric. Anna avait trois enfants, trois garçons. Elle était grande, blonde comme les blés, d'une stature vigoureuse et bien en chair. Ses façons d'être avec Amirutzès tenaient d'une négligente camaraderie. Dans les conversations comme en amour, elle allait toujours à l'essentiel.

— Raconte ! disait-elle, comment était donc cette... autre Anna ?

— Pourquoi hésites-tu toujours quand tu vas parler d'elle ?

— Je n'en sais rien. Peut-être parce que je pense à la façon dont le petit poète parle d'elle. On ne peut imaginer qu'une telle femme ait vraiment existé.

— Oui, dit Amirutzès, ce n'est pas facile de la décrire. Du reste, elle existe encore.

— Raconte !

— Souvent, dit-il pensivement, je pense que c'est nous, Sphrantzès — un ami —, Piccolomini et moi qui avons réellement créé Anna. Elle a toujours été pour chacun de nous ce qu'il voulait qu'elle fût. Pour le petit Picco, quelque chose entre Diane et Vénus, pour Sphrantzès, une princesse-enfant et pour moi...

— Quoi ?

— J'ai longtemps cherché à découvrir comment elle était en réalité, six ans durant, rien qu'à Trébizonde. Mais je n'ai fait, en vérité, que lui attribuer faussement mes propres fantasmes, pensées, points de vue, projets et rêves et même, pour finir, mes particularités. Et juste comme je croyais la connaître vraiment, elle m'a échappé.

L'Anna de Vienne rit doucement.

— Crétin, dit-elle, comment oses-tu croire que tu connais si bien une femme ?

— Il en était de même pour nous tous, auprès d'elle. Elle nous provoquait tout simplement.

— Rien d'étonnant qu'en fin de compte elle soit allée chez le Turc.

— Il y a environ un an, dit Amirutzès, qui par ailleurs détestait être questionné, je dus faire un voyage assez long. Il me mena chez Ibrahim Beg, le souverain des Karamans et, auparavant dans le territoire du Mouton noir qui jouxte le nôtre. J'emmenai Anna avec moi.

— A cheval ?

— Elle montait comme un homme.

— Monter à cheval..., murmura Anna rêveuse.

— Quiconque n'est jamais allé là-bas, dit Amirutzès, ignore ce qu'est monter à cheval. Au printemps, les plaines sont comme une mer verdoyante. Tu lâches les rênes à ton cheval et il galope si vite que tu crois voler. Les hommes du Mouton noir et du Mouton blanc vivent en selle. Ils attendent toujours que l'un d'entre eux lève son sabre et crie « Suivez-moi ». Mais ils auraient galopé derrière Anna si elle leur avait seulement fait un signe du coin de l'œil.

— Derrière une femme ?

— Ces nomades ne sont pas encore complètement habitués à cacher les femmes dans le harem. Ils étaient aux pieds d'Anna. Il aurait fallu que tu le voies pour le comprendre.

— Je crois que je commence lentement à la voir.

— Oui, dit Amirutzès étonné, en fait c'est tout à fait simple : un cheval ventre à terre et elle dessus. Au fond, il n'y a rien de plus.

Il s'enfonça dans une longue rêverie dont l'Anna de Vienne dut le tirer.

— Et après ?

— Je ne sais trop quand, plusieurs fois au cours de ce voyage, je lui ai dit quel pouvoir elle exerçait sur les hommes, surtout les hommes simples de là-bas, des hommes particulièrement virils. Je lui en avais également parlé à Trébizonde lorsqu'elle avait appris qu'elle ne pouvait pas avoir d'enfant. Mais cela ne m'est apparu clairement que lorsque nous étions chez les nomades.

— Que lui as-tu dit ?

— Qu'elle était un vase d'élection pour les rêves. Elle était enveloppée de rêves, les siens et ceux dont nous l'entourions. Elle attirait les rêves et les rendait visibles : des rêves virils. Ceux qui faisaient sa connaissance croyaient soudain pouvoir accomplir des actions auxquelles ils n'avaient pensé qu'en rêve. Pour nous, Sphrantzès, Piccolomini et moi, cela nous chatouillait seulement les nerfs, nous trouvions plutôt amusant qu'elle fût ainsi, mais pour des gens comme ceux qui entouraient Usun Hasan ou Ibrahim Beg, ça leur passait directement dans le sang et...

— Et quoi ?

— Anna a vite compris ce que je voulais dire. Elle s'était toujours crue une impératrice secrète. Et voilà que je lui disais qu'elle était une impératrice, une impératrice née, qui possédait le don de conduire les hommes ou, du moins, de les orienter.

— Tu lui as vraiment dit cela ?

L'Anna de Vienne jaugea Amirutzès d'un regard où semblaient se mêler l'étonnement et une sorte de colère.

— Je crains que oui, répliqua-t-il.

Ce fut le tour de sa partenaire de se plonger dans une longue méditation.

— Et ensuite, dit-elle enfin, tu as jeté ton Anna directement dans les bras de ce sauvage.

— Oh, dit-il, le sultan Murad est tout autre chose qu'un sauvage. Mettez-le dans des vêtements occidentaux et il pourrait faire carrière à Vienne.

— Tu veux dire qu'il pourrait me plaire ?

— J'en suis absolument sûr, dit Amirutzès en souriant.

— Bon, alors, dit Anna avec un regain d'intérêt, où l'as-tu perdue à son profit ?

— En fait, déjà à Konya. Cette ville, il faut que tu le saches, est une sorte de conte oriental. Mosquées et palais de toutes les couleurs de l'arc-en-ciel, patios ombragés, mers de tulipes, de narcisses, buissons de lilas et, comme partout chez les Turcs, des fontaines qui chantent. La musique de l'eau est une perpétuelle mélodie qui souligne tous les autres bruits. Ajoute la foule dans les rues : derviches avec de hauts bonnets de feutre, cheikhs de Mamelouks en robe blanche avec des keffiehs de couleur, Persans enturbannés et chefs kurdes dont les pantalons bouffants bleus, verts ou jaunes tombent sur des bottes molles sans talons. Le matin, peu avant le lever du soleil, lorsque tout est encore silencieux, le premier muezzin commence à chanter, puis le prochain attaque, puis un troisième, un quatrième. Leurs voix se joignent en un canon à plusieurs parties, elles se jouent alentour, s'enflamment et se taisent l'une après l'autre, tout comme elles ont commencé à chanter. Il faudrait être vraiment blasé ou chrétien convaincu pour ne pas succomber à de telles impressions.

— Et ton Anna leur a succombé ?

— Moi aussi, dit calmement Amirutzès. Elles m'accoutumaient à l'avenir qui nous attend tous. A cela s'ajoute encore que nous rencontrâmes à Konya un envoyé de Murad, un ancien chrétien que je connaissais depuis ma jeunesse. Il nous invita à le suivre à Amasya où résidait le Sultan qui avait déjà abdiqué. Je voulais en fait rentrer à Trébizonde par le plus court chemin, mais Anna me persuada d'accepter l'invitation. C'est ainsi que c'est arrivé.

— Comment ?

— Murad nous offrit un festin deux jours après notre arrivée et, déjà, il était obligé de se forcer pour ne pas regarder Anna et seulement elle, bien qu'elle mangeât séparée des hommes, derrière une grille. Le matin suivant, nous allions continuer notre voyage mais comme on venait de sortir nos chevaux de l'écurie, le Sultan arriva à cheval.

— Vous voulez vraiment déjà partir ? me dit-il à moi et non à elle.

— Non, dit Anna.

Et tout de suite après, elle fut en croupe derrière lui et ils partirent tous les deux.

— Simplement comme ça ?

Amirutzès inclina la tête.

— Anna, la Viennoise réfléchit quelques secondes, puis elle battit des mains.

— Brava... brava, bravissima... Maintenant, je suis vraiment fière de m'appeler Anna.

Puis elle éclata d'un rire qui lui coupa le souffle durant un bon moment.

Amirutzès qui, d'abord, avait eu l'impression de recevoir une douche froide, constata soudain que, pour la première fois, il pouvait se rappeler sans souffrance la scène au portail du selamlik d'Amasya. Cette découverte s'accompagna d'un sentiment de tendresse débordante pour la grande femme blonde debout devant lui et qui, les poings sur les hanches, pouffait de rire interminablement.

Au bout d'un moment, Anna redevint aussi sérieuse qu'elle avait été gaie auparavant. D'un geste affecté, elle souleva un peu sa robe et ordonna :

— Laisse-moi seule une demi-heure.

— Pourquoi ? demanda-t-il d'un air assez soumis.

— Je vais prier pour Anna, déclara-t-elle.

Une étrange lumière d'un bleu violacé ruisselait sur la Corne d'Or et sur la ville. Comme un bloc ciselé par l'ombre, Constantinople s'étendait au-dessus de l'eau qui miroitait encore. Une puissante tour de nuages noirs bordés de blanc se dressait au-dessus de la rive asiatique et semblait réduire tout le paysage aux pieds d'Amirutzès à la taille de jouets.

L'air était parfaitement immobile et ce silence aspirait même les éclats des fanfares, de sorte que, tout en entendant encore les cors, les trompettes et les flûtes, on les percevait en fait à peine. C'était comme s'ils n'avaient pas fait partie de ce monde.

La monture d'Amirutzès semblait, elle aussi, éprouvée par cette étrange atmosphère. Aux endroits montueux du chemin, elle avait montré des signes de fatigue. La jument agitait ses oreilles et ses naseaux dilatés cherchaient à découvrir une situation nouvelle et inhabituelle.

Son cavalier au contraire, avait le sentiment qu'un orage se préparait, bien qu'il n'y en eût aucun signe perceptible. Des frissons incontrôlables couraient sur sa peau, qui ne pouvaient venir ni de la chaleur ni du froid car il faisait exceptionnellement doux. Il utilisa une des formules préférées du répertoire de Piccolomini et songea que « le monde retenait son souffle » pour se demander aussitôt pour quelle raison il aurait dû le faire. Peut-être à cause des trente-trois hommes qui devaient mourir ce même jour ? Comme si tous les jours trente-trois hommes ou plus n'eussent pas été mis à mort quelque part, d'une façon analogue ou encore plus atroce !

On entendait à peine un cri de la part des futures victimes de l'exécution. Ils devaient être déjà transpercés et ils avaient dû s'évanouir, à moins que les bourreaux ne les eussent assommés pour faciliter le travail, bien que cela contrevînt à toutes les règles.

La cérémonie à laquelle Mehmet l'avait invité ne consistait qu'à dresser les pals les uns après les autres et à démontrer ainsi, trente-trois fois, ce que l'ennemi devait attendre de lui. Pour cela, il fallait que l'obscurité fût encore plus profonde et plus rouge la lueur des torches de goudron.

Il y avait longtemps qu'Amirutzès ne gaspillait plus ses pensées pour les condamnés. Il lui suffisait de savoir que Georgios Sphrantzès ne se trouvait pas parmi eux, encore que cela l'étonnât. Lorsque l'on avait appris dans le camp turc que les Constantinopolitains projetaient une attaque nocturne contre la flotte transportée par-dessus la montagne de la Corne d'Or, il avait aussitôt soupçonné son ancien camarade d'études d'avoir conçu et organisé cette opération. On avait dit à Galata que les membres de ces groupes de choc approcheraient les navires à l'ancre avec des canots ou à la nage pour les incendier et les faire sauter. Qui, dans toute la ville aurait été plus indiqué pour cette entreprise que Georgios ?

Cependant, après que l'on eut capturé sans peine les membres de l'expédition, on n'avait cité que des noms que, ni lui, ni Mahmud, ni Chalil Pacha, ne connaissaient. Le Grand Logothète n'avait visiblement pas fait partie de la bande disparate lancée dans ce coup de dés — ou bien il avait pu se sauver à la dernière minute.

Le cheval d'Amirutzès avait pris une allure lente et hésitante. Il ne se donna pas la peine de le pousser.

Le nuage qui planait au-dessus du Bosphore semblait réduire le rassemblement des dignitaires et des soldats sur les lieux de l'exécution à la taille de poupées. Ils étaient debout, perdus sur la colline à gauche du Kison. Les janissaires, les sipahis, les cuirassiers et les supplétifs étaient figés dans la position qui leur avait été prescrite.

Les diplomates, les derviches et hauts fonctionnaires qui ne cessaient d'arriver, affichaient un mélange de raide dignité et d'efforts pour se déplacer avec naturel. Dans l'ensemble, ils étaient néanmoins semblables à un troupeau de moutons cherchant refuge devant un orage naissant.

« Au mieux, songea Amirutzès, ils devraient se presser les uns contre les autres, toutes les têtes ensemble et le derrière tourné contre le vent. Les plus cruels d'entre eux ne peuvent pas avouer que la vue de gens en train de mourir les excite et les plus sensibles se persuadent qu'il est administrativement nécessaire de le supporter en faisant bonne figure. Ils croient que l'événement a un sens profond parce que seule cette croyance consolide les positions qu'ils occupent. »

Amirutzès, quant à lui, se faisait peu d'illusions sur les raisons qui justifiaient sa présence. La voie où il s'était engagé à Novo Brdo l'avait amené à cette écorcherie. Il s'agissait donc de persister à poser à l'invincible et à ne faire qu'avec soi-même le compte des défaites subies. Etre venu jusqu'ici était une défaite, inévitable, mais d'un autre côté, presque souhaitée.

Au cours de ce genre de réflexions, Amirutzès mettait souvent la main dans sa poche de ceinture. Elle ne recelait rien d'autre qu'une carte dessinée par lui qui montrait le monde tel qu'il était, d'après tout ce qu'il savait : Constantinople, un point parmi beaucoup d'autres sur la terre, mais aucunement son centre. Mehmet faisait exécuter trente-trois hommes parce qu'il ne le savait pas. Donc, la défaite que le Sultan devrait subir tôt ou tard serait beaucoup plus cruelle que celle d'Amirutzès.

Alors que le Trébizondain approchait de l'enclos destiné à

garder les montures des invités, il vit une cavalcade qui, venue de Galata, se dirigeait vers la scène du spectacle. Etincelant de bijoux et paré d'aigrettes comme toujours, son ami d'enfance, Milan Mahmud, galopait à sa tête. Le vizir montait un cheval aussi noir et brillant que ceux du Sultan étaient blancs. Il tenait les rênes serrées de façon que la superbe courbe de l'encolure de son arabe fût bien mise en valeur et que son tempérament s'extériorisât dans une résistance farouche contre le bridon. La bête dansait, lançait ses antérieurs en avant, tentait de bondir au galop, mais elle ne parvenait qu'à attirer les regards de tous sur ce spectacle.

Amirutzès se sentit piqué de jalousie en voyant son ancien compagnon étalant ainsi sa réussite, et il se demanda ce qui avait bien pu changer depuis les jours de Novo Brdo. Avait-il vraiment rompu les rapports de subordination qui soumettaient autrefois son père aux Angelovic ? A l'époque où, loin de la Serbie, il avait conquis un véritable pouvoir sur un empereur à Trébizonde, Amirutzès avait souvent réussi à s'en persuader. Mais, chaque fois qu'il rencontrait Milan Mahmud, cette conviction se dissipait comme fumée dans le vent. Il redevenait alors le fils de Prokopios Amirutzès, capable, élégant, mais qui ne réussissait jamais vraiment. Il essayait alors d'apprendre du fils de Polykarp Angelovic, beaucoup moins élégant mais plus habile que son père, comment réussir dans le monde et cela, bien que Milan Mahmud en sût beaucoup moins que lui-même sur ce monde.

Pourtant, d'un autre côté, c'était justement son ignorance qui le rendait sûr de lui et à son aise ! Cela expliquait en partie sa brillante carrière au service de deux sultans ottomans.

Lorsque George Brankovic, roi de Serbie, avait donné dix-huit ans auparavant sa fille Mara pour femme au sultan Murad, Milan avait été envoyé, lui aussi, à Andrinople par son frère, le grand voïvode Michaël Angelovic. La mission officielle de Milan était de veiller à ce que le Turc respectât toujours la croyance de sa nouvelle principale épouse et ne la forçât pas à se soumettre à la foi musulmane. En réalité, il s'agissait surtout pour Michaël d'installer à la Cour ottomane un de ses proches comme homme de confiance.

Tandis que la princesse Mara, même comme Sultane en titre et première dame du harem ne faisait pas la moindre concession à la religion de son époux, Milan ne tarda pas à se faire musulman et à gravir ainsi, les uns après les autres, tous les échelons d'une grande carrière : conseiller pour les questions serbes, puis commandant d'un régiment, ensuite gouverneur de la province d'Anatolie occidentale et, finalement, vizir.

« Il n'a jamais varié d'un pas dans la voie qu'il avait choisie. Il est ce qu'il prétend être aussi n'a-t-il pas besoin d'en savoir plus que ce qui lui est utile. »

Lorsque Milan Mahmud approcha, il crut savoir avec certitude durant une seconde qu'il ne s'agissait pas, comme ils l'avaient cru enfants, d'éviter à tout prix les défaites, mais de s'exercer à les endurer. Comparativement au vizir, il était un guerrier couturé de cicatrices. Beaucoup de ses blessures le faisaient encore souffrir aujourd'hui, comme celle qu'il avait reçue à Amasya devant le portail du selamlik. Et, curieusement, cela lui donna durant une seconde un sentiment de supériorité sur Milan Mahmud.

Milan Mahmud était l'avant-dernier Grand Dignitaire qui se présenta sur la place de l'exécution. Un petit quart d'heure plus tard, Chalil Pacha apparut, le visage impénétrable, vêtu de gris et montant un cheval pommelé. Et, un peu après lui, Mehmet arriva enfin.

Des officiers d'ordonnance en manteau rouge entouraient la suite du Sultan comme des chiens de berger. Le nouveau médecin personnel, un Juif de Gaète qui avait remplacé son coreligionnaire Ischak Pacha, chevauchait derrière le Sultan, ainsi que le mollah Chosrew, le juge militaire, et Ak-Schemseddin, le derviche de Tabriz. A sa grande surprise, Amirutzès découvrit dans les derniers rangs la silhouette contrefaite du fondeur de canons, Urban, qui était encore récemment en disgrâce. Etait-il donc exact que son dernier canon géant serait bientôt terminé et qu'il avait parié sur sa tête que, cette fois-ci, il n'exploserait pas et ne manquerait pas son objectif déclaré, la porte Saint-Romain ?

Mehmet était assis, immobile, comme pétrifié dans le fond de sa selle arabe à haut dossier. Il semblait absent de son corps Son regard n'était fixé sur rien ni personne. Il remarquait visiblement à peine les dignitaires qui défilaient devant lui. Il leur permettait de lui saisir la main et de la porter à leurs lèvres et à leur front, sans vraiment s'en apercevoir.

Il persista dans cette attitude lorsque, toujours annoncé par la musique, le derviche Ak-Schemseddin s'avança et maudit tous ceux qui refusaient de reconnaître le vrai Prophète, puis lorsque le mollah Chosrew prit la malédiction comme exergue et fondement du verdict par lequel il condamnait les prisonniers à la mort. Chosrew était un petit homme desséché. Il lut les termes du verdict sur un papier qu'un de ses serviteurs lui tendit à genoux.

La lumière mauve qui éclairait le paysage commença de s'éteindre. Seul, le nuage noir bordé de blanc s'élevait encore nettement dans le ciel couleur de cendre. Puis, des lueurs rougeâtres s'étendirent sur le sol, couvrant d'abord les bottes et les cuirasses des sipahis de reflets mats, puis elles entourèrent toutes les troupes turques d'un brouillard de fumée. Les torches avaient été allumées et l'heure des bourreaux était venue.

Le reflet vacillant semblait animer le visage de Mehmet. Il remplissait d'ombre ses orbites et parsemait d'étincelles sa barbe en pointe et ses lèvres humides et brillantes qu'elle mettait en valeur de façon presque obscène. Mais aucune émotion ne se peignait sur le profil surmonté du turban.

Amirutzès entendit d'abord le commandement des bourreaux, puis un cri étouffé montant des rangs derrière lui et, enfin, un déchirant hurlement de douleur. Le pal du premier condamné était dressé et l'empalé avait été tiré de son évanouissement.

Une voix chanta un nom aux consonances italiennes. Cet appel fut suivi du fracas des tambours et de l'éclat des cors. Les traits du Sultan restèrent impassibles. Ils ne changèrent pas lorsque le deuxième, le troisième et le quatrième martyr furent dressés dans l'ordre où ils devaient mourir. Par contre, peu à peu l'ambiance qui régnait parmi les spectateurs commença de se modifier. Les musiciens des fanfares militaires parurent s'abandonner à une sorte de délire. Les cris des soldats se transformèrent en un ressac grondant. Finalement, les tambourins garnis de clochettes des derviches résonnèrent à leur tour. Une espèce de frénésie éclata, qui s'empara aussi de Mehmet.

Le regard de ses orbites noires se colla au spectacle qui lui était offert. Les lèvres s'entrouvrirent, libérèrent des dents étincelantes et semblèrent former des mots et des cris ; les ailes du nez tremblaient. Le Sultan se pencha en avant dans une attitude d'expectative tendue. Amirutzès se préparait à le voir bondir, lorsque quelque chose qui ressemblait au hurlement d'un gigantesque animal ébranla l'air.

Sur le lieu de l'exécution, tout bruit se tut pendant quelques secondes. Toutes les têtes se tournèrent dans la direction d'où était venu le cri. Amirutzès vit que, juste en face, sur l'autre rive de la Corne d'Or, sur la tour de la porte Théodose, des hommes qui portaient des torches s'étaient rassemblés. Jusqu'à présent, il n'avait absolument pas remarqué que l'orgie d'exécution des Turcs sur les rives du Kison n'avait pas que des Turcs pour spectateurs, mais aussi des Byzantins. De leur emplacement, ces derniers pouvaient parfaitement voir comment leurs compatriotes étaient dressés pour mourir dans la lueur vacillante des torches. Le hurlement s'était échappé de toutes leurs gorges en même temps. Il avait exprimé la fureur, de même que la souffrance et le désespoir. Lorsqu'il éclata pour la deuxième fois, la fureur dominait déjà.

Les Turcs, qui n'avaient toujours pas repris leurs exécutions, purent voir un homme monté sur le parapet leur crier quelque chose. Peu après, un autre homme fut hissé à côté du héraut et présenté de façon que l'on reconnaisse un janissaire, un prisonnier de guerre ligoté, portant l'uniforme de son unité.

Ce fut le tour des hommes de Mehmet de hurler d'horreur, mais déjà, ce qu'ils avaient presque attendu se produisait. Le janissaire fut poussé du haut du rempart et tomba dans le vide. Il ne s'était pas encore écrasé au sol que l'on hissait le prisonnier suivant sur le parapet, puis le troisième, le quatrième et le cinquième. Presque au même rythme auquel les bourreaux de Mehmet avaient dressé les pals, les corps humains, là-bas, volaient par-dessus le rempart.

Amirutzès, aussi surpris qu'ensorcelé par cet événement, vit du coin de l'œil que Mehmet bondissait, tirait son sabre du fourreau, qu'il hurlait un ordre. La machinerie meurtrière des bourreaux turcs se remit en marche. De nouveau, les tambours grondèrent, les cuivres éclatèrent, les derviches poussèrent leurs cris perçants, les bourreaux dressèrent les pals de plus en plus vite, tandis que sur l'autre rive de la Corne d'Or, les hommes étaient précipités du haut des remparts de plus en plus rapidement. Les cris des deux camps ennemis se mêlèrent jusqu'à former la voûte d'un pont au-dessus de la Corne. Un étranger aurait pu croire qu'une sorte de course à qui tuerait le plus vite se déroulait, et qu'il s'agissait aussi de ne pas laisser sans riposte un seul coup de l'adversaire. Un mourant ici, un mort là. Les Byzantins prenaient une large avance sur leurs concurrents car il est plus facile de pousser un homme dans le vide que de dresser un lourd poteau et de le fixer en terre de façon qu'il ne tombe pas.

Mehmet était toujours debout. Il avait les poings sur les hanches et le buste penché en avant. Il poussait des cris comme pour enflammer les bourreaux. Son visage reflétait parfaitement ce qui se passait devant le baldaquin. Il faisait corps avec l'infernal tapage ambiant. Amirutzès songea aux diables turcs des tableaux exposés par les moines à Saint-Jacques [1]. Aucun d'eux n'était aussi effrayant que cet homme auquel appartenait ce mince profil tendu, mais cependant noble. Le Trébizondain fut surpris de ne pas être horrifié par lui. « Je suis donc entré tout vivant en enfer. »

De l'autre côté du divan, Chalil Pacha s'était levé et il s'éloignait à petits pas raides de vieillard dans l'obscurité. Mahmud Pacha au contraire, resta assis.

1. Saint-Jacques-de-Compostelle.

II

De ses yeux douloureux, Amirutzès essayait de percer le nuage de fumée grise, puant le soufre, qui s'étendait sur Galata. La ruelle abrupte qui montait de l'église Saint-Paul était tout aussi vide d'êtres humains que les autres ruelles où il avait erré, à la recherche de la maison des Trevisano. Tout le quartier latin semblait totalement mort. Toutes les portes des maisons étaient verrouillées, tous les volets des fenêtres fermés. On n'entendait ni un pas ni un cri. Cependant, le plus petit bruit eût été étouffé par le grondement ininterrompu des canons qui venait de l'autre rive.

Les canons de Mehmet tonnaient depuis plus de vingt-quatre heures et leur vacarme faisait déjà presque partie de la vie habituelle. Il s'étendait comme une épaisse couverture sur la Corne d'Or, la mer de Marmara, le Bosphore et les collines de l'Ouest. Le soleil n'était plus qu'une pâle tache de lumière fantomatique, quelque part de l'autre côté de la brume qui piquait les yeux.

Amirutzès avait l'impression d'être dans une ville totalement étrangère, encore qu'il eût bien connu Galata au temps de ses études. Les petites places avec leurs puits étaient si semblables qu'il n'aurait pu dire exactement d'aucune s'il la traversait pour la première ou la deuxième fois. Et le campanile sur lequel il voulait s'orienter était constamment caché par une maison ou un toit surgis à l'improviste.

Lorsqu'il s'aperçut enfin qu'il était dans la mauvaise direction, parce que la rue dans laquelle il avait tourné descendait au lieu de monter, il fut envahi par un sentiment proche du désespoir. Il se jeta sur la porte la plus proche, la martela de ses poings et cria qu'on lui ouvre, au nom de Dieu. Ni ses coups ni ses appels ne provoquèrent la moindre réaction. Les volets des fenêtres, de l'autre côté de la ruelle, restèrent clos comme ceux qui étaient au-dessus de lui. Epuisé, les mains douloureuses, il se laissa glisser contre le bois rugueux jusqu'au sol et cacha son visage entre ses genoux. Il releva le mouchoir qu'il s'était noué devant la bouche pour protéger ses voies respiratoires. Des larmes coulaient de ses paupières, mais en cet instant, il n'aurait pu dire s'il pleurait vraiment ou si ses larmes avaient été provoquées par les vapeurs de poudre. D'ailleurs, s'il avait vraiment pleuré, les larmes auraient-elles été le fait de la colère, de la fureur ou de la tristesse ?

Il perçut soudain ce dont témoignaient ces fenêtres et ces portes fermées : la peur. C'était la peur qui s'étendait sur Galata, plus épaisse que le souffle puant des canons turcs, une peur que l'on pouvait flairer et presque toucher. Derrière tous ces murs hostiles, il y avait des êtres humains qui, tout comme lui, se cachaient la tête entre leurs genoux ou leurs bras, se bouchaient les oreilles, fermaient les yeux et n'avaient plus qu'un souhait : « Seigneur, fais que cela cesse ! Seigneur, mets fin à cela ! »

Toutes les cinq ou six heures, le vacarme de la canonnade était dominé par un formidable coup de tonnerre : c'était la voix du canon géant, le monstre qui lançait des boulets qui volaient dans les airs comme de noires lunes de pierre et qui faisaient trembler jusqu'aux puissantes tours de l'empereur Théodose. L'écho de ces explosions arrivait, comme poussé par un vent furieux. Il faisait sonner les cloches dans les clochers de Galata. Il donnait la mesure du temps qui restait aux défenseurs de Constantinople — une nuit peut-être, une autre demi-journée.

Les troupes d'assaut turques avaient franchi depuis longtemps les fossés et les murs de la défense extérieure. Elles étaient au pied du rempart principal. Et sur la Corne d'Or, le tapis flottant de Mehmet approchait.

Lorsque le coup du canon d'Urban, le troisième de la journée, eut retenti et lorsque son écho eut couru dans les ruelles comme une troupe d'enfants qui se dispersent, Amirutzès se releva et s'efforça de se rappeler où il était. Il regarda en arrière le chemin qu'il avait parcouru, vit à son extrémité un portail élégant orné de lions de pierre qu'il crut reconnaître et s'y traîna. Ces animaux héraldiques dominaient une place d'où l'on devait apercevoir l'église Saint-Paul. Lorsqu'il y fut parvenu il vit qu'il ne s'était pas trompé. Le palais Trevisano se dressait à l'ombre de l'édifice.

Avant d'actionner le heurtoir de la porte, Amirutzès se secoua mentalement, grâce à quoi il redevint celui sous les traits duquel il voulait qu'on le vît. Le jour précédent, le 27 mai 1453, il avait eu quarante-sept ans — et il se comportait toujours comme dans un autrefois lointain, lorsqu'il était un jeune garçon de Novo Brdo.

« Ne te fais pas d'illusions, se dit-il, toi aussi, comme les autres, tu as peur ! »

Au troisième coup, la porte s'ouvrit lentement. L'homme installé dans le fauteuil était habillé de fer du cou aux pieds. Il avait seulement enlevé l'écrevisse qui protégeait sa cuisse. A la place de la carapace d'écailles métalliques, il y avait un bandage d'un blanc éclatant. Il ne prêta pas la moindre attention à Amirutzès. Son visage était tourné vers la fenêtre.

— Lui parler n'aurait pas de sens, déclara Théodore Trevisano, il n'écoute rien ni personne.

— Mais j'ai l'ordre de lui poser quelques questions, dit Amirutzès.

— Messer Grant peut aussi bien répondre à vos questions.

L'Italien, un vieil homme vêtu de sombre, indiqua un deuxième fauteuil qu'Amirutzès n'avait pas encore remarqué. Il abritait lui aussi un blessé. La tête de Grant était enveloppée de bandes, son bras gauche placé dans une écharpe. Il paraissait cependant mieux en point que Giovanni Giustiniani-Longo.

Grant leva celle de ses mains qui n'était pas bandée.

— Je suis à votre disposition — si vous n'insistez pas pour que je me lève. Mes jambes sont assez faibles en ce moment, dit-il avec une grimace de douleur.

— Coup de feu ou coup d'épée ? demanda Amirutzès en montrant les pansements.

— Rien de tout ça. Nous avons flairé une mine turque, mais notre contre-mine a explosé trop tôt.

— Où cela ?

— A dix pieds en dessous de la porte Saint-Romain.

— En attendant, la porte est toujours debout !

Grant grimaça de nouveau.

— Je ne peux tout de même pas permettre que tout le travail échappe à mon collègue Urban !

— Vous seriez donc cet expert en artillerie allemand dont on dit merveilles ?

— Nous autres, nous vivons de rumeurs.

— Ne vous faites pas de soucis. Le Sultan vous connaît et il est vraisemblablement prêt à prendre à son service un homme tel que vous.

— Quand et pour quoi je reprendrai du service, c'est Ser Giustiniani qui en décidera.

— Vous vous êtes enfui avec lui ?

— J'ai rendu visite, avec lui, au médecin de Messer Trevisano.

— Ser Giustiniani semble n'avoir qu'une légère blessure. N'aurait-il pas pu se faire soigner là-bas ?

— La blessure de Ser Giustiniani ne peut être soignée que par des spécialistes. Regardez-le !

Amirutzès dirigea son regard vers le silencieux chef des mercenaires et comprit ce que l'Allemand avait voulu dire. Giustiniani était, à intervalles presque réguliers, secoué par un tic violent qui semblait fendre en deux toute sa tête et qui le rendait effroyablement laid.

— Comment ce tic lui est-il venu ?

Grant haussa les épaules.

— Comment ces choses-là vous arrivent-elles ? Un homme s'aperçoit soudain qu'il est mortel et il ne le supporte pas.

— La peur ?

— Non, c'est de savoir que l'on n'est pas invulnérable à la peur. Par la pensée, Ser Giustiniani est encore là-bas, sur le rempart et il se bat. C'est seulement son corps qui est ici. Il l'a trahi lorsqu'il a été touché par une flèche.

— De grands mots pour une chose simple.

— Vous ne le connaissez pas. Il est le meilleur soldat que j'aie jamais rencontré et, de plus, c'est un vrai gentilhomme. Malheureusement, jusqu'à présent il n'avait jamais été vaincu ou blessé et, depuis l'âge de quinze ans, il est sur les champs de bataille.

— Le médecin dit qu'il pourrait mourir de ce qui lui est arrivé, dit Théodore Trevisano.

— Il ne mourra pas, assura Grant, il se reprendra et continuera à combattre.

Ces paroles semblaient cependant plus inspirées par un souhait que dictées par la conviction.

— Il aurait presque arraché Constantinople aux griffes des Turcs, ajouta-t-il.

— Oui, confirma Amirutzès, il l'aurait presque fait, et le Sultan en était persuadé. Il a essayé de l'acheter.

Une ombre était tombée sur la tête de l'Italien, on ne voyait plus le tic de son visage, mais seulement un profil énergique et viril devant l'ouverture de la fenêtre.

L'homme que Mehmet avait envoyé deux jours auparavant chez Giustiniani, pour l'inciter à déserter, était Georgios Amirutzès.

Mahmud Pacha entra sous la tente où son cousin et ami de jeunesse l'attendait. Il déboucla son ceinturon et le jeta à terre avec son sabre d'apparat. Son visage était gris de fatigue.

— Chalil, dit-il, grondant de fureur, ce vieil os coriace. Pourquoi Mehmet ne le fait-il pas étrangler, tout simplement? Si on le laissait seulement deux heures seul avec le Sultan, demain matin l'armée partirait sans tambours ni trompettes.

— Comment opère-t-il donc maintenant?

— Comment? Au fond, avec ses vieux arguments. Mais maintenant, des nouvelles non confirmées viennent à sa rescousse, le Hongrois aurait attaqué notre frontière de l'Ouest et le pape Nicolas aurait rassemblé une flotte qui serait prête à cingler vers Constantinople ou même, qui serait déjà en route.

— Tu es certain qu'il n'y a rien de vrai là-dedans.

— *Maschallah*! fit Mahmud, personne n'est absolument certain. Personne ne sait quoi que ce soit de précis. Les nouvelles viennent d'un quelconque Begh de la frontière qui a probablement eu quelques escarmouches avec les Magyars et qui veut les gonfler pour se faire passer pour un héros. Et, en ce qui concerne cette prétendue concentration de flottes, il se peut que ce soit vrai, il se peut que ce ne le soit pas. De toute façon, c'est sans importance. Avant que les Pontificaux soient là, Constantinople sera tombée.

— Je suis aussi de cet avis, répliqua Amirutzès. En outre, je ne croirai à cette armada chrétienne que lorsque je la verrai embouquer la mer de Marmara. Pourquoi cette excitation?

Mahmud se laissa tomber sur le sol et commanda à son domestique d'apporter du moka.

— Excitation est le mot qui convient, dit-il. Nous sommes tous à bout de nerfs, à la fin.

Amirutzès comprenait parfaitement l'état d'esprit du vizir. Depuis cinquante-deux jours, les Turcs étaient devant la ville, depuis plus d'un mois, leur flotte était dans la Corne d'Or. Depuis deux semaines, le canon géant avait recommencé de tirer et, malgré tout, les troupes d'assaut qu'ils lancaient chaque matin contre les remparts, revenaient chaque soir, diminuées de moitié. Les soldats attaquaient dans des champs jonchés des cadavres de leurs camarades. Les fanfares ne servaient plus qu'à effaroucher les oiseaux charognards qui se repaissaient en foule devant les murs. La terre avec laquelle on avait comblé le grand fossé se gonflait sous l'action des gaz des morts qui pourrissaient dessous. Ils se retrouvaient devant le rempart principal dans lequel, aux dernières heures de la veille ils avaient ouvert une brèche et voulaient continuer là où ils s'étaient arrêtés. Mais la brèche était refermée, bourrée avec des pierres, clouée avec des poutres et, de là-haut, une grêle de carreaux d'arbalète tombait sur eux ou une pluie de feux grégeois. Ils avaient depuis longtemps le sentiment de faire un travail imbécile et d'être sacrifiés pour rien. Ils étaient las, abattus, désespérés, même plus capables de haïr l'ennemi.

Le corps des bachi-bouzouks avait fondu jusqu'à n'être plus que le quart de son effectif, non par les pertes au combat, mais surtout à cause des désertions. Des Anatoliens s'étaient déjà éclipsés du champ de bataille, des sipahis avaient abattu leurs chevaux et les avaient mangés parce que, disaient-ils, ils ne servaient à rien. Et même les bachis des janissaires devaient souvent mener leurs hommes à l'attaque à coups de fouet et de chaînes. Dans de telles circonstances, la moindre rumeur était prise pour argent comptant car elle semblait justifier le manque d'entrain au combat de chacun. On entendait dire que les Hongrois attaquaient et on interprétait cette nouvelle comme un espoir de pouvoir quitter ce champ de bataille pestiféré. On chuchotait que la flotte pontificale arrivait et l'on se sentait conforté dans sa résignation.

— La dernière histoire qui circule dans le camp, raconta Mahmud, est que Chalil aurait toujours su que Constantinople ne serait pas prise cette fois encore et on voit que cela se vérifie. Contre de telles rumeurs, même les derviches ne peuvent rien.

— Oui, fit Amirutzès, il semble qu'ils aient tiré toutes leurs flèches...

Au cours des nuits précédentes, on avait vu briller une grande étoile rouge au-dessus de la ville, ce qui avait été interprété par les mollahs comme un signe de sa fin imminente. Allah, expliquaient-ils, montrait sa colère à l'ennemi. Il ferait abattre cet astre rouge sur la ville et détruirait d'un seul coup tout Constantinople.

Mais comme les jours suivants, toutes les attaques avaient échoué, des soldats méfiants avaient complètement retourné le sens du signe céleste. Ce n'était pas Allah qui avait envoyé l'étoile, disaient-ils, mais le Dieu des chrétiens. Il montrait ainsi qu'il combattait pour ses fidèles. Cela avait failli causer une mutinerie.

Amirutzès imaginait sans peine que Chalil utilisait ce genre de situation à son profit. Le Grand Vizir n'avait jamais été partisan de la conquête de Constantinople et il n'avait guère fait mystère de son opinion. Lorsque les entreprises guerrières de Mehmet marquaient des progrès, il tombait dans un mutisme obstiné. Mais dès qu'arrivait un revers, il siégeait, raide et impénétrable au Conseil, comme la statue d'un homme qui avait tout prévu.

Comme, avec ses manières sèches, il savait très bien discuter, il attirait toujours dans son camp ceux des dignitaires qui n'avaient jamais été capables d'avoir un jugement personnel. Maintenant, il semblait même scier les nerfs de Mehmet. Qu'il y parvînt n'avait naturellement rien d'étonnant.

Depuis le jour que les trente-trois prisonniers avaient été empalés sur les collines de Galata, Amirutzès avait vu, presque tous les jours, le jeune Sultan et il lui avait même une fois parlé personnellement. Depuis cette orgie de sang, Mehmet lui était apparu comme une voile qui était poussée, non plus par sa propre force, mais par le vent des événements. Chaque petit succès, chaque goutte de sang ennemi répandue excitait ses nerfs à un tel point qu'il avait presque l'air d'un démon. Mais chaque échec le rejetait en arrière. Il ne faisait plus, comme au début du siège, défiler au pas de parade ses soldats qui revenaient du rempart couverts de sang, vidés, traînant ou portant sur leur dos leurs camarades blessés. Il se cachait d'eux sous sa tente et avait même fait poster des sentinelles pour interdire toute approche du quartier du Sultan.

Il essayait, du moins on le racontait, de s'étourdir par tous les moyens à sa disposition. Leur effet diminuait de plus en plus. On remportait des cruches de vin et la lumière brûlait toute la nuit sous sa tente. Il faisait venir de jeunes garçons ; lorsque ceux-ci arrivaient, il avait depuis longtemps sauté à cheval et galopait, escorté de trois ou quatre sipahis le long des remparts qui se dressaient dans le ciel nocturne, dévastés mais invaincus.

Lorsque Amirutzès avait été appelé chez Mehmet, il avait

trouvé le Sultan au milieu de montagnes de papiers, plans de concentration, dessins de construction de canons, gravures de constructeurs de fortifications italiens et allemands, mais aussi de cartes et de descriptions du monde.

Mehmet avait prié le Trébizondain de lui parler de ses voyages, des villes et des hommes de l'Occident, de leurs mœurs, de leurs conceptions, de leur pensée et de leurs croyances. Il avait écouté de longs passages du récit, les yeux à demi fermés, puis posé des séries de questions dont Amirutzès ne saisissait pas toujours le sens caché, mais qui, avec le temps, rendaient clairs les thèmes autour desquels tournait la pensée du Sultan.

Les regards de l'Europe, du monde, de la chrétienté, étaient-ils dirigés sur autre chose que lui ? Eprouvait-on de l'horreur à propos de ses actions et de ses projets ? Parlait-on du Grand Turc à Vienne, à Venise, à Raguse, à Tolède ? Parlait-on surtout d'autre chose ? Les prélats, les princes et les rois de là-bas pouvaient-ils encore dormir quand ils pensaient à lui ? Comprenaient-ils qu'il était sur le point de conquérir une position qui rejetterait dans l'ombre toute leur puissance ? Le craignaient-ils, le haïssaient-ils, le méprisaient-ils ?

Amirutzès décida que ces dernières questions auraient dû être formulées de la façon suivante : le respectait-on ? Etait-il reconnu ? Passait-il aux yeux des seigneurs de l'Occident pour un de leurs semblables ?

Oui, dit-il, le Sultan était une célébrité reconnue par tous. Lorsqu'on prononçait son nom, toutes les conversations s'arrêtaient. Il s'était implanté dans les cœurs et les rêves des Allemands, des Italiens, des Français et des Espagnols. La renommée qui le précédait les faisait trembler. Ils n'auraient jamais cru que quelqu'un fût en état de réaliser ce qu'il accomplissait. Et le jour que Constantinople tomberait, le monde chrétien serait ébranlé jusque dans ses fondations. Oui, il jouissait d'un extraordinaire prestige, là-bas.

Amirutzès ne raconta rien de ce qu'il avait appris à Sagres. Il peignit un tableau du monde qui correspondait largement à celui de Mehmet et il n'y glissa que rarement des informations qui devaient être ignorées de son interlocuteur. Il lui servit son mélange éprouvé de fables et de vérités dont il avait nourri ses hôtes français et allemands. Et, comme toujours, il réussit à endormir l'homme solitaire. Mehmet ne prenait de ses récits que ce qu'il voulait entendre, mais cela semblait le calmer plus que le vin, le haschich ou les jeunes garçons.

A la fin, Amirutzès avait presque de la compassion pour lui. Quand le Sultan était fatigué, les masques derrière lesquels il se cachait tombaient. Le buveur de sang, l'homme dont la volonté avait fait passer toute une flotte par-dessus une montagne, le chef d'armée et le maître d'œuvre du plus gros canon du monde, le stratège qui voulait rendre la Corne d'Or carrossable redevenait un jeune homme dont on voyait très bien qu'il n'avait pas plus de vingt et un ans.

Lorsque le Trébizondain s'en alla, il emporta l'assurance d'avoir rendu un grand service au Sultan et la promesse d'être appelé de nouveau à contempler sa seigneuriale face à une prochaine occasion ce qui se révéla, naturellement, n'être qu'une promesse vide de sens. Après que Mehmet eut découvert que les états d'esprit se calmaient mieux avec des mots qu'avec des stimulants, il fit appeler sous sa tente, les uns après les autres, presque tous les étrangers qui se trouvaient dans le camp : les faiseurs de projets italiens, les représentants des villes commerçantes et même les techniciens qui se groupaient autour d'Urban. Il n'était pas douteux que ces derniers lui en racontèrent encore plus qu'Amirutzès ne l'avait fait.

— J'ai une proposition à te faire, dit Mahmud.

— Parle donc !

— Saghanos et moi, nous avons pu convaincre le Sultan d'envoyer une nouvelle délégation à Constantinople, cette fois-ci officiellement. Ismaïl Isfendjahr doit la conduire. Sa prétendue mission serait de proposer à l'Empereur de nouvelles négociations en vue d'une capitulation.

— Et sa véritable mission ?

— Isfendjahr sait que Saghanos et moi, nous attendons de lui, avant tout, un rapport qui, exact ou non, peigne la situation des Byzantins sous les couleurs les plus noires. Il doit convaincre Mehmet que la ville est à bout, qu'elle ne peut plus tenir que quelques jours.

— Mehmet le croira-t-il ?

— Isfendjahr est son beau-frère.

— Vous espérez donc faire taire Chalil grâce à ce qu'il dira.

— Nous n'avons rien trouvé de mieux.

— Et qu'ai-je à voir dans cette affaire ?

— Tu devras l'accompagner.

— Encore une fois de l'autre côté des lignes.

— Nous voulons entendre de ta bouche la vérité sans fard. Isfendjahr est beaucoup trop fruste pour juger correctement la situation d'une ville comme Constantinople.

— Est-ce tout ?

— En outre, Mehmet veut essayer d'acheter Giustiniani-Longo. Il le tient pour l'âme de la résistance byzantine et il est sûr qu'il aura gagné la partie si cet homme quitte son poste. Tu es chargé de lui offrir dix mille ducats.

Amirutzès éclata de rire.

— Avec le risque que Giustiniani me passe son épée à travers le corps !

— Stupide, dit Mahmud. C'est un caractère et, tout au plus, il te plantera là sans répondre et s'éloignera la tête haute. Au demeurant, dix mille pièces d'or sont un argument de poids.

— Georgios Amirutzès, le garçon de courses préféré du Sultan !

Le vizir, sa tasse de moka près des lèvres, regarda son cousin du coin de l'œil.

— Tu es encore à moitié dans le camp des perdants. Que le Sultan ait bavardé avec toi toute une soirée ne signifie pas grand-chose.

— Tu veux dire qu'il faut que je fasse un petit effort.

— Georgios, dit Mahmud, tu connais le jeu et les mises. Nos chances sont bonnes. Vas-tu les gâcher à la légère ?

Sa main indiqua l'est.

— Dans deux ans, peut-être trois, nous serons tous les deux là-bas et nous regarderons par les fenêtres du palais Blachern une ville qui nous appartient.

— Avec un turban sur la tête.

Mahmud éclata de rire.

— Mon père aussi s'est fait appeler Angelovic et non pas, comme il s'appelle en réalité, Angeloi. Où est la différence ?

Deux jours plus tard, Amirutzès, avec la suite d'Ismaïl Isfendjahr, s'avançait à cheval dans l'écœurante odeur de charogne qui régnait sur le champ de bataille vers la porte de Saint-Romain. Il ne rencontra pas Sphrantzès. Giustiniani-Longo, lorsqu'il l'eut enfin découvert, ne l'écouta même pas. Il fit à l'intermédiaire de Mehmet l'impression d'un homme qui, dans une totale et effroyable solitude, devait combattre contre tout un monde.

Dans le salon du palais Trevisano à Galata, Johannes Grant dit :

— A la fin, il me semblait que Ser Giustiniani essayait de tirer toute la ville d'un abîme avec ses deux mains nues. Il n'avait pour ainsi dire personne pour l'aider. Lukas Notaras se mit soudain à lui mettre des bâtons dans les roues. Il le contredisait au Conseil. Il refusait de donner les canons de ses navires quand nous en avions besoin sur le rempart de la terre. On dit qu'il avait noué des liens secrets avec le camp des Turcs pour négocier les conditions de capitulation avec le Sultan ou avec ses vizirs. Georgios Sphrantzès se terrait dans la tour du rempart supérieur ou bien disparaissait toute la journée quand on ne combattait pas dans son secteur.

Les autres membres du commandement suprême, sur lesquels Ser Giustiniani aurait pu s'appuyer, préféraient être traités par lui comme de simples capitaines. Ils prenaient les ordres, posaient peu de questions et allaient occuper leur poste : l'Empereur, cet Espagnol fou et Thomas Cantacuzène. Je ne saurais dire rien de mal de ces trois hommes, au contraire, ils se battaient comme des lions. Mais ils ne voulaient pas prendre leur part des responsabilités que Ser Giustiniani était seul à supporter. Don Francisco a souvent utilisé jusqu'à trois épées par jour. Quand sa réserve d'armes a été épuisée, il s'est battu avec tout ce qui lui tombait sous la main. Son armure avait l'air d'être passée dans une forge. Son heaume était pareil à une casserole bosselée.

Les dimanches qu'il ne descendait pas du rempart, il faisait venir son confesseur et s'agenouillait avec lui derrière un gabion; il n'était pas rare qu'il dût bondir deux ou trois fois avant l'absolution pour trucider un Turc.

A la fin, on ne pouvait plus distinguer l'Empereur du plus loqueteux de ses soldats. Sa cotte de mailles pendait en lambeaux sur ses épaules, sa tête était entourée de pansements au point qu'il ne pouvait plus trouver un heaume à sa taille. Il semblait être sur ses jambes jour et nuit. Je ne sais pas quand il mangeait ou dormait. Quand on ne le trouvait pas sur le rempart, c'est qu'il était dans un hôpital quelconque en train de réconforter les blessés ou de laver leurs plaies. Monté sur un vieil âne galeux, il allait d'un bastion à l'autre. Les hommes tombaient à genoux quand il arrivait et ils essayaient de baiser ses souliers rouges. Il les attirait souvent à lui, passait le bras autour de leur cou et les caressait.

Je l'ai rencontré une fois comme il descendait de la tour Charisios. Son visage était complètement envahi par ses cheveux et il avait les yeux rouges comme s'il avait pleuré. Il leva la croix au-dessus de moi et dit : « Que le Christ te protège. » Comme j'allais m'agenouiller, je faillis tomber en bas de l'escalier. Il me prit par le bras et m'aida à me remettre sur mes jambes. Et alors...

Johannes Grant parut repousser un souvenir et reprit :

— Je suis soldat depuis toujours. Enfant, je jouais déjà entre les tentes et les charrettes des cantinières. Une vie de ce genre vous apprend d'abord que l'homme ne possède vraiment qu'une seule chose avec certitude : son corps. Conserver et entretenir son corps est le devoir suprême du soldat vis-à-vis de lui-même. Moi, par exemple, je me soucie toujours en temps utile de savoir chaque soir où je vais pouvoir m'étendre et où je trouverai quelque chose à manger. Avant d'aller dormir, je me lave de la tête aux pieds. Ser Giustiniani en fait autant. Nous sommes tous deux des gens de guerre professionnels. Nous savons que l'on ne peut certes pas voir la mort, mais souvent la sentir. Quand un soldat commence à puer, quand sa chemise commence à tomber, pourrie, de son corps, il est déjà pratiquement mort.

Grant regarda Amirutzès en face et continua :

— Constantinople sent déjà la charogne. Les ordures s'accumulent dans les rues, les égouts débordent parce que les canaux d'évacuation ont été partiellement détruits par les bombardements. A l'écart des grandes rues et dans les maisons abandonnées, partout les cadavres pourrissent. Tout rassemblement d'hommes est entouré d'une cloche de vapeur que l'on pourrait presque voir. Thomas Cantacuzène est peut-être le seul que j'ai vu prendre son service lavé et soigné. Dès que quelqu'un s'approche de lui, il porte à son nez un mouchoir imprégné d'essences parfumées. Mais tous les autres, même ce prêtre si maigre qui dirigeait les chœurs des moines au début, même le jeune Athénien qui exploite les messages par flèches, je ne peux pas me rappeler son nom...

— Chalkokondylès, glissa Amirutzès.

— Oui, celui-là. Tous ont cessé de se comporter comme à l'accoutumée. Ils vont, pas lavés, le cheveu hirsute, dans des vêtements crasseux. Je le dis comme un homme qui a participé à beaucoup de sièges : ça veut dire qu'ils se sont déjà rendus.

Ils ne se défendent plus contre la puanteur de la mort. Ils veulent mourir.

— Ont-ils un autre choix ?

L'Allemand se redressa un peu dans son fauteuil.

— Une ville est prise quand ses murailles ont au moins une brèche et quand cette brèche ne peut plus être tenue. Cependant, le rempart principal de Constantinople est debout et n'est pas plus ébranlé qu'il y a cinquante-six jours. Il vacille par moments, il tremble mais...

Grant eut un rire.

— ... le canon génant d'Urban n'en a pas encore mis un seul secteur en pièces.

— Vous oubliez, dit Amirutzès, qu'il y a des hommes sur ce rempart et que les hommes ne sont pas aussi durs que des murs de pierre.

— Tout à fait juste, mais vous oubliez qu'il y a aussi des hommes de l'autre côté du rempart, qu'ils ne sont pas sur le crénelage, mais très loin en bas et qu'eux aussi sont faits de chair, de sang et de nerfs.

— Voulez-vous dire que cela dépend de qui tiendra le plus longtemps ?

— Survivre — ne parlons même pas de victoire — c'est aussi une question de volonté.

— Et les Byzantins manquent de volonté ?

— Ser Giustiniani pensait qu'à un certain moment on atteindrait un point où l'un ou l'autre parti abandonnerait parce qu'il serait à bout. Il ne tenait pas pour exclu que les Turcs le fussent les premiers. S'ils sont à bout de souffle, ne fût-ce qu'une demi-heure avant nous, alors nous aurons gagné.

— Mais ensuite, il devait être le premier à s'essouffler ! Johannes Grant baissa la tête.

— Giustiniani, continua Amirutzès, était la dernière colonne de la résistance à Constantinople. Maintenant, elle est brisée.

Lorsque son nom avait été prononcé, l'homme silencieux dans le fauteuil près de la fenêtre parut avoir bougé. Mais lorsque les trois autres se tournèrent vers lui, ils ne virent que son profil immobile. Et, comme toujours, l'ombre cachait le tic qui le défigurait.

— Combien de temps donnez-vous encore à la ville, Messer Grant ? demanda Amirutzès.

L'Allemand parut calculer.

— La dernière grande attaque a commencé le 27 mai. Tous

les Turcs ont été engagés sans arrêt et tous les Byzantins aussi. Aujourd'hui, nous sommes le 28 mai. Le point où l'un des deux partis devrait abandonner pourrait être atteint à un moment quelconque des douze heures qui viennent. Lorsque nous sommes partis ce matin, nous nous sommes déjà heurtés aux premières troupes qui se mutinaient. Oui, je dirais que cela pourrait se produire au cours des prochaines douze heures.

— Et qui sera le premier essoufflé ?

— Je crains que ce ne soient les nôtres.

— Giustiniani aurait-il pu l'empêcher ?

— Peut-être aurait-il réussi à gagner cette demi-heure décisive dont tout dépend...

Comme ils étaient dans l'embrasure de la porte, Théodore Trevisano conclut en tournant la tête vers son compatriote :

— Et il en mourra.

Amirutzès avait été envoyé à Galata pour découvrir l'effet qu'avait sur le moral des défenseurs l'abandon de Giustiniani. Maintenant, il le savait.

Le canot du Trébizondain était près de la tour où, autrefois, la puissante chaîne qui barrait l'entrée de la Corne d'Or avait été fixée. Les visages de son équipage étaient pétrifiés par un mélange de terreur et de stupéfaction. Ils semblaient complétement ensorcelés par ce qui se jouait autour d'eux.

Des gerbes de flammes d'un rouge pâle jaillissaient sans relâche du nuage qui irritait la gorge. Elles se dirigeaient toutes vers le rempart de la mer, presque invisible de Constantinople. Des éclairs partaient çà et là de son couronnement, mais leurs intervalles étaient considérablement plus longs que ceux qui séparaient les salves des Turcs. Leurs canons étaient en batterie, pour une part sur les ponts des galères tournées vers la ville et, pour l'autre, sur le tapis de madriers flottant dont l'extrémité s'était avancée au-delà du milieu de la Corne.

Aucun autre bruit ne se mêlait au fracas des explosions, ni cris de guerre, ni musique de fanfares, ce qui donnait l'impression que les deux adversaires se frappaient l'un l'autre avec un acharnement silencieux et que chacun d'eux était déjà presque au bord de l'épuisement.

Lorsque le canot, qui s'était tenu à distance respectable de la porte Saint-Eugène, vira vers la mer de Marmara, Amirutzès et ses compagnons découvrirent qu'un spectacle analogue se déroulait également là-bas. Des navires de toutes les tailles étaient alignés les uns à côté des autres et tiraient avec leurs pièces de chasse sur le gigantesque ensemble du vieux palais. Presque aucun des coups n'avait assez de force pour atteindre les constructions situées sur la hauteur. Ils frappaient le flanc de la colline du château sans faire de grands dégâts. Cependant, cette canonnade contraignait les défenseurs à rester en position et, de ce fait, à éparpiller leurs faibles forces.

Lorsque Amirutzès constata que l'on tirait à peine du rempart au-dessous du palais, il ordonna au timonier de serrer la côte. Il venait de se rappeler le Stylite dont Anastasios, le garde du corps boiteux d'Anna, lui avait raconté qu'il ne prêchait que pendant les orages. En conséquence, il allait vraisemblablement élever la voix pour la dernière fois quand le grondement de tonnerre des canons indiquerait que Constantinople approchait de sa fin.

Mais, même lorsque son canot fut assez près des remparts de Marmara pour qu'il puisse distinguer les joints entre les pierres et les têtes casquées derrière les meurtrières, Amirutzès n'entendit rien qui ressemblât à une voix criant des exhortations, des malédictions, des prophéties ou des bénédictions.

Les boulets de canon traçaient leur trajectoire en sifflant et frappaient la terre molle avec un claquement las, tirant derrière eux comme une traîne les échos du coup de départ. Des morceaux de pierre volaient en glapissant dans l'air. Parfois, on entendait même le craquement de quelque bâtiment qui s'effondrait. Mais le Stylite se taisait.

Amirutzès ne savait pas très exactement pourquoi il aurait voulu entendre le saint perché sur sa colonne. Etait-il avide de découvrir un signe qui aurait confirmé la prédiction de Grant ou bien espérait-il une sorte de salut venu du bâtiment dans lequel Anna se cachait ?

Lorsqu'il pensait à son ancienne maîtresse, une espèce de vertige l'envahissait. Cette femme, semblait-il, voulait effacer tout ce qu'elle avait fait autrefois. Elle voulait que, non seulement son passé, mais aussi celui des autres, le sien, celui de Sphrantzès, de Piccolomini et même celui de Mehmet, n'eussent pas existé. Elle voulait faire disparaître ce qu'elle avait été pour tant d'hommes, mais en se détruisant elle-même aux yeux de tous. Lors de sa première visite dans la ville assiégée, il avait pu constater qu'Anna n'était plus que l'ombre d'elle-même. Seuls pouvaient la reconnaître ceux qui gardaient en mémoire son image d'autrefois. Lorsque, lors de son second séjour à Constantinople il avait voulu lui rendre visite, la belle Juive avec laquelle elle vivait lui avait signifié que la princesse Bagration ne recevait personne et qu'il ne devrait plus, dorénavant, attendre aucun message de sa part. Un tel triomphe résonnait dans ses paroles, qu'Amirutzès crut comprendre, pendant quelques secondes, pourquoi Anna était sur le point de se supprimer. Derrière le seuil qu'il n'avait pas le droit de franchir, elle lui sembla plus forte qu'elle ne l'avait jamais été.

Entre-temps, son canot avait dépassé le territoire de l'ancienne résidence impériale. Il s'approchait du phare qui marquait le coin sud-est de la langue de terre où se trouve Constantinople. Le timonier dut changer de cap car le secteur du port qui commençait là paraissait mieux défendu que la colline du château. Les salves des canons turcs se concentraient sur les quais de Kontoskalion et d'Eleutherios, deux mouillages qui, en des temps meilleurs, avaient abrité des centaines de navires. De ce secteur, on ripostait. Lukas Notaras pensait évidemment qu'une attaque pouvait être tentée à cet endroit. Il n'avait pas seulement barré les chenaux d'entrée du port en y coulant des galères, il avait aussi massé sur les remparts qui les flanquaient des quantités considérables d'artillerie. Comparativement aux forces engagées par les Turcs, les siennes paraissaient d'autant plus faibles.

Amirutzès découvrait maintenant que Mehmet avait entouré toute la ville d'un cercle de feu. Elle était, plus complètement que jamais, coupée du monde extérieur. Ses défenseurs devaient avoir compris depuis longtemps que la dernière heure approchait. Il semblait à peine imaginable qu'ils eussent les nerfs assez solides pour tenir pendant la demi-heure supplémentaire dont, selon Johannes Grant, tout dépendait.

Mais le Sultan le croyait.

Après le retour de la délégation conduite par Ismaïl Isfendjahr, Mehmet s'était brusquement arraché à son abattement. Il avait bondi comme une panthère furieuse parmi ses généraux. Il avait déclaré nulles et non avenues toutes les actions de détail projetées. Il avait esquissé en quelques traits la grande attaque qui devait commencer le lendemain. Il avait dicté des ordres qui devaient être transmis aux différents chefs d'unités sur leurs positions et il avait talonné ses estafettes, les derviches, les cheikhs, les mollahs, pour qu'ils préparent les soldats en vue de ce qui allait se passer : la dernière, la décisive grande action et, ensuite, la fin du rude labeur qui durait depuis presque deux mois. Le paradis attendait les victimes du combat, la victoire et le butin, les survivants.

L'annonce par Amirutzès que Giustiniani-Longo ne se laisserait pas acheter ne l'avait que modérément irrité. L'information parvenue deux jours plus tard de Galata, que le Protostator avait fui, l'avait cependant mis dans un état d'excitation qui montrait qu'en dépit de toutes les certitudes de victoire, il avait été près de s'effondrer. Mais ce que le Trébizondain put lui rapporter, après son retour de Galata, avait sans doute suffi à lui permettre de dominer la tension des heures à venir.

— Combien, avait dit Grant... est-ce que cela devait être ? Douze ? ou douze et demi ?

Lorsque Amirutzès arriva au camp, il était neuf heures du soir. On était le 28 mai 1453.

« Donc, demain à la même heure, se dit-il, si je compte à partir de maintenant. »

Les canons en batterie autour de Constantinople se taisaient depuis le coucher du soleil. Des soldats épuisés étaient assis autour des feux de camp. Après le vacarme de la journée, le silence était presque angoissant.

Depuis quelques jours, Amirutzès n'habitait plus la confortable cité de baraques construite sur la rive asiatique du détroit à l'usage de tous les visiteurs de marque étrangers. Il entra sous la tente qu'il partageait maintenant avec Mahmud. Le vizir était accroupi sur le sol et dictait des ordres à deux de ses aides de camp. Il parlait vite et apparemment sans réfléchir. Une phrase s'adressait au premier homme, la suivante à l'autre. Les plumes de roseau couraient sur le papier en y traçant de gracieuses séries arrondies de lettres arabes qui ressemblaient plus à des ornements qu'à une écriture. Après qu'ils furent partis, Mahmud leva les yeux.

— Comment l'a-t-il pris ? demanda-t-il.

— Mehmet ? Il m'a regardé comme si je lui avais tendu les clefs de la ville.

— Excellent. Il n'oublie jamais les porteurs de bonnes nouvelles.

— J'ai été affecté à sa suite personnelle. Le troisième jour après la victoire, j'entrerai à cheval avec lui dans Constantinople.

— Où nous vous accueillerons, couverts de sang et ivres de la fureur du pillage.

Le vizir tenait dans ses mains un mouchoir de soie qu'il froissait et défroissait nerveusement.

— Des ennuis ? demanda Amirutzès.

Le mouchoir se déchira.

— Chalil, dit Mahmud, est intervenu encore une fois. Il s'est entêté à diriger l'attaque contre la porte Saint-Romain et Mehmet a cédé.

— De sorte que, demain, Chalil passera pour le véritable vainqueur.

— Probablement. Il y a vingt pièces pointées sur la porte Saint-Romain, y compris le gros canon. Elle ne devrait pas résister longtemps.

— Et qui commande du côté de la Corne ?

— Saghanos.

— Que reste-t-il pour toi ?

Milan Mahmud poussa un cri de rage.

— La Kerkoporta.

Amirutzès se leva et s'inclina.

— Alors, ce n'est pas Chalil, mais toi que Mehmet a désigné pour être le vrai conquérant de Constantinople.

— Tu te moques de moi ?

— Pourquoi le ferais-je ? Il y a une prophétie suivant laquelle la Kerkoporta est justement la porte qui cédera la première lors de la dernière attaque. L'homme qui sera posté là sera le premier à poser le pied sur le sol des vaincus.

Mahmud, méfiant, les sourcils froncés, regarda son ami en face.

— Une prophétie byzantine, je suppose. Mais le Sultan la connaît-il aussi ?

— Il en sait plus sur Constantinople que la plupart des Constantinopolitains. En outre, je viens à l'instant de lui rappeler cette vieille histoire.

Le vizir paraissait toujours ne pas comprendre.

— Lorsque j'y ai fait allusion, il s'est frappé le front de la main. Après, c'est à peine s'il a voulu entendre quoi que ce soit.

— Alors, il attache du poids à cette affaire ?

— Je ne le connais pas aussi bien que toi, mais il me paraît homme à prendre les choses de ce genre au sérieux.

— C'est d'ailleurs ce qu'il fait, dit Milan Mahmud.

Puis il se leva d'un bond.

— Il faut que je sache tout ce qui se rapporte à cette prophétie.

— Il n'y a pas grand-chose à savoir. La Kerkoporta est enfoncée et le premier Byzantin qui le voit crie : *Healo he polis !* et la fin de la ville est scellée.

— Et si cette porte tenait plus longtemps que la porte Saint-Romain ?

— Voyons, Milan, dit Amirutzès, qu'est-ce que cela peut faire ? Ce qui est important, c'est que la Kerkoporta soit attaquée avec toute la force possible et qu'à un moment quelconque, le cri retentisse. Ainsi, trois jours plus tard, lorsque le Sultan fera son entrée, il y aura des témoins qui pourront certifier que cette vieille prédiction s'est accomplie à la lettre. Cela fera de Mehmet l'homme qu'elle concernait et de celui qui aura enfoncé la porte, le nouveau Grand Vizir.

Il fallut quelques secondes à Mahmud pour saisir ce qu'il venait d'entendre. Puis il posa ses deux mains sur les épaules de son ami.

— Si c'est vrai, Georgios !

Il se précipita vers l'entrée de la tente, rappela ses deux aides de camp, dicta avec une hâte fébrile une série de nouveaux ordres. Entre-temps, il se tourna vers Amirutzès.

— *Healo he polis,* c'est bien ça ?

Le Trébizondain acquiesça de la tête.

Mahmud s'adressa alors aux deux officiers.

— Cherchez cinq hommes à la voix particulièrement forte et enfoncez-leur ces trois mots dans la tête à coups de trique. Nous ne laisserons rien au hasard.

— *Healo he polis,* Mahmud Pacha.

— *Healo he polis.*

Le cri retentit le lendemain, une demi-heure avant neuf heures du matin.

Amirutzès était assis sur son cheval, non loin de la position du canon d'Urban, sur la colline où, le 2 avril, il avait déjà assisté à la première journée du siège.

A cette époque-là, vingt ou trente chevaux se trouvaient entre sa monture et celle de Mehmet. Maintenant, seul le mollah Chosrew, Ak-Schemseddin et d'autres dignitaires religieux le séparaient du Sultan. Les oreilles du Trébizondain étaient assourdies par l'inlassable grondement des canons. Ses yeux pleuraient, il éprouvait l'étrange sensation d'être gelé ou noyé.

Il ne percevait les scènes qui se déroulaient à ses pieds que comme une palpitation sauvage et désordonnée de formes, de couleurs et de bruits. Ils étaient postés là depuis les premières lueurs de l'aube. Mais aucun d'entre eux n'auraient encore pu décrire exactement tout ce qui s'était passé depuis ce moment.

Amirutzès se rappelait une étincelle rougeâtre qui s'était allumée quelque part dans la brume matinale et qui avait parcouru à la vitesse de l'éclair tout le front du siège. Elle avait déclenché le tonnerre des canons qui ne s'était plus tu ensuite. Dans la brume, les masses des colonnes d'attaque avaient surgi comme des ombres et, entre elles, les tours d'assaut légères que l'on poussait en avant, presque aussi vite qu'une compagnie en marche. Comme le grondement des canons couvrait tous les autres bruits, tous ces mouvements semblaient s'accomplir dans un silence complet.

Plus tard, on put voir que les formations en marche constituaient deux coins. Le premier se dirigeait obliquement vers la porte Saint-Romain, l'autre visait l'endroit où le rempart de Théodose devenait celui de l'empereur Manuel, plus faible de construction. Amirutzès, dont le regard allait de la tour de la Kerkoporta où se tenait Sphrantzès au rempart de la vallée du Lygos que Chalil attaquait, fut bientôt incapable de distinguer d'autres détails de ces deux endroits.

Dans les fumées de la poudre qui grandissaient, il vit les tours d'assaut s'effondrer les unes après les autres et crut déjà que cette arme était éliminée. Ensuite, il constata que deux ou trois de ces monstres s'étaient approchés de la porte Saint-Romain et de la Kerkoporta mais en restant suffisamment loin pour être à l'abri des canons des défenseurs. Mais il dut bientôt remettre en question cette observation. Les bombes incendiaires des Byzantins volèrent dans les airs et obscurcirent encore plus la scène de leur fumée âcre. A partir de cet instant, tout se noya pour lui en une image kaléidoscopique et confuse qu'aucun de ses sens ne pouvait plus distinguer. Il croyait entendre ce qu'il voyait et voir ce qu'il entendait. Son imagination lui donnait l'illusion de scènes qui se jouaient derrière des murailles de fumées : échelles d'assaut que les janissaires escaladaient en brandissant leur bouclier de cuir, Byzantins touchés qui tombaient d'un côté ou de l'autre du rempart, hommes qui, accrochés à des câbles pendant des tours de siège, se lançaient vers le crénelage des remparts, combats sur les passerelles d'assaut abaissées, membres coupés à coups de sabre, têtes fracassées.

Ce qu'il vit en réalité, dans une des trouées qui s'ouvraient par instants entre les nappes de fumée, fut l'impact d'un boulet du canon d'Urban dans les créneaux de la porte Saint-Romain. Il ne put d'ailleurs constater les effets de ce coup au but car, au même moment, une puissante colonne de flammes jaillit, dont la fumée lui boucha la vue.

Le Sultan avait, lui aussi, observé l'impact du boulet géant. Il poussa un cri : au même instant, leurs regards se dirigèrent à nouveau vers la Kerkoporta.

Il semblait qu'un étendard vert flottât sur le couronnement du rempart de Manuel. Ils crurent entendre des cris. Peu après, devant la porte de la vallée du Lygos, il se produisit une sorte d'aspiration qui entraîna des centaines de sipahis et de janissaires à l'intérieur de la ville. L'étendard continuait à flotter près de la Kerkoporta. La porte Saint-Romain engloutissait les unités turques sans relâche.

Urban grimpa sur le tube du canon géant et hurla :

— Arrêtez de tirer ! Vous tirez sur les nôtres !

Et alors, mais ce pouvait n'être qu'une illusion, lointain et comme porté par le vent, le cri : *Healo he polis.*

« Déjà ? » songea Amirutzès en regardant le soleil. Il lui semblait que les défenseurs n'avaient pas fait don seulement d'une demi-heure, mais de presque une heure entière.

III

On ne peut pas entendre le silence. Cependant, quand un chevron de toiture se consume, tombe sur le sol et se fendille avec un faible bruit, on entend le silence dans lequel cela se produit.

Il en va différemment du piétinement des chevaux. Il frappe les cadavres entassés qui semblent absorber le bruit et qui ne le renvoient pas.

Sortant du portail du couvent de Constantin, un soldat turc vacille sous le poids du butin. D'un air presque dédaigneux, le Sultan le désigne du doigt. Le sipahi qui chevauche à ses côtés place une flèche sur la corde de son arc et abat le pillard. Depuis que Mehmet est entré dans la ville, le vol, le viol et l'incendie sont interdits. Sur le chemin de la porte Saint-Romain à la Place-aux-Bœufs, il a déjà fait exécuter plus de dix de ses soldats.

Amirutzès chevauche quelques pas derrière le Sultan. Il ne voit que le burnous blanc qui cache la croupe du cheval et, au-dessus, le turban, également blanc. Le drap chatoyant passe comme un astre à travers l'air enfumé. Mehmet ne paraît être touché par rien de ce qui se passe autour de lui. Les troupes au garde-à-vous qui l'acclament çà et là, c'est à peine s'il les regarde. Son regard passe au-dessus d'elles comme, à la porte Saint-Romain, il est passé au-dessus de Chalil Pacha quand celui-ci a voulu lui faire son rapport. Le Grand Vizir est resté planté au bord de la rue comme si l'on n'avait plus besoin de lui.

Avec Mahmud Pacha, c'est différent. Il les attend devant le forum Tauri, s'incline en silence, prend le cheval de Mehmet par la bride et le conduit jusqu'à une rangée de cadavres qui gisent, proprement alignés, sur les dalles de marbre salies. Ce sont des corps déchirés, couverts de sang, qui ne pourraient même pas être identifiés par leurs plus proches parents. Sur l'un d'eux, on reconnaît les restes d'une armure noire. Les pieds d'un autre sont chaussés de souliers d'un rouge pâle brodés d'un double aigle doré. Lorsque le cortège repart, Mahmud prend rang dans la cavalcade.

On peut à peine s'apercevoir, au premier abord, qu'ils pénètrent dans les quartiers de la ville qui sont tombés sans combattre aux mains des Turcs. Là aussi, ce ne sont que ruines, maisons incendiées et cadavres pourrissants. De nouveau un pillard et le même léger sifflement de la flèche lancée par l'arc. A la hauteur de la rue qui descend des colonnades de Théodose au port, il y a un ralentissement. Chacun s'attend que Mehmet tourne à gauche pour aller voir le rempart de la mer sur la Corne d'Or devant lequel Saghanos Pacha a ordonné ses troupes. Mais le Sultan continue tout droit en direction de Sainte-Sophie. Jusqu'à présent, pas une seule fois il ne s'est fait indiquer le chemin. Il connaît Constantinople comme s'il avait vécu toute sa vie entre ses murs.

Devant la plus grande église de la ville, ils sont attendus par les derviches, les mollahs et les cheikhs. Les tambourins résonnent, des voix poussent des cris stridents. Le hurlement triomphant qui résonne aux oreilles des chrétiens, comme *Allah il Allah il Allah*, est renvoyé en écho par les vieux murs brunis. Mehmet traverse à cheval cette mer de bonnets pointus bondissants et de robes flottantes comme si elle n'existait pas. Son cheval, aussi impassible que lui, avance ses sabots l'un après l'autre presque avec circonspection, sur du gravier grinçant puis sur les dalles de porphyre lisses et usées qu'autrefois, seul l'Empereur avait le droit de fouler.

Le cheval le porte devant les restes du clocher construit par les chevaliers croisés latins. Il franchit le grand portail dont les vantaux tiennent encore à moitié dans leurs gonds, entre dans le double vestibule soutenu par des colonnes qu'il traverse vers le prochain portail défoncé jusqu'à ce que ses sabots éveillent sous la gigantesque coupole un écho douloureux. Des rais de lumière tombent des fenêtres haut placées. Ils se diluent en une brume dorée sur les mosaïques des murs. Le Sultan la traverse tandis que les autres restent en arrière.

De la demi-obscurité, les restes de ce qui fut autrefois une rayonnante iconostase se dressent devant lui. Il s'arrête brièvement devant eux, puis il dirige sa bête vers les fonts baptismaux et la fait boire.

Murad Ier avait fait un jour le vœu d'abreuver des chevaux turcs dans la basilique Sainte-Sophie et ensuite à Saint-Pierre de Rome. Déjà, un mollah se dresse dans l'ambon et entonne le *Lailaha illallah Muhamm adun rasulullah.*

Lorsque le Sultan quitte l'église, un homme ligoté, vêtu de loques, est jeté à terre devant lui. Amirutzès reconnaît Gennadios. Il sait que l'on a capturé le prieur de Pantokrator alors qu'il allait se réfugier à Galata. Le mollah Chosrew regarde son maître d'un œil interrogateur, le bourreau est déjà près de lui, sabre au clair.

Gennadios se lève, l'écume à la bouche. Il semble vouloir crier quelque chose mais aucun son ne sort de ses lèvres. Mehmet donne un ordre qu'Amirutzès n'entend pas. L'officier auquel il s'est adressé se laisse glisser de sa selle, coupe les liens du prisonnier et lui indique qu'il doit monter à sa place sur le cheval.

Devant le religieux subitement muet, le Sultan passe à cheval et voilà ce Byzantin loqueteux incorporé dans la suite.

« Il se plonge de plus en plus dans la victoire, songe Amirutzès, et, ce faisant, il change d'heure en heure. On le reconnaît à peine. »

La coupole fendue du hall d'entrée du vieux palais surgit au-dessus des arbres.

La métamorphose de Mehmet avait déjà commencé lorsque le vent lui avait apporté le *Healo he polis.*

Les deux messagers qui arrivaient au galop venaient de deux directions différentes : la porte Saint-Romain et la Kerkoporta. Aussitôt qu'ils s'aperçurent, chacun d'eux accéléra l'allure. Les chevaux sautaient par-dessus des tranchées et des gabions renversés, l'écume à la bouche, comme s'ils avaient eu la mort aux trousses. Cependant, ils atteignirent tous deux le Sultan exactement au même instant. Leurs cavaliers sautèrent ensemble à bas de leur selle. Le rapport de la victoire fut présenté à Mehmet par deux voix. La première disait : « Chalil Pacha a... », l'autre : « Mahmud Pacha est... »

Le Sultan les regarda comme s'il ne comprenait pas un mot. Les deux hommes restèrent court, perdirent le fil et tentèrent d'exprimer avec d'autres mots ce qu'on leur avait ordonné de dire. Un officier s'approcha d'eux, leur dit qu'ils avaient bien accompli leur mission et, après une courte hésitation, leur jeta le salaire des estafettes.

Un espace vide s'était formé autour du Sultan. Personne n'aurait osé y pénétrer. Son cheval semblait, comme lui-même, fondu en bronze, mais Amirutzès eut l'étrange sentiment que le plus petit incident, le plus faible contact les ferait exploser tous deux. Leur calme pétrifié était en réalité une vibration contenue au prix d'un énorme effort, une lutte contre un incoercible besoin de crier, de se dresser ou de descendre la colline ventre à terre, de franchir le champ de bataille dévasté jusqu'à la ville derrière les murailles de laquelle montaient des nuages de fumée.

Mehmet resta dans cette attitude pendant presque une heure. Lorsque le bruit des combats se fut enfin assez éloigné pour que seuls quelques appels de trompe, ou, à l'occasion, quelque faible cri parvinssent encore jusqu'à eux, il se tassa un peu sur lui-même, passa la main sur son visage puis examina son entourage d'un regard où s'exprimait surtout la stupéfaction.

« S'étonne-t-il que le monde soit toujours ce qu'il était il y a un moment ? songea Amirutzès. S'attendait-il que le monde fût totalement changé depuis qu'il a réussi ce vers quoi il tendait depuis plus de dix ans ? » C'était bien ce qui s'était passé. Mehmet avait rêvé de conquérir Constantinople depuis qu'il pouvait penser. Toute sa vie avait été organisée en vue du jour qu'il pourrait en prendre possession. Maintenant, la ville était à ses pieds, maintenant, elle lui appartenait et ainsi, tout ce qui était désordre devait être remis en ordre. A partir de ce jour, lundi de Pentecôte de l'année 1453, il pouvait être celui qu'il avait toujours voulu être, l'homme qui, depuis la capitale du Monde, régnait sur l'Univers.

Amirutzès éprouva un soupçon de compassion en voyant le Sultan s'éveiller de sa rigidité et il se sentit tout à coup très vieux, très résigné et très las devant ce tout jeune homme barbu.

« Oui, lui dit-il en pensée, tu as rompu le cocon dont tu te sentais prisonnier, mais désormais il faut voir si c'est vraiment un empereur qui va en sortir. »

Mais, à ce moment-là, le changement de Mehmet avait déjà beaucoup progressé. Lorsque, plus tard, Amirutzès essayait de se rappeler à quels indices il l'avait décelé, il ne surgissait devant lui qu'une série d'images apparemment sans rapport entre elles. Des torches ouvraient des trous de lumière dans l'obscurité. Mehmet, qui avait déjà livré Constantinople au pillage, avait contourné la ville avec sa suite. Maintenant leur bateau était devant Galata et laissait passer une de ces embarcations ressemblant à une gondole que l'on y utilise. Des lueurs rouges flottaient au-dessus de son pontage arrière. Elles éclairaient un homme assis dans un fauteuil, immobile et raide, vêtu d'une armure comme s'il voulait partir en guerre, l'épée couchée sur ses genoux et son casque posé dessus.

Lorsqu'il passa devant lui, Mehmet tira son sabre et le salua. Un peu plus tard, l'obscurité avait englouti l'homme et on n'entendit plus que les appels des matelots vénitiens qui l'embarquaient à bord de leur navire. Giovanni Giustiniani-Longo avait été autorisé à gagner la Crète. Amirutzès n'apprit que des semaines plus tard qu'il était mort là-bas, peu après.

Une autre scène se joua au grand jour.

Mehmet était assis sur le divan près de sa tente, Lukas Notaras debout devant lui. Amirutzès ne put savoir si l'on avait amené le commandant en chef byzantin comme un prisonnier ou s'il était venu librement. Il n'était cependant ni enchaîné, ni même gardé et il rayonnait de la prud'hommesque sûreté de soi qui le caractérisait. Le médaillon doré avec l'aigle double pendait toujours entre les deux pointes de sa barbe. En le voyant, on aurait pu croire qu'il se considérait toujours comme le propriétaire des fonctions à lui confiées. Et Mehmet n'en paraissait pas choqué.

Son visage tourné vers l'ancien coureur de mers exprimait une attention courtoise. Chaque mot que ce dernier prononçait était écouté consciencieusement. Notaras parla longtemps. Il souligna, comme on l'apprit plus tard, qu'il avait toujours été de ceux auxquels une défense de Constantinople semblait aussi inutile que superflue. A son avis, on aurait dû se mettre d'accord en temps utile pour remettre la ville, dès le début, à celui qui l'avait conquise maintenant. Il montra quelques mulets chargés de sacs qui étaient alignés derrière lui. Il fit amener l'une des bêtes, ouvrit le premier sac et le tendit au Sultan. Personne de l'assistance ne put voir ce qu'il contenait, mais, d'après des rumeurs ultérieures, ç'auraient été des objets précieux d'une énorme valeur, des vases enrichis de pierres précieuses, des bijoux, de l'argenterie, dont la plupart étaient ornés de l'aigle double, ce qui prouvait qu'ils faisaient partie du trésor impérial. Suivant un accord avec Chalil Pacha, selon Notaras, il aurait mis ces objets de valeur en sûreté à temps, afin de les conserver pour le nouveau maître de Constantinople.

Le commandant en chef aurait mieux fait de ne pas citer le nom de Chalil Pacha. Un pli de fureur creusa le front de

Mehmet. Ses yeux, sous l'arc généreux des sourcils, se firent durs. D'un geste abrupt, il fit signe à Notaras de se taire et dit ensuite, assez fort pour être compris de ceux qui étaient le plus éloigné de lui dans le cercle, qu'aucun fonctionnaire impérial n'avait, jusqu'à présent, eu la moindre obligation envers lui. Si Notaras avait mis de côté une partie du trésor de la Couronne, il n'était rien d'autre qu'un voleur et un traître au prédécesseur de Mehmet, l'empereur Constantin. Mais lui, nouveau possesseur du trône byzantin, il ne pouvait en conséquence faire autre chose que d'infliger à Notaras le châtiment réservé aux traîtres. Quant au chargement apporté par les mulets, il le considérait sans autre forme comme sa légitime propriété.

Le commandant en chef n'avait pas encore compris ce qui se passait qu'il se vit saisi par deux gardes du corps, ficelé et jeté à terre. Le matin suivant, le juge militaire Chosrew le fit escorter jusqu'à l'endroit où les mutins turcs étaient suppliciés et, là, il le fit exécuter en toute solennité.

Amirutzès comprit que le coup était surtout dirigé contre Chalil Pacha car, qui d'autre que lui aurait pu permettre à Notaras de sortir de la ville dominée par des soldats à la recherche de butin, avec toutes ces richesses, sans être découvert.

Le coup suivant frappa Saghanos Pacha, encore que moins durement. Les Génois et les Vénitiens de Galata, que Mehmet avait fait arrêter et conduire devant lui en dépit de toutes les conventions passées, se réclamèrent de lui. Ils racontèrent que le second vizir leur avait promis la vie, la liberté et le droit à tout ce qu'ils possédaient contre paiement d'une capitation.

Mehmet les regarda, la tête penchée sur le côté tandis qu'ils parlaient et il demanda ensuite à chacun combien il avait versé à Saghanos. Les sommes qui lui furent citées variaient entre mille et deux mille ducats.

« Bon, dit-il, après que le dernier eut parlé, si la parole d'un de ses serviteurs avait une telle valeur, il pouvait supposer qu'ils paieraient plus cher une promesse du Sultan qui en avait encore beaucoup plus. » Comme ils se taisaient, confus, il appela sèchement les noms de chacun des hommes rassemblés là et y ajouta une somme. Il réclama quatre mille ducats à Girolamo Minotto et même sept mille à Jacopo Contarini, le plus riche des habitants de Galata. Sur quoi, il déclara en souriant qu'aussi longtemps que ces sommes ne seraient pas encaissées par son trésorier-payeur, il devrait prier ces messieurs de se considérer comme ses invités et il leur fit servir des sorbets.

— Quel calculateur, dit, le soir, Théodore Trevisano à Amirutzès, nous lui avons payé aujourd'hui presque tous les navires qu'il a perdus dans l'attaque du rempart de la mer. Espérons qu'il fera au moins construire les nouveaux sur nos chantiers.

« Quel froid organisateur, songea Amirutzès, le sang n'a pas encore séché sur les sabres de ses soldats qu'il se débarrasse de tous ceux qui ont gêné ses plans. » Le Trébizondain ne doutait pas que la fin de Notaras ne signifiât également celle de Chalil et que Mehmet n'utilisât contre Saghanos le fait que ce dernier eût prélevé une capitation sur les gens de Galata. Le Monténégrin s'était apparemment fait mal voir à un moment quelconque.

Le même soir, Amirutzès vit, pour la première fois, le Sultan gai et détendu. Mehmet le reçut, adossé à une montagne de coussins, un verre de vin à la main. Tous les livres et les dessins dont il s'était occupé lors de leur dernière entrevue étaient jetés de côté, en désordre. Il n'avait plus besoin, désormais de papier couvert d'écriture. Il pouvait se saisir de ce qu'il possédait. Derrière le rideau qui séparait la tente en deux moitiés, quelqu'un raclait une guitare.

— Demain, dit le Sultan, nous entrerons dans la ville.

— Vous entrerez encore dans beaucoup d'autres villes vaincues, répliqua Amirutzès.

— A Trébizonde aussi ?

La question ne manquait pas d'ironie.

— A la vue de Constantinople en ruine, mon impérial maître tentera certainement de trouver avec vous un règlement pacifique.

— Sur votre conseil ?

Amirutzès, qui avait saisi le double sens de la question, regarda le Sultan en face.

— Libre à vous, ensuite, de me considérer comme un deuxième Lukas Notaras.

— Lukas Notaras, dit le Sultan avec dédain, n'était rien d'autre qu'un petit intrigant. Il voulait tromper tout le monde, son empereur et moi-même.

— Lukas Notaras était seulement incapable de faire coïncider espoir et jugement. Ou, si vous préférez, le cœur et la raison.

— Et votre cœur, Amirutzès ?

— Je suis un politicien, je me suis déshabitué d'écouter mon cœur.

Le Sultan réfléchit quelques secondes sur cette réponse :

— C'est assez clair, dit-il ensuite, et il ajouta sans transition : Je serai un bon souverain pour les Byzantins.

Mais Amirutzès se demandait ce qu'était devenue la haine qu'il avait éprouvée jusqu'à présent à l'égard de Mehmet. Cet homme jeune, qui ne distillait que dignité et sang-froid alors que des sentiments de triomphe devaient l'habiter, ne semblait plus être celui qu'il avait eu loisir d'observer depuis deux mois. Il avait toujours détesté tous ceux de ses pareils qui s'efforçaient d'inclure ces notions comme des valeurs déterminées dans leurs calculs. Mais maintenant, il s'apercevait soudain que cette situation était immuable et que s'y opposer n'avait aucun sens. Des gens comme lui graviteraient toujours autour de gens comme Mehmet et ne pourraient conserver leur fierté qu'en se gardant de l'illusion que leurs activités puissent avoir un autre objet que leur seule survie. Cela voulait dire aussi qu'ils devaient équilibrer leur respect de soi-même par une égale mesure de mépris de soi-même. Ravaler son amertume pour garder la tête claire. Quiconque n'en était pas capable, ou ne voulait pas le faire, devait être prêt à le payer de sa vie. Or, Amirutzès voulait rester en vie, ne fût-ce que pour voir comment elle continuerait.

Il songea un moment à la carte qu'il avait dessinée lui-même et qu'il portait toujours sur lui. Dans les rêveries qui lui semblaient maintenant confuses et immatures, il s'était vu devant un Mehmet vacillant dans l'ivresse de sa victoire, en train de lui dire : « Voilà ce que tu as conquis, un point sur cette terre qui ne se différencie en rien des autres et qui n'a pas, et de loin, l'importance que tu lui attribues. Tu crois avoir conquis la capitale du monde habité, mais il y a longtemps que le monde ne reconnaît plus aucune capitale. Il commence à s'agrandir si vite que, de ses nouvelles frontières, on ne peut même plus voir Constantinople ni, à plus forte raison, la tenir pour importante. Même sur le trône byzantin, tu n'es qu'un souverain parmi d'autres et même pas le plus puissant, car la lumière qui émanait d'ici, jadis, est déjà éclipsée par d'autres soleils et aucun d'entre eux ne se lève en Orient. »

C'est à peu près dans ces termes qu'il s'était entendu parler, mais même ces mots imaginaires lui avaient paru bien amers.

Ne suffisait-il pas, tout simplement, de savoir ce qu'il avait appris à Sagres et de se servir de ses connaissances pour soutenir le sentiment de sa propre valeur. Dans les temps à venir, il devrait constamment faire appel de façon de plus en plus pressante à ces secrètes réserves de forces. « Laisse Mehmet apprendre par d'autres à quel prix exorbitant il s'est précipité dans le vide. Pour l'instant, il goûte encore l'écorce sucrée de sa victoire, bientôt, il en mordra l'amer noyau. »

Amirutzès décida de brûler sa carte. Cela le conforta dans le sentiment qu'il avait de nouveau fait un peu jeu égal avec le Sultan et lui permit d'éprouver une fois de plus ce soupçon de compassion qu'il avait ressenti lors de sa première visite dans cette tente. Au même moment, il s'aperçut que Mehmet avait commencé de parler de la ville.

— Je vais la rebâtir, disait-il, plus belle que jamais.

Mais on avait l'impression qu'il avait voulu dire : « Je vais la couvrir de bijoux comme une femme. »

Il dit qu'il voulait la rendre plus forte et la réanimer, ce qui semblait signifier : « Avec mon souffle, avec ma force, avec toute l'affection que je ressens pour elle. »

Il projetait un palais que l'on ne pouvait imaginer autrement que bruissant de fêtes, couronné de voiles et paré de fleurs. La vie de cour byzantine devrait être plus ou moins conservée : brillantes toilettes de soie, robes de velours, démarche raide et courbettes élégantes. Il parla même de représentations dans le style de la Grèce antique qu'Amirutzès connaissait depuis l'époque de ses études. Quelqu'un devait lui en avoir parlé. « Quelqu'un ? songea le Trébizondain. Anna. Qui d'autre qu'Anna ? »

Il la vit alors avec les mêmes yeux que Mehmet avait dû avoir pour elle : une femme rayonnante d'une nature dominatrice, mais aussi déroutante.

A peine douze heures plus tard, tandis qu'ils chevauchaient vers l'ancien palais, il comprit que l'Anna qui les attendait dans les murs effondrés n'était pas celle qu'ils avaient connue. Dès lors, l'impression d'avoir franchi la frontière entre le réel et l'irréel l'envahit. Les silhouettes se diluèrent, ce qui était coloré vira au gris, les mouvements parurent se ralentir, les bruits n'atteignirent plus ses oreilles qu'avec retard.

Le cheval blanc du Sultan gravit péniblement les collines de gravats qui couvrent la cour entre la Chalke et la Daphné.

Rétif, il redescend de l'autre côté. Il tente de relever la tête comme s'il voulait découvrir le chemin qu'a emprunté son cavalier. Mais Mehmet pousse sa monture en avant vers le portail qui bâille devant lui. Il paraît trouver sa route sans peine. Ses compagnons échangent des regards où se reflètent l'étonnement et le désarroi.

« Notre maître n'a rien voulu savoir de la résidence Blachern, il l'a laissée sur sa gauche et voilà qu'il pénètre dans ce paysage de ruines ! »

Le hall d'entrée, sous sa puissante coupole est entièrement vide. Dans la cour qui s'étend derrière, il n'y a pas âme qui vive. Mais, lorsqu'il pénètre à cheval dans la gigantesque cage d'escalier qui fut jadis lambrissée de cèdre, des bruits résonnent : le piétinement de pas furtifs sur les galeries, puis des sons qui pourraient sortir de gorges humaines. Les gardes du corps posent des flèches sur la corde de leurs arcs et les dirigent vers le haut. Le silence se fait instantanément. Mehmet s'arrête et donne un ordre. L'officier à côté de lui met ses mains en portevoix.

— Sortez, habitants du palais, crie-t-il dans un grec parfait. Votre souverain est venu à vous en paix. Il ne sera fait de mal à personne et personne ne sera forcé de faire ce que Dieu lui interdit.

Sur quoi, le bruissement et le piétinement augmentent un peu pour se taire presque aussitôt.

Mehmet fait signe à Gennadios de s'approcher de lui et l'officier crie :

— Votre souverain n'est pas venu seul, mais en compagnie de l'honorable prieur de Pantokrator. C'est lui, Georgios Scholarios dont le nom en religion est Gennadios, le défenseur inébranlable de votre foi, qu'il va nommer nouveau patriarche de la ville de Constantinople pour vous montrer que Mehmet, fils de Murad, ne régnera pas sur vous autrement que ceux qui l'ont précédé.

Sur cette proclamation, des bruits s'élèvent à nouveau dans les galeries, comme si des gens chuchotaient ou s'agitaient avec inquiétude dans leurs cachettes mais on ne voit encore rien. Amirutzès croit définitivement qu'il vit un rêve. Comment le héraut a-t-il appelé Gennadios ? Georgios Scholarios ? Est-ce là son nom de baptême ? D'où le Sultan le connaît-il ? Lui-même ne le connaissait pas ; cependant, il ne doute pas un instant que tout cela soit exact. Et cela aussi le confirme dans le sentiment de se trouver à la frontière entre la veille et le sommeil, où l'on sait avec certitude des choses que l'on ne savait pas avant et que l'on ne saura plus ensuite. On reconnaît en toute évidence : c'est ainsi, ce fut ainsi, ce sera ainsi. Gennadios, naturellement..., il devait tout simplement s'appeler Scholarios. Et qu'il doive maintenant devenir patriarche, n'était-ce pas également pure logique ?

Le Sultan a fait repartir son cheval. Il s'avance dans l'ancien jardin du palais dont les cyprès se dressent comme des colonnes gris-vert, devant un ciel gris-blanc. Il ne tourne la tête ni à droite ni à gauche et paraît reconnaître tout ce qu'il voit, les arcades qui ne mènent plus nulle part, les pans de mur qui furent autrefois des palais ou des églises. Mehmet ressemble à un homme qui revient dans sa propriété après une longue absence et qui constate qu'on l'a laissée dépérir, mais qui ne prend pas la chose trop au sérieux, car il le savait et il est certain de pouvoir tout reconstruire, mieux et plus beau qu'auparavant. Il n'exprime qu'une totale tranquillité et Amirutzès trouve cela si naturel qu'il est prêt à penser qu'il voit ces lieux dévastés, non pas avec ses yeux, mais avec ceux du Sultan. Certes, c'est là un paysage en ruine, mais qu'il faut donc peu d'efforts pour se le représenter tel qu'il sera bientôt. Un mot suffit et les piliers se dressent, les pierres se joignent les unes aux autres, les arcs se courbent à nouveau de chapiteau en chapiteau.

Ils ont maintenant atteint la place où se dresse l'obélisque couronné de son espèce de nid. Loin au-dessous d'eux, la mer d'un gris-blanc écume, des cigognes se rassemblent pour prendre leur vol vers l'Occident ; devant les remparts de Galata une galère échouée montre son ventre peint en noir. Mehmet pousse son cheval jusqu'au centre du petit carré partiellement pavé et s'arrête.

Encore un ordre, et Gennadios est appelé devant lui. Ils sont là, face à face, tous deux en selle. Le Sultan lève la main et — personne ne pourra dire plus tard si tout était préparé ou si cela s'est produit fortuitement — la voix d'une hauteur irréelle d'un eunuque retentit, venant du palais. D'autres voix s'y mêlent. C'est ainsi que les empereurs sont accueillis, où qu'ils apparaissent, par la formule antique :

« Quand le souverain s'avance devant nous. »

Gennadios met pied à terre et s'agenouille. Le Sultan a

soudain dans la main un bâton à pommeau d'or qui semble surgi du néant et il le lève très haut.

Les voix qui chantent sont plus proches. Elles s'élèvent d'un cortège d'hommes comme Amirutzès n'en a encore jamais vu : moines en robes loqueteuses, femmes dans des vêtements qui ne méritent plus ce nom, hommes qui se traînent sur des béquilles, manchots, unijambistes, infirmes, blessés, toute une troupe qui semble suer la misère et qui, pourtant, chante.

L'hymne impérial se tait. Maintenant c'est « Gloire à Dieu ». Gennadios se lève, s'incline trois fois, avance jusqu'au cheval et attend qu'on lui adresse la parole. Les prochaines formules qui nomment le patriarche sont également prescrites. Mehmet le musulman les prononce-t-il ? Dit-il réellement ? « La Sainte-Trinité qui m'a revêtu de la dignité impériale... ? »

Par la suite, beaucoup en témoigneront et beaucoup le contesteront. Plus tard, Amirutzès lui-même n'en saura rien, lui non plus — bien, que d'un autre côté, il soit certain de les avoir entendues et que l'homme en turban a continué : « ... Elle t'élève à la dignité de patriarche de la deuxième Rome. »

Ce qu'il se rappellera clairement, c'est pourtant le chant des loqueteux. « Pour beaucoup d'années, Seigneur. » Et que, dans ce choral, s'est mêlée une voix de gorge rauque et perçante qui résonnait du haut de l'obélisque brisé.

Ce qu'émet la créature dans son nid de cigogne, aucun être humain ne le comprend. C'est un bégaiement inarticulé, une litanie croassante, soutenus par une mystérieuse mélodie qui grandit ou diminue, psalmodie, récite, exhorte, conjure, se plaint et même parfois jubile. Tout le Troparion avec ses chants et ses contre-chants, s'est tu depuis longtemps, mais le Stylite continue de crier, de croasser, de hurler. Il a l'air de vouloir s'épuiser complètement dans cette émission de sons. La puissance de ses poumons paraît inimaginable à ceux qui l'écoutent. Il mugit et l'on ne sait pas si c'est la ville mourante qui exhale son âme ou une impure trompette qui salue l'avenir. Beaucoup plus tard, sa faconde se brise soudain au milieu d'un cri : une flèche s'est plantée dans sa gorge.

A ce moment-là, le rassemblement sous l'obélisque brisé est déjà dispersé. Mehmet descend l'escalier qui conduit à la partie du palais où vit Anna. Il y est entré, accompagné du seul Anastasios et le voici qui revient sans le vieillard boiteux. Son visage est vide, il marche comme un somnambule et il avance automatiquement un pied après l'autre.

Lorsqu'il est enfin en bas, ceux qui l'attendaient ont tout d'un coup disparu, à l'exception des gardes du corps. Ils ont rampé sans bruit jusqu'aux recoins d'où ils étaient venus. Dans le gigantesque hall dévasté, il ne reste plus que l'étincelante escorte militaire.

Mehmet semble s'éveiller et voir ce qui l'entoure avec des yeux complètement différents. La puanteur de fumée et d'ordures lui pique le nez. Son regard passe sur du bois qui brûle sans flammes, des murs moisis, des marches qui ne mènent nulle part, des balcons brisés, des balustrades en ruine.

Il voit la lumière trouble et grise qui s'étend sur tout, il voit des essaims de chauves-souris qui s'élancent à travers les fenêtres et les trous des murailles vers le crépuscule commençant.

Puis il ouvre la bouche et, d'une voix rauque et fêlée, mais si bas que seuls peuvent l'entendre ceux qui, comme Amirutzès et Mahmud Pacha, sont tout près de lui, il dit : « L'araignée tisse sa toile dans le palais des Césars et, du haut des tours, tombe le cri de la chouette. »

Il semble qu'il se soit rappelé quelque chose qu'il avait depuis longtemps oublié. Maintenant, il le sait de nouveau. Cela paraît très important. Une expression de dégoût passe sur son visage. Il va vers son cheval, s'assied assez péniblement dans la selle à haut dossier et quitte la Daphné, la Chalke et tout le vieux palais accompagné de ses gardes troublés.

Amirutzès qui est resté en arrière, apprend plus tard qu'il ne s'est arrêté que devant sa tente, dans le camp.

C'est à peu près à ce moment-là que vole à travers les airs la flèche qui transperce le Stylite.

Cinquième partie

GEORGIOS SPHRANTZÈS

Novembre 1464

Lorsque Mauros vint me trouver dans le jardin en prétendant que Laonikos Chalkokondylès voulait me parler, je pensai que l'esprit de mon vieux serviteur commençait à se troubler — sa force jadis extraordinaire l'a depuis longtemps abandonné. Mais comme il persistait avec l'obstination qui lui est propre à affirmer que c'était bien le même homme que nous avions vu pour la dernière fois onze ans auparavant, je finis par lui dire de conduire le visiteur à la maison et de prier Judith de bien vouloir lui servir un rafraîchissement.

En ce jour de novembre, j'avais taillé mes rosiers et vidé les nasses posées dans la Corne d'Or, et je n'avais, au fond, pas d'autre programme qu'un de ces après-midi et une de ces soirées paisibles pour lesquels je vis depuis bien longtemps. Je voulais donner carrière à mes pensées en buvant du vin, sachant bien que mon voisin, l'iman de la mosquée Eyoub ne s'en irriterait pas. Omer Hasan est certes un homme très agréable et non un musulman fanatique, mais il n'est pas arrivé à se mettre dans le crâne que, dans une ville gouvernée par l'islam, des chrétiens comme moi puissent profiter de plaisirs qui restent interdits à un fidèle disciple du Prophète comme lui.

Qu'un messager d'une époque depuis longtemps révolue veuille soudain pénétrer dans le silence où je me suis enfermé, me sembla étrange. Tout comme un mort s'étonnerait si on lui disait qu'un vivant désire lui parler. Nous qui étions autrefois restés à Constantinople, nous avions le sentiment d'habiter la face cachée de la lune. Ce qui nous parvenait d'un monde auquel nous avions cru appartenir nous était, d'année en année, de moins en moins compréhensible, et résonnait à nos oreilles comme un bourdonnement lointain, étranger, et du reste parfaitement dénué d'importance. Nous étions plongés dans un profond sommeil et nous n'avions aucune envie d'être réveillés.

Il nous suffisait que chaque matin le soleil se levât sur les collines de Thrace et que cette vieille ville ressuscitée émergeât dans sa lumière changeante. Elle était fraîche et argentée au printemps, dure et blanche en été, puis elle devenait dorée au mois d'octobre. Enfin, comme maintenant, elle se mêlait aux brumes du matin et à celles du soir, peignant Constantinople de couleurs qui flattaient l'œil et qui pouvaient survivre en rêves paisibles. Que, dans ce tableau, des minarets de plus en plus nombreux commencent à se dresser, minces comme des colonnes et pointus comme des aiguilles, ne choquait plus personne. Au contraire, nous les acceptions comme un nouvel ornement plein de charme sur une vieille robe d'apparat devenue un peu miteuse avec le temps. Nous étions même secrètement satisfaits que cette vieille reine des villes succombât à la tentation de se parer, fût-ce d'une manière un peu étrangère, et de vérifier dans le miroir des eaux qui l'entouraient si cela lui seyait. Nous l'avions vue, nue, vieille et croulante, souillée, humiliée et couverte de blessures, plus près de la mort que de la vie et prête à mourir. Puis, comme par miracle, la vie était revenue dans son corps. Elle s'était relevée et, depuis lors, rajeunissait d'une année à l'autre.

Mais où était passé Chalkokondylès pendant ces événements ? Nous avions cru longtemps qu'il avait été tué avec l'Empereur, Thomas Cantacuzène et Don Francisco. Nous avions supposé que son cadavre se trouvait parmi ceux, nombreux, que l'on n'avait pas pu identifier et qu'il reposait avec des milliers d'autres dans une des fosses communes que l'on avait dû creuser en toute hâte pour prévenir le danger d'épidémies. C'est pourquoi nous n'avions pas prêté attention aux bruits suivant lesquels il aurait été vu en Morée, à Lemnos et en Italie car ce genre de rumeurs flottait dans l'air et presque aucune n'était vérifiable. Au commencement, un peu envieux, nous les avions écoutées d'une oreille et, plus tard, nous les avions rejetées avec un haussement d'épaules — que nous importait que tel ou tel se fût enfui ? Nous ne nous étions pas enfuis et nous vivions quand même.

Nous, ce sont d'abord Kekaumenès, Batatzès, Laskaris et moi. A l'occasion, ce petit cercle d'anciens rivaux se réunit chez l'un quelconque de ses membres, le plus souvent dans les locaux du patriarcat près du rempart de la mer où réside Gennadios, sombre et solennel, mais beaucoup moins despotique qu'autrefois.

Batatzès et Laskaris, saisis tous deux d'une surprenante piété, s'abritent volontiers à son ombre. Kekaumenès, au contraire, qui après trois ou quatre coupes de vin parvient à une sorte de placidité philosophique préfère s'asseoir chez moi, au bord de la Corne, où se dresse sur les ruines de la ferme paternelle le modeste bâtiment qui nous abrite maintenant, Judith et moi.

En revenant de la fontaine, je me demandais si Chalkokondylès allait grossir le groupe des derniers Byzantins, comme nous nous nommions, ou s'il était seulement venu pour une visite de brève durée. Ni l'une ni l'autre de ces éventualités ne m'eussent étonné, car les deux étaient possibles et se produisaient de plus en plus souvent au cours des dernières années. Des hommes et des femmes qui avaient, pour une partie d'entre eux, quitté notre ville avant même le commencement du siège, surgissaient de façon totalement inattendue. Les uns par mal du pays ou parce qu'ils avaient échoué en Occident, les autres, arrogants dans leurs vêtements étrangers et faisant étalage de leur vie dans les Cours italiennes. En ce qui concerne Chalkokondylès, je pouvais imaginer que la nostalgie l'avait poussé à revenir, soit pour rester, soit pour voir ce qui était resté. Et, tout à coup, je souhaitai qu'il fût venu pour ne plus repartir. Il aurait été au moins un ami dans le milieu où j'évoluais.

J'entrai dans la maison par la porte de la terrasse et je le vis, assis sous la fenêtre. Il ne me parut pas avoir changé le moins du monde ; il était resté un homme bien bâti qui croyait devoir tempérer son aspect juvénile inné par un comportement plein d'une dignité un peu affectée. Judith était debout devant lui et je remarquai qu'elle était aussi gênée que lui.

— Qu'y a-t-il ? dis-je, vous vous connaissez pourtant !

Chalkokondylès se tourna vers moi :

— Oui, répondit-il, bien sûr...

— Mais qu'y a-t-il ?

— Lorsque je l'ai vue, je l'ai appelée Anna.

Cela ne devait pas être le seul nom qui, ce soir-là, surgit du passé et nous obséda. A un moment — la lampe à huile que Mauros avait apportée dessinait des ombres vacillantes sur les murs nus — il dit encore : « Piccolomini ». A cet instant, j'étais déjà complètement sous le charme de ses récits, car, bien entendu, il avait commencé à raconter. Il dit « Mantoue » et, bien que je n'eusse jamais été dans cette ville, elle se dressa distinctement devant mes yeux.

Mantoue et Piccolomini formaient un accord qui me parut familier. N'était-ce pas sur les rives du fleuve Mincio qu'était né le grand Virgile, le poète que Silvio avait un jour choisi pour son Dieu ? Il s'était lui-même baptisé Enée comme le héros de l'épopée de Virgile sur la fondation de Rome. Plus tard, parce que le Troyen s'appelait aussi le « pieux Enée », il s'était ajouté le nom de Pie. C'est ce dernier prénom qui était gravé sur sa tombe car, me dit Chalkokondylès, Piccolomini était mort depuis deux mois. C'était le pape Pie II.

Oui, c'est exact, trois ans après la chute de notre ville, Picco avait été élu chef de l'Eglise romaine. Nous en avions tous entendu parler, mais nous ne pouvions pas nous représenter vraiment Picco porteur de la triple couronne, laquelle, si je comprends bien, passe aux yeux des Occidentaux pour la quintessence de la plus haute puissance sur terre. Cependant, il l'avait bel et bien portée sur sa tête rondelette de poète, il avait bel et bien plané au-dessus de la foule, assis sur la sedia. Il avait été cet homme devant lequel on tombait à genoux parce qu'il était le représentant de Dieu.

Plus Chalkokondylès me parlait de Mantoue, plus je croyais tout voir. Pourquoi était-il allé, en mai 1459, à Mantoue, cette ville où, le soir, on n'entendait plus que le coassement des grenouilles ? Pourquoi avait-il invité les princes de l'Europe dans cet endroit empesté de fièvres ? Un rêve avait dû le lui inspirer. Bien sûr, un rêve qui l'obsédait depuis sa jeunesse.

Mantoue avait été d'abord à ses yeux la patrie de Virgile. Mais avec Virgile et Enée, il pensait surtout au détroit sur les rives duquel se trouvent non seulement Troie mais aussi Constantinople. Enée était allé vers l'ouest et avait fondé Rome. Maintenant, le vieux mythe devait avant tout rappeler à la mémoire des Européens que l'Est leur avait autrefois apporté les lumières de la civilisation, mais que cet Orient, cette Troie, cette Constantinople se trouvaient dans la main des Turcs. N'était-ce pas leur suprême devoir de payer la dette contractée jadis en levant une armée de Croisés et en libérant la ville sœur de Rome ?

Dans le plan de mettre en route, à partir de Mantoue, une croisade de toute l'Europe, c'était le jeune homme qui se révélait de façon presque douloureuse ; le jeune homme que nous avions connu et méconnu. Il nous avait paru frivole et infatué de lui-même. Maintenant, on voyait que, vieilli et éprouvé par la vie, il était prêt à mettre sur pied, d'après les convictions, les idéaux et les rêves conçus jadis, une politique qu'il lui faudrait défendre devant toute la chrétienté. Il avait certes derrière lui une vie remplie de compromis, de demi-mesures et de manœuvres d'accommodement, mais maintenant qu'il portait la tiare, il sortait de toute cette brume morte et montrait qu'il n'avait jamais été différent du Picco de jadis, auquel notre ville avait servi de patrie. Son pseudonyme de poète était un hommage à Troie et à Constantinople ; son nom de pape, une adroite révérence à l'Orient grec et à l'Antiquité païenne.

Plus Chalkokondylès parlait, plus Piccolomini semblait me devenir étranger, mais aussi, d'une curieuse façon, familier. Je le voyais entrer à Mantoue à la tête de sa Cour, mais je le voyais en même temps avec Anna, Amirutzès et moi, assis sur la terrasse de la villa Bagration. Cependant, toutes les manifestations de fureur et les cascades de mots dont nous avions souri à l'époque m'allaient maintenant droit au cœur. C'était comme si j'avais reçu de manière tout à fait imprévue un précieux cadeau. Le Pape mort me tendait un morceau de ma jeunesse et, voyez, elle était beaucoup plus belle que le souvenir que j'en avais gardé.

La conférence de Mantoue doit être pour lui une désillusion d'une rare amertume. Il avait envoyé des messagers aux quatre points cardinaux. Il avait exhorté, supplié, appelé, mais pour ainsi dire personne n'était venu dans le trou marécageux des bords du Mincio, ni représentant de l'Empereur germanique qui passait pourtant pour le souverain protecteur de la chrétienté, ni envoyés plénipotentiaires des autres princes ou des grandes villes commerçantes italiennes. Durant tout un trimestre, le Pape séjourna dans le grand palais du duc Gonzague, entouré de dignitaires religieux qui tenaient toute l'entreprise pour stupide et rêvaient de retourner à Rome. Vers la fin de septembre, quelques délégués arrivèrent enfin. Milan apparut ainsi que Venise ; d'Allemagne, vint un duc de Clèves. Finalement, après que ces messieurs se furent laborieusement mis d'accord sur les préséances, qui s'assoirait sur du capiton, qui sur du simple tissu, et qui n'aurait droit qu'à un banc nu, la première session put être convoquée.

Comme Chalkokondylès le rapporta, Picco — ou bien devrais-je désormais l'appeler Pie II ? — avait ouvert la séance et prononcé un discours qui comptait parmi les meilleurs qu'il eût jamais entendus.

« Ce ne sont pas nos pères, avait-il crié, mais bien nous qui avons laissé les Turcs conquérir Constantinople, la capitale de l'Orient. Et, tandis que nous restons chez nous dans une paresseuse tranquillité, des barbares portent leurs armes jusqu'au Danube et à la Save. Si nous voulons voir la vérité en face, depuis plusieurs siècles, la chrétienté n'a jamais connu de plus grand outrage. En d'autres temps, nous n'avons été battus qu'en Asie et en Afrique, mais maintenant nous avons été cruellement atteints en Europe, donc dans notre patrie, dans notre propre foyer. Nous nous battons entre nous, mais nous laissons les Turcs faire à leur guise et régner. Les chrétiens prennent les armes pour la moindre raison et se livrent à de sanglantes batailles entre eux. Mais contre les Turcs qui blasphèment notre Dieu, détruisent nos églises et tendent à supprimer complètement le nom divin, personne ne veut lever la main. Vraiment, tous ont fui, tous sont devenus inutiles. Il n'y en a aucun qui fasse le bien, pas un ! On dit que c'est du passé, des choses que l'on ne peut plus changer et que, désormais, on aura la paix. Comme si on pouvait attendre la paix d'un adversaire comme le sultan Mehmet ! Il ne déposera jamais les armes s'il n'est pas vainqueur ou totalement vaincu. Chaque succès est pour lui l'échelon vers le suivant jusqu'à ce que, après avoir écrasé tous les princes de l'Occident, il abatte l'Evangile du Christ et impose au monde entier la loi de son faux prophète. »

— Oh oui, dit Chalkokondylès, ce fut une vigoureuse prédication que le Pape fit là. Elle était le feu, l'épée, le sarcasme, l'injure, mais aussi artistement composée qu'un sonnet. Après avoir dépeint l'effroyable danger que représentait Mehmet, le Pape adjura l'Occident, seule patrie des chrétiens et exhorta ses auditeurs à se reconnaître pour frères et parents.

Il se transforma en avocat qui prouva avec des citations de la Bible et des classiques à l'appui, qu'une guerre contre les Turcs était justifiée, un politicien qui exposa que cette croisade était profitable et, finalement, en chef de guerre qui prouva qu'elle était exécutable. Il fit appel à l'orgueil, à l'honneur, à la piété et au sens des réalités de l'assemblée. Il demanda, menaça, exhorta, flatta et lorsqu'il eut enfin terminé, il n'y avait personne dans la grande nef de la cathédrale qui ne fût profondément ému et rares étaient ceux qui n'avaient pas les larmes aux yeux. Après Pie II, le cardinal Bessarion prit la parole. Lorsqu'il eut achevé son discours, les assistants résolurent à l'unanimité la grande guerre générale contre les Turcs.

— Cependant, dis-je, cette guerre contre les Turcs n'a pas encore éclaté jusqu'à ce jour. Les navires de Mehmet menacent Venise, ses bachi-bouzouks sont déjà parvenus aux frontières des pays alpins de langue allemande. Mais les Européens regardent tout ça avec la même indifférence qu'il y a onze ans, la lutte pour notre ville. Que s'est-il passé ?

— Qu'aurait-il pu se passer ? répliqua Chalkokondylès presque avec humeur. La première grande assemblée fut suivie de beaucoup d'autres. On devait s'y mettre d'accord sur qui fournirait des soldats et en quel nombre, comment la guerre serait payée et qui prendrait le moment venu le commandement suprême des troupes réunies. Le pape Pie II avait fait préparer des plans détaillés à cet effet. Il proposa de nouveaux impôts que devraient percevoir tous les Européens. Il établit des plans de campagne pour les forces terrestres et navales et présenta des projets de traités que les différents Etats devraient conclure entre eux. Mais, plus on approfondissait cette matière, plus les chefs des délégations voyaient les frais et les sacrifices que la guerre exigerait, et plus ils marquaient leur mauvaise volonté. Florence réclama pour son compte un rabais spécial sur les nouvelles dépenses prévues. Venise exigea d'emblée le remboursement des frais de la mise à disposition de sa flotte. Les Vénitiens, les Pisans et les Génois, avec ensemble, voulurent que soit fixée la façon dont le butin espéré serait partagé. Et le chef de la délégation allemande exigea que l'empereur Frédéric III reçoive le commandement en chef de l'armée de la croisade, à condition que les deux prochaines Diètes impériales en ratifient la constitution. En bref : la conférence dura aussi longtemps que le Pape en avait attendu l'ouverture à Mantoue : un trimestre entier.

Lorsqu'elle arriva à sa fin, la guerre contre les Turcs était en principe toujours décidée. Chaque participant avait fait des promesses fermes quant au nombre de soldats, de chevaux et aux sommes d'argent qu'il mettrait à sa disposition. Mais aucun de ceux qui se trouvaient là ne croyait qu'elle aurait lieu. Les Européens sont tout simplement incapables d'oublier leurs petites querelles et leurs intérêts particuliers en présence d'une grande cause. Pie II les avait enthousiasmés et entraînés pour un court moment. Mais, comme il ne pouvait pas prêcher, exhorter et enflammer jour et nuit, ces feux de paille s'éteignirent aussi vite qu'ils avaient été allumés. En outre, sa santé déclinait de plus en plus.

M'efforçant encore de retenir en l'arrondissant l'image de Pie qui venait de m'être donnée, je demandai :

— Comment as-tu pénétré dans son entourage, Laonikos ?

— Moi, dit Laokinos en souriant, grâce à ton ancien secrétaire, Ohannes Assaiyan et au cardinal Bessarion.

— Ils étaient donc tous les deux à Mantoue ?

— Mais bien sûr. Ils élaboraient, pour ainsi dire, l'autre côté de toute l'affaire et je les y aidais.

— Quel autre côté ?

— Nous informions ces messieurs sur Byzance, la situation en Orient et sur Mehmet. En outre, nous établissions des contacts avec des princes asiatiques qui se sentaient eux aussi menacés par les Turcs.

— Apparemment sans succès ?

Chalkokondylès me lança un regard étonné.

— Sans succès ? Qu'est-ce qui te fait dire ça ?

— Devrais-je savoir quelque chose que tu considères comme de notoriété publique ? N'oublie pas que nos liaisons avec le monde extérieur ne sont plus ce qu'elles étaient autrefois !

— Même ici, on devrait avoir entendu parler de la grande ambassade que l'empereur de Trébizonde, Usun Hasan, et le chah de Perse ont envoyée, d'abord à Vienne, puis à Rome.

— Une ambassade de Trébizonde et de Djarbeck ? Je secouai la tête, un peu troublé. Rien n'en a filtré jusqu'à nous. Quand se serait-elle trouvée chez vous ?

— Elle vint environ six mois après la fin de la conférence de Mantoue et elle paraissait représenter toute l'Asie. Ce fut le cortège le plus fantastique et le plus haut en couleurs que j'eusse jamais vu : des Mingreliens, des Géorgiens, des Persans, des Karamans et même des gens qui se disaient les successeurs des Goths. Ils nous offrirent de lever une armée de deux cent mille hommes et d'attaquer Mehmet à l'est, si nous...

— Quoi ?

Il se prit la tête comme s'il avait une idée subite.

— Si nous mettions sur pied une armée d'une puissance analogue et si nous l'attaquions à l'ouest.

— Ton histoire, dis-je prudemment, semble soudain ne plus te plaire. Ou bien est-ce que je me trompe ?

— Non, répliqua-t-il d'un air assez malheureux. Au fond, elle ne m'avait déjà pas plu à l'époque.

— Pourquoi, Laonikos ?
— Si je le savais !... Tout ce dont je puisse me souvenir, c'est la réaction d'Ohannes Assaiyan quand il a vu cette troupe bariolée.
— Qu'a-t-il dit, mon malin secrétaire ?
— Peu de chose, en fait. Il s'est seulement refusé à avoir affaire à ces gens.
— Si ce fut le cas, c'est qu'il avait certainement de bonnes raisons et vous auriez dû l'écouter.
Une autre pensée me vint à l'esprit.
— Amirutzès était-il l'un des membres de cette ambassade ?
L'Athénien me regarda.
— Amirutzès ? Non, pas que je sache.
— Ou quelqu'un qui se présentait en son nom.
— Non plus. Pourquoi cette question ?
— C'est bien simple : à l'époque où ces gens vous rendirent visite, il était encore grand chambellan de Trébizonde et c'était lui qui décidait de la politique de l'Empire. De plus, il est un ami du pape Pie II. Il aurait sûrement profité de l'occasion pour lui adresser un message personnel.
— Oui, dit Chalkokondylès, oui, naturellement. Comment n'y ai-je pas pensé ?
— Ou le Pape.
— Oui, ou bien le Pape.
— Peut-être, proposai-je, ne vouliez-vous tout simplement pas y penser. Peut-être vous êtes-vous laissé aveugler par vos propres espoirs au point que vous ne pouviez plus du tout voir l'avenir immédiat ?
Il hocha la tête.
— Peut-être, oui. Peut-être en a-t-il été ainsi. — Puis il releva les yeux. — Mais si ces gens n'étaient que des imposteurs, qui donc nous les aurait envoyés ?
— Oh, fis-je...
De nombreux noms me venaient à l'esprit, et celui de Mehmet n'était pas le dernier.
— Mehmet ?
— Oui, pourquoi pas ? Cette délégation a contribué à vous troubler et à vous bercer dans votre sécurité. On vous a dit que, quelque part en Asie, vivaient des gens capables de lever deux cent mille hommes et d'attaquer les Turcs, ce qui devait avoir d'abord pour effet que les Européens, soulagés, allaient souffler et se dire : le danger que le Pape a évoqué à Mantoue ne peut

pas être si grave. Mehmet est déjà pratiquement encerclé. Et, là-dessus, ils se sont naturellement relâchés dans leurs efforts d'armement — à supposer qu'ils en aient déjà entrepris. Exact ?

Chalkokondylès acquiesça.

— Donc, celui qui vous avait envoyé ces gens avait atteint un premier objectif. La conviction qu'il fallait constituer aussi vite que possible une armée de croisés perdait sa force. On croyait avoir du temps devant soi, on s'illusionnait avec une victoire facile. Et chacun recommença aussitôt de se consacrer à des choses qui lui tenaient plus à cœur que la reconquête de Constantinople.

— C'est à peu près comme cela que ça s'est passé, admit l'Athénien. Il se frappa de nouveau le front et ajouta : Nous n'avons même pas demandé à ces Asiatiques pourquoi, disposant d'une armée largement supérieure à celle du Sultan, ils ne voulaient frapper que si nous en faisions autant au même moment. Avec leurs deux cent mille hommes, ils n'avaient pas besoin de notre aide.

On avait l'impression que les écailles lui tombaient des yeux. Quant à moi, je songeai : « Pourquoi n'ont-ils pas posé la question ? Parce qu'au fond, ils ne voulaient pas savoir. Parce qu'ils saisissaient tous les prétextes pour repousser la croisade de plus en plus loin. Parce que la volonté leur faisait défaut de se défendre eux-mêmes en attaquant l'Empire ottoman. Ils avaient caché leur tête dans le sable et cette attitude leur plaisait. »

— Aurait-on pu, demanda Chalkokondylès, gagner Amirutzès à une politique commune de l'Occident et de l'Orient contre Mehmet ?

— Tu le connais, répliquai-je, tu sais où il était et où il est maintenant. Lorsque le Sultan a marché contre Trébizonde, il y a trois ans, il lui a livré la ville froidement et adroitement ; peu après, il s'est converti à l'islam.

— Un traître, donc, depuis le début.

— Traître ? Non. Avec ce mot, tu es injuste. Il connaissait aussi bien l'Orient que l'Occident et il a misé sur la plus forte puissance qui existait entre l'Espagne et le Caucase, ou, si tu veux, sur la volonté la plus forte. Amirutzès a toujours refusé de se faire des illusions. Il savait ce qu'était l'empereur de Vienne, ce qu'étaient les Vénitiens, les Génois, les Florentins et il savait qui était Mehmet. Alors, il n'y avait pour lui aucun doute sur celui auquel il devait se joindre. C'est un réaliste. — Je souris à mon interlocuteur. — Contrairement à nous deux et au pape Pie II, vraisemblablement.

Chalkokondylès me rendit mon sourire avec un peu de tristesse.

— Oui, dit-il, tu as sûrement raison. Mais que Pie ait été un rêveur ou du moins pas un réaliste, il a cependant, à mes yeux, fait meilleure figure que ton ami de jeunesse au cœur froid et sans vergogne.

— Voilà une phrase, répliquai-je, qu'Amirutzès lui-même approuverait probablement. Comment cela s'est-il terminé avec Pie II ? Tout ce que l'on a pu apprendre ici sur lui paraît confus, contradictoire, comme si le petit Silvio que nous connaissions avait grandi jusqu'à devenir un vrai Titan.

— Ce n'était pas un Titan, dit Chalkokondylès, mais le plus grand bourreau de travail que j'aie jamais connu. Il négociait des traités de paix entre des princes et des rois, réglait leurs questions d'héritage, fondait des universités, surtout en Allemagne, construisait dans cette ville près de Sienne qu'il appelait Pienza. Il écrivait et publiait des mémoires, des pamphlets, des travaux scientifiques, assurait des sinécures à ses parents. Il essaya encore une fois de convertir Mehmet au christianisme et, pourtant, durant les dernières années de sa vie, il se démena infatigablement pour une croisade contre lui. Depuis Mantoue, il n'était plus vraiment bien portant. La goutte l'avait fait enfler au point que, sur la fin, il pouvait à peine se mouvoir. Cependant, lorsqu'il eut compris que les Européens ne se coaliseraient jamais contre les Turcs, il résolut de lever une armée et d'attaquer Constantinople par ses propres moyens.

— Oui, fis-je, nous en avons entendu parler. Mais cela ne devait pas être un corps expéditionnaire bien impressionnant !

— Corps expéditionnaire, peuh ! Chalkokondylès leva une main en l'air. C'était une pitoyable petite bande, composée de quelques troupes pontificales et d'une poignée de mercenaires vénitiens. Les Turcs les auraient balayés du champ de bataille dès le premier choc.

— Et pourtant, il voulait se mettre en campagne avec ça ?

— Oui, en juin 1464, il avait rassemblé toutes ses forces à Ancône pour mettre à la voile. A cette époque, il était déjà si malade que les médecins ne lui donnaient plus que quelques semaines. On le portait dans un fauteuil. Il fallait le coucher et le lever de son lit, aux repas il pouvait à peine porter la cuiller de son assiette à sa bouche. Il était à bout. Mais il voulait monter à bord. C'était de la folie pure.

« De la folie pure ? pensai-je. Ah, Laonikos. Tu es intelligent, tu as une grande expérience du monde et tu ne vois pas la vérité alors que tu as le nez dessus. Ce n'était pas de la folie, c'était le mal du pays. L'Italien Silvio Piccolomini voulait revenir dans la ville qu'il aimait, à Constantinople. Il était originaire de Sienne, mais en réalité, il était tout aussi byzantin que moi. Il l'était même plus ! » Je songeai encore : « Picco, bon vieux Picco ! Pardonne-moi d'avoir mal pensé ou mal parlé de toi. Je ne te connaissais pas, tout simplement. »

Et tandis que Chalkokondylès me racontait comment Pie II n'était pas monté à bord du navire, qu'il avait licencié son armée et s'était fait transporter dans l'autre patrie qu'il avait créée lui-même, sur cette montagne, près de Sienne, tandis qu'il me décrivait sa fin cruelle, je le revoyais, non pas sous son ancien aspect, plutôt sous celui de l'homme qui se cachait en lui, un homme qui était grand dans la pensée, le sentiment et l'action, plus grand que moi, le buffle Georgios Sphrantzès, et aussi plus fort. Et, fatalement, je vis Anna à côté de lui.

Judith me regarda. Durant toute la conversation elle était restée muette, assise à table. Nos pensées, je le savais depuis longtemps, suivaient presque toujours les mêmes voies.

Au cours de cette soirée, tout en buvant du vin, parmi tous les bruits familiers de ma jeunesse : clapotis des vagues, bruissement des feuillages, trottinement des souris, la conversation vint enfin, après beaucoup d'hésitations, sur nous-mêmes, sur Chalkokondylès et moi. Comment s'en était-il tiré, ainsi que moi-même lorsque, autrefois, le lundi de Pentecôte 1453, Constantinople était tombée ?

Nous avions tous les deux esquivé cette question aussi longtemps que possible car, au fond, nous aurions dû être morts, pour ainsi dire. Notre place n'était ni dans cette maison ni à cette table, mais sous la terre, près de Constantin XI, près de Thomas et d'Irène Cantacuzène, de Don Francisco et de tous ceux qui avaient perdu la vie avec eux. En fait, la question était inévitable. Elle était suspendue comme une épée au-dessus de nos têtes et elle tomba à un moment indéterminé. Les réponses que nous devions nous donner parurent presque banales. Ce que Chalkokondylès avait à raconter était toutefois beaucoup plus impressionnant que ce qui me resta à rapporter.

Au matin de la dernière attaque, il s'était trouvé sur le front de mer, là où le tapis de madriers flottant de Mehmet s'avançait sur les eaux de la Corne. Sa mission était celle d'un observateur qui annonçait aux artilleurs de la porte Théodose à quelle distance l'ennemi s'était approché. Il tenait encore cette position lorsque la nouvelle lui parvint que les Turcs avaient percé le rempart de la terre du côté de la Thrace.

Le chaos avait alors éclaté chez ses artilleurs. Quelques-uns d'entre eux auraient encore tenté de faire pivoter le canon auprès duquel il se trouvait pour pouvoir tirer sur l'ennemi quand il les prendrait à revers. Tandis que d'autres étaient pétrifiés de terreur, la majorité des défenseurs se dispersa comme un troupeau devenu fou.

— Quant à moi, dit-il, je faisais partie de ceux qui n'étaient soudain plus capables ni de penser ni d'agir. Aussi me suis-je trouvé un peu plus tard, seul avec deux canonniers crasseux qui sacraient sur la plate-forme de la tour. Lorsque, finalement, ils eurent constaté tous deux combien notre situation était désespérée, ils firent comme les autres et disparurent. Moi je restai tout bonnement sur la porte Théodose. Je ne sais pas ce que j'aurais pu faire d'autre. Finalement ce fut mon salut. Durant les trois jours qui suivirent, aucun Turc ne parut s'intéresser aux positions défensives abandonnées. Personne ne monta jusqu'à moi. Je vécus de quelques provisions et de l'eau que les soldats en fuite avaient laissées sur place et je ne descendis que lorsque le calme fut revenu dans la ville. Deux jours plus tard, je réussis à ramer, au crépuscule, jusqu'à Galata où j'avais des relations. Puis, à bord d'un des premiers navires vénitiens qui furent autorisés à quitter la ville, je suis parti pour la Crète. Là, ma famille dispose de quelques propriétés et d'une certaine influence. Il ne m'a pas été difficile de gagner Brindisi et d'aller de Brindisi à Ravenne où nous avions également des amis dans l'entourage de Bessarion.

— Et là, tu as rencontré Ohannes, complétai-je.

— La maison de Bessarion, dit Chalkokondylès, est la première escale en Italie pour la plupart des réfugiés byzantins. Ton ancien secrétaire a fort à faire pour les nourrir et les loger. Il fait un travail remarquable.

— C'est ce qu'il a toujours fait.

Je demandai à l'Athénien s'il était venu avec l'intention de rester, mais il répondit négativement. C'était, avoua-t-il, certainement la nostalgie qui l'avait poussé à revenir à Constantinople, mais il ne pouvait plus considérer la ville comme sa patrie.

Comme il ne s'était guère senti mieux en Occident, la Crète lui paraissait l'endroit où il pourrait le mieux s'établir entre deux mondes.

Je lui demandai naturellement quelles étaient ses occupations présentes et j'appris qu'il écrivait une description des pays qu'il connaissait. Cependant, même ainsi, je ne pus prolonger que de fort peu le délai pendant lequel je pouvais m'épargner de parler de moi. Judith me fit signe du coin de l'œil de ne pas être impoli plus longtemps et de répondre aux questions inexprimées de Chalkokondylès.

Aujourd'hui encore, j'aurais préféré pouvoir l'éviter.

Georgios Sphrantzès, le Grand Logothète impérial, le héros de la Kerkoporta dont une tour porte encore le nom sur le rempart de la terre au nord, ce Georgios Sphrantzès-là, avait passé le jour que Constantinople tomba dans le vieux palais, prisonnier de deux femmes et d'un vieil homme boiteux. Il n'était pas parvenu à quitter la ruine où il vivait parce que, prétendument sur l'ordre d'Anastasios, des hommes armés en gardaient toutes les issues et les interdisaient à tous ceux qui voulaient sortir pour prendre part au combat.

Toutefois, mais ça, je ne le lui dis pas, il n'avait pas, lui, le tueur éprouvé dans la bataille, fait de très grands efforts pour vaincre la résistance de ces gaillards, armés de façon primitive. Après une explosion de fureur à demi simulée, il était rentré, presque sans volonté, dans la pièce où il habitait et il était tombé dans un état d'esprit fait de désespoir, d'indifférence et de honte. Il avait persisté dans cette humeur toute la journée et même pendant les deux jours suivants, incapable de penser, de ressentir ou même de percevoir ce qui se passait dans la ville.

Les cris de la soldatesque au pillage et de ses victimes étaient parvenus jusqu'à ses oreilles sans qu'il les enregistrât. Il avait respiré la fumée des maisons incendiées qui pénétrait par ses fenêtres et il avait vu, pendant la nuit, le reflet des flammes sur l'eau. Mais rien de tout cela ne l'avait atteint suffisamment pour provoquer douleur ou affliction. Plus tard, il avait compris que le Georgios Sphrantzès que lui-même et ses amis connaissaient avait cessé d'exister. Ce Sphrantzès-là était mort, longtemps avant la ville qu'il croyait devoir défendre. Quand cela s'était-il passé ? Il n'aurait pu le dire. Peut-être le jour qu'il avait essayé de transmettre à l'Empereur l'offre de capitulation d'Amirutzès ? Peut-être plus tard, lorsque la flotte avait franchi la montagne ? Il n'en savait rien.

Il y avait une expression presque compatissante dans les yeux de Chalkokondylès quand j'eus fini ma confession. Après cela, nous n'eûmes plus envie de prolonger notre conversation.

Plus tard, quand Mauros l'eut conduit à sa chambre, Judith me dit :

— Il te questionnera aussi au sujet d'Anna.

Je l'avais compris depuis le début.

Chalkokondylès me saisit le bras.

— Mais c'est Mu...

— Non, dis-je, ce n'est pas Murad, c'est Mehmet Fatih, le Conquérant, comme ses Turcs le nomment depuis 1453, le maître de cette ville.

L'impression à laquelle mon compagnon avait presque succombé était celle qui s'emparait de tous ceux qui avaient connu l'ancien Sultan et qui voyaient maintenant son fils. Moins de deux ans auparavant, Mehmet avait, moins que quiconque, ressemblé à Murad ; désormais, il avait l'air tout aussi lourd et gonflé que son père peu de temps avant sa mort.

Nous étions debout sur le parcours qui va du nouveau sérail à Sainte-Sophie avec des centaines d'autres personnes pour voir la procession des dignitaires de l'Etat qui, chaque vendredi à cette heure-là, se rendaient à ce qui fut autrefois la seconde plus grande église de la chrétienté, afin d'assister au service divin.

Mehmet chevauchait à la tête du cortège un élégant étalon blanc qui paraissait le porter de mauvais gré. Le Sultan se tenait mal, il avait les épaules remontées comme s'il avait eu froid et son regard à l'expression maussade passait au-dessus de la foule. Sa barbe était parsemée de mèches grises. Le rouge de ses joues et ses sombres orbites trahissaient qu'il était fardé. Il avait l'air, en fait, d'un vieil homme et, pourtant, il n'avait que trente-deux ans.

— Est-il malade ? demanda Chalkokondylès.

J'acquiesçai de la tête. Le Sultan, disait-on, avait été frappé du mal qui, tôt ou tard, semble avoir raison de tous les grands hommes de notre temps : la goutte. Elle est la plaie des riches et des puissants qui vivent dans l'intempérance parce qu'ils croient devoir ingurgiter la plus grande quantité possible de ce qu'ils possèdent. J'étais même d'avis que Mehmet n'était pas trahi par ses seuls organes intérieurs, mais surtout par sa tête ou son âme.

Il avait certainement toujours été un homme déchiré et

bouleversé par les impulsions les plus contradictoires mais, autrefois, il avait du moins possédé la force de soumettre ses souhaits, ses aspirations, ses nostalgies et ses chimères à sa volonté. Il avait conquis Constantinople avec bec et ongles. Après qu'il l'eut enfin possédée, il avait pourtant commencé à changer du tout au tout. Le triomphateur brûlant d'orgueil s'était transformé en l'espace d'une nuit en un sombre jeune homme renfermé et, plus tard, en un ténébreux chef de guerre qui épuisait toute son énergie dans des guerres de conquête toujours renouvelées, de plus en plus étendues et de plus en plus cruelles. La Grèce et la Serbie, la Valachie et les empires du Mouton noir et du Mouton blanc tombèrent entre ses mains. Mais, en revanche, il avait quitté Constantinople peu de temps après sa victoire. Il s'était retiré à Andrinople, laissant l'administration de la ville conquise à Mahmud Pacha.

Plus tard il était revenu, pour ainsi dire comme à l'essai, afin de vivre non loin du forum Tauri, dans une habitation presque complètement isolée de son entourage par une ceinture de murailles. Et ce n'est qu'en 1458, il y a donc six ans, qu'il s'est installé dans son nouveau sérail qui avait été édifié sur les fondations du vieux palais. Mais cette résidence était également protégée par une muraille contre le reste de Constantinople. Quand le peuple voulait voir le Sultan, il devait, comme nous, attendre l'heure du service divin du vendredi, se masser dans la rue qui mène à la mosquée et essayer de jeter un coup d'œil vers lui par-dessus les piques des gardes alignés au bord de la chaussée.

Le dégoût apparut sur le visage de Chalkokondylès.

— Voici donc, souffla-t-il, l'homme devant lequel toute l'Europe tremble !

— Avec de bonnes raisons, répondis-je. Mehmet est devenu ce qu'il n'avait jamais été auparavant : l'incarnation de l'islam.

Quelques-uns de nos voisins commencèrent à nous examiner avec méfiance. J'entraînai l'Athénien un peu à l'écart et j'ajoutai :

— Nous autres, dans cette ville, nous ne pouvons pas nous plaindre de lui. Il ne force personne à vivre selon sa religion et il a laissé aux plus pieux d'entre nous assez d'églises dans lesquelles ils peuvent se réunir. Du haut des voûtes de Sainte-Sophie, quelques portraits en mosaïque de nos saints contemplent même encore les musulmans en train de prier. Mais on ne trouve plus guère trace de ses anciens efforts pour installer à nouveau des Grecs ici et faire qu'ils s'y sentent chez eux. Maintenant, il fait presque uniquement venir des gens qui appartiennent à l'islam ou qui s'y sont convertis.

— Qu'est-ce qui l'a changé ? demanda Chalkokondylès.

Je voulais lui donner une réponse mais, derrière la garde à cheval du Sultan, la Cour arrivait au trot avec, à sa tête, Mahmud Pacha et, quelques rangs derrière, Georgios Amirutzès. Mon ami de jeunesse continuait à se vêtir de noir, mais le turban qu'il portait était d'un blanc aussi éclatant que ceux de tous les autres.

Je montrai les deux hommes à Chalkokondylès et je lui dis qu'à l'occasion on les considérait comme les vrais maîtres de Constantinople. Mahmud était de loin plus aimé que le Sultan, dans le peuple. Il savait répandre autour de lui une aura d'humanité, il passait pour juste, bienveillant et charitable. L'année précédente, une mosquée, fondée par lui et qui portait son nom, avait été inaugurée.

Toutefois, comme j'avais l'intention de montrer ce bâtiment à mon compagnon, je ne lui en parlai pas. Au lieu de cela, je lui fis remarquer les hommes qui entouraient le Grand Vizir.

— Celui-ci est un Paléologue, auprès de lui, un Cantacuzène, derrière lui vient quelqu'un de la lignée de Mahmud, un Angelovic et, là-bas, il y a même un descendant de la maison royale de Serbie, un Brankovic pour être plus exact, naturellement un ancien Brankovic, car ils ont tous changé de nom.

— Dommage, dit Chalkokondylès, ton énumération m'avait presque ramené au bon vieux temps. On aurait cru que tu récitais un rôle de cour byzantin.

— Presque tous sont byzantins, serbes, trébizondains, constantinopolitains. Si Michaël, frère de Mahmud et grand voïvode de Serbie n'était pas mort avant que le Sultan n'eût conquis Novo Brdo, il serait probablement en train de chevaucher là-bas, ce qui renforcerait l'impression qu'il n'est rien arrivé d'autre à Byzance qu'un changement de maîtres et de costumes. Nous sommes devenus turcs et, bien entendu, musulmans, mais nous sommes toujours gouvernés par nos anciennes grandes familles.

— Pourquoi n'es-tu pas toi aussi à cheval derrière Mahmud Pacha ? demanda Chalkokondylès. Je suppose que tu le pourrais si tu voulais ?

— Oui, dis-je, on m'en a offert la possibilité.

— Mais ?

— Je n'ai pas pu m'y résoudre.

La vérité, c'était que Judith avait promis à Anna que je ne le ferais pas. Et je m'étais juré de rester fidèle, du moins après sa mort, à mon ami l'empereur Constantin que j'avais trahi quand il était en vie.

L'appel du muezzin retentit en haut du minaret qui avait été ajouté à Sainte-Sophie. Les hauts fonctionnaires commencèrent à pousser leurs bêtes, car ils devaient être dans la mosquée avant que cet appel eût été répété quatre fois.

Nous nous dirigeâmes vers l'ancienne église To Steiron.

Lorsque je montrai ma ville natale de Constantinople à Chalkokondylès, il faisait aussi beau que le jour où j'avais commencé mes Mémoires, il y avait douze ans maintenant. Des vents étonnamment chauds soufflaient des collines de Thrace. L'air semblait coloré par un soleil d'or pâle. Nous piétinions des amas de feuilles rouges et jaunes car les Turcs ont coutume de planter des arbres partout où ils le peuvent. Nous respirions des odeurs qui, dans l'ensemble, nous semblaient plus villageoises qu'autrefois. La fumée des feux de bois se mêlait aux exhalaisons des ânes, des chevaux et des chameaux. Il leur arrivait de s'épaissir au point de devenir de véritables nuages de puanteur, mais cela avait déjà été le cas jadis ; tous les endroits d'une ville aussi vieille que la nôtre n'ont certes jamais plus le frais parfum d'une journée de printemps.

Les ruelles que nous parcourions étaient presque vides ce vendredi matin, à l'heure du service divin. Lorsque nous voyions des gens sur les balcons des maisons en bois avec lesquelles les immigrés, généralement anatoliens, avaient comblé les vides entre nos palais, c'étaient la plupart du temps des femmes voilées qui, sur notre passage, disparaissaient aussitôt à l'intérieur de leurs logis.

— C'est devenu très paisible, chez vous, remarqua Chalkokondylès.

Je ne pus que le confirmer. Les Turcs, nous l'avions tous constaté, aimaient au fond le calme et se ménageaient sur l'île de Constantinople, apparemment paisible, des endroits où rien d'autre n'était permis que le silence absolu, interrompu seulement par le murmure des prières. La mosquée de Mahmud Pacha était l'un de ces endroits.

Nous nous assîmes devant son portail pour attendre la fin du service divin. Chalkokondylès se dirigeait visiblement moins bien qu'autrefois dans la ville. Il n'avait pas noté que, là où s'élevait le bâtiment simple mais de forme parfaite avec ses deux coupoles, il aurait dû trouver une petite église, la To Steiron. Après que nous fûmes restés là un long moment sans beaucoup parler, je le lui fis remarquer.

— To Steiron? dit-il, le nom éveille en moi un souvenir, mais je ne saurais dire lequel.

— Anna, dis-je, To Steiron a été fondée par un de ses ancêtres. Elle s'en est occasionnellement occupée sans toutefois pouvoir empêcher que le bâtiment ne tombât en ruine avec le temps. Mahmud Pacha l'a fait raser et il a édifié cette mosquée sur ses fondations.

— Anna? Naturellement. Il me regarda en face. Est-ce à cause de cela que tu m'as amené ici?

— Depuis hier tu voulais me questionner à son sujet.

Chalkokondylès ne répondit rien.

— Nous avons enterré Anna à l'ombre de To Steiron, dis-je. Tous ceux qui l'avaient connue assistaient à l'enterrement : Mahmud, Amirutzès, Anastasios, Démétrios et presque tous les habitants du vieux palais. Seul Mehmet n'était pas là. Sa tombe a disparu avec l'église.

— Ou dans la mosquée.

— Oui, on pourrait le dire. En tout cas, Mahmud a fait en sorte qu'Anna reste ce qu'elle avait toujours été, une énigme. Mais, avec cette construction, il a pourtant élevé un monument à quelqu'un d'autre.

— A qui?

— Viens! lui dis-je. Et, par une porte latérale, je l'entraînai dans la cour de l'école coranique annexée à la maison de prière. Nous avançâmes dans un étroit couloir au bout duquel une porte s'ouvrait vers l'extérieur. Là, dans une végétation folle, se dressaient des tombes couronnées de turbans sculptés dans la pierre. Quelques-unes étaient toutes neuves, d'autres déjà envahies de mousse grise. Je m'arrêtai devant la plus ancienne.

— Tu sais lire l'arabe, Laonikos. Le nom inscrit sur cette stèle te surprendra.

Chalkokondylès se pencha, passa le doigt sur l'inscription taillée au ciseau, puis il se redressa et me regarda avec une expression de stupéfaction telle que je faillis éclater de rire.

— Oui, dis-je, il gît là, la tête entre les jambes, mais à l'ombre de la mosquée de son successeur.

L'Athénien avala sa salive.

— Chalil Pacha ! Effectivement, c'est vraiment Chalil.

— Si toute l'histoire n'était pas aussi macabre, je dirais que Mahmud a le sens de l'humour. D'abord, il mène un brave homme à sa chute et devient Grand Vizir à sa place et, finalement, il le fait enterrer dans le cimetière où il pourrait bien reposer lui-même. Chalil a été exécuté quelques jours après la conquête de Constantinople pour haute trahison. Saghanos a été congédié et envoyé sur ses terres. Mais Mahmud sait vraisemblablement qu'il pourrait subir le même sort qu'eux.

Nous pénétrâmes ensuite à l'intérieur de la mosquée et je lui montrai l'endroit où Anna devait reposer.

Chalkokondylès ne resta pas longtemps chez nous après cette visite à la mosquée de Mahmud Pacha, mais qui lui en eût tenu rigueur ? La ville semblait désormais lui être complètement étrangère et nos tentatives communes, pour découvrir pourquoi c'était arrivé et comment cela se manifestait, commençaient plutôt à le perturber. Je lui fis rencontrer Amirutzès qui est marié, a deux fils et s'occupe surtout d'expliquer le monde au Sultan. Je l'emmenai voir Anastasios qui est une sorte de guérisseur à Galata et qui est parvenu à une certaine aisance. Je lui permis de s'entretenir avec Démétrios qui m'aide dans l'exploitation de ma petite propriété et je le laissai à l'occasion seul avec Judith pour qu'il puisse la questionner sans gêne. Visiblement, rien de ce qu'elle ou d'autres lui dirent ne put chasser la tristesse qui s'emparait de lui, de plus en plus. Plus nous parlions ensemble, moins nous nous comprenions. Le fossé qui nous séparait semblait s'élargir de jour en jour.

Il nous apparut graduellement que tout se passait comme si chacun de nous, sur un de ses bords, appelait l'autre sans comprendre ce qu'il voulait dire. Nos souvenirs communs se noyaient, se dissolvaient, se dispersaient dans le néant et, après qu'il eut enfin décidé de quitter Constantinople plus tôt que prévu, Judith et moi nous respirâmes. La silhouette qui, de la poupe du navire cinglant vers la mer de Marmara, nous fit signe jusqu'à ce qu'elle ne fût plus visible semblait déjà celle d'un étranger que nous avions connu fugitivement, longtemps auparavant et dont la brève visite ne laisserait pas de traces profondes dans nos souvenirs.

Judith prit ma main — elle avait conservé cette habitude — et nous quittâmes le port Kontoskalion pour revenir dans la ville où, malgré tout ce qui était arrivé, nous nous sentions mieux protégés que n'importe où ailleurs.

Nous rentrâmes chez nous avec des souvenirs qui ne se laissaient partager avec personne et auxquels nous ne touchions qu'occasionnellement.

Qu'aurais-je dû raconter à Chalkokondylès sur cette journée de mai 1453, quand Mehmet, rayonnant, était entré avec l'assurance somnambulique du vainqueur dans la pièce où Anna, moi et les autres nous l'attendions ? Il n'y avait pas de mots pour cela. Même la phrase que j'ai prononcée une fois à l'adresse d'Anastasios : « Elle lui a repris dans ce seul instant la ville pour laquelle il a combattu si longtemps », en dit à la fois trop et trop peu.

Je savais par Judith que la dernière rencontre de Mehmet avec Anna (elle avait eu lieu à Andrinople) devait l'avoir complètement détruite. Là, s'étaient effondrés tous les rêves et les plans qu'elle avait tramés pendant la moitié d'une vie. Elle s'était ensuite traînée jusqu'au vieux palais comme une bête mourante et, au milieu des loqueteux, des blessés et des réprouvés, elle avait décidé d'anéantir tout ce qu'elle avait mis en train jadis. Elle voulait s'effacer et, en agissant ainsi, ramener Mehmet sur terre en l'arrachant aux nuages où il croyait déjà trôner. Et elle a réussi.

Lorsque Mehmet vit, mourante, à quarante-deux ans, prématurément ravagée par la vieillesse, cette femme qu'il avait connue quelques mois auparavant rayonnante de beauté, les rêves fantastiques dans lesquels il vivait depuis des années s'écroulèrent d'un seul coup. Sans Anna, ils ne pouvaient ni survivre ni se réaliser. Anna lui avait offert une Byzance dorée dans laquelle il serait chez lui. Anna la lui reprenait en se reprenant elle-même. Après cela, il ne restait plus au Sultan qu'une plate et grise réalité, qu'il n'avait jamais convoitée.

Mais à nous, il restait la vie.

POSTFACE

Georgios Sphrantzès, né le 30 août 1401, est mort vingt-quatre ans après la chute de Constantinople. Il a laissé une autobiographie et un livre sur les empereurs Paléologues. La tour du rempart de Manuel, qu'il défendit, porte toujours son nom.

Laonikos Chalkokondylès, né vers 1423, mourut en 1490, probablement en Crète. Il a laissé un ouvrage historique dans lequel il s'est efforcé de décrire l'Europe de son temps.

La dernière trace que laissa Georgios Amirutzès fut une carte du monde dessinée pour Mehmet et qui semble avoir correspondu aux idées de ce dernier, car il n'existe aucun renseignement sur une éventuelle disgrâce d'Amirutzès. L'un de ses fils servit également Bajazet II, successeur du Sultan conquérant.

Il en fut autrement de son cousin, Mahmud Pacha, de la famille Angelovic. En 1474, après qu'il eut été déchu une première fois puis rétabli dans ses fonctions de Grand Vizir, il fut exécuté. Malgré, ou peut-être à cause de cela, il passe pour un des plus importants hommes d'Etat de l'Histoire ottomane, pour un protecteur des Arts et des Sciences et pour un homme très charitable. Il existe même des légendes à son sujet. En outre, il instaura une tradition qui n'a été rompue que rarement depuis lors : la plupart de ses successeurs furent également des Grecs ou des Serbes.

Mehmet — que les historiens occidentaux nomment Mahomet II et les Turcs Mehmed — agrandit son empire jusqu'à la Hongrie, l'Italie du Sud et la mer d'Azov. A l'intérieur, il gouverna plutôt comme un souverain occidental que comme un musulman. Comme homme privé et politicien, il subit plus ou moins la même destinée que son père Murad : la maladie, la perte de son fils préféré, Mustafa, et enfin le 3 mai 1481, la mort subite, probablement par le poison.

Mehmet passe pour un des souverains les plus importants

mais aussi les plus déchirés intérieurement et les plus impénétrables de l'Histoire ottomane.

Toutefois, on ne trouvera dans aucun livre d'histoire des allusions à Judith et à Anna. Ces deux femmes sont des condensés de rumeurs, de demi-légendes et de conjectures qui se développèrent autour de Mehmet et de ses rapports avec Constantinople. Mais Huma Chatun et Hundi Chatun qui, croit-on, le persuadèrent qu'il était un descendant d'une maison royale non turque, ont existé toutes les deux. Il n'est pas non plus invraisemblable que le futur Sultan conquérant ait été formé dans le harem de son père pour devenir celui qu'il deviendrait plus tard. Son étrange attachement à Constantinople, le vœu ardent de conquérir cette ville qu'il voulait déjà réaliser à l'âge de treize ans, montrent clairement qu'il voyait en elle beaucoup plus qu'une simple conquête. Tous les hauts dignitaires de la cour d'Andrinople, Chalil Pacha en premier lieu, mais aussi Mahmud lui-même, reculaient devant de tels projets. Des raisons purement passionnelles durent donc le pousser à s'opposer à leur politique avec tant d'acharnement et d'obstination et, finalement à mettre en train le siège avec un tel déploiement de moyens. Certes, il y a aussi des indices d'après lesquels il croyait qu'une fois monté sur le trône du Blachern, il serait le maître du monde, mais cette conviction n'explique pas tout à fait l'intensité fiévreuse avec laquelle il mena son entreprise et encore moins la profonde déception qui s'empara de lui lorsqu'il entra finalement dans la ville. Anna a servi à combler cette lacune dans notre connaissance du personnage. C'est une femme que l'on pourrait parfaitement se représenter d'après tout ce que nous savons sur les Byzantines et leurs destinées à cette époque. Son modèle, Anna Comnène, fille de l'empereur Alexis Ier et historienne, a vécu au XIIe siècle et elle a marqué la Byzance de cette période en contribuant à sa formation.

Le Vénitien Antonio Errizo (ou Rizzo) fait partie des personnages historiques de ce livre. Son navire fut détruit le 26 novembre 1452 par les canons de Mehmet. L'événement se passa vers l'heure de midi. Peu après il fut empalé.

Table

La composition de ce livre
a été effectuée par Bussière à Saint-Amand,
l'impression et le brochage ont été effectués
sur presse CAMERON
dans les ateliers de la S.E.P.C. *à Saint-Amand-Montrond (Cher)*
pour les Éditions Albin Michel

AM

Achevé d'imprimer en septembre 1984
N° d'édition 8310. N° d'impression 2721-1936
Dépôt légal septembre 1984

Imprimé en France